魯迅

루쉰전집

3

루쉰전집 3권 **들풀 / 아침 꽃 저녁에 줍다 / 새로 쓴 옛날이야기**

초판 1쇄 발행 _ 2011년 7월 1일
초판 2쇄 발행 _ 2015년 7월 5일

지은이 · 루쉰 | 옮긴이 · 루쉰전집번역위원회(한병곤, 김하림, 유세종)

펴낸이 · 임성안 | 펴낸곳 · (주)그린비출판사 | 등록번호 · 제313-1990-32호
주소 · 서울시 마포구 동교로 17길 7, 4층(서교동, 은혜빌딩) | 전화 · 702-2717 | 팩스 · 703-0272

ISBN 978-89-7682-225-3 04820 978-89-7682-222-2(세트)
이 도서의 국립중앙도서관 출판시도서목록(CIP)은 e-CIP 홈페이지(http://www.nl.go.kr/ecip)에서
이용하실 수 있습니다.(CIP제어번호 : CIP2010004002)

그린비출판사 **나를 바꾸는 책, 세상을 바꾸는 책** www.greenbee.co.kr

1925년 7월 4일, 「아Q정전」 영문판을 위해 베이징에서 촬영했다.

산문시집 『들풀』의 표지. 1925년 9월부터 1926년 4월 사이에 쓴 산문시 23편과 1927년 4월에 출판을 앞두고 쓴 머리말을 담았다.

10편의 산문이 수록된 『아침 꽃 저녁에 줍다』의 표지. 『무덤』의 표지를 그렸던 타오위안칭(陶元慶)이 그렸고, 루쉰은 첫 페이지에 '타오위안칭이 표지 그림을 그렸다'라는 문구를 넣어 달라고 출판사에 직접 부탁했다.

중국의 고대 신화, 전설과 사실(史實)을 차용하여 현실을 풍자하고 있는 소설집 『새로 쓴 옛날이야기』의 표지.

老鼠成亲

루쉰이 소장하고 있었던 '쥐의 결혼'을 그린 민간 판화.
루쉰의 고향 저장성 일대에는 음력 정월 14일 밤에 쥐들이 결혼을 한다는 전설이 있었다.

어린 루쉰이 손에 넣고 싶어 애를 태웠던 『산해경』.
루쉰이 궁금해했던 '젖꼭지로 눈을 대신하는 머리 없는 괴물'(맨 오른쪽)이 보인다.

루쉰이 후지노 교수를 만난 센다이의학전문학교.
루쉰은 이곳에서 수업료를 면제받는 등 우대를 받았으나 일명 '환등기 사건'을 계기로 2년 만에 그만둔다.

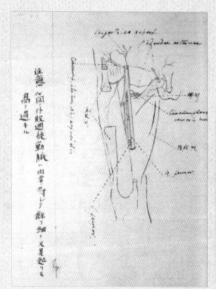

왼쪽 그림은 의학전문학교 재학 당시 루쉰이 그린 해부도로 왼쪽의 '주의'로 시작되는 빨간 글씨는 후지노 교수가 잘못된 부분을 지적한 것이다. 오른쪽 사진은 당시 루쉰이 묵고 있던 하숙집 미야기와 댁에서 함께 생활했던 친구들이다. 이때 루쉰에게는 아직 수염이 없었다. 수염은 하숙집 주인이었던 미야기와 신야가 루쉰을 포함한 다른 두 친구의 미래를 상상하며 그려 넣은 것이라고 한다.

3·18 참사 당시 희생당한 루쉰의 제자, 양더췬(왼쪽)과 류허전(오른쪽).
이날 시위의 선봉에 섰던 류허전이 총격을 당했으며, 동행했던 양더췬 역시 그녀를 부축하다 총에 맞았고, 다시 일어서던 그들
은 한 병사가 휘두른 곤봉에 맞아 숨을 거뒀다. 루쉰은 이날을 "민국 이래 가장 어두운 날"이라 하며 분노했다.

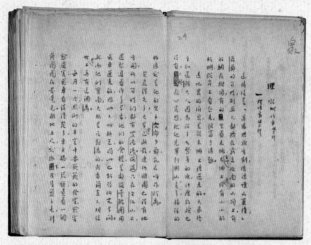

「새로 쓴 옛날이야기」 중 「홍수를 막은 이야기」의 친필원고. 현재 상하이 루쉰기념관에 소장되어 있다.

「새로 쓴 옛날이야기」의 소설을 묘사한 그림들로 왼쪽은 「검을 벼린 이야기」에서 미간척, 연지오자, 황제의 머리가 솥 안에서 뒹굴고 있는 장면, 오른쪽은 「고사리를 캔 이야기」에서 백이와 숙제가 고사리를 구워 먹다가 아금에게 조롱당하는 장면이다.

루쉰전집

3

들풀 野草
아침 꽃 저녁에 줍다 朝花夕拾
새로 쓴 옛날이야기 故事新編

루쉰전집번역위원회 옮김

B
그린비

| 일러두기 |

1 이 책은 중국에서 출판된 『魯迅全集』 1981년판과 2005년판(이상 北京: 人民文学出版社) 등을 참조하여 번역한 한국어판 『루쉰전집』이다.

2 각 글 말미에 있는 주석은 기존의 국내외 연구성과를 두루 참조하여 옮긴이가 작성한 것이다.

3 단행본 · 전집 · 정기간행물 · 장편소설 등에는 겹낫표(『 』)를, 논문 · 기사 · 단편 · 영화 · 연극 · 공연 · 회화 등에는 낫표(「 」)를 사용했다.

4 외국의 인명이나 지명, 작품명은 〈국립국어원〉에서 펴낸 '외래어 표기법'에 근거해 표기했다. 단, 중국의 인명은 신해혁명(1911년) 때 생존 여부를 기준으로 현대인과 과거인으로 구분하여 현대인은 중국어음으로, 과거인은 한자음으로 표기했으며, 중국의 지명은 구분을 두지 않고 중국어음으로 표기하는 것을 원칙으로 했다.

『루쉰전집』을 발간하며

루쉰을 읽는다, 이 말에는 단순한 독서를 넘어서는 어떤 실존적 울림이 담겨 있다. 그래서 루쉰을 읽는다는 말은 루쉰에 직면直面한다는 말의 동의어가 되기도 한다. 그런데 루쉰에 직면한다는 말은 대체 어떤 입장과 태도를 일컫는 것일까?

2007년 어느 날, 불혹을 넘고 지천명을 넘은 십여 명의 연구자들이 이런 물음을 품고 모였다. 더러 루쉰을 팔기도 하고 더러 루쉰을 빙자하기도 하며 루쉰이라는 이름을 끝내 놓지 못하고 있던 이들이었다. 이 자리에서 누군가가 이런 말을 던졌다. 『루쉰전집』조차 우리말로 번역해 내지 못한다면 많이 부끄러울 것 같다고. 그 고백은 낮고 어두웠지만 깊고 뜨거운 공감을 얻었다. 그렇게 이 지난한 작업이 시작되었다.

혹자는 말한다. 왜 아직도 루쉰이냐고. 이에 대해 우리는 이렇게 대답할 수밖에 없다. 아직도 루쉰이라고. 그렇다면 왜 루쉰일까? 왜 루쉰이어야 할까?

루쉰은 이미 인류의 고전이다. 그 없이 중국의 5·4를 논할 수 없고 중국 현대혁명사와 문학사와 학술사를 논할 수 없다. 그는 사회주의혁명 30년 동안 누구도 건드릴 수 없는 성역으로 존재했으나 동시에 사회주의 이데올로기의 금구를 타파하는 데에 돌파구가 되었다. 그의 삶과 정신 역정은 그가 남긴 문집처럼 단순하지만은 않다. 근대이행기의 암흑과 민족적 절망은 그를 끊임없이 신新과 구舊의 갈등 속에 있게 했고, 동서 문명충돌의 격랑은 서양에 대한 지향과 배척의 사이에서 그를 배회하게 했다. 뿐만 아니라 1930년대 좌와 우의 극한적 대립은 만년의 루쉰에게 선택을 강요했으며 그는 자신의 현실적 선택과 이상 사이에서 끝없이 방황했다. 그는 평생 철저한 경계인으로 살았고 모순이 동거하는 '사이주체'間主體로 살았다. 고통과 긴장으로 점철되는 이런 입장과 태도를 그는 특유의 유연함으로 끝까지 견지하고 고수했다.

한 루쉰 연구자는 루쉰 정신을 '반항', '탐색', '희생'으로 요약했다. 루쉰의 반항은 도저한 회의懷疑와 부정否定의 정신에 기초했고, 그 탐색은 두려움 없는 모험정신과 지칠 줄 모르는 창조정신에서 비롯되었다. 또한 그의 희생정신은 사회의 약자에 대한 순수하고 여린 연민과 양심에서 가능했다.

이 모든 정신의 가장 깊은 바닥에는 세계와 삶을 통찰한 각자覺者의 지혜와 존재하는 모든 것들에 대한 허무 그리고 사랑이 있었다. 그에게 허무는 세상을 새롭게 읽는 힘의 원천이자 난세를 돌파해 갈 수 있는 동력이었다. 그래서 그는 굽힐 줄 모르는 '강골'强骨로, '필사적으로 싸우며'(쩡자掙扎) 살아갈 수 있었다. 그랬기에 '철로 된 출구 없는 방'에서 외칠 수 있었고 사면에서 다가오는 절망과 '무물의 진'無物之陣에 반항할 수 있었다. 그는 자신을 둘러싼 모든 것과 대결했다. 이러한 '필사적인 싸움'의 근저에는 생명과 평등을 향한 인본주의적 신념과 평민의식이 자리하고 있다. 이것이 혁명인으로서 루쉰의 삶이다.

우리에게 몇 가지 『루쉰선집』은 있었지만 제대로 된 『루쉰전집』 번역본은 없었다. 만시지탄의 감이 없지 않지만 이제 루쉰의 모든 글을 우리말로 빚어 세상에 내놓는다. 게으르고 더딘 걸음이었지만 이것이 그간의 직무유기에 대한 우리 나름의 답변이 될 수 있기를 희망해 본다.

번역저본은 중국 런민문학출판사에서 출판된 1981년판 『루쉰전집』과 2005년판 『루쉰전집』 등을 참조했고, 주석은 지금까지의 국내외 연구 성과를 두루 참조하여 번역자가 책임해설했다. 전집 원본의 각 문집별로 번역자를 결정했고 문집별 역자가 책임번역을 했다. 이 과정에서 몇 년 동안 매월 한 차례 모여 번역의 난제에 대해 토론을 벌였고 상대방의 문체에 대한 비판과 조율의 과정을 거쳤다. 그러므로 원칙상으로는 문집별 역자의 책임번역이지만 내용상으론 모든 위원들의 의견이 문집마다 스며들어 있다.

루쉰 정신의 결기와 날카로운 풍자, 여유로운 해학과 웃음, 섬세한 미학적 성취를 최대한 충실히 옮기기 위해 노력했지만 많이 부족하리라 생각한다. 독자 제현의 비판과 질정으로 더 나은 번역본을 기대한다. 작업에 임하는 순간순간 우리 역자들 모두 루쉰의 빛과 어둠 속에서 절망하고 행복했다.

2010년 11월 1일
한국 루쉰전집번역위원회

| 루쉰전집 전체 구성 |

•아침 꽃 저녁에 줍다(朝花夕拾)

•새로 쓴 옛날이야기(故事新編)

들풀 野草

🦟 『들풀』(野草)에는 루쉰이 1924년부터 1926년 사이에 쓴 산문시 23편이 실려 있다. 1927년 7월 상하이 베이신서국(北新書局)에서, 루쉰 자신이 편집한 '오합총서'(烏合叢書) 중 하나로 초판이 나왔다. 생존 당시 12쇄를 찍었다.

제목에 부쳐[1]

침묵하고 있을 때 나는 충실함을 느낀다. 입을 열려고 하면 공허함을 느낀다.[2]

지난날의 생명은 벌써 죽었다. 나는 이 죽음을 크게 기뻐한다.[3] 이로써 일찍이 살아 있었음을 알기 때문이다. 죽은 생명은 벌써 썩었다. 나는 이 썩음을 크게 기뻐한다. 이로써 공허하지 않았음을 알기 때문이다.

생명의 흙이 땅 위에 버려졌으나 큰키나무는 나지 않고 들풀만 났다. 이것은 나의 허물이다.

들풀은 뿌리가 깊지 않고 꽃도 잎도 아름답지 않다. 그렇지만 이슬과 물, 오래된 주검[4]의 피와 살을 빨아들여 제각기 자신의 삶生存을 쟁취한다. 살아 있는 동안에 짓밟히고 베일 것이다. 죽어서 썩을 때까지.

그러나 나는 평안하고, 기껍다. 나는 크게 웃고, 노래하리라.

나는 나의 들풀을 사랑한다. 그러나 나는 들풀을 장식으로 삼는 이 땅을 증오한다.[5]

땅불이 땅속에서 운행하며 치달린다. 용암이 터져 나오면 들풀과 큰

키나무를 깡그리 태워 없앨 것이다. 그리하여 썩을 것도 없게 될 것이다.

그러나 나는 평안하고, 기껍다. 나는 크게 웃고, 노래하리라.

하늘 땅이 이렇듯 고요하니, 나는 크게 웃을 수도 노래할 수도 없다. 하늘 땅이 이렇듯 고요하지 않더라도, 마찬가지일지 모른다. 나는 이 들풀 무더기를, 밝음과 어둠, 삶과 죽음, 과거와 미래의 경계에서, 벗과 원수, 사람과 짐승, 사랑하는 이와 사랑하지 않는 사람 앞에, 증거 삼아 바치련다.

나 자신을 위해서, 벗과 원수, 사람과 짐승, 사랑하는 이와 사랑하지 않는 사람을 위해서, 나는 이 들풀이 죽고 썩는 날이 불같이 닥쳐오기를 바란다. 그러지 않는다면 나는 생존한 적이 없는 것으로 될 것이며, 이는 실로 죽는 것, 썩는 것보다 훨씬 불행한 일이기 때문이다.

가거라, 들풀이여, 나의 머리말과 함께!

1927년 4월 26일

광저우廣州 백운루白雲樓에서, 루쉰

주)_____

1) 원제는 「題辭」, 1927년 7월 2일 베이징의 주간지 『위쓰』(語絲) 제138호에 처음 발표되었고, 나중에 『들풀』에 수록되었으나, 1931년 5월 상하이 베이신서국에서 제7판을 낼 때 국민당의 검열로 삭제되었다. 1941년 상하이 루쉰전집출판사가 『루쉰30년집』(魯迅三十年集)을 낼 때에야 다시 수록되었다.
이 글은 『들풀』 집필이 끝난 지 1년 뒤인 1927년 4월 26일 광저우(廣州)에서 썼다. 국민당이 상하이에서 '4·12 반공 정변'을 일으키고 광저우에서 '4·15 학살'을 저지른 지 얼마 되지 않은 때에 쓴 글로, 루쉰의 비분에 찬 심정이 반영되어 있다.

본 작품집에 수록된 23편의 산문시는 모두 베이양군벌(北洋軍閥) 통치하의 베이징에서 썼다. 1932년 루쉰은 다음과 같이 회고하였다. "나중에 『신청년』(新靑年) 그룹은 뿔뿔이 흩어졌다. 높이 오른 이가 있는가 하면 물러난 이, 나아가는 이가 있었다. 같은 진영의 동료들이 이렇게 달라질 수 있다는 것을 다시 한번 경험하였다. 그 사이에 내게는 '작가'라는 두함(頭銜)이 생겼다. 여전히 사막 가운데서 배회하였으나 이런저런 간행물에 글 쓰는 일을 면할 수 없었다. 내키는 대로 몇 마디 하는 식으로. 자그마한 감촉(感觸)이 있을 때면 짧막한 글을 쓰기도 하였는데 거창하게 말하자면 산문시라 할 것이다. 나중에 책자로 엮었고 『들풀』이라 이름하였다."(『남강북조집』, 「'자선집' 서문」) 또 1934년 10월 9일 샤오쥔(蕭軍)에게 쓴 편지에서 루쉰은 이렇게 말했다. "나의 그 『들풀』은 기술적으로는 결코 형편없지 않으나 심정이 너무 위축되어 있습니다. 그건 여러 번 난관에 부딪힌 뒤 썼기 때문입니다." 루쉰은 이렇게 말하기도 하였다. "그때 곧이곧대로 말하기 어려웠기에 때로 표현이 모호하였다."(『이심집』, 「『들풀』 영역본 머리말」)

2) 1927년 9월 23일, 루쉰이 광저우에서 쓴 「어떻게 쓸 것인가」(나중에 『삼한집』에 실림)에 이 같은 심정을 묘사한 구절이 보인다. "나는 돌난간에 기대어 먼 곳을 바라보며 마음의 소리를 들었다. 사방 먼 곳의 무량(無量)한 비애, 고뇌, 영락(零落), 사멸(死滅)이 이 정적 속으로 섞여 들어 색을 보태고 맛을 보태고 향기를 보태 그것을 약술로 만들어 놓은 듯하였다. 그때, 나는 글을 쓰려 하였으나 쓰지 못했다. 쓸 길이 없었다. '침묵하고 있을 때 나는 충실함을 느낀다. 입을 열려고 하면 공허함을 느낀다'고 한 게 바로 이것이다."

3) '크게 기뻐한다'의 원문은 '대환희'(大歡喜). 불가에서 쓰는 말이다. 해탈 뒤의 기쁨.

4) '오래된 주검'의 원문은 '진사인'(陳死人). 죽은 지 오래된 사람이라는 뜻이다.

5) 루쉰은 『들풀』 속의 작품이 "거개가 황폐한 지옥 가장자리에 핀 창백한 작은 꽃"이라 말한 바 있다(『이심집』, 「『들풀』 영역본 머리말」).

가을밤[1]

우리 집 뒤뜰에서는 담장 밖의 나무 두 그루가 보인다. 한 그루는 대추나무이고, 다른 한 그루도 대추나무이다.

그 위의 밤하늘이 괴이하게 높다. 나는 평생 이렇게 괴이하게 높은 하늘을 본 적이 없다. 인간 세상을 떠나 사람들이 더 이상 쳐다보지 못하게 하려는 듯하다. 그렇지만 지금 아주 푸르며, 반짝반짝 몇십 개 별들의 눈, 차가운 눈을 깜박이고 있다. 그 입가에 미소가 비쳤다. 스스로 깊은 뜻이 담겨 있다 여기는 양. 그러면서 된서리를 내 뜰의 들꽃풀에 흩뿌린다.

나는 이 꽃풀들의 진짜 이름이 무엇인지, 사람들이 무슨 이름으로 부르는지 알지 못한다. 나는 아주 작은 분홍색 꽃이 피었던 것을 기억한다. 지금도 피어 있지만 꽃은 더 작아졌다. 분홍꽃은 차가운 밤기운 속에서 잔뜩 움츠린 채 꿈을 꾼다. 꿈에서 봄이 오는 것을 보았고, 가을이 오는 것을 보았고, 비쩍 여윈 시인이 제 맨 끄트머리 꽃잎에 눈물을 훔치면서, 가을이 비록 닥칠 것이고 겨울이 비록 닥칠 것이나, 그 뒤에 이어지는 것은 의연히 봄이어서, 나비가 풀풀 날고 꿀벌이 봄노래를 부를 것이라 일러 주는 꿈을 꾸었다. 분홍꽃은 이에 웃음 지었다. 추위에 벌겋게 얼고 움츠린 채로.

대추나무, 그들은 잎이 다 지고 없다. 저번에 두세 아이가 남들이 따고 남은 대추를 떨러 왔지만, 지금은 한 톨도 남아 있지 않고, 이파리도 다 지고 없다. 대추나무는 작은 분홍꽃의 꿈을 안다. 가을 뒤에 봄이 오리라는. 그는 낙엽의 꿈도 안다. 봄 뒤에 의연히 가을이 올 것이라는. 잎이 다 져서 줄기만 남은 그는, 열매와 잎이 그득할 때 휘어졌던 몸을 풀어 홀가분하게 기지개를 켜고 있다. 그런데, 가지 몇 개는 아래로 드리워 [대추 따던] 간짓대에 다친 상처를 가리고 있었으나, 가장 곧고 가장 긴 가지 몇 개는 괴이하고도 높은 하늘을 묵묵히 쇠처럼 곧추 찔러, 하늘로 하여금 음험한 눈을 깜박이게 하였으며, 하늘의 둥근 달을 곧추 찔러, 달의 낯색을 창백하게 하였다.

음험한 눈을 깜박이는 하늘은 더욱 시퍼래졌다. 불안해했다. 마치 인간 세상을 떠나 대추나무에서 벗어나려고 하는 듯하였다. 달만 남겨 두고서. 그러나 달도 슬그머니 동쪽으로 숨어들었다. 벌거벗은 대추나무[2]는 멱을 짚기로 작심을 한 양, 괴이하고 높은 하늘을 묵묵히, 쇠처럼 곧추 찌르고 있었다. 상대가 고혹적인 눈을 오만가지로 깜박이건 말건.

까악 소리를 내며 밤에 노는 흉조凶鳥가 지나갔다.

나는 문득 한밤의 웃음소리를 들었다. 클클대는 것이 잠든 사람을 놀래지 않으려는 것 같았으나, 사방의 공기가 화답하여 웃는다. 깊은 밤이라 다른 사람은 없다. 나는 즉각 그 소리가 내 입에서 나온 것임을 알았다. 또한 즉각 그 웃음소리에 쫓겨 내 방으로 돌아왔다. 나는 즉각 등불 심지를 돋웠다.

뒤창의 유리에서 톡탁거리는 소리가 났다. 작은 날벌레들이 어지럽게 부딪치고 있었다. 얼마 지나지 않아 몇 마리가 들어왔다. 창호지 구멍 난 곳으로 들어왔을 게다. 방에 들어오자 그것들은 등피燈皮 유리에 부딪치며 톡탁거렸다. 한 마리가 위쪽으로 해서 들어가더니 불에 닿았다. 그 불은 진짜 불일 것이다. 두어 마리는 등피 종이에 내려앉아 숨을 돌리며 헐떡였다. 등피는 어제 저녁에 새로 바꾼 것이다. 새하얀 종이에 물결무늬를 접어 만든 자국이 있고 한쪽 귀퉁이에는 빨간 치자 그림도 그려져 있었다.

빨간 치자꽃[3]이 필 때에 대추나무는 다시금 작은 분홍꽃의 꿈을 꾸면서 푸른 가지가 활처럼 휘어 있을 것이다.…… 또다시 한밤의 웃음소리가 들렸다. 나는 서둘러 생각의 실타래心緖를 끊고, 하얀 종이 등피 위에 지금껏 앉아 있는 작은 벌레를 보았다. 머리가 크고 꼬리가 작은 게 해바라기씨 비슷하고, 밀알 반 톨 크기로 온통 푸른 것이 귀엽고, 짠했다.

나는 하품을 한 번 하고 담배 한 대에 불을 붙여 연기를 뿜으면서, 등燈을 바라[4] 이들 짙푸르고 정치精緻한 영웅들을 묵묵히 삼가 애도하였다.

1924년 9월 15일

주)_____

1) 원제는 「秋夜」, 1924년 12월 1일 주간지 『위쓰』 제3호에 처음 발표되었다.
2) 원문은 '一無所有的干子'이다.
3) 치자(梔子)는 상록 관목으로 여름에 꽃이 핀다. 꽃은 보통 흰색이나 연노랑색이며 빨간 꽃이 피는 품종은 매우 드물다.
4) 향(向)하여.

그림자의 고별[1]

사람이 때가 어느 때인지 모르게 잠들어 있을 때 그림자가 다음과 같은 말로 작별을 고한다.

내가 싫어하는 것이 천당에 있으니 나는 가지 않겠소. 내가 싫어하는 것이 지옥에 있으니 나는 가지 않겠소. 내가 싫어하는 것이 당신들의 미래의 황금세계에 있으니 나는 가지 않겠소.

그런데 그대가, 내가 싫어하는 사람이오.

동무,[2] 나는 그대를 따르고 싶지 않소. 나는 머무르지 않으려오.

나는 원치 않소!

오호오호, 나는 원치 않소. 나는 차라리 무지無地[3]에서 방황하려 하오.

내 한낱 그림자에 지나지 않소만, 그대를 떠나 암흑 속에 가라앉으려 하오. 암흑은 나를 삼킬 것이나, 광명 역시 나를 사라지게 할 것이오.

그러나 나는 밝음과 어둠 사이에서 방황하고 싶지 않소. 나는 차라리 암흑 속에 가라앉겠소.

그렇지만 나는 결국 밝음과 어둠 사이에서 방황하게 되었소. 나는 지금이 황혼인지 여명인지 모르오. 내 잠시 거무스레한 손을 들어 술 한잔 비우는 시늉을 하리다. 나는 때가 어느 때인지 모를 때에 홀로 먼 길을 가려오.

오호오호, 만약 황혼이라면, 밤의 어둠이 절로 나를 침몰시킬 것이나, 그렇지 않다면 나는 낮의 밝음에 사라질 것이오, 만약 지금이 여명이라면.

동무, 때가 되어 가오.

나는 암흑을 향하여 무지無地에서 방황할 것이오.

그대는 아직도 나의 선물을 기대하오. 내가 그대에게 무얼 줄 수 있겠소? 없소이다. 설령 있다고 하여도 여전히 암흑과 공허일 뿐이오. 그러나, 나는 그저 암흑이기를 바라오. 어쩌면 그대의 대낮 속에서 사라질 나는 그저 공허이기를 바라오. 결코 그대의 마음자리를 차지하지 않도록.

나는 이러기를 바라오, 동무——

나 홀로 먼 길을 가오. 그대가 없음은 물론 다른 그림자도 암흑 속에는 없을 것이오. 내가 암흑 속에 가라앉을 때에, 세계가 온전히 나 자신에 속할 것이오.

1924년 9월 24일

1) 원제는 「影的告別」, 1924년 12월 8일 『위쓰』 제4호에 처음 발표되었다. 1925년 3월 18
일 루쉰은 쉬광핑(許廣平)에게 보낸 편지에서 이렇게 말했다. "나의 작품은 너무 어둡
소. 내가 늘 '암흑과 허무'만이 '실재'(實有)라 느끼고, 그러면서도 한사코 그것들을 상
대로 절망적 항전을 하려 들기 때문일 것이오. 그러하기에 과격한 목소리가 많소. 사실
이것은 나이와 경력 때문일지 모르겠소. 어쩌면 확실하지 않을지도 모르겠소. 왜냐하
면 나는 끝내 암흑과 허무만이 실재라는 것을 증명할 수 없었기 때문이오."(『먼 곳에서
온 편지』 제1집, 4)

2) 원문은 '朋友'. '동무'는 남북한에서 두루 쓰던 말이다.

3) '무지'(無地)는 '아무것도 없는 곳'이라고 옮긴 이도 있지만, '몸 둘 데가 없는 곳'이라는
뜻이다.

동냥치[1]

나는 낡고 높은 담장을 따라 길을 걷는다. 푸석푸석한 흙먼지를 밟으면서. 다른 몇 사람도 제각기 길을 간다. 산들바람이 일고 담장머리에 키 큰 나무 가지가 아직 시들지 않은 이파리를 지닌 채 머리 위에 흔들린다.

산들바람이 불고, 사방이 먼지이다.

한 아이가 내게 동냥을 한다. 겹옷도 입었고 불쌍해 보이지도 않는데, 앞을 막고 조아리고 뒤따르며 애걸한다.

나는 그의 말투와 몸짓이 싫었다. 그가 불쌍해 보이지 않는 게 장난인가 싶어 미웠다. 그가 따라붙으며 질질 짜는 것이 성가셨다. 나는 길을 걸었다. 다른 몇 사람도 제각기 길을 간다. 산들바람이 불고, 사방이 먼지이다.

한 아이가 내게 동냥을 한다. 겹옷도 입었고 불쌍해 보이지도 않았지만, 벙어리인지 손을 벌려 시늉을 했다. 나는 그의 손짓이 미웠다. 게다가 그가 벙어리가 아닐지도 모른다. 이게 그저 동냥하는 수법일 뿐이지 않을까.

나는 보시布施하지 않았다. 내게는 보시할 마음이 없다. 나는 그저 보시하는 이의 머리꼭대기에 앉아, 성가셔하고, 의심하고, 미워할 뿐이다.

나는 무너진 흙담을 따라 걸었다. 깨진 벽돌 조각이 담장 무너진 곳에 쌓여 있고, 담 안에는 아무것도 없다. 산들바람이 불어, 차가운 가을 기운이 내 겹옷을 뚫는다. 사방이 먼지이다.

나는 내가 앞으로 어떤 방법으로 동냥할까 생각하고 있었다. 말을 한다면 어떤 말투로? 벙어리 시늉을 한다면 어떤 모양새?……

다른 몇 사람이 제각기 길을 간다.

나는 앞으로 다른 사람의 보시를 받지 못할 것이며 보시할 마음도 사지 못할 것이다. 나는 보시의 윗자리에 서 있다고 자처하는 사람들의 성가셔함, 의심, 미움을 살 것이다.

나는, 무위와 침묵으로 동냥하리라!……

나는 적어도, 허무虛無는 얻을 것이다.

산들바람이 일고, 사방이 먼지이다. 다른 몇 사람이 각자 제 길을 간다.

먼지, 먼지,……

……

먼지……

1924년 9월 24일

주)_____

1) 원제는 「求乞者」, 1924년 12월 8일 『위쓰』 제4호에 처음 실렸다.

나의 실연
—옛것을 본뜬 신식의 통속시[1]

내 사랑하는 이가 산 중턱에 있네.

찾아가고 싶지만 산이 너무 높아,

고개 숙여 눈물로 옷을 적시네.

사랑하는 이가 내게 나비 무늬 수건[2]을 선물하였네.

그녀에게 무엇으로 답례했냐구? 부엉이.

그런 뒤로 나를 알은체하지 않네.

왜 그러는지 모르는 나는, 가슴이 철렁.

내 사랑하는 이가 저잣거리에 있네.

찾아가고 싶지만 사람이 너무 붐벼,

고개 들어 눈물로 귀를 적시네.

사랑하는 이가 내게 쌍雙 제비 그림을 주었네.

그녀에게 무엇으로 답례했냐구? 사탕꼬치.[3]

그런 뒤로 나를 알은체하지 않네.

왜 그러는지 모르는 나는, 머릿속이 멍.

내 사랑하는 이가 강가에 있네.

찾아가고 싶지만 물이 너무 깊어,

고개 삐딱여 눈물로 옷섶을 적시네.

사랑하는 이가 내게 금金 시곗줄을 주었네.

그녀에게 무엇으로 답례했냐구? 아스피린.

그런 뒤로 나를 알은체하지 않네.

왜 그러는지 모르는 나는, 신경 쇠약.

내 사랑하는 이가 호화주택에 있네.

찾아가고 싶지만 승용차가 없어,

고개 저으니 눈물이 삼대처럼 주룩주룩.

사랑하는 이가 내게 장미꽃을 주었네.

그녀에게 무엇으로 답례했냐구? 구렁이.

그런 뒤로 나를 알은체하지 않네.

왜 그러는지 몰라 나는, 알아서 하라지.[4]

1924년 10월 3일

주)＿＿＿＿＿

1) 원제는 「我的失戀―擬古的新打油詩」, 1924년 12월 8일 『위쓰』 제4호에 처음 실렸다.
  루쉰은 「『들풀』 영역본 머리말」에서 "당시 실연시가 유행하는 것을 풍자하느라 「나의 실연」을 썼다"고 했다. 「나와 '위쓰'의 관계」(『삼한집』)에서도 이 작품을 언급하면서 "통속시 세 연을 지어 '나의 실연'이라 제목 붙였다. 당시 '옴마, 나 죽어' 식의 실연시가 성행하는 것을 보고 장난삼아, '알아서 하라지'로 끝맺은 것을 썼던 거다. 나중에 한 연을 더 써서 『위쓰』에 실었다"고 하였다.

동한(東漢) 때 사람 장형(張衡)의 「사수시」(四愁詩; 시름에 겨워 1~4)는 네 수로 된 연작시이다. 그 첫 수 "我所思兮在太山, 欲往從之梁父艱. 側身東望涕沾翰, 美人贈我金錯刀, 何以報之英瓊瑤. 路遠莫致倚逍遙, 何爲懷憂心煩勞"에서 보듯 「사수시」는 네 수가 모두 "내 그리는 이가 ……에 있네. 찾아가고 싶지만……, 몸을 돌려 ……을 바라보는데 눈물이 ……을 적시네. 임께서 내게 ……을 주었네. 무엇으로 답례를 할까?……. 길이 멀어 …… 할 수 없으니, 어찌 …… 만 근심하랴" 식으로 되어 있다. "옛것을 본뜬 신식의 통속시"에서 '옛것을 본떴다'(擬古) 함은 「나의 실연」이 「사수시」를 비틀어 쓴 것임을 말한 것이다. "통속시"라 번역한 것의 원문은 '타유시'(打油詩)이다. 당나라 사람 장타유(張打油)가 입말투의 글로 해학적·풍자적인 시를 많이 지은 데서 나온 말이다.

2) 원문은 '百蝶巾'이다. 나비 백 마리를 수놓은 수건이다.

3) 원문은 '氷糖壺盧'. 산사나무 열매 등에 설탕을 묻혀 만든 과자. 청나라 말 부찰돈숭(富察敦崇)이 엮은 『연경 세시기』(燕京歲時記)에 "포도, 감자, 해당화 열매, 넓은잎산사나무 열매 등을 대꼬챙이에 꿰어 빙탕(氷糖)을 묻혀 만든다. 달고 바삭하고 시원한 맛이 난다"고 하였다. '빙탕'은 얼음처럼 반투명한 덩어리로 된 설탕이다.

4) 이 작품 매 연의 제3행은 원문이 각각 "低頭無法淚沾袍", "仰頭無法淚沾耳", "歪頭無法淚沾襟", "搖頭無法淚如麻"로 장형의 「사수시」 각 연의 제3행 "側身東望涕沾翰", "側身南望涕沾襟", "側身西望涕沾裳", "側身北望涕沾巾"을 비튼 것이다.

복수[1]

사람의 살갗 두께가 반 푼이 채 되지 않을 것이다. 빨갛고 뜨거운 피가 그 밑, 담벼락 가득 겹겹으로 기어오르는 회화나무 자벌레[2] 떼보다 더 빼곡한 핏줄들을 따라 달리면서, 다스한 열기를 흩는다. 그래, 저마다 이 다스한 열기에 현혹되고 선동되고 이끌리고, 죽자 사자 기댈 곳을 희구하면서, 입을 맞추고, 보듬는다. 그럼으로써, 생명의 무겁고 달콤한 큰 환희大歡喜를 얻는다.

그런데, 날 선 칼이 한 번 치면, 복사꽃빛 얇은 살갗을 뚫고 빨갛고 뜨거운 피가 화살처럼, 모든 열기를, 살육자殺戮者에게 쏟아부을 것이다. 그런 뒤, 얼음장 같은 숨결, 핏기 없는 입술로 넋을 흔들어,[3] 살육자로 하여금, 생명 고양高揚 극치極致의 큰 환희를 얻게 할 것이며, 스스로는, 생명 고양 극치의 크낙한 환희 속에, 영원히 잠길 것이다.

이리하여, 그러하기에, 그 두 사람은 온몸을 발가벗은 채 비수를 들고 광막한 광야에 마주 섰다.

그 둘은 보듬을 것이고, 죽일 것이다…….

행인들이 사방에서 달려온다. 겹겹이, 빼곡하게, 회화나무 자벌레 떼가 담벼락을 기어오르듯, 생선 대가리[4]를 나르는 개미 떼처럼. 차림새는 멋들어지나 손이 비었다. 그렇지만, 사방에서 달려와서, 또한, 죽자 사자 목을 세워, 이 포옹 혹은 살육을 감상하자고 한다. 그들은 그런 일이 있은 뒤에 있을, 제 혓바닥의 땀 또는 피의 생생한 맛을 예감한다.

그렇지만 그 둘은 마주 서 있다. 광막한 광야에서, 온몸을 발가벗고, 비수를 들었다. 그렇지만 보듬지도 죽이지도 않는다. 뿐이랴, 보듬을 생각도 죽일 생각도 있어 보이지 않다.

그 둘은 그렇게 한없이 서 있다. 통통하던 몸집이 메말랐다. 그렇지만, 보듬을 생각도 죽일 생각도, 전혀 없어 보인다.

행인들은 이리하여 무료함을 느꼈다. 무료함이 털구멍을 파고드는 듯하였다. 무료함이 심장에서 털구멍을 뚫고 나와 광야를 가득 메운 채 기어가서 다른 사람들 털구멍을 파고드는 듯하였다. 이리하여 그들은 목구멍이 마르고 목이 뻐근한 감을 느꼈다. 마침내 서로들 마주 보더니 서서히 흩어졌다. 메마른 나머지 흥미마저 잃었다.

그리하여, 광막한 광야만 남았다. 두 사람은 그 가운데에서, 온몸을 발가벗은 채 비수를 들고 메마르게 서 있다. 죽은 사람 같은 눈빛으로, 행인들의 메마름[5]을 감상한다. 피가 없는 대살육. 그러나 생명 고양 극치의 큰 환희에 한없이 잠겨든다.

1924년 12월 20일

1) 원제는「復仇」, 1924년 12월 29일『위쓰』제7호에 처음 실렸다. 작자는「『들풀』영역본 머리말」에서 "사회에 구경꾼이 많은 것이 미워서「복수」첫 편을 지었다"고 하였다. 또 1934년 5월 16일 정전둬(鄭振鐸)에게 쓴 편지에서 이렇게 말했다. "내가『들풀』에서, 사내 하나 계집 하나가 칼을 들고 광야에서 마주 서 있고 심심한 사람들이 앞을 다투어 모여드는 이야기를 쓴 적이 있습니다. 사람들은, 틀림없이 뭔가 일이 나서 자신들의 무료함을 달래 주리라 여겼겠지요. 그러나 두 사람은 그 뒤, 아무런 움직임도 없었습니다. 심심한 사람들을 계속 심심하게 한 것입니다, 늙어서 죽을 때까지. 그런 뜻에서 제목을 '복수'라 했습니다."

2) '회화나무 자벌레'는 원문이 '槐蠶'이다. 회화나무는 홰나무라고도 한다. 자벌레는 자벌 레나방의 애벌레로 꽁무니를 머리 쪽에 갖다 댔다 떼었다를 반복하면서 움직인다.

3) '넋을 흔들어'의 원문은 '使之人性茫然'이다. 상대방의 감성과 이성을 혼란에 빠뜨린다는 뜻이다.

4) '생선 대가리'의 원문은 '鯗頭'이다. 중국 장쑤성(江蘇省)과 저장성(浙江省) 일대에서, 말린 생선을 '상'(鯗)이라 한다.

5) '메말랐다', '메마른', '메마름' 등으로 번역한 것의 원문은 '乾枯'이다. 물이 보타서 생기는 현상, 즉, 샘이나 강, 못의 물이 말라붙는 것, 풀이나 나무가 말라 시드는 것, 사람의 피부가 수분이 없어서 꺼칠하고 푸석푸석하게 되는 것 등을 일컬을 수 있는 말이다.

복수(2)[1]

그는 스스로 신의 아들, 이스라엘의 왕[2]이라 여겼기에 십자가에 못 박혔다.

병사들이 그에게 자주색 옷을 입힌 뒤 가시로 왕관을 엮어 머리에 씌우고 경하慶賀하였다. 그리고는 갈대로 머리를 때리고 침을 뱉고 무릎 꿇고 절을 하였다. 실컷 놀리고 나서 그들은 자주색 옷을 벗기고 그의 옷을 도로 입혔다.[3]

보라, 저들이 그의 머리를 때리고 침을 뱉고 절을 한다…….

그는 몰약[4]을 탄 그 술을 마시려 하지 않았다. 이스라엘 사람들이 저희 신의 아들을 어떻게 대하는지 똑똑히 음미하기 위해서. 또한, 보다 오래도록 그들의 앞날을 가엾어하고, 그들의 현재를 증오하기 위해서.

사방이 온통 적의敵意였다. 가엾은, 저주스러운.

땅, 땅. 못 끝이 손바닥을 뚫었다. 그들은 자기네 신의 아들을 못 박아 죽이려 하는 것이다. 불쌍한 자들아. 이 생각이 그의 고통을 누그러뜨렸다. 땅, 땅. 못 끝이 발등을 뚫고 뼈를 바수자, 아픔이 사무쳤다. 그러나 그들은 신의 아들을 죽이고 있는 것이다. 저주받을 자들아. 이 생각이 그의 고통을 가라앉혔다.

십자가가 세워졌다. 그가 허공에 매달렸다.

그는 몰약을 탄 그 술을 마시려 하지 않았다. 이스라엘 사람들이 저희 신의 아들을 어떻게 대하는지 똑똑히 음미하기 위해서. 또한, 보다 오래도록 그들의 앞날을 가엾어하고, 그들의 현재를 증오하기 위해서.

행인들이 그를 모욕하였다. 제사장과 율법학자가 그를 놀렸다. 함께 못에 박힌 강도 둘도 그를 비웃었다.[5]

보라, 그와 함께 못 박힌……

사방이 온통 적의敵意이다. 가엾은, 저주스러운.

손과 발의 아픔 속에서 그는, 가엾은 자들이 신의 아들을 못 박아 죽이는 슬픔과, 저주스런 자들이 신의 아들을 못 박아 죽이려 하고 신의 아들은 못에 박혀 죽는 환희를, 음미하였다. 홀연, 뼈를 바수는 큰 아픔이 사무쳤다. 그는, 큰 환희와 큰 슬픔에 달게, 무겁게, 빠져들었다.

그의 배가 떨렸다. 가엾어하고 저주하는, 아픔의 떨림이다.

온 땅이 어두워졌다.

"엘로이, 엘로이, 레마 사박타니?!"(나의 하느님, 나의 하느님, 어찌하여 나를 버리셨나이까?!)[6]

하느님은 그를 버렸고, 그는 결국 '사람의 아들'이었다. 그러나 이스라엘 사람들은 '사람의 아들'조차 못 박아 죽였다.

'사람의 아들'을 못 박아 죽인 사람들 몸에, '신의 아들'을 못 박아 죽인 것보다 더한 핏자국과 피비린내가 어리었다.

1924년 12월 20일

주)_____

1) 원제는 「復仇(其二)」, 1924년 12월 29일 『위쓰』 제7호에 처음 발표되었다. 글 속에서 예수가 십자가에 못 박힌 일은 『신약전서』에 바탕하였다.

2) 「마르코의 복음서」(『신약전서』) 제15장에 따르면 "그들은 예수를 끌고 골고타라는 곳으로 갔다. 골고타는 해골산이라는 뜻이다. …… 그들은 예수를 십자가에 못 박았다. …… 예수의 죄목을 적은 명패에는 '유다인의 왕'이라고 씌어 있었다." 주석의 성서 번역은 대한성서공회가 2002년 가톨릭용으로 펴낸 『한영대조 성서』(공동번역 개정판)에 따랐다.

3) 예수가 십자가에 못 박힐 때의 정황은, 「마르코의 복음서」 제15장에 따르면 다음과 같다. "예수를 채찍질하게 한 다음 십자가형에 처하라고 내어 주었다. …… 병사들은 예수께 자주색 옷을 입히고 가시관을 엮어 머리에 씌운 다음 '유다인의 왕 만세!' 하고 외치면서 경례하였다. 또 갈대로 예수의 머리를 치고 침을 뱉으며 무릎을 꿇고 경배하였다. 이렇게 희롱한 뒤에 그 자주색 옷을 벗기고 예수의 옷을 도로 입혀서 십자가에 못 박으러 끌고 나갔다."

4) '몰약'(沒藥, myrrh)은 말약(末藥)이라고도 한다. 산스크리트어에서 음역한 말이다. 몰약 나무의 수액을 응고시킨 것으로 진정·마취 작용이 있다. 「마르코의 복음서」 제15장에 로마 병사가 몰약을 탄 술을 예수에게 건넸으나 예수가 받지 않았다는 기록이 있다.

5) 「마르코의 복음서」 제15장에 따르면 다음과 같다. "예수와 함께 강도 두 사람도 십자가형을 받았는데 하나는 그의 오른편에, 다른 하나는 왼편에 달렸다. 지나가던 사람들이 머리를 흔들며 '하하, 너는 성전을 헐고 사흘 안에 다시 짓는다더니 십자가에서 내려와 네 목숨이나 건져 보아라' 하며 모욕하였다. 대사제들과 율법학자들도 조롱하며 '남을 살리면서 자기는 살리지 못하는구나! 어디 이스라엘의 왕 그리스도가 지금 십자가에서 내려오나 보자. 그렇게만 한다면 우린들 안 믿을 수 있겠느냐?' 하고 서로 지껄였다. 예수와 함께 십자가에 달린 자들까지도 예수를 모욕하였다."

6) 예수가 죽기 전 정황을 「마르코의 복음서」 제15장은 다음과 같이 썼다. "낮 열두 시가 되자 온 땅이 어둠에 덮여 오후 세 시까지 계속되었다. 세 시에 예수께서 큰소리로 '엘로이, 엘로이, 레마 사박타니?' 하고 부르짖으셨다. 이 말씀은 '나의 하느님, 나의 하느님, 어찌하여 나를 버리셨나이까?'라는 뜻이다. …… 숨을 거두셨다."

희망[1]

나의 마음은 아주 적막하다.

그러나 나의 마음은, 평안하다. 애증愛憎이 없고 애락哀樂이 없고 색깔도 소리도 없다.

내가 늙은 게다. 희끗한 머리칼이 증거 아닌가? 내 떨리는 손이 증거 아닌가? 그렇다면, 내 영혼의 손도 떨리고 있을 것이며, 영혼의 머리칼도 희끗희끗할 것이다.

그러나 그것도 여러 해 된 일이다.

전에는 내 마음도 피비린내 나는 노랫소리로 가득하였다. 피와 쇠붙이, 화염과 독기, 회복恢復과 복수. 헌데 문득 이런 모든 것이 공허해졌다. 때로는, 하릴없이, 자기 기만적 희망으로 그것을 메우려 하였다. 희망, 희망, 이 희망의 방패로 공허 속 어둔 밤의 내습來襲에 항거하였다. 방패 뒤쪽도 공허 속의 어둔 밤이기는 마찬가지이건만. 그러나, 그런 식으로, 나는 내 청춘을 줄곧, 소진하고 있었다.[2]

내 어찌 나의 청춘이 벌써 흘러갔음을 몰랐겠는가? 그러나 나는 내 몸 밖의 청춘이 존재한다고 여겼다. 별, 달빛, 말라 죽은 나비, 어둠 속의 꽃, 부엉이의 불길한 예언, 소쩍새의 토혈吐血, 웃는 것의 막막함,[3] 사랑의 춤사위.…… 서글프고 덧없는 청춘일망정 청춘은 청춘이다.

그런데, 지금, 왜 이리 적막한가? 몸 밖의 청춘도 죄다 스러지고 세상 청년들이 죄 늙어지고 말았단 말인가?

나는 몸소 이 공허 속의 어둔 밤에 육박肉薄하는 수밖에 없다. 나는 희망이라는 방패를 내려놓고 페퇴피 샨도르[4]의 '희망'의 노래에 귀 기울였다.

희망이란 무엇인가? 창녀.
그는 누구에게나 웃음 짓고, 모든 것을 준다.
그대가 가장 큰 보물——
그대의 청춘을 바쳤을 때, 그는 그대를 버린다.

이 위대한 서정시인, 헝가리의 애국자가 조국을 위해 카자크[5] 병사의 창끝에 죽은 지 벌써 칠십오 년이 되었다. 애닮도다, 그의 죽음이여. 그러나 더 슬픈 것은 그의 시가 아직 죽지 않았다는 것이다.

그렇지만, 참혹한 인생이여! 페퇴피처럼 강단지고 용감한 사람도 어둔 밤을 마주하여 걸음 멈추고, 아득한 동쪽을 돌아보았다. 그는 말했다.

절망이 허망한 것은 희망과 마찬가지이다.

만약 내가 아직도 이 밝지도 어둡지도 않은 '허망' 속에서 목숨을 부지해야 한다면 나는, 여전히, 저 스러져 버린, 애닯고 아득한 청춘을 찾아야 하리라. 그것이 내 몸 밖의 것이어도 좋다. 몸 밖의 청춘이 소멸하면 내 몸 안 늘그막한 기운도 시들고 말 것이기에.

그렇지만 지금, 별도 없고 달도 없다. 말라 죽은 나비도, 웃는 것의 막막함도, 사랑의 춤사위도 없다. 그러나, 청년들은 평안하다.

나는 몸소 이 공허 속의 어둔 밤과 육박하는 수밖에 없다. 몸 밖에서 청춘을 찾지 못한다면 내 몸 안의 어둠이라도 몰아내야 한다. 그러나, 어둔 밤은 어디 있는가? 지금 별이 없고, 달빛이 없고, 막막한 웃음, 춤사위 치는 사랑도 없다. 청년들은 평안하고 내 앞에도, 참된 어둔 밤이 없다.

절망이 허망한 것은 희망과 마찬가지이다.

1925년 1월 1일

주)_____

1) 원제는「希望」, 1925년 1월 19일『위쓰』제10호에 처음 실렸다. 루쉰은「『들풀』영역본 머리말」에서 "청년들이 의기소침한 데 놀라「희망」을 썼다" 하였다.

2)「'자선집' 서문」(『남강북조집』)에서 작자는 이렇게 말했다. "신해혁명을 보고 2차혁명을 보고 위안스카이(袁世凱)의 칭제(稱帝), 장쉰(張勳)의 청조(淸朝) 복벽(復辟) 쿠데타를 보았다. 이런 것들을 보노라니 의심이 났고, 실망감에 맥이 풀렸다. …… 그러나 나는 나의 실망에 대해서도 의심을 하게 되었다. 내가 본 사람, 내가 본 사건들이 아주 유한(有限)하기 때문이다. 이 생각이 내게 붓을 들 힘을 주었다. '절망이 허망한 것은 희망과 마찬가지이다.'"

3) "웃는 것의 막막함"의 원문은 '笑的渺茫'이다. 기왕의 한국어 번역본은 이 구절을 "허망한 웃음"(외문출판사본), "웃음의 유현(幽玄)함"(일월서각본) 등으로 번역하였다. 둘 중 앞의 것이 낫다.

4) 페퇴피 산도르(Petőfi Sándor, 1823~1849). 헝가리의 시인, 혁명가. 1848년 오스트리아의 지배에 저항하는 전쟁에 참여하였고, 1849년 오스트리아를 도운 러시아 군대와 싸우다가 희생되었다(세게슈바르Segesvár 전투, 1849. 7. 31). 『용사 야노시』(*János Vitéz*), 「민족의 노래」(*Nemzeti Dal*) 등을 썼다. 여기 인용된 「희망」(*Remény*)은 1845년 작.

5) '카자크'는 '코자크'라고도 한다. 터키 말로 '자유인' 또는 '용감한 사람'을 뜻한다. 봉건 압제를 견디다 못한 러시아의 일부 농노와 도시 빈민들이 15세기 후반에서 16세기 전반에 이르는 시기에 러시아 중부 지역에서 도망하여 러시아 남부의 쿠반 강, 돈 강 일대에 정착하였다. 스스로를 카자크라 일컬은 그들은 기병전에 능하여 제정(帝政) 시대에 다수가 군대에 편입되었다. 1849년 제정 러시아가 오스트리아를 도와 헝가리 혁명을 진압하였고 그때 카자크 군대가 동원되었다.

눈[1]

따뜻한 나라[2]의 비는 종래로 얼음처럼 차고 딱딱하고 눈부신 눈꽃으로 변한 적이 없다. 박식한 사람들은 그런 비를 단조롭다 여길 터이나 비 자신은 그걸 불행으로 여길까? 강남의 눈은 그지없이 촉촉하고 아리땁다. 그것은 어렴풋한 청춘의 소식이며, 아주 건장한 처녀의 살갗이다. 눈 내린 벌에 핏빛으로 붉은 보주 동백꽃이 있고, 새하얀 바탕에 푸른빛이 도는 홑꽃 매화가 있고, 샛노란 경쇠 주둥이 납매화가 있다.[3] 눈 밑에는 파랗게 언 잡초가 있다. 나비는 분명 없었다. 꿀벌이 동백꽃과 매화 꿀을 따러 왔는지는 기억이 확실치 않다. 하지만 내 눈에는 눈 내린 벌에 겨울 꽃이 피고 수많은 꿀벌들이 바삐 나는 게 보이는 듯하다. 그것들이 웅웅대는 소리가 들리는 듯하다.

　아이들 일고여덟이 빨갛게 얼어 보라색 생강 순처럼 된 조막손을 입김으로 녹이면서 눈사람을 만든다. 제대로 만들지 못하자 어느 아이의 아버지인가가 와서 도왔다. 눈사람은 애들 키보다 컸다. 비록 위는 작고 아래가 큰 눈무더기에 지나지 않아 사람 모양인지 조롱박 모양인지 알 수 없으나, 새하얗고 환한 것이 제 자신의 촉촉한 기氣와 어우러져 반짝반짝 빛났다. 아이들은 용안⁴⁾ 씨로 눈을 박아 넣고 뉘 집 엄마인가의 지분갑에서 몰래 가져온 연지로 입술을 그려 넣었다. 이렇게 해놓으니 확실히 커다란 아라한⁵⁾ 같았다. 형형한 눈빛, 붉은 입술로 눈밭에 앉아 있었다.

이튿날 몇몇 아이들이 방문하여 박수를 치고 절을 하고 낄낄대었다. 그러나 눈사람은 마침내 홀로 남았다. 맑은 낮에 살갗이 녹아내렸다가 추운 밤에 한 꺼풀 다시 얼어붙어 불투명한 수정 모양으로 되었다. 맑은 날이 계속되면 또 어떤 모습으로 될지 모른다. 입술연지도 색이 바랬다.

그렇지만 북방의 눈은, 흩날린 뒤에, 언제까지고 가루이고 모래이다. 그것은 결코 엉겨 붙는 법 없이 지붕 위에 땅 위에 마른 풀 위에 뿌려진다. 그뿐이다. 지붕 위의 눈은 일찍 녹는다. 지붕 아래 사람들이 피운 온기 때문에. 나머지 것들은, 맑은 하늘 아래 문득 부는 회오리바람에 기운차게 날아올라 햇빛 속에서 찬란하게 빛을 발한다. 불꽃을 담은 안개처럼 하늘 가득 회오리쳐 올라, 드넓은 하늘 또한 번뜩이며 날아오르게 한다.

가없는 광야, 살을 에는 하늘 아래서 반짝이며 회오리쳐 오르는 것은, 비의 정령精靈이다……

그렇다, 그것은 고독한 눈, 죽은 비, 비의 정령이다.

1925년 1월 18일

주)_____

1) 원제는 「雪」, 1925년 1월 26일 『위쓰』 제11호에 처음 실렸다.

2) 루쉰의 고향이 저장성 사오싱, 따뜻한 남쪽 나라이다.

3) '보주 동백꽃', '홑꽃 매화'의 원문은 각각 '寶珠山茶', '單瓣梅花'이다. '경쇠 주둥이 납매화'의 원문은 '磬口的蠟梅花', 경쇠의 주둥이(磬口)처럼 생긴 납매화라는 뜻이다. 경쇠는 절에서 예불할 때 흔드는 나무 손잡이가 달린 작은 종. 청대 진호자(陳淏子)의 『화경』(花鏡) 제3권에 따르면 납매화는 "둥근 꽃잎이 샛노랗고 생김새가 백매(白梅) 같으나, 활짝 피어도 반쯤 오므린 것처럼 보이므로 '경쇠 주둥이'라 하여 사람들이 진귀하게 여긴다."

4) 용안(龍眼). 과일 이름. 씨가 짙은 밤색으로 구슬처럼 생겨서 '용의 눈'이라 부른다. '둥근 눈알'(圓眼)이라고도 한다.

5) '아라한'(阿羅漢)은 소승불교에서 번뇌를 벗어난 승려를 일컫는 말이다. 줄여서 '나한'(羅漢)이라고도 한다. '눈사람'을 중국어로 '설인'(雪人) 또는 '설나한'(雪羅漢)이라 한다.

연[1]

베이징의 겨울. 땅에는 쌓인 눈이 남아 있고 헐벗은 나무가 맑은 하늘을 향해 거무튀튀한 가지를 벌리고 섰다. 그런데 먼 데에 연이 한둘 떠 있었다. 그것이 내게 놀랍고 서글펐다.

고향에서는 춘春 2월이 연 날리는 철이다. 싸르릉 하는 바람개비[2] 소리에 고개를 들면 옅은 먹빛 게연이나 연푸른색 지네연을 볼 수 있다. 또 외로운 방패연이 바람개비도 없이 나지막이 떠서 초췌하고 짠한 모습을 드러낸다. 그러나 그 무렵이면 버드나무는 벌써 싹이 터 있고 일찍 피는 소귀나무도 꽃망울을 머금어 아이들이 벌여 놓은 하늘 위의 장식들과 함께 봄날의 다스함을 연출한다. 그런데 나는, 어디에 있는가. 사방이 스산한 엄동嚴冬이건만, 오래전에 작별한 고향, 오래전에 흘러간 봄이 하늘에서 맴돌고 있다.

그러나 나는 연날리기를 좋아한 적이 없다. 좋아하기는커녕 역겨워했다. 싹수없는 아이놀음이라 여겼기 때문이다. 아우는 나와 달랐다. 그때 그는 열 살 안팎이었을 게다. 병치레가 잦아 비쩍 말랐던 그는 연을 최고로 좋아했지만, 연을 살 돈이 없었고 나 또한 허락하지 않았기에, 그는, 자그마한 입을 멍하니 벌리고 넋이 나가 하늘을 보는 수밖에 없었다. 어떤 때는 반나절을 그러고 있었다. 먼 곳의 게연이 곤두박질치면 깜짝 놀라서 소리쳤고, 방패연 둘이 얽혔던 게 풀리면 깡충깡충 뛰어 대며 좋아했다. 이런 것들이 내 보기에, 우습고 못났다.

어느 날 문득 그를 오랫동안 보지 못했다는 생각이 들었다. 그가 뒤뜰에서 마른 댓가지를 줍던 걸 본 기억도 났다. 나는 크낙한 깨달음을 얻기라도 한 양, 잡동사니를 쌓아 둔, 거의 사람이 들지 않는 헛간으로 달려갔다. 문을 젖히니 아니나 다를까, 먼지 쌓인 집물 더미 속에 그가 있었다. 큰 걸상을 마주하여 작은 걸상에 앉아 있던 그가 황망히 일어섰다. 낯빛이 가신 채 잔뜩 움츠리고서. 큰 걸상 곁에 나비연의 뼈대가 아직 종이를 바르지 않은 채 비스듬히 놓여 있었고, 걸상 위에는 나비연의 두 눈을 만들 요량으로 붉은 종이를 길게 오려 꾸민 바람개비 두 개가 거진 다 만들어져 있었다. 나는 그의 음모를 파헤친 만족감을 느끼는 한편, 그가 내 눈을 속여 가면서, 이렇게까지 심혈을 기울여, 싹수없는 애들 노리개를 몰래 만들고 있던 데에 분노하였다. 나는 바로 나비의 두 날개를 부러뜨렸고 바람개비를 땅바닥에 동댕이치고 짓밟았다. 나이로 보나 힘으로 보나 그는 나의 적수가 못 되었다. 나는 당연히 완벽한 승리를 거뒀고, 꼿꼿한 걸음으로 곳간을 나섰다. 절망하여 서 있는 그를 곳간 안에 버려둔 채. 나중에 그가 어땠는가는 알지 못한다. 알 바도 아니었다.

그러나 내게 마침내 징벌이 내려졌다. 우리가 헤어진 지 오래 뒤, 나는 이미 중년이었다. 불행히도 나는 우연찮게 어린이에 관한 외국 책을 한 권 읽었고, 그제서야 놀이가 어린이에게 가장 합당한 일이며 노리개는 어린이의 천사라는 것을 알았다. 그리하여 홀연 20년을 까맣게 잊고 있던 어린 시절의, 정신적 학살 장면이 눈앞에 펼쳐졌다. 내 심장은 금세 납덩 어리로 변하여 무겁게, 무겁게 내려앉았다.

그런데 심장은 뚝 떨어져 버리지 않고 무겁게, 무겁게 내려앉기만 하였다.

나는 잘못을 바로잡을 방법을 알았다. 그에게 연을 선물하고, 그가 연 날리는 것을 찬성하고, 그에게 연을 날리라고 부추겨서, 함께 연을 날리는 것이다. 우리는 소리치고, 내닫고, 웃어 댄다. ——그렇지만 그때 그는 이미, 나처럼 수염이 나 있었다.

나는 다른 방법도 알고 있었다. 그에게 용서를 빌자. 그래서 그가 "저는 털끝만큼도 원망하지 않습니다" 하고 말한다면, 그런다면 내 마음은 가뿐해질 것이다. 이것은 확실히 현실성 있는 방법이었다. 언젠가, 다시 만났을 때, '삶'의 고단함으로 생긴 주름살이 우리 둘의 얼굴에 새겨져 있었다. 나는 마음이 무거웠다. 이래저래, 어릴 적 이야기가 나왔다. 나는 그때의 그 일을 말하였다. 철없던 때의 어리석은 짓이었다고. "저는 털끝만큼도 원망하지 않습니다." 그가 이렇게 말해 준다면 나는 용서받는 것이고 나의 마음도 홀가분해질 것이었다.

"그런 일이 있었어요?" 그가 놀랍다는 듯 웃으며 말했다. 곁에서 남의 이야기를 들은 것처럼. 그는, 아무 기억도 없었다.

깡그리 잊어서 털끝만 한 원한도 없는데, 용서고 뭐고 할 게 있겠는가? 원한 없는 용서는 거짓일 뿐이다.

그런 터에 무엇을 바랄 수 있겠는가? 나의 마음은 무겁기만 하였다.

지금, 고향의 봄이 이 타지他地의 하늘에서, 오래전에 가 버린 추억과 함께 가늠할 길 없는 비애를 내게 안겨 준다. 차라리 스산한 엄동 속으로 숨어 버릴까.──하지만 사방은 의심할 바 없는 엄동으로, 엄청난 서슬과 냉기를 뿜고 있다.

1925년 1월 24일

주)_____

1) 원제는 「風箏」, 1925년 2월 2일 『위쓰』 제12호에 처음 실렸다.
2) '바람개비'(風輪)는 바람에 돌면서 소리 나도록 연에 만들어 붙이는 작은 바퀴이다.

아름다운 이야기[1]

등잔불이 잦아드는 게 석유가 바닥날 것을 예고하는 거다. 석유가 이름 없는 제품이어서 등피가 잔뜩 그을려 있다. 사방에서 폭죽소리가 울리고[2] 담배 연기가 방 안에 가득하다. 어둡게 가라앉은 밤이다.

나는 눈을 감고 몸을 젖혀 등받이에 기대었다. 『초학기』[3]를 쥔 손을 무릎에 올린 채.

나는 몽롱한 가운데 아름다운 이야기를 보았다.

아름답고 고상하고 재미있는 이야기였다. 여러 아름다운 사람과 아름다운 일이 하늘 가득 구름처럼 어우러졌고, 그것들이, 천만 톨 별처럼 날고 있었다. 한없이 퍼져 나가고 있었다.

내게 쪽배를 타고 산음도[4]를 지난 기억이 있는 듯하다. 양쪽 기슭에 오구나무며 막 심어 놓은 벼, 들꽃, 달, 강아지, 수풀, 그리고 말라 죽은 나무, 초가집, 탑, 절, 농사꾼과 시골 아낙, 널어놓은 빨래, 중, 삿갓, 하늘, 구름, 대나무……가 파하란 냇물에 그림자를 드리우고, 노를 저으면, 저마다 햇살에 반짝였다. 물속 풀과 물고기도 출렁였다. 그림자와 사물들치고 흐트러지지 않은 게 없었다. 흔들흔들 커졌고, 합쳐졌고, 합쳐졌다가 졸아들어 본 모양으로 돌아갔다. 가장자리는 뭉게구름처럼 햇빛을 둘러, 수은水銀빛 불꽃이 일었다. 내가 지나 본 물길이 다 그러하였다.

지금 내가 본 이야기도 그와 같다. 물에 비친 하늘 자락, 모든 사물들이 그 위에 얽혀, 언제까지고 살아 움직이고, 언제까지고 펼쳐질 이야기를 엮어 내었다. 나는 이 이야기의 끝을 알지 못한다.

강가, 마른 버드나무 아래 껑충한 접시꽃 몇 그루는 시골 아낙이 심은 것일 게다. 빨갛고 알록달록한 접시꽃 그림자가 물에 비쳐 흔들리다가 홀연 산산이 흩어지고, 이내 가느다랗게 늘어나 연지臙脂를 푼 물처럼 되었다. 어지럽지 않게. 초가집, 강아지, 탑, 시골 아낙, 구름,…… 들도 물 위에 떠 움직였다. 다홍빛 붉은 접시꽃이 송이마다 늘어져 비치더니 팔딱이는 비단 띠로 되었다. 띠가 강아지와 얽히고, 강아지가 구름과 얽히고, 흰구름은 시골 아낙과 얽히고……. 한순간에 그것들은 다시 졸아들었다. 알록달록 붉은 접시꽃이 길게 늘어나 탑, 시골 아낙, 강아지, 초가집, 구름 속으로 얽혀 들었다.

지금, 내가 본 이야기가 또렷해졌다. 아름답고, 고상하고, 재미있고, 게다가 또렷하였다. 푸른 하늘 위, 수없이 많은 아름다운 사람, 아름다운 일들을 나는 낱낱이 보았고 낱낱이 안다.

나는 그것들을 눈여겨보려 하였다…….

나는, 막 그것들을 눈여겨보려는 순간, 깜짝 놀라 눈을 떴다. 구름이 눈살 찌푸린 채 뒤죽박죽이었다. 누군가가 강에 커다란 돌을 던졌는지 돌연 물살이 일어 물에 비친 그림자를 부숴 놓았다. 나는 무의식적으로 황급히, 방바닥으로 떨어지려던 『초학기』를 붙들었다. 눈앞에는 아직도 무지갯빛 그림자 조각이 어른거렸다.

　나는 이 아름다운 이야기가 참 좋다. 그림자 자취들이 몇 조각 남아 있는 김에, 그것들을 되짚어서 온전하게 남겨 두고 싶었다. 그래 책을 내던지고 기지개를 켜며 붓을 들었으나, ──조각난 그림자는 남아 있지 않고 어두침침한 등잔 불빛만 보일 뿐이다. 나는 쪽배를 타고 있지 않았다.

　그렇지만 나는 이 아름다운 이야기를 본 것을 기억한다. 이 어둡게 가라앉은 밤에…….

1925년 2월 24일⁵⁾

주)‾‾‾‾‾‾

1) 원제는 「好的故事」, 1925년 2월 9일 『위쓰』 제13호에 처음 실렸다.
2) 중국에서는 설을 앞두고 폭죽을 터뜨리는 풍습이 있다.
3) 『초학기』(初學記)는 유서(類書; 여러 가지 책을 모아 사항에 따라 분류해서 검색에 편리하게 한 책)의 이름이다. 당대 서견(徐堅) 등이 여러 경서와 제자서, 역대의 시부(詩賦) 및 당나라 초의 작품들에서 집록(輯錄)하였다.
4) '산음도'(山陰道)는 루쉰의 고향 사오싱현(紹興縣)의 현성(縣城) 서남쪽 일대에 있는 풍광 좋은 곳이다.
5) 작품 말미에 써 놓은 날짜가 발표된 날보다 늦다. 착오가 있는 듯하다. 루쉰의 1925년 1월 28일자 일기에 "『들풀』 한 편을 쓰다"라 한 것이 이 작품을 가리키는 것으로 보아야 할 것이다.

길손[1]

때 : 어느 날 황혼 무렵.

곳 : 어느 곳.

나오는 사람들

늙은이 : 일흔 살가량, 흰머리, 검정색 긴 두루마기.

여자아이 : 열 살가량, 갈색 머리, 검은 눈동자, 흰 바탕에 검은색 격자무늬가 있는 긴 저고리.

길손 : 삼사십 살가량. 몹시 지쳐 있지만 고집 있어 보인다. 어두운 눈빛, 검은 수염, 흐트러진 머리카락, 너덜너덜한 검정색 몽당 바지저고리, 맨발에, 해진 신발. 겨드랑 아래 보퉁이를 끼고, 키 높이의 대지팡이를 짚었다.

동쪽은 몇 그루 잡목과 기와 조각, 서쪽은 퇴락한 무덤들, 그 사이로 길 같은 것의 흔적이 있다. 그 흔적 쪽으로 단칸 흙집의 문이 열려 있다. 문 옆에 나무 그루터기가 하나 있다.

(여자아이가 그루터기에 앉아 있는 늙은이를 부축하여 일으키려 한다.)

늙은이 얘야. 애! 왜 가만히 있는 게냐?

여자아이 (동쪽을 보며) 누가 와요. 저걸 보세요.

늙은이 그럴 필요 없다. 집으로 들어가게 부축해 다오. 해가 지겠다.

여자아이 저는, —— 보세요.

늙은이 허, 애는! 날마다 하늘을 보고 땅을 보고 바람을 보면서 볼만한 게 아직 모자라느냐? 그것들보다 보기 좋은 것은 없단다. 굳이 무엇을 또 보 겠다는 게냐. 해가 질 때 나타나는 것치고 네게 좋을 건 없다.…… 들어가 자꾸나.

여자아이 그렇지만, 벌써 가까이 왔어요. 아, 거지네요.

늙은이 거지라고? 설마.

(길손이 동쪽 잡목 사이에서 비틀거리면서 걸어 나온다. 잠시 주저하다가, 늙 은이에게 천천히 다가간다.)

길손 영감님, 안녕하십니까?

늙은이 아, 예! 덕분에. 안녕하시오?

길손 영감님, 대단히 죄송합니다만, 물을 한 잔 마실 수 있겠습니까? 걷다 보니 목이 너무 마릅니다. 여기엔 못도 웅덩이도 없어서요.

늙은이 음. 그럽시다. 앉으세요. (여자아이를 보며) 애야, 물을 떠 오너라. 그릇을 깨끗하게 씻어서.

(여자아이가 말없이 흙집으로 들어간다.)

늙은이 손님, 앉으시지요. 존함이 어찌 되십니까?

길손 이름요? ——저도 모릅니다. 제가 기억을 할 수 있을 때부터 저는, 혼 자였습니다. 제 본래 이름이 무엇인지, 저는 모릅니다. 길을 나선 뒤로 사 람들이 되는대로 제 이름을 불렀지만, 가지각색이어서, 저도 기억이 또렷하지 않습니다. 매번 이름이 달랐습니다.

늙은이 허. 그렇다면, 어디서 오시는 길이오?

길손 (머뭇거리더니) 저도 모릅니다. 기억을 할 수 있을 때부터 저는, 이렇게 걷고 있었습니다.

늙은이 그렇군요. 그러면, 어디로 가시는 길인지, 물어봐도 되겠소?

길손 괜찮고 말고요.——그렇지만, 저도 모릅니다. 기억을 할 수 있을 때부터 저는, 이렇게 걷고 있었습니다, 어디론가 가려고. 그곳은, 앞입니다. 먼 길을 걸었다는 것만 생각납니다. 지금 이곳에 와 있지요. 저는 인차 저쪽 (서쪽을 가리키며) 앞쪽! 으로, 계속해서 걸어, 갈 것입니다.

(여자아이가 나무 그릇을 조심스레 받쳐 들고 나와, 건네준다.)

길손 (물그릇을 받으며) 고마워요, 아가씨. (두 입에 물을 다 마시고 그릇을 돌려준다.) 고마워요, 아가씨. 이렇게 고마울 데가. 정말이지 뭐라고 감사해야 할지 모르겠소!

늙은이 그렇게 고마워하지 마시오. 그건 댁에게도 좋을 게 없소.

길손 그렇습니다, 제게 좋을 게 없지요. 그렇지만 기력이 많이 회복되었습니다. 지금 길을 나서렵니다. 영감님, 영감님은 여기서 오래 사셨으니 앞쪽에 무엇이 있는지 아시겠지요?

늙은이 앞? 앞쪽은, 무덤[2]이오.

길손 (의아해하며) 무덤?

여자아이 아니에요, 아녜요. 거기에는 들백합[3] 들장미가 하고많아요. 제가 늘 놀러가는걸요. 그것들을 보려고요.

길손 (서쪽을 바라보며, 어슴푸레 미소 짓는다.) 그래. 거기에는 들백합과 들장미 꽃이 많지. 나도 놀러 가서 본 적이 있단다. 그렇지만 그건, 무덤이야. (늙은이에게) 영감님, 무덤 있는 데를 지나면 무엇이 있습니까?

늙은이 무덤 너머? 그건 나도 모르오. 가 본 적이 없으니까.

길손 모르신다구요?!

여자아이 저도 몰라요.

늙은이 나는 남쪽, 북쪽, 그리고 동쪽——당신이 이곳을 향해 출발한 곳만 알 뿐이오. 거기는 내가 가장 잘 아는 곳이지. 아마 당신네에게 가장 좋은 곳일 거요. 내가 말이 많다고 탓하지 마시오. 내 보아하니, 당신은 너무 지쳐 있소. 되돌아가는 편이 낫겠소. 나아간대도 끝까지 갈 수 있다는 보장도 없고.

길손 끝까지 가리라는 보장이 없다고요? …… (생각에 잠겼다가, 깜짝 놀란다.) 안 됩니다! 가야 합니다. 되돌아가 봤자 거기에는, 명분이 없는 곳이 없고, 지주가 없는 곳이 없으며, 추방과 감옥이 없는 곳이 없고, 겉에 바른 웃음이 없는 곳이 없고, 눈시울에 눈물 없는 곳이 없습니다. 저는 그것들을 증오합니다. 돌아가지 않을 겁니다.

늙은이 그건 아니지요. 마음에서 우러나서 눈물 흘리면서, 댁을 위해 슬퍼하는 이도 있는 것이오.

길손 아닙니다, 저는. 그 사람들이 마음에서 우러나는 눈물을 흘리는 것을 보고 싶지 않습니다. 그들이 저를 위해 슬퍼하는 것도 바라지 않습니다.

늙은이 그렇다면, 당신은, (고개를 저으며) 가는 수밖에 없겠소.

길손 그렇습니다. 저는 갈 수밖에 없습니다. 게다가 앞에서 저를 재촉하는 소리, 부르는 소리가 있습니다. 저를 멈추지 못하게 하는 소리가 있습니다. 제 발이 망가진 게 원망스럽습니다. 여러 군데를 다쳤고, 피를 많이 흘렸습니다. (한쪽 발을 들어 늙은이에게 보인다.) 그래서 저는, 피가 부족합니다. 피를 좀 마셔야 해요. 그렇지만 피가 어디 있습니까? 설령 누군가의 피가 있다고 하더라도 그 누가 되었건 저는 그 사람의 피를 마시고 싶지 않습니다. 물을 좀 마셔서 제 피를 보충하는 수밖에 없습니다. 걷다 보면 물은 있게 마련이라, 부족한 것은 없다고 느낍니다. 단지 기력이 부칩니다. 피가 묽어져서 그럴 겁니다. 오늘은 작은 웅덩이도 보지 못했는데, 길을 적게 걸어서 그럴 겁니다.

늙은이 꼭 그렇지만은 않을 거요. 해가 저물었는데 내 생각엔, 잠시 쉬는 게 낫겠소. 나처럼 말이오.

길손 하지만 저, 앞에서 부르는 소리가 절 보고 걸으라고 합니다.

늙은이 나도 아오.

길손 영감님이 아신다고요? 그 소리를 아십니까?

늙은이 그렇소. 나를 부른 적이 있었던 듯하오.

길손 그 소리가 지금 저를 부르는 이 소리입니까?

늙은이 그건 나도 모르오. 몇 차례 소리쳐 부르는 걸 모른 체하였더니 더는 부르지 않더군. 나도 또렷이 기억나지는 않소.

길손 으음, 모른 체한다……. (생각에 잠겼다가, 깜짝 놀라 귀 기울인다.) 아니야! 아무래도 가는 편이 낫습니다. 저는 멈출 수 없습니다. 두 발이 망가진 게 한이 됩니다. (떠날 채비를 한다.)

여자아이 받으세요! (헝겊 한 조각을 건네면서) 이걸로 다친 데를 싸매세요.

길손 고마워요, (건네받으면서) 아가씨. 참으로……. 이렇게 고마울 데가. 덕분에 훨씬 많이 걸을 수 있을 거요. (깨진 벽돌 위에 앉아 복사뼈를 싸매려다 말고) 그렇지만, 아니야! (힘을 다해 일어서면서) 아가씨, 돌려주리다. 너무 작아서 싸맬 수가 없어요. 이렇게 큰 호의를, 보답할 길도 없고.

늙은이 그렇게 고마워하지 마시오. 그건 댁에게도 좋지 않소.

길손 그렇습니다. 제게 좋을 게 없습니다. 그렇지만 제게는 이게 최상의 보시布施입니다. 보세요, 제가 온몸이 이렇듯.

늙은이 너무 고집부리지 마시오.

길손 그렇지요. 허나 저는 그럴 수 없습니다. 저는 제가 그렇게 될까 두렵습니다. 만약 누군가의 보시를 제가 받는다면, 저는 콘도르가 주검을 본 것처럼, 사방을 선회하면서 그 사람의 멸망을 친히 보거나, 그 사람 이외의 모든 것, 저 자신을 포함한 모든 것이 멸망하기를, 축원할 것입니다. 저도 저주받아 마땅하기에.[4] 그러나 저는 아직 그럴 힘이 없습니다. 설령 그럴 힘이 있더라도, 그 사람이 그런 처지에 빠지는 것은 바라지 않습니다. 그 사람들도 그런 처지에 놓일 것을 원치 않을 것이기 때문입니다. 저는, 그게 가장 온당하리라 봅니다. (여자아이에게) 아가씨, 이 헝겊이 참 좋지만 좀 작소. 돌려주리다.

여자아이 (두려워 뒷걸음치며) 싫어요! 가져가세요!

길손 (웃는 듯) 아, …… 내가 만져 놓아서?

여자아이 (고개를 끄덕이면서 보퉁이를 가리킨다.) 거기 담으세요.

길손 (풀이 죽어 물러서면서) 그렇지만 이걸 어떻게 지고 간담?

늙은이 쉬지 않고서는 지고 갈 수 없을 거요. ── 잠깐만 쉬면 괜찮을 거요.

길손 옳습니다. 쉬어야지요……. (말없이 생각에 잠겼다가, 바로 정신이 들어 귀 기울인다.) 아녜요, 안 됩니다! 저는 아무래도 가야 합니다.

늙은이 끝내 쉬고 싶지 않은 거요?

길손 쉬고 싶습니다.

늙은이 그렇담, 잠시 쉬시구려.

길손 그렇지만, 저는…….

늙은이 결국은 가는 편이 좋다는 거요?

길손 그렇습니다. 아무래도 가야 합니다.

늙은이 그렇다면, 가는 게 좋겠소.

길손 (허리를 펴며) 자, 이제 작별하렵니다. 두 분, 고맙습니다. (여자아이를 보며) 아가씨, 이것을 돌려주겠소. 받으시오.

(여자아이가 무서워 손을 빼면서 흙집 안으로 숨는다.)

늙은이 가지고 가시오. 너무 무거우면 언제라도 무덤에다 버리면 되고.

여자아이 (앞으로 나서며) 아, 그건 안 돼요!

길손 아, 그건 안 되지.

늙은이 그렇다면 들백합이나 들장미에 걸쳐 놓으시오.

여자아이 (손뼉을 치며) 하하! 그게 좋아요!

길손 음…….

(아주 짧은, 침묵.)

늙은이 그럼, 안녕히 가시오. 평안하시기를. (일어서서 여자아이를 바라) 얘야, 나를 부축해라. 보아라, 벌써 해가 졌잖니? (몸을 돌려 문을 향한다.)

길손 두 분, 고맙습니다. 평안하시기를. (서성이며 생각에 빠졌다가 깜짝 놀라) 하지만 안 돼! 나는 가야 해. 아무래도 가는 게 옳아……. (즉시 고개를 들고, 힘차게 서쪽으로 걸어간다.)

(여자아이가 노인을 부축하여 흙집으로 들어서고, 바로 문이 닫힌다. 길손이 들판을 향해 비틀거리며 나아가고 밤빛이 그의 뒤를 따른다.)

1925년 3월 2일

주)＿＿＿＿＿

1) 원제는 「過客」, 1925년 3월 9일 주간지 『위쓰』에 처음 실렸다.

2) 루쉰은 「『무덤』 뒤에 쓰다」에서 이렇게 말했다. "나는 다만 하나의 종점, 그것이 바로 무덤이라는 것만은 아주 확실하게 알고 있다. 하지만 이는 모두가 다 알고 있는 것이므로 누가 안내할 필요도 없다. 문제는 여기서 거기까지 가는 길에 달려 있다. 그 길은 물론 하나일 수 없는데, 비록 지금도 가끔 찾고 있지만 나는 정말 어느 길이 좋은지 알지 못하고 있다."

3) '들백합'의 원문은 '野百合'이다. 백합속(屬) 야생 초본류의 총칭으로 종류가 매우 많다. 그중 우리말로 활나물, 야백합이라 부르는 것은 7~9월에 꽃이 핀다.

4) 루쉰은 이 글을 쓴 뒤 얼마 지나지 않아 쉬광핑에게 다음과 같은 서신을 보냈다. "나와 관련된 사람이 살아 있으면 오히려 마음이 놓이지 않습니다. 죽으면, 마음이 놓입니다. 이런 생각은 「길손」에서도 말한 바 있습니다."(『먼 곳에서 온 편지』 제1집, 24)

죽은 불[1]

나는 내가 얼음산 사이를 달리는 꿈을 꾸었다.

그것은 거대한 얼음산이었다. 위로 얼음하늘과 맞닿았으며 하늘에는 비늘 같은 얼음구름이 가득하였다. 산기슭에 얼음숲이 있고 나뭇잎들은 모두 바늘 모양이다. 모든 것이 차갑고 모든 것이 희푸릇하였다.

나는 갑자기 얼음골짜기에 떨어졌다.

위아래 사방이 온통 차갑고 희푸릇하지 않은 게 없었다. 그런데 희푸르스름한 얼음 위에 빨간 그림자가 무수히, 산호珊瑚 그물처럼 얽혀 있었다. 나는 발밑을 굽어보았다. 불꽃이 있었다.

그것은 죽은 불이었다. 불꽃의 형태만 있을 뿐 움직임은 전혀 없었다. 온통 얼어붙어 산호초 같았다. 끄트머리에는 얼어붙은 검은 연기도 있었다. 막 화택[2]에서 나와서, 그래서 바짝 그을려 있나 싶다. 이것이 사방 얼음벽에 비치고 반사되어 수없이 많은 그림자를 만들어 냄으로써 이 얼음골짜기를 산호색으로 만들어 놓았다.

하하!

어릴 적에 나는 쾌속정이 일으키는 물보라와, 용광로가 뿜는 불꽃을 보기 좋아하였다. 그저 좋아하는 데에 그치지 않고, 똑똑히 보아 두고 싶었다. 안타깝게도 그것들은 변화무상해서 정해진 생김새가 없었다. 뚫어지게 보고 또 보았건만 일정한 자취를 남기지 않았다.

죽은 불꽃, 이제 너를 얻었구나!

나는 죽은 불을 주워 들었다. 꼼꼼히 보려 하니 찬 기운에 손가락이 타는 듯하였다. 그렇지만 나는 아픔을 참으면서 그것을 주머니에 넣었다. 얼음골짜기 사방이 바로 희푸르르해졌다. 나는 얼음골짜기를 빠져나갈 방법을 생각하였다.

나의 몸에서 검은 연기가 한 올, 쇠실뱀[3]처럼 피어올랐다. 얼음골짜기 사방이 즉시, 빨간 불꽃이 너울대며 불구덩이[4]처럼 나를 에워쌌다. 고개 숙여 바라보니, 죽은 불이 타고 있었다. 내 옷을 뚫고 나와 얼음바닥에 흘렀다.

"오, 동무! 동무가 몸의 온기溫氣로 나를 깨워 주었소." 그가 말했다.

나는 얼른 알은체하면서 그의 이름을 물었다.

"사람들이 나를 얼음골짜기에 버렸소." 그가 엉뚱한 대답을 했다. "나를 버린 사람들은 오래전에 죽고 없소. 나도 얼어서 죽을 지경이었소. 만약 동무가 내게 온기를 주지 않았다면, 그래 다시 타오를 수 없었다면, 나는 얼마 안 있어 죽어 없어질 참이었소."

"당신이 깨어났다니, 나도 기쁘오. 나는 지금 얼음골짜기를 벗어날 길을 생각 중이오. 나는 당신을 가지고 갈까 하는데. 당신이 다시는 얼어붙지 않고 언제까지고 활활 탈 수 있도록."

"아! 그러면 나는, 타서 없어지고 마오!"

"당신이 타 없어진다면 안타까운 일이지요. 그럼 당신을 남겨 두리다. 여기에 남아 있으시오."

"아! 그럼 나는, 얼어 죽고 말 것이오!"

"그렇다면, 어찌하리까?"

"그런데 당신은, 어찌하려오?" 그가 반문하였다.

"내 말하지 않았소. 나는 이 얼음골짜기에서 나가려 하오……."

"그럼 나는, 차라리 타 버릴까!"

그가 갑자기 뛰어올랐다. 마치 별똥별처럼, 나를 데리고 얼음골짜기 구멍 밖으로 나왔다. 돌연 커다란 돌수레가 달려들었다. 나는 바퀴에 깔려 죽고 말았다. 그러나 수레가 얼음골짜기로 떨어지는 것은 볼 수 있었다.

"하하! 너희가 다시는 죽은 불을 볼 수 없을 것이다!" 나는 의기양양 웃으면서 말했다. 마치 그렇게 되기를 바랐던 것처럼.

1925년 4월 23일

주)＿＿＿＿

1) 원제는 「死火」, 1925년 5월 4일 『위쓰』에 처음 실렸다.

2) 화택(火宅). 불교 용어이다. 『법화경』(法華經) 「비유품」(譬喩品)에 다음과 같은 말이 있다. "3계(여기서는 욕계·색계·무색계, 널리 세계를 가리킨다)는 불붙은 집과 같이 평안치 않다. 여러 괴로움으로 가득하여 무시무시하다. 언제나 생로병사의 근심이 있고 이런 불길들은 꺼지지 않고 타오른다." 요컨대 불에 타고 있는 집이라는 뜻으로, 번뇌와 고통이 가득한 이 세상을 이르는 말이다.

3) 쇠실뱀(鐵線蛇). 장님뱀(盲蛇)이라고도 한다. 독이 없고 지렁이처럼 생겼다. 중국에서 가장 작은 종류의 뱀이다.

4) 불구덩이(火聚). 불교 용어. 사나운 불길이 몰려드는 곳.

개의 힐난[1]

나는 내가 좁은 골목길을 가는 꿈을 꾸었다. 너덜너덜한 옷 하며 신발이 영락없는 거지였다.

개 한 마리가 등 뒤에서 짖었다.

내가 오만하게 돌아보며 꾸짖었다.

"야! 닥쳐! 쥔 믿고 유세하는 개새끼!"

"헤헤!" 개가 웃더니 말을 이었다. "천만에. 나는 사람만 못한 게 부끄러운걸."

"뭐라고!?" 나는 분개했다. 그건 극단적인 모욕이었다.

"나는 부끄러워. 아무리 해도 구리와 은[2]을 구별할 줄 모르겠고, 무명과 비단을 구별할 줄 모르겠고, 관리와 백성, 주인과 노예,……를 구별할 줄 모르겠으니 말이야."

나는 달아났다.

"잠깐! 우리 얘기 좀 하지……." 개가 뒤에서 큰소리로 붙들었다.

나는 냅다 달아났다. 힘을 다해 달렸다. 꿈결에서 벗어날 때까지 나는, 침대 위에 누워 있었다.

1925년 4월 23일

주)_____

1) 원제는「狗的駁詰」, 1925년 5월 4일『위쓰』에 처음 실렸다.
2) '구리'와 '은'은 돈을 뜻한다.

잃어버린 좋은 지옥[1]

나는 내가 침대에 누워 있는 꿈을 꾸었다. 황량한 벌판, 지옥 가장자리였다. 모든[2] 귀신鬼魂들이 울부짖는 소리가 나지막하나 질서 있었다. 그것들은, 포효하는 불꽃, 들끓는 기름, 흔들리는 삼지창과 어우러져 마음을 취하게 하는 크낙한 음악[3]을 이루면서 삼계[4]에, '지하地下 태평'을 알리고 있었다.

한 위대한 남자가 내 앞에 섰다. 아름답고 자비롭고 온몸에 환한 빛大光輝이 서렸다. 그러나 나는 그가 마귀임을 알았다.

"모든 것이 끝장이다, 모든 게 끝장났어! 불쌍한 귀신들이 그 좋은 지옥을 잃고 말았다!" 그가 비분悲憤하여 말하더니 자리에 앉아 자기가 알고 있는 이야기를 들려주었다——

"하늘과 땅이 꿀빛일 때가, 마귀가 천신天神을 물리치고 모든 것을 주재하는 큰 권위를 장악한 때였다. 그는 천국을 손에 넣고 인간 세상을 손에 넣고 지옥도 손에 넣었다. 그는 몸소 지옥에 임하였다. 그곳 한가운데에 앉아 온몸의 환한 빛으로 모든 귀신 무리一切鬼衆를 비추었다.

　"지옥은 기강이 풀린 지 오래였다. 칼나무⁵⁾가 빛을 잃고, 기름 가마가 들끓지 않게 된 지 오래되었고, 불구덩이에서도 어쩌다 냉갈만 피어올랐다. 먼 데에 만다라꽃이 봉오리를 틔웠는데 작디작은 꽃떨기가 파리하고 애잔했다. ──그도 그럴 것이, 온 땅이 불에 타 버려서 기름기라곤 없었기 때문이다.

　"귀신들이 식어 버린 기름, 미지근한 불구덩이에서 깨어나, 마귀가 비추는 빛살 속에서 지옥의 작은 꽃을 보았다. 파리하고 애잔한 꽃에 크게 미혹되어, 돌연, 인간 세상을 떠올렸다. 묵상默想에 잠겨 몇 해가 지났을까, 그들은 마침내 인간 세상을 향하여, 일제히, 지옥에 반대하는 절규를 했다.

　"인류가 그 소리에 떨쳐 일어났다. 그들은 정의를 위해서 마귀와 싸웠다. 우렛소리보다 훨씬 큰 전투의 함성이 삼계에 가득 찼다. 커다란 계략과 커다란 그물을 펼쳐 마침내 마귀를 지옥에서 몰아냈다. 마지막 승리를 거두자, 지옥문에 인류의 깃발이 꽂혔다.

　"귀신들이 일제히 환호할 때에 지옥을 다스릴 인류의 사자使者가 도착하였다. 한가운데에 앉은 그는, 인류의 위엄으로, 모든 귀신 무리에게 호통을 쳤다.

　"귀신들이 또다시 지옥에 반대하는 절규를 했을 때, 그들은 이미 인류의 반역도叛徒로 되어 있었다. 그들은 칼나무 숲 한가운데로 옮겨져 영겁永劫토록 헤어날 길 없는 형벌에 처해졌다.

　"인류는 이리하여, 지옥의 대권을 완벽하게 틀어쥐었다. 그 위세가 마귀 이상이었다. 인류는 풀어진 기강을 바로세웠다. 맨 먼저 소머리 아방[6]에게 가장 많은 풀을 녹봉祿俸으로 주어, 장작을 보태 불길을 키우고, 숫돌로 칼산의 날을 세우게 하여 지옥의 전체 면모를 바꾸었다. 매가리 없던 예전 기상을 쇄신하였다.

"만다라꽃이 바로 시들었다. 기름이 하나같이 들끓고, 칼날이 하나같이 날카롭고, 불길이 하나같이 사나웠다. 귀신들은 하나같이 신음하고, 하나같이 부대끼다 보니 잃어버린 좋은 지옥을 떠올릴 겨를이 없었다.

"이것은 인류의 성공이고, 귀신의 불행이다…….

"동무, 그대는 내 말을 의심하고 있군. 그래, 그대는 사람이니까! 나는 잠시 들짐승과 악귀들을 보러 가려네…….."

1925년 6월 16일

주)_____

1) 원제는 「失掉的好地獄」, 1925년 6월 22일 주간지 『위쓰』 제32호에 처음 발표되었다. 루쉰은 『『들풀』 영역본 머리말」에서 이렇게 말한 바 있다. "그러나 이 지옥 역시 잃어버려야 했다. 이는 언변이 뛰어나고 악랄한, 당시에는 아직 뜻을 이루지 못하고 있던 영웅들의 낯빛과 말씨가 내게 일깨워 준 바이다. 이에 「잃어버린 좋은 지옥」을 지었다." 이 작품을 쓰기 한 달 남짓 전, 루쉰은 신해혁명 뒤 군벌 간의 세력 다툼이 민중에게 초래한 재난을 다음과 같이 개괄했다. "신이라 일컬어지는 것과 마귀라 일컬어지는 것이 싸우는데 천국을 차지하기 위해서가 아니라 지옥의 통치권을 손에 넣기 위해서였다. 그런 까닭에 승자가 누구냐에 관계없이 지옥은 지옥일 수밖에 없다."(『집외집』, 「잡어雜語」)
2) 이 작품에는 한역(漢譯) 불경(佛經)에서 따온 어휘가 많다. "모든/모든 것"의 원문은 '一切'(일체)이다.
3) "마음을 취하게 하는 크낙한 음악"의 원문은 '醉心的大樂'이다. 번역문의 "큰/크낙한"은 뒤에 나올 "큰 권위"(大威權), "큰 불구덩이"(大火聚)에서 그런 것과 마찬가지로 루쉰이 불경의 글투를 본떠 쓴 '大' 자에 상응한다.

4) 여기서 삼계(三界)는 천당, 인간 세상, 지옥을 가리킨다. 샤머니즘의 기본 관념이다.

5) '칼나무'의 원문은 '劍樹'. 불교에서 말하는 지옥의 형벌이다. 『태평광기』(太平廣記) 제382권에 『명보습유』(冥報拾遺)를 인용한 다음과 같은 말이 보인다. "세번째 문을 들어서니 확탕(鑊湯;죄인을 삶는 가마솥물)과 도산검수(刀山劍樹)가 있었다."

6) '소머리 아방'의 원문은 '牛首阿旁'. 불교 전설 속의, 지옥에 있는 소의 머리에 사람 몸을 한 귀졸(鬼卒). 동진(東晋) 때 현무란(縣無蘭)이 번역한 『오고장구경』(五苦章句經)에 다음과 같은 말이 보인다. "옥졸의 이름은 아방(阿傍)으로, 소의 머리에 사람 손을 하였다. 두 발은 소발굽인데 산을 들어 옮길 정도로 힘이 세며, 강철 쇠스랑을 지녔다."

빗돌 글[1]

나는 내가 빗돌을 바라 서서 거기 새긴 글을 읽는 꿈을 꾸었다. 빗돌은 사암砂岩으로 만들어졌는지 부스러진 데가 많았고 이끼까지 잔뜩 끼어, 몇몇 글귀만 알아볼 수 있었다.——

"……호탕한 노래 열광熱狂 속에서 추위를 먹고,[2] 천상天上에서 심연深淵을 보다. 모든 눈眼에서 무소유無所有를 보고, 희망 없음에서 구원을 얻다.……

"……떠도는 혼 하나가 긴 뱀으로 변하다. 독이빨로, 남을 물지 아니하고 제 몸을 물다. 마침내 죽다.……

"……떠나라!……"

빗돌 뒤로 돌아가니 버린 무덤이 있었다. 풀 한 폭, 나무 한 그루 없이 주저앉은. 갈라진 무덤 틈새로 주검이 보였다. 가슴과 배가 벌어져 있고, 심장과 간이 없었다. 얼굴은 애락哀樂의 표정 없이 아지랑이처럼 흐릿하였다.

의혹과 두려움에 몸을 돌렸으나, 뒷면의 글귀를 보고 말았다.

"······심장을 후벼 스스로 먹다. 본디 맛을 알고자. 아픔이 혹심하니, 본디 맛을 어찌 알랴?······

"······아픔이 가라앉자 천천히 먹다. 이미 성하지 않으니 본디 맛을 또 어찌 알랴?······

"······대답하라. 않겠거든, 떠나라!······"

나는 떠나려고 했다. 그러나 무덤 속에서 일어나 앉은 주검이 입술을 움직이지 않고 말했다.——

"내가 티끌로 될 때에, 그대는 나의 미소를 볼 것이다!"

나는 줄달음질쳤다. 뒤돌아볼 엄두가 나지 않았다. 그가 쫓아오는 게 보일까 봐.

1925년 6월 17일

주)_____

1) 원제는 「墓碣文」, 1925년 6월 22일 주간지 『위쓰』 제32호에 처음 실렸다. '빗돌'이라 번역한 '묘갈'(墓碣)은 윗부분이 둥근 돌비석이다.

2) 원문이 '於浩歌狂熱之際, 中寒'이다. "주위 모든 사람들이 소리 높여 노래하며 열광할 때 나는 혹독한 추위를 느낀다"는 것. "추위를 먹고"라 번역한 '中寒'(중한)은 한의학에서 "추위로 인하여 팔다리가 싸늘해지며 정신을 잃거나 말을 하지 못하는 증상"을 가리키는 말이다. "추위(를) 먹다"라는 표현이 한국어에서 쓰이지 않는 듯하다. 그럼에도 이렇게 새긴 것은, 이것과 상대적인 개념인 '中暑'(중서)를 가리키는 것으로 "더위(를) 먹다"라는 말이 있기 때문이다.

무너지는 선(線)의 떨림[1]

나는 내가 꿈을 꾸고 있는 꿈을 꿨다. 나 자신 어디에 있는 줄 모르나, 눈 앞은 깊은 밤 굳게 닫힌 작은 집 내부였다. 그런데 지붕 위에 우거진 와 송[2]이 보였다.

등피를 닦아 놓은 식탁 위의 호롱불이 방 안을 유난히 밝게 비췄다. 광명光明 속, 낡은 침대 위, 머리칼이 헝클어진 생면부지의 억센 살덩어리 아래에서, 작고 여윈 몸통이 굶주림, 고통, 놀람, 수치심, 기쁨에 떨고 있었다. 탱탱하지는 않아도 탐스러운 살갗이 매끄러웠고, 희푸르레한 두 볼에 살짝 도는 붉은 기가 마치 납 위에 연지를 발라 놓은 듯하였다.

호롱불도 두려움에 잦아들었다. 동녘이 밝아 왔다.

그러나 허공에는 여전히, 굶주림, 고통, 놀람, 수치심, 기쁨의 파도 ……가 가득 차 너울대고 있었다.

"엄마!" 문소리에 깬 두어 살 난 딸아이가, 거적을 친 방구석 바닥에서 소리쳤다.

"아직 이르다. 좀더 자거라!" 그녀가 허둥대며 말했다.

"엄마! 배고파, 배가 아파. 오늘은 먹을 게 생겨?"

"오늘은 먹을 것이 생길 거다. 좀 있으면 사오빙[3] 장수가 올 거야. 엄마가 사 줄게." 그녀는 위안이라도 되는 듯 손바닥 속 작은 은(銀) 조각을 꼬옥 쥐었다. 나지막한 목소리가 슬픔에 떨렸다. 방구석으로 가 딸아이를 흘깃 보더니 거적을 밀치고 아이를 안아 낡은 침대 위로 옮겼다.

"아직 이르니까, 조금 더 자거라." 그녀는 눈을 들어 지붕 위의 하늘을 보았다.

허공에 돌연 또 다른 파도가 크게 일었다. 아깟번 파도와 부딪쳐 빙빙 돌더니 소용돌이로 변하여 나를 포함한 모든 것을 휩쓸었다. 나는 코로도 입으로도 숨을 쉴 수 없었다.

나는 끙끙대며 깨어났다. 창밖은 온통 은색 달빛이었다. 날이 새기에는 아직 먼 듯하였다.

나 자신 어디에 있는 줄 모르나, 눈앞은 깊은 밤 굳게 잠긴 작은 집 내부였다. 나는 내가 아까 꾼 꿈을 계속 꾸는 줄을 알고 있다. 그러나 꿈속의 연대(年代)는 여러 해 차이가 났다. 집 안팎도 가지런했다. 안에 젊은 부부와 어린애 한 무리가 있었고, 그들이, 원망하고 깔보는 눈초리로 한 늙은 여인을 보고 있었다.

"우리가 낯을 들고 살 수가 없소. 당신 때문에." 사내가 화를 내며 말했다. "당신은 내 마누라를 키웠다고 생각하나 본데, 실은 쟤를 망쳐 놓은 거요. 차라리 어렸을 때 굶겨 죽였어야지!"

"평생 당신 땜에 견딜 수가 없었어!" 계집이 말했다.

"나한테까지 그런 소릴 듣게 만들어!" 사내가 말했다.

"쟤들도 그럴 거야!" 계집이 애들을 가리키며 말했다.

마침 갈댓잎을 가지고 놀고 있던 막내둥이가 칼인 양 그것을 허공에 휘두르며 외쳤다. "죽여!"

늙은 여인의 입술에 경련이 일었다. 잠깐 넋이 나갔으나 이내 차분해졌다. 조금 뒤 그녀는, 냉정冷靜하게, 앙상한 석상石像처럼, 우뚝 일어섰다.[4] 그녀는 널문을 열고 깊은 밤 속으로 걸어 나갔다. 싸늘한 욕설, 독한 웃음을 등 뒤에 남겨 둔 채.

그녀는 깊은 밤 속을 한없이 걸었다, 가없는 벌판에 이르기까지. 사방은 거친 벌판이었다. 머리 위는 드높은 하늘뿐. 벌레 하나 새 한 마리 날지 않았다. 그녀는 발가벗은 몸으로, 앙상한 석상처럼, 거친 벌판 한가운데에 우뚝 섰다. 찰나간에, 지나간 모든 것을 보았다. 굶주림, 고통, 놀람, 수치심, 기쁨. 이에, 떨었다. 망쳤다, 견딜 수 없다, 그런 소리. 이에, 경련하였다. 죽여. 이에, 평정을 얻었다.…… 다시, 찰나간에, 모든 것이 합쳐졌다. 그리움과 결별, 애무와 복수, 양육과 멸절, 축복과 저주.…… 이에 그녀는 하늘 향해 두 팔을 한껏 벌리고 입술 사이로, 사람과 짐승의, 인간 세상에 없는, 그래서 낱말이 없는 언어를 흘렸다.

그녀가 낱말 없는 언어를 말할 때에, 그녀의, 위대하기가 석상과 같은, 그러나 이미 황폐해진, 무너지는 몸 전체가 떨리었다. 그 떨림은 비늘처럼 점점點點이 이어졌고, 비늘 하나하나가, 들끓는 물처럼 출렁였다. 허공도 즉각 함께 떨었다. 폭풍우 속 거친 바다의 파도처럼.[5]

이에 그녀는 눈을 들어 하늘을 향했다. 낱말 없는 언어도 침묵에 들었다. 오로지 떨림만이 햇살처럼 퍼졌다. 그것은 허공 중의 파도를 즉각 맴돌게 하였고, 바다폭풍처럼 파도를, 가없는 황야에 솟구쳐 흐르게 하였다.

나는 가위눌렸다. 손을 가슴에 올려놓았기 때문인 줄을 나는 알고 있었다. 나는, 꿈속에서, 젖 먹던 힘까지 짜내어, 무겁디무거운 손을 치우려고 하였다.

1925년 6월 29일

주)_____

1) 원제는 「頹敗線的顫動」, 1925년 7월 13일 주간지 『위쓰』에 처음 실렸다.
2) '와송'(瓦松)은 지붕 위의 기와 틈에 무리 지어 자란다. 짧은 줄기에 바늘잎이 빽빽이 돋아 멀리서 보면 소나무 같다고 하여 붙은 이름이다. 한국에서는 '바위솔'이라고도 한다. 다만 '바위솔'이 '와송'을 포함하여 더 큰 범주를 갖기도 하기에 여기서는 그대로 '와송'이라 옮겼다.
3) '사오빙'(燒餅)은 화덕에서 구운, 호떡처럼 생긴 빵이다.
4) "앙상한 석상처럼, 우뚝 일어섰다"의 원문은 '骨立的石像似的站起來了'이다.
5) 이 글의 제목 '무너지는 선(線)의 떨림'은 여기서 비롯한다.

입론[1)]

나는 내가 소학교 교실에서 작문 준비를 하는 꿈을 꾸었다. 선생님께 논지를 세우는 방법을 물었다.

"쉽지 않다!" 선생님이 안경테 너머로 눈을 반짝이며 나를 보더니, 말했다. "내가 이야기를 하나 해주마.—

"어떤 집에서 아들을 낳았단다. 온 집안이 몹시 기뻐하였다. 만 한 달이 되자, 아기를 안고 나와 손님들에게 보였다.—물론 덕담을 듣고 싶어서였지.

"한 사람이 말했다. '이 아이는 훗날 큰 부자가 되겠네요.' 그 사람은 한바탕 감사의 말을 들었다.

"한 사람이 말했다. '이 아이는 훗날 벼슬을 할 겁니다.' 그 사람은 몇 번이고 칭찬받았다.

"한 사람이 말했다. '이 아이는 훗날 죽을 거요.' 그 사람은 자리에 있던 모든 사람에게 아프게 맞았다.

"죽을 것이라고 한 것은 필연을 말한 것이다. 부귀를 누리리라는 건

거짓을 말한 것이다. 그러나 거짓을 말한 사람은 보답을 받고 필연을 말한 사람은 얻어맞았다. 너는……"

"저는 거짓말을 하기 싫지만 얻어맞고 싶지도 않아요. 그렇다면, 선생님, 저는 뭐라고 말해야 하나요?"

"그렇다면, 너는 이렇게 말해야 한다. '옴마! 야가! 얘 좀 보세요, 얼마나……. 아이구! 하하! Hehe! he, hehehehe!'"

1925년 7월 8일

주)_____

1) 원제는 「立論」, 1925년 7월 13일 『위쓰』 제35호에 처음 실렸다.

죽은 뒤[1]

나는 내가 길거리에서 죽어 있는 꿈을 꾸었다.

거기가 어딘지, 내가 어떻게 거기로 갔는지, 어쩌다가 죽게 되었는지, 이런 것들을 나는 전혀 알 수 없었다. 요컨대 내 자신이 죽었다는 것을 알게 되었을 무렵, 나는 거기에 죽어 있었던 것이다.

까치 소리가 몇 번 들리더니, 까마귀 소리가 들렸다. 공기가 맑고, 흙 냄새가 섞였기는 하나 상쾌한 것이, 동틀 무렵이리라. 나는 눈을 뜨려 하였으나 떠지지가 않았다. 마치 내 눈이 아닌 것처럼. 그래, 팔을 들어 보려 하였으나, 마찬가지였다.

공포의 화살촉이 홀연 심장을 뚫었다. 나는 살아 있을 때 장난삼아 이런 생각을 한 적이 있다. 만약 어떤 사람이 죽었을 때 운동신경만 훼멸되고 지각知覺은 남는다면 그건 온전히 죽는 것보다 훨씬 무서울 것이라고. 뜻밖에 나의 예상이 적중하였고, 내 스스로 그것을 입증하고 있다.

발소리가 들렸다. 길 가는 사람의 것이겠지. 외바퀴 수레 한 대가 지나갔다. 무거운 물건을 실었는지 삐거덕거리는 통에 마음이 어지럽고 이

빨까지 시렸다. 눈앞이 붉은 것이 해가 뜬 게 틀림없다. 그렇다면, 내 얼굴은 동쪽을 향하고 있다. 그러나 이런 건 다 상관없다. 웅성거리는 사람 소리. 구경꾼들. 그들 발치에서 황토가 일어 콧구멍 속으로 날아들었다. 나는 재채기를 하고 싶었으나 끝내 하지 못했다. 마음만 간절했을 뿐.

잇따르는 발소리가 가까이 와 멈추고, 더 많아진 수군거리는 소리. 구경꾼이 늘어난 거다. 나는 문득, 그들이 뭐라고 하는지 듣고 싶어졌다. 그와 동시에, 이런 생각도 들었다.──살아 있을 때에 나는, 사람들의 평판 따위는 코웃음 칠 값도 없는 것이라고 하였다. 이제 보니 그게, 본심과는 딴판인 주장이었나 보다. 죽자마자 파탄이 났으니 말이다. 어떻든, 들어 보자. 들어 보았지만 결론을 얻을 수 없었다. 귀납하자면 겨우 이런 정도였다.

"죽었나?……"

"음.──이거……"

"흥!……"

"쳇.…… 에이!……"

나는 기뻤다. 끝까지 귀에 익은 목소리가 들리지 않았기 때문이다. 만약 아는 목소리가 들렸다면, 그들을 상심케 하거나, 그들을 통쾌하게 만들거나, 그들로 하여금 밥상머리 잡담거리를 얻어 소중한 시간을 낭비하게 할 것이니, 나로서는 퍽 미안해할 일이다. 지금 그들 가운데 누구도 나를 보지 못했다. 다시 말해서 나는 아무에게도 영향을 주지 않았다. 좋다. 남에게 미안해할 건 없는 셈이다!

그런데, 아마 개미겠지, 개미 한 마리가 내 등줄기를 따라 기는 것이 간지럽다. 꼼짝할 수 없는 나로서는 놈을 몰아낼 재간이 없다. 평상시였다면, 조금만 뒤척여도 달아났을 텐데. 뿐인가, 허벅지로 또 한 놈이 기어 오른다! 이놈들 도대체 뭐하는 거야? 버러지 놈들!

형편은 더욱 나빠졌다. 웅 하는 소리와 함께 파리 한 마리가 내 관자놀이에 내려앉아 몇 발짝 기다가 날아올랐고, 다시 내려와 코끝을 핥았다. 나는 오뇌懊惱에 차 생각하였다.──족하足下, 위대한 인물도 아닌 내게서 의론할 재료를 찾을 게 뭐 있소······.[2] 그러나 말이 나오지 않았다. 놈은 코끝에서 뛰어내려 이번에는 차가운 혀로 내 입술을 핥았다. 모르겠다, 이게 사랑의 표시인지. 다른 몇 마리가 눈썹에 모여 활보하는 바람에 눈썹 뿌리가 흔들렸다. 성가시기 짝이 없었다.──견딜 수 없이.

문득, 바람이 일면서 뭔가가 나를 덮치자 놈들이 흩어졌다. 떠나면서도 이런 말을 한다──

"아깝도다!"

나는 화가 치밀어, 혼절할 뻔했다.

목재가 땅에 떨어지는 둔중한 소리와 함께 땅이 흔들리는 바람에 홀연 의식을 찾았다. 이마에 거적 같은 게 있다. 거적이 벗겨지자 작열하는 햇볕이 느껴졌다. 누군가가 말하는 소리가 들렸다──

"왜 여기서 죽은 거야?······"

목소리가 가까이서 들리는 걸로 보아 그는 허리를 숙이고 있다. 그런데 사람이, 어디서 죽어야 옳단 말인가? 나는 전에, 사람이 땅 위에서, 마음대로 살 권리는 없어도, 마음대로 죽을 권리는 있다고 생각했다. 이제서야, 사실은 전혀 그렇지가 않으며, 그건 여론과도 부합하기 어렵다는 걸 알았다. 안타깝게도 지금 내게는 종이도 붓도 없다. 설령 있다고 해도 글을 쓸 수 없고, 써도 발표할 곳이 없다. 그러니 그냥 있을 수밖에.

누군가가 나를 들쳤다. 누구인지 모르겠다. 칼집 소리가 나는 것이, 순경도 여기에 와 있는 거다. 내가 "죽"어 있어서는 안 될 "여기"에. 나는 몇 차례 뒤집혔고, 들어 올려졌다가 내려졌다. 뚜껑이 덮이고 못질 소리가 들렸다. 못질을 두 개만 하는 것이 기이했다. 설마, 이 동네는 널에 못을 두 개만 박는가?

나는 생각했다. 이번에는 6면의 벽에 부딪힌[3] 거로구나. 밖에서는 못질까지 하고. 참으로 완전한 실패이다. 아, 슬프도다!······

"숨이 막힌다!······" 이런 생각도 들었다.

그렇지만 나는, 아까보다 훨씬 평온해져 있었다. 땅속에 묻혔는지는 알 길 없지만. 손등에 거적의 요철이 닿았다. 이불[4]로서 싫지는 않다. 누가 나를 위해 돈을 썼을까, 알지 못하는 게 아쉽다! 그렇지만 가증스러웠다, 납관[5]한 녀석들이! 속옷자락 접힌 것을 녀석들이 펴 주지 않아 등이 배기는 게, 영 불편했다. 너희 놈들, 죽은 사람이니깐 알지 못할 거라 여겨 이따위 건성으로 일을 하느냐? 하하!

살아 있을 때보다 몸이 훨씬 무거워진 것 같다. 그래서 옷자락 접힌 것이 이리 불편한가 보다. 그렇지만 나는, 생각했다. 조금 있으면 몸에 밸 거야. 금세 썩어질 것이니 더 이상 성가시지는 않게 되거나. 지금은 가만히, 마음 차분하게 먹는 게 상책이다.

"안녕하세요? 죽으셨어요?"

귀에 익은 목소리였다. 눈을 떠 보니 고서점 발고재勃古齋의 점원이다. 못 본 지 스무 해가 넘었는데 옛날 모습 그대로다. 나는 다시 한번 6면의 벽을 보았다. 너무 조잡하다. 대패질을 하지 않아 톱질 자국이 꺼칠하다.

"일없어요.[6] 상관없습니다." 그가 말하면서 남색 보자기를 끌렀다. "명나라 때 찍은 『공양전』[7]입니다. 가정 연간의 흑구본[8]입지요. 받아 두세요, 이건······"

"자네!" 나는 이상한 생각이 들어 그의 눈을 보았다. "자네 정말 제정신인가? 내가 이 꼴인데 명판본明板本 책을 보라?······"

"읽을 수 있습니다. 일없어요."

나는 바로 눈을 감았다. 마주하자니 짜증이 났다. 좀 있으니 기척이 없다. 가 버린 게다. 그런데 이번에는 개미 한 마리가 목덜미를 타고 기어 올라 얼굴로 오더니 눈자위를 따라 맴을 돌았다.

털끝만큼도 생각 못 했다. 사람 생각이 죽은 뒤에도 변할 수 있다는 것을. 문득, 어떤 힘이 내 마음의 평안을 깨뜨렸다. 동시에, 수많은 꿈들이 눈앞에서 꾸어졌다. 몇몇 벗들은 나의 안락을 빌었고, 몇몇 원수는 나의 멸망을 빌었다. 나는 그러나 안락하지도 멸망하지도 않고, 그작그작 살아왔다. 어느 한쪽의 기대에도 부응하지 못했다. 그런데 지금 나는, 그림자처럼 죽었다. 원수들이 알지 못하게. 그들에게 공짜 기쁨은 조금치도 선사하고 싶지 않다······.

나는 통쾌한 중에도 울음이 나올 것 같았다. 그건 내가 죽은 뒤 첫번째 울음이었다.

그러나 끝내 눈물 흘리지 않았다. 그저 눈앞에 불꽃 같은 것이 번뜩이는 것을 보았고, 일어나 앉았다.

1925년 7월 12일

주)_____

1) 원제는 「死後」, 1925년 7월 20일 주간지 『위쓰』 제36호에 처음 실렸다.

2) 「죽은 뒤」를 쓰기 몇 달 전에 루쉰은 「전사와 파리」(3월 21일, 『화개집』華蓋集에 실림)를 썼다. 쑨원(孫文, 1866~1925)이 세상을 뜬 뒤 일부 언론이 그의 '결점'을 지적하자 쑨원을 전사(戰士)에, 언론을 파리에 견주어 쓴 글이었다.

3) '6면의 벽에 부딪히다'의 원문은 '六面碰壁'이다. 이 글을 쓰기 한 달 남짓 전(5월 21일)에 루쉰은 「'벽에 부딪힌' 뒤」(『화개집』)를 쓴 바 있다. '벽에 부딪히다'(碰壁)는 난관에 부딪혔다는 뜻이다.

4) '이불'의 원문은 '시금'(尸衾). 주검을 관에 넣을 때 덮어 주는 홑이불이다.

5) '납관'(納棺)은 주검을 관에 넣는 것을 말한다. 원문이 '收斂'으로 되어 있는데 '收殮'이 옳다.

6) '일없어요'는 북녘에서 쓰는 말이다. 중국어 '沒事兒'에서 온 말로 '괜찮다'는 뜻이다.

7) '명나라 때 찍은 『공양전』'의 원문은 '明板『公羊傳』', 『춘추공양전』(春秋公羊傳; 『공양춘추』公羊春秋라고도 함)의 명나라 때 판본을 가리킨다. 『공양전』은 『춘추』를 해설한 책으로 주나라 말 제나라 사람 공양고(公羊高)가 지었다고 전해진다.

8) '가정 연간의 흑구본'의 원문은 '嘉靖黑口本'. '가정'(1522~1566)은 명 세종 대의 연호이다. 옛날 책에서, 책장 가운데를 접어서 양면으로 나눌 때에 접힌 부분을 '판심'(版心) 또는 '판구'(版口)라 하고, '판구'를 줄여서 '구'(口)라고 한다. '구'에는 '흑구'와 '백구' 두 가지가 있다. '구'의 상단과 하단에 검은 줄이 있는 것을 '흑구', 없는 것을 '백구'라 한다. 송나라, 원나라 때와 명나라 초기에는 흑구본이 많았다.

이러한 전사[1]

이러한 전사가 있어야 한다.——

　그는 반짝이는 모젤 총을 멘 아프리카 토인처럼 몽매한 존재가 아니고, 목갑총을 찬 중국 녹영병처럼 무기력한 존재는 더욱 아니다.[2] 그는 소가죽과 폐철廢鐵로 만든 갑주甲冑 따위의 도움을 받지 않는다. 그는 맨몸으로, 야만인이 쓰는 투창만 들고 있다.

　그가 무물無物의 진陣[3]으로 들어서자 마주치는 사람마다 한 본새로 인사를 한다. 그는 이런 인사가 적의 무기라는 것을, 피 한 방울 흘리지 않고 사람을 죽이는 무기라는 것을 안다. 수많은 전사가 그것 때문에 멸망하였다. 그것은 포탄처럼, 용맹한 전사들을 맥 못 추게 하였다.

　그것들의 머리 위에 각종 깃발이 나부긴다. 깃발에는 각가지 좋은 명칭을 수놓았다. 자선가, 학자, 문인, 원로, 청년, 아인雅人, 군자……. 머리 아래 각가지 외투를 걸쳤다. 거기에 여러 가지 좋은 무늬를 수놓았다. 학문, 도덕, 국수國粹, 민의民意, 논리, 공의公義, 동방문명…….

　그러나 그는 투창을 들었다.

그들은 한목소리로 맹세하여 말한다. 자기들 심장은 가슴 한가운데에 있어서, 심장이 한쪽에 치우친 다른 사람들과는 다르다고. 그들은 하나같이 가슴 복판에 호심경[4]을 달고 있다. 자기네 심장이 한가운데에 있다고 스스로도 믿고 있음을 증명이라도 하려는 양.

그러나 그는 투창을 들었다.

그는 엷게 웃으면서 한쪽으로 치우치게 창을 던졌고, 창은 심장에 명중하였다.

다들 맥없이 넘어졌다. ──그렇지만 넘어진 건 외투뿐이었다. 속에는 아무것도 없었다. 무물無物의 물物은 달아나고 없었고, 그들이 승리했다. 그가, 자선가니 뭐니 하는 것들을 해친, 죄인이 되었기 때문이다.

그러나 그는 투창을 들었다.

그는 무물의 진 속에서 큰 걸음으로 걸었다. 또다시, 한 본새의 인사, 각종의 깃발, 각가지 외투······ 와 마주쳤다.

그러나 그는 투창을 들었다.

그는 마침내 무물의 진 속에서 늙고, 죽었다. 그는 결국 전사가 못 되었다. 무물의 물이 승자였다.

이쯤 되면 아무도, 전투의 함성을 듣지 못한다. 태평太平.

태평······.

그러나 그는 투창을 들었다!

1925년 12월 14일

주)_____

1) 원제는 「這樣的戰士」, 1925년 12월 21일 『위쓰』 제58호에 처음 실렸다. 루쉰은 「『들풀』 영역본 머리말」에서 이 작품이 "문인 학자들이 군벌을 돕는 것을 보고 쓴" 것이라고 하였다.

2) '모젤 총'은 독일 기술자 마우저(Mauser) 형제가 1870년대에 만든 단발 소총이다. '녹영병'(綠營兵)은 녹기병(綠旗兵)이라고도 한다. 청나라 군대 편제에 만주족이 중심이 된 '팔기병'(八旗兵) 말고도 한족(漢族)으로 편성된 군대가 있었다. 녹색이 들어간 깃발을 썼기에 녹기병이라고도 하였다. '목갑총'(木匣銃), 즉 '나무 곽 총'의 원문은 '합자포'(盒子炮)이다. 연발 권총의 일종으로 부피가 크고 나무로 만든 곽(盒子)이 있었기에 그렇게 불렀다.

3) '무물(無物)의 진(陣)'의 원문은 '無物之陣', 뒤에 나올 '무물(無物)의 물(物)'의 원문은 '無物之物'이다. 혹자는 '무물의 진'을 '무형물의 싸움터'로, '무물의 물'을 '무형물'(無形物) 즉 '(바람이나 소리처럼) 형체가 없는 사물'이라 번역하였다(루쉰, 『들풀』, 베이징외문출판사, 1976, 제1판. 역자는 밝혀져 있지 않다). 참고할 만하다. 이 글에서 루쉰이 '무물의 진'(= 형체가 없는 진지/싸움터), '무물의 물'(= 형체 없는 사물의 실체)이라는 말을 거듭 쓴 것은, 이 싸움이 이데올로기 영역에서 벌어지는 투쟁임을 강조하기 위해서였다.

4) '호심경'(護心鏡). 갑옷의 가슴 쪽에 붙인 둥근 구리 조각이다. 가슴을 보호하기 위한 것으로 구리거울(銅鏡)처럼 생겼다 하여 호심경이라 한다.

총명한 사람, 바보, 종[1]

종은 그저 신세타령 들어줄 사람만 찾았다. 늘 그렇게 하려 들었고, 그럴 수밖에 없었다. 하루는 그가 총명한 사람을 만났다.

"선생님!" 그가 구슬피 말했다. 눈가로 눈물을 주루룩 흘리면서. "선생님도 아시겠지요. 저는 정말이지 사람 같지 않게 삽니다. 하루에 한 끼 먹을 수 있으면 다행입니다. 그나마도 수수 껍데기로 지은 것이라 개돼지도 쳐다보지 않는 그런 밥입니다. 그것도 조막만 한 그릇에……."

"거 참 안됐네." 총명한 사람도 애달파 말했다.

"그러게 말입니다!" 그는 기뻤다. "그런데도 일은 밤낮으로, 쉴 새 없이 합니다. 새벽이면 물 긷지요 저녁이면 밥 짓지요, 오전 나절에 바깥 심부름 밤에는 맷돌질, 맑은 날엔 빨래하랴 비가 오면 우산 펴 드리랴, 겨울이면 불 지펴 드리랴 여름이면 부채질하랴. 한밤중에 흰목이버섯을 고아 드리지요. 주인 마님께서 노름 노시는 것 시중드느라고 말입니다. 그런데도, 개평은커녕, 채찍질을 안 당하면 다행입니다……."

"허……." 총명한 사람이 탄식을 하는데, 눈언저리가 발그레한 게,

금시라도 눈물을 떨굴 것 같았다.

"선생님! 저는 이렇게는 살 수 없습니다. 달리 길을 찾아야겠습니다. 하지만 그 길이 무엇일지?……."

"내 생각엔, 언젠가는 나아질 거네……."

"그런가요? 그리 되기만 바랄 뿐입니다. 그럴 수만 있으면 좋겠습니다. 하지만 제가 선생님께 하소연할 수 있었고, 선생님도 저를 불쌍히 여겨 위로해 주셨습니다. 그것만으로도 한결 가뿐합니다. 하늘이 무심치 않으셔라……."

그런데, 며칠 지나지 않아 그는, 다시 마음이 편치 않아 하소연할 상대를 찾아 나섰다.

"선생님!" 그가 눈물을 흘리며 말했다. "선생님도 아시겠지요. 제가 사는 데는 돼지우리만도 못합니다. 마님은 저를 사람으로 치지 않습니다. 강아지한테는 몇만 배나 잘 해주면서……."

"이런 못난!" 그 사람이 호통을 치는 바람에 종이 깜짝 놀랐다. 그 사람은, 바보였다.

"선생님, 저는 다 자빠진 단칸방에 살고 있습니다. 눅눅하고 껌껌하고 빈대가 득실거리고, 이놈들은 잠을 자려 들기 바쁘게 엄청 물어 댑니다. 썩은 내가 코를 찌르지만 창문 하나 없습니다……."

"주인한테, 창문 하나 내 달란 말 못하는가?"

"어떻게 제가 감히?……."

"그렇다면, 어디 한번 가서 보세!"

바보가 종이 사는 집으로 따라가서 냅다 흙벽을 부수었다.

"선생님! 무슨 짓이세요?" 깜짝 놀란 종이 말했다.

"창구멍을 하나 내 주려고 그런다."

"안 됩니다! 마님께 혼납니다!"

"그따위 게 무슨 상관이야!" 바보가 계속 부수었다.

"게 누구 없소? 강도가 우리 집을 부수고 있소! 빨리들 오시오! 집에 구멍이 뻥 뚫릴 판이오!……" 종이 울면서 소리쳤다. 떼굴떼굴 땅바닥에 뒹굴었다.

종들이 떼거리로 달려 나와 바보를 쫓아냈다.

그 소리를 듣고 천천히, 맨 마지막에, 주인이 왔다.

"강도 놈이 우리 집을 부수길래 제가 맨 먼저 소리를 쳤습니다. 다들 나서서 놈을 쫓아냈습지요." 종이 공손하게, 의기양양하여 말했다.

"잘했다." 주인이 칭찬하였다.

그날 많은 사람이 주인을 위로하러 왔다. 거기에는 총명한 사람도 있었다.

"선생님. 이번에 제가 공을 세웠습니다. 마님께서 저를 칭찬하셨어요. 저번에 선생님께서 제 형편이 좋아질 거라고 하셨지요. 참으로 앞을, 훤히 내다보십니다……" 종이 큰 희망이라도 생긴 듯 기뻐하며 말했다.

"그러게 말이네……." 총명한 사람도 제 일인 양, 기쁜 듯 대꾸했다.

1925년 12월 26일

주)_____

1) 원제는 「聰明人和傻子和奴才」, 1926년 1월 4일 『위쓰』에 처음 실렸다.

마른 잎[1]

등잔 아래서 『안문집』[2]을 뒤적이는데 책갈피에 단풍잎이 있었다.

이로 하여 지난해 늦가을 일이 떠올랐다. 밤이면 서리가 내려 나뭇잎이 시들어 가던 때에, 뜰 앞의 자그만 단풍나무도 붉게 물들었다. 주위를 서성이며 잎 색을 꼼꼼히 살폈다. 잎이 푸르던 땐 그런 관심이 없었다. 이파리가 죄다 빨갛지는 않았다. 불그스레한 잎이 가장 많았고 빨간 바탕에 푸른 기가 짙은 것도 몇 있었다. 벌레 먹은 잎이 하나 있었다. 빨강, 노랑, 초록이 섞인 잎사귀에서 까맣게 테를 두른 작은 구멍이 눈알처럼 사람을 응시하였다. 속으로 생각했다. 병든 잎이다! 그래 그 잎을 따, 방금 사온 『안문집』 갈피에 끼워 두었었다. 아마, 곧 지고 말, 이 벌레 먹고 알록달록한 잎의 색깔을, 잠시라도 보존해 두고 싶어서였을 거다. 뭇 이파리들에 묻혀 사라져 버리지 않도록.

그것이 오늘 밤 밀랍처럼 내 눈앞에 누워 있다. 눈알은 작년처럼 반짝이지 않았다. 몇 해 더 지나면 지난날의 색깔이 내 기억에서 사라질 것이고, 어찌하여 이것이 책갈피에 끼여 있는지도 알지 못할 것이다. 곧 지고 말 병든 잎의 다채로움조차 잠깐 마주할 수 있을 뿐이니, 울울창창한 잎들이야 어떻겠는가. 창밖을 보니 추위에 강한 수목들도 벌거숭이가 되었다. 단풍나무는 말할 것도 없으리. 가을이 깊었을 때에 작년의 이것과 생김새가 비슷한 병든 잎이 있었을지 모른다. 그러나 애석하게도 올해는 가을 나무를 완상할 겨를이 없었다.

1925년 12월 26일

주)_____

1) 원제는 「腊葉」. '석엽'(腊葉)은 '종이나 책장 사이에 끼워 말린 식물 잎사귀 따위의 표본'을 이르는 말이다. 1926년 1월 4일 『위쓰』 제60호에 처음 실렸다. 루쉰은 「『들풀』 영역본 머리말」에서 "「마른 잎」은 나를 사랑하는 이가 나를 보존하고자 하기에 지었다"고 했다. 또, 쉬광핑은 「『30년집』을 교열하면서 생각나는 지난 얘기」에서, "『들풀』 중 「마른 잎」에서 『안문집』 책갈피 속 알록달록한 단풍잎은 바로 그(루쉰) 자신"이라고 했다.
2) 『안문집』(雁門集)은 원나라 사람 싸두라(薩都剌, 1272~1340)의 시사집(詩詞集)이다. 싸두라는 회족(回族)으로 대대로 산시(山西) 옌먼(雁門)에서 살았다.

빛바랜 핏자국 속에서
—몇몇 죽은 자와 산 자, 아직 태어나지 않은 자를 기념하여[1]

지금 조물주는 비겁자이다.

그는 슬그머니 천재지변을 일으키지만, 지구를 훼멸할 엄두는 내지 못한다. 슬그머니 살아 있는 것을 쇠망衰亡케 하면서도, 주검이 오래도록 남아 있게 할 용기는 없다. 슬그머니 인류를 피 흘리게 하면서도, 핏빛을 영원토록 선명하게 할 용기는 없다. 슬그머니 인류에게 괴로움을 주면서도, 인류가 영원히 그것을 기억하게 할 용기는 없다.

그는 오로지 자신의 동류同類——인류 중의 비겁자——만 배려한다. 폐허와 황량한 무덤으로 화려한 건축을 부각시키고, 시간으로 고통과 핏자국을 바래게 한다. 날마다 단맛이 조금 나는 쓰디쓴 술을 한 잔씩, 많지도 적지도 않게 살짝 취할 만큼만 따라 주어, 마시는 사람으로 하여금 울게 또 노래하게 하고, 깬 듯 또 취한 듯, 아는 듯 또 무지한 듯, 죽고 싶게 또한 살고 싶게 만든다. 그로서는 모든 것을 살고 싶어 하도록 만들어야 한다. 그에게는 인류를 멸절할 용기가 없다.

몇 개의 폐허와 몇 개의 황량한 무덤이 땅 위에 흩어져 빛바랜 핏자국을 비춘다. 사람들은 그 새중간서 남과 나의 아득한 슬픔을 곱씹을 뿐, 그 것을 뱉어 버리려고는 하지 않는다. 공허空虛보다는 낫겠다고 여겨. 저마다 '하늘의 벌을 받은 자'[2]를 자처함으로써 남과 나의 아득한 슬픔을 곱씹는 데 대한 변명을 삼으며, 또한 두려움에 숨을 죽인 채 새로운 슬픔의 도래를 가만히 기다린다. 새로움, 이것이 그들을 두려움에 떨게 하고 또한 갈망하게 한다.

이게 다 조물주의 착한 백성이다. 그는 그걸 필요로 한다.

반역의 맹사猛士가 인간 세상에 출현한다. 그는 우뚝 서서, 이미 달라졌거나 예전과 다를 바 없는 폐허와 무덤을 뚫어본다. 깊고 넓은, 오래된 고통 일체를 기억하고, 겹겹이 쟁여지고 응어리진 피를 직시한다. 죽은 것, 태어나고 있는 것, 태어나려는 것, 태어나지 않은 것 일체를 속속들이 안다. 그는 조물주의 농간을 간파하고 있다. 그가 떨쳐 일어나, 인류를, 소생시키거나 소멸되게 할 것이다. 이들 조물주의 착한 백성들을.

조물주, 비겁자가 부끄러워 숨는다. 하늘과 땅이 맹사의 눈앞에서 색을 바꾼다.

1926년 4월 8일

<hr>

1) 원제는 「淡淡的血痕中─記念幾個死者和生者和未生者」, 1926년 4월 19일 『위쓰』 제75호에 처음 실렸다. 루쉰은 「『들풀』 영역본 머리말」에서 "돤치루이(段祺瑞) 정부가 맨손의 민중에게 발포한 일이 있은 뒤에 「빛바랜 핏자국 속에서」를 지었다"고 했다.

2) '하늘의 벌을 받은 자'의 원문은 '천지륙민'(天之戮民), 하늘의 징벌을 받은 사람, 죄인이라는 뜻이다. '僇'(륙)은 '戮'(륙)이다. 『장자』(莊子) 「대종사」(大宗師)편에 "孔子曰: '丘, 天之戮民也'"(공자가 말하였다. 나는 하늘의 징벌을 받은 사람이오)라 한 구절이 있다. 공자 당시에 이 말은 '얽매여 있는 존재'라는 뜻에서 '노예'를 가리키기도 하였다.

일각[1]

비행기가 폭탄을 떨굴 임무를 띠고, 학교에 다니는 것처럼 매일 오전, 베이징 상공을 비행한다.[2] 기체가 공기를 때리는 소리를 들을 때마다 나는 약간씩 긴장하였다. '죽음'이 덮쳐드는 것을 눈으로 보는 것 같았다. 동시에, '생'의 존재감도 깊어졌다.

폭탄 터지는 소리가 한두 번 어렴풋이 들리고 나면 비행기는 웽웽대는 소리와 함께 천천히 사라진다. 죽고 다친 사람이 있었을 텐데, 천하는 더 태평해진 것 같았다. 창밖 백양나무의 어린잎이 햇빛 아래 검게 반짝이고, 풀또기楡葉梅 꽃도 어제보다 활짝 피었다. 침대 위에 널린 신문을 치우고 밤사이 책상에 쌓인 뿌연 먼지를 쓸고 나니, 네모 난 나의 작은 서재가 오늘도 '밝은 창에 깨끗한 책상'[3]이다.

어떤 이유로 나는, 그간 묵혀 두었던 젊은이들의 원고를 교열하기 시작했다. 그것들을 모조리 정리할 작정을 하였다.[4] 작품들을 시간 순으로 읽어 가노라니 생얼굴을 한 젊은 영혼들이 차례로 눈앞에 우뚝 섰다. 그들은 아름답다. 순진하다.──아아, 하지만 그들은, 고뇌한다. 신음한다.

분노한다. 마침내 거칠어졌다. 내 사랑스러운 젊은이들이!

모래바람에 할퀴어 거칠어진 영혼. 그것이 사람의 영혼이기에, 나는 사랑한다. 나는 형체 없고 색깔 없는, 선혈이 뚝뚝 듣는 이 거칠음에 입 맞추고 싶다. 진기한 꽃이 활짝 핀 뜰에서 젊고 아리따운 여인이 한가로이 거닐고, 두루미 길게 울음 울고, 흰 구름이 피어나고……. 이런 것에 마음 끌리지 않는 바는 아니나, 그러나 나는, 내가 인간 세상에 살고 있다는 사실을 잊지 않는다.

문득 두어 해 전의 일이 생각났다. 베이징대학의 교원 대기실에 낯선 젊은이가 들어왔다. 그는 말없이 내게 책 보퉁이를 주고 갔다. 끌러 보니 『뿌리 얕은 풀』[5]이었다. 그의 침묵에서 나는 많은 것을 생각하였다. 아아, 풍성한 선물이었다! 그러나 『뿌리 얕은 풀』은 더 이상 출간되지 못했다. 『가라앉은 종』[6]의 전신前身이 되었을 뿐이다. 『가라앉은 종』은 모래바람에 부대끼다가 인간 바다[7] 밑 깊은 곳에 가라앉아 적막한 울림을 내고 있다.

처참하게 짓밟힌 엉겅퀴가 자그마한 꽃을 피워 내는 것을 보고 톨스토이가 감격하여 소설을 한 편 썼다.[8] 메마른 사막에서 초목이 안간힘을 다해 뿌리내리고 땅속 물을 빨아들여 푸른 숲을 이루는 것은, 물론 제 자신의 '생'을 위해서이나, 지치고 목마른 나그네는 잠시나마 어깨를 쉬일 처소를 만난 것에 기뻐한다. 이 얼마나 감동적이지만, 슬픈 일인가!?

『가라앉은 종』의 사고社告「제목 없이」無題[9]에 이런 말이 있었다. "누군가가 우리 사회를 사막이라고 하였다.── 참으로 사막이라면, 황량하기는 해도 숙연할 것이며, 적막하기는 해도 탁 트인 느낌이 있을 것이다. 이 지경으로 혼돈스럽고, 음침하고, 요상하기야 하겠는가!"

그렇다. 젊은 영혼들이 내 눈앞에 우뚝 서 있다. 그들은 벌써 거칠어

져 있거나, 거칠어지고 있다. 그렇지만 나는 이들, 피 흘리면서 아픔을 견
뎌내는 영혼을 사랑한다. 내가 인간 세상에 있음을, 인간 세상에서 살고
있음을 느끼게 해주기 때문이다.

교열하다 보니 해가 서쪽으로 기울어 등잔불이 햇빛의 뒤를 이었다.
각양각색의 청춘이 내 눈앞을 달려 지나가고 몸 바깥에는 저녁 어스름만
남았다. 피로감에 담뱃불을 붙인 채 이름할 길 없는 생각에 잠겨 가만히
눈을 감았다. 그리고, 긴 꿈을 꾸었다. 깨어나 보니 몸 바깥은 여전히 어스
름이고, 미동도 않는 공기 중에 담배 연기가 모락모락 피어오르면서 여름
하늘 구름처럼, 이름 붙이기 어려운 형상들을 빚어내고 있었다.

1926년 4월 10일

주)_____

1) 원제는 「一覺」, 1926년 4월 19일 주간지 『위쓰』 제75호에 처음 실렸다. 루쉰은 『『들풀』
영역본 머리말」에서 "펑톈파(奉天派)와 즈리파(直隷派) 군벌이 전쟁을 벌일 때에 「일
각」을 썼다"고 했다.
중국의 『한어대사전』(漢語大詞典)은 '一覺'을, "[yìjiào] 睡醒. 後亦稱一次睡眠爲一覺"이
라 풀이한다. '잠에서 깨어남'이 본디 뜻이며, 나중에 생긴 용법으로 '한 번 잠든 것'을
일컫기도 한다는 것이다. 그런데 '일각'은 '깨달음'을 뜻하기도 한다. 불가의 용어로서
'불각'(不覺, bùjué), 즉 '업(業, karma)이나 미망의 굴레를 벗지 못한 상태'와 대비되는
뜻으로 쓰이며 [yìjué]라고 발음된다.
문제는 중국어에서 이 낱말이 '잠에서 깨어남, 깨달음, 잠' 등의 중층적 의미를 갖는데
그중 어느 것이 루쉰의 이 작품 제목에 부합하는가를 확정짓는 데에 어려움이 있다는
점이다. 이 문제를 두고 일본에서도 논란이 있었다. 일본 도쿄대학의 마루오 쓰네키(丸
尾常喜)가 「루쉰 『들풀』 연구」(『魯迅『野草』の硏究』, 東京大學東洋文化硏究所, 1997)에서 이
에 대해 상세히 설명하였는데, 그 요지를 정리하여 아래에 소개한다.

마루오에 따르면 중국 학자들은 루쉰의 「一覺」을 [yījué]라 발음한다. '잠'을 뜻하는 [jiào]가 아니라, '깨어남·깨달음'을 뜻하는 [jué]로 읽는 것이다. 『들풀』 영역본에서 이 작품을 'The Awakening'(눈 뜸, 자각, 각성)으로 번역한 것도 같은 맥락이다. 그러나 일본의 다수 번역본은 이것을 [yījiào]로 읽고 '깨어남·깨달음'보다는 '잠'에 방점을 두어 번역하였다.

마루오에 따르면, 일본에서 이 작품을 번역할 때, 일본 최초로 『들풀』을 완역한 가지 와타루(鹿地亘)는 '一覺'을 '目覚め'로 번역하였다(『大魯迅全集』, 改造社, 1936). '目覚め'는 '① 잠을 깸, 잠에서 깨어남, 또는 그때 ② 본심으로 돌아옴, 각성, 자각'을 뜻하는 말이다. 이 경우 작품의 원제목 '一覺'은 [yījué]로 읽게 된다. 그렇지만 가지 와타루의 경우는 개별적 사례로서, 이후 대다수 역자들은 '잠시 졺, 잠깐 동안의 선잠, 꾸벅꾸벅 졺'을 뜻하는 'まどろみ'라 번역하여 왔으며, 마루오도 후자의 입장을 취한다고 하였다. 그는 중국 고전문학 작품 중에서 이 말이 어느 경우에는 '잠'을, 어느 경우에는 '깨어남'을 뜻한다고 하면서 여러 용례를 든 다음, '잠'을 뜻하는 경우 이 낱말이 보통 '꿈'(夢)과 연계되어 사용된다는 점을 지적하였다. 그런 다음, 작품 「일각」의 다음 구절 —— "피로감에 담뱃불을 붙인 채 이름할 길 없는 생각에 잠겨 가만히 눈을 감았다. 그리고, 긴 꿈을 꾸었다. (문득) 깨어나 보니 몸 바깥은 여전히 (저녁) 어스름이고, 미동도 않는 공기 중에 담배 연기가 모락모락 피어오르면서⋯⋯이름 붙이기 어려운 형상들을 빚어내고 있었다"는 구절 중 "가만히 눈을 감았다", "긴 꿈을 꾸었다"를 근거로 '一覺'을 'まどろみ'라 번역함이 타당하다고 하였다.

대체로 보건대 이 작품 제목 '일각'을, 중국 학자들은 '깨어남·깨달음'에 초점 맞추어 해석하고, 일본 학자들은 '잠'에 방점을 찍어 해석하고 있다. 발음 또한 당연히 [yījué]와 [yījiào]로 갈린다. 이런 차이는 루쉰의 다음 구절을 해석하는 데서도 나타난다.

루쉰의 『아침 꽃 저녁에 줍다』(朝花夕拾) 「머리말」에 다음과 같은 구절이 있다. "며칠 전 중산대학을 떠날 적에는, ⋯⋯ 지금은 머리 위에서 우르릉거리는 비행기 소리로 한 해 전 베이징 상공을 날마다 선회하던 비행기 생각이 되살아난다. 나는 그때 짧은 글을 한 편 써서, 「일각」이라고 했다. 그런데 지금은 그 '일각' 같은 것조차도 없다."

마루오 쓰네키는 이때의 '일각'을 '일각몽'(一覺夢), 즉 '깜박 잠든 사이에 꾼 꿈'이라 보아야 타당할 거라 하였다. '일각'을 '긴 꿈' + '한 순간의 잠'으로 보는 이 같은 해석은 중국의 리허린(李何林)과 퍽 다르다. 마루오가 인용한 데 따르면 리허린은, 작품 제목 '일각'을 작품 「일각」 중의 마지막 구절 —— "(문득) 깨어나⋯⋯"(忽而警覺)와 연계 지어 '警覺'[jǐngjué], 또는 '醒覺'[xǐngjué]이라 새기면 될 것이라 하였다.

이에 대한 역자의 생각은 다음과 같다.

'一覺'이라는 중국어 작품 제목이 의미하는 바는, 작품의 형식과 내용에 의거하여 유추할 수 있을 것이다. 작품에서 보듯 '나'는 오랫동안 묵혀 두었던 청년 작가들의 작품 교

열을 서둘러 행하기로 하였다. 그 일을 하다 보니 어느덧 저녁이 되었고 피로감에 '깜박 잠이 들'어 잠깐 사이에 '긴 꿈'을 꾸었다. 그리고 무엇인가에 놀라 '문득 깨어났다'. '깨어난' 뒤에 그날 교열하면서 느낀 바, 생각한 바를 글로 썼다. 깜박 잠들었다가 꾼 '긴 꿈'의 내용은 우리가 알 수 없다. 그렇지만 이 글의 형식과 내용을 보건대 이것이 꿈에 바탕한 글이 아니라는 점은 분명하다. 이는 '꿈'을 빌려 창작한 『들풀』 속의 여러 작품과 비교해 보면 알 수 있는 바이다. 따라서 '一覺'이 뜻하는 바를 굳이 '긴 꿈'과 연계 지어 해석할 필요는 없다고 본다. 그런 의미에서 일본어 번역의 경우 '잠'에 초점을 맞춘 'まどろみ'보다는 '깨어남'에 초점을 둔 '目覚め'가 더 적절한 번역이지 않나 생각한다. 루쉰과 교류가 있었던 가지 와타루의 번역어 '目覚め'는 '잠에서 깨어남, 깨어난 상태, 본심으로 돌아감, 깨달음' 등의 의미를 담고 있다. 한편 앞서 보았듯 리허린은 작품 「일각」에 '경각'이라는 말이 나옴을 들어 '一覺'을 '警覺' 또는 '醒覺'이라 해석하였는데 '警覺'은 '① 위험 또는 상황변화에 대한 예민한 감각 ② 어떤 자극에 의하여 깨어남, 깨달음(警醒覺悟)'이라는 뜻이, '醒覺'에는 '① 잠 또는 혼미한 상태에서 깨어남 ② 인식이 모호한 상태에서 또렷한 상태로 나아감을 비유 ③ 얕은 잠' 등의 뜻이 있다.

그렇다면, 루쉰의 '일각'에 '깨달음'이라는 뜻이 포함될 수 있는가?

루쉰의 이 작품 「일각」에서, 굳이 '깨달음'이라고 할 만한 것이 있다면 그것은 "내가 인간 세상에 살고 있다는 사실"이다. "진기한 꽃이 활짝 핀 뜰에서 젊고 아리따운 여인이 한가로이 거닐고, 두루미 길게 울음 울고, 흰 구름이 피어나고……. 이런 것에 마음 끌리지 않는 바는 아니나, 그러나 나는 내가 '인간 세상'에 살고 있다는 사실을 잊지 않는다." 그러기에, 이런 현실을 극복하고자 "피를 흘리면서" "아픔을 견뎌 내는" 미숙한 젊은 "영혼"들의 존재 자체를 '나'는 "사랑"한다는 것, 이것이 내게 삶의 존재감을 일깨우고 삶을 향한 내 의지에 힘을 불어넣어 준다는 것이 이 작품의 주된 내용이며 '깨달음'이라면 '깨달음'이다.

어떻든, 이 글의 제목 '一覺'을 우리말로 어찌 옮겨야 하는가는 난제로 남아 있다.

국립국어원의 『표준국어대사전』이 '일각'(一覺)을, "① 한 번 잠에서 깸. ② 한 번 깨달음"이라 풀이하고 있다. 용례 없이 뜻풀이만 달려 있어서 유감인데, 추측건대 첫번째 뜻풀이는 한문 고전(예컨대 『한어대사전』에서 용례로 든 『열자』의 「주목왕」周穆王편)들과 관련이 있고, 두번째 뜻풀이는 불교와 관련된 것으로 보인다. 한국어로서 '일각'이라는 말은, 역자에게는 낯선 것인데, 같은 사전에 "일각(一覺)하다"라는 표제어가 있고, 시인 박철의 작품으로 「어느 정류장에서의 一覺」(2009)이 있는 걸 보면 우리말에서 영 쓰이지 않는 것은 아닌 모양이다. 한문을 그대로 옮겨 놓은 모양새여서 궁색하기 짝이 없으나, 루쉰 작품의 중층적 의미를 담아낼 수 있다고 보아 번역문 제목을 한자어 그대로 「일각」이라 하였다.

2) 1926년 4월, 펑위샹(馮玉祥)의 '국민군'과 펑톈파 군벌 장쭤린(張作霖)이 전쟁을 벌일

때 장쭤린 측 비행기가 여러 차례 베이징 시내를 폭격하였다. 흔히 즈리파 우두머리로 불리는 펑위샹은 남쪽 국민당의 혁명운동에 호응한다는 뜻에서 스스로를 '국민군'이라 불렀다.

3) '밝은 창에 깨끗한 책상'의 원문은 '窓明几淨'(창명궤정)이다. 서재나 거실이 깨끗하고 환하다는 뜻.

4) 1926년 3월 18일 베이징에서 수십 명의 사상자가 난 학생 시위가 있었다. 일본의 사주를 받은 장쭤린이 펑위샹의 국민군을 공격할 조짐을 보이자 이에 항의하여 일어난 시위였다. 이 일이 있은 뒤 루쉰은 신변에 위협을 느껴 그간 묵혀 놓았던 일을 마무리할 생각을 하였다.

5) 『뿌리 얕은 풀』(淺草)은 계간지로 문학단체 첸차오사(淺草社)의 기관지이다. 1923년 3월 창간, 상하이에서 출판되었다. 1925년 2월 제4호를 내고 정간되었다. 주요 작가로 린루지(林如稷), 펑즈(馮至), 천웨이모(陳煒謨), 천샹허(陳翔鶴) 등이 있다.

6) 『가라앉은 종』(沉鐘)은 문학단체 천중사(沉鐘社)의 기관지이다. 1925년 10월 10일 베이징에서 창간되었다. 처음에는 주간지로 제10호까지 냈다. 1926년 8월 반월간으로 바뀌었고 1927년 1월 제12호를 내고 정간되었다. 1932년 10월 복간되었고 1934년 2월 제34호를 내고 정간되었다. 주요 동인으로, 첸차오사 사람들 외에 양훼이(楊晦) 등이 있다. '가라앉은 종'이라는 이름은 독일 작가 게르하르트 하웁트만(Gerhart Hauptmann)의 희곡『침종』(Die versunkene Glocke)에서 유래한다.

7) '인간 바다'의 원문은 '人海'이다.

8) 톨스토이(Лев Николаевич Толстой, 1828~1910)의 중편소설 『하지 무라트』(Хаджи-Мурат / Hadji Murat)를 가리킨다. 이 소설의 도입부에서 톨스토이는 엉겅퀴의 강인한 생명력을 들어 주인공 하지 무라트를 상징하였다.

9) 『가라앉은 종』 제10호(1925. 12)에 실렸다.

아 침 꽃 저 녁 에 줍 다 朝花夕拾

『아침 꽃 저녁에 줍다』(朝花夕拾)는 저자 루쉰이 1926년에 쓴 옛날을 회상하는 산문 10편을 수록하고 있다. 1928년 9월 베이징 웨이밍사(未名社)에서 초판이 출판되었는데, 저자가 편찬한 '웨이밍신집'(未名新集)의 첫번째 권이다. 1932년 9월 상하이 베이신서국(北新書局)에서 개정판이 출판되었다. 저자 생전 모두 일곱 차례 출판되었다.

머리말[1]

나는 혼란 속에서 한가롭고 조용한 틈을 찾아보려고 늘 생각하지만 그것은 정말로 쉬운 일이 아니다. 눈앞의 현실은 이렇듯 괴이하기만 하고 마음속은 이렇듯 난잡하기만 하다. 사람이 해야 할 일 중에 오로지 추억만 남아 있다면 아마도 그 생애는 무료해졌다고 해야 할 것이나, 하지만 때로는 추억마저도 없을 때가 있다. 중국에서 글을 짓는 데는 규범이 있으며, 세상일도 여전히 다람쥐 쳇바퀴 돌듯 한다. 며칠 전, 내가 중산中山대학을 떠날 적에는 넉 달 전 샤먼厦門대학을 떠나던 때의 일이 생각나더니, 지금은 머리 위에서 우르릉거리는 비행기 소리로 한 해 전 베이징北京 상공을 날마다 선회하던 비행기 생각이 되살아난다.[2] 나는 그 당시에 짧은 글을 한 편 써서 「일각」一覺[3]이라고 했다. 그런데 지금은 그 '일각' 같은 것조차도 없다.

광저우廣州의 날씨는 더위가 어찌나 일찍 시작되는지 석양이 서쪽 창문으로 기울어 들 때면 사람에게 겨우 홑옷 한 벌만 걸치게 만들어 버린다. 책상 위에는 '수횡지'[4]를 심은 화분이 한 개 놓여 있다. 그것은 전에 보지도 못하던 것이다. 생나무 가지 하나를 물에 담가 놓기만 하면 거기에서 가지와 잎사귀들이 정말 사랑스러울 정도로 새파랗게 살아난다. 푸른 잎사귀들을 바라보며 묵은 원고를 편집하는 것도 일이라면 일이라고 할 수 있을 것이다. 이런 일을 하는 것은 정말로 산 나날을 죽어서 지내는 것이나 다름없지만 그래도 더위를 쫓기에는 할 만한 일이다.

그제 『들풀』의 편집을 끝마쳤으니, 이제는 『망위안』[5]에 연재되고 있는 '옛 일을 다시 들추기'를 편집할 순서이다. 나는 '옛 일을 다시 들추기'라는 제목을 『아침 꽃 저녁에 줍다』朝花夕拾로 고쳤다. 물론 아침 이슬을 함초롬히 머금은 꽃을 꺾는다면 색깔도 향기도 훨씬 더 좋을 터이나, 나는 그렇게 할 수가 없다. 지금 내 마음속의 괴이하고 난잡한 생각조차 당장에 변화시켜 괴이하고 난잡한 글로 재현할 수도 없다. 혹시 훗날에 흘러가는 구름을 바라보노라면 내 눈앞에 잠깐 번뜩일지는 모를 일이지만.

한때 나는 어린 시절에 고향에서 먹던 채소와 과일, 마름 열매, 잠두콩, 줄풀 줄기, 참외 같은 것들에 대해 자주 생각하곤 했다. 이런 것들은 모두 대단히 신선하고 감칠맛 있으며, 또한 모두 고향 생각을 자아내던 유혹이었다. 그후 오랜만에 다시 먹어 보았더니 예전 같지는 않았다. 기억 속에는 지금도 지난날의 그 감칠맛이 남아 있다. 이런 것들은 아마도 한평생 나를 속여 가며 가끔 지나간 일을 돌이켜 보게 할 것이다.

이 열 편의 글은 기억 속에서 더듬어 낸 것들로서 아마도 실제 내용과는 약간 다를 수도 있겠지만, 아무튼 나는 지금 이렇게 기억하고 있을 뿐이다. 문체도 대체로 혼란스러운데, 쓰다 말다 하면서 아홉 달이나 걸렸다. 환경도 같지 않아서, 첫 두 편은 베이징의 거처 동쪽 방에서 쓴 것이고[6] 그 다음 세 편은 이리저리 피신해 다니면서 병원과 목공실에서 쓴 것이며[7] 나머지 다섯 편은 샤먼대학 도서관의 이층에서 쓴 것으로, 학자들[8]의 배척을 받아 그 무리에서 밀려 나온 뒤였다.

1927년 5월 1일
광저우 백운루에서, 루쉰

주)_____

1) 원제는 「소인」(小引). 1927년 5월 25일 베이징 『망위안』(莽原) 반월간 제2권 제10기에 처음 발표되었다.
2) 1926년 4월, 펑위샹(馮玉祥)의 국민군과 펑톈파(奉天派) 군벌 장쭤린(張作霖), 리징린(李景林) 군대가 전쟁을 했던 기간에 국민군은 베이징을 지키기 위해 머물렀고, 펑톈파 군대의 비행기가 여러 차례 날아와서 폭격을 했다.
3) 『들풀』(野草)에 수록된 산문시.
4) 수횡지(水橫枝). 일종의 분재. 광저우 등 남방의 따뜻한 지역에서는 치자나무의 가지를 꺾어 물화분에 심어 놓는데, 초록색 잎이 자라며 관상할 수가 있다.
5) 『망위안』(莽原). 문예잡지로 루쉰이 편집했다. 1925년 4월 24일 베이징에서 창간되었다. 처음에는 주간으로 『징바오』(京報)의 부간으로 발행되었으나 같은 해 11월 27일 제32기를 출간하고 휴간하였다. 1926년 1월 10일에 반월간으로 바꾸어서 웨이밍사(未名社)에서 출판되었다. 1926년 8월 루쉰이 베이징을 떠난 후에는 웨이쑤위안(韋素園)이 편집을 맡았다. 1927년 12월 25일 제48기를 출판하고 정간하였다.
6) 저자의 베이징 푸청먼(阜成門) 내 서삼조 골목 21호의 거처를 지칭한다. 현재 루쉰박물관의 일부분이다.
7) 1926년 3·18 참사 후 베이양정부가 당시 루쉰을 비롯한 베이징의 문화교육계 인사 50명(『이이집』而已集 「50명을 하나하나 들추어내다」大衍發微 참고)을 체포하려 했기 때문에, 작가는 그때부터 야마모토 병원, 독일 병원, 프랑스 병원 등으로 피신했다. 독일 병원으로 피신했을 때 병동이 모두 차서 루쉰은 그 병원에서 창고 겸 목공실로 쓰는 방에 피신해 있었다.
8) 당시 샤먼대학에서 교편을 잡고 있던 구제강(顧頡剛) 등을 지칭한다.

개·고양이·쥐[1]

지난해부터 내가 고양이를 미워한다고 하는 다른 사람들의 말을 들은 듯하다. 그 근거는 물론 나의 「토끼와 고양이」[2]라는 글이다. 이 글은 자화상임을 자인할 수밖에 없으니 구태여 변명할 것도 없고, ──또한 그렇다 해도 전혀 개의치 않았다. 그런데 올해가 되어 나는 도리어 약간 근심이 생겼다. 나는 항상 필묵 다루기를 면치 못하는 처지인지라 무엇을 좀 써서 찍어 내기만 하면, 어떤 이들의 가려운 데를 긁어 준 적은 늘상 적고 아픈 데를 건드릴 때가 더 많았다. 만일 신중하지 못하여 명인이나 명교수들[3]의 노여움을 사든가 그보다 더 나아가서 '청년들에 대한 지도적 책임을 진 선배'[4] 무리들의 노여움을 사든가 하면 위험은 최고에 이르게 된다. 어째서 그런가? 그것은 그런 큰 인물들은 '건드리기 만만치 않기'[5] 때문이다. 왜 '건드리기 만만치 않은'가? 그것은 아마 그들이 온몸에 열이 오른 뒤[6] 신문에 편지를 보내, "자, 보라! 개는 고양이를 미워하지 않는가? 그런데 루쉰 선생은 고양이를 미워한다고 자인하면서도 또 '물에 빠진 개'는 패 버려야 한다고 말한다!"고 널리 광고할 수 있기 때문이다. 그 '논리'의

심오함은 나의 말을 빌려 내가 개라는 것을 반증하려는 데 있다. 그렇게 되면 평범했던 말들이 전부 뒤집혀져 설사 내가 이이는 사, 삼삼은 구라고 해도 틀리지 않는 것이 하나도 없게 된다. 이런 것이 다 틀렸으니, 신사들의 입에서 튀어나오는 이이는 칠, 삼삼은 천이라 하는 말들이 옳을 수밖에 없는 것이다.

그래서 나는 틈틈이 혹은 유심히 개와 고양이가 원수진 '동기'를 고찰해 보았다. 이것은 현재의 학자들이 동기로써 작품의 좋고 나쁨을 평가하는[7] 그런 유행을 감히 배우고자 하는 망동은 아니고, 그저 내 자신이 미리 누명을 벗어 버리고자 할 따름이다.

생각건대, 동물심리학자들에게 있어서 이것은 별로 힘든 일이 아니겠지만 유감스럽게도 나에게는 이런 학문이 없다. 나중에 나는 덴하르트 박사(Dr. O. Dähnhardt)[8]의 『자연사의 국민동화』란 책에서 비로소 그 원인이라 할 수 있는 것을 찾아내었다. 그 책에 의하면 연유는 다음과 같다.

동물들이 중요한 일을 의논하기 위하여 회의를 열었는데 새와 물고기, 야수들은 다 모였으나 코끼리만 오지 않았다. 회의에서 누군가를 파견해서 코끼리를 맞이하도록 결정했는데, 제비뽑기를 한 결과 심부름을 가게 된 것은 개였다. "내가 어떻게 그 코끼리를 찾을 수 있겠소? 난 코끼리를 본 적이 없고, 또 알지도 못하는데." 개가 물었다. 여러 짐승들이 대답하였다. "그거야 쉬운 일이지. 코끼리는 낙타처럼 등이 구부정해." 개는 출발했다. 가다가 길에서 고양이를 만났다. 활처럼 등을 구부린 고양이를 보고 개는 즉시 고양이에게 함께 돌아가기를 청했다. 등이 활처럼 굽은 고양이를 모든 짐승들에게 소개했다. "코끼리가 여기 있소!" 그러나 여러 짐승들은 모두 개를 비웃었다. 이때부터 개와 고양이는 원수가 되었다.

게르만인[9]이 산림 속에서 나온 지 그리 오래되지는 않으나 학문과 문학예술은 그야말로 대단한 것이어서 책의 제본에서부터 장난감의 정교함에 이르기까지 어느 하나 사람들의 환심을 끌지 않는 것이 없다. 그런데 유독 이 동화만은 정말로 졸렬하여 서로 원수가 된 까닭도 재미가 없다. 고양이가 등을 구부린 것은 속이기 위해서 일부러 으스대노라고 그런 것은 결코 아니다. 그 허물은 오히려 개에게 식견이 없는 데 있다. 하기야 이것도 원인이라면 원인이라고 할 수는 있을 것이다. 그러나 내가 고양이를 미워하는 이유는 이와는 전혀 다르다.

하긴 사람과 짐승을 그렇게까지 엄격하게 구분할 필요는 없다. 동물계는 옛사람들이 상상한 것처럼 그렇게 편안하고 자유로운 것은 아니지만 군소리나 가식적 행동은 어떻든 인간세상보다 적다. 그들은 본성대로 살아가며 옳은 것은 옳고 그른 것은 그르다고 하며 변명 같은 것은 한마디도 하지 않는다. 벌레나 구더기는 아마 더럽다고 할 수 있을 것이다. 그러나 그들은 스스로 자기들이 고결하다고 하지는 않는다. 사나운 날짐승이나 맹수들은 약한 동물들을 먹이로 삼기 때문에 잔인하다고 할 수 있을 것이다. 그러나 그들은 종래로 '공리'니 '정의'니[10] 하는 깃발을 내걸고 희생자로 하여금 잡아먹히는 순간에 이르기까지 그냥 그들에게 존경과 찬탄을 보내게 하지는 않는다. 사람은 어떤가? 두 발로 곧추설 수 있는 것은 물론 커다란 진보이며, 말을 할 수 있는 것도 역시 커다란 진보이다. 그리고 글자를 쓸 줄 알고 글을 지을 줄 알게 된 것은 더 말할 나위도 없이 커다란 진보이다. 그러나 이와 더불어 타락하게 되었으니 그것은 그때로부터 빈말을 하기 시작했기 때문이다. 빈말을 하는 것쯤은 그래도 안 될 게 없겠지만 심지어는 자기의 마음에 없는 말을 하면서도 그것을 의식조차 못하고 있으니 이것은 울부짖을 줄만 아는 동물들에 대해서 실로 '낯가죽이 두꺼워도 부끄러움이 있다'[11]는 일이 아닐 수 없다. 가령 정말 모든 것을 골고루 보살피는 조물주가 높이 앉아 있다면, 그도 인류의 이런 자그마한 총명을 쓸데없는 수작이라고 여길지 모른다. 그것은 마치 우리가 만생원[12]에서 원숭이가 공중제비를 하는 것이나 코끼리가 인사하는 것을 보고 한바탕 웃기는 하나 동시에 어쩐지 마음이 개운치 않고 서글퍼지면서 그런 쓸데없는 총명은 차라리 없느니만 못하다고 생각하는 것과 같다. 그러나 이미 사람이 된 이상 하는 수 없이 "의견이 같으면 무리가 되고 의견이 다르면 정벌할 수"[13]밖에 없으니, 사람들이 하는 말을 본떠서 세속대로 말할 수밖에 ──변명할 수밖에 없는 것이다.

이제는 내가 고양이를 미워하게 된 원인을 말하더라도 그 이유가 충분하며 공명정대하다고 생각한다. 첫째로, 고양이란 놈은 성미가 다른 맹수들과 달라서 새나 쥐들을 잡아먹을 때엔 언제나 한 번에 물어죽이지 않고 잡았다가는 놓아주고 놓았다가는 다시 덮치곤 하면서 싫증이 날 때까지 실컷 희롱한 다음에야 먹어 버린다. 그것은 남의 불행을 보고 기뻐하며 약자들을 두고두고 못살게 구는 사람들의 악습과 퍽이나 비슷하다. 둘째로, 고양이는 사자나 범과 한 족속이 아닌가? 그런데도 이처럼 교태가 심하다! 물론 아마도 타고난 천분일 것이나, 가령 그놈의 몸집이 지금보다 열배나 더 컸더라면 그때는 어떤 태도를 취했을지 도저히 모를 일이다. 그러나 이것들은 하나의 구실로, 지금 붓을 들면서 붙여 놓은 것이다. 비록 그 당시에 마음속에서 솟구친 것이 이유라고는 하지만. 좀더 믿음성이 있게 말한다면, 차라리 그놈들이 교미할 때 요란스럽게 울부짖으며 수속이 너무도 번잡하여 다른 사람들의 마음을 시끄럽게 하기 때문이라고 하는 편이 나을지 모르겠다. 밤에 책을 보거나 잠을 잘 때면 더욱 그러하다. 그럴 때면 나는 길다란 대나무 장대를 들고 가서 그놈들을 공격한다. 개들이 큰길에서 교미를 하면 흔히 한가한 사람들이 나서서 몽둥이로 그놈들을 후려갈기곤 한다. 나는 일찍이 대ᄉ브뤼헐(P. Bruegel d. Ä)의 Allegorie der Wollust라고 하는 동판화[14]를 한 장 본 적이 있는데 거기에도 그런 그림이 그려져 있는 것을 보아 이런 행동은 중국이나 외국, 옛날이나 지금이나 꼭 같다는 것을 알 수 있다. 그 집요한 오스트리아 학자 프로이트(S. Freud)[15]가 정신분석설——Psychoanalysis, 듣자 하니 장스자오 선생[16]은 그것을 '심해'心解라고 번역했는데 비록 간결하고 옛 맛은 있으나 알아듣기 매우 힘들다——을 제창한 이래 우리의 적잖은 명인, 명교수들도 그 학설을 슬그머니 주어다 응용하게 되었으니 그런 행동들은 또 성욕문제로 귀결되지 않을 수 없게 되었다. 개를 때리는 일에 대해서는 상관할 바 없으나, 내가 고양이를 때리는 것에 대하여 말한다면 그것은 다만 그놈들이 시끄럽게 소리를 지르기 때문이지 그 밖에 다른 악의가 있어 그러는 것은 결코 아니다. 나는 나의 질투심이 그렇게까지 크지는 않다고 믿고 있다. '걸핏하면 비난받는' 오늘에 있어서 이것은 미리 밝혀 두지 않을 수 없다. 사람들을 보더라도 짝을 이루고자 한다면 그 수속이 꽤나 번거롭다. 신식에 의하면 연애편지를 적어도 한 묶음, 많으면 한 뭉치나 쓴다. 구식에 의하면 '이름을 묻고', '납채'[17]를 보내며 머리를 조아리고 절을 한다. 지난 해 해창海昌 장蔣 씨가 베이징에서 혼례를 치렀는데 절을 하며 돌아다니길 꼬박 사흘이나 걸렸다. 그리고『혼례절문』婚禮節文까지 붉은 종이에 인쇄했는데 그 '머리말'에 다음과 같이 장황히 늘어놓았다.

"마음을 가라앉히고 논한다면, 예절이라 명명된 이상 의례히 번다해야 한다. 오직 간편하기만 바란다면 어찌 예절이라 하겠는가? …… 그러므로 세상에서 예절에 뜻을 둔 사람은 마땅히 분발하여 일어나야 한다! 예절이 제대로 미치지 못하는 서민으로 물러 앉아서는 안 된다!" 그러나 나는 조금도 성을 내지 않았다. 그것은 내가 거기에 갈 필요가 없었기 때문이다. 이를 보더라도 내가 고양이를 미워하는 까닭이 실로 단순하다는 것을 알 것이다. 그것은 그놈들이 내 옆에서 시끄럽게 울부짖기 때문이다. 사람들의 여러 가지 예식에 대해서는, 국외자로 그것을 상관하지 않아도 된다면 나는 전혀 상관하지 않겠다. 그러나 내가 책을 보거나 자려고 할 때 누가 와서 연애편지를 읽어 달라거나 절을 받으라고 윽박지른다면 나는 나를 지키기 위해 역시 대나무 장대를 들고 방어할 것이다. 그리고 평소에 별로 교제가 없던 사람이 갑자기 "어린 여동생이 출가하오니" 또는 "어린 자식이 성취를 하오니" "삼가 참례하시기를 바랍니다"라든가 "귀 집안 일동의 왕림을 희망합니다"라는 등의 '음험한 암시'[18]의 말들이 씌어 있는 붉은 청첩을 보내어 나로 하여금 돈을 쓰지 않고서는 체면상 견딜 수 없게 하는 경우에도 나는 그리 반가워하지 않는다.

그러나 이것은 모두 최근의 이야기이다. 다시 더 기억을 더듬어 본다면 내가 고양이를 미워하게 된 것은, 이런 이유들을 말할 수 있기 훨씬 앞서서 아마 내가 열 살 무렵이었을 것이다. 지금도 기억에 명료하지만 그 원인은 아주 단순한 것이었다. 그것은 그놈이 쥐를 잡아먹었기 때문에,──다시 말하면 내가 기르던 귀여운 생쥐隱鼠[19]를 잡아먹었기 때문이었다.

들자 하니 서양에서는 검은 고양이를 그리 좋아하지 않는다고 한다. 그 말이 확실한지는 알 수 없으나. 에드거 앨런 포(Edgar Allan Poe)[20]의 소설에 나오는 검은 고양이는 아닌 게 아니라 사람들을 놀라게 한다. 일본의 고양이들은 곧잘 요괴로 변한다고 하는데 전설에 나오는 '고양이 할미'[21]가 사람을 잡아먹는 그 참혹한 모습은 소름이 끼칠 지경이다. 중국에도 옛날엔 '고양이 귀신'[22]이란 것이 있었으나 근래는 고양이들이 둔갑한다는 소리가 별로 없는 것으로 보아 그 옛 법의 전통이 끊어지고 온순해진 듯싶다. 다만 나는 어릴 적에 아무래도 고양이에게는 요기가 좀 있는 것같이 생각되어 그놈을 좋아하지 않았을 따름이다. 내가 어렸을 때 어느 여름날 밤이었다. 나는 큰 계수나무 밑에 놓인 평상에 누워 바람을 쐬었고 할머니는 파초부채를 부치며 상 옆에 앉아 나에게 수수께끼를 내기도 하고 옛말을 들려주기도 했다. 갑자기 계수나무 위에서 바드득바드득 발톱으로 나무를 긁는 소리가 나더니 뒤이어 한 쌍의 파란 불이 어둠 속에서 그 소리를 따라 내려왔다. 나는 화들짝 놀랐으며 할머니도 하던 이야기를 접어 버리고 고양이에 대해 이야기를 하는 것이었다.

"애야, 너 아니? 고양이는 범의 선생이었단다." 할머니는 이렇게 허두虛頭를 떼고 나서 말을 이었다. "아무렴 애들이 그걸 알 리 있겠니. 범은 본시 아무것도 할 줄 몰랐단다. 그래서 범은 고양이를 찾아와 제자가 되었거든. 고양이는 호랑이에게 어떻게 먹이를 덮치며 어떻게 그것을 붙잡고 또 어떻게 먹어 버리는가 하는 방법을 자기가 쥐를 잡는 것처럼 가르쳐 주었단다. 그것을 다 배우고 나자 범은 제 딴에 이젠 재간을 다 배웠으니 아무도 자기를 당할 놈이 없으리라고 생각했지. 이제는 선생인 고양이가 아직 자기보다 센데 그 고양이만 죽여 버리면 제가 제일 강하거든. 이런 생각을 한 범은 고양이한테 와락 덮쳐들었단다. 그런데 고양이는 벌써 범의 심보를 간파하고 있던 터라 훌쩍 몸을 날려 나무 위로 올라가지 않았겠니. 범은 그만 멀뚱멀뚱 나무 밑에 앉아 있을 수밖에 없었지. 원래 고양이는 재간을 다 가르쳐 주지는 않았거든. 말하자면 나무에 오르는 재간은 가르치지 않은 거야."

이 일은 천만다행이었다. 범의 성질이 매우 급했기에 다행이었지, 그렇지 않았더라면 계수나무 위에서 범이 내려왔을 것이라고 나는 생각했다. 어쨌든 그것은 머리끝이 쭈뼛해지는 이야기여서 나는 집 안에 들어가 자려 하였다. 어둠은 더욱 짙어졌다. 계수나무 잎새들이 살랑거리고 실바람이 솔솔 불어왔다. 돗자리도 이제 제법 식었을 테니 자리에 누워도 더워서 뒤척이지는 않을 듯했다.

지은 지 수백 년이나 되는 집 안의 어스레한 콩기름 등잔불 밑은 쥐들이 뛰노는 세계였다. 쥐들은 쪼르르 달아다니며 찍찍 소리를 내었다. 그 태도는 흔히 '명인들이나 명교수들'보다 더 늠름해 보였다. 고양이를 기르고는 있었지만 그놈은 밥이나 축냈지 아무 소용이 없었다. 할머니들은 쥐들이 궤를 쏠고 훔쳐 먹는다고 늘 야단쳤으나 나는 그것을 큰 죄로는 생각하지 않고 나와는 상관없는 일이라고 여겼다. 더구나 그런 못된 짓은 대개 큰 쥐들의 소행이므로 내가 귀여워하는 생쥐를 탓할 수는 없다고 생각했다. 이런 자그마한 쥐들은 대체로 바닥에서 기어 다니는데 엄지손가락만 한 크기로 사람을 별로 겁내지 않았다. 우리 고장에선 그것을 '새앙쥐'라고 부르는데 천정에서만 사는 위대한 놈과는 딴 종류였다. 나의 침대 머리맡에는 그림[23] 두 장이 붙어 있었다. 한 장은 「저팔계를 데릴사위로 들이다」[24]라는 그림인데 온 종이를 거의 다 차지한 그 큰 주둥이와 축 드리운 귀는 보기에 그다지 우아하지 못했다. 또 다른 한 장은 「쥐들이 결혼을 한다」[25]는 것인데 아주 귀엽게 그려졌다. 신랑, 신부로부터 들러리, 손님,

주례에 이르기까지 모두 턱이 뾰족하고 다리가 가느다란 것이 신통하게도 서생들 같았다. 입고 있는 것은 모두들 다홍색 저고리에 초록색 바지였다. 나는 이처럼 성대한 예식을 치를 수 있는 것은 오직 내가 귀여워하는 생쥐들밖에 없으리라고 생각했다. 지금은 내가 거칠고 속되어져서 길에서 사람들의 혼례행렬을 보고서도 그것을 성교의 광고로 여길 뿐 달리 눈여겨보지 않지만 그때는 '쥐가 결혼하는' 것을 보고 싶은 마음이 어찌나 간절하였던지 해창 장씨처럼 연 사흘 밤이나 절을 한다고 해도 싫증이 날 것 같지 않았다. 정월 열나흗날 밤 나는 쥐들의 혼례행렬이 침대 밑에서 나오기를 기다리느라고 잠들 생각을 못 하고 있었다. 하지만 알몸인 생쥐 몇 마리가 땅바닥에서 기어 다닐 뿐 혼례를 치를 것 같지는 않았다. 나는 기다리다 못해 불만을 품고 잠이 들고 말았다. 그러다가 눈을 번쩍 떠 보니 어느새 날이 밝아 보름 명절[26]이 되었다. 아마 쥐들은 잔치할 때 청첩을 보내서 예물을 거두어들이지도 않거니와 정식으로 '참례'하는 것도 절대 환영하지 않는 모양이다. 이것은 그들의 재래 습관이므로 항의할 도리가 없겠다고 나는 생각했다.

사실 쥐들의 강적은 고양이가 아니다. 봄이 되면 쥐들이 '찌-익! 찌찌 찌-익!' 하고 우는 소리가 들린다. 사람들은 그것을 '쥐가 동전을 세는 것'이라고 하지만 기실은 그들에게 도살자가 나타났다는 것을 의미한다. 그것은 공포에 질린 절망적인 비명으로서 고양이를 만났을 때에도 그런 소리는 지르지 않는다. 고양이도 물론 무섭긴 할 것이다. 그러나 쥐들이 자그마한 구멍 속으로 숨기만 하면 고양이도 어쩔 수 없으므로 목숨을 살릴 기회는 얼마든지 있다. 그런데 오직 무서운 도살자——뱀만은 몸뚱이가 가늘고 길며 몸의 굵기가 쥐와 거의 비슷하므로 쥐가 갈 수 있는 곳이면 그놈도 갈 수 있고 게다가 뒤쫓는 시간도 유달리 길어 도저히 피할 수가 없다. 쥐들이 그렇게 '동전을 세게' 될 때면 대체로 그들이 더 이상 어쩔 수 없게 된 때이다.

한번은 어느 빈 방에서 이런 '동전을 세는' 소리가 들려왔다. 문을 열고 들어가 보니 대들보에 뱀 한 마리가 도사리고 있었고 땅바닥에는 생쥐 한 마리가 쓰러진 채 입 주변에 피를 흘리며 양 옆구리를 할딱거리고 있었다. 그 생쥐를 가져다 종이 갑 안에 뉘어 놓았다. 반나절쯤 지나 생쥐는 소생되어 먹이를 조금씩 먹고 걸어 다니기 시작했으며 이튿날에는 완전히 원기를 회복한 듯했다. 하지만 그놈은 도망칠 생각은 하지 않았다. 땅바닥에 내려놓아도 가끔 사람들 앞으로 쪼르르 달려와선 다리를 타고 무릎까지 기어 올라왔다. 식탁 위에 올려놓으면 반찬찌꺼기들을 주어먹고 그릇 언저리를 핥았으며 내 책상 위에 올려놓으면 주저 없이 걸어 다니다가 벼루를 보고선 갈아 놓은 먹물을 핥아먹었다. 그것을 본 나는 무척 기뻤다. 나는 아버지로부터 이런 말을 들은 적이 있다. 중국에는 먹물 원숭이라는 것이 있는데 크기는 엄지손가락만 하고 온몸에는 새까맣고 반지르르한 털이 나 있다고 한다. 그놈은 필통 안에서 자다가 먹을 가는 소리가 나기만 하면 곧 뛰어나와서는 사람이 글씨를 다 쓰고 붓 뚜껑을 닫아 놓기를 기다렸다가 벼루에 남은 먹물을 말끔히 핥아먹고 도로 필통 안으로 뛰어 들어간다는 것이었다. 나는 이런 먹물원숭이를 한 마리 얻을 생각이 간절했으나 도저히 구할 수가 없었다. 그런 원숭이가 어디에 있으며 어디 가면 살 수 있는가를 물어보았으나 아는 사람이 없었다. 그래서 비록 이 생쥐는 내가 글씨를 다 쓸 때까지 기다리지도 않고 먹물을 핥아먹기는 하지만, 마음을 위로하기에는 없는 것보다는 낫다[27]는 생각에서 그런대로 나의 먹물원숭이로 삼았던 것이다.

지금은 이미 기억이 불확실하지만 아마도 생쥐를 기른 지 한두 달쯤 지났을 때였던 것 같다. 어느 날 나는 느닷없이 적적한 생각이 들었다. 말하자면 '무엇인가 잃어버린 듯한' 감이 들었다. 나의 생쥐는 책상 위나 땅위를 돌아다니며 늘 내 눈앞에서 떠나질 않았다. 그러던 것이 이날따라 반나절이나 눈에 뜨이지 않았다. 여느 때 같으면 점심 무렵이면 어김없이 나타났으련만 오늘은 모두들 점심을 치르고 난 뒤에도 나타나지 않았다. 나는 반나절을 더 기다려 보았으나 생쥐는 여전히 나타나질 않았다.

이전부터 줄곧 나의 시중을 들어주던 키다리 어멈은 내가 기다리는 것이 너무도 애처로워 보였던지 조용히 나한테 다가와서 한마디 일러 주었다. 그녀의 말을 듣고 나는 그만 분하기도 하고 슬프기도 하여 고양이를 원수로 치부하게 되었다. 어멈의 말인즉 생쥐를 어제 저녁에 고양이가 잡아먹었다는 것이다.

나는 내가 귀여워하는 것을 잃어버리고 가슴속이 허전해지자 복수의 악의로 그것을 메워 버리려 하였다.

나의 복수는 우리 집에서 기르는 얼룩 고양이로부터 시작되었는데 점차 범위가 넓어져 종당에는 나의 눈에 뜨이는 모든 고양이들한테까지 미치게 되었다. 처음에는 그저 그놈들을 쫓아가서 때리는 정도였지만 나중엔 그 수단이 더욱더 교묘해져서 돌팔매질로 대가리를 맞추거나 빈 방으로 끌어들여 너부러지도록 패주는 데까지 이르렀다. 이러한 전투는 퍽이나 오래 계속되어서 그후부터 고양이들은 내 곁에 가까이 오지를 못했다. 하지만 아무리 그놈들과의 전투에서 본때 있게 승리했다 할지라도 그때문에 내가 영웅으로 간주되지는 않았다. 중국에는 일생 동안 고양이와 싸운 사람이 많지 않을 것이므로 그 모든 전략과 전과들에 대해선 죄다 생략해 버리겠다.

그러나 오랜 시간이 지난 뒤, 아마 반년은 지났을 때에 나는 우연히 뜻밖의 소식을 들었다. 사실 그 생쥐는 고양이한테 죽은 것이 아니라 키다리 어멈의 다리를 타고 올라가려다가 밟혀 죽었다는 것이었다.

이것은 확실히 전에는 상상도 못했던 일이었다. 지금 나는 그 당시 나의 감상이 어떠했는지 잘 생각나지 않는다. 하지만 고양이와는 끝까지 감정이 융화되지 못했다. 게다가 베이징에 온 후로는 고양이가 토끼의 새끼들을 해쳤으므로 지난날의 증오심에다 새로운 혐오감까지 겹치게 되어 그놈들한테 더욱더 지독한 수단을 쓰게 되었다. 이로 인해 내가 '고양이를 미워한다'는 소문도 퍼져 나갔다. 그러나 오늘에 와서는 이러한 것들은 모두 지나간 일이다. 지금 나는 태도를 고쳐 고양이에게 겸손하게 대하게 되었고, 부득이한 경우에도 그저 쫓아버릴 뿐 절대로 때리지 않는다. 죽이는 일은 더구나 없다. 이것은 최근 몇 해 동안의 나의 진보이다. 경험이 쌓여감에 따라 나는 크게 깨달은 바가 있었다. 고양이가 고기를 훔쳐 먹었다거나 병아리를 물어 갔다거나 깊은 밤에 요란스럽게 울어 댈 때면 사람들은 열에 아홉은 자연히 고양이를 미워하게 된다. 그러나 내가 만일 사람들의 그 미움을 덜어 주기 위해 고양이를 때리거나 죽이려 한다면 고양이는 바로 불쌍한 것이 되어 버리고 그 대신 그 미움이 나에게 쏠리는 것이다. 그러므로 오늘날 내가 취하는 방법은 고양이들이 소란을 피워 사람들의 미움을 살 때면 몸소 문 앞에 나서서 "쉬! 물러가!" 하고 소리를 질러 쫓아버리는 것이다. 그러고는 좀 조용해진 뒤에 서재로 되돌아 들어간다. 이렇게 하면 외부의 침해를 막고 자기의 집을 보호하는 자격을 길이 보존하게 되는 것이다. 하긴 이것은 중국의 관병들이 늘 쓰는 방법이다. 그들은 어쨌든 토비들을 소탕하거나 원수들을 소멸해 버리려고 하지는 않는다. 그것은 그렇게 해버리면 자기들이 중요시되지 못하거나 심지어는 쓸모가 없어 도태되어 버릴 수 있기 때문이다. 생각건대 이런 방법을 계속 널리 적용한다면 아마 나도 이른바 '청년들을 지도하는' '선배'가 될 가망이 있을 것이다. 하지만 나는 아직 그것을 실천에 옮길 결심을 내리지 못하고 지금은 한창 연구하고 따져 보는 과정이다.

1926년 2월 21일

주)_____

1) 원제는 「狗·猫·鼠」, 이 글은 1926년 3월 10일 『망위안』 반월간 제1권 제5기에 발표되었다.
2) 「토끼와 고양이」는 전집 2권 『외침』(呐喊)에 수록된 소설이다.
3) '명인이나 명교수들'은 당시 현대평론파(現代評論派) 천시잉(陳西瀅) 등을 가리킨다. 1926년 1월 20일 『천바오 부간』(晨報副刊)에 발표된 치밍(豈明; 저우쭤런周作人의 필명)의 「한담의 한담의 한담」이라는 글에서 "베이징의 신문화·신문학의 두 명인·명교수가 여학생을 모욕했다는 내용이 있었다. 같은 달 30일 천시잉이 바로 같은 부간에 「「한담의 한담의 한담」에서 인용한 몇 통의 편지」를 발표했다. 그 가운데 '치밍에게 부치다'(致豈明)라는 편지에서 "내가 비록 신문화·신문학의 명인·명교수라 할 수 없다고 하지만, 다른 독자들과 마찬가지로 선생이 나를 그 안에 포함시켜 욕을 했다고 하는 약간의 의심을 면할 수가 없다. 비록 정확한 논거가 없지만……"이라고 했다.
4) '청년들에 대한 지도적 책임을 진 선배'는 쉬즈모(徐志摩, 1897~1931)와 천시잉 등을 지칭한다. 당시 저자와 현대평론파 사이에 논쟁이 지속되었는데, 쉬즈모가 1926년 1월 30일 『천바오 부간』에 「한담을 그만두고, 허튼소리를 그만두자」라는 글을 발표했다. 그 중에 쌍방을 모두 "청년들에 대한 지도적 책임을 진 선배"와 같이 지칭한 말이 있다.
5) 이것은 쉬즈모의 말이다. 1926년 1월 30일 『천바오 부간』에 쉬즈모가 천시잉을 변호하

기 위해 「아래의 통신으로 독자들에게 알리는 것에 대해」(關於下面一束通信告讀者們)를
발표했는데, 그 글에서 "사실을 말하자면 그 역시 건드리기 만만치 않다"고 말했다.

6) '온몸에 열이 난다'. 이는 천시잉을 풍자하는 말이다. 천시잉은 1926년 1월 30일 『천바
오 부간』에 발표한 「즈모에게 부치다」(致志摩)에서 "어젯밤 다른 문장을 쓰느라 늦게
잤더니 오늘 약간 열이 나는 것 같다. 오늘 이 편지를 쓰고 나니 벌써 피곤하다"라고 말
했다.

7) '동기로써 작품의 좋고 나쁨을 평가하다'. 이 역시 천시잉을 겨눈 것이다. 천시잉이 『현
대평론』(現代評論) 제2권 제48기(1925년 11월 7일)의 「한담」(閑談)에서 "하나의 예술품
의 탄생은 순수한 창조 충동을 제외하고도 항상 다른 동기가 섞여 있는 것인지 아닌지?
마땅히 다른 불순한 동기가 섞여야 하는지 아닌지? …… 청년들, 그들은 매우 경건한
눈빛으로 문예미술을 감상하는데, 창조자의 동기가 순수하지 않음을 반드시 인정하려
하지 않을 것이다. 그러나 고금동서의 각종 문예 예술품을 관람하면 우리는 그것들의
탄생 동기가 대부분 뒤섞여 있다고 말하지 않을 수 없다"라고 말했다.

8) 덴하르트(Oskar Dähnhardt, 1870~1915). 독일의 문학가, 민속학자.

9) 게르만인(Germanen). 고대 유럽 동북부의 일부 부락에 거주하던 사람의 총칭. 처음에
는 유목·수렵에 종사하다가 기원전 1세기에 정착했다. 기원 초에 동·서·북 여러 갈래
로 분화되었고, 계급이 분화되면서 귀족이 출현했다. 동서 두 갈래는 4~5세기에 슬라
브인 및 로마 노예 등과 연합하여 서로마 제국을 전복시켰다. 이후 그들은 로마 영토에
많은 봉건 왕국을 건립했다. 각 갈래의 게르만인은 기타 원주민과 결합해 근대 영국·
독일·네덜란드·스웨덴·노르웨이·덴마크 등 민족의 조상이 되었다.

10) '공리'(公理)·'정의'(正義). 이는 천시잉 등이 즐겨 쓰던 단어이다. 1925년 11월 베이징
여자사범대학에 복교한 뒤 천시잉 등은 바로 연회석상에서 이른바 '교육계 공리유지
회'를 조직하여 베이양군벌을 지지하고 학생과 교육계 진보인사를 박해했다. 『화개
집』(華蓋集) 「'공리'의 속임수」 참조.

11) "낯가죽이 두꺼워도 부끄러움이 있다"라는 말은 『상서』(尙書) 「오자지가」(五子之歌)의
"鬱陶乎予心, 顔厚有忸怩"에 나오는데, '얼굴이 비록 두꺼워도 마음속으로 부끄러워한
다'는 뜻이다.

12) 만생원(萬生園). 만생원(萬牲園)이라고도 한다. 청말 설립된 동물원으로 지금 베이징
동물원의 전신이다.

13) "의견이 같으면 무리가 되고 의견이 다르면 정벌한다"는 말은 『후한서』(後漢書) 「당고
전서」(黨錮傳序)에 나온다. 천시잉은 『현대평론』 제3권 제53기(1925년 12월 12일)의
「한담」(閑談)에서 "중국인은 시비를 논할 것이 없다. …… 같은 무리면 무엇이든 좋고,
다른 무리면 무엇이든 나쁘다"고 말한 바 있다.

14) 피터르 브뤼헐(Pieter Brueghel de Oude, 1525~1569). 유럽 문예부흥 시기 네덜란드

플랑드르의 풍자화가이다. Allegorie der Wollust는 「정욕의 비유」이다.

15) 프로이트(Sigmund Freud, 1856~1939)는 오스트리아 심리학자로 정신분석학의 창립자이다. 그는 문학·예술·철학·종교 등 일체의 정신현상이 모두 사람들이 억압을 받아서 잠재의식 안에 숨겨진 모종의 생명력(Libido), 특히 성욕의 잠재력에 의해 생겨난 것으로 인식했다.

16) 장스자오(章士釗, 1881~1973). 자는 행엄(行嚴)이고, 후난 산화(善化; 지금의 창사) 사람이다. 일찍이 『프로이트전』(茀羅乙德敍傳)과 『심해학』(心解學)을 번역했다.

17) 옛날 혼담할 때의 의식. "이름을 물음"은 남자 측에서 매파를 통해 여자 측의 성명과 출생연월일을 묻는 일. '납채'(納采)는 여자 측에게 보내는 정혼 예물.

18) '음험한 암시'. 이 역시 천시잉의 말이다. 천시잉은 그가 여학생을 모욕하는 말을 했음을 부인하기 위해 『치밍(豈明)에게 부치다』라는 편지 안에서 "이 말은 선생께서 한 차례만 이야기한 것이 아니다. 매번 나를 비난하는 문장과 어투 속에 음험한 암시가 깔려 있는 것 같다"라고 말했다.

19) 은서(隱鼠)는 생쥐로 쥐 종류 중 가장 작은 종이다.

20) 에드거 앨런 포(Edgar Allen Poe, 1809~1849). 미국의 시인, 소설가. 그는 단편소설 「검은 고양이」에서 한 죄수가 스스로 말하는 이야기를 썼다. 그는 고양이 한 마리를 죽인 탓으로 신비한 검은 고양이의 핍박을 받아 살인범이 되었다.

21) '고양이 할미'. 일본 민간 전설로 한 노파가 고양이 한 마리를 길렀는데 시간이 오래되자 요괴가 되어 노파를 잡아먹고 노파의 형상으로 변해 사람을 해쳤다고 한다.

22) '고양이 귀신'. 『북사』(北史) 「독고신전」(獨孤信傳)에 고양이 귀신이 살인을 했다는 대목이 있다. "타성(陀性)은 부정한 짓을 좋아했다. 그 외조모 고씨(高氏)는 선대에 고양이 귀신을 섬겼고, 시아버지 곽사라(郭沙羅)를 죽이고 그 집으로 들어갔다. …… 매번 자(子)로써 밤낮으로 제사를 지냈다. '자'라는 것은 쥐를 말한다. 그 고양이 귀신은 매번 사람을 죽이고 죽인 사람의 집 재물을 몰래 고양이 귀신을 섬기는 집으로 옮겼다.

23) '연화'(年畵). 정월에 실내에 붙이는 채색 목판화이다.

24) '저팔계를 데릴사위로 들이다'. 저팔계가 고씨(高氏) 집안에서 고노인의 사위로 들어갔다는 이야기로 『서유기』(西遊記) 제18회에 보인다.

25) '쥐의 결혼'. 옛날 장시성(江西省)과 저장성(浙江省) 일대의 민간전설이다. 음력 정월 14일 한밤중은 쥐들이 결혼하는 날이다.

26) 원소절(原宵節)로 음력 정월 15일 저녁을 원소라고 하는데, 13일부터 17일까지 여러 가지 아름다운 등을 내건다.

27) '마음을 위로하기에는 없는 것보다는 낫다'. 이 말은 진대(晉代) 도연명(陶淵明)의 시 「유자상(劉柴桑)에게 화답하다」에서 나온다. "연약한 여자가 비록 남자는 아니지만 마음을 위로하기에는 없는 것보다는 낫다."

키다리와 『산해경』[1]

이미 말한 바 있지만 키다리長 어멈[2]은 이전부터 내 시중을 들어 왔던 여자 하인이다. 좀 점잖게 말하면 나의 보모이다. 나의 어머니를 비롯한 많은 사람들은 모두 그녀를 키다리 어멈이라 불렀는데, 여기에는 약간 공대의 뜻이 들어 있는 듯했다. 하지만 할머니만은 그녀를 키다리라고 불렀다. 나는 평소에는 그녀를 '어멈'이라고 불렀고 '키다리'란 말은 아예 쓰지도 않았다. 그러나 그녀가 미워질 때, 예를 들어 내 생쥐를 죽인 것이 그녀였다는 것을 알았을 때는 '키다리'라고 불렀다.

우리 고장에 창長이란 성은 없다. 어멈은 살갗이 누렇고 몸집이 똥똥하며 키가 작달막하니까 '키다리'란 것도 그녀에 대한 형용사는 아니었다. 그렇다고 또한 그녀의 이름도 아니었다. 어느 땐가 그녀는 자기의 이름을 무슨 아가씨라고 말한 적이 있었다. 그러나 무슨 아가씨라고 했는지 나는 벌써 잊어버렸다. 어쨌든 그녀의 이름이 키다리 처녀가 아니라는 것은 확실하나 결국 성이 무엇이었는지는 끝내 알아내지 못하였다. 언젠가 그녀는 나에게 자기 이름의 유래를 말해 준 적이 있었다. 아주 오래전에 우리 집에 여자 하인이 한 명 있었는데, 키가 매우 커서 그녀가 진짜 키다리 어멈이었다. 그후 그녀가 자기 집으로 돌아가게 되자 나의 그 무슨 아가씨라고 하는 여인이 들어와서 그녀를 대신하게 되었는데, 모두들 전에 부르던 이름이 입에 익었으므로 달리 고쳐 부르지 않았다. 그리하여 그녀는 그때부터 '키다리 어멈'으로 불리게 된 것이다.

뒤에서 이러쿵저러쿵 남을 시비하는 것은 좋은 일이 아니나 만약 나의 진심을 말한다면 나는 정말 그녀에 대하여 그다지 달가워하지 않았다고 말해야 한다. 제일 밉살스러운 점은 늘 재잘거리기 좋아하고 툭하면 남들과 수군덕거리는 것이었다. 게다가 그럴 때마다 집게손가락을 펴서 공중에서 아래위로 흔들거나, 상대방이나 자기의 코끝을 가리켰다. 우리 집에서 자그마한 풍파라도 일어나기만 하면 어찌된 셈인지 나는 늘 그녀의 이 '재잘거림'과 관련이 있지 않을까 하는 의심이 들었다. 그녀는 또 나를 마음대로 돌아다니지 못하게 했으며 내가 풀 한 포기를 뽑거나 돌멩이 한 개라도 뒤집어 놓으면 나를 장난꾸러기라고 하면서 어머니한테 일러바치는 것이었다. 그리고 여름이 오기만 하면 잘 적마다 '큰 대大'자로 네 활개를 쩍 벌리고 침대 복판에서 잠을 잤다. 그래서 나는 돌아누울 자리도 없이 한쪽 구석에 밀려 가 새우잠을 자야 했다. 오래 자다 보면 침대 바닥이, 뜨거워져서 후끈거렸다. 그녀는 힘껏 떠밀어도 꿈쩍하지 않았고 소리쳐 불러도 들은 척도 안 했다.

"키다리 어멈, 그렇게 몸이 뚱뚱해서야 더위가 무섭지 않나? 밤에 잠자는 꼴이 그다지 보기 좋은 건 아닌 모양이더군?"

내가 여러 번 푸념을 늘어놓자 어머니는 언젠가 그녀에게 이렇게 물어본 적이 있었다. 나도 어머니의 말뜻이 나한테 자리를 좀더 내주라는 것임을 알았다. 그녀는 말없이 잠자코 있었다. 그날 밤 더위에 깨었더니 여전히 '큰 대'자로 누워 자고 있었는데 한쪽 팔은 나의 목에 걸쳐 놓고 있었다. 이건 정말로 더 어쩔 도리가 없는 노릇이었다.

하지만 그녀는 많은 범절을 알고 있었다. 그런 범절들이란 대개 내가 질색하는 것들이었다. 한 해 가운데 가장 즐거운 때를 꼽자면 물론 섣달 그믐날 밤일 것이다. 이날 밤이면 자정이 지난 뒤에 어른들한테서 세뱃돈을 얻어 가지고 붉은 종이에 싸서 베개맡에 놓고 잔다. 하룻밤만 지나면 그 돈을 마음대로 쓸 수 있다. 그러므로 베개를 베고 누워서도 오래도록 종이 꾸러미를 보면서 내일 사들일 작은 북이며 칼과 총이며 진흙인형, 부처 모습의 사탕…… 들을 생각해 본다. 그런데 그녀가 들어와서 복귤[3] 한 개를 내 침대머리에 갖다놓고 자못 정중하게 말하는 것이었다.

"도련님, 명심해 두어요! 내일은 정월 초하룻날이니까 새벽에 눈을 뜨게 되면 맨 먼저 나한테 '어멈, 복 많이 받으세요!' 하는 말부터 해야 해요. 알겠어요? 이것은 일 년 신수에 관계되는 일이니까 꼭 기억해 둬야 해요. 다른 말을 해선 안 돼요! 그러고 나서 또 이 복귤을 몇 조각 자셔야 해요." 그녀는 귤을 내 눈앞에서 두어 번 흔들어 보이고는 말을 이었다.

"그러면 일 년 내내 순조로울 거예요……."

나는 꿈결에도 설날을 잊지 않고 있었으므로 이튿날 아침에는 전에 없이 일찍 깨어났다. 나는 깨어나자 일어나 앉으려고 하였다. 그러자 그녀는 얼른 팔을 뻗쳐 나를 일어나지 못하게 꾹 눌렀다. 내가 의아하게 그녀를 바라보자, 그녀가 초조한 눈길로 나를 내려다보고 있었다.

그녀는 또 무슨 요구가 있는 듯 나의 어깨를 잡아 흔들었다. 나는 간밤의 일이 얼핏 머리에 떠올랐다.

"어멈, 복 받으세요."

"아이, 고마워요. 복 받고 말고요! 모두가 복 받아야죠. 도련님은 참말 총명하셔! 복 많이 받으세요!"

그제야 그녀는 자못 기쁜 듯 히죽히죽 웃으며 무엇인가 얼음같이 찬 것을 나의 입에 밀어 넣었다. 나는 화들짝 놀랐으나 이어 그것이 이른바 복귤이란 생각을 퍼뜩 기억했다. 새해 벽두의 시달림은 이로써 끝나고 침대에서 내려가 놀 수 있게 되었다.

그녀가 나에게 가르쳐 준 도리는 또 많다. 예를 들면 사람이 죽으면 죽었다고 하는 것이 아니라, '늙어 없어졌다'고 해야 하며, 초상난 집이나 해산한 집에는 들어가지 말아야 하며, 땅에 떨어진 밥알은 꼭 주어야 하되 가장 좋기는 그것을 먹어 버리는 것이며, 바지를 널어 말리는 대나무 장대 밑으로는 절대로 지나다니지 말아야 한다는 등과 같은 것들이었다…….이 밖에도 많았지만 이젠 다 잊어버리고 그나마 똑똑히 남아 있는 것은 설날의 그 괴상한 의식뿐이다. 한마디로 말해서 그런 것들은 모두 어떻게나 번거로운지 지금 생각해도 번잡하기 그지없는 일들이었다.

하지만 한때 나는 그녀에게 전에 없는 존경심을 가진 적이 있었다. 그녀는 늘 '장발적'長髮賊에 대한 이야기를 나한테 들려주곤 하였다. 그녀가 말하는 '장발적'에는 홍수전[4]의 군대뿐만 아니라 그후의 토비들이나 강도들까지도 죄다 포함되어 있었다. 그러나 혁명당만은 그 속에 포함되지 않았다. 그때에 아직 혁명당이란 것이 없었으니까. 그녀의 말에 의하면 장발적은 아주 무서우며 그들이 하는 말은 알아들을 수 없다는 것이었다. 언젠가 장발적이 성안으로 들어오게 되었는데 우리 집에서는 모두 바닷가로 피난 가고 문지기와 늙은 식모만 남아서 집을 지켰다고 한다. 나중에 장발적들이 정말로 집 안으로 뛰어들었는데 할멈은 그들을 '대왕님'이라고 부르면서 ─ 듣건대 장발적에 대해서는 꼭 그렇게 불러야 했다는 것이다 ─ 굶주리고 있는 자기의 신세를 하소연했다는 것이다. 그러자 장발적은 히죽이 웃으면서 "옛다, 그럼 이거나 먹어라!" 하고 무엇인가 둥글둥글한 것을 홱 던져주는데 보니 그건 머리채까지 그대로 달려 있는 문지기의 머리였다는 것이다. 그때 겁을 먹은 식모는 그후 그 말만 나와도 얼굴색이 흙빛으로 변해 가지고는 자기의 가슴을 두드리며 "어이구, 끔찍이도 무서워, 무서워 죽겠어……" 하고 중얼거렸다는 것이다.

하지만 나는 그 말을 듣고도 별로 겁내지 않았다. 왜냐하면 나는 문지기가 아니므로 그런 일과는 아무런 상관도 없었기 때문이었다. 그녀는 곧 이런 태도를 눈치챘는지 이렇게 말하였다.

"장발적들은 도련님 같은 어린애들도 붙잡아 가요. 붙잡아다간 꼬맹이 장발적을 만든단 말이에요. 그리고 예쁜 처녀들도 붙잡아 가요."

"그럼 어멈은 괜찮겠네."

나는 그녀가 제일 안전하리라고 생각했다. 문지기도 아니고, 어린아이도 아니며, 생김새도 못생긴 데다 목에는 숱한 뜸자리까지 있었기 때문이다.

"원, 당치 않은 말씀을!" 그녀는 엄숙히 말했다. "우리라고 쓸데없는 줄 아나요? 우리 같은 것들도 붙들어 가요. 성 밖에서 군사들이 쳐들어올 때면 장발적들은 우리더러 바지를 벗게 하고는 성 위에 쭉 늘어 세워놓는단 말이에요. 그러면 성 밖에서 대포를 쏘지 못하니까요. 그래도 쏘려고 하면 대포가 터지고 말아요!"

그것은 실로 생각 밖의 일이어서 놀라지 않을 수 없었다. 여태껏 그녀의 머릿속에는 번잡한 예절밖에 없다고 생각해 온 나는 그녀에게 이렇듯 위대한 신통력이 있을 줄은 몰랐다. 이때부터 나는 그녀에게 각별한 존경심을 가지게 되었으며 그녀를 헤아리기 어려운 인물처럼 생각하게 되었다. 그러고 보니 그녀가 밤에 네 활개를 쩍 벌리고 온 침대를 다 차지하는 것도 이해가 되었고 나로서는 마땅히 자리를 비켜 주어야 했다.

이런 존경심은 그후 차츰 없어지기는 하였지만 완전히 없어진 것은 아마도 그녀가 나의 생쥐를 죽였다는 사실을 알게 된 뒤부터인 것 같다. 그때 나는 그녀에게 사정없이 따지고 들었으며 맞대 놓고 '키다리'라고 불렀다. 나는 내가 진짜 꼬마 장발적이 되는 것도 아니고, 성을 들이치러 가는 것도 아니며, 대포를 쏘려는 것도 아니니까 대포가 터질까 봐 걱정할 것도 없으니 그녀를 두려워할 게 없다고 생각했다.

내가 생쥐를 애도하며 생쥐를 위하여 복수를 벼르고 있을 그 무렵에 나는 또 삽화가 실린 『산해경』[5]을 몹시 부러워하고 있었다. 그 부러움은 촌수가 먼 친척 할아버지[6]로 인해 생기게 되었다. 그는 몸집이 뚱뚱하고 마음씨가 너그러운 노인이었는데 화초 가꾸기를 즐겼다. 이를테면 주란이나 모리화 같은 꽃도 길렀고 북쪽지방에서 가져왔다는 아주 보기 드문 자귀꽃 같은 것도 가꾸었다. 그러나 그의 부인은 영감과 달라 꽤 괴상한 사람이었다. 어느 땐가 한번은 옷을 말리는 대장대를 주란 꽃가지에 걸쳐 놓다가 꽃가지가 부러지니 도리어 제 편에서 화를 내며 "에잇, 망할 것!" 하고 욕을 퍼붓는 것이었다. 그 할아버지는 고독한 사람이었다. 그는 말동무가 별로 없었으므로 아이들과 상종하기를 무척 즐겼으며 때로는 우리를 '꼬마 친구들'이라고까지 불러 주었다. 그는 한데 모여 사는 우리 친족들 가운데서 책을 제일 많이 가지고 있었고 또한 그 책들은 모두 유별난 것들이었다. 제예나 시첩시[7]는 말할 것도 없거니와 육기의 『모시초목조수충어소』[8]도 그의 서재에서만 볼 수 있었다. 그리고 이 밖에도 이름이 생소한 책들이 많이 있었다. 그때 내가 가장 즐겨본 것은 『화경』[9]이었는데 그 책에는 삽화가 많았다. 그의 말에 의하면 전에는 삽화가 든 『산해경』도 있었는데 거기에는 사람의 얼굴을 한 짐승, 대가리가 아홉 개인 뱀, 세 발 가진 새, 날개 돋친 사람, 젖꼭지로 눈을 대신하는 대가리 없는 괴물……들이 그려져 있었다는 것이었다. 그런데 유감스럽게도 지금은 그 책을 어디다 두었는지 알 수 없다는 것이었다.

나는 그런 그림들이 무척 보고 싶었다. 하지만 그에게 그 책을 찾아달라고 조르기가 미안했다. 그는 좀 데면데면한 사람이었기 때문이다. 그래서 다른 사람들에게 물어보면 다른 사람들은 아무도 바로 대답해 주질 않았다. 세뱃돈 받은 것이 아직 몇백 닢 남아 있어서 그것으로 사려고 해도 기회가 없었다. 책 파는 거리는 우리 집에서 아주 멀리 떨어져 있었으므로 나는 일 년 중에 정월에나 한 번씩 가서 놀 수가 있었다. 하지만 그때는 두 집밖에 없는 책방은 문들이 꼭꼭 닫혀져 있곤 하였다.

놀이에 팔려 있을 때는 아무렇지 않았지만 자리에 앉기만 하면 나는 이내 삽화가 든 『산해경』 생각이 났다.

내가 너무도 지나쳐서 자나깨나 잊지 않고 생각하자 나중에는 키다리 어멈까지도 『산해경』이란 어떤 것인가 하고 물어보게 되었다. 이 일을 나는 여태껏 그녀에게 말한 적이 없었는데, 나는 학자가 아닌 그녀에게 그런 말을 해보았자 아무런 소용도 없을 줄로 알고 있었기 때문이다. 하지만 그녀가 직접 물어보는 이상 그녀에게 말해 주었다.

그후 열흘 남짓이 지났을까 아니면 한 달쯤 지났을까 할 때였다. 지금도 나는 그때 일이 기억에 생생하다. 휴가를 얻어 집에 갔던 그녀가 사오 일이 지나 돌아왔다. 새로운 남색 무명 적삼을 입은 그녀는 나를 보자마자 책 꾸러미 하나를 내밀며 신이 나서 말하는 것이었다.

"도련님, 이게 그림이 들어 있는 『삼형경』三哼經10)이에요. 내가 도련님을 드리려고 사 왔어요!"

나는 청천벽력을 맞은 듯 온몸이 떨려 왔다. 그러고는 얼른 다가가 그 종이 꾸러미를 받아 들고 펼쳐 보니 그것은 소책자 네 권이었다. 책장을 대충 펼쳐 보니 정말로 사람의 얼굴을 한 야수며 대가리가 아홉 개인 뱀…… 같은 것들이 정말 있었다.

이 일은 나에게 새로운 존경심을 불러일으켰다. 남들이 하려 하지 않는 일이거나 할 수 없는 일들을 그녀는 성공했던 것이다. 그녀에게는 확실히 위대한 신통력이 있었다. 생쥐를 죽여 버린 일로 생겼던 원한은 이때부터 깡그리 사라져 버렸다.

이 네 권의 책은 내가 제일 처음으로 얻은, 보배처럼 가장 소중히 여기던 책이었다.

그 책의 모양은 오늘까지도 나의 눈에 선하다. 그런데 눈앞에 선한 그 모양을 놓고 말하면 아닌 게 아니라 각판이나 인쇄가 조잡하기 짝이 없는 책이었다. 종이가 누렇게 절었고 그림들도 매우 졸렬하였다. 거의가 다 직선들로 그려졌는데 심지어는 동물들의 눈까지도 장방형으로 되어 있었다. 비록 그렇기는 하지만 어쨌든 그것은 내가 가장 귀중히 여기던 책이었다. 펼쳐 보면 거기엔 확실히 사람의 얼굴을 한 짐승, 대가리가 아홉 개인 뱀, 외발 가진 소, 자루 모양으로 생긴 제강,11) 대가리는 없고 '젖꼭지로 눈을 대신하고 배꼽으로 입을 대신'하고 손에 '도끼와 방패를 들고 춤을 추는' 형천[12]이 있었다.

　그후부터 나는 더욱 극성스레 삽화가 든 책들을 수집했다. 그리하여 석판본으로 된 『이아음도』와 『모시품물도고』[13] 그리고 『점석재총화』와 『시화방』[14]과 같은 책들을 지니고 있게 되었다. 이 밖에 또 『산해경』도 석판본으로 된 것을 한 질 샀는데 권마다 그림이 있었다. 푸른색 그림에 붉은색 글씨로 된 그 책은 목각본보다 훨씬 정교하였다. 이 책은 재작년까지만 해도 나한테 있었다. 그것은 학의행[15]이 주를 단 축소판이었다. 그 목각본은 언제 잃어버렸는지 기억하지 못하겠다.

　나의 보모인 키다리 어멈이 세상을 떠난 지도 어언 30년은 되는 것 같다. 나는 그녀의 성명과 경력을 끝내 알지 못하고 말았다. 내가 알고 있는 것이라면 그녀에게 양아들이 하나 있다는 것과 그녀가 고독한 청상과부인 것 같다는 그것뿐이다.

　아, 너그럽고 캄캄한 어머니 대지여, 그대의 품에서 그녀의 넋이 고이 잠들게 해주소서!

3월 10일

주)_____

1) 원제는 「阿長與『山海經』」, 이 글은 1926년 3월 25일 『망위안』 반월간 제1권 제6기에 발표되었다.
2) 키다리 어멈. 사오싱(紹興) 둥푸다먼러우(東浦大門渡) 사람으로 1899년(청 광서 25년) 4월에 사망했다. 남편의 성은 여(余)이다. 이 글 말미에 나와 있는 그녀의 양자는 이름이 우주(五九)로 재봉사이다.

3) 복귤. 푸젠(福建) 지방에서 나는 귤. '복'(福)자가 있어서 길상하다고 여겨 예전에 저장, 장시 지방의 민간에서는 음력 설날 아침에 '복귤'을 먹는 풍습이 있었다.

4) 홍수전(洪秀全, 1814~1864)은 태평천국운동의 지도자이다.

5) 『산해경』(山海經). 18권으로 되어 있으며, 대략 기원전 4세기에서 기원후 2세기경의 작품이다. 내용은 중국 민간전설 중의 지리 지식이 대부분이며, 또한 상고시대에 유전되던 많은 신화들을 보존하고 있다. 루쉰은 이를 '예전의 무속서'라고 칭했다. 『중국소설사략』(中國小說史略) 「신화와 전설」 참조

6) 주조람(周兆藍, 1844~1898)을 가리킨다. 자는 옥전(玉田), 청말의 수재(秀才)이다.

7) 제예(制藝)와 시첩시(試帖詩). 모두 과거시험의 규정에 따른 공식적인 시와 문장이다. 제예는 '사서오경' 중의 문구를 주제로 취하여 논리를 전개한 팔고문이다. 시첩시는 대부분 고대 시인의 시구나 성어를 주제로 '부득'(賦得)이란 두 글자가 위쪽에 쓰여 있다. 운율을 제한하여 일반적으로 5언 8운이다. 여기에서 말하는 것은 당시 책방에서 간행한 팔고문과 시첩시의 견본들이다.

8) 육기(陸璣). 자는 원각(元恪), 삼국시대 오나라 오군(吳郡; 현재의 쑤저우蘇州) 사람, 일찍이 태자중서자를 역임했다. 『모시초목조수충어소』(毛詩草木鳥獸蟲魚疏)는 2권으로 『모시』(毛詩)에 나오는 동물과 식물의 이름을 해석한 책이다. 『모시』는 『시경』으로 서한(西漢) 초에 모형(毛亨)과 모장(毛萇)이 전수했기 때문에 『모시』라고 한다.

9) 『화경』(花鏡)은 『비전화경』(秘傳花鏡)으로 청대에 항저우(杭州) 사람 진호자(陳淏子)가 썼다. 일종의 원림과 화초에 관해 서술한 책이다. 강희 27년(1688)에 인쇄되었다. 모두 6권으로 '화력신재'(花歷新栽), '과화십팔법'(課花十八法), '화목류고'(花木類考), '등만류고'(藤蔓類考), '화초류고'(花草類考), '양금조, 수축, 인개(개린), 곤충법'(養禽鳥, 獸畜, 鱗介, 昆蟲法)의 6장으로 나뉘어 있다.

10) 원래는 『산해경』이나 그녀가 제목을 잘못 알고 있었음을 나타낸다.

11) 제강(帝江). 『산해경』에 나오는 춤을 잘 추는 신조(神鳥). 이 책의 「서산경」(西山經)에서는 "그 모습은 누런 색의 주머니 같고, 붉기는 단화(丹火) 같으며 여섯 개의 발에 네 개의 날개가 있으며 혼돈으로 얼굴이 없다"고 말하고 있다.

12) 형천(刑天). 『산해경』의 신화 인물, 이 책의 「해외서경」(海外西經)에서 "형천은 황제(黃帝)와 신의 지위를 놓고 싸우다 목이 잘려 창양산(常羊山)에 묻혔다. 그래서 가슴에 눈이 있고 배에 입이 있으며 도끼와 방패를 들고 춤을 춘다"고 기록되어 있다.

13) 『이아음도』(爾雅音圖). 모두 3권이다. 『이아』(爾雅)는 중국 고대의 자전으로 작자는 미상이다. 대략 한나라 초기의 저작이다. 『이아음도』는 송나라 사람들이 자음을 주석하고 삽도를 덧붙인 일종의 『이아』 판본이다. 청 가경(嘉慶) 6년(1801) 증오(曾燠)가 원나라 사람들이 모사한 송대 회화본을 번각했고, 청 광서 8년(1882) 상하이 동문서국에서 이에 근거해 석인했다.

『모시품물도고』(毛詩品物圖考)는 일본의 오카겐 호(岡元鳳)가 쓴 책으로 7권이다. 『모시』 중의 동식물 등의 도상을 그리고 간단하게 고증한 책으로 1784년(건륭 49년)에 출판되었다.

14) 『점석재총화』(点石齊叢畵). 존문각주인(尊聞閣主人)이 편찬했으며 모두 10권이다. 중국 화가 작품을 모아 놓은 일종의 화보인데, 그중에는 일본 화가의 작품도 수록되어 있다. 1885년(광서 11년)에 상하이 점석재서국에서 석인했다.
『시화방』(詩畫舫)은 화보책으로 명대 융경, 만력 연간의 화가 작품을 모아서 인쇄했다. 산수, 인물, 화조, 초충, 사우(四友), 선보(扇譜) 등 6권이 있다. 1879년(광서 5년)에 상하이 점석재서국에서 인쇄했다.

15) 학의행(郝懿行, 1757~1825). 자는 순구(恂九), 호는 난고(蘭皐), 산동 치샤(棲霞) 사람으로 청대의 경학자이다. 가경 4년에 진사 급제하여 관직이 호부주사(戶部主事)에 이르렀다. 저서로 『이아의소』(爾雅義疏), 『산해경전소』(山海經箋疏) 및 『역설』(易說), 『춘추설략』(春秋說略)이 있다.

『24효도(孝圖)』[1]

나는 어찌되었든 동서남북 위아래로 찾아 나서서 가장 지독하고 지독하고 지독한 저주의 글을 얻어 가지고 먼저 백화문을 반대하거나 방해하는 모든 인간들부터 저주하려고 한다. 설사 사람이 죽은 뒤에도 정말 영혼이 있어 이 극악한 마음으로 인해 지옥에 떨어진다고 해도, 나는 결코 이 마음을 고쳐먹거나 후회하지 않을 것이며 어쨌든 먼저 백화문을 반대하거나 방해하는 모든 인간들에게 저주를 퍼부을 것이다.

이른바 '문학혁명'[2]이 있은 뒤에는, 어린이를 위한 책들이, 유럽이나 미국, 일본 등의 나라들에 비하면 가련하기 짝이 없지만, 그래도 그림과 이야기가 들어 있어 읽기만 하면 이해할 수 있게 되었다. 그러나 마음씨가 바르지 못한 일부 사람들이 진력을 다해 그것을 막아 어린이의 세계를 아무런 흥미도 없게 만들고 있다. 베이징에서는 지금도 늘 '마호자'馬虎子란 말로 아이들을 겁주고 있다. 그런데 그 '마호자'란 『운하개통기』[3]에 나오는, 수나라 양제가 운하를 팔 때 아이들을 삶아 죽였다는 마숙모麻叔謀일 수도 있는데 정확히 쓴다면 '마호자'麻胡子일 것이다. 그렇다면 그 마호자는 바로 호인[4]일 것이다. 그러나 어떤 사람이든지 간에 그가 아이들을 잡아먹는 데는 반드시 한도가 있었을 것이니 어쨌든 그의 일생에 지나지 않았을 것이다. 하지만 백화문을 방해하는 자들이 끼치는 해독은 홍수나 맹수보다도 더 심하여 그 범위가 아주 넓고 시간도 매우 길다. 그것은 중국을 마호자로 변하게 하여 아이들이란 아이들은 죄다 그 뱃속에서 죽어 버리게 할 수 있다.

백화문을 해치는 자들은 다 멸망해야 한다!

이런 말에 대해 봉건사상에 빠져 있는 세도가들이나 명사들은 귀를 틀어막지 않을 수 없을 것이다. 왜냐하면 "길길이 날뛰며 만신창이가 되도록 욕을 퍼붓고, ──그러고도 그만두려 하지 않기"[5] 때문이다. 그리고 글쟁이들 역시 욕을 할 것인데, '문장의 품격'을 크게 여겼고, 이는 즉 '인격'을 대단히 손상시킨 것이라고 생각하기 때문이다. "말이란 마음의 소리"가 아니던가?[6] 물론 '글'과 '사람'은 서로 연관된다. 인간세상이란 아주 괴상하여 교수들 가운데도 작자의 인격은 '존중하지 않으면서'도 "그의 소설은 훌륭하다고 말하지 않을 수 없는"[7] 그런 특수한 족속들이 있기는 하지만. 그러나 이런 것에 대해서 나는 일절 관여하지 않는다. 그것은 다행히 내가 아직 '상아탑'[8]에 올라가지 않았으므로 별로 조심할 필요가 없기 때문이다. 만약 무의식중에 올라갔다 하더라도 얼른 굴러 내려오면 그만이다. 하지만 굴러 내려오는 도중 땅에 닿기 전에 나는 다시 한번 이렇게 부르짖으려 한다.

백화문을 해치는 자들은 다 멸망해야 한다!

나는 초등학생들이 볼품없는 『아동세계』[9] 같은 것을 손에 들고도 좋아 어쩔 줄을 모르며 읽고 있는 것을 볼 때마다, 늘 다른 나라 아동도서의 정교함을 생각하게 되고, 따라서 자연히 중국 어린이들에 대해 가련함을 느끼게 된다. 하지만 나와 나의 동창생들의 유년시절을 돌이켜 볼 때 그래도 오늘날의 어린이들은 행복하다고 여기지 않을 수 없으며, 영영 흘러가 버린 우리의 그 아름다운 시절에 대하여 슬픈 조사를 보내지 않을 수 없다. 그때 우리에겐 볼 만한 책이라고는 아무것도 없었다. 그림이 조금이라도 섞인 책을 가졌다간 서당의 훈장들, 다시 말해서 당시 '청년들을 이끄는 선배'에게 금지당하고 꾸지람을 들었으며 심지어는 손바닥을 얻어맞기까지 했다. 나의 어린 동창들은 '사람은 나면서부터 성품이 착했도다'[10]라는 것만 읽었는데 무척 따분하고 무미건조해서, 몰래 책의 첫 장을 펼치고 '문성이 높이 비치다'라는 그림의 악귀 같은 괴성[11]을 들여다보는 것으로 어린 시절의 아름다움을 동경하는 천성을 만족시킬 수밖에 없었다. 어제도 그 그림이요, 오늘도 그 그림이건만 그래도 그들의 눈에는 생기와 기쁨의 빛이 어렸다.

서당 밖에서는 그 단속이 그렇게 심하지 않았다. 그러나 이것은 어디까지나 나를 두고 하는 말이지 사람마다 다 달랐을 것이다. 그때 내가 사람들 앞에 떳떳이 내놓고 볼 수 있었던 것은 『문창제군음즐문도설』[12]과 『옥력초전』[13]이었다. 저승에서 착한 것을 표창하고 악한 것을 징벌하는 이야기를 그린 그림책이었는데 우레신과 번개신이 구름 가운데 서 있고, 온갖 잡귀신들이 땅에 가득 늘어서 있었다. 여기서는 '길길이 날뛰는 것'이 상계의 법을 어길 뿐만 아니라 말을 조금 잘못하거나 생각을 조금 그릇되게 먹어도 그 대가를 받는다. 이런 대가는 '사소한 원한'[14] 따위가 아니었다. 그곳에서는 귀신을 임금으로 하고 '공리'를 재상으로 삼고 있었으므로, 술을 따르고 무릎을 꿇고 머리를 조아리는 수작들은 하나도 소용이 없어서 그야말로 어찌할 도리가 없었다. 그러므로 중국이란 이 천지에서는 사람 구실뿐만 아니라 귀신노릇을 하려고 해도 쉽지 않은 것이다. 하지만 저승은 그래도 이른바 '신사나으리'도 없고 '유언비어'도 없으므로 필경 이승보다는 낫다고 해야 할 것이다.

저승이 온당한 곳이라 해도 찬양할 바는 못 된다. 더구나 늘 필묵을 다루기 좋아하는 사람으로서 유언비어가 판을 치고 게다가 '언행일치'[15]를 극구 주장하는 오늘날의 중국에서는 더욱 그러하다. 여기에 거울로 삼을 만한 이야기가 있다. 들은 바에 의하면 일찍이 아르치바셰프[16]는 한 소녀의 질문에 이렇게 대답하였다고 한다.

"오직 인생의 사실 그 자체 속에서 기쁨을 찾아내는 사람만이 살아갈 수 있다. 만일 거기에서 아무것도 보지 못한다면 그들은 차라리 죽느니만 못하다."

그랬더니 미하일로프란 사람이 그에게 편지로 이렇게 비웃었다.

"……그러므로 당신이 자살로 자기의 목숨을 끝마칠 것을 나는 진심으로 권고하는 바입니다. 그렇게 하는 것이 첫째로 논리에 맞고 둘째로는 당신의 말과 행동이 어긋나지 않게 되기 때문입니다."

이런 논법은 곧 모살인 것이다. 미하일로프는 이렇게 해서 자기의 인생에서 기쁨을 찾았다. 아르치바셰프도 그저 한바탕 소란을 일으켰을 뿐 자살하지 않았다. 그후 미하일로프 선생이 어떻게 되었는지는 알 수 없으나 이런 기쁨을 잃어버렸거나 혹은 다른 그 '무엇'을 찾았을 수도 있을 것이다. 아닌 게 아니라 "이런 때 용감성은 안전한 것이며 정열은 털끝만치도 위험이 없는 것이다".

하지만 저승에 대하여 나는 이미 찬양한 만큼 이제 와서 그 말은 취소할 수 없다. 비록 그 때문에 '언행이 일치하지 못하다'는 혐의를 받을 수도 있겠지만, 염라대왕이나 그 나졸들로부터 수당금 한 푼 받은 것이 없으므로 얼마간 자기 위안은 된다. 그건 그렇다치고 아무튼 쓰던 글이나 계속써 내려가기로 하자.

내가 본 그런 저승에 관한 그림책들은 우리 집에 그전부터 있던 책들로 내 개인 소유가 아니었다. 내가 제일 처음 얻은 그림책은 어느 손윗사람이 준 『24효도』[17]였다. 이 책은 부피가 얇디얇았는데 아래쪽에는 그림, 위쪽에는 이야기가 적혀 있었고 귀신보다 사람이 더 많았다. 게다가 이 책은 내 개인 소유였으므로 나는 무척 기뻤다. 책에 나오는 이야기들은 누구나 거의 다 알고 있는 것이었는데 글을 모르는 사람, 이를테면 키다리 어멈 같은 사람도 그림을 한 번 보고는 그 이야기를 줄줄 내리 엮을 수 있었다. 하지만 나는 기뻐하던 끝에 그만 흥이 깨지고 말았다. 그 까닭은 남에게서 스물네 가지 이야기를 다 듣고 나서 '효도'란 그렇듯 어렵다는 것을 알게 되었으며, 따라서 효자가 되려고 했던 과거의 어리석은 생각도 여지없이 깨졌기 때문이다.

과연 '사람은 나면서부터 성품이 착하였'던가? 이것은 지금 연구하고자 하는 문제가 아니다. 아직도 아리송하게나마 기억에 남아 있지만, 사실나는 어린 시절에 조금도 불측한 마음을 가져 본 적이 없었고 부모에게도효성을 다하려고 했다. 하지만 그땐 나이가 어리고 철이 없었으므로 '효도'란 것을 제 소견대로 해석하여 그저 '말을 듣고', '명령에 복종하며', 커서는 늙으신 부모님께 음식대접이나 잘하면 되는 것이라고 생각했다. 그런데 효자에 관한 이 교과서를 얻은 다음부터는 그런 정도로는 어림도 없으며 그보다 몇십 배, 몇백 배 더 어렵다는 것을 알게 되었다. 물론 그 가운데는 「자로가 쌀을 져 오다」,[18] 「황향이 베갯맡에서 부채질을 하다」[19]와 같은 일들은 애만 쓰면 꽤 본받을 수 있었다. 그리고 「육적이 귤을 품속에 넣다」[20]와 같은 일도 부잣집에서 나를 초청하기만 하면 어려운 일이 아니다. 그것은 "루쉰 선생은 손님으로 오셨는데 어째서 귤을 품속에 넣소?"라고 묻는다면 나는 곧 꿇어 엎드려 "예, 어머님께서 즐겨하시므로 가지고 가서 대접하려고 합니다"라고 대답하면 된다. 그러면 그 주인은 자못 탄복하게 될 것이고 따라서 효자는 떼어 놓은 당상이요 식은 죽 먹기이다. 하지만 「대숲에서 울어 눈물로 대순을 돋아나게 하다」[21]는 좀 의심스럽거니와 또 나의 정성도 그처럼 천지신명을 감동시킬 것 같지는 않았다. 그런데 울어도 대순이 안 나오면 기껏해야 망신이나 당할 따름이지만, 「얼음 강에 엎드려 잉어를 구하다」[22]는 생명이 위태로운 노릇이다. 우리 고향은 날씨가 따뜻하여 엄동설한에도 수면에 살얼음이 얼 뿐이다. 그러므로 아무리 가벼운 아이라도 엎드리면 틀림없이 '빠직' 소리와 함께 얼음이 내려앉으면서 잉어가 미처 오기도 전에 물속에 빠져 버리고 말 것이다. 하기야 목숨을 돌보지 않고 효성으로 신명을 감동시켜야 뜻밖의 기적이 나타날 터인데 그때 나는 아직 어렸던 관계로 그런 것까지는 알지 못했다.

그 가운데서도 제일 납득이 되지 않고 심지어는 반감까지 들게 하는 것은 「래 영감老萊子이 부모를 즐겁게 해주다」[23]와 「곽거가 아들을 묻다」[24]라는 두 이야기였다.

지금도 기억하고 있지만, 부모 앞에 누워 있는 영감과 어머니의 팔에 안겨 있는 어린애는 나에게 얼마나 서로 다른 감상을 불러일으켰던가. 그들은 둘 다 손에 '딸랑북'을 들고 있었다. 그것은 아주 깜찍하게 생긴 장난감이었는데 베이징에서는 소고라고 하였다. 아마도 방울북일 것이다. 주희[25]의 해석에 의하면 "방울북은 소고로서 양쪽에 방울이 달려 있는데 북자루를 잡고 흔들면 방울이 북에 맞아" 딸랑딸랑 소리가 난다는 것이다. 하지만 래 영감의 손에는 이런 장난감이 아니라 지팡이가 쥐어져 있어야 한다. 그림에서의 이런 꼴은 틀림없는 거짓이며 아이들에 대한 모욕이다. 나는 두 번 다시 펼쳐 보지 않았으며 일단 그 페이지에 이르면 빠르게 넘겨 버리고 다른 장을 펼쳐 보았다.

그때 가지고 있던 『24효도』는 오래전에 잃어버리고 지금 손에 있는 것은 오다 가이센[26]이란 일본 사람이 그린 책뿐이다. 이 책에도 래 영감에 대하여 "나이는 칠순이 되었으나 스스로 늙었다 아니하고 항상 알록달록한 옷을 지어 입고 부모들 곁에서 아이들 놀음을 했다. 그리고 늘 물을 떠 가지고 방 안에 들어가다가 일부러 넘어져 어린애 울음소리를 냄으로써 부모님들의 마음을 즐겁게 하였다"고 쓰여 있는 걸 봐선 이전의 책과 별로 차이가 없다. 내가 반감을 가지게 된 것은 '일부러 넘어졌다'는 대목이었다. 불측하건 효성이 있건 간에 아이들이란 모두 '일부러 꾸미는 것'을 좋아하지 않는다. 그들은 이야기를 들을 때에도 지어낸 이야기는 좋아하지 않는다. 이것은 어린이들의 심리에 대하여 조금이라도 유의하는 사람이라면 누구나 다 알 수 있는 것이다.

그러나 좀더 오래된 책을 찾아보면 이처럼 허무맹랑하지는 않았다. 사각수[27]의 『효자전』에는 다음과 같이 쓰여 있다. "래 영감은 …… 항상 물감 들인 옷을 입었고 부모들이 마실 물도 손수 방 안으로 떠 가지고 갔다. 한번은 그러다가 넘어졌는데 부모들이 그것을 보고 상심하실까 봐 그는 그대로 쓰러져 어린애 울음소리를 내었다."(『태평어람』[28] 제413권에서 인용) 이것은 오늘의 것과 비교해 볼 때 얼마간 인정人情에 가까운 듯하다.

그런데 어떻게 된 판국인지 그후의 군자들은 그것을 꼭 '일부러 꾸민 것'으로 고쳐 놓아야 속이 시원했다. 등백도가 자식을 버리고 조카를 구했다[29]는 것도 생각해 보면 그저 '버렸'을 따름일 것인데 어리석은 인간들은 기어이 그가 아들을 나무에 꽁꽁 묶어 매어 따라올 수 없게 한 다음에야 손을 뗐다고 말하는 것이다. 이것은 '진저리나는 것을 흥취로 삼는 것'과 같이 정리에 맞지 않는 것을 윤리의 기강[30]으로 삼음으로써 옛사람들을 욕되게 하고 후세의 사람들을 망쳐 버리는 것이다. 래 영감에 대한 이야기가 바로 그러한 사례의 하나이다. 도학선생[31]들이 그를 티끌 한 점 없는 완벽한 인간으로 여기고 있을 때 아이들의 마음속에선 벌써 죽은 사람이 되어 버렸다.

　'딸랑북'을 가지고 노는 곽거의 아들에 대해서는 실로 동정이 갈 만했다. 어린것은 어머니의 품속에 안기어 좋다고 해죽해죽 웃고 있는데 그의 아버지는 그를 파묻으려고 구덩이를 파고 있지 않는가. 그 이야기는 다음과 같다. "한나라 시대 곽거라는 사람이 있었는데 집이 몹시 가난했다. 그에게는 세 살짜리 아들이 있었다. 곽거의 어머니는 늘 자기의 식량을 줄여 어린 손자를 먹였다. 그래서 곽거는 아내를 보고 '우리가 살림이 구차하여 어머니를 공양할 수 없는 데다 애놈이 어머니의 밥그릇에 달라붙기까지 하는구려. 차라리 이놈을 파묻어 버리는 게 어떻겠소?' 하고 말했다." 그런데 유향[32]의 『효자전』에 의하면 이와는 좀 다르다. 곽거는 집이 부자인데 가산을 전부 두 동생에게 나누어 주었으며 아이는 세 살이 아니라 금방 태어났다는 것이다. 하지만 이야기의 끝 대목은 대체로 비슷하다. "구덩이를 두 자 깊이쯤 파고 들어가자 황금이 한 솥이나 나왔는데 그 위에는 '하느님이 곽거에게 하사하시는 것이매 무릇 관리들은 가지지 말고 백성들도 빼앗지 말라!'라고 쓰여 있었다."

처음에 나는 그 아이를 대신해 손에 진땀이 났다. 그러다가 황금 한 솥이 나온 다음에야 비로소 마음이 놓였다. 그러나 나는 벌써 내 자신이 효자노릇을 할 엄두를 내지 못했을 뿐만 아니라, 아버지가 효자노릇을 할까 봐 두려웠다. 그때는 우리 집 살림이 점점 기울어져 가고 있었으므로 늘 부모님께서 끼니거리 때문에 걱정하는 소리를 들었다. 게다가 할머니까지 늙으셨으니 아버지가 곽거를 본받으신다면 땅에 파묻히게 될 것은 영락없이 내가 아니겠는가? 만일 그 이야기와 조금도 다름없이 황금 한 솥이 나온다면 그건 말할 것도 없이 큰 복이겠지만, 어린 나이에도 그때는 벌써 세상에 그처럼 공교로운 일이 없다는 것을 알았던 듯하다.

지금 생각해 보면 실로 어리석기 짝이 없다. 왜냐하면 그런 일들은 이미 오래된 재미일 뿐, 원래 누구도 시행하지 않는다는 것을 알고 있기 때문이다. 오늘에 와서도 윤리의 기강을 바로잡는 글들은 자주 나오지만 신사나으리들이 알몸으로 얼음판 위에 엎드려 있거나 장군들이 차에서 내려 쌀을 지으러 가는 것은 좀처럼 볼 수 없다. 게다가 이제는 벌써 어른이 된지라, 옛 책도 몇 권 읽어 보았고 새로운 책도 몇 권 사들였다. 이를테면 『태평어람』, 『고효자전』,[33] 『인구문제』, 『산아제한』, 『20세기는 어린이들의 세계』 하는 책들을 통해 생매장에 저항할 이유를 얼마든지 찾을 수 있다. 하지만 그때는 그때고 지금은 또 지금이다. 아닌 게 아니라 그때 나는 정말 겁이 났다. 구덩이를 팠는데도 황금이 나오지 않는다면 '딸랑북'과 함께 묻혀 버리고 흙이 꽁꽁 다져질 테니 무슨 수가 있단 말인가. 나는 꼭 그렇게 되리라고는 생각하지 않았으나 어쨌든 그때부터 부모님의 가난살이 걱정을 듣게 되는 것이 무서웠고 할머니의 흰머리가 보기 두려웠으며 어쩐지 할머니가 나와 같이 살 수 없는 사람으로, 적어도 나의 생명에 방해되는 사람으로 생각되었다. 나중에 이런 심리상태가 차츰 희미해졌으나 어쨌든 그 여운은 줄곧 할머니가 세상을 떠날 때까지 남아 있었다──이것은 『24효도』를 나에게 준 그 유생儒生으로서는 도저히 예상치 못한 일일 것이다.

5월 10일

주)_____

1) 원제는 「二十四孝圖」, 이 글은 1926년 5월 25일 『망위안』 반월간 제1권 제10기에 발표되었다.

2) '문학혁명'이란 '5·4'시기 문언문에 반대하고 백화문을 제창하며, 구문학을 반대하고 신문학을 제창한 운동이다. 문학혁명 문제의 토론은 1917년 『신청년』 잡지에서 초보적으로 전개되었다. 이 잡지는 제2권 제6기(1917년 2월) 천두슈(陳獨秀)의 '문학혁명론'을 발표하고 정식으로 '문학혁명' 구호를 제기했다. 5·4운동이 폭발한 이후 신문화혁명의 중요한 부분을 구성했다.

3) 『운하개통기』(開河記). 전기(傳奇)소설, 송대 작품. 마숙모(麻叔謀)가 수(隋) 양제의 명령을 받고 운하를 개통한 이야기를 기록한 것으로, 그중에 마숙모가 어린아이를 삶아 먹었다는 이야기가 있다.

4) 호인(胡人). 오랑캐 사람이라는 의미. 이 작품집의 「후기」 첫 단락을 보라.

5) "길길이 날뛰다" 등의 말은 천시잉이 1926년 1월 30일 『천바오』(晨報) 부간에 발표한 「즈모에게 부치다」(致志摩)에서 루쉰을 공격한 말이다. "그는 항상 이유 없이 욕을 하고, …… 그러나 만일 누군가 그의 말을 조금이라도 침범한다면 그는 바로 길길이 날뛰며 만신창이가 되도록 욕을 퍼붓고,── 그러고도 그만두려 하지 않을 것이다."

6) "말은 마음의 소리이다". 이 말은 한대(漢代) 양웅(揚雄)의 『법언』(法言) 「문신」(問伸)에 "말은 마음의 소리이다"(故言, 心聲也)라고 나오는데 "언어와 문장은 사람의 사상적 표현이다"라는 뜻이다.

7) "그의 소설이 훌륭하다고 말하지 않을 수 없다". 천시잉이 『현대평론』 제3권 제71기

(1926년 4월 17일)의 「한담」(閑話)에서 "나는 내가 루쉰 선생의 인격을 존경하지 않지만 그의 소설이 좋다고 말하지 않을 수 없고, 마찬가지로 그의 소설에 감탄한다고 그 나머지 문장까지 칭찬할 수는 없다"라고 했다.

8) '상아탑'. 처음에는 프랑스 문예비평가 생트-뵈브(Charles Augustin Sainte-Beuve, 1804~1869)가 동시대의 소극적 낭만주의 시인 비니(Alfred de Vigny)를 평론한 용어로 뒤에는 현실생활에서 이탈한 예술가의 좁은 세계를 비유하는 말로 쓰인다.

9) 『아동세계』(兒童世界). 초등학교 고학년 정도 아동의 독서용으로 제공된 주간(뒤에 반월간으로 바뀜) 잡지. 내용은 시가, 동화, 고사, 수수께끼, 우스운 이야기와 아동 창작 등으로 나뉘고, 상하이 상우인서관(常務印書館)에서 편집·인쇄했다. 1922년 1월 창간했다가 1937년 정간되었다.

10) "사람은 나면서부터 성품이 착했도다"(人之初性本善). 옛날 서당에서 통용되던 초급용 독본 『삼자경』(三字經)의 앞 두 구절.

11) 괴성(魁星). 모양이 '괴'(魁)자의 자형(字形)과 비슷하다. 한 손으로 붓을 잡고, 다른 한 손으로 묵을 잡고, 상반신은 앞으로 기울이고, 한 다리는 뒤로 치켜들고 있는 것이 마치 누가 과거에 합격했는지를 붓으로 점을 찍어 정하는 모양과 같다. 옛날 서당의 초급 독본 속표지에 괴성 모양이 인쇄되어 있다.

12) 『문창제군음즐문도설』(文昌帝君陰騭文圖說). 미신 전설에 의하면 진대(晉代) 쓰촨(四川) 사람 장아자(張亞子)가 죽은 뒤 인간의 공명과 복의 기록을 관장하는 신이 되었는데, 문창제군(文昌帝君)이라 한다. 『음즐문도설』(陰騭文圖說)은 전하는 바에 의하면 장아자가 지은 것으로 인과응보의 미신사상을 선전하는 화집(畵集)이다. 음즐(陰騭)은 음덕(陰德)이다.

13) 『옥력초전』(玉歷鈔傳). 정식 명칭은 『옥력지보초전』(玉歷至寶鈔傳)으로 미신을 선전하는 책이다. 표제는 송대(宋代) "담치(淡痴) 도인이 꿈속에서 구원을 얻었으니, 제자는 미혹되지 말고 도인의 초록을 세상에 전하라"고 일컫고 있다. 서문에는 "지장왕(地藏王)과 십전염군(十殿閻君)이 지옥의 참혹함을 딱하게 여겨 천제(天帝)에게 주청하고 『옥력』(玉歷)을 전해 세상 사람을 깨우치게 하는 것이다"라고 되어 있다. 모두 8장으로, 제2장 「옥력의 도상(圖像)」에는 바로 이른바 십전염왕(十殿閻王), 지옥윤회(地獄輪回) 등의 도상이 있다.

14) '애비지원'(睚眦之怨). '사소한 원한'이라는 말로, 『사기』(史記) 「범저전」(范雎傳)의 "한 술 밥의 덕이라도 반드시 갚고, 사소한 원한이라도 반드시 갚는다"(一飯之德必償, 睚眦之怨必報)에 나온다. 천시잉이 『현대평론』 제3권 제70기(1926년 4월 10일)에 「양더췬 여사 사건」(楊德群女士事件)이란 글을 발표해 여자사범대학 학생 레이위(雷楡) 등 5인이 양더췬을 위해 변호하는 편지에 회답했다. 그 가운데서 은밀하게 루쉰을 가리켜 "그로 인해서 '양(楊) 여사가 그다지 가려고 하지 않았다'라는 한마디 말 때문에, 일

부 사람들이 많은 문장 속에서 나의 죄상을 나무라는 것은 집권 정부의 호위대보다 더 크고 군벌보다 더 흉악하다! …… 좋다. 내가 일찍이 한 번 화가 났을 때 일부 사람들의 진면목을 들추어낸 적이 있다. 그러나 설마 4, 50명의 죽은 자의 억울함은 씻어 내지 않아도 되고, 사소한 원한은 오히려 갚지 않아서는 안 된다는 말인가?"라고 말했다. 뒤 글에서 "'공리'(公理)가 재상이 되고, 술을 따르고 무릎을 꿇고 머리를 조아리는"이라는 언급 역시 양인위(楊蔭楡; 당시 베이징여자사범대학 교장으로 보수적 교육정책을 고수하며 학생들을 탄압한 인물이다)가 잔치를 열어 천시잉 등을 초대하고 진보학생의 박해를 계획했던 것에 대한 조소와 풍자이다.

양더췬(楊德群, 1920~1926). 당시 베이징여자사범대학 학생으로 학생자치회의 중요 구성원이었다. 1926년 3·18 참사 때 군벌의 총격으로 희생되었다.

15) '언행일치'(言行一致). 천시잉이 『현대평론』 제3권 제59기(1926년 1월 23일)의 「한담」(閑話)에서 일찍이 "말과 행동을 서로 돌아보지 않는 것은 원래 그렇게 희한한 일이 아니다. 세계에는 이 같은 사람들이 아주 많이 있다. 혁명을 말하는 자들이 관료를 하고, 언론 자유를 말하는 자들은 신문사를 불태운다"라고 했다. 여기서 말하는 "관료를 한다"는 루쉰이 교육부에서 직무를 맡은 것을 가리킨다. "신문사를 불태운다"는 1925년 11월 29일 베이징 군중이 돤치루이(段祺瑞)를 반대하는 시위 중 천바오사(晨報社)를 불태운 사건을 가리킨다.

16) 아르치바셰프(阿爾志跋綏夫, Михаил Петрович Арцыбашев, 1878~1927). 러시아의 소설가. 10월혁명 후 1923년 해외로 망명했고 바르샤바에서 죽었다. 저서에는 장편소설 『사닌』(Санин), 중편소설 『노동자 셰빌로프』 등이 있다.

17) 『이십사효도』(二十四孝圖). 『이십사효』(二十四孝). 원대(元代) 곽거경(郭居敬)이 편찬했다. 고대에 전하는 24명의 효자에 관한 고사를 편집 기록했다. 후대에 인쇄한 서적은 모두 그림이 삽입되어 『이십사효도』라 통칭한다. 이는 봉건 효도를 선양하는 통속 서적이다.

18) '자로부미'(子路負米; 자로가 쌀을 져 오다). 자로(子路)는 성이 중(仲)이고 이름이 유(由)이다. 춘추(春秋)시대 노(魯)나라 볜(卞; 지금 산둥山東 쓰수이泗水) 사람으로 공자의 제자이다. 『공자가어』(孔子家語) 「치사」(致思)에서 자로가 "양친을 섬길 때 항상 명아주와 콩의 열매를 먹고 어버이를 위해 백리 밖에서 쌀을 지고 왔다"고 스스로 말했다.

19) '황향선침'(黃香扇枕; 황향이 베개맡에서 부채질을 하다). 황향(黃香)은 동한(東漢) 안루(安陸; 지금 후베이湖北에 속함) 사람이다. 9세에 어머니를 여의었다. 『동관한기』(東觀漢記)에서 "그는 아버지에 대해 진심을 다해 봉양했다. …… 더우면 베개에 부채질했고, 추우면 몸으로써 자리를 따뜻하게 했다"라고 했다.

20) '육적회귤'(陸績懷橘; 육적이 귤을 품속에 넣다). 육적(陸績)은 삼국(三國) 때 오나라 우현(吳縣) 화팅(華亭; 지금 상하이 쑹장松江) 사람으로 과학자이다. 『삼국지』(三國志) 「오서

(吳書)·육적전(陸績傳)」에 "그는 6세 때 주장(九江)에서 원술(袁術)을 만났다. 원술이 귤을 내오자 육적이 3개를 품 안에 넣었다. 떠나려 할 때 작별을 고하다 귤이 땅에 떨어졌다. 원술이 '그대는 손님인데 귤을 품에 넣었는가?'라고 말하자 육적이 꿇어앉고 '돌아가 어머니께 드리고자 했습니다'라고 대답하자 원술이 그것을 기특하게 여겼다"는 구절이 있다.

21) '곡죽생순'(哭竹生筍; 대숲에서 울어 눈물로 대순을 돋아나게 하다). 삼국 때 오나라 맹종(孟宗)의 고사이다. 당대(唐代) 백거이(白居易)가 편찬한 『백씨육첩』(白氏六帖)에서 "맹종의 계모가 죽순을 좋아해 맹종에게 겨울에 죽순을 구해 오라고 했다. 맹종이 대나무 숲에 들어가 통곡을 하자 죽순이 돋아났다"는 구절이 있다.

22) '와빙구리'(臥冰求鯉; 얼음 강에 엎드려 잉어를 구하다). 진대(晉代) 왕상(王祥)의 고사이다. 『진서』(晉書) 「왕상전」(王祥傳)에 "그의 계모가 항상 살아 있는 물고기를 원했다. 이때 날씨가 차고 얼음이 얼어 있기에 왕상이 옷을 벗고 얼음을 깨서 물고기를 구하려고 하자 얼음이 갑자기 스스로 갈라져 잉어 두 마리가 뛰어나오자 가지고 돌아왔다"는 구절이 있다.

23) '노래오친'(老萊娛親; 래 영감이 부모를 즐겁게 해주다). 래 영감(老萊子)은 춘추 말 초나라 사람으로 은사(隱士)이다. 전하는 바에 의하면 효로써 부모를 모시기 위해 초왕(楚王)이 불렀지만 벼슬에 나아가지 않았다. 『예문유취』(藝文類聚) 「인부」(人部)의 기록에 그는 70세 때 오색의 색동옷을 입고 거짓으로 넘어져 "부모를 즐겁게 했다"는 이야기가 있다.

24) '곽거매인'(郭居埋儿; 곽거매자郭居埋子라고도 한다. '곽거가 아들을 묻다'). 곽거(郭居)는 진대(晉代)의 룽뤼(隴廬; 지금 허난河南 린셴林縣에 속함) 사람이다. 『태평어람』(太平御覽) 권 41에서 유향(劉向)의 『효자도』(孝子圖)를 인용해 "곽거는 …… 매우 부유했다. 아버지가 죽자 재산 이천만을 둘로 나누어 두 동생에게 주고 자신이 어머니를 모시고 봉양했다. …… 처가 남아를 낳았는데, 어머니를 봉양하는 데 방해될까 염려되어 아내에게 명령해 아이를 안고 땅을 파서 묻으려고 하다가 흙 속에서 쇠솥 하나를 얻었다. 위에 있는 철권(鐵券)에 '효자 곽거에게 준다'라고 되어 있었다. …… 마침내 아이를 기를 수 있었다"는 구절이 있다.

25) 주희(朱熹, 1130~1200), 자는 원회(元晦)이고, 후이저우(徽州) 우위안(婺源; 지금 장시江西에 속함) 사람으로 송대의 이학자(理學者)이다. 여기에 언급된 부분은 원래 한대 정현(鄭玄)의 『주례』(周禮) 「춘관(春官)·소사(小師)」에 대한 주석으로 뒤에 주희가 그의 『논어집주』(論語集注) 「미자」(微子)의 "소고(小鼓)를 흔드는 무(武)는 한(漢)에 들어갔다"(播鼗武入於漢)는 문구의 주석으로 사용했다.

26) 오다 가이센(小田海僊, 1785~1862). 일본 에도(江戶) 막부 말기의 문인 화가. 그가 그린 『이십사효도』는 1844년(도광 24년)의 작품이다. 상하이 점석재서국(點石齋書局)에서

발행한 '점석재총서'(點石齋叢書)에 수록되어 있다.

27) 사각수(師覺授). 남송의 녜양(涅陽; 지금의 허난 전핑鎭平 남쪽) 사람으로 벼슬을 하지 않았다. 그가 저작한 『효자전』(孝子傳) 8권은 이미 산실되었다. 청대 황석(黃奭)의 편집본이 있는데 '한학당총서'(漢學堂叢書) 안에 수록되어 있다.

28) 『태평어람』(太平御覽). 유서(類書; 여러 가지 책을 모아 사항에 따라 분류해서 검색에 편리하게 한 책)의 이름이다. 송(宋)나라 태평흥국(太平興國) 2년(977) 이방(李昉) 등이 칙령을 받고 편찬했다. 처음 이름은 『태평총류』(太平總類)로, 책이 편찬한 후 태종이 열독했기 때문에 『태평어람』이라 칭했다. 모두 1000권이고, 55부문으로 나누어져 있고, 인용한 책은 모두 1690종이고, 그중 적지 않은 것이 이미 산실되었다.

29) '등백도가 자식을 버리고 조카를 구하다'. 등백도(鄧伯道, ?~326)는 이름은 유(攸), 자는 백도(伯道)이고, 진대 핑량(平壤) 샹링(襄陵; 지금 산시山西 샹펀襄汾) 사람이다. 동진(東晉) 때 벼슬이 상서우복사(尚書右僕射)에 이르렀다. 『진서』「등유전」(鄧攸傳)의 기재에 의하면 석륵(石勒)이 진나라를 공격하는 전란 가운데 그의 전 가족이 남으로 도피했는데, 도중에 자식을 버리고 조카를 구했다고 한다.

30) 윤기(倫記). 즉 윤상(倫常), 강기(綱紀)로 봉건적 '삼강'(三綱), '오상'(五常) 등 도덕규범을 가리키는데, 사람과 사람 사이에 마땅히 지켜야 할 준칙이다.

31) 도학선생(道學先生). 도학(道學)은 또 이학(理學)이라 칭한다. 즉 송대 정호(程顥), 정이(程頤), 주희 등이 유가학설을 해석하여 형성한 사상체계를 말한다. 당시에는 도학이라 불렀다. 도학선생이란, 즉 이러한 학설을 신봉하고 선전하는 사람을 지칭한다.

32) 유향(劉向, B.C. 77~B.C. 6). 자는 자정(子政), 서한시대 페이(沛; 지금의 쟝쑤江蘇 페이현沛縣) 사람. 경학가이자 문학가. 그의 『효자전』은 이미 없어졌고, 청대의 황석(黃奭)이 수집한 책이 있다. '한학당총서'에 수록되어 있다. 또한 모반림(茅泮林)의 수집본 『매서헌십종고일서』(梅瑞軒十種古逸書)에 들어 있다.

33) 『고효자전』(古孝子傳)은 청나라 모반림이 편찬했다. '유서' 중에 유향, 소광제(蘇廣濟), 왕흠(王歆), 왕소지(王韶之), 주경식(周景式), 사각수(師覺授), 송궁(宋躬), 우반우(虞盤佑), 정집(鄭緝) 등의 이미 잃어버린 『효자전』을 수집하여 책으로 만들어 『매서헌십종고일서』에 수록했다.

오창묘의 제놀이[1]

아이들이 손꼽아 기다리는 날은 설이나 명절을 제외하고는, 아마도 신을 맞이하는 제놀이[2] 무렵을 들 수 있을 것이다. 그런데 우리 집은 하도 외진 곳에 있다 보니 제놀이 행렬이 집 앞을 지나갈 때면 꼭 한낮이 기울 무렵이어서 의장을 갖춘 것은 줄어들 대로 줄어들어 몇 가지밖에 남지 않았다. 목을 빼들고 오래 기다려서야 겨우 십여 명이 얼굴에 누렇거나 퍼렇거나 시뻘건 칠을 한 신상을 하나 메고 총총히 달려가는 것이 보일 따름이었다. 그러면 이것으로 제놀이 행렬은 끝나는 것이다.

　나는 늘 이번 제놀이는 이전의 제놀이보다 좀 낫겠지 하는 기대를 가지곤 했다. 하지만 결국엔 언제나 마찬가지로 '거기서 거기였고', 기념품도 그냥 그 한 가지뿐이었다. 그것은 신상이 지나가기 전에 한 개에 1전을 주고 사는 것인데 찰흙과 색종이에 댓가지 한 개와 닭털 두세 개를 꽂아서 만든, 불면 귀청을 째는 듯한 소리가 나는 호루라기였고, 그 '호루라기'를 가지고 이삼 일씩 삘리리 삘리리 불어 댔다.

　오늘『도암몽억』[3]을 읽어 보니 그 당시의 제놀이가 아주 호화로웠다는 것만은 알 수 있었다. 명나라 사람의 이 글은 다소 과장된 점을 면하기는 힘들었지만. 비가 내리기를 빌고자 용왕을 맞이하는 일은 오늘날에도 있으나, 그 방법은 이미 매우 간단해져서 그저 열댓 명이 종이용을 빙빙 돌리고 마을 아이들이 바다귀신으로 분장하는 정도였다. 그러나 옛날에는 연극까지 꾸며 가지고 나섰는데 그 기발한 광경은 참으로 가관이었다. 저자는 『수호전』[4]에 나오는 인물들을 분장시킨 대목을 다음과 같이 묘사하였다.

"……그리하여 사처四處로 흩어져 나가 거무칙칙한 땅딸보, 장승 같은 키다리, 행각승,[5] 뚱보화상, 우람한 아낙네, 호리호리한 여인, 시퍼런 얼굴, 비뚤어진 머리통, 붉은 수염, 미염공美髯公, 거무칙칙한 대한大漢, 붉은 얼굴에 긴 수염 등 적임자를 고른다.[6] 그들은 온 성안을 다 누비며 물색한다. 그래도 없을 때는 성 밖과 주변 마을, 두메산골과 인근의 부府, 주州, 현縣으로 찾아다닌다. 그리하여 비싼 값을 치르고 서른여섯 사람을 초청한다. 이렇게 양산박의 호걸들은 하나하나가 살아 있는 듯한 모습으로 꼼꼼하게 구색을 맞추었으며 선발된 사람들은 진짜 인물들과 신통히도 같았고 지나가는 행렬은 질서정연하였다[7]……." 이렇게 묘사된 옛사람의 생동적인 모습을 누구인들 한번 보고 싶은 생각이 없겠는가? 하지만 유감스럽게도 이런 성대한 행사는 명나라와 더불어 벌써 사라지고 말았다.

제놀이는 오늘날 상하이에서 치파오를 금지하거나[8] 베이징에서 국사 논의를 금지하는[9] 것처럼 당국자들로부터 금지되지는 않았지만, 젊은 아낙네들이나 아이들에게는 봐서는 안 되는 것으로 되었으며 학문을 닦는 사람들, 다시 말해서 이른바 선비들 역시 대부분 그것을 보러 가지 않는다. 그저 할 일 없어 빈둥거리는 한량들만 사당 앞이나 관청 앞에 달려가 구경할 뿐이었다. 제놀이에 대한 나의 지식은 태반이 그들의 서술에서 얻은 것으로, 고증학자들이 귀중히 여기는 이른바 '눈으로 본 학문'[10]은 아니다. 하지만 나도 한번은 비교적 성대한 제놀이를 본 기억이 있다. 처음에는 말을 탄 아이가 지나가는데 그를 '탕바오'[11]라 한다. 이윽고 '가오자오'[12]가 나타난다. 온몸이 땀에 푹 젖은 거대한 몸집의 사나이는 두 손으로 대나무 장대에 무척 긴 깃발을 펼쳐 들었는데, 흥이 날 때면 깃대를 정수리나 이빨 위에 올려놓기도 하고 심지어는 코 위에다 올려놓기도 한다. 그다음엔 '어릿광대', '가마', '말대가리'[13]가 나타난다. 그리고 칼을 쓴 범인으로 분장한 사람들도 있는데 그 가운데는 아이들도 섞여 있었다. 나는 그때 이런 것을 영광스러운 일로 생각했으며 거기에 참가한 사람들을 행운아로 여겼다──그것은 아마 그들이 우쭐거리는 꼴이 부러웠기 때문이었을 것이다. 또 이런 생각까지 들었다. 난 어째서 중병이라도 걸리지 않는가? 그랬으면 어머니가 사당에 가서 내가 '범인 역'을 하도록 발원할 터인데. 하지만 나는 오늘날까지 끝내 제놀이와 아무런 관계도 가지지 못하였다.

　한번은 오창묘의 제놀이를 구경하러 둥관[14]으로 가게 되었다. 그것은 나의 어린 시절에는 아주 보기 드문 대단한 일이었다. 현에서 그 제놀이가 가장 성대한 것인 데다 또 둥관은 우리 집에서 아주 멀리 떨어져 있어 물길로 60여 리나 되는 곳이기 때문이었다. 거기에는 특별한 사당 두 채가 있었다. 하나는 매고묘인데 『요재지이』[15]에 나오는, 처녀가 수절하다가 죽어 귀신이 된 뒤에 남의 남편을 빼앗았다는 신이 바로 이 신이다. 과연 그 신주자리에는 젊은 남녀 한 쌍을 빚어 놓았는데 얼굴에 웃음을 띠고 추파를 보내는 것이 예교에는 매우 어긋나는 것이었다. 다른 하나는 오창묘인데 이름부터 유별났다. 고증을 즐기는 사람들의 말에 의하면 그 신은 바로 오통신[16]이라는 것이다. 하지만 확실한 근거는 없다. 그 신상은 다섯 남자인데 별로 창궐해 보이지도 않았다. 그리고 그 뒤에 나란히 앉은 다섯 여신도 그들과 '자리를 구별하지' 않았는데, 베이징 극장의 엄격한 그것과는 비길 바도 못 되었다. 사실 이것도 예교에는 대단히 거슬리는 짓이다. 하지만 그들이 오창신이기 때문에 별다른 도리가 없으며, 따라서 자연스럽게 달리 논할 수밖에 없다.

둥관은 우리 현성에서 멀리 떨어져 있었으므로 모두들 어두컴컴한 새벽에 일어났다. 부두에는 어제 저녁에 미리 삯을 내두었던 자개선창[17]이 달린 큰 배가 정박하고 있었고 배 안으로 걸상이며 밥과 요리, 차 도구, 찬합 등을 연이어 날라 오고 있었다. 나는 웃으면서 깡충거리고 그들에게 빨리 가져오라고 재촉했다. 그런데 문뜩 일꾼의 얼굴 표정이 굳어졌다. 이상한 생각이 들어 주위를 둘러보니 아닌 게 아니라 아버지가 바로 내 뒤에 와 서 있었다.

"얘, 가서 네 그 책을 가져오너라."

아버지의 느릿느릿한 목소리였다.

이른바 '책'이란 바로 내가 글을 깨치면서 읽던 『감략』[18]이다. 나에게는 이외에 다른 책이 없었다. 우리 고장에서는 학교에 가는 나이가 대부분 홀수였으므로 그때 내 나이는 일곱 살이었던 것으로 기억한다.

나는 두근거리는 가슴으로 그 책을 가져왔다. 아버지는 나를 사랑방 복판에 놓인 책상 앞에 앉히더니 그 책을 한 구절씩 내리 읽으라고 했다. 나는 조마조마한 마음으로 한 구절 한 구절 읽어 내려갔다.

그것은 두 구절이 한 줄로 된 것인데 아마 이삼십 줄을 내리 읽었을까

말까 하였을 때였다.

"줄줄 내리 읽도록 해라. 다 외우지 못했다간 제놀이 구경도 못 갈 줄 알아."

아버지는 이렇게 말하고 나서 일어서더니 안방으로 들어가는 것이 었다.

그 말에 나는 찬물 한 바가지를 뒤집어쓴 것 같았다. 하지만 무슨 수 가 있는가? 두말할 것도 없이 읽고 또 읽어서 억지로라도 기억하고 외워 야만 했다.

애초에 반고는 태곳적에 태어났거늘

처음으로 세상을 다스리고 혼돈세계를 개척했도다

이런 책이건만 지금 나는 첫머리의 몇 줄밖에 기억하지 못하고 있으 며 다른 것은 죄다 잊어버렸다. 그때 억지로 기억했던 이삼십 줄도 자연히 그 망각 속에 사라지고 말았다. 지금도 나는 그때 사람들이 하던 말이 기 억나는데 『천자문』이나 『백가성』[19]을 읽기보다 『감략』을 읽는 것이 훨씬 더 쓸모가 있다는 말이었다. 그것은 옛날부터 오늘까지의 대체적인 형편 을 알 수 있기 때문이라는 것이었다. 예로부터 오늘에 이르기까지의 대체 적인 형편을 아는 것은 물론 좋은 일이겠지만 유감스럽게도 나는 그 뜻을 한 자도 알지 못하였다. "애초에 반고는" 하면 그저 "애초에 반고는"일 따 름으로 무턱대고 "애초에 반고는" 하고 읽고 외웠으며 "태곳적에 태어났 거늘……" 하고 읽고 외웠을 뿐이었다.

필요한 물건들을 다 싣고 나자 분주하던 집안이 조용해졌다. 아침 햇살이 서쪽 벽에 비치고 날씨는 한없이 맑았다. 나를 도와줄 도리가 없었던 어머니와 일꾼, 그리고 키다리 어멈은 그저 내가 좔좔 내리 읽고 외울 때까지 말없이 기다리고 있을 수밖에 없었다. 쥐 죽은 듯 조용한 가운데 나는 마치 머릿속에서 수많은 집게들이 뻗어 나와 "태곳적에 태어났거늘" 하는 따위들을 무는 듯했고 황급히 읽어 내려가는 나의 목소리가 늦가을 한밤중에 우는 귀뚜라미의 울음소리처럼 바르르 떨리고 있음을 느꼈다.

그들은 모두 나를 기다리고 있었으며 그 사이에 해는 더 높이 솟았다.

나는 불현듯 자신 있다는 생각이 들자 벌떡 일어나 책을 들고 아버지의 서재로 찾아갔다. 나는 그것을 단숨에 외워 내려갔는데 마치 꿈같이 다 내리 외웠다.

"음, 괜찮아. 구경하러 가거라."

아버지는 머리를 끄덕였다. 사람들은 일시에 활기를 띠고 움직이기 시작하였다. 모두들 얼굴에 웃음을 띠고 부두를 향해 걸어갔다. 일꾼은 나의 성공을 축하하기라도 하듯이 나를 번쩍 높이 안아 올렸다. 그러고는 빠른 걸음으로 앞장서서 걸어갔다.

하지만 나는 오히려 그들과 같은 기쁨을 느끼지 못했다. 배가 떠난 뒤에도 물길의 풍경이나 찬합 속의 과자, 그리고 둥관에 가서 본 오창묘의 굉장한 제놀이가 나에게는 별로 큰 흥미를 준 것 같지 않았다.

오늘에 와서는 벌써 흔적도 없이 깡그리 잊었다. 오로지 『감략』을 외우던 일만이 어제 일처럼 기억에 분명할 뿐이다.

나는 지금도 그 일을 생각하기만 하면 아버지가 그때 무엇 때문에 나더러 그 책을 외우라고 하였는지 그 진의를 알 수가 없다.

5월 25일

1) 원제는「五猖會」. 이 작품은 최초 1926년 6월 10일 『망위안』 반월간 제1권 제11기에 발표되었다.

2) '신을 맞이하는 제놀이'. 옛날 일종의 미신 풍습으로 의장을 갖추고 풍악을 울리며 잡희를 하면서 신을 맞이하기 위해 사당으로 향하고 거리를 행진하면서 신에게 술을 따르고 복을 기원한다.

3) 『도암몽억』(陶庵夢憶). 소품 문집. 명대 장대(張岱; 호는 도암陶庵)의 저작으로 모두 8권이다. 본문에서 인용된 것은 권7「급시우」(及時雨) 조이다. 기록된 것은 명 숭정(崇禎) 5년(1632) 7월 사오싱(紹興)의 기우제 상황이다.

4) 『수호전』(水滸傳). 장편소설로 명대 시내암(施耐庵)의 저술이다.

5) 두타(頭陀; 행각승). 산스크리트어 Dhūta의 음역. 원래는 불교의 고행이었으나, 뒤에 여기저기 돌아다니면서 걸식하는 스님을 칭하게 되었다.

6) 모두 『수호전』에 나오는 주인공들을 묘사한 것이다. 천강성(天罡星) 36명에 속하는 인물들로 거무칙칙한 땅딸보는 송강(松江), 장승 같은 키다리는 노준의(盧俊義), 행각승은 무송(武宋), 뚱보화상은 노지심(魯智深), 우람한 아낙네는 목홍(穆弘), 호리호리한 여인은 석수(石秀), 시퍼런 얼굴은 양지(楊志), 미염공(수염이 아름다운 모습)은 주동(朱仝), 거무칙칙한 대한은 이규(李逵), 얼굴 붉은 긴 수염은 유당(劉唐)을 가리킨다.

7) 원문은 '稱妮'. 행렬이 질서정연한 모양을 말한다. 『후한서』 「중산간왕전」(中山簡王傳)에 "지금 5국의 각 관리들이 말을 타고 가지런하게 앞으로 나아간다"라는 기록이 있다.

8) '상하이에서 치파오(旗袍)를 금지'. 당시 장시성과 저장성 등지를 점거하고 있던 군벌 쑨촨팡(孫傳芳)은 부녀자들이 치파오를 입으면 남자와 별다른 구별이 없어(당시 남자는 치파오 착용이 널리 유행하고 있었다) 풍속을 해친다고 명을 내려 금지했다.

9) '베이징에서 국사 논의를 금지'. 베이징을 통치하던 베이양군벌은 혁명 활동을 방지하기 위해 공포정책을 실행하고 비밀경찰을 사방에 배치했으며, 식당·찻집 등에는 "국사 논의 금지"라는 표어가 많이 붙어 있었다.

10) '눈으로 본 학문'(眼學)이라는 말은 북제(北齊) 안지추(顔之推)의 『안씨가훈』(顔氏家訓) 「면학」(勉學)에 나온다. "글을 만드는 일을 말한다면, 옛날을 인용할 때는 반드시 눈으로 본 것이어야지 귀로 들은 것을 믿지 말라."

11) '탕바오'(塘報). 즉 역보(驛報)이다. 고대 역참은 빠른 말을 이용해 급히 공문을 전달했다. 저장성 동쪽 지방 일대에서 축제를 할 때 화장한 아이가 말을 타고 먼저 가서 축제 행렬이 곧 이르게 됨을 미리 알리는 것을 가리킨다.

12) '가오자오'(高照). 긴 대나무 가지에 높이 내건 통보. '照'는 통보하다는 뜻. 사오싱 축제의 가오자오는 길이가 2~3장이고, 명주실로 수를 놓아 만들었다.

13) '어릿광대'의 원문은 '高蹻'. 희극 중 어떤 하나의 역할로 분장한 사람이 두 다리 아래

에 각 5, 6척 길이의 나무 막대를 묶고 걸어가면서 공연을 하는데, 일반적으로 주인공으로 출연한다.

'가마'의 원문은 '抬閣'. 정확히는 '누각(가마)을 든다'는 뜻으로 축제 중 자주 보이는 일종의 놀이이다. 나무로 만든 정방형의 작은 누각(가마) 안에 2, 3명의 희곡 이야기 속 인물로 분장한 어린아이를 어른이 들고 돌아다닌다.

'말대가리'(馬頭) 역시 축제 가운데 있는 하나의 놀이로 희곡 이야기 속의 인물로 분장한 어린아이가 말을 타고 돌아다닌다.

14) 둥관(東關). 예전 사오싱에 속해 있던 큰 나루터로 사오싱 동쪽 약 60리에 있다. 지금은 상위(上虞)에 속한다.

15) 『요재지이』(聊齋志異). 청대 포송령(蒲松齡)이 지은 단편소설집으로 통행본은 60권이다. 매고(梅姑) 이야기는 권14 「김고부」(金姑夫)편에 보인다. "후이지(會稽)에 매고사(梅姑祠)가 있는데, 신은 마(馬)씨이다. 가족이 둥관(東莞)에 거주했는데, 결혼을 아직 하지 않았을 때 지아비가 죽자 재혼하지 않겠다는 뜻을 세우고 30세에 죽었다. 가족들이 제사 지내고 매고라 했다. 병신(丙申)년에 상위에 사는 김생이 과거를 보러 이곳을 지나가다 사당에 들어가 자못 명상을 하게 되었다. 밤이 되자 계집종이 와서 매고가 불렀다는 말을 듣고 따라갔다. 사당 안으로 들어가자 매고가 처마 아래에 서서 기다리고 있었다. 웃으면서 '그대의 총애와 보살핌을 입고자 간절하게 그리워했습니다. 누추함을 싫어하지 않으시다면 시첩(侍妾)이 되기를 원합니다'라고 말했다. 김생이 허락했다. 매고가 보내면서 '그대는 가야 하지만, 자리를 마련했으니 마땅히 돌아와 맞이해야 합니다'라고 말했다. 깨어나서 진저리를 쳤다. 이날 저녁 주민의 꿈에 매고가 '상위의 김생은 지금 내 남편이 되었으니 마땅히 소상(塑像)을 만들어야 할 것이다'라고 말했다. 다음 날 아침 마을 사람들은 모두 같은 꿈을 꾸었다고 말했다. 족장은 그 정절에 흠이 갈까 두려워 고의로 말을 듣지 않았다. 얼마 지나지 않아 한 집안 모든 사람에게 병이 발생하자 크게 두려워하고 왼쪽에 초상을 만들었다. 초상이 만들어지자 김생이 아내에게 '매고가 나를 맞이하려 하오!'라고 말한 뒤 의관을 입고 죽었다. 그의 아내는 몹시 원망하고 사당에 가서 여자상을 가리키며 추잡한 욕을 했고 또 단위로 올라가 뺨을 여러 차례 때리고 갔다. 이제 마씨는 김생을 김고모부(金姑夫)라 부른다." 매고사당은 송대 『가태회계지』(嘉泰會稽志)에 이미 기재되어 있다.

16) 오통신(五通神). 옛날 남방의 향촌에서 함께 신봉하던 흉신. 당말에 이미 향불이 있어 사당에서 '오통'(五通)이라 불렀다. 당말 정우(鄭愚)의 『대위허우사명』(大潙虛祐師銘)에 "牛阿房, 鬼五通"이라는 기록이 있다(『당시기사』唐詩紀事 권66에 보임). 전하는 바에 의하면 형제가 다섯 사람이었는데 속칭 오성(五聖)이라 하였다 한다.

17) '자개선창'이란 창문 둘레에 자개를 박은 배의 창을 말한다.

18) 『감략』(鑑略). 옛날 학숙(學塾; 서당)에서 사용하던 일종의 초급 역사 교재. 청대 왕사운

(王仕云)의 저작으로 4언의 운문이다. 위로는 반고(班固)로부터 아래로는 명대의 홍광 (弘光)까지 기록되어 있다.

19)『천자문』. 옛날 학숙에서 사용하던 초급 교재로 전하는 바에 의하면 남조(南朝) 때 양 (梁)나라 주흥사(周興嗣)의 저작으로 천 개의 다른 글자를 사용해 4언의 운문으로 편 성했다.

『백가성』(百家姓). 옛날 학숙에서 사용하던 글자 익히기용 독본으로 성씨를 연이어 4 언의 운문으로 구성했다.

무상[1]

신맞이 제놀이날에 순행하는 신이 만약 생사여탈권을 장악한 신이라고 한다면,── 아니, 생사여탈권이란 말은 그다지 타당하지 못하다. 무릇 신이란 중국에서는 모두 제멋대로 사람을 죽이는 권리를 가지고 있는 듯하니, 성황신과 동악대제[2] 무리들같이 인민의 생사 대사를 맡아본다고 하는 편이 나을지도 모른다. 그렇다면 그의 의장대열[3]에는 별도의 귀졸鬼卒, 귀왕鬼王, 그리고 활무상活無常 등 특별한 역할을 하는 무리들이 있을 것이다.

이런 귀신들의 배역은 대체로 덜렁쇠나 마을 사람들이 맡았다. 귀졸과 귀왕들은 울긋불긋한 옷에 맨발이었고 시퍼런 얼굴에 비늘을 그렸는데, 그것이 용의 비늘이었는지 아니면 무슨 다른 비늘이었는지는 잘 모르겠다. 귀졸들은 쇠작살을 들었는데 작살고리들이 절렁절렁 소리를 냈으며 귀왕들은 호랑이 대가리를 그린 자그마한 패찰 같은 것을 들고 있었다. 전설에 의하면 귀왕들은 한 발로 걷는다 하지만, 그러나 그들은 결국 마을 사람이었으므로 비록 얼굴에 고기비늘이나 무슨 다른 비늘을 그렸지만 걸음만은 여전히 두 발로 걸을 수밖에 없었다. 그러므로 염불하는 노파와 그 손자들이나 만사에 모가 나지 않기를 바라기 때문에 귀왕들에게 의례히 "황공무지로소이다. 여기 대령하나이다"[4]는 식의 예절을 차릴 뿐 구경꾼들은 모두 그들을 두려워하지도 않고 별로 주목하지도 않았다.

우리들——나는 나와 다른 많은 사람들이라고 믿고 있다——이 가장 보고 싶어 한 것은 활무상이었다. 활무상은 활발하고 익살스러울 뿐만 아니라, 우선 온몸이 눈같이 새하얀 그 한 가지 이유만으로도 울긋불긋한 무리들 속에서 '닭 무리에 섞인 학'과 같은 인상을 주었다. 그러므로 사람들은 흰 종이로 만든 높다란 고깔모자와 그의 손에 들린 낡은 파초부채의 그림자가 보이기만 해도 자못 긴장하고 기뻐했다.

인민과 귀신의 관계에 있어서 그들에게 가장 낯익고 친밀하며 평소에도 늘 볼 수 있는 것은 활무상이다. 이를테면 성황묘나 동악묘 같은 데는 큰 전각 뒤에 암실이 있는데, '저승간陰'이라 불린다. 겨우 색깔이나 구분할 수 있는 어두컴컴한 이 암실 안에는 목매고 죽은 귀신, 넘어져 죽은 귀신, 범한테 물려 죽은 귀신, 과거에 낙제한 귀신……들의 신상이 세워져 있다. 그 문 안에 들어서자마자 첫눈에 뜨이는 키가 크고 새하얀 신상이 바로 활무상이다. 나도 언젠가 한번 그 '저승간'을 슬쩍 바라본 적이 있으나 그때는 담이 작아서 똑똑히 보지 못했다. 들은 바에 의하면 그는 한 손에 쇠사슬을 쥐고 있는데 산 혼을 끌어가는 사자이기 때문이라고 한다. 판장[5] 지방에 있는 동악묘의 저승간은 그 구조가 아주 특별하다고 전해진다. 문 입구에 움직이는 널판자가 한 장 깔려 있는데 사람이 문 안에 들어가 그 널판의 한쪽 끝을 디디기만 하면 다른 쪽 끝에 세워진 활무상이 펄쩍 덮쳐들어 쇠사슬을 바로 그 사람의 목에 건다는 것이다. 나중에 누군가 이로 인해 놀라 죽게 되자 그만 널판자에 못질을 해버렸다는 것이다.

그래서 내가 어렸을 때에는 이미 널판자가 움직이지 않았다.

　만일 활무상을 똑똑히 보려거든 『옥력초전』玉歷鈔傳을 펼치면 그 속에 활무상을 그린 그림이 있다. 그런데 『옥력초전』도 복잡하게 된 것과 간단하게 된 것 두 가지가 있다. 복잡하게 된 것이면 틀림없이 그 그림이 있을 것이다. 몸에다 올이 굵은 삼베 상복[6]을 걸치고 허리에 새끼를 동이고 발에는 짚신 감발을 했으며 목에는 지정[7]을 걸었고 손에는 낡은 파초부채와 쇠사슬과 주판을 들었다. 어깨는 으쓱 올라갔으나 머리칼은 아래로 축 내리 드리웠으며 눈썹과 눈꼬리는 여덟 팔자처럼 아래로 처졌다. 머리에는 높다랗고 네모진 고깔모자를 썼는데 아래는 넓고 위는 좁아서 비례에 따라 계산하면 높이는 두 자는 실히 된다. 그리고 그 정면에는 전조前朝의 유신遺臣이나 풍습을 잘 지키는 청년들이 쓰는 수박 껍데기 같은 모자의 구슬이나 보석이 달려 있는 그 자리에 "만나면 기쁜 일이 있다"라는 글귀가 세로로 씌어 있다. 어떤 책에는 또 "너도 왔구나"로 씌어 있다. 때로는 포공전[8]의 현판에서도 이런 글을 볼 수 있는데 활무상의 모자에는 누가 썼는지, 활무상 자신이 썼는지 아니면 염라왕[9]이 썼는지 나로서는 연구할 수가 없었다.

　『옥력초전』에는 또한 활무상과 차림새는 비슷하나 그와는 반대되는 '사유분'死有分이 있다. 신맞이 때가 되면 이 귀신도 나타나는데 이름이 잘못되어 사무상死無常이라고 한다. 검은 얼굴에 검은 색 옷을 입어서 누구라도 보기 싫어한다. 이 신은 '저승간'에도 있는데, 가슴을 벽에 대고 을씨년스럽게 서 있다. 정말로 '벽에 부딪힌'[10] 모습이다. 그 안에 들어가서 분향하는 사람들은 반드시 그의 등을 쓰다듬는데, 그렇게 하면 액막이를 할 수 있다고 한다. 나도 어릴 적에 그 잔등을 쓰다듬은 적이 있으나, 액운으로

부터 끝내 잘 벗어난 것 같지는 않다——물론 그 당시 쓰다듬지 않았다면 현재의 액운이 더 사나울지도 모를 일이다. 이 점에 대해서도 아직 연구해 본 바 없다.

나 역시 소승불교[11]의 경전에 대해 연구한 바가 없다. 그러나 주위들은 풍설에 의하면 인도의 불경에는 염마천[12]도 있고 소머리와 소다리를 한 귀졸도 있는데 모두 지옥에서 주임노릇을 한다는 것이다. 하지만 산 혼을 끌어가는 사자인 이 무상선생에 대해서는 옛 책에서도 찾아볼 수 없다. 그저 "인생이 무상하다"는 따위의 말만 귀에 익히 들어 왔을 뿐이다. 그러니까 아마도 이러한 말뜻이 중국에 전해진 후 사람들이 그것을 구체적으로 형상화시킨 것이리라. 이것은 실로 우리 중국 사람들의 창작인 것이다.

그런데 사람들은 어째서 그 신을 보기만 해도 긴장하고 기뻐하는 것일까?

어떤 지방이든 문사나 학자 또는 명인들이 나와 붓을 한 번 휘두르기만 하면 그곳은 곧 '모범현'[13]으로 되기 마련이다. 나의 고향도 일찍이 한나라 말년의 우중상[14] 선생에게서 찬양을 받은 적이 있었다. 물론 그것은 아주 오래전의 일이다. 후에 와서는 이른바 '사오싱 도필리刀筆吏[15]'들이 나오게 되었으나 그렇다고 남녀노소가 다 '사오싱 도필리'인 것은 아니고 그 밖에 '하등인'들도 적지 않았다. 그런데 이런 '하등인'들을 보고 "우리는 지금 좁고도 험한 오솔길을 걷고 있다. 왼쪽은 끝없이 넓은 진흙뻘이고 오른쪽은 가없는 사막이다. 가야 할 목적지는 아득히 멀며 엷은 안개 속에 잠겨 있다"[16]라는 따위의 혼미한 묘한 말을 하라고 해서는 되지도 않을 것이다. 하지만 무의식 속에서 그들은 이 '엷은 안개 속에 잠겨 있는 목적지'로 통하는 길을 똑똑히 알고 있다. 그 길은 바로 청혼, 결혼, 생육, 사망이다. 물론 이것은 오로지 나의 고향을 두고 하는 말이며 '모범현'의 인민들에 대해서는 당연히 달리 논해야 할 것이다. 그들——본인의 동향인 '하등인'들——가운데 많은 사람들은 살아가고 있고, 고통을 받고, 중상모략을 당하고, 모함을 받았다. 이 과정에서 쌓인 오랜 경험을 통하여 이승에는 '공리'를 유지하는 모임[17]이 하나밖에 없으며 그나마 이것도 '아득히 먼' 것이라는 것을 알았으므로 부득이 저승을 동경하게 되었다. 사람이란 대체로 저마다 억울함이 있다고 여기는 모양이다. 이 세상에 살아 있는 '정인군자'들은 자기들도 억울함이 있다고 하지만, 이런 수작은 미물들이나 속일 수 있을 뿐 우매한 백성에게 묻는다면 그는 별로 생각해 보지도 않고 "그에 대한 공정한 판결은 저승에서 할 것이요!"라고 대답할 것이다.

삶의 즐거움을 생각하면 삶은 확실히 미련이 남는 것이겠지만, 삶의 고통을 생각하면 무상도 반드시 악한 손님이라고 할 수는 없다. 귀천과 빈부를 가릴 것 없이 그때가 되면 누구나 "빈털터리로 염라왕 앞에 끌려와서"[18] 원한이 있으면 원한을 풀고 죄가 있으면 벌을 받으면 된다. 하지만 '하등인'이라고 해서 어찌 반성할 게 없겠는가? 이를테면 자신의 한 세상을 어떻게 살아왔는가? "길길이 날 뛴" 적은 없는가? 남을 "뒤에서 음해한"[19] 일은 없는가? 무상의 손에 커다란 주판이 들려 있기 때문에 제아무리 더러운 허세를 부려도 쓸데없는 일이다. 타인에 대해서는 물 한 방울 샐 틈 없는 공리를 요구하지만 자기 자신에 대해서는 저승에서까지도 사정을 봐주기를 바란다. 하지만 그곳은 어디까지나 저승이다. 염라천자며 소대가리 아전, 그리고 중국 사람들이 스스로 생각해 낸 말상馬面들은 모두 저마다 겸직을 하지 않은 진정으로 공리를 주재하는 주인공들로 그들은 신문에다 긴 글들을 써 내지도 않았다. 그러므로 양심적인 사람들은 아직 귀신이 되기 전에 때로 먼 장래를 생각하고 전체 공리 가운데서 약간의 체면 조각이라도 찾아내려 하지 않을 수 없다. 이럴 때면 우리 활무상 선생이 무척 사랑스러워 보인다. 왜냐하면 이로운 것 가운데서는 큰 것을 취하고 해로운 것 가운데서는 작은 것을 취할 수 있기 때문이다. 우리의 고대 철학가 묵적[20] 선생은 이것을 일컬어 "작은 것을 취한다"고 했다.

사당에 세워 놓은 진흙상이나 책에 시꺼멓게 찍어 놓은 모양에서는 활무상의 사랑스러움을 보기 어렵다. 가장 좋기는 극을 보아야 한다. 그것도 보통극이 아니라 반드시 '장막극'이나 '목련극'[21]을 보아야 한다. 장대[22]는『도암몽억』에서 목련극의 성대한 공연에 대해 언급하면서 그 극은 무대에 한번 올리기만 하면 이삼 일씩 계속된다고 과장해서 말한 바 있다. 하지만 내가 어렸을 때는 이미 그렇지 않았다. 목련극도 다른 장막극들과 마찬가지로 황혼이 깃들 무렵에 시작되어 그 이튿날 동이 틀 때면 끝난다. 그것은 모두 신을 받들고 재앙을 쫓는 연극이었는데 극에는 반드시 악한이 한 명 등장한다. 이튿날 새벽이 되면 그 악한이 끝장나게 되는데 그럴 때면 염라대왕이 표를 내주며 '죄악이 하늘에 사무친' 그를 붙들어오라고 한다. 그러면 살아 있는 활무상이 무대에 나타난다.

나는 무대 아래에 매어 놓은 배에 앉아서 극 구경을 하던 일이 아직도 기억난다. 그 무렵 관중들의 심정은 여느 때와는 완연히 달랐다. 여느 때 같으면 밤이 깊어갈수록 지루하여 선하품만 하고 있을 테지만, 이때만은 더욱 신명이 났다. 무상이 쓰는 종이고깔은 본래 무대 한쪽 귀퉁이에 걸어 놓는데 그가 나올 때쯤 해서는 그것을 들여간다. 그리고 한 가지 특수한 악기도 요란스럽게 소리 낼 차비를 한다. 나팔같이 생긴 이 악기는 가늘고 길어서 칠팔 척은 실히 되었다. 그 악기 소리는 대체로 귀신들이 듣기 좋아하는 것인 모양으로 귀신과 관계가 없을 때는 사용하지 않았다. 불면 Nhatu, nhatu, nhatututuu 하는 소리가 나므로 우리는 그것을 '목련나투'[23]라고 했다.

많은 관중들이 악한의 몰락을 눈이 빠지게 기다리는 가운데 드디어 활무상이 나타난다. 그의 옷차림은 그림보다 간단했고 쇠사슬도 들지 않았으며 주판도 갖고 있지 않았다. 그는 눈같이 흰 옷을 입은 덜렁거리는 사나이였는데 분칠을 한 얼굴에 빨간 입술, 먹같이 시꺼먼 눈썹을 찌푸린 그 모습은 웃는 것인지 우는 것인지 알 수 없었다. 무대에 나서게 되면 반드시 먼저 재채기를 백여덟 번 하고 방귀를 백여덟 방 뀐 다음에 비로소 자기의 경력을 독백한다. 하지만 유감스럽게도 나는 그 독백을 똑똑히 기억하지 못하고 있다. 그 가운데 한 단락을 들면 대략 다음과 같다.

"……

대왕께서 체포증을 내리시며 나더러 옆집의 문둥이를 붙잡아 오라신다.

알아보니 그 문둥이가 원래는 내 사촌조카였도다.

앓는 병이 무슨 병이었던고? 염병에 이질을 겸했도다.

보인 의사는 누구였던고? 하방교의 진념의[24] la 아들이었도다.

지은 약은 무슨 약이었던고? 부자附子, 육계肉桂에 우슬牛膝이었도다.

첫 첩에 식은땀이 비오듯 하고

둘째 첩에 뻗정다리가 되었도다.

nga 아주머니 슬피 우는 그 모습이 가여워 잠깐 지상세계에 돌려보냈더니

대왕은 나더러 뇌물 먹고 놔줬다면서 나를 묶어 40대 곤장을 때렸다오!"

이 문장에 나오는 '자子'자는 모두 입성立聲으로 읽어야 한다.[25] 여기에 나오는 진념의는 사오싱 일대의 명의인데 유중화는 일찍이 『비적소탕록』[26]에서 그를 신선으로 묘사했다. 그러나 그의 아들 세대에 이르러서는 의술이 그리 고명하지 못한 듯하다. la는 '의'라는 의미이고, '아阿'자는 '니倪'로 읽어야 한다. nga는 '나의' 혹은 '우리들의'라는 의미이다.

무상의 입에 오른 염라천자는 그리 고명하지 못한 듯한데, 아마도 그의 인격을 오해한 듯하다──아니, 귀신의 품격이다. 하지만 '잠깐 지상세계에 돌려보낸' 일까지 아는 것을 보아서는 그래도 '총명하고 정직한 것을 신이라 부른다'[27]는 본분을 잃지 않고 있다. 그런데 그 징벌만은 우리 활무상에게 지워 버릴 수 없는 억울한 인상을 주었으니, 그 말만 나오면 그는 눈썹을 더욱 찌푸리고 낡은 파초부채를 으스러지게 틀어쥔 채 땅을 내려다보면서 오리가 헤엄을 치듯이 춤을 추기 시작하는 것이다.

Nhatu, nhatu, nhatu-nhatu-nhatututuu! 목련나투도 억울하기 그지없다는 듯이 소리를 내기 시작한다. 마침내 그는 자기의 결심을 채택한다.

"한사코 놓아주지 않으리라!
네 아무리 철옹성 같다 할지라도!
네 비록 임금의 친척일지라도!
……"

그의 결심은 단호하였다. "분개심이 있어도 날아온 기왓장을 원망하지 않는다"[28]고 하지만, 그는 지금 털끝만 한 사정도 두지 않는다. 하긴 염라천자에게 책망을 들었으니 어쩔 수 없는 일이다. 그래도 모든 귀신들 가운데서 인정깨나 있는 것은 활무상이다. 우리가 귀신이 안 된다면 별일이 아니지만, 귀신이 된다면 그래도 활무상만이 비교적 가까이할 수 있는 존재일 것이다.

지금도 명확하게 기억하고 있지만 나는 고향에 있을 때 늘 이렇듯 흥이 나서 '하등인'들과 함께 귀신이면서도 사람이고 이지적이면서도 인정미가 있고 무서우면서도 사랑스러운 무상을 바라보았으며 그의 얼굴에 떠오르는 울음과 웃음이며 입에서 나오는 무뚝뚝한 말과 익살궂은 말……들을 감상했다.

그러나 신맞이 때의 무상은 연극의 그것과는 좀 달랐다. 그때의 그는 동작만 있을 뿐 말은 없었다. 그는 밥과 찬이 담긴 쟁반을 받쳐 든 어릿광대의 꽁무니를 따라다니며 음식을 얻어먹으려고 하지만 상대방은 주지 않는다. 이 밖에 두 인물이 더 나오는데 그것이 이른바 '정인군자'²⁹⁾들이 말하는 무상의 '처자들'³⁰⁾이다. 무릇 '하등인'들에게는 늘 자기들이 하고 싶은 것을 남에게 강요하기 좋아하는 공통된 나쁜 버릇이 있다. 그러기에 귀신인 경우에도 그에게 적막함을 주려 하지 않았으며, 모든 귀신들에게 대체로 한 쌍 한 쌍씩 짝을 지어 주려 하였다. 무상도 예외가 아니다. 그러므로 아름다운 여인이나 그저 촌티가 좀 많이 나는 부인을 모두들 무상아주머니라고 불렀다. 이렇게 본다면 무상은 우리와 같은 급이다. 교수선생들과 같은 허세를 부리지 않는 것도 이상하게 볼 필요 없다. 다른 하나는 자그마한 고깔에 흰 옷을 받쳐 입은 어린아이이다. 몸은 작지만 두 어깨가 으쓱 올라가고 눈꼬리가 아래로 축 처졌다. 그는 틀림없이 무상도련님으로 사람들은 그를 아령³¹⁾이라고 불렀다. 그러나 그에 대해서는 모두들 경의를 표하지 않았다. 추측건대 무상아주머니가 데리고 온 전 남편의 자식이기 때문인 듯했다. 그러나 용모가 무상과 어쩌면 그렇게도 닮았는지 알수 없는 노릇이다. 쉿! 귀신의 일은 말하기 어렵다. 그러므로 이에 대해선이쯤 알고 잠시 논하지 않는 것이 좋겠다. 그렇지만 무상이 어째서 친자식들이 없는지에 대해서는 올해 들어서 쉽게 이해했다. 그것은 다름이 아니라 귀신들이 앞일을 내다볼 줄 알기 때문에, 아들딸을 많이 두었다가는 빈말하기 좋아하는 놈들로부터 공연히 루블을 받아먹는다는 비꼬임을 받을까 두려워서 오래전부터 연구했거나 아니면 '산아제한'을 했기 때문이다.

밥그릇을 받쳐 든 그 대목이 바로 '무상을 보내다'의 한 장면이다. 그는 혼을 끌어가는 사자이기 때문에 민간에서는 사람이 죽기만 하면 술과밥을 차려서 공손하게 그를 대접해 보낸다. 그러므로 그에게 음식을 주지않는 것은 제놀이 때의 장난일 뿐 실제로는 그렇지 않다. 하지만 사람들이무상과 장난을 치는 것은 그가 솔직하고 말하기 좋아하며 인정머리가 있기 때문이다——참다운 벗을 찾자면 무상이 이상적이다.

어떤 사람들은 무상은 산 사람이 저승으로 간 것이라고 말한다. 다시말하면 원래는 사람인데 꿈속에서 저승으로 가 일을 본다는 것이다. 그래서 인정미가 많다는 것이다. 나는 우리 집에서 얼마 떨어져 있지 않은 자그마한 집에 살던 한 사나이가 자기도 '무상이 된다'고 하면서 늘 문밖에서 향불을 피우고 있던 것을 아직도 기억하고 있다. 하지만 그의 얼굴에는귀신의 기색이 더 많아 보였다. 그래서 저승에 가서 귀신이 되면 사람 티가 더 난단 말인가? 쉿! 귀신의 일이란 워낙 말하기 어렵다. 이에 대해서도 이쯤 알고 잠시 논하지 않는 것이 좋겠다.

6월 23일

주)_____

1) 원제는 「無常」, 이 글은 1926년 7월 10일 『망위안』 반월간 제1권 제13기에 발표되었다.

2) 동악대제(東岳大帝). 도교에서 신봉하는 태산신(泰山神). 한대(漢代)의 위서(緯書) 『효경 원신계』(孝經援神契)에서 "태산은 천제(天帝)의 손자로 주로 사람의 혼을 부른다"라는 구절이 있다. 또 『이아』(爾雅) 「석산」(釋山)에는 "태산은 동악이다"라고 했다.

3) 노부(鹵簿). 봉건시대 제왕이나 대신이 외출할 때 모시고 따르던 의장대.

4) 옛날 관부에서 상급 기관에 올리는 문서의 마무리 부분에 쓰던 인사말로 여기서는 엄숙하게 서서 경외를 표한다는 뜻으로 쓰였다.

5) 판장(樊江). 사오싱현 성 동쪽 30리 되는 곳에 있는 소도시 이름.

6) 참최(斬衰) 흉복(凶服). 전통 봉건시대 상제에 규정된 중효상복(重孝喪服; 오복五服 중 가장 중한 상복)으로 거친 삼베로 만들고 아래쪽은 꿰매지 않는다.

7) 지정(紙錠). 일종의 미신 용품으로 종이나 주석을 얇게 잘라서 만든 화폐. 옛날 풍속에서는 화장 후 망자에게 주면 '저승'에서 사용할 수 있다고 여겼다.

8) 포공전(包公殿). 송대 포증(包拯, 999~1062)을 모시는 사당. 옛날 미신 전설에 의하면 포증이 죽은 뒤 염라 10전 중 제5전의 염라왕이 되었다고 한다. 동악묘(東岳廟)나 성황묘(城隍廟) 안에 모두 그의 신상(神像)이 있다.

9) 염라왕(閻羅王). 즉 다음 글의 염라대왕으로 소승불교에서 일컫는 지옥의 지배자이다. 『법원주림』(法苑珠林) 권12에서 "염라왕은 옛날 비사국(毗沙國)의 왕이었는데, 유타여생왕(維陀如生王)과 싸움을 했다가 이기지 못해 지옥의 주재자가 되겠다고 했다"는 대목이 있다.

10) '벽에 부딪히다'(碰壁). 베이징여자사범대 학생들이 학장 양인위(楊蔭楡)를 반대한 사건 중 어떤 교원이 학생들을 제지하면서 "너희들은 일을 하면서 벽에 부딪히려고 하지 말라"고 말했다. 작자는 여기에서 이 말을 사용해 풍자의 뜻을 내포했다. 『화개집』 「벽에 부딪힌」 뒤 참조.

11) 소승불교(小乘佛敎). 초기 불교의 주요 유파로 개인의 수행, 계율 준수와 자아해탈을 중시했다. 뒤에 자칭 많은 중생을 제도한다는 대승불교의 취지와 다름이 있고, 스스로 불교의 정통파라 여긴다.

12) 염마천(閻摩天). 불교에 전하는 말로 '욕계제천'(欲界諸天)의 한 하늘이다. 불경에는 또 '염마계'(閻摩界)가 있는데, 이른바 윤회 6도 안에 있는 아귀도(餓鬼道)의 주재자가 염마왕(琰摩王)으로, 다시 말해 염라왕(閻羅王)이다. 여기에서 말하는 '염마천'(閻摩天)은 응당 지옥의 '염마계'(閻摩界)이다.

13) '모범현'(模範縣). 여기에서는 천시잉에 대한 풍자이다. 천시잉은 우시(無錫) 사람이다. 그는 『현대평론』(現代評論) 제2권 제37기(1925년 8월 22일)의 「한담」에서 일찍이 "우시는 중국의 모범현이다"라고 언급한 적이 있다.

14) 우중상(虞仲翔, 164~233). 이름이 상이고, 삼국 오(吳)나라 후이지(會稽) 위야오(余姚; 지금 저장에 속함) 사람으로 경학가이다. 그가 사오싱을 칭찬한 말이 『삼국지』(三國志) 「오서(吳書)·우번전(虞翻傳)」의 주(注)에 우예(虞豫)의 『회계전록』(會稽傳錄)을 인용한 대목에 보인다. "후이지는 위로는 견우성과 조응하고, 아래로는 소양(少陽; 동궁)의 위치와 조응하고, 동으로 큰 바다와 연결되고, 서로는 5호(五湖)와 통하고, 남으로는 경계가 끝이 없고, 북으로는 저장에 이른다. 남산이 거처하는 바는 실로 주진(州鎭)으로 옛날 우임금이 군신을 모으고 명령했다. 산에는 쇠, 나무, 조수가 많이 있고, 물에는 물고기, 소금, 진주, 조개가 풍성하다. 바다와 산의 정기를 받아 뛰어난 인물이 잘 나온다. 이 때문에 충신이 연달아 나오고 효자가 마을마다 이어지고 아래로는 어진 여자에까지 교육하지 않음이 없다."

15) '사오싱 도필리'(紹興師爺). 청대 관청에서 형사 판결 문서를 담당한 관료를 '형명 도필리'(刑名師爺)라고 했다. 일반적으로 법문에 능해 종종 사람들의 화와 복을 좌우할 수 있었다. 당시 사오싱 출신의 막료가 비교적 많았기 때문에 '사오싱 도필리'라는 칭호가 생겨났다. 천시잉은 1926년 1월 30일 『천바오 부간』(晨報副刊)에 발표한 「즈모에게 부치다」(致志摩)라는 편지에서 루쉰에 대해 "고향 사오싱의 형명 도필리 성미가 있다"고 풍자했다.

16) 이 말은 모두 천시잉의 「즈모에게 부치다」에 나온다.

17) 1925년 12월 천시잉 등이 당국이 베이징사범대학생과 교육계 진보인사를 압박하기 위해 조직한 '교육계 공리유지회'를 지지한 것을 가리킨다. 『화개집』 「'공리'의 속임수」 참조

18) 이 말은 『아전』(阿典)에 나온다. "떠벌리기만 하는 사내에게는 좋은 약이 없고, 빈손으로 염라대왕을 만난다."

19) "음해하다"라는 말은 천시잉이 「즈모에게 부치다」에서 루쉰을 공격한 말이다. "그는 문장 안에서 몇 번의 음해를 하지 않은 적이 없다."

20) 묵적(墨翟). 즉 묵자(墨子). 『묵자』 15권 안에 「대취」(大取), 「소취」(小取) 두 편이 있다. 「대취」편에 "이익 가운데서 큰 것을 취하고, 해 가운데서 작은 것을 취한다. 해 가운데서 작은 것을 취하라고 하는 것은 해를 취한 것이 아니라 이(利)를 취한 것이다." 『새로 쓴 옛날이야기』(故事新編) 「전쟁을 막은 이야기」(非攻) 및 그 주 참조.

21) '장막극'(大戲)·'목련극'(目連戲). 모두 사오싱의 지방극이다. 청대 범인(範寅)의 『월언』(越諺)에서 "반자(班子; 극단): 창극의 극단을 구성하는 것으로 문반(文班), 무반(武班)으로 구별된다. 문반은 화창(和唱)을 전문적으로 하는데 고조반(高調班)이라 부르고, 무반은 전투를 연기하는데 난탄반(亂彈班)이라 부른다"라는 구절이 있다. 또 "목련반(萬蓮班; 여기서 萬은 木으로 읽는다): 이는 목련을 전문적으로 부르며 극에 일회 출연하는 사람은 백성이 담당한다"고 했다. 고조반과 난탄반은 바로 장막극이다. 목련반은

바로 목련극이다. 『우란분경』(盂蘭盆經)에 의하면 "목련(目連)은 부처의 대제자로 큰 신통력이 있어 지옥에 들어가 어머니를 구한 적이 있다. 당대(唐代)에 이미 『대목건연명간구모변문』(大目乾連冥間救母變文)이 있었고, 이후에 각종 희곡 안에 대부분 목련희가 있었다." 『차개정잡문 말편』(且介亭雜文末編) 제5단 참조.

22) 장대(張岱, 1579~1689). 자는 종자(宗子), 호는 도암(陶庵), 저장 산인(山陰; 지금 사오싱) 사람으로, 명말(明末)의 문학가이다. 그는 『도암몽억』(陶庵夢憶) 「목련희」(目連戲)에서 당시 공연 상황에 대해 "후이저우(徽州), 징양(旌陽) 지방에서 연극배우를 선발하는데, 몸이 가볍고 정신이 올곧은 씨름에 능한 사람 삼사십 명을 뽑아서 '목련'을 공연했는데 모두 삼일 밤낮이 걸렸다"고 언급했다.

23) '목련나투'(目連嗏頭). 나투(할두嗏頭)는 사오싱의 방언으로 호통(號筒; 나팔)을 뜻하며, 범인의 『월언』에서 "동(銅)으로 만들고 길이가 4척이다"라고 했다. '목련나투'는 일종의 특별히 길게 한 호통이다. 『월언』에서 "도량이나 소귀회(召鬼會; 귀신을 부르는 연극)에 모두 사용하는데 만련회(萬蓮戲)가 많기 때문에 이름이 지어졌다"라고 했다.

24) 진념의(陳念義). 청대 가경·도광 연간의 사오싱의 명의로 섭등양(葉騰驤)의 『증제산인잡지』(證帝山人雜誌) 권5에 기록된 진념이(陳念二)이다. "진념의는 산인 팡차오(方橋) 사람으로, 내가 그 이름은 잊었다. 대대로 의술에 종사했고 의술이 뛰어나다고 일컬어져 원근에서 치료받으러 찾아가는 사람이 끊이지 않았다."

25) 중국어 4개 성조를 표기할 때, 예전에는 평(平), 상(上), 거(去), 입(立)으로 구분했으며, 원문의 '子'는 원래는 거성이거나 성조가 없는 경성(輕聲)인데, 사오싱 방언으로 읽을 때에는 입성으로 읽는다는 의미이다.

26) 유중화(兪仲華, 1794~1849). 이름은 만춘(萬春), 자는 중화(仲華), 저장 산인 사람이다. 『비적소탕록』(蕩寇誌; 『결수호전』結水滸傳이라 하기도 함)은 장편소설이고 모두 70회(한 회가 결자되어 있다)로, 양산박 두령들이 이끄는 비적들이 송 왕조에 의해 모두 소탕된다는 내용이다.

27) 『좌전』(左傳) '장공(莊公) 32년'에 "귀신이 총명하고 정직하나이다"라는 말이 나온다.

28) 『장자』 「달생」(達生)에 나온다. "비록 분개심이 있어도 (바람에) 날아 온 기왓장도 원망하지 않는다." 여기에서 사용한 의미는 마음속에는 비록 분한 마음이 있으나 누구를 원망하지는 않는다는 의미이다.

29) 정인군자(正人君子). 여기의 '정인군자'와 아래의 '교수선생'은 당시 현대평론파의 후스(胡適), 천시잉 등을 지칭한다. 그들은 1925년 베이징여자사범대학 사건 중에 베이양정부 쪽에 서서 루쉰과 여사대의 진보적 교원과 학생을 공격했고 베이양군벌을 옹호하는 『다퉁완바오』(大同晩報)는 같은 해 8월 7일자의 보도 중에 그들을 '정인군자'라고 칭했다.

30) 천시잉이 『현대평론』 제3권 제74기(1926년 5월 8일)의 「한담」에서 "가정의 부담이 날

로 무거워지고 수요도 날로 늘어나니 재능 있는 인사들도 어찌할 바를 모르는데 하물며 보통 사람들이야 어찌겠는가. 그래서 군벌에 매달리고 외국인에게 매달리는 것이 많은 사람들에게는 유일한 방도가 되었고, 일부 지사들도 그런 처지에서 벗어나지 못하는 상황이다. …… 그들 자신은 굶을 수 있어도 처와 자식들은 굶을 수 없지 않은가! 그래서 직접 혹은 간접으로 소비에트 러시아의 돈을 받아 쓰는 사람들도 어찌 이와 같지 않겠는가"라고 말했다.

31) '아령'(阿領). 재혼할 때 데리고 온 전 남편 소생의 아이.

백초원에서 삼미서옥으로[1]

우리 집 뒤쪽에는 매우 큰 정원이 있었는데 대대로 내려오면서 백초원이라고 불러 왔다. 지금은 벌써 그것을 집과 함께 주문공[2]의 자손들에게 팔아 버렸으므로 마지막으로 그 정원을 본 지도 이미 칠팔 년이 된다. 그 안에는 아마 확실히 들풀만 자랐던 것 같다. 하지만 그때 그곳은 나의 낙원이었다.

　새파란 남새밭이며 반들반들해진 돌로 만들어진 우물, 키 큰 쥐엄나무, 자주빛 오디, 게다가 나뭇잎에 앉아서 긴 곡조로 울어 대는 매미, 채소꽃 위에 앉아 있는 통통 누런 벌, 풀숲에서 구름 사이로 불쑥불쑥 솟아오르는 날랜 종다리는 더 말할 것도 없다. 정원 주변에 둘러친 나지막한 토담 근처만 해도 끝없는 정취를 자아냈다. 방울벌레들이 은은히 노래 부르고 귀뚜라미들이 거문고를 타고 있다. 부서진 벽돌을 들추면 가끔 지네들을 만나게 된다. 때로는 가뢰도 있는데, 손가락으로 산등을 누르면 뿡 하고 방귀를 뀌면서 뒷구멍으로 연기를 폴싹 내뿜는다. 하수오 덩굴과 목련 가지들이 뒤얽혀 있는데 목련에는 연밥송이 같은 열매가 달려 있고 하수오 덩굴에는 울룩불룩한 뿌리가 달려 있다. 어떤 사람의 말에 의하면 하수오 뿌리는 사람 모양으로 생겼는데 그것을 먹으면 신선이 될 수 있다고 했다. 그래서 나는 늘 그 뿌리를 캐곤 했다. 그것이 끊어지지 않게 뻗은 대로 파 들어가다가 한번은 담장까지 무너뜨린 일도 있었으나 사람 모양같이 생긴 것은 끝내 캐내지 못했다. 만약 가시만 겁내지 않는다면 복분자딸기도 딸 수 있었는데 아주 작은 산호구슬들을 뭉쳐 만든 조그마한 공 같은 그 열매는 새콤하고 달콤하며 색깔이나 맛이 모두 오디보다 훨씬 나았다.

긴 풀들이 무성한 곳에는 들어가지 않았는데 그곳에는 대단히 큰 붉은 뱀이 있다는 말이 전해지고 있었기 때문이다.

언젠가 키다리 어멈이 나한테 이런 이야기를 들려주었다. 이전에 한 서생이 오래된 절간에서 공부하고 있었다. 한번은 그가 저녁에 바람을 쏘이러 마당에 나갔는데 문득 누가 자기를 부르는 것이었다. 대답을 하며 주위를 살펴보니 웬 미녀가 담장 위로 얼굴을 내밀고 그를 향해 방긋 웃어 보이고는 곧 사라져 버렸다. 그는 몹시 기뻤다. 하지만 한담을 하러 찾아온 늙은 화상이 그 기미를 알아차렸다. 늙은 화상은 서생의 얼굴에 요기가 어린 것을 보아 그가 꼭 '미녀뱀'을 만났을 것이라고 말했다. 그것은 사람 머리에 뱀의 몸뚱이를 한 괴물인데 사람의 이름을 부를 줄 알며 만일 그 부름에 대답하기만 하면 밤에 찾아와서 그 사람의 살을 뜯어 먹는다는 것이었다. 그 말에 서생은 기절초풍할 정도로 놀랐다. 그러자 늙은 화상은 별일 없을 테니 마음 놓으라고 하면서 그에게 자그마한 나무갑 한 개를 주며 그것을 베갯맡에 놔두기만 하면 맘 놓고 잘 수 있다고 하였다. 서생은 시키는 대로 했지만 어쨌든 잠을 들 수가 없었다 —— 하긴 그럴 수밖에 없었다. 한밤중이 되자 과연 다가왔다. 사르륵! 사르륵 ! 문밖에서 비바람 소리가 났다. 그 통에 그는 와들와들 떨고 있는데, 갑자기 휙 하는 소리가 나더니 한줄기의 금색 빛살이 베개맡에서 쭉 뻗어 나왔다. 바깥에서는 더 이상 아무 소리도 없었다. 뒤이어 그 금색 빛살이 되돌아와 갑 속으로 들어갔다. 그 뒤에는? 그후에 늙은 화상이 하는 말을 들으니, 그 빛살은 날아다니는 지네인데 뱀의 뇌수를 빨아먹는다는 것이었다. 그래서 미녀뱀은 날아다니는 지네한테 죽었다는 것이다.

이 이야기의 교훈인즉 누구든지 낯선 사람이 자기를 부를 적에 절대 대답해서는 안 된다는 것이다.

이 이야기는 나에게 사람 노릇을 하기도 매우 위험하다는 깨달음을 주었다. 여름밤 밖에 나가 바람을 쐴 때도 늘 겁부터 나면서 담장 곁에는 가 볼 엄두도 못냈다. 한편 늙은 화상이 말하던 그 날아다니는 지네가 들어 있는 나무갑을 얻고 싶은 생각이 간절해지는 것이었다. 백초원 풀숲을 지날 때마다 늘 이런 생각이 들곤 하였다. 하지만 오늘까지도 날아다니는 지네를 얻지 못하였으며 또한 붉은 뱀이나 미녀뱀도 만나지 않았다. 물론 낯선 사람들이 나를 부르는 일은 자주 있었지만 역시 그것은 미녀뱀이 아니었다.

겨울의 백초원은 비교적 무미건조하였다. 그러나 눈만 내리면 딴판이었다. 눈 위에 사람의 모양을 그리거나(자기의 전체 모습을 찍어놓는다) 눈사람 만드는 놀이는 구경할 사람이 있어야 하는데 백초원은 워낙 황량하여 인적이 드물었으므로 알맞지 않았다. 그래서 새잡기를 하는 수밖에 없었다. 눈이 땅가림이나 할 정도로 내려서는 안 된다. 내린 눈이 땅 위에 한 이틀쯤 덮여 있어 새들이 먹이를 찾지 못해 헤맬 때가 되어야 한다. 그 때를 틈타 약간만 눈을 쓸고 땅바닥이 드러나게 한 다음 참대광주리를 가져다 버팀목으로 버텨 놓는다. 그러고는 그 밑에 쭉정이를 좀 뿌려 놓고 멀찌감치 서서 버팀목에 이어진 끈을 멀리서 잡고 기다리다가 새들이 모이를 쪼아 먹으려 대광주리 밑에 들어서면 얼른 끈을 잡아챈다. 광주리를 덮어 버리는 것이다. 대체로 참새들이 많이 잡혔지만 부리 옆에 하얀 털이 난 '할미새'[3]도 더러 잡혔다. 하지만 그놈은 성질이 급해서 하룻밤도 기를 수가 없었다.

이것은 룬투[4]의 아버지가 가르쳐 준 방법인데 나는 그대로 잘하지 못했다. 틀림없이 새들이 들어간 것을 보고 끈을 잡아당겼는데도 달려가 보면 아무것도 없곤 했다. 한나절씩이나 애를 써야 겨우 서너 마리밖에 잡지 못했다. 룬투의 아버지는 얼마 안 되는 사이에 수십 마리나 붙잡아서 망태 안에 넣었다. 새들은 망태 안에서 짹짹 울어 대며 푸드덕거렸다. 내가 그에게 비결이 어디에 있는가 하고 물었더니, 그는 빙그레 웃으면서 도련님은 성질이 너무 급해서 새들이 미처 한가운데로 들어가기 전에 끈을 잡아당겨서 그렇다고 말했다.

나는 왜 집에서 나를 서당에 보냈으며 그것도 도시에서 가장 엄격하다는 서당에 보냈는지 모르겠다. 아마도 내가 하수오 뿌리를 뽑다가 토담을 허물어뜨린 일 때문일까? 아니면 벽돌을 옆집 양 씨네 집에 던진 탓일까? 또 그렇지 않으면 돌우물 위에 올라가 뛰어내리곤 했던 까닭일까……. 나는 그 영문을 도저히 알 수 없었다. 한마디로 말해서 나는 더 이상 백초원에 자주 드나들 수 없게 되었다. Ade,[5] 나의 귀뚜라미들아! Ade, 나의 나무딸기와 목련들아!

대문을 나와 동쪽으로 반리 길도 못 미쳐 돌다리를 건너면 곧 내 선생[6] 집이다. 까맣고 반지르르한 참대 삽짝문을 들어서면 세번째 칸이 바로 서재였다. 서재의 정면 벽 한복판에 삼미서옥[7]이란 편액이 걸려 있고, 그 아래에는 크고 살찐 꽃사슴 한 마리가 고목나무 밑에 엎드려 있는 그림이 있었다. 공자의 위패가 없었으므로 우리는 그 현판과 사슴을 향하여 절을 두 번씩 하곤 했다. 첫번째는 공자에게 하는 것이고 두번째는 선생님에게 하는 것이었다.

두번째 절을 할 때면 선생님은 한 옆에 나서서 부드럽게 답례를 하였다. 그는 후리후리한 키에 수척한 노인인데 머리와 수염이 하얗게 세었으며 돋보기를 꼈다. 나는 그를 몹시 공경했는데, 오래전부터 그가 우리 도시에서 가장 방정하고 소박하며 박식한 분이라는 말을 들었기 때문이다.

어디서 얻어들었는지는 알 수 없으나 동방삭[8]도 박식가인데 그는 '괴이한'[9]이라는 이름을 가진 벌레를 알고 있었다고 한다. 원한이 변화해서 된 그 벌레는 술만 끼얹으면 형체가 사라지고 만다는 것이다. 나는 이 이야기를 무척 자세히 알고 싶었으나 키다리 어멈은 알지 못하였다. 아마 그녀는 필경 박식가가 아니었던 모양이다. 그러던 차에 마침 선생님한테 물어볼 기회를 가지게 되었다.

"선생님, '괴이한' 벌레는 도대체 어떤 벌레입니까?"

나는 새 책의 공부가 끝나기 무섭게 얼른 물어보았다.

"모르겠다!"

선생님은 몹시 불쾌한 듯 얼굴에 노기마저 서렸다.

그제야 나는 학생으로서는 그런 걸 물어서는 안 되며 글만 읽어야 한다는 것을 알게 되었다. 선생님은 박식한 대학자였으므로 절대로 그것을 모를 리 없었다. 그가 모른다고 하는 것은 그저 말하기 싫어서인 듯했다. 나보다 나이가 많은 사람들이 늘 그렇게 하는 것을 나는 이전에도 여러 번

겪었다.

그후부터 나는 글공부에만 열심이었다. 한낮에는 습자를 하고 저녁에는 대구를 맞추었다.[10] 선생님은 처음 며칠 동안은 나를 매우 엄하게 대하더니 그후부터는 태도가 너그러워지기 시작하였다. 하지만 나한테 읽히는 책은 점점 더 늘어났고 대구 맞추기도 자수가 차차 더 많아져 삼언으로부터 오언으로, 마지막에는 칠언까지 이르렀다.

삼미서옥 뒤에도 정원이 있었는데, 비록 조그마했지만 화단 위에 올라가서 새양나무꽃을 꺾을 수도 있고 땅이나 계수나무 가지에서 매미 허물 같은 것을 주울 수도 있었다. 무엇보다도 가장 재미있는 놀음은 파리를 잡아서 개미들에게 먹이는 일이었는데 소리 없이 조용히 할 수 있었다. 하지만 동창들이 너무 많이 모이거나 오래 있으면 안 되었다. 그렇게만 되면 영락없이 서당에서 선생님의 성난 목소리가 울려 오는 것이다.

"다들 어디로 갔느냐!"

그러면 아이들은 한 사람 한 사람씩 뒤를 이어 돌아가야 했다. 함께 한꺼번에 들어가도 안 되었다. 선생님의 손에 매가 들려 있으나 선생님은 여간해서는 그것을 자주 사용하지는 않았다. 꿇어앉히는 벌칙도 있었으나 그것도 자주 쓰지는 않았다. 그저 눈을 부릅뜨며 호통을 치기 일쑤였다.

"책을 읽어라!"

그러면 모두들 목청을 돋우어 책들을 읽어 대는데 그야말로 솥이 끓어오르듯 와글거렸다. "인은 멀어도, 내가 인을 얻으려고 마음만 먹으면 인은 찾아오도다"라는 구절을 읽는 아이가 있는가 하면 "남의 이 빠진 것을 비웃어 가로되 개구멍이 크게 열렸다 하도다"라는 구절을 읽는 아이도 있었다. 또 그런가 하면 "초아흐렛날 용이 숨으니 아무것도 하지 말지어다"라는 구절을 읽는 아이도 있었고 "그 땅의 밭은 상의 하로 7등급이나 부세는 6등급이고 바치는 공물은 그령 풀과 귤, 유자뿐이었다"[11]라는 구절을 읽는 아이도 있었다.…… 이럴 때면 선생님 자신도 같이 글을 읽곤 하였다. 나중에 우리의 글소리는 점점 낮아지고 잦아들지만 유독 선생님의 글소리만은 낭랑하게 울렸다.

"철 여의라, 가득한 좌중을 마음대로 지휘하니 모두들 놀라도다.…… 금종지에 철철 넘게 따른 미주 일천 잔을 마셔도 취하지 않도다……."[12]

나는 이 글이 가장 좋은 글이 아닐까 생각했다. 이 대목을 읽을 때면 선생님은 언제나 얼굴에 미소를 띠우고 고개를 높이 치들고 머리를 휘휘 저어 대며 자꾸만 뒤로 젖히기 때문이었다.

선생님이 글 읽기에 정신이 빠져 있을 때가 우리들에겐 더없이 좋은 기회였다. 몇몇 아이들이 종이로 만든 투구를 손가락에 끼워 가지고는 장난을 쳤으며 나는 '형천지' 종이를 소설책에 나오는 그림 위에다 펴놓고 습자할 때 본을 뜨듯이 그림을 복사했다.[13] 읽는 책이 많아짐에 따라 복사한 그림도 많아졌다. 글은 별로 읽지 못했지만 그림 성과만은 괜찮았다. 이런 그림들 가운데서 그래도 줄거리가 이루어진 것은 『비적소탕록』과 『서유기』[14]의 인물화인데 각각 두툼하게 한 책씩은 되었다. 그후 나는 용돈이 필요해서 그 그림책을 돈 있는 집 동창에게 팔아 버렸다. 그의 아버지는 지전紙錢 가게를 운영했는데, 듣자 하니 지금은 그 자신이 주인이 되었으며 머지 않아 곧 신사紳士의 지위에 올라가게 된다는 것이다. 그러니 그 그림책은 벌써 없어져 버렸을 것이다.

9월 18일

1) 원제는 「從百草園到三味書屋」, 이 글은 1926년 10월 10일 『망위안』 반월간 제1권 제19기에 발표되었다.

2) 주문공(朱文公). 즉 주희(朱熹). '문'(文)은 송 영종(寧宗)이 하사한 그의 시호이다. 작가의 사오싱 고향집은 1919년에 성이 주(朱)씨인 사람에게 팔렸다. 그래서 여기에서 우스갯소리로 "주문공의 자손에게 팔았다"고 한 것이다.

3) '장비새'(張飛鳥). 즉 할미새(척령鶺鴒)이다. 머리 부분은 둥글고 흑색이며 앞 이마가 순백이다. 경극 무대에 나오는 『삼국지』 장비의 얼굴 화장과 매우 닮아서 저장의 동쪽 지방에서는 그 새를 '장비새'라고 부른다.

4) '룬투'(閏土). 『외침』에 수록된 소설 「고향」에 나오는 인물로 장원수이(章運水)의 모델이다. 사오싱 다오쉬샹(道墟鄉) 두푸(杜浦; 지금은 상위현에 속함) 사람이다. 그의 아버지는 이름이 푸칭(福慶)으로 농민이며 죽세공을 겸했고, 자주 저자의 집에 와서 임시로 일을 했다.

5) Ade. 독일어로 '잘 있거라'의 의미.

6) 서우화이젠(壽懷鑒, 1840~1930)을 지칭하며, 자는 징우(鏡悟), 청말의 수재(秀才)였다.

7) 삼미서옥(三味書屋). 저자의 사오싱 고향집 부근에 있는데, 현재는 이 집과 백초원 모두 사오싱 루쉰기념관의 일부분이 되었다. 저우쭤런(周作人, 周遐壽)의 『루쉰소설 속의 인물』(魯迅小說里的人物) 「백초원과 삼미서옥」(百草園和三味書屋)에 따르면, "삼미서옥 명칭의 의미에 대해, 일찍이 서우주린(壽洙隣; 서우화이젠의 차남으로 저우쭤런의 서당 스승이었다) 선생에게 여쭈어 본 결과, 옛사람의 말에 '책 속에 세 가지 맛이 있다'(書有三味). 경서(經書)는 밥과 같고, 사서(史書)는 고기와 같고, 자서(子書)는 조미료와 같다. 그는 대체적 의미는 이와 같다고 기억했으나, 원명과 그 인물은 이미 잊어버렸다고 말했다." 송대 학자 이숙(李淑)의 『『한단서목』 서』(邯鄲書目序)에 "시서(詩書)는 진한 국물 맛이고, 사서(史書)는 저민 고기 맛이고, 자서(子書)는 식초와 젓갈 맛이니, 삼미라고 한다"는 말이 있다.

8) 동방삭(東方朔, B.C. 154~93). 자는 만천(曼倩), 핑위안(平原) 옌츠(厭次; 지금의 산둥 후이민惠民) 사람으로 서한(西漢) 시대 문학가. 그는 한 무제의 시신으로 임금에게 풍간(諷諫)을 잘했고 해학도 뛰어났다. 예전에는 그에 대한 전설이 많았다. 『사기』(史記) 「골계열전」(滑稽列傳) 참조.

9) '괴재'(怪哉). 전설에 나오는 괴이한 벌레. 『고소설구침』(古小說鈎沈) 「소설」에 따르면 다음과 같은 이야기가 있다. "무제가 감천궁(甘泉宮)으로 행차할 때, 길 가운데에 붉은색 벌레가 있었다. 머리, 눈, 이빨, 귀, 코가 다 갖추어져 있었으나 이를 보고 아무도 알지 못했다. 황제가 동박삭에게 그것을 살펴보라고 명했다. 삭이 대답하기를 '이것은 괴이한입니다'라고 답했다. 예전 진(秦)나라 시기에 무고하게 잡혀 들어간 서민 대중들이

모두 그 비애와 원한을 품고 머리를 쳐들고 하늘에 탄식하며 괴이하다, 괴이하다 외쳤습니다. 하늘을 감동시켜서 그 분노가 이것을 탄생시켰습니다. 그래서 이름이 '괴이한' 입니다. 이곳은 틀림없이 진나라의 감옥이 있던 곳입니다.' 즉시 지도를 살펴보니 과연 진나라의 감옥이 처한 곳이었다. 황제가 다시 '어떻게 하면 이 벌레를 뚫고 지나갈 수 있을까?' 하고 묻자, 동방삭이 '무릇 슬픈 것은 술로써 풀어야 하니, 술을 권하면 사라질 것입니다'고 대답했다. 그래서 사람들을 시켜서 벌레를 잡아서 술 속에 넣었더니 순식간에 문드러져 사라져 버렸다."

10) 옛날 서당에서 학생들에게 대구를 연습시키는 방법으로 허실평측(虛實平仄)의 글자를 대응시키는 것이다 예를 들면 '복숭아는 붉도다'(桃紅)의 대구는 '버드나무는 푸르네'(柳綠)와 같은 방법이다.

11) 이것은 모두 예전에 서당에서 읽던 교과서에 나오는 구절이다. "인은 멀어도, 내가 인을 얻으려고 마음만 먹으면 인은 찾아오도다"라는 구절은 『논어』「술이」편에 나온다. "남의 이 빠진 것을 비웃어 가로되 개구멍이 크게 열렸다 하도다"는 『유학경림』(幼學瓊林)「신체」(身體)편에 나온다. "초아흐렛날 용이 숨으니 아무것도 하지 말지어다"는 『주역』「건」(乾)에 나온다. "그 땅의 밭은 상의 하로 7등급이나 부세는 6등급이고 바치는 공물은 그냥 풀과 귤, 유자뿐이었다." 이 구절은 학생이 읽을 때 『상서』「우공」(禹貢)을 잘못 읽은 것이다. 원문은 "그 땅의 밭은 하의 하로 9등급이나 부세는 하의 상으로 7등급, 혹은 6등급도 있었다. …… 귤과 유자를 잘 포장하여 공무로 바쳤다"이다.

12) '철 여의라'와 같은 말은 청말의 유한(劉翰)이 지은 「이극용(李克用)이 산추이강(三垂崗)에서 술을 베푸는 부(賦)」에 나오는 구절이다. 원문은 "옥 여의라, 가득한 좌중을 마음대로 지휘하니 모두들 놀라도다. …… 금종지에 철철 넘게 따른 미주 일천 잔을 마셔도 취하지 않도다." 유한은 장쑤 우진(武進) 사람으로 강음남청서원(江陰南菁書院) 학생이었다.

13) 명청 이래 통속소설의 책머리에는 책 속 등장인물의 스케치가 그려져 있다.

14) 『서유기』(西遊記). 명대 오승은(1500~약 1582)이 지은 장편소설로 100회에 달한다.

아버지의 병환[1]

아마 십여 년 전이었던 것 같은데 그때 S성[2] 안에서는 어떤 명의에 대한 이야기가 자자하게 떠돌고 있었다.

　그는 한 번 왕진에 본래 1원 40전을 받았는데 특별히 청하면 10원을 받았고 밤이면 그 갑절을, 성안을 벗어나는 경우에는 또 그 갑절을 받았다. 어느 날 밤 성 밖에 있는 어느 집 처녀가 갑작스레 병이 나서 그를 청하러 왔다. 그때 그는 벌써 왕진 다니기를 귀찮아할 정도로 살림이 넉넉했으므로 백 원을 내지 않으면 안 가겠다고 했다. 그를 청하러 왔던 사람들은 요구대로 하는 수밖에 없었다. 환자의 집으로 간 그는 건성으로 진맥하고서 "별일 없겠소" 하며 처방문 한 장을 써 주고는 백 원을 받아 가지고 가 버렸다. 환자의 집에는 돈이 꽤 있었던 모양으로 그 이튿날 또 청하러 왔다. 의사가 그 집 문 앞에 이르자 주인은 웃는 얼굴로 맞아들였다. "어제 저녁 선생님의 약을 먹었더니 병이 퍽 나아졌습니다. 그래서 선생님을 한 번 더 청하게 되었습니다." 주인이 이렇게 말했다. 그를 방으로 데리고 들어가니 어머니가 환자의 손을 휘장 밖으로 꺼내 놓았다. 맥을 짚어 보니 손이 얼음장같이 차고 맥박도 뛰지 않았다. 그러나 그는 머리를 끄덕이며, "음, 이 병은 제가 잘 압니다" 하고는 태연한 걸음으로 책상 앞에 다가가 처방지를 꺼내어 붓을 들고 써 내려갔다.

"계산서대로 은전³⁾ 백 원을 지불할 것."

그런 다음 아래에 서명을 하고 도장을 눌렀다.

"선생님, 보아 하니 수월찮은 병인 것 같은데 아마도 약을 좀더 세게 써야 하지 않을까요." 주인이 의사의 등 뒤에서 말하였다.

"그렇게 하지요." 다시 다른 처방지에다 써 내려갔다.

"계산서대로 은전 이백 원을 지불할 것." 그런 다음 또 그 아래에 서명을 하고 도장을 눌렀다.

주인은 그 처방을 받아 쥐고 그를 문밖까지 깍듯이 바래다주었다는 것이다.

나도 일찍이 이 명의와 만 이태 동안이나 상종한 적이 있었다. 그것은 그가 하루 건너 한 번씩 와서 아버지의 병을 보아 주었기 때문이었다. 그때 그는 벌써 이름이 난 의사였지만 왕진 다니기를 그처럼 귀찮아할 정도로 살림이 넉넉하지는 못했다. 그러나 진찰비만은 1원 40전씩 받았다. 지금은 도시에서 진찰 한 번 하는데 10원이 드는 것도 별로 이상하지 않지만, 그때는 1원 40전이면 큰돈이어서 그것을 마련하기가 쉽지 않았다. 게다가 하루 건너 한 번씩이었으니. 확실히 그는 좀 유별났다. 떠도는 말에 의하면 약 쓰는 법이 다른 의사들과는 다르다는 것이다. 나는 약품에 대해서는 잘 몰랐으나 '보조약'을 얻기 힘들다는 생각만은 절실했다. 약처방을 한번 새로 바꾸기만 하면 눈코 뜰 새 없이 바삐 보내야 했다. 먼저 기본약을 산 다음 다시 보조약을 구했다. 그는 '생강' 두 쪽이라든가 끝을 잘라

낸 대나무 잎사귀 열 잎 같은 것은 아예 쓰지도 않았다. 제일 간단한 것은 갈뿌리였는데 냇가로 가서 캐와야만 했다. 3년 서리 맞은 사탕수수를 써야 할 경우에는 아무리 적게 걸린대도 이삼 일은 걸려야 했다. 하지만 이상하게도 나중에는 어떻든 다 구할 수 있었다.

떠도는 말에 의하면 약효의 신묘함이 바로 여기에 있다는 것이다. 옛날에 한 환자가 있었는데 그는 별의별 약을 다 써도 효험이 없었다. 그러다가 섭천사[4]라나 뭐라나 하는 의사를 만나 그전 처방에다 한 가지 보조약을 넣었는데, 그것은 오동잎이었다. 복용하자마자 병이 대뜸 씻은 듯이 나았다는 것이다. 워낙 '의술은 생각'[5]인바, 그때는 가을철이라 오동이 가을기운을 먼저 안다는 것이다. 이전에 별의별 약을 다 써도 병이 낫지 않았지만 이제 가을 기운이 움직이니, 그 기운을 감지해서 …… 낫게 되었다는 것이다. 나는 그 이치를 똑똑히 알지는 못하였지만 어쨌든 몹시 탄복했다. 이른바 영약이라는 것은 모두 구하기가 아주 쉽지 않다는 것, 또 그러기에 신선이 되려는 사람들은 목숨까지 내걸고 깊은 산속으로 약 캐러 들어간다는 것을 알게 되었다.

이렇게 이태 동안 점차 친숙해져서 친구같이 되었다. 아버지의 수종병[6]은 날이 갈수록 더 악화되어 마침내는 자리에서 일어날 수조차 없게 되었다. 나도 3년 서리 맞은 사탕수수 따위들에 대하여 차츰 신뢰감을 잃고 보조약을 구하는 데도 그전처럼 극성을 부리지는 않았다. 바로 이러던 어느 날, 왕진을 왔던 그는 아버지의 병세를 물어보고 나서 자못 간곡하게 말하는 것이었다.

"제가 가지고 있는 의술을 다 써 봤습니다. 천롄허[7]라는 선생이 계시는데 그분은 저보다 의술이 높습니다. 제 생각에 그분을 추천하니 한번

병을 보여 보십시오. 제가 편지를 한 장 써 드리겠습니다. 병은 아직 대수롭지 않습니다만 그 선생의 손을 빌리게 되면 더 빨리 나을 수도 있을 테니까……."

이날은 모두들 기분이 썩 좋지 못한 것 같았다. 여느 때와 마찬가지로 내가 그를 가마에까지 공손히 바래다주었다. 그를 배웅해 주고 들어오니 아버지는 얼굴빛이 질려 가지고 방 안에 있는 사람들과 이야기를 하고 있었다. 그 이야기인즉 대체로 자기의 병은 고칠 가망이 없으며, 그 의사가 이태 동안이나 자기의 병을 보아 왔지만 아무런 효과도 없고 이제는 게다가 서로 익숙해져서 정으로 보아도 딱하게 된 것을 피하기 어렵게 되고 병이 위독해지자 다른 의사를 대신 소개하고 자기는 손을 털고 나앉으려 한다는 것이었다. 그렇지만 또 무슨 수가 있겠는가? 우리 고장의 명의로는 그를 제외하고는 사실 천롄허밖에 없었다. 그러니 다음 날은 천롄허를 청해 오는 수밖에 없었다.

천롄허도 진찰비는 1원 40전을 받았다. 이전의 명의는 얼굴이 둥글고 통통했지만 이번 의사는 얼굴이 길쭉하고 통통했다. 이 점이 자못 달랐다. 또 약 쓰는 법이 달라서, 이전 명의의 약은 혼자서도 다 구할 수 있었지만 이번에는 혼자서는 어떻게 처리할 수가 없었다. 그의 처방전에는 언제나 특수한 알약과 가루약, 그리고 기이한 보조약이 들어 있었다.

그는 갈뿌리나 3년 서리 맞은 사탕수수 같은 것은 예전부터 쓰지 않았다. 가장 평범한 것이 '귀뚜라미 한 쌍'이었는데, 옆에다 잔글씨로 주까지 달아 놓았다. "처음에 짝을 지은 것, 다시 말해서 본래부터 한 둥지에 있던 것." 벌레들도 정조를 지켜야 하므로 재취를 하거나 재가를 해서는 약재로 쓰일 자격조차 없었다. 그러나 이것은 나에게 있어서 어려운 일이 아니었다. 백초원에 들어가면 열 쌍이라도 손쉽게 잡을 수 있었다. 그것들을 실로 동여매어 끓는 탕약 속에 넣으면 끝나는 일이었다. 하지만 그 밖에도 '평지목8) 10주'라는 것이 있었는데 그것이 무엇인지는 아무도 몰랐다. 그래서 약방에도 물어보고 촌사람들한테도 물어보고 약장수들한테도 물어보고 노인들한테도 물어보고 서생들한테도 물어보고 목수들한테도 물어보았으나 모두 머리를 가로젓는 것이었다. 나중에야 화초를 가꾸기를 즐겨하는 먼 촌수의 친척집 할아버지 한 분이 생각나서, 그분에게 달려가 물어보았더니 과연 그것을 알고 있었다. 그것은 산속 큰 나무 아래서 자라는 자그마한 나무로 작은 산호구슬과 같은 빨간 열매가 열리는데 보통 '노불대'老弗大라고 한다는 것이었다.

"쇠 신발이 다 닳도록 돌아다녀도 찾을 길이 없었는데, 그것을 얻자니 아무 힘도 들지 않고 얻는구나"라는 말이 있듯이 그 보조약도 마침내 구했다. 하지만 이 밖에 또 한 가지 특수한 환약을 더 구해야 했다. 그것은 '패고피환'敗鼓皮丸이었다. 이 '패고피환'은 낡아 빠진 오래된 북가죽으로 만든 환약이었다. 수종병은 다른 이름으로는 배가 북처럼 팽팽하게 불어나기 때문에 고창鼓脹이라 불렀는데, 낡아 빠진 북가죽을 쓰면 자연스럽게 그 병을 다스릴 수 있다는 것이었다. 청나라의 강의剛毅는 '서양도깨비들'을 증오하였기 때문에 그들을 쳐부술 준비로 군대를 훈련시켰는데 그 군대를 '호신영'9)이라 불렀다. 이것은 범은 양을 잡아먹을 수 있으며 신은 도깨비를 이길 수 있다는 뜻인데 그 이치는 한가지였다. 그런데 유감스럽게도 이 신비한 약은 온 도시에서 우리 집에서 오 리쯤 떨어진 어떤 약방에서만 팔았다. 하지만 이 약은 천렌허 선생이 약처방을 써 주면서 간절하게 자세히 알려 주었으므로 평지목을 구할 때처럼 고생스레 찾아다니지 않아도 되었다.

"나한테 한 가지 단약이 있는데……." 한번은 천롄허 선생이 이런 말을 꺼내었다.

"그 약을 혀에 바르기만 하면 꼭 효험을 볼 수 있을 것 같습니다. 혀는 마음의 가장 예민한 첫 부분이니까……. 가격도 뭐 비싸지 않습니다. 한 통에 2원밖에 안 되니까……."

아버지는 한참 깊은 생각에 잠겨 있다가 머리를 흔들었다. "내가 이렇게 약을 써서는 별반 큰 효험을 볼 것 같지 않습니다." 천롄허 선생은 그 후 어느 땐가 또 말을 꺼내었다. "제 생각에, 다른 사람을 청하여 전생에 무슨 척진 일이나 잘못된 일이 없는지 밝혀 보는 것이 좋지 않을까요……. 의사는 병은 치료할 수 있어도 사람의 명은 다스릴 수 없으니까요. 이 병도 혹시 전생의 일로 해서……."

그때도 아버지는 깊은 생각에 잠겨 있다가 머리를 흔들었다.

무릇 명의라 하면 모두 기사회생의 능력을 지니고 있다. 우리가 의사 집 문 앞을 지날 때면 늘 이런 글을 써 붙인 편액을 볼 수 있다. 지금은 그래도 얼마간 겸손해져서 의사들 자신도 "서양 의사는 외과에 능하고 중국 의사는 내과에 능하다"고 말하지만, 그때 S성에는 서양의가 없었을 뿐만 아니라, 세상에 서양의가 있다는 것을 누구도 몰랐다. 그러므로 무슨 병이든 모두 헌원과 기백[10]의 직계 제자들이 도맡아 보았다. 헌원 시절에는 무당과 의사의 구별이 없었다. 그러므로 줄곧 오늘까지도 그 제자들은 귀신 놀음을 하며 "혀는 마음의 예민한 첫 부분"이라고 생각하고 있다. 이것이 바로 중국 사람들의 '운명'으로 명의들마저도 치료할 수 없는 것이다.

영약인 단약도 혀에 대려 하지 않고 '척진 일이나 잘못된 일' 같은 것도 생각해 낼 수 없으니 그저 백여 일 동안 '낡아 빠진 북가죽으로 만든 환약'이나 먹을 수밖에 없었다. 그러니 그게 무슨 소용이 있었겠는가? 수종병이 조금도 꺼져 내리지 않아 아버지는 마침내 아주 자리에 누워 기침을 할 뿐이었다. 다시 천롄허 선생을 청했는데, 이번은 특별왕진으로 은전 10원이나 주었다. 그는 예와 다름없이 태연하게 처방전을 써 주었는데 이번에는 그 '패고피환'도 사용하지 않고 보조약도 그다지 신묘한 것이 아니었다. 그래서 한나절도 못 되어 약을 구해다 달여서 아버지께 드렸더니 아버지는 그 약을 도로 다 토해 버렸다.

이때부터 나는 두번 다시 천롄허 선생과 거래하지 않았다. 이따금 거리에서나 쾌속 삼인교에 앉아 날듯이 지나가는 그를 보았을 뿐이다. 소문에 의하면 그는 아직도 건강하며 지금도 의사를 하는 한편 무슨 중의학보[11]인가 하는 것을 꾸려서 외과밖에 모르는 서양 의사와 어깨를 견주고 있다고 한다.

중국 사람과 외국 사람의 사상은 확실히 좀 다른 점이 있다. 듣자 하니 중국의 효자들은 '죄악이 깊어 부모에게 재앙이 미치게'[12] 되면 인삼을 몇 근 사서 달여 장복시켜 드려서 부모들이 며칠, 아니 다만 반나절이라도 더 숨이 더 붙어 있게 한다. 그러나 나한테 의학을 가르쳐 주던 한 선생은 의사의 직책이란 고칠 수 있는 병은 마땅히 고쳐야 하며 고칠 수 없는 병은 환자가 고통없이 죽도록 해주어야 하는 것이라고 나에게 알려 주었다——물론 그 선생은 서양 의사였다.

아버지의 기침은 퍽이나 오래갔고 그 소리를 들으면 나도 매우 괴로웠다. 하지만 누구 하나 그를 도와줄 수 없었다. 때로 나는 순간적으로나마 "아버지가 얼른 숨을 거두었으면……" 하는 생각이 섬광처럼 들곤 했다. 하지만 이내 그것은 옳지 못한 생각이며 죄스러운 일이라고 느꼈다. 그러면서도 동시에 그 생각은 실로 정당한 것이며 나는 아버지를 몹시 사랑한다고 느꼈다. 지금도 나는 그렇게 생각한다.

아침에 같은 부지 안에 사는 연부인[13]이 찾아왔다. 예절에 밝은 그 여인은 우리를 보고 그저 가만히 앉아 기다리기만 해서는 안 된다고 말하였다. 그래서 우리는 아버지에게 옷을 갈아입히고 종이돈과 『고왕경』인지 뭔지 하는 책을 태워서[14] 그 재를 종이에 싸 가지고 아버지의 손에 쥐어 드렸다…….

"애야, 아버지를 불러라. 숨이 지신다. 어서 불러!" 하는 연부인의 말에 나는,

"아버지! 아버지!" 하고 불렀다.

"더 큰 소리로 불러라! 듣지 못하시는가 봐. 어서 부르라는데도."

"아버지! 아버지!"

평온해졌던 아버지의 얼굴에 갑자기 긴장한 빛이 떠돌았다. 눈을 살며시 뜨는데 적이 고통스러워하시는 것 같았다.

"애, 또 불러라, 어서!"

하고 연부인이 나를 들볶았다.

"아버지!"

"왜 그러니? …… 떠들지 말아…… 떠들지……."

아버지는 기진맥진한 소리로 떠듬거리며 가쁜 숨을 몰아쉬는 것이었다. 한참 후에야 원상대로 평온해졌다.

"아버지!"

나는 아버지가 숨을 거두실 때까지 계속 이렇게 불렀다.

나는 지금도 그때의 내 목소리가 귀에 들리는 듯싶다. 또 그럴 때마다 나는 그것은 정말 아버지에 대한 나의 가장 큰 잘못이었다고 생각한다.

10월 7일

주)_____

1) 원제는 「父親的病」, 이 글은 1926년 11월 10일 『망위안』 반월간 제1권 제21기에 발표되었다.

2) S성(城). 여기서는 사오싱(紹興)을 가리킨다.

3) 은전은 영양(英洋) 즉 '응양'(鷹洋; 멕시코 은화)이다.

4) 섭천사(葉天士, 1667~1746). 이름은 계(桂), 호는 향암(香岩), 장쑤 우현(吳縣) 사람이다. 청나라 건륭 때의 명의이다. 그의 문하생이 일찍이 그 약방(藥方)을 수집해 『임증지남의안』(臨證指南醫案) 10권을 엮었다. 청대의 왕우량(王友亮)이 편찬한 『쌍패재문집』(雙佩齋文集) 「섭천사소전」(葉天士小傳)에 오동잎으로 약을 만들었다는 기록이 있다. "이웃집 부인이 난산을 하자, 다른 의원의 처방전을 그 남편이 가지고 와서 섭천사에게 묻자 거기에 오동잎 하나를 첨가해 주었다. 아이를 바로 낳았다. 그 뒤에도 효험을 본 사람이 있었다. 섭천사가 웃으면서 '내가 전에 오동잎을 사용했는데, 입추를 만났기 때문이었소! 지금은 무슨 이로움이 있겠는가? 때에 맞추어 제조했다오. 옛 법에 구속되지 않는 것이 이처럼 많이 있소. 비록 의사로 늙었더라도 예측할 수 없다오.'"

5) '의(醫)'는 의(意)이다. 이 말은 『후한서』 「곽옥전」(郭玉傳)에 나온다. "'의(醫)'라는 말은 의(意)이다. 주리(腠理; 인체의 맥락이 집결되어 있는 곳)는 매우 미묘하기에 기(氣)에 따라 교묘히 사용해야 한다." 또 송대의 축목(祝穆)이 편찬한 『고금사문유취』(古今事文類聚) 전집에 "당나라 허윤종(許胤宗)은 의술에 능했다. 어떤 이가 책을 써 보라고 권하자 '의(醫)란 의(意)이다. 생각이 정밀하면 그 뜻을 얻는데, 내가 뜻을 이해한바 그것을 입으로는 말할 수 없다'"라고 대답했다.

6) 한방에서 심장, 신장 등의 부종을 말함.

7) 천롄허(陳蓮河). 즉 허롄천(何廉臣, 1861~1929)을 가리킨다(중국어 음에 따라 역으로 이름을 만든 것이다). 당시 사오싱의 한의사이다.

8) 평지목(平地木). 즉 자금우(紫金牛)이다. 상록 소관목(小灌木)으로 일종의 약용식물이다.

9) 호신영(虎神營). 청말 단군(端郡) 왕재의(王載漪; 본문에는 강의剛毅로 되어 있는데 오기인 것 같다)가 창설하고 지휘하던 황실경호대. 이희성(李希聖)의 『경자국변기』(庚子國變記)에서 "호신영이라는 것은 호랑이가 양을 잡아먹고 신(神)이 귀(鬼)를 다스린다는 의미로, 서양귀신을 저주하는 이름이다"라고 했다. 중국어에서 서양도깨비란 의미에서 쓰는 바다 양(洋)자와 양 양(羊)자는 음이 같다. 범이 양을 잡아먹는다는 것은 서양을 이긴다는 의미이다.

10) 헌원(軒轅)과 기백(岐伯). 헌원은 바로 황제(黃帝)로 전설에 나오는 상고제왕이다. 기백은 전설에 나오는 명의이다. 지금 전하는 명의학 고적 『황제내경』(黃帝內經)은 전국(戰國) 진한(秦漢) 때의 의술가의 탁명으로 황제와 기백이 지었다. 그중 「소문」(素問)부분에 황제와 기백의 문답 형식을 사용해 병리(病理)를 토론했다. 때문에 후대에 늘 의술이 고명한 사람을 '술정기황'(術精岐黃; 의술이 정교한 기백과 황제)이라 한다.

11) 『사오싱 의약월보』(紹興醫藥月報)를 가리킨다. 1924년 봄 창간되었고, 허롄천이 부편집을 담당했고, 제1기에 「본보의 종지적 선언」(本報宗旨之宣言)을 발표해 '국수'(國粹)를 선양했다.

12) 죄가 아주 중하면 화가 부모에게 미친다. 옛날 일부 사람들이 부모 사후에 보내는 부고 안에 항상 "불효자 ××의 죄가 심중하나 스스로 죽지 못해 화가 돌아가신 아버지(어머니)에게 미친다" 등의 상투어가 있다.

13) 연부인(衍太太). 작자의 종숙조 주자전(周子傳)의 처.

14) 『고왕경』(高王經)은 바로 『고왕관세음』(高王觀世音)이다. 『위서』(魏書) 「노경유전」(盧景裕傳)에 "…… 어떤 사람이 죄를 짓고 죽게 되었을 때 꿈에 승려가 나와 불경을 강의했다. 깨어나 꿈에서처럼 불경을 천 번 암송하고 형장에서 목이 잘리려 했다. 주인이 이를 듣고 그를 사면했다"라고 한다. 이 경전이 세상에 퍼졌는데 『고왕관세음』이라 부른다. 옛날 풍속에 사람이 죽을 때 『고왕경』을 태워 만든 재를 죽은 사람의 손에 쥐어 주는데 아마도 이 이야기에서 기원한 것 같다. 죽은 사람이 '저승'에 가서 형을 받을 때 고통을 덜어 줄 수 있다는 의미이다. 종이돈을 태운 재를 쥐어 주는 것은 죽은 사람에게 용돈을 마련해 준다는 의미이다.

사소한 기록[1]

지금쯤 연부인은 벌써 할머니가 되었거나, 아니면 증조할머니가 되었을 지도 모른다. 하지만 그때는 아직 젊어서 나보다 서너 살 위인 아들 아이 하나밖에 없었다. 그는 자기 아들에게는 엄하게 굴었지만 남의 집 아이들에게는 무던히도 너그러웠고, 누가 일을 저질러도 결코 그 애 부모들에게 일러바치는 일이 없었다. 그러므로 우리는 그의 집이나 그 집 근처에서 놀기를 제일 좋아하였다.

그 예를 하나 들어 보고자 한다. 겨울이 되어 물항아리에 살얼음이 얼면 우리는 식전에 일어나 살얼음을 뜯어먹곤 했다. 그러다가 한번은 심 넷째부인[2]에게 들켰다. 그 여인은 큰소리로 고아대었다.

"그런 걸 먹으면 못써! 배탈이 난다!"

이 소리가 어머니에게 들렸다. 어머니는 달려 나오더니 우리를 한바탕 꾸짖고는 한나절이나 나가 놀지도 못하게 하였다. 우리는 이것이 다 심네째부인 탓이라고 생각했다. 그래서 그녀에 대한 이야기가 나오면 그녀를 존대해 부르지 않고 '배탈이'란 별명으로 불렀다.

하지만 연부인은 절대로 그렇지 않았다. 설사 우리가 얼음을 먹는 것을 보았더라도 그녀는 틀림없이 부드러운 말씨로 웃으면서 이렇게 말했을 것이다.

"그래, 한번 더 먹어라. 누가 더 많이 먹는가 어디 보자."

그렇지만 나는 그녀에 대해서도 불만스러운 점이 있었다. 오래전 내가 아직 퍽 어렸을 때였다. 우연히 그녀의 집에 들어갔더니 마침 그녀는 남편과 함께 책을 보고 있었다. 곁으로 다가가자 그녀는 그 책을 나의 눈앞에 내밀며 물었다.

"얘, 이게 뭔지 알겠니?"

얼핏 들여다보니 그 책에는 방과 벌거벗은 두 사람이 묘사되어 있었는데, 두 사람은 드잡이를 하는 것 같기도 하고 또 그런 것 같지 않기도 했다. 그래서 무엇일까 의문을 품고 있는 순간 그들은 박장대소를 터뜨렸다. 큰 수모라도 당한 듯 자못 불쾌해진 나는 그후 열흘 남짓 그 집에 얼씬하지도 않았다. 또 한번은 내가 열 살 남짓 되었을 때였다. 몇몇 아이들과 함께 맴맴돌기 내기를 하고 있었다. 그녀가 옆에서 셈을 세고 있었다.

"그렇지, 여든둘! 한 바퀴만 더 여든셋! 좋아, 여든넷! ……."

그런데 맴을 돌던 아샹阿祥이 갑자기 쓰러졌다. 공교롭게도 아샹의 숙모가 들어왔다. 그러자 그녀는 "이것 보라니까, 끝내 넘어지고 말았구나. 내가 뭐라던, 그만 돌아라, 그만 돌아라 했는데도……" 하고 말했다.

그렇지만 아이들은 어쨌든 그녀 집에 가서 놀기를 좋아하였다. 머리를 어디에 부딪혀 큰 혹이 생겼을 때, 어머니를 찾아가면 잘하면 꾸지람 듣고 약을 발라 주지만 잘못하면 약은커녕 도리어 책망이나 듣고 꿀밤만 몇 개 더 붙어났다. 그러나 연부인은 아무런 지청구도 하지 않고 곧바로

술에다 분가루를 개어 부은 곳에 발라 주곤 했다. 이렇게 하면 아프지도 않고 허물도 생기지 않는다는 것이었다.

아버지가 작고하신 뒤에도 나는 자주 그녀의 집에 드나들었다. 하지만 이때는 아이들과 장난을 하기 위해서가 아니라 연부인이나 그의 남편과 한담을 하기 위해서였다. 나는 그때 사고 싶고, 보고 싶고, 먹고 싶은 것들이 많았지만 돈이 없었다. 그래서 하루는 말결에 이런 말이 나오자 그녀는 이렇게 말했다.

"어머니 돈을 네가 가지고 가서 쓰면 되잖니, 어머니 돈이 네 돈이 아니냐?"

내가 어머니도 돈이 없다고 말하자 그녀는 어머니의 머리 장식품을 가져다 팔면 되지 않느냐고 말했다. 내가 머리 장식품도 없다고 말하자 그녀는 또 이렇게 말했다.

"아마 그건 네가 눈여겨보지 않은 탓이야. 옷장 서랍 같은 데를 구석구석 찾아보면 어쨌든 구슬붙이 따위를 조금 찾아낼 수 있을 게다……."

나는 그녀의 말이 하도 이상하게 들려서 다시는 그녀 집에 가지 않았다. 그러나 이따금 정말 농짝을 열어젖히고 뒤져 보고 싶은 생각이 정말로 곰곰이 들기도 했다. 그로부터 한 달이 채 못 되어 내가 집안 물건을 훔쳐 내다 팔아먹는다는 소문이 떠돌았다. 이것은 실로 나에게 냉수에 빠진 듯한 느낌을 주었다. 나는 그 소문이 어디서 나왔는지 뻔히 알고 있었다. 만일 그것이 지금의 일이고 또 글을 발표할 곳만 있다면 나는 어떻게 해서든 유언비어를 만드는 이들의 여우같이 교활한 진상을 까밝혔을 것이다. 하지만 그때는 너무나 어렸던 탓으로 그런 말이 떠돌자 정말 그런 죄를 짓기라도 한 것처럼 남들의 눈을 마주 대하기 겁이 났고 어머니가 측은해하실까 봐 두려웠다.

좋다. 그러면 떠나자!

그러나 어디로 갈 것인가? S성 사람들의 낯짝은 오래전부터 실컷 본
터라 그저 그럴 뿐이었고, 그들의 오장육부까지도 빤히 들여다보이는 것
같았다. 어떻게 해서든 다른 종류의 사람들, 그들이 짐승이건 마귀이건 간
에 어쨌든 S성 사람들이 타매하는 그런 사람들을 찾아가야 했다. 그때 온
S성의 조롱감이었던 세운 지 얼마 안 되는 중서학당[3]이란 학교가 있었다.
이 학교에서는 한문을 가르치는 외에 외국어와 산수도 가르쳐 주었다. 하
지만 이미 성안 사람들의 비난 대상이 되어 있었다. 성현들의 책을 익히
읽은 서생들은 『사서』[4]의 구절들을 모아 팔고문[5]으로 지어서 이 학교를
조소하였다. 이 명문은 즉시 온 성안에 퍼져 사람들의 흥미 있는 이야깃거
리가 되었다. 나는 지금 '기강'의 첫머리밖에 기억하지 못하고 있다.

"서자徐子가 이자夷子에게 말하여 가라사대, 하夏나라가 오랑캐들을
변화시켰다는 말은 들었으되 오랑캐가 변화시켰다는 소리는 듣지 못하
였도다. 하지만 지금은 그렇지 않은지라, 백로의 지저귐과 같은 그 소리는
들으매 모두 고상한 말이로다.……"

그 다음은 다 잊어버렸는데 대체로 오늘의 국수 보존론자들의 논조
와 비슷한 것이었다. 그러나 나는 이 학당 역시 마음에 내키지 않았는데,
중서학당에서는 한문과 산수, 영어, 프랑스어밖에 가르쳐 주지 않기 때
문이다. 교과목이 비교적 특수한 학교로는 항저우의 구시서원[6]이 있었는
데 수업료가 비쌌다.

학비를 받지 않는 학교가 난징에 있었으므로, 자연스럽게 그리로 가
는 수밖에 없었다. 맨 처음 들어갔던 학교[7]가, 지금은 무엇이라고 부르는

지 모르나, 광복[8] 후 한동안은 뇌전학당이라고 부른 듯한데, 그 이름은 『봉신방』[9]이란 소설에 나오는 '태극진'이나 '혼원진' 따위의 이름과 흡사하였다. 어쨌든 의봉문[10]을 들어서기만 하면 거의 이십 장에 달하는 높은 장대와 높이를 알 수 없는 큰 굴뚝이 한눈에 들어온다. 과목은 간단했다. 일주일에 나흘 동안은 꼬박 "It is a cat.", "Is it a rat?"[11] 따위의 영어를 배웠고, 하루는 "군자 가라사대, 영고숙은 흠잡을 데 없는 효자라고 할 만하다. 어머니를 사랑하는 그 마음이 장공에게까지 미치도다"[12] 하는 따위의 한문을 읽었으며, 나머지 하루는 "자기를 알고 남을 알면 백전백승하리라", "영고숙론", "구름은 용을 따르고 바람은 호랑이를 따른다를 논하라", "나물뿌리를 씹을 수 있다면 못 해낼 일 없으리라" 등의 제목을 가지고 한문 작문을 지었다.

처음 입학하는 학생은 두말할 것도 없이 3반에 들어가는데, 침실에는 책상과 걸상, 침대가 각각 하나씩 있었고 침대의 널판도 두 쪽밖에 되지 않았다. 그러나 1, 2반 학생은 달랐다. 책상이 두 개였고 걸상은 두 개 내지 세 개였으며 침대의 널판도 많아서 세 쪽이나 되었다. 교실로 갈 때에도 그들은 두텁고 큼직한 외국 책을 한 아름씩 끼고는 호기롭게 걸어갔다. 그러므로 겨우 『프리머』[13] 한 권에 『좌전』[14] 네 권밖에 끼고 다니지 못하는 3반 생들로서는 마주 볼 엄두도 못 내었다. 설사 그들이 빈손으로 걸어간다 하더라도 언제나 게걸음치듯 팔을 옆으로 휘저으며 걷는 바람에 뒤에서 걸어가는 하급생들은 절대 그 앞을 질러 갈 수 없었다. 이와 같은 게 모양의 거룩한 인물들과 이별한 지도 이젠 퍽이나 오래되었다. 그런데 뜻밖에도 4~5년 전 교육부의 부러진 침대식 의자에서 이런 자세를 한 인물을 발견했다. 그러나 이 늙은 어르신은 뇌전학당 출신은 결단코 아니었다. 그러므로 이런 게 모양의 자세가 중국에 퍽이나 보편적이라는 것을 알 수 있다.

사랑스러운 것은 높은 장대였다. 하지만 그것은 결코 '동쪽 이웃나라'의 '지나통'[15]들이 말하는 것처럼 그 장대가 '거연히 우뚝 솟아 있어' 그 무엇을 상징하고 있기 때문은 아니었다. 왜냐하면 그것이 어찌나 높았던지 까마귀나 까치들도 꼭대기까지는 날아오르지 못하고 중간에 달려 있는 목판에 멈추는 수밖에 없었기 때문이다. 만일 사람이 그 꼭대기까지 올라가기만 하면 가깝게는 시쯔산獅子山, 멀리는 모처우호莫愁湖까지 바라볼 수 있다고 했다——그런데 정말 그렇게까지 멀리 바라볼 수 있는지는 사실 지금 나는 기억이 명확하지 않다. 하지만 그 밑에는 그물을 늘어놓았기 때문에 설사 올라갔다 떨어진다 하더라도 작은 고기가 그물에 떨어지는 것과 같아서 위험하진 않았다. 게다가 그물을 친 뒤로는 아직 한 사람도 떨어진 일이 없었다고 했다.

원래는 연못이 하나 있어서 학생들의 수영장으로 사용했는데, 어린 학생이 둘이나 빠져 죽었다고 했다. 내가 입학했을 때는 이 못을 벌써 메워 버렸을 뿐만 아니라 그 자리에다 자그마한 관운장 사당을 세워 놓은 뒤였다. 사당 옆에는 못쓸 종이를 태우는 벽돌난로가 하나 있었는데 아궁이 위에 '종이를 소중히 할 것'이란 글자가 큼직하게 가로 쓰여 있었다. 애석하게도 두 수중혼은 연못을 잃어버렸기에, 자기를 대신할 자들을 구할 수 없게 되었다.[16] 비록 '복마대제 관성제군'이 진압을 하고 있지만,[17] 그냥 그 근처에서 어슬렁어슬렁 배회하고 있을 뿐이었다. 학교를 운영하던 사람은 인심이 무던한 사람으로, 그 때문에 해마다 칠월 보름이 되면 으레 스님들을 한 무리 청해서 노천운동장에서 우란분재[18]를 했다. 그럴 때면 딸기코 뚱보화상은 머리에 비로모자[19]을 쓰고 비결을 낭독할 때의 손 모양을 하며[20] 염불을 하였다.

"후이즈뤄, 푸미예뉴! 안예뉴! 안! 예! 뉴!"[21]

나의 선배들은 일년 내내 관성제군에게 진압당하고 있다가 이때에 와서야 약간의 혜택을 얻게 되었다——그 혜택이 어떤 것인지 나는 잘 알지 못하지만. 그러므로 이때마다 나는 늘 학생 노릇을 하려면 어쨌든 조심해야겠다고 생각했다.

나는 이 학교가 못마땅하게 느껴졌으나 그때는 그 못마땅함을 뭐라고 형언하면 좋을지 몰랐다. 지금은 비교적 타당한 말을 찾아내었는데 '뒤죽박죽'이라고 하면 거의 들어맞을 것 같다. 그러니 이곳을 떠나는 수밖에 없었다. 근래에는 막상 어디로 떠나자고 해도 쉬운 일이 아니다. '정인군자' 무리들이 내가 욕을 잘해서 초청을 받아 간다느니 '명사'의 배짱을 부린다느니[22] 하는 가시 돋친 야유를 하기 때문이다. 하지만 그때는 학생들이 받는 생활보조금이 첫 해는 은 두 냥에 지나지 않았고, 견습 기간인 첫 석 달 동안은 동전 오백 닢밖에 되지 않았다. 그래서 떠나는 것은 별문제가 되지 않아서 광로학당[23]에 입학시험을 치러 갔다. 그것이 틀림없이 광로학당이었는지는 이미 기억이 분명치 않다. 게다가 손에 졸업증 같은 것도 없으므로 더욱이 알 길이 없다. 어쨌든 시험이 어렵지 않아 합격했다.

여기서 배우는 것은 It is a cat이 아니라 Der Mann, Die weib, Das Kind였다.[24] 한문은 여전히 "영고숙은 흠잡을 데 없는 효자라고 할 만하다" 하는 따위였으나 이 밖에 『소학집주』[25]가 더 있었다. 그리고 작문 제목도 전과는 다소 달랐다. 이를테면 "훌륭한 제품을 만들려면 사전에 연장을 잘 벼려야 한다"는 이전에는 지어 보지도 못했던 것들이었다.

이 밖에 또 격치,[26] 지학, 금석학,…… 등도 있었는데 모두 대단히 신선했다. 그런데 한 가지 분명히 해둘 것은 여기서 말하는 지학, 금석학은 결코 지리와 종정이나 비석[27]에 대한 학문이 아니라 오늘날 말하는 지질학과 광물학이라는 점이다. 철도 궤도의 횡단면을 그리는 일이 귀찮았고, 평행선 처리는 더욱 싫증이 났다. 그 다음 해의 교장[28]은 신당新黨에 속하는 사람으로, 그는 마차를 타고 갈 때면 대체로 『시무보』[29]를 읽었으며 한문 시험 치를 때에도 자기가 제목을 출제했는데 다른 교원들이 낸 것과는 전혀 달랐다. 한번은 '워싱턴에 대하여'[30]란 시험 제목을 내었는데 한문 교원들은 이에 당황하여 도리어 우리한테 와서 "워싱턴이란 게 무언고?……" 하고 물어보았다.

새로운 책을 보는 기풍이 곧 유행했고, 나도 중국에 『천연론』[31]이란 책이 있다는 것을 알게 되었다. 일요일 날 시내 남쪽으로 달려가서 사왔는데, 흰 종이에 석판으로 찍은 부피가 두꺼운 책으로 값은 동전 오백 닢이었다. 펼쳐 보니 글씨를 아주 곱게 썼는데 그 첫머리에는 다음과 같이 쓰여 있었다.

"헉슬리는 혼자서 방 안에 앉아 있었다. 영국 남부의, 뒤에는 산을 등지고 앞에는 들판이 펼쳐져 있는 정경이 집 안에서도 한눈에 들어왔다. 이천 년 전 로마 대장 카이사르[32]가 아직 이곳에 오지 않았을 때 여기의 정경은 어떠했을까를 생각했다. 짐작건대 오직 혼돈 상태였을 것이다……"

아! 세상엔 헉슬리라는 사람이 있어 서재에 앉아서 그런 생각을 했구나. 그 생각은 어쩌면 그렇게도 새로울까? 단숨에 쭉 읽어 내려갔다. 그러자 '생존경쟁', '자연도태' 하는 말들이 나오고 소크라테스, 플라톤 하는 인물들도 나왔으며 스토아학파[33]라는 것도 나왔다. 학교에는 또한 신문열람실도 꾸려 놓았는데 『시무보』는 더 말할 나위도 없고 그 밖에 『역학회편』[34]도 있었다. 그 표지의 제목은 장렴경[35] 따위의 글씨체를 모방해서 푸른색으로 찍었는데 무척 아름다웠다.

"얘, 네가 하는 짓이 좀 글러 먹었구나. 옜다, 이 글이나 가지고 가 봐라, 베껴 가지고 말이다."

친척 노인[36] 한 분이 나에게 엄숙하게 말하며 신문을 한 장 넘겨주었다. 받아서 보니 그것은 '신 허응규[37]는 엎드려 삼가 상주하나오니……' 하는 것이었다. 지금은 한 구절도 기억나지 않지만 아무튼 캉유웨이의 변법[38]을 규탄한 글이었다. 그것을 베꼈는지는 생각나지 않는다.

나는 책망을 받고도 무엇이 '글러 먹었는지' 깨닫지 못하고 틈만 있으면 여전히 빵이나 땅콩, 고추를 먹으며 『천연론』을 보았다.

하지만 우리도 한때는 몹시 불안한 시기를 거쳤다. 그것은 바로 입학한 이듬해였는데 들리는 소문에 의하면 학교가 곧 문을 닫는다는 것이었다. 그도 그럴 것이 이 학교는 원래 양강총독[39](아마 유곤일[40]일 것이다)이 징룽산[41]에 탄광이 유망하다는 말을 듣고 세운 것이었다. 그런데 개학이 되었을 때 원래 있던 기사를 내보내고 탄광에 대해서 그다지 밝지 못한 사람으로 바꾸었다. 그 이유는 첫째로 원래 있던 기사의 월급이 너무 높았고, 둘째로 탄광을 개발하는 일이 별로 어렵지 않다고 생각했기 때문이었다. 그러나 일 년도 채 못 가 탄광이 흐지부지하게 되었고, 끝내는 캐내는 석탄량이 겨우 양수기 두 대를 돌릴 수 있는 정도라서, 물을 품어 내고 석탄을 캐면, 그 캐낸 석탄은 몽땅 또 물을 품어 내는 데 소모하는 형편이었다. 결산을 해보니 수입과 지출이 맞먹었다. 그러니 탄광을 운영해서 아무런 이윤을 얻지 못하는 이상 이 학교를 운영할 필요가 없었다. 하지만 어찌된 셈인지 정작 문을 닫지는 않았다. 삼학년 때 갱도에 들어가 보니 굴

안 상황은 실로 처량하기 짝이 없었다. 양수기는 그냥 돌아갔지만 갱도에는 고인 물이 반자나 깊었고 천정에서는 석수가 계속 방울방울 떨어졌으며, 몇 명의 광부들이 유령처럼 작업하고 있었다.

졸업은 물론 우리 모두가 바라는 것이었다. 하지만 일단 졸업을 하자 나는 또 무엇을 잃어버린 듯 허전했다. 그 높은 장대를 몇 번 오르내린 것으로 해군병사가 될 수 없음은 더 말할 것도 없지만, 몇 해 동안 강의를 듣고 굴 안을 몇 번 드나들었다고 해서 금, 은, 동, 철, 주석을 캐낼 수 있겠는가? 바른대로 말하면 나 자신도 막연했다. 어쨌든 그것은 '훌륭한 제품을 만들려면 사전에 연장을 잘 벼려야 한다'는 따위의 글을 짓는 것처럼 그렇게 쉬운 일이 아니었다. 이십 장 높이의 상공으로도 오르고 이십 장 깊이의 땅 밑으로도 내려가 봤지만 결국은 아무런 재간도 배우지 못했으며, 학문은 "위로는 벽락에 닿고 아래로는 황천에 이르렀건만 두 곳 다 무변 세계로 아무것도 보이지 않네"[42]가 되어 버렸다. 그리하여 남은 것은 오로지 한 길, 외국으로 가는 것이었다.

유학 가는 일은 관청에서 허락하여 다섯 사람이 일본으로 파견되게 되었다. 그런데 그중 한 사람은 할머니가 울며불며 붙잡는 바람에 가지 못하고 결국은 네 사람이 가게 되었다. 일본은 중국과 아주 다를 터이니 우리는 어떤 준비를 할 것인가? 마침 우리보다 한 해 앞서 졸업하고 일본 여행을 갔다 온 선배가 있었다. 우리는 그가 상황을 어느 정도 알고 있으리라 생각하고 그에게 달려가 물었다. 그러자 그는 정중하게 말했다.

"일본 양말은 절대로 신을 것이 못 돼. 중국 양말을 좀 많이 가지고 가라구. 그리고 내가 보기엔 지폐도 좋지 않으니까 가지고 가는 돈은 몽땅 일본의 은화로 바꾸는 게 나을 것 같네."

우리 네 사람은 그저 분부대로 하겠노라고 대답했다. 다른 동창들이 어쨌는지는 알 수 없으나 나는 가지고 있던 돈을 상하이에서 전부 일본 은화로 바꾸었고 중국 양말 열 켤레를 챙겨 넣었다——흰색 양말.

그런데 결과는? 결과는 제복에 구두를 신었기에 중국 양말은 아무 짝에도 쓸모없게 되었고, 일 원짜리 은화도 일본에서 폐지된 지 오래되어 50전짜리 은전과 지폐로 밑지면서 다시 바꾸었다.

10월 8일

주)_____

1) 원제는 「瑣記」, 이 글은 1926년 11월 25일 『망위안』 반월간 제1권 제22기에 발표되었다.
2) 심(沈) 넷째부인. 저우(周)씨 집안에 세 든 사람.
3) 중서학당(中西學堂). 정식 명칭은 '사오싱 중서학당'(紹興中西學堂)이다. 1897년(청 광서 23년) 사오싱의 쉬수란(徐樹蘭)이 창립한 사립학교이다. 1899년 가을 사오싱부학당(紹興府學堂)으로 바뀌었고, 1906년 중학당(紹興府中學堂)으로 개칭되었다.
4) '사서'(四書). 유가 경전 『대학』(大學), 『중용』(中庸), 『논어』(論語), 『맹자』(孟子)이다. 북송(北宋) 때 정호(程顥), 정이(程頤)는 특히 『예기』(禮記)의 『대학』, 『중용』 두 편을 추종했고, 남송(南宋) 주희(朱熹)가 다시 이 두 편과 『논어』, 『맹자』를 같이 묶어서 『사서장구집주』(四書章句集注)를 편찬했다. 이때부터 '사서'라는 명칭이 있게 되었다.
5) '팔고'(八股). 명·청 과거시험에 사용되었던 문체로 사서오경의 문구를 명제로 사용했다. 또 일정한 격식을 규정했는데, 매 편은 모두 반드시 순서에 따라 '파제'(破題), '승제'(承題), '기강'(起講), '입수'(入手), '전고'(前股), '중고'(中股), '후고'(後股), '속고'(束股)의 8개 단락으로 구분한다. 뒤쪽의 4단이 바로 정문(正文)으로 매 단은 양고(兩股)로 구분되고 둘씩 상대가 되어 합하면 모두 팔고(八股)가 된다. 여기서 말하는 '기강'은 바로 이 중 세번째 단락이다.
6) 구시서원(求是書院). 당시 저장의 신식고등학교로 1897년 창립되었다. 1901년 저장성 구시대학당(浙江省求是大學堂)으로 개칭되었고, 1914년 운영을 중지했다

7) 강남수사학당(江南水師學堂)을 가리킨다. 1890년 설립되었고, 1913년 해군군관학교(海軍軍官學校)로 바뀌었다가 1915년 다시 해군뇌전학교(海軍雷電學校)로 바뀌었다.

8) 광복(光復). 1911년의 신해혁명(辛亥革命)을 가리킨다.

9) 『봉신방』(封神榜), 즉 『봉신연의』(封神演義). 신마(神魔)소설로 명대 허중림(許仲琳)이 지었는데 모두 100회이다.

10) 의봉문(儀鳳門). 당시 난징(南京)성 북쪽의 성문.

11) 이것은 초급영어독본의 과문으로 뜻은 "이것은 고양이다", "이것은 쥐입니까?"이다.

12) 이 말은 『좌전』 '은공(隱公) 원년'에 나온다. 원문은 "君子曰, 穎考叔, 純孝也. 愛其母, 施莊公"(군자가 '영고숙은 순수한 효도를 했다. 그 어머니를 사랑하여 장공에게까지 미쳤다'라고 말했다)이다.

13) 『프리머』(Primer). 음역하면 '포라이마'(潑賴媽)이다.

14) 『좌전』 즉 『춘추좌씨전』(春秋左氏傳). 전하는 바에 의하면 춘추시대 때 좌구명(左丘明)이 편찬했다.

15) '지나통'(支那通). 지나(支那)는 고대 산스크리트어로 중국을 번역한 칭호이다. 근대 일본 역시 중국을 지나라 했다. 지나통은 중국 상황을 연구하고 잘 알고 있는 일본인을 가리킨다. 여기에서는 야스오카 히데오(安岡秀夫)를 풍자했다. 그는 『소설로 본 중국인의 민족성』(小說から見た支那の民族性, 1926)이란 책에서 중국인은 "향락을 탐하고 음풍이 매우 왕성하다"라고 말했고, 식물까지도 모두 성과 관계가 있다고 했다. 예를 들면 죽순을 먹기 좋아하는데 바로 죽순이 꼿꼿하고 우뚝 솟은 자세를 하고 있어 상상을 불러일으키는 이유라고 했다. 『화개집속편』(華蓋集續編) 「즉흥일기」(馬上支日記) 참조.

16) 토체대(討替代), 즉 '귀신을 대신해 찾다'이다. 옛날 미신에 횡사한 사람이 변해서 '귀신'이 되면, 반드시 법술을 부려 다른 사람도 같은 방식으로 죽게 만들고, 이렇게 해야 그도 살길을 찾을 수 있다고 생각했다. 그래서 '대체를 찾다'(討替代)라고 한다.

17) 복마대제 관성제군(伏魔大帝 關聖帝君). 관우의 신이 귀신을 억누른다는 의미.

18) 우란분재(盂蘭盆齋, 또는 盂蘭盆會). 원문은 '放焰口'. 옛 풍속에 하력(夏曆) 7월 15일(도교의 중원절中元節 역시 같은 날임) 저녁에 스님을 불러 우란분(盂蘭盆)을 만들고, 불경을 외고 음식을 시주하기에 방염구(放焰口)라 한다. 우란분은 산스크리트어 ullambana의 음역으로 '거꾸로 매달림(倒懸; 고통)을 구제한다'는 뜻이고, 염구(焰口)는 아귀의 이름이다.

19) 비로모(毘盧帽). 우란분재 때 주좌(主座) 대화상이 쓰는 비로자나불을 수놓은 모자.

20) 원문은 '捏訣'. 스님이 비결을 낭독할 때의 손짓.

21) 『유가염구시식요집』(瑜伽焰口施食要集)의 산스크리트어 주문을 음역한 것이다.

22) '명사'의 배짱을 부린다는 말은 구제강(顧頡剛)이 루쉰을 조롱했던 말로 당시 그들은

샤먼(廈門)대학 교수로 함께 있었다. 『먼 곳에서 온 편지』 48 참조.

23) 광로학당(礦路學堂). 정식 명칭은 강남육사학당 부설 광무철로학당(江南陸師學堂附設 礦務鐵路學堂)으로 1898년 10월에 창립되었고, 1902년 1월 운영을 정지했다.

24) 이것은 초급 독일어 독본의 과문으로 "남자, 여자, 아이"의 뜻이다.

25) 『소학집주』(小學集注). 송대 주희가 편집하고, 명대 진선(陳選)이 주를 붙였는데 모두 6권이다. 옛날 학숙에서 사용하던 일종의 초급 교재로 내용은 고서의 부분 단락을 발췌하여 기록했다. 「입교」(入教), 「명륜」(明倫), 「경신」(敬身), 「계고」(稽古)의 4개의 내편(內編)과 「가언」(嘉言), 「선행」(善行)의 2개의 외편(外編)으로 분류해서 편집했다.

26) 격치(格致). 격물치지(格物致知)의 줄임말. 『대학』에 "치지(致知)는 격물(格物)에 있고 물격(物格) 이후에 지지(知至)한다"는 말이 있다. 격(格)은 추구한다는 뜻이다. 청말에는 '격물'을 사용해 물리, 화학 등 학과를 통칭했다. 작자가 광로학당에서 공부할 때의 '격물학'(格物學)은 물리학(物理學)을 가리킨다.

27) 지학(地學), 즉 지리학의 원문은 '여지'(輿地)이다. 종정비판(鐘鼎碑版)은 고대 동기(銅器), 석각(石刻)을 가리킨다. 이러한 문물의 형상과 구조, 문자, 도면을 연구하는 것을 금석학(金石學)이라 한다.

28) 당시 광무철로학당의 교장 위밍전(兪明震, 1860~1918)을 가리킨다. 그는 저장 사오싱 사람으로 광서 때 진사가 되고, 1901년 장쑤 후보도위(候補都委)로서 강남육군광로학당 감독을 담당했다.

29) 『시무보』(時務報). 순간(旬間)으로, 량치차오 등이 편집을 주관했고, 당시 변법유신을 선전하는 주요 정기간행물의 하나이다. 1896년 8월 황쭌셴(黃遵憲), 왕캉녠(汪康年)이 상하이에서 창간했고, 1898년 7월 말 관보(官報)로 바뀌었고 8월 제69기 출간을 끝으로 정간했다.

30) 워싱턴(George Washington, 1732~1739). 조지 워싱턴으로 미국의 정치가이다. 그는 1775년부터 1783년까지 영국 식민통치에 반대하는 미국 독립전쟁을 이끌었고 승리 후 미국 초대 대통령을 역임했다.

31) 『천연론』(天演論). 영국의 헉슬리(Thomas H. Huxley)의 『진화와 윤리』(Evolution and Ethics)의 앞 부분 두 편을 옌푸(嚴復)가 번역한 것이다. 1898년(청 광서 24년) 후베이 몐양(沔陽) 노(盧)씨가 목각으로 간행한 '신시기재총서'(愼始基齋叢書)의 하나이다. 1901년 다시 부문서국(富文書局)에서 석판 인쇄하여 출판했다. 그 전반부는 자연 현상 해석에 치중해, 생존경쟁과 자연선택(天擇)을 선전했고, 후반부에서는 사회현상에 치중해 우승열패(優勝劣敗; 생존경쟁에서 강한 자는 번성하고 약한 자는 도태된다) 사회사상을 널리 알렸다. 이 책은 당시 중국 지식계에 매우 큰 영향을 주었다.

32) 카이사르(Gaius Julius Caesar, B.C. 100~44)는 고대 로마의 통솔자로 일찍이 두 차례 바다를 넘어 브리튼(Britain; 지금의 영국)을 침입했다.

33) 스토아학파(Stoikoi School). 일부에서는 화랑파(畵廊派) 또는 사다아파(斯多亞派)라 번역하기도 한다. B.C. 약 4세기 그리스에서 발생해 전파와 변화·발전을 거쳐 서기 2 세기까지 존재한 철학유파의 하나.

34) 『역학회편』(譯學匯編). 『역서회편』(譯書匯編)이 되어야 한다. 월간으로 1900년 12월 6일 일본에서 창간되었다. 이것은 중국 재일 유학생이 가장 조기에 출판한 일종 의 잡지로 분기별로 동서 각국의 정치법률 명저를 번역해 실었다. 예를 들면 루소 (Jean-Jacques Rousseau)의 『민약론』(民約論; 사회계약론 Du Contrat social), 몽테스키 외(Charles-Louis Montesquieu)의 『법의』(法意; De l'esprit des lois) 등이다. 뒤에 『정치 학보』(政治學報)로 바뀌었다.

35) 장렴경(張廉卿, 1823~1894). 이름은 유쇠(裕釗), 자는 염경(廉卿), 후베이 우창 사람으 로 청대의 고문가, 서예가이다. 도광(道光) 때 향시에 합격했고, 내각중서(內閣中書)를 담당했다. 뒤에 장닝(江寧), 후베이 등지의 서원에서 학생을 가르쳤다.

36) 작자의 숙조(叔祖) 저우칭판(周慶蕃, 1845~1917)을 가리킨다. 자는 초생(椒生), 광서 2 년(1876) 향시에 합격했고, 당시 강남수사학당 감독이었다.

37) 허웅규(許應騤, ?~1903). 자는 균암(筠庵), 광둥 판위(番禺) 사람으로 광서 연간에 예부 상서를 담당했다. 당시 유신운동에 반대한 보수파의 한 사람이다. 여기에서 말하는 문 장은 1898년 6월 22일에 그의 「돌아와서 명백히 아뢰고 아울러 공부주사 캉유웨이 축출을 청하는 상소」를 가리키는데, 같은 해 7월 12일 『선바오』(申報)에 보인다.

38) 캉유웨이(康有爲)는 1898년(무술戊戌) 량치차오, 탄쓰퉁(潭嗣同) 등과 함께 변법(變法) 운동을 시도했다. 같은 해 6월 11일 광서제가 변법유신의 조령을 반포하면서부터 9월 21일 자희(慈禧; 서태후)를 우두머리로 하는 봉건보수파가 정변을 일으켜 변법이 실패 할 때까지 모두 103일이 흘렀다. 때문에 무술변법(戊戌變法) 혹은 백일유신(百日維新) 이라 칭한다.

39) 양강총독(兩江總督). 청대 지방에서 제일 높은 군정(軍政)장관. 양강총독은 청초 강남 과 강서 두 성을 관할했다. 청나라 강희 6년(1667) 강남성은 장쑤, 안후이 두 성으로 나 뉘었고, 이로 인해 장시성과 함께 양강총독의 관할에 속하게 되었다.

40) 유곤일(劉坤一, 1830~1901). 자는 현장(峴莊), 후난 신닝(新寧) 사람. 1879년부터 1901 년까지 양강총독을 여러 번 역임했다. 당시 관료 중 유신의 경향을 가진 인물 중 한 사 람이다.

41) 징룽산(靑龍山)의 탄광. 지금 난징 관탕(官塘)탄광 샹산(象山)광산구역에 있다. 작자 등 이 그 당시 내려갔던 광둥(礦洞; 탄광촌)이 바로 지금 샹산 광산구역의 구징(古井)이다.

42) 이것은 당대 백거이(白居易)의 『장한가』(長恨歌) 시구이다. 벽락(碧落)은 천상을 가리 키고, 황천(黃泉)은 지하를 가리킨다.

후지노 선생[1]

도쿄도 그저 그런 곳이었다. 우에노 공원[2]에 벚꽃이 만발할 때 그것을 멀리서 바라보면 빨간 구름이 가볍게 드리운 듯했다. 그런데 그 꽃 밑에는 언제나 '청나라 유학생' 속성반[3] 학생들이 무리 지어 있었다. 머리 위에 빙빙 틀어 올린 머리채가 눌러쓴 학생모자의 꼭대기를 불쑥 밀어 올려 저마다 머리에 후지산[4]을 이고 있는 것 같았다. 더러 머리채를 풀어서 평평하게 말아 올린 사람도 있었는데 모자를 벗으면 기름이 번지르르한 게 틀어올린 어린 처녀애들 머리쪽 같았다. 게다가 고개를 돌릴 때면 참으로 아름다웠다.

중국 유학생 회관의 문간방에는 책들을 몇 권씩 놓고 팔아서 때로는 한번 들러 볼 만했다. 오전 중에는 안채에 있는 몇 칸의 서양식 방에도 들어가 앉아 있을 만했다. 하지만 저녁 무렵이면 그중 한 칸에서는 늘 쿵쿵 마룻바닥을 구르는 소리가 요란스럽게 울렸고 실내는 연기와 먼지가 자욱했다. 그래서 소식통에게 그 까닭을 물어보았더니, "그건 사교춤을 배우느라고 그러는 거요" 하고 대답했다.

다른 곳으로 가 보는 것이 어떨까?

나는 센다이[5]의 의학 전문학교로 갔다. 도쿄를 출발하여 얼마 가지 않아 한 역에 이르렀다. 그 역은 닛포리日暮里라고 쓰여 있었다. 어찌된 셈인지 나는 아직도 그 이름을 기억하고 있다. 그 다음은 미토[6]란 지명만 기억한다. 그곳은 명나라의 유민 주순수[7] 선생이 객사한 곳이다. 센다이는 그리 크지 않은 소도시였는데 겨울엔 몹시 추웠다. 거기에는 아직 중국 유학생이 없었다.

아마도 물건이란 적으면 귀중하기 마련인 모양이다. 베이징의 배추가 저장에 가면 거기서는 빨간 노끈으로 뿌리를 묶어 과일가게 문 앞에 거꾸로 달아 매놓고 '교채'膠菜라고 귀중하게 여긴다. 푸젠의 들판에서 제멋대로 자라는 노회蘆薈[알로에]가 일단 베이징에 오기만 하면 온실에 들어가 '용설란'이란 아름다운 이름으로 불린다. 나도 센다이에 이르자 이런 우대를 받았다. 학교에서는 수업료를 받지 않았을 뿐만 아니라 몇몇 교원들은 또한 나의 숙식문제에 대해 마음을 써 주었다. 처음에 나는 감옥 옆에 있는 여관[8]에 기숙하고 있었다. 그때는 벌써 초겨울이어서 날씨가 퍽이나 쌀쌀했지만 웬일인지 모기는 많았다. 그래서 나중에는 이불로 온몸을 전부 감싸고 옷으로 머리며 얼굴을 두른 다음 두 콧구멍만 내놓았다. 숨을 계속 쉬는 콧구멍에 모기도 주둥이를 들이박을 수 없었으므로 그런대로 편안히 잠을 잘 수 있었다. 그리고 식사도 나쁘지 않았다. 그러나 선생 한 분이 이 여관이 죄수들의 식사도 맡아보고 있으므로 내가 여기에 기숙하는 것은 합당치 못하다면서 몇 번이나 거듭 권고했다. 나는 여관이 죄수들의 식사를 겸하든지 말든지 나하고는 아무 상관이 없다고 여겼지만 그의 호의에 못 이겨 마땅한 곳을 찾을 수밖에 없었다. 그래서 다른 집으로 옮겼는데,[9] 감옥과는 아주 멀리 떨어져 있으나 유감스럽게도 날마다 잘 넘어가지 않는 토란대 국을 먹어야 했다.

이때부터 낯선 선생들도 많이 만나고 새롭고 신선한 강의도 많이 받게 되었다. 해부학은 교수 두 명이 분담해서 가르쳤다. 제일 처음은 골(骨)학이었다. 그 시간에 들어온 사람은 검고 야윈 얼굴에 팔자수염을 기르고 안경을 끼고 옆구리에 크고 작은 책들을 가득 끼고 있었다. 책들을 교탁에 내려놓고 느릿느릿하면서도 뚜렷한 억양으로 학생들한테 자기를 소개했다.

"나는 후지노 겐쿠로[10]입니다……."

그러자 뒤에 앉아 있던 몇몇 학생들이 킥킥거렸다. 인사말을 끝낸 그는 일본 해부학의 발전사를 강의했다. 그 크고 작은 책들은 모두 최초부터 오늘에 이르기까지 이 분야 학문에 대한 저서들이었다. 초기의 책 몇 부는 실로 꿰맨 것이었고 또 중국의 역본을 다시 각판한 것도 있었다. 이로 보아 새로운 의학에 대한 그들의 번역과 연구는 중국보다 이르지 않다는 것을 알 수 있다.

뒤에 앉아 킥킥거리던 학생들은 낙제생들인데 학교에 온 지 일년이나 되어 학교 사정을 제법 잘 알고 있었다. 그들은 신입생들에게 교원들의 내력을 곧잘 이야기해 주곤 하였다. 그들의 말에 의하면 이 후지노 선생은 옷차림을 몹시 등한시해서 때로는 넥타이 매는 일까지 잊어버린다는 것이었다. 그리고 겨울이면 낡은 외투를 걸치고 다니는데 그 행색이 심히 초라하여 언젠가는 기차에 오르자 차장은 그가 도적이 아닌가 의심하여 승객들에게 조심하라고 주의를 환기시킨 일이 있었다고 했다.

나도 그 선생이 넥타이를 매지 않고 강의하러 들어온 걸 한 번 본 일이 있는데 이로 보아 그들의 말은 대체로 틀리지 않은 것 같았다.

한 주일이 지난 어느 날 아마 토요일이었던 것 같다. 그는 자기의 조수를 시켜 나를 불렀다. 연구실에 들어서니 그는 사람 뼈와 수많은 두개골 사이에 앉아 있었다 —— 그때 그는 두개골에 대하여 연구하고 있었는데 그후 교내 잡지에 그의 논문 한 편이 발표되었다.

"내 강의를 학생은 받아쓸 만하오?" 그는 이렇게 물었다.

"어느 정도는 받아쓸 수 있습니다."

"가져오세요, 내가 좀 봅시다!"

나는 필기장을 그에게 가지고 갔다. 그는 필기장을 2~3일 뒤에 되돌려주면서 앞으로는 한 주일에 한 번씩 가져다 보여 달라고 했다. 필기장을 펼쳐 본 나는 몹시 놀랐고 동시에 불안하면서 감격했다. 나의 필기는 첫머리부터 마지막까지 죄다 빨간색으로 고쳐져 있었는데 미처 받아쓰지 못한 많은 대목들이 보충되었을 뿐만 아니라 문법적인 오류까지 일일이 교정되어 있었다. 이 일은 그가 맡은 과목인 골학과 혈관학, 신경학이 끝날 때까지 줄곧 계속되었다.

하지만 유감스럽게도 나는 그때 공부에 너무도 등한했으며 때로는 마음이 내키는 대로 해버렸다. 지금도 기억하고 있지만 한번은 후지노 선생이 나를 자기의 연구실로 불렀다. 그는 나의 필기장에 그려진 그림을 펼쳐 놓고, 팔의 혈관을 가리키며 부드럽게 말했다.

"자네, 이걸 보시오. 학생은 이 혈관의 위치를 약간 이동시켰단 말이오 —— 물론 이렇게 이동시키니 보기는 비교적 좋소. 하지만 해부도는 미술이 아니오. 실물은 이렇게 되어 있으니 우리가 그것을 바꿀 수는 없소. 내가 지금 제대로 고쳐 놓았으니 후에는 뭐든지 칠판에 그린 그대로 그리시오."

하지만 나는 내심으로 수긍할 수 없었다. 입으로는 그렇게 하겠노라고 하면서도 마음속으로는 "그래도 그림은 내가 그린 것이 괜찮아. 실물이 어떻다는 건 나도 머릿속에 기억해 두고 있는걸" 하고 생각했다.

학년말 시험이 끝나자 나는 도쿄에 가서 여름 한때를 즐기고 초가을에 학교로 돌아왔다. 학업성적이 이미 발표되었는데 백여 명의 학생들 가운데서 나는 중등에 속하여 낙제는 면했다. 이번에 후지노 선생이 담임한 학과는 해부 실습과 국부해부학이었다.

해부 실습을 한 지 한 주일이 되었을 무렵 후지노 선생은 또 나를 불렀다. 그는 아주 기뻐하며 예나 다름없이 억양이 뚜렷한 어조로 이렇게 말했다.

"나는 중국 사람들이 귀신을 몹시 존중한다는 말을 듣고 학생이 시체를 해부하려 하지 않을까 봐 무척 근심했댔소. 그런데 그런 일이 없으니 이젠 한시름 놓았소."

그러나 그도 때로는 나를 몹시 딱하게 만들었다. 중국의 여인들이 전족을 한다는 말은 들었으나 상세한 것을 모르고 있는 그는 나더러 중국 여인들이 발을 어떻게 동여매며 발뼈는 어떤 기형으로 변하는가를 물어보면서, "어쨌든 한 번 봐야 알 터인데, 도대체 어떻게 되는 걸까?" 하고 한탄까지 했다.

어느 날, 우리 학급의 학생회 간사들이 나의 숙소로 찾아와서 나의 필기장을 빌려 보자고 했다. 내가 필기장을 내주었더니 그들은 뒤적거려 보더니 그냥 나가 버렸다. 그런데 그들이 돌아가자 이어 우편배달부가 두툼한 편지 한 통을 가져왔다. 열어 보니 첫 마디가 이러했다.

"너는 회개하라!"

이것은 『신약』 성서에 있는 구절로, 톨스토이가 최근에 인용했다. 그때는 러일전쟁[11]이 한창 벌어지고 있을 때였는데, 톨스토이 선생은 러시아와 일본 황제에게 편지를 보내면서 첫 마디에 이렇게 썼던 것이다.[12] 일본의 신문들은 그의 불손을 몹시 규탄했고 애국적인 청년들도 자못 분개했다. 그러나 사람들은 남모르게 벌써 그의 영향을 받았던 것이다. 그 다음 말들은 대부분 지난 학년말 해부학 시험 제목을 후지노 선생이 필기장에다 표시를 해주었고, 내가 그것을 미리 알고 있었기 때문에 그와 같은 성적을 거두었다는 것이었다. 마지막은 익명이었다.

그제야 비로소 나는 며칠 전에 있었던 일이 상기되었다. 그때 학급간사가 칠판에 학급회의가 있다는 통지를 썼는데 마지막 구절에 '전체 학급생들은 하나도 빠지지 말고 모두 참가하기를 바람'이라고 써놓고 '빠지지'란 글자에 방점까지 찍어 놓았었다. 나는 그때 방점을 찍은 것이 우습게 생각되었지만 조금도 개의치 않았다. 이제 와서 나는 그것이 나를 풍자하는 것이고, 내가 선생님으로부터 새어 나온 시험문제를 가졌다고 말하는 것임을 비로소 깨달았다.

나는 이 일을 후지노 선생에게 알려 드렸다. 나와 가깝게 지내는 몇몇 동창들도 이 일에 몹시 분개하여 나와 함께 간사를 찾아가서 구실을 만들어 필기장을 검사한 무례한 행동에 대하여 힐책하고 그 검사 결과를 발표할 것을 요구했다. 이리하여 엉터리 같은 그 소문은 마침내 사라지고 말았다. 간사는 그 익명의 편지를 되찾기 위해 갖은 애를 다 썼다. 나중에 나는 톨스토이 식의 그 편지를 그들에게 도로 돌려주었다.

중국은 약한 나라이므로 중국 사람은 당연히 저능아이다. 점수를 60점 이상 맞은 것은 곧 자기의 실력이 아닌 것이다. 이렇게 볼 때 그들이 의

혹을 품는 것도 이상하지 않았다. 이어 나는 중국 사람을 총살하는 장면을 참관하는 운명이 되었다. 2학년 때 세균학이란 학과가 추가되었는데 세균의 형태는 모두 영화[13]로 보여 주었다. 한번은 세균에 관한 영화 한 토막을 다 돌리고도 수업시간이 끝나지 않아서 시사영화를 몇 편 보여 주었는데, 으레 그것은 모두 일본이 러시아와 싸워 이기는 장면들이었다. 그런데 공교롭게도 중국 사람들이 그 속에 끼어 있었다. 중국 사람 한 명이 러시아의 정탐 노릇을 하다가 일본군에게 체포되어 총살을 당하게 되었는데 빙 둘러서서 구경하는 무리들도 모두 중국 사람들이었다. 그리고 교실 안에도 한 사람 있었으니 바로 나 자신이었다.

"만세!" 학생들은 박수를 치며 환성을 올렸다.

이런 환성은 영화를 볼 때마다 터져 올랐다. 그러나 나는 이 소리가 귀에 몹시 거슬렸다. 그후 중국에 돌아온 다음에도 나는 범인을 총살하는 것을 무심히 구경하는 사람들을 보았는데 그들도 어떤 이유인지 술 취하지도 않고서 박수갈채를 보내는 것이 아니겠는가——아아! 더 어찌할 도리가 없는 일이로구나! 하지만 그때 그곳에서 나의 생각은 변했다.

2학년 연말에 이르러 나는 후지노 선생을 찾아가서 의학 공부를 그만두고 센다이를 떠나겠다고 말했다. 그의 얼굴에는 서글픈 빛이 떠올랐고 무엇인가 말을 하려는 듯한 표정이었으나 끝내 입을 떼지 않았다.

"선생님, 저는 가서 생물학을 배울 예정입니다. 그러니 선생님께서 가르쳐 주신 지식도 쓸모가 있을 것입니다."

사실 나는 생물학을 배울 마음은 없었으나, 그의 서글픈 표정을 본 나는 빈말로나마 위안하지 않을 수 없었다.

"의학을 위해 가르친 해부학 같은 것들이 생물학에 대해서는 별로 큰 도움을 주지 못할 것이오." 그는 탄식하며 말했다.

떠나기 며칠 전에 그는 나를 자기 집에 불러서 뒷면에다 '석별'이라고 쓴 사진을 한 장 주었다. 그러고는 내 사진도 한 장 주었으면 하는 것이었다. 하지만 그때 나는 공교롭게도 사진이 없었다. 그는 앞으로 찍거든 부쳐 달라고 부탁하면서 이후의 상황을 편지로 가끔 알려 달라고 당부했다.

센다이를 떠난 뒤 나는 여러 해 동안 사진을 찍지 않았고, 게다가 나의 처지가 답답하기만 해서 알려 주어 보았자 그를 실망시킬 것이므로 편지마저 쓸 용기가 나지 않았다. 햇수가 점점 늘어 감에 따라 어디서부터 말해야 할지 더욱 난감했다. 그래서 때로는 편지를 쓰고 싶은 생각이 있었지만 붓이 잘 나가지 않아 그냥 미루다 보니 오늘 이때까지 편지 한 통, 사진 한 장 부치지 못하였다. 그러니까 그 편에서 보면 한번 떠나간 뒤로는 감감 무소식이 되고 만 셈이다.

그렇지만 어찌된 영문인지 나는 늘 그를 생각한다. 내가 스승으로 모시는 분들 가운데서 가장 나를 감격시키고 고무해 준 한 사람이다. 나는 가끔 나에 대한 그의 열렬한 기대와 지칠 줄 모르는 가르침을 작게 말하면 중국을 위해, 즉 중국에 새로운 의학이 생겨나기를 바라는 것이며, 크게 말하면 학술을 위해, 즉 중국에 새로운 의학이 전파되기를 희망하는 것이라고 생각했다. 그의 이름은 비록 많은 사람들에게 널리 알려지지 않았으나, 그의 성격은 내가 보기에 그리고 내 마음속에 있어서는 위대했다.

나는 그가 고쳐 준 필기장을 영원한 기념품으로 삼으려고 세 권으로 두텁게 매어 고이 간직해 두었다. 그런데 불행하게도 칠 년 전에 이사할 때[14] 중도에서 책 상자 한 개가 터져 그만 책을 반 궤짝이나 잃어버렸는데 공교롭게도 이 세 권의 필기장도 그 속에 들어 있었다. 그때 그 책을 찾아 주라고 운송국에 책임을 물었으나 아무런 회답도 없었다. 그의 사진만은 오늘까지도 베이징에 있는 숙소 동쪽 벽 책상 맞은편에 걸려 있다. 매번 밤에 일에 지쳐 게으름을 피울 때면 등불 밑에서 검고 야윈 그를 쳐다본다. 억양이 뚜렷한 어조로 말을 하려는 것 같아 나는 양심의 가책을 받고 용기를 북돋우곤 한다. 그리하여 담배를 한 대 붙여 물고는 또다시 '정인군자' 따위들한테서 자못 미움을 사게 될 글을 계속 써 내려간다.

10월 12일

주)_____

1) 원제는 「藤野先生」, 이 글은 1926년 12월 10일 『망위안』 반월간 제1권 제23기에 발표되었다.

2) 우에노 공원(上野公園). 일본 도쿄에 있는 공원으로 벚꽃이 유명하다.

3) 도쿄고분학원(東京弘文學院) 속성반을 가리킨다. 당시 처음 일본에 간 중국 유학생들은 일반적으로 먼저 이곳에서 일본어 등의 교과목을 학습했다.

4) 후지산(富士山). 일본에서 가장 높은 산으로 화산으로 유명하다. 일본 혼슈의 중남부에 있다.

5) 센다이(仙台). 일본 본섬의 동북부에 있는 도시로 미야기현(宮城県)의 수부(首府)이다. 1904년에서 1906년 작자가 여기서 의학을 공부했다.

6) 미토(水戸). 일본 혼슈 동부에 있는 도시. 도쿄와 센다이 중간으로 예전 미토번의 성이 있었다.

7) 주순수(朱舜水, 1600~1682). 이름은 지유(之瑜), 호는 순수, 저장 위야오(余姚) 사람, 명말의 사상가. 명나라가 멸망한 뒤 청을 멸망시키고 명을 회복하는 활동을 전개하다가 실패한 후 일본에 오랫동안 머물면서 학술을 강의했고, 미토에서 객사했다.

8) '사토옥'(佐藤屋)을 가리킨다. 이층의 목조건물로 가타히라초(片平丁) 궁성 감옥 근처에 있다. 여관 주인이 사토였다.

9) 미야가와 댁(宮川宅)을 가리킨다. 집 주인은 미야가와 신야(宮川信哉).

10) 후지노 겐쿠로(藤野嚴九郎, 1874~1945), 일본 후쿠오카현 출신. 1896년 아이치현립 의학전문학교를 졸업한 후 그 학교에서 교수가 되었다. 1901년 센다이 의학전문학교 강사, 1904년 교수가 되었다. 1915년 고향으로 돌아가서 진료소를 설립하고 의사가 되었다. 루쉰 서거 후에 그는 「삼가 저우수런 군을 회고함」이라는 글을 썼다(일본의 『문학지남』文學指南 1937년 3월호에 게재되었다).

11) 러일전쟁은 1904년 2월에서 1905년 9월까지 일본과 러시아가 중국 동북지역과 조선에 대한 침략권익을 두고 싸운 전쟁이다. 이 전쟁은 대부분 중국 영토 안에서 벌어져서 중국인들이 커다란 재난을 겪었다.

12) 톨스토이가 러시아와 일본 황제에게 쓴 편지는 1904년 6월 27일자 런던의 『타임스』지에 게재되었다. 두 달 뒤에 일본의 『헤이민신문』에 번역되어 게재되었다.

13) 여기서는 환등기를 의미한다.

14) 1919년 12월 저자가 사오싱에서 베이징으로 이사한 것을 가리킨다.

판아이눙[1]

도쿄의 하숙집에 있을 때 우리는 대체로 아침에 일어나기만 하면 신문부터 보았다. 학생들이 보는 신문은 대부분 『아사히신문』과 『요미우리신문』이었는데, 사회에서 일어나는 자질구레한 일에 흥미를 가지고 있는 사람들은 『니로쿠신문』을 보았다.[2] 그러던 어느 날 아침 신문 첫머리에 중국에서 보내온 전보가 첫 눈에 띄었는데 전문은 대개 다음과 같았다.

"안후이성安徽省 순무[3] 은명恩銘이 Jo Shiki Rin에게 피살, 자객 현장에서 체포."

사람들은 한순간 놀라기는 했지만 이어 활기를 띠고 그 소식을 서로 전하였으며, 또 그 자객이 누구이고 한자로는 이름 석 자를 어떻게 쓰는가를 알아보고자 했다. 하지만 사오싱 출신 사람으로 만약 교과서에만 매달려 있지 않는 사람이라면, 그가 서석린[4]이라는 것을 즉시 알았을 것이다. 그는 유학하고 귀국한 뒤 안후이성 후보도[5] 관직으로 순경 사무를 맡아 보고 있었으므로 순무를 찔러 죽이기에는 안성맞춤이었다.

사람들은 그가 장차 극형을 당하고 가족들도 연루되리라고 예측했다. 과연 얼마 가지 않아 추근[6] 여사가 사오싱에서 피살되었다는 소식이 전해 오고 은명의 친위병들이 서석린의 심장을 도려내어 볶아 먹었다는 소식이 전해졌다. 이에 사람들은 분노가 치솟았다. 몇몇 사람들은 비밀리에 모임을 가지고 노자를 마련하여 일본 낭인을 이용하기로 하였다. 일본 낭인[7]은 오징어를 찢어 술안주를 하면서 한바탕 기염을 토한 후 곧바로 길을 떠나 서백손[서석린]의 가족을 마중하러 갔다.

전례에 따라 동향회를 열고 열사를 추도하고 만청정부를 규탄했다. 그런 끝에 어떤 사람은 베이징에 전보를 보내어 만청정부의 잔인무도를 규탄할 것을 주장했다. 회의는 이내 전보를 치자는 파와 치지 말자는 두 파로 갈라졌다. 나는 전보를 칠 것을 주장하는 파에 속했는데, 내 말이 끝나자마자 둔탁한 목소리가 뒤따라 들려왔다.

"죽일 것은 죽여 버렸고 죽을 것은 죽어 버렸는데, 무슨 개떡 같은 전보를 친단 말이야."

목소리의 임자는 키가 껑충하고 긴 머리칼에 눈은 검은자위가 적고 흰자위가 많은 사람으로 사람을 볼 때면 언제나 경멸하는 듯한 눈으로 보았다. 그는 다다미에 쭈그리고 앉아서 내 말을 대체로 반대했다. 일찍부터 이상하다는 생각이 들어 그에게 주의를 돌리고 있던 나는, 이때에 이르러 옆 사람들에게 이 말을 한 사람이 누구인데 저렇게도 쌀쌀한가 하고 물어보았다. 그를 아는 사람이 그는 판아이눙[8]이라 하고 서백손의 제자라고 알려 주었다.

나는 몹시 격분했다. 자기의 은사가 피살되었는데 전보 한 장 치는 것조차 겁내다니, 이렇게 생각하니 나의 눈에는 그가 사람 같지 않아 보였다. 나는 전보를 치자고 우기면서 그와 옥신각신 다투었다. 그러던 끝에 전보를 치자고 주장하는 사람들이 다수가 되는 바람에 그는 자기의 뜻을 굽혔다. 이제 남은 문제는 전보문을 작성할 사람을 추천하는 일이었다.

"추천할 게 있는가? 그거야 전보를 치자고 주장한 사람이 쓰면 될 일이지……."

판아이눙의 말이었다.

나는 그것이 또 나를 꼬집어 하는 말임을 알아차렸지만, 그 말은 무례한 듯하면서도 따지고 보면 무례한 것은 아니었다. 하지만 나는 이 비장한 글은 마땅히 열사의 생애를 잘 알고 있는 사람이 써야 한다고 주장했다. 이런 사람은 다른 사람들보다 열사와 관계가 남달리 밀접하고 마음속으로 더욱 분개하여 그 글은 틀림없이 사람들의 심금을 울려 줄 수 있기 때문이었다. 그리하여 또다시 옥신각신 언쟁이 벌어졌다. 결국엔 그도 쓰지 않고 나도 쓰지 않고 누가 쓰기로 했는지는 알지 못했다. 그런 다음 전보문을 작성할 사람 하나와 전보를 칠 간사 한두 사람만 남고 다른 사람들은 다 흩어졌다.

그후부터 나는 어쨌든 이 판아이눙이 이상한 인간이며 아주 가증스러운 인간이라고 생각했다. 처음엔 세상에서 제일 가증스런 인간이 만주족이라고 여겼는데 이제 와서 보니 만주족은 그 다음이고 제일 가증스러운 놈은 오히려 판아이눙이었다. 중국이 혁명을 하지 않는다면 그만이지만, 혁명을 한다면 무엇보다 먼저 판아이눙을 없애 버려야 한다고 생각했다.

하지만 이런 생각은 그후 차차 희미해지다가 나중에는 없어지고 말았다. 그 일이 있은 후 우리는 한번도 다시 만나지 못했다. 혁명이 일어나기 바로 전 해, 내가 고향에서 교편을 잡고 있을 무렵, 그때는 아마 늦은 봄이었던 듯한데, 뜻밖에도 친구네 집 객석에서 문득 한 사람을 만나게 되었다. 우리는 이삼 초가량 서로 익숙한 듯 바라보다가 동시에 입을 열었다.

"아아, 판아이눙 아니오!"

"아아, 루쉰 아니시오!"

왜 그랬던지 우리는 다같이 빙긋이 웃었는데, 그것은 서로의 처지를 비웃고 슬퍼하는 웃음이었다. 그의 눈은 예나 다름없었으나 이상하게도 몇 해 안 되는 동안에 머리에는 백발이 생겼다. 혹시 본래부터 있었는데 전에는 내가 눈여겨보지 못했는지도 모른다. 몹시 낡은 무명마고자에 해어진 헝겊신을 신고 있는 그의 모습은 초라하기 짝이 없었다. 그는 자기의 지난 경력을 이야기하였는데, 그의 말에 의하면 나중에 학비가 떨어져 더 이상 유학을 계속할 수 없어서 고국으로 돌아왔다는 것이다. 고향에 돌아왔으나 또 경멸과 배척과 박해를 받아 몸 둘 곳이 없었다. 지금은 어느 촌구석에 틀어박혀 소학교 학생들이나 몇 명 가르치며 입에 풀칠해 나가는 형편이라는 것이었다. 하지만 때로는 가슴이 답답하여 이렇게 배를 타고 현성으로 들어오기도 한다는 것이었다.

그는 또 지금은 자기도 술을 마시기 좋아한다고 하여 우리는 함께 술을 마셨다. 그후 그는 현성에 오기만 하면 단골로 나를 찾아왔으므로 우리들은 아주 친숙하게 되었다. 우리는 술이 얼근해진 뒤에 노상 어리석기 짝이 없는 미친 듯한 소리들을 곧잘 늘어놓아 어머니께서도 어쩌다가 듣고 웃으시곤 하였다. 그러던 어느 날 나는 도쿄에서 동향회를 열던 때의 일이 불현듯 생각나서 그에게 이렇게 물었다.

"그날 자넨 전적으로 나를 반대했거든. 그것도 일부러 말이야. 도대체 왜 그랬나?"

"자넨 아직도 모르고 있나? 나는 그전부터 줄곧 자넬 아니꼽게 여겼네. 아니, 나뿐만 아니라 우리 모두가."

"그럼 자넨 그전에 벌써 내가 누구라는 걸 알고 있었나?"

"어떻게 모를 리가 있겠나. 우리가 요코하마⁹⁾에 도착하였을 때 마중 나온 것이 바로 쯔잉¹⁰⁾과 자네 아니었던가? 자넨 우리를 깔보고 머리를 내저었었지. 그래 그때 일이 기억나나?"

잠깐 생각을 더듬어 보니 칠팔 년 전 일이기는 하지만 생각났다. 그때 쯔잉이 나를 찾아와 요코하마에 가서 고향에서 새로 오는 유학생들을 맞이하자고 했다. 기선이 부두에 닿자 한 무리의, 대략 10여 명가량 되는 사람들이 부두에 오르더니 가방을 들고 곧장 세관으로 검사받으러 갔다. 세관 관리는 옷가방을 열고 이리저리 마구 뒤적거리다가, 그 속에서 수놓은 전족 신발 한 켤레를 집어냈다. 그 관리는 보던 공무를 다 제쳐놓고 신발을 들고 자세히 들여다보았다. 나는 그만 화가 잔뜩 치밀어 속으로 이 반편이 같은 녀석들 그런 것은 뭐하러 가지고 오나 생각했다. 나도 모르게 조심하지 못하고 머리를 흔들었던 듯했다. 검사가 끝나자 우리는 여관에 들어 잠깐 쉬고 나서 이내 기차에 올랐다. 그런데 뜻밖에도 이 서생들은 차에서 또 자리를 가지고 사양하기 시작했다. 갑은 을 보고 앉으라 하고 을은 병에 자리를 권하며 서로 밀고 당기고 하는데 기차가 떠났다. 기차가 한 번 흔들리자 그만 서너 사람이 넘어졌다. 이때에도 나는 자못 마땅치 않게 여겨 속으로 생각했다. 그까짓 자리 가지고 무슨 귀천을 다 가리는고…… 이번에도 조심하지 못하고 또 머리를 흔들었던 것 같다. 하지만 그렇듯 점잔 빼고 예절을 차리는 사람들 속에 판아이눙이 있었다는 것은 이 날에야 비로소 알게 되었다. 하나 어찌 그뿐이었으랴, 말을 하자면 부끄러운 일이지만 그들 속에는 또한 그후 안후이성에서 전사한 진백평¹¹⁾ 열사,

피살당한 마중한[12] 열사가 있었고, 어두운 감옥 속에 갇혀 있다가 혁명 후에야 햇빛을 보게 된, 온몸에 영원히 지워 버릴 수 없는 혹형의 상처자국이 낭자한 사람들도 한둘 있었다. 그랬으나 나는 아무것도 모르고 그저 머리를 절레절레 흔들면서 그들을 도쿄로 데려갔던 것이다. 서백손도 그들과 같은 배로 오기는 했으나, 이 기차에 오르지 않고, 그는 고베[13]에서 부인과 함께 기차를 갈아타고 육로로 왔다.

생각해 보니 그때 내가 머리를 내저은 것은 두 번인 것 같은데, 그들이 본 것이 어느 때였는지는 알 수 없다. 하지만 자리를 권할 때는 시끌벅적했으니 보지 못했을 것이고 검사를 받을 때는 조용했으니, 틀림없이 세관에서 보았을 것이다. 판아이눙에게 물어보았더니 과연 그랬다.

"난 자네들이 그런 걸 뭐하러 가지고 떠났는지 도무지 알 수 없더군. 그건 누구의 것이었나?"

"그거야 물을 게 있나? 우리 사모님의 것이었지." 그는 흰자위가 많은 눈을 치떴다.

"도쿄에 가면 전족을 감추고 큰 신발을 신어야 하는데 구태여 그것을 가지고 갈 건 뭐야?"

"그걸 누가 아나? 당사자한테나 물어보라고."

초겨울이 되자 우리들의 형편은 더욱 어렵게 되었다. 하지만 그래도 술을 마시며 곧잘 우스갯소리를 했다. 그러는 가운데 어느덧 우창봉기[14]가 일어나고 이어 사오싱이 광복되었다.[15] 광복 이튿날 현성에 들어온 판아이눙은 농부들이 쓰고 다니는 털모자를 썼는데 그 밝은 웃음은 이전에는 볼 수 없었던 것이었다.

"루쉰 형, 오늘은 우리 술을 먹지 마세. 난 지금 광복된 사오싱을 구경하러 가겠네. 나와 같이 가세나."

우리는 거리를 한 바퀴 돌아보았다. 눈이 닿는 곳마다 흰 깃발 천지였
다. 하지만 겉보기엔 이랬지만 실속은 지난날 그대로였다. 군軍 정부도 역
시 지난날의 몇몇 시골 신사나으리들이 조직했는데 무슨 철도회사 대주
주가 행정사장으로, 전당포 주인이 병기대장으로…… 행세를 하는 판이
었다. 이 군정부도 결국은 오래가지 못했다. 몇몇 소년들이 소요를 일으키
자 왕진파[16]가 군대를 거느리고 항저우로부터 진격해 왔다. 하긴 떠들지
않았더라도 들어왔을 것이다. 왕진파는 들어온 후, 수많은 건달들과 신진
적인 혁명당에 둘러싸여 마음껏 도독[17] 노릇을 하였다. 그리고 관청 안의
인간들도 목면으로 된 옷을 입고 왔었는데 열흘이 채 못 되어 거의 모피두
루마기로 바꾸어 입었다. 날씨는 아직 춥지도 않았는데.

나는 사범학교 교장이란 호구책이 주어졌는데 도독으로부터 학교 경
비로 이백 원을 받았다. 아이눙은 학감이 되었는데 옷은 여전히 전에 입던
무명마고자였다. 하지만 술은 그리 마시지 않았으며 한담을 할 겨를도 거
의 없었다. 그는 교내 사무를 맡아보는 한편 학생들도 가르쳤는데 실로 부
지런하였다.

"글쎄 하는 꼴을 보니 안 되겠어요. 저 왕진파들 말입니다." 작년에 나
의 강의를 받은 적이 있는 한 소년이 나를 찾아와 못내 흥분해서 말했다.

"우리는 신문[18]을 꾸려 가지고 그들을 감독할 작정입니다. 그런데 발
기자로 선생님의 이름을 좀 빌려야 하겠습니다. 그리고 쯔잉 선생님, 더
칭[19] 선생님도 있습니다. 사회를 위해서, 선생님은 결코 마다하지 않으시
리라고 저희들은 알고 있습니다."

나는 그의 청을 들어주었다. 이틀 후 신문을 발간한다는 광고를 보았

는데 발기인은 아닌 게 아니라 세 사람이었다. 닷새 후에는 신문이 발간되었는데 그 첫머리에는 군정부와 그 구성원들을 욕하고, 다음에는 도독을 비롯해서 그의 친척, 고향 사람들, 첩…… 등을 욕했다.

이렇게 열흘 남짓 욕을 해대자 우리 집으로 한 가지 소식이 날아들었다. 너희들은 도독의 돈을 사취하고도 도리어 도독을 욕해 대니, 도독이 사람을 보내어 너희들을 권총으로 쏴 죽일 것이라는 말이었다.

다른 사람들은 그런대로 별일이 없었지만 누구보다도 어머니가 제일 조급해져서 나더러 더는 밖으로 나다니지 말라고 당부했다. 하지만 나는 예나 다름없이 나다녔으며 어머니에게도 왕진파가 우리를 죽이러 오지 않을 것이라고 이야기했다. 그것은 그가 녹림대학[20] 출신이기는 하지만 사람을 죽이는 것은 쉬운 일이 아니기 때문이었다. 하물며 내가 받은 것은 학교 경비이고, 이 점에 대해서는 그도 명확히 알고 있을 것이니 그저 그렇게 말해 보았을 따름이라고 설명했다.

아닌 게 아니라 아무도 죽이러 오지 않았다. 편지로 경비를 청구했더니 또 돈 이백 원을 보내 주었다. 그런데 이번엔 좀 노여웠던지 전령이 말했다. 앞으로 다시 돈을 청구하면 못 주겠다.

그런데 아이눙이 입수한 새 소식은 나를 몹시 난처하게 만들었다. 이른바 '사취했다'는 것은 학교 경비를 두고 말한 것이 아니라 신문사에 보내 준 돈을 두고 한 말이었다. 신문에서 며칠 동안 욕설을 퍼부었더니 왕진파는 사람을 시켜 돈 오백 원을 보냈다. 그래서 우리 소년들은 회의를 열었는데, 그 첫째 문제는 돈을 받을 것인가 아닌가였다. 결정은 받자는 것이었다. 둘째는 돈을 받은 다음에도 욕을 할 것인가 안 할 것인가였다. 결정은 역시 욕을 하자는 것이었다. 그 이유는 돈을 받은 다음부터는 그도 주주가 되었으므로 주주가 나쁠 때 마땅히 욕을 해야 한다는 것이다.

나는 즉각 신문사로 달려가서 이 일의 사실 여부를 알아보았는데 모두 사실이었다. 그래서 그 돈을 받지 말아야 한다는 말을 몇 마디 비치었더니, 회계란 사람이 볼이 부어 가지고 나에게 질문했다.

"신문사에서 왜 주식자금을 받지 말아야 한단 말입니까?"

"그것은 주식자금이 아니라……."

"주식자금이 아니면 무엇이란 말입니까?"

나는 더 이상 말하지 않았다. 그것은 세상물정을 벌써부터 익히 알고 있었기 때문이다. 만약 내가 우리들도 연루될 것이라고 더 말했다가는, 그가 당장에 한 푼어치도 안 되는 목숨이 아까워서 사회를 위해 희생하려 하지 않는다는 면박을 당하거나, 혹은 다음 날 신문에 내가 죽을까 봐 두려워서 부들부들 떨더라는 기사가 실릴 것이었다.

그런데 때마침 나더러 난징으로 와 달라는 지푸[21]의 독촉편지가 왔다. 아이능도 대찬성이었으나 무척 쓸쓸해했다.

"여기는 이 꼴이니 있을 곳이 못 되네. 어서 떠나게……."

나는 그의 다하지 않은 말뜻을 알고서 난징으로 가기로 결정했다. 먼저 도독부를 찾아가 사직서를 제출하니 두말없이 비준하고 코흘리개 접수원을 보내왔다. 장부와 쓰다 남은 동전 열두 닢을 내주고 교장자리를 내놓았다. 그 뒤 후임으로 온 교장은 공교회[22] 회장 푸리천이었다.

신문사 사건[23]은 내가 난징으로 떠난 지 이삼 주 후에 결말이 지어졌는데 끝내는 한 무리의 병사들에 의하여 부수어지고 말았다. 그때 쯔잉은 농촌에 나가 있었으므로 무사했으나 더칭은 마침 현성 안에 있다가 칼에 허벅지를 찔렸다. 그는 노발대발했다. 물론 그것은 몹시 아프기 때문에 그를 괴이하게 여길 수는 없다. 그는 분노한 나머지 아래옷을 벗고 사진을 찍었는데, 그것은 한 치가량 되는 칼자리의 상처를 보여 주기 위해서였다. 그리고 사실을 설명하는 글까지 덧붙여서 각 곳으로 배포하여 군정부의 횡포를 폭로했다. 나는 이 사진을 오늘까지 간직한 사람은 아마 없으리라고 생각한다. 사진이 하도 작아서 상처자국은 더욱 축소되어 거의 없다시피 보였으므로, 설명을 달지 않았더라면 사람들은 틀림없이 그것을 광기 어린 어떤 풍류인물의 나체 사진이라고 간주했을 것이다. 뿐만 아니라 쑨촨팡[24] 장군의 눈에 띄었다면 금지당했을 것이다.

내가 난징에서 베이징으로 옮겼을 무렵에 아이눙도 학감 자리에서 공교회 회장인 교장에 의해 쫓겨나고 말았다. 그는 다시 혁명 전의 아이눙으로 되돌아갔다. 나는 베이징에 조그만 일자리를 물색해 주려고 애썼지만——이것은 그의 간절한 희망이었는데——, 그런 자리가 나지 않았다. 나중에 그는 어떤 친구 집에 얹혀살면서, 가끔 나에게 편지를 보냈다. 살아가는 형편이 어려워짐에 따라 편지의 구절들도 점점 더 처량해졌다. 나중에는 그 집에서조차 나오지 않을 수 없게 되어 여러 곳을 방랑했다. 얼마 전에 갑자기 고향 사람들한테서 소식을 들었는데, 그가 물에 빠져 익사했다고 말했다.

나는 그가 자살한 것이 아닐까 의심했다. 헤엄을 잘 치는 그가 여간해서는 물에 빠져 죽지 않을 것이었기 때문이다.

밤에 홀로 회관에 앉아 있으려니 마음은 한없이 서글퍼졌고, 그것이 확실치 않은 소문이 아닐까 하는 의혹도 없지 않았다. 그러나 또 무슨 증거가 있는 것도 아니지만, 어쩐지 그것이 확실한 것으로 느껴지기도 했다. 아무런 방법도 없는 나로서는 그저 시 네 수[25]를 지었을 뿐이었다. 이 시들은 나중에 어느 신문에 실렸는데 지금은 거의 다 잊어버리고 그중 한 수마저 여섯 구절밖에 기억나지 않는다. 첫 네 구절은 "잔을 들어 세상을 논할 때 선생은 술꾼을 경멸하였더라. 하늘마저 흠뻑 취하였거늘 조금 취하고서야 어이 세파에 묻혀 버리지 않을쏘냐"였으며 그다음 두 구절은 잊어버렸고, 마지막 두 구절은 "옛 벗들 구름처럼 다 흩어졌거니 나도 또한 가벼운 티끌 같구나"이다.

그후 나는 고향에 돌아가서야 비로소 비교적 상세한 내막을 알게 되었다. 아이눙은 사람들한테서 미움을 샀던 탓으로 생전에 아무 일도 할 수 없었다. 그는 몹시 어려운 처지에 있었지만 친구들이 청하는 덕에 술만은 그래도 마셨다. 그는 사람들과 별로 내왕이 없었으며 자주 만나는 사람들은 나중에 알게 된 비교적 젊은 사람들 몇밖에 없었다. 그런데 그들마저도 그의 불평을 듣기 좋아하는 기색이 아니었으며, 우스갯소리를 듣느니만 못하게 여기는 것이었다.

"아마 내일은 전보가 올지도 모르지. 펼쳐 보면 루쉰이 나를 부르는 걸세."

그는 가끔 이렇게 말했다는 것이다.

어느 날 몇몇 새로운 벗들이 찾아와서 배를 타고 경극 구경을 가자고 했다. 돌아올 때는 벌써 한밤중이 되었는데 게다가 비바람이 세찼다. 술에 취한 그는 기어코 뱃전에 가서 소변을 보겠다고 했다. 배 안의 사람들이 모두 말렸으나 그래도 그는 물에 빠질 염려가 없다고 하면서 듣지 않았다. 하지만 결국은 물에 빠지고 말았다. 헤엄을 잘 치는 그였지만 다시는 물 위에 떠오르지 않았다.

그 이튿날 마름이 무성한 늪에서 시체를 찾았는데 시체는 뻣뻣이 서 있었다는 것이다.

나는 오늘까지도 그가 죽은 것이 발을 헛디딘 탓인지 아니면 자살한 것인지 똑똑히 모르고 있다.[26]

그는 죽은 뒤 아무것도 없었고, 어린 딸 하나와 아내만 남았다. 그래서 몇몇 사람들이 딸아이의 장래 학비로 기금을 좀 모으려 하였다. 그런데 이런 말이 나오자마자, 그의 가문 사람들이 이 기금의 보관권을 가지고 옥신각신 다투었으므로 —— 사실 아직 기금도 없는데 —— 모두들 싱거운 생각이 들어 흐지부지하고 말았다.

지금 그의 무남독녀 외딸의 형편은 어떠한지? 학교를 다닌다면 벌써 중학교는 졸업하였을 것이다.

11월 18일

주)_____

1) 원제는 「范愛農」, 1926년 12월 25일 『망위안』 제1권 제24호에 발표되었다.
2) 일본의 『니로쿠신문』(二六新聞)은 정식으로는 『니로쿠신보』(二六新報)로, 고의적으로 가십성 기사를 중심으로 보도하는 것으로 유명했다. 1907년 7월 8일과 9일자 도쿄의 『아사히신문』에는 서석린이 은명을 칼로 찔러 죽인 사건이 보도되었다.
3) 순무(巡撫). 관직명으로 청대 성(省)을 관리하는 최고위직 관리.
4) 서석린(徐錫麟, 1873~1907). 자는 백손(伯蓀), 저장성 사오싱 사람으로 청나라 말의 혁명단체인 광복회의 중요한 회원이다. 1905년 사오싱에서 대통사범학당(大通師範學堂)을 설립하여 반청(反靑)혁명의 핵심 간부들을 배양했다. 1906년 봄, 혁명활동에 종사하는 데 편리를 도모하고자 자금을 모아서 후보도 관직을 매관하여 가을에 안후이에 배속되었다. 1907년 추근과 함께 각각 안후이성과 저장성에서 동시에 봉기를 일으킬 준비를 했다. 7월 6일(광서 33년 5월 26일) 서석린은 안후이 순경처회판(巡警處會辦) 겸 순

경학당(巡警學堂) 감독이라는 신분을 이용하여, 순경학당의 졸업식이 거행되는 기회를 틈타 안후이 순무 은명을 칼로 찔러 죽인 다음 소수의 학생들을 데리고 병기고를 점령했다. 탄알이 떨어지는 바람에 체포되어 그날 바로 살해당했다.

5) 후보도(候補道). 즉 후보도원(候補道員)을 말한다. 도원은 청대의 관직명으로 성(省)급 아래, 부(府)·주(州) 이상의 한 행정구역을 총관하는 직무의 도원과 한 성의 특정직무를 전문적으로 관장하는 도원으로 나누어져 있었다. 청대 관제에 따르면 과거나 혹은 연납(捐納; 헌금을 내고 관직에 임명되는 일) 등의 과정을 통과한 사람은 모두 도원이라는 관직을 취할 수 있었다. 그러나 실제 직무를 맡는지의 여부는 일정하지 않았다. 일반적으로 실제적 직무가 없는 도원은, 이부(吏部)에서 선발해서 각 부처나 각 성으로 파견했다. 관직이 있을 때까지 대기해야 했으므로 '후보도'라고 불렀다.

6) 추근(秋瑾, 1875~1907). 자는 선경(璿卿), 호는 경웅(競雄), 별호는 감호여협(鑒湖女俠)이며, 저장 사오싱 사람이다. 1904년 일본에 유학했으며 유학생들의 혁명 활동에 적극 참가했고, 이때를 전후하여 광복회(光復會), 동맹회(同盟會)에 가입했다. 1906년 봄에 귀국하여 1907년에 사오싱에서 대통사범학당을 주관하면서 광복군을 조직하여 서석린과 저장, 안후이 두 성에서 동시에 봉기를 일으키려고 준비했다. 서석린이 봉기를 일으켰으나 실패하자 그녀는 같은 해 7월 13일 청 정부에 의해 체포되어 15일 새벽 사오싱의 쉬엔팅커우(軒亭口)에서 처형당했다.

7) 낭인(浪人). 일본 막부시대의 녹위를 상실하여 사방을 유랑하는 무사를 지칭한다. 에도시대(1603~1867) 막부체제가 와해됨에 따라 일시적으로 낭인이 급증했다. 그들은 고정 직업이 없이 다른 사람들에게 고용되어 각종 전투 활동에 종사했다. 일본제국주의가 여러 곳을 침략할 때 자주 낭인이 선봉에 섰다.

8) 판아이눙(范愛農, 1883~1912) 이름은 자오지(肇基), 자는 쓰녠(斯年), 호는 아이눙, 저장 사오싱 사람. 1912년 7월 10일 사오싱 『민국일보』(民國日報)의 친구들과 호수에서 놀다 익사했다.

9) 요코하마(橫濱). 일본 본토의 중남부 항구도시. 가나가와현의 현정부가 있는 곳으로 도쿄만 서안에 있다.

10) 쯔잉(子英). 성명은 천밍췬(陳名澔, 1882~1950), 자는 쯔잉, 저장 사오싱 사람.

11) 진백평(陳伯平, 1882~1907). 원명은 연(淵), 자는 묵봉(墨峰), 스스로 호를 '광복자'(光復子)라고 불렀다. 저장 사오싱 사람. 그는 대통사범학당의 학생으로 두 차례에 걸쳐 일본으로 가서 경무(警務)와 폭탄제조술을 학습했다. 1907년 6월 마종한과 함께 안후이로 가서 서석린의 봉기활동에 참가했고, 봉기 중 병기고 전투에서 사망했다.

12) 마종한(馬宗漢, 1884~1907). 이름은 순창(純昌), 자는 자휴(子畦), 스스로 호를 '종한자'(宗漢子)라고 불렀다. 저장 위야오 사람. 1905년 일본 유학을 갔다가 다음 해 귀국했다. 1907년 안후이로 가서 서석린의 봉기활동에 참가했고, 봉기 중 병기고를 수비하다가

총에 맞아 체포되었다. 혹형을 받은 후에 8월 24일 최후를 마쳤다.

13) 고베(神戶). 일본 서남부에 있는 항구도시 효고현(兵庫縣)의 소재지. 오사카만의 서북 해안에 있다.

14) 우창봉기(武昌蜂起). 즉 신해혁명. 1911년 10월 10일, 우창에서 동맹회 등이 지도한 청 왕조를 타도하자는 무장봉기.

15) 『중국혁명기』(中國革命記) 제3권(1911년 상하이 자유사 편집 인쇄)에 신해 9월 14일(양 력 1911년 11월 4일) "사오싱부는 항저우가 민간군대에 의해 점령되었다는 소식을 듣 고 바로 그날 광복을 선포했다"고 기록되어 있다.

16) 왕진파(王金發, 1883~1915). 이름은 이(逸), 자는 지가오(季高), 저장 성(嵊)현 사람. 원 래는 저장 홍문회당(洪門會黨) 평양당(平陽黨)의 수령으로 후에 광복회의 창시자인 타 오청장(陶成章)의 소개로 광복회에 가입했다. 1911년 11월 10일 그는 광복군을 이끌 고 사오싱에 들어와서 11일에 사오싱 군정분부(軍政分部)를 성립하고 스스로 도독(都 督)이 되었다. '이차혁명' 실패 후 1915년 7월 13일 저장 독군(督軍) 주루이(朱瑞)에게 항저우에서 살해당했다.

17) 도독(都督). 관직명. 신해혁명 시기에 지방의 최고 군정장관이었다. 후에 독군으로 바 꾸었다.

18) 『웨둬일보』(越鐸日報)를 말한다. 1912년 1월 3일 사오싱에서 창간되었다. 1912년 8월 1일 폐간당했다. 작자도 이 신문의 발기인 중 하나이고, 「『웨둬』 출간사」를 썼다(『집외 집습유보편』에 수록되어 있다).

19) 더칭(德淸). 순더칭(孫德卿, 1868~1932). 저장 사오싱 사람. 당시 개명된 신사(紳士)로 반청혁명활동에 참가했다.

20) 녹림대학(綠林大學). 서한시대 말년에 왕광(王匡), 왕봉(王鳳) 등이 농민들을 이끌고 녹 림산(綠林山; 지금의 후베이 당양當陽현 동북쪽)에서 봉기하고 '녹림병'이라고 불렸다. 후 에 산림에 모여서 관청에 반항하거나 재물을 약탈하는 사람들을 일반적으로 지칭하 는 데 사용되었다. 왕진파가 이끌었던 홍문회당 평양당은 호칭이 '만인'(萬人)이었는 데, 작자가 일부러 여기에서 그를 '녹림대학'이라고 부르면서 비웃고 있다.

21) 지푸(季茀). 쉬서우상(許壽裳, 1883~1948)으로 자는 지푸, 저장 사오싱 사람, 교육가. 작자의 일본 고분학원 유학 시기의 동학으로 후에 교육부, 베이징여자사범대학, 광둥 중산대학 등에서 여러 해 동안 함께 근무했고, 작자와 관계가 돈독했다. 『내가 아는 루 쉰』(我所認識的魯迅), 『작고한 친구 루쉰 인상기』(亡友魯迅印象記) 등의 저서가 있다. 항 일전쟁 승리 후에 타이완대학에서 교편을 잡았다. 그가 민주와 루쉰을 선전하는 데 기 울였기 때문에, 국민당 당국으로부터 기피인물이 되었다. 1948년 2월 18일 깊은 밤에 타이베이에서 칼에 맞아 죽었다. 여기에서 말하는 '난징으로 와 달라는 편지'는 그가 당시 교육총장 차이위안페이(蔡元培)의 부탁을 받아, 작자가 난징 교육부에 와서 직책

을 맡으라는 초청이었다.

22) 공교회(孔敎會). 위안스카이(袁世凱)를 위해 복벽을 도모하는 데 복무하는, 공자를 숭상하는 조직. 1912년 10월 상하이에서 성립했고 다음 해에 베이징으로 옮겼다. 당시 각 지방의 봉건세력은 분분히 이러한 종류의 조직을 건립했다. 사오싱의 공교회 회장 푸리천(傅勵臣, 1866~1918)은 청말의 거인(擧人)으로 그는 동시에 사오싱교육회 회장과 사오싱사범학교 교장을 겸직했다.

23) 왕진파의 부대 병사들이 웨둬일보사(越鐸日報社)를 짓부순 사건. 1912년 8월 1일에 발생했는데, 작자는 5월에 난징으로 떠난 후, 교육부를 따라서 베이징으로 옮겼다. 여기에서 "내가 난징으로 떠난 지 이삼 주 후에"란 말은 기억이 잘못된 것이다.

24) 쑨촨팡(孫傳芳, 1885~1935). 산둥 리청(歷城) 사람, 베이양 즈리파에 속하는 군벌이다. 1926년 여름 그는 저장, 장쑤 등지를 점령하고서 예교를 수호한다는 이유로 상하이 미술전문학교에서 나체 모델을 채용하는 것을 금지하는 명령을 내렸다.

25) 작자가 판아이눙을 애도하는 시는 실제로는 세 수이다. 최초로는 1912년 8월 21일 사오싱의 『민국일보』에 발표되었는데, 저자는 황지(黃棘)로 되어 있다. 후에 『집외집』(集外集)에 수록되었다. 뒤에서 말하는 '한 수'는 세번째 시로 그 5, 6구는 "여기에서 이별하니 옛일이 끝나고, 이로써 나머지 말을 끊어 버리네"이다.

26) 판아이눙의 죽음에 관해서는 1912년 5월 9일(음력 3월 27일) 판아이눙이 작자에게 보낸 편지에 "세상이 이와 같다면, 실로 어찌 살아갈 것인가? 마땅히 우리들은 강직하게 살아갈 것이니 세파와 속류에 따르지 않으리, 오직 죽음만이 있을 뿐이니 무슨 이유로 살아갈 것인가"라는 구절이 있다. 작자는 판아이눙이 호수에 투신하여 자살했으리라고 의심했다.

후기[1]

나는 이 책에 실린 세번째 글 「『24효도』」의 첫머리에서, 베이징에서 아이들을 겁주려는 '마호자'馬虎子는 마땅히 '마호자'麻胡子로 적어야 하며, 그것은 마숙모麻叔謀를 가리키며 호인胡人일 것이라고 말했다. 그런데 이제 와서 알고 보니 그것은 틀린 것이었다. '호'胡자는 마땅히 '호'祜자이며 숙모叔謀의 이름이다. 당나라 사람 이제옹[2]이 쓴 『자가집』하권에 「마호麻胡가 아니다」라는 제목의 글이 있다. 원문은 다음과 같다.

항간에서 아이들을 혼낼 때, '마호麻胡가 온다!'고 말한다. 그 내력을 모르는 사람들은 그를 수염투성이 신으로 그 수염으로 사람을 찌르는 줄로 알고 있으나 사실은 그렇지 않다. 수나라 장수 마호麻祜는 성질이 몹시 포악하고 잔혹했다. 변하汴河[3]를 개통하라는 양제煬帝의 명령을 받고 그 위세가 대단하였으므로, 어린아이들조차도 소문만 듣고 지레 겁을 먹었다. 그들은 "마호가 온다!"며 서로 겁을 주었다. 아이들의 발음이 정확하지 못해서 호祜자를 호胡자로 잘못 발음했던 것이다. 예를 들면 헌

종[4] 황제 때 번국蕃國 사람들은 린징 지방의 장수 학빈[5]을 모두 무서워 하였으므로 그곳에서는 어린애들이 울 때 학빈이 온다고 하면 아이들이 울음을 그쳐 버렸다. 그리고 무종[6] 황제 때 여염집 아이들은 "설윤[7]이 온다!"며 서로 겁을 주었는데, 이러한 것들이 모두 그와 같은 실례들이다. 『위지』魏志에 실려 있는 장문원료[8]가 온다는 말도 분명한 예이다. (주: 마호의 묘는 수이양[9] 지방에 있다. 부방鄜方 절도사 이비李丕는 그의 후손으로 마호의 비를 다시 세웠다.)

나의 식견이란 것이 당나라의 '그 내력을 모르는 사람'의 것과 같았으니, 벌써 천 년 전에 남들의 웃음거리를 사는 셈이어서 비난을 받아도 마땅한 일이라 그저 쓴웃음을 지을 수밖에 없다. 그런데 그 마호묘의 비나 비문이 수이양 지방이나 지방지 속에 지금까지 남아 있는지 알 수 없다. 만약 있다면 우리는 『운하개통기』란 소설에 적힌 것과는 상반되는 그의 업적을 볼 수 있을 것이다.

삽화 몇 장을 구하고자 생각했는데, 창웨이쥔[10] 형이 베이징에서 나에게 많은 자료를 수집하여 보내 주었다. 그 가운데 몇 가지는 이전에 본 적이 없는 것들이었다. 예를 들면 광서 기묘년(1879)에 쑤저우蘇州의 호문병[11]이 쓴 『이백십효도』二百卅孝圖──원서의 주에 "십(卅)은 사십(卋)이라고 읽는다"고 했는데 무엇 때문에 '십'(卅)을 직접 '사십'(四十)이라 쓰지 않고 그렇듯 번잡하게 써야 하였는지 도무지 알 수 없다──가 바로 그 가운데 하나였다. 나는 「곽거가 아들을 묻다」는 이야기를 반대해 왔는데, 호문병은 내가 세상에 태어나기 몇 해 전에 벌써 그것을 삭제해 버렸다. 그는 머리말에 이렇게 썼다.

…… 저잣거리에서 찍어 낸 『24효』는 훌륭했다. 하지만 그 가운데 곽거가 아들을 묻은 이야기만은 천리와 인정에 비추어 보매 도저히 본받을 만한 것이 못 된다. …… 내가 주제넘게도 함부로 편집하였다. 어쨌든 잘못된 것을 바로잡으려다가 너무 지나치게 과장되어 버려 오히려 명성만을 구하는 이야기들은 주저 없이 모조리 삭제했다. 인간의 도리에 어긋나지 않고 사람마다 실행할 수 있는 것들만 골라서 여섯 가지 부류로 나누어 놓았다.

나는 이 쑤저우 호_颢 선생의 용기 있는 결단에 실로 탄복했다. 물론 이런 견해를 품어 온 사람이 그 사람만이 아니고 유래도 오래되었을 터이나, 대체로 과감하게 삭제하지는 못했다. 일례로 동치 11년(1872)에 판각한 『백효도』[12]의 머리말에서 기상 정지[13]는 다음과 같이 말하고 있다.

…… 근래에 이르러 세상 풍속이 나날이 피폐해 가고 경박해짐에 따라 효도란 것이 천성에서 스스로 우러나오는 것인 줄 모르고 오히려 엉뚱한 일로 만들어 버렸다. 뿐만 아니라 옛사람들이 화로 속에 뛰어들거나[14] 아들을 땅속에 파묻어 버리는 것을 예로 들어서 인간의 도리를 어기는 잔인한 짓으로 여기고 있고, 엉덩이 살을 베어 내고 창자를 후벼 내는 것을 부모에게서 전해 받은 육신을 손상하는 것으로 지적하고 있다. 그들은 효도란 마음에 있는 것이지 그 행동 여하에 있는 것이 아니라는 것을 전혀 알지 못한다. 효성을 다함에는 고정된 형식이 없고 효행을 다

함에는 정해진 일이 없다. 옛날의 효도는 오늘에 알맞지 않으며 오늘의 효도는 옛일을 본받기 어려운 것이다. 때와 장소가 같지 않음에 따라 그 사람과 그 일은 저마다 다르지만 효도를 다하려는 마음을 가지려는 것만은 매한가지이다. 그러므로 자하[15]가 효에 대해 부모를 섬김에 있어서 자기의 온 힘을 다하는 것이라 하였다. 그렇기 때문에 효도에 대한 제자들의 물음에 공자의 답변이 어찌 똑같을 수가 있었겠는가?……

이로써 동치 시대에도 아들을 파묻는 등의 일들은 '인간의 도리를 어기는 잔인한 짓'이라고 여기는 사람들이 있었음을 똑똑히 알 수 있다. 그러나 '기상 정지' 선생의 말뜻은 잘 알 수 없다. 혹시 그것은 오늘에 와서는 이런 일을 따라 배울 필요가 없지만, 그렇다고 그런 일이 잘못이라고 할 필요도 없다는 뜻이 아닌가 싶다.

이 『백효도』의 기원은 좀 특별하다. 그것은 이 책이 '월동粵東 안자顔子'의 『백미신영』[16]이란 책을 보고 만들어졌기 때문이다. 일반 사람들은 미색을 중히 여기는데 그는 효도를 중히 여겼으니 도의를 지키는 그의 마음은 실로 지극하다고 할 만하다. 이 책은 "후이지會稽현의 유보진兪葆眞 란 포蘭浦가 편집"하였는데, 비록 저자가 소생과 같은 고향 사람이나, 나는 이 책이 그리 고명하지 못하다고 솔직하게 말할 수밖에 없다. 예를 들면 이 책에는 「목란이 군대에 나가다」[17]라는 옛 이야기가 있는데 그는 이 이야기의 출전을 『수사』隋史라고 주를 달았다. 하지만 이런 이름을 가진 책은 아직까지 없으며 설령 『수서』隋書[18]에서 나왔다고 해도 거기에는 그런 이야기가 없다.

그런데 중화민국 9년(1920)에 상하이의 출판사에서 하필이면 이 책을 석인본石印本으로 인쇄할 때에 책이름 앞뒤에 두 글자씩 덧붙여서 『남녀백효도전전』男女百孝圖全傳이라고 제목을 붙였다. 이 책 첫 페이지에 '가정 교육의 훌륭한 모범'이라는 작은 글씨가 쓰여 있으며, '오하대착吳下大錯 왕정王鼎 근지謹識'[19]라는 서문까지 덧붙여 있다. 서문 첫머리에는 동치 연간의 '기상 정지' 선생과 흡사한 탄식을 한바탕 늘어놓았다.

아아, 유럽의 문화가 점차 동양으로 전파됨에 따라 국내의 학자들이 요란스럽게 자유 평등 학설을 부르짖고 있다. 그리하여 도덕은 나날이 몰락하고 사람들의 마음은 더욱 경박해져 부끄러움을 모르고 못하는 짓이 없으며 요행을 바라 모험을 하고 행운을 만나 승진할 것만 생각할 뿐, 품행이 바르고 절조가 굳은 것을 수양하고 자신을 단속하여 자중하려는 사람을 찾아봐도 세상에서 보기 드물게 되었다. …… 이 세상에서 인간의 도리를 어기며 잔인한 짓을 하는 자들을 볼 것 같으면 거의 다 진숙보[20]와 같은 간도 쓸개도 없는 놈들이다. 줄곧 이렇게 되는 도도한 풍조가 언제면 끝날 것인가?

사실 진숙보가 '간도 쓸개도 없는'지는 모호하지만, '인간의 도리를 어기며 잔인한 짓'을 한다는 점에다 그를 끌어다 붙인다면 억울하다고 하지 않을 수 없다. 이것이 「곽거가 아들을 묻다」와 「이아가 화로에 뛰어들다」에 대한 몇몇 사람들의 평가이다.

사람들의 마음도 아닌 게 아니라 다소 경박해지고 있는 듯하다. 『남녀의 비밀』과 『남녀교합신론』이란 책이 나타난 다음부터 상하이에서는 많은 책들이 앞머리에 '남녀'란 두 글자를 붙이기 좋아하고 있다. 오늘에 와서 '사람의 마음을 바르게 하고 풍속을 돈후하게 하는'『백효도』에까지도 붙이게 되었다. 이에 대해서는『백미신영』이란 책에 불만을 품고 효도를 가르치려 했던 '후이지현의 유보진 란포' 선생도 미처 예상하지 못했을 것이다.

　　"백 가지 행동 가운데 으뜸"[21]이라고 하는 효행을 말하는 데에서 느닷없이 '남녀'문제로 이야기를 끌어간다는 것은 어딘지 정중하지 못하고, 경박한 듯하다. 하지만 어쨌든 이 기회에 나는 그것을 몇 마디 더, 물론 될 수 있는 대로 짧게 말해 보려 한다.

　　우리 중국 사람들은 "백 가지 행동 가운데 으뜸"인 것을 대할 때에도 남녀문제를 떠올리지 않는다고 할 수 없다고 나는 감히 말한다. 태평세월에는 한가한 사람들이 많다. 어쩌다 '인을 위하여 몸을 바치고 정의를 위하여 목숨을 바칠' 때에는 당사자로서야 아마도 위에 대해 살펴볼 마음의 여유는 없겠지만, 살아 있는 방관자는 어쨌든 면밀하게 연구하는 것이다. 조아曹娥의 「강에 뛰어들어 아버지를 찾다」[22]는 이야기는 조아가 물에 빠져 죽은 후에 익사한 아버지의 시체를 안고 나오는 것으로 정사에 실려 있어서 아주 많은 사람들이 알고 있다. 하지만 바로 '안다'抱라는 글자가 문제를 일으켰다.

　　나는 어릴 때 고향에서 노인들이 다음과 같이 말하는 것을 들었다. "…… 죽은 조아가 아버지의 시체와 맨 처음엔 서로 얼굴을 마주하고 떠올랐다지. 그런데 길 가던 행인들이 그것을 보고 '하하!' 웃으면서 '저렇게 젊은 처녀가 저런 영감탱이를 끌어안고 있다니!'라고 말했다네. 그러자

〈그림 1〉

두 시체는 또다시 물속에 가라앉아 버렸지. 한참 있다가 다시 떠올라 왔는
데 이번엔 서로 등과 등을 맞대고서 떠올랐다네.”

　무엇을 더 말하리오! 예의지국에서는 나이 어린──오호라, ‘조아는
열네 살’밖에 안 된다──죽은 효녀가 죽은 아버지와 함께 떠오르는 것마
저도 이렇듯 어려운 일이다!

　나는 『백효도』와 『이백사십효도』를 조사해 보았는데 화가들은 모두
총명한 사람들이라서, 그림 속의 조아는 모두 아직 강물에 뛰어들지 않고
그저 강가에서 울고 있는 장면들이었다. 그러나 오우여[23]가 그린 『이십사
효녀도』女二十四孝圖(1892)에는 두 시체가 함께 떠오르는 장면이 있었는데
그것은 〈그림 1〉의 윗부분과 같이 ‘등을 서로 맞대고’ 있는 것이었다. 생각

해 보면 아마 그도 내가 들은 이야기를 알고 있는 것 같았다. 그리고 『후이십사효도설』後二十四孝圖說이 있는데, 이 역시 오우여의 그림으로, 여기에도 조아가 나오는데 〈그림 1〉의 아랫부분과 같이 조아가 강에 막 뛰어들려고 하는 장면이 그려져 있다.

내가 오늘까지 보아 온 효도를 가르치는 그림 이야기를 말하자면 옛날부터 오늘까지 도적이나 호랑이, 불이나 바람을 만나서 곤경을 치른 효자들이 퍽이나 많은데 대처하는 방법은 열에 아홉은 모두 '울고' '절하는' 것이었다.

중국의 울음과 절은 언제나 끝이 날까?

화법畵法에 대해 말하면 가장 고졸한 것은 일본의 오다 가이센[24] 것을 칠 수 있다고 나는 생각한다. 이 책은 벌써 오래전에 『점석재총화』點石齋叢畵에 수록되어 국산품으로 되었기 때문에 아주 쉽게 손에 넣을 수 있다. 오우여의 그림은 가장 섬세하고 기교가 뛰어나면서, 인기도 가장 많다. 하지만 그는 역사화를 그리는 데는 그리 적합하지 않다. 그는 오랫동안 상하이의 조계지에서 살고 있었던 까닭에 귀에 익숙하고 눈에 익어 제일 솜씨 있게 그리는 그림은 「사나운 기생 어미가 기생을 학대하다」나 「건달들이 협잡질하다」 따위의 시사화였다. 이 그림들은 무척 생동적이어서 종이 위에서 상하이의 서양거리를 그대로 보는 듯한 느낌을 주었다. 하지만 그 영향은 매우 좋지 못했다. 근래에 수많은 소설들과 아동도서의 삽화에는 흔히 여성들을 다 기생모양으로 그려 놓고 아이들을 전부 어린 건달꾼같이 그려 놓았는데 그것은 거개가 그의 그림책을 너무 보았기 때문이다.

그러나 효자의 역사적 유적들은 비교적 그리기가 어렵다. 그 이유는 비참한 것이 많기 때문이다. 예를 들면 「곽거가 아들을 묻다」는 그림은 어

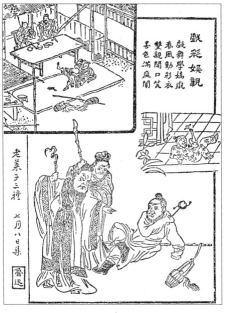

〈그림 2〉

떻게 하더라도 아이들이 기뻐 날뛰며 자진해서 웅덩이 속으로 들어가 눕도록 그리기 어려운 것이다. 그리고 「대변을 맛보며 근심하다」[25]라는 그림도 사람들의 마음을 끌 수 있도록 그리기는 어려운 일이다. 이 밖에 래영감老萊子이 「알록달록한 옷을 지어 입고 부모를 즐겁게 하다」는 그림에 쓰여 있는 시에는 "기쁨이 방 안 가득하다"고 했지만, 그 그림에서는 결코 아기자기한 가정적 분위기를 느낄 수 없다.

　　나는 지금 세 종류의 다른 표본을 선택하여 〈그림 2〉에 합쳐 놓았다. 맨 위는 『백효도』의 한 부분으로서 '진촌陳村 하운제'[26]가 그린 것이다. 그것은 '물을 떠가지고 방 안에 들어가다가 일부러 넘어져 어린애 울음소리를 내는' 단락을 그린 것이다. 거기에는 또한 '부모들이 입을 벌리고 웃는'

모습도 그려져 있다. 가운데 자그마한 그림은 내가 '직북直北 이석동李錫彤'이 그린 『이십사효 그림과 시 종합본』二十四孝圖詩合刊에서 가져온 것인데, 그것은 '알록달록한 옷을 지어입고 부모님 옆에서 아이들 놀이를 하다'라는 단락을 그린 것이다. 손에 쥔 '딸랑북'은 '아이들 놀이'를 상징한 것이다. 그런데 이 선생은 키가 큰 노인이 그런 짓을 하는 것이 아무래도 어색하다고 생각했는지 될 수 있는 대로 그의 몸을 줄여서 수염 난 어린아이 모양으로 그렸다. 하지만 그것은 영 맛이 없다. 그림에서 선이 잘못된 것과 빠진 것에 대해서는 작가를 나무라거나 나를 원망할 것이 아니라, 판각공을 나무래야 할 것이다. 조사해 보니 이 판각쟁이는 청나라 동치 12년(1873) 때 '산둥성 부정쓰가布政司街 난서우로南首路 서쪽 홍문당鴻文堂 판각처'에 있던 사람이었다. 아래 그림은 '중화민국 임술년'(1922)의 신독산방愼獨山房 판각본인데 화가의 이름이 없다. 이 그림은 두 가지 사건을 겹쳐서 그린 화법을 취하여 '일부러 넘어지는 것'과 '아이들 놀이를 하는 것'을 함께 합쳐 그렸는데, '알록달록한 옷'을 잊어버리고 그리지 않았다. 오우여가 그린 책에서도 이 두 가지 일을 합쳐 그렸으나 알록달록한 옷만은 잊어버렸다. 다만 래 영감이 좀 뚱뚱하고 쌍 상투를 틀긴 했지만 그래도 아이들의 흥미를 끌 정도는 아니다.

사람들은 풍자와 냉소는 종이 한 장의 차이밖에 없다고 말하는데 나는 흥미 있는 것과 느끼한 것도 그와 마찬가지라고 생각한다. 어린애들이 부모들에게 재롱을 부리는 것은 보기에 흥미 있는 일이지만, 만일 어른이 그렇게 한다면 어지간히 눈꼴사나울 것이다. 활달한 부부가 사람들 앞에서 서로 사랑하는 것도 흥미로운 한계를 조금만 넘어가면 느끼하게 보이는 것이다. 그러므로 래 영감의 어리광 부리는 그림을 그 누구도 잘 그리지 못하는 것도 이상할 게 없다. 그림에서와 같은 집안이라면 나는 단 하루도 맘 편히 살 수 없을 것이다. 일흔이 넘은 늙은이가 일 년 내내 '딸랑북'을 가지고 놀아야 하니까.

한나라 사람들은 궁전이나 무덤의 석실 안에다 고대의 제왕이나 공자와 제자, 명망 있는 남녀, 효자들의 벽화를 그리거나 조각을 해넣곤 하였다. 그런 궁전들은 물론 서까래 하나 남지 않았지만 석실은 그래도 간혹 남은 것이 있는데 그중 온전한 것으로는 산둥 자샹嘉祥현의 무武씨 석실[27]이다. 나는 거기에서 래 영감의 이야기를 새겨 놓은 것을 본 듯하다. 그러나 지금은 손에 탁본도 없고, 『금석췌편』[28]도 없으므로 그것을 고찰할 길이 없다. 그렇지 않았더라면 오늘의 그림과 약 1천 8백 년 전의 그림을 비교해 보는 것도 흥미 있는 일일 것이다.

래 영감에 대해서 『백효도』에는 다음과 같은 글이 있다. "……래 영감은 추雛를 가지고 놀면서 부모를 기쁘게 한 일이 있다. 양친 곁에서 추를 가지고 놀면서 부모를 기쁘게 해드렸다."(주: 『고사전』[29])

『고사전』은 누가 지었는가? 혜강嵇康인가, 아니면 황보밀皇甫謐인가? 마찬가지로 손에 책이 없었기에 찾아볼 길이 없었다. 그런데 마침 요즘에 한 달 월급이 공짜로 생겨서 마음을 강하게 먹고 『태평어람』을 사다가 한바탕 뒤져 보았는데 끝내 찾지 못하였다. 만일 나 자신의 부주의가 아니라면 그것은 당나라나 송나라 사람들의 유서[30]에서 나왔을 것이다. 하지만 이것은 별로 대수로운 것이 아니다. 내가 특이하다고 느끼고 있는 것은 바로 그 글 가운데 있는 '추'雛자이다.

내 생각에 이 '추'자가 그 어떤 조그만 새끼 새 종류 같지는 않다. 아이들이 가지고 놀기 좋아하는, 진흙에 비단이나 천을 입혀 만든 인형을 일본에서는 hina라고 하며 '추'자로 표기한다. 일본에는 흔히 중국의 고대 어휘들이 남아 있는데, 래 영감이 부모들 앞에서 아이들의 노리개를 가지고 놀았다는 것이 새끼 새를 가지고 놀았다는 것보다는 더욱 자연스러울 것이다. 그런 식으로 보자면 영어의 Doll, 다시 말해서 우리가 말하는 '서양 오뚝이'나 '흙 인형'도 글자로는 '꼭두각시'傀儡라고 쓸 수밖에 없는 것처럼, 옛사람들이 그것을 '추'라고 부르다가 나중에 사라졌는데 일본에만 그렇게 남아 있는지 알 수 없는 일이다. 하지만 이것도 나의 일시적인 억측에 지나지 않는 것으로서 결코 그 무슨 확실한 증거가 있는 것은 아니다.

추를 가지고 놀았다는 일에 대해서는 누구 하나 그림을 그린 사람이 있는 것 같지 않다.

내가 수집한 또 다른 종류의 책들은 '무상'無常[31] 그림이 들어 있는 책들이다. 그 가운데 한 가지는 『옥력초전경세』玉歷鈔傳警世(혹은 경세란 두 글자가 없는 것도 있다)이고, 다른 한 가지는 『옥력지보초』玉歷至寶鈔(혹은 편編자를 덧붙인 것도 있다)이다. 사실 이 두 가지 책은 엇비슷하다. 이 책들을 수집하게 된 데 대해 나는 먼저 창웨이쥔 형에게 감사드려야 한다. 그는 나에게 베이징의 용광재龍光齋본과 감광재鑒光齋본을 보내 주었고 또 톈진의 사과재思過齋본과 석인국石印局본, 난징의 이광명장李光明庄본도 보내 주었다. 다음은 장마오천[32] 형인데 그는 나에게 항저우의 마노경방瑪瑙經房본과 사오싱의 허광기許廣記본, 최근의 석인본石印本을 보내 주었다. 마지막으로 나 자신도 광저우의 보경각寶經閣본과 한원루翰元樓본을 구했다.

이런 『옥력』玉歷은 복잡한 것과 간단한 것 두 종류가 있는데, 이것은

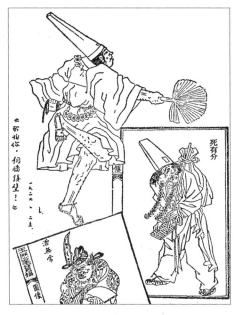

〈그림 3〉

내가 앞에서 말한 것과 맞아떨어진다. 그러나 나는 '무상' 그림들을 다 찾아보고 나서 오히려 당황했다. 그것은 책에 나오는 '활무상'活無常의 모습이 꽃무늬 두루마기에 사모를 받쳐 쓰고 등 뒤에 큰 칼을 차고 주판을 들고 높은 고깔모자를 쓰고 있어서 오히려 '사유분'死有分이었기 때문이다! 얼굴이 흉악하고 인자한 구별이 있고, 신발은 짚신과 헝겊(?)신의 차이가 있기는 하지만, 그것은 화공들이 제멋대로 우연히 그렇게 한 것으로 볼 수도 있다. 여기에서 가장 긴요한 것은 그림에 나오는 글씨들이 모두 다 '사유분'이라 한 점이다. 오호라! 이것이 나를 곤란하게 만드는 것이었다.

하지만 나는 역시 수긍할 수 없다. 첫째로 이 책들은 내가 어릴 때 보았던 그 책들이 아니고, 둘째로 나의 기억이 틀림없다는 것을 스스로 굳게 믿고 있기 때문이다. 그러나 그림을 한 장 떼어 내어 삽화로 삼으려던 생각은 흐지부지 사라져 버렸다. 그러니 하는 수 없이 여러 그림들 가운데서 하나씩 — 난징본의 '사유분'과 광저우본의 '활무상' — 을 선택하고 난 후에, 내 자신이 직접 손으로 내 기억 속에 난징본의 '목련희[33]'나 신맞이 제사놀이[34]에 나오는 '활무상'을 더 그려 넣어 얼버무릴 수밖에 없었는데, 다행스럽게도 나는 화가가 아니므로 그림이 졸렬하지만 독자들로부터 나무람까지는 받지 않을 것이다. 사전에 뒷일을 미리 생각하지 못한 탓으로, 앞에서 오우여 선생 같은 분들에게 야유하는 말을 퍽이나 많이 하였는데, 뜻밖에도 얼마 지나지 않아 나 자신이 바로 그런 망신을 당하게 되었다. 그래서 지금 여기에 먼저 이렇게 몇 마디 변명해 두고자 한다. 그러나 이렇게 해도 쓸모없다면, 오직 될 대로 되라는 쉬(쉬는 성이며 이름은 스창) 대총통[35]의 철학을 따를 수밖에 없다.

그 밖에도 심복할 수 없는 것은 『옥력』을 선전하는 여러 높으신 분들이 저승의 일들을 그리 잘 알지 못하고 있다는 점이다. 이를테면 사람이 막 죽었을 때의 상황을 그린 그림만 해도 두 가지였다. 하나는 '혼을 끌어가는 사자'라고 불리는 손에 쇠작살을 든 귀졸鬼卒이 혼자 오는 그림으로, 그 외에는 아무것도 없다. 다른 하나는 말상馬面 하나와 두 명의 무상無常 — 양무상과 음무상 — 이 그려져 있었는데, 이 두 명의 무상은 결코 '활무상'과 '사유분'은 아니었다. 만약 이 두 무상을 활무상과 사유분이라고 한다면 따로따로 된 한 장짜리 그림과도 맞아떨어지지 않는다. 예를 들면 〈그림 4〉의 A의 양무상이 꽃무늬가 있는 두루마기에 사모를 쓰고 있는가? 반대로 음무상만은 그래도 한 장짜리 그림의 사유분과 제법 비슷한 데가 있기는 하나, 주판을 놓고 대신 부채를 들고 있지 않은가? 이것은 그

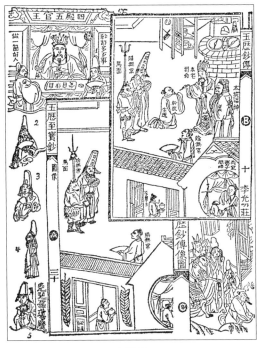

〈그림 4〉

래도 그때가 아마 여름이니까 그랬다 할 수 있겠으나, 얼굴에 구레나룻이 그렇게 텁수룩이 자란 것은 어떻게 된 셈인가? 여름철이라 돌림병이 많으니 일에 바빠서 미처 면도할 틈도 없었단 말인가? 이 그림은 톈진의 사과재본에 나오는 것인데 베이징본과 광저우본도 이와 거의 비슷하다는 것을 함께 말해 둔다.

그림 B는 난징의 이광명장 판각본에서 가져온 것인데 A와 그림은 같으나 글은 정반대이다. 즉 톈진본에서 음무상이라고 한 것을 여기서는 양무상이라고 했다. 하지만 이것은 내 주장과 일치한다. 그러니 만일 흰 옷에 높은 고깔모자를 쓴 것이 있다면, 그것이 수염이야 있든 말든, 베이징

사람이나 톈진 사람이나 광저우 사람들 모두 그것을 음무상이나 사유분이라 일컫고, 나와 난징 사람들은 활무상이라고 부르면 될 것이다. 모두들 자기 좋을 대로 하면 된다. "이름이란 실물에 대한 설명이므로"[36] 그것은 그리 중요한 것이 아니다.

그런데 나는 여기에 그림 C를 하나 더 보태 넣으려 한다. 이 그림은 사오싱의 허광기본의 일부분인데 그림에 글이 없다. 선전하는 사람의 의도를 알 수가 없다. 나는 어릴 적에 자주 허광기 문 앞을 지나다니며 하릴없이 그들이 그림을 새기는 것을 보기도 했는데, 그들은 호선과 직선 만 사용하기를 좋아했고 곡선은 그리 쓰려 하지 않았다. 그러므로 이 그림에서 무상선생의 원래 모습을 판단하기 어렵다. 하지만 그 옆에 고깔모자를 쓴 작은 모습이 서 있는 것만은 그래도 똑똑히 볼 수 있는데 이것은 딴 책에는 없는 것이다. 그것은 바로 내가 앞에서 말한 바 있는 신맞이제사 놀이 때에 나오는 아령阿領이다. 무상선생이 집무시간까지 아들(?)을 데리고 다니는 것은 아들이 자기를 따라 배우게 하여 성장한 후에도 "아버지의 도를 고치지 않는"[37] 자가 되게 하려는 것이 아닐까 나는 생각한다.

사람의 혼을 끌어가는 것들 외에 10전 염마왕 중 제4전 염마전에 있는 5관왕의 책상 옆에도 또한 그림 D와 같이 열에 아홉은 높은 고깔모자를 쓴 화상이 하나 서 있기 마련이다. 그림 D의 1은 톈진의 사과재본에서 가져온 것인데 그 모양이 상당히 아름답다. 2는 난징본인데 혀가 쑥 빼져 나왔는데 무엇 때문인지는 모르겠다. 3은 광저우의 보경각본인데 들고 있는 부채가 다 해어졌다. 4는 베이징의 용광재본인데 부채가 없다. 5는 톈진의 석인국본인데 이 역시 자못 아름답기는 하나, 제7전 염마전에 있는 태산왕의 책상 옆에 가 붙어 있다.

또한 범이 사람을 잡아먹는 그림에도 틀림없이 높은 고깔모자를 쓴 한 작자가 종이부채를 들고 뒤에서 남몰래 지휘를 하고 있는 것이 있다. 이것도 무상인지 아니면 이른바 '창귀'[38]인지는 알 수 없으나, 어쨌든 우리 고향의 극본에 나오는 창귀는 높은 고깔모자를 쓰지 않았다.

이처럼 삼혼三魂이 아득하고 칠백七魄이 막막하며 '죽었으므로 증거를 댈 수 없는' 학문을 연구하는 것은 자못 새롭고 수월하다. 만약 자료들을 수집하고 토론을 하며 오고 간 편지들까지 한데 묶어 놓는다면 모르긴 해도 서너 권의 꽤나 두툼한 책을 낼 수 있을 것이며 또한 이로 인해 '학자'로 격상될 것이다. 하지만 '활무상 학자'란 이름이 그다지 버젓하지 못하므로 나는 더 연구할 생각이 없어 그저 여기에서 독단을 내리고자 한다.

『옥력』투의 사상은 아주 조잡하고 천박한 것이다. '활무상'과 '사유분'은 함께 합쳐 인생의 상징이다. 사람이 죽을 때 원래 사유분만 오면 된다. 왜냐하면 사유분이 오면, 그때 '활무상'도 볼 수 있기 때문이다.

민간에는 또한 '저승으로 간 자'라거나 '저승 일을 맡아보는 자'라고 자칭하는 것이 있는데, 산 사람이 잠시 저승에 가서 공무를 도와주는 일을 하는 자이다. 그가 혼백을 끌고 가는 일을 거들기 때문에 사람들은 그를 '무상'이라고 한다. 그 근본이 살아 있는 혼이기 때문에 다른 것과 구별해서 '양무상'이라고 한다. 하지만 이로 인해 은연중에 '살아 있는 무상'과 혼동하게 되었다. 네번째 그림 A에서 '양무상'이라고 글자를 붙인 자이다. 일반 사람의 보통 차림을 하고 있는데, 이로 보아 그가 틀림없이 저승일을 맡아보는 자라는 것을 잘 알 수 있다. 그는 귀졸鬼卒들을 문 안으로 안내하는 직무를 맡고 있으므로 계단 아래에 서 있는 것이다.

기왕에 살아 있는 혼이 저승으로 간 '양무상'이 있기 때문에, '음무상'이란 말로 직무는 비슷하지만 살아 있는 혼이 아닌 사유분을 일컬었던 것이다.

목련극이나 신맞이 제사놀이는 치성을 드리는 것이지만 오락이기도 하므로, 배역은 저승사자 차림을 해야지 보통 차림을 하면 재미가 없다──보통 차림이라면 연기를 한다고 할 수 없다──유별나게 하는 것이 더 좋으므로 사람들은 그에게 '어떤 무상'의 옷을 갖다 입혔다. 하기는 그 모양에 대하여서 똑똑히 아는 사람도 없다. 하지만 이로부터 그 모양은 더욱 엉터리로 전해지게 되었다. 그러므로 난징 사람과 내가 이른바 활무상이라고 하는 것은 저승 일을 맡아보는 자이면서도 사유분의 의관을 차리고 진짜 활무상의 이름을 가지고 있다. 이것은 경전에 크게 배치되며 황당하기 짝이 없는 것이다.

깊은 학문을 가진 국내의 군자들이 이에 대하여 어떻게 생각하실지?

나는 본래 무슨 후기를 쓰려고 한 것이 아니라 그저 몇 장의 낡은 그림을 찾아내어 삽화로 삼으려고 하였다. 그러던 것이 뜻밖에도 그 목적을 이루지 못하고 그림들을 비교해 가며 가위질을 하여 오려 붙이는 한편 이렇게 되는대로 의견을 늘어놓게 되었다. 얼마 안 되는 본문은 쓰다 말다 거의 일 년이 걸렸으며 이 짧막한 후기도 쓰다 말다 근 두 달이 걸렸다. 날씨가 어찌나 무더운지 등에서는 땀이 비오는 듯하여 이것 또한 견딜 수가 없다. 이것으로 그치고자 한다.

1927년 7월 11일 광저우 둥티東提 숙소의 서쪽 창 아래에서

주)_____

1) 원제는 「後記」, 1927년 8월 10일 『망위안』 반월간 제2권 제15기에 발표되었다.

2) 이제옹(李濟翁). 이름은 광문(匡文), 자는 제옹(濟翁), 룽시(隴西; 지금의 간쑤甘肅 둥부東部)
   사람. 당나라 종실의 후손으로 소종(昭宗) 황제 때에 종정소경(宗正少卿) 등의 직책에
   임명되었다. 그의 저작인 『자가집』(資暇集)은 모두 세 권으로 옛 물건들을 고증하고 역
   사적 사실을 기술한 책이다.

3) 변하(汴河)는 카이펑(開封)에 있는 인공운하, 수 양제의 대업(大業) 시기(605~618년)에
   대운하의 일부분으로 황허 물을 끌어들여 건축했다.

4) 헌종(憲宗). 당나라 황제로 이름은 이순(李純, 778~820). 805년에 즉위하여 주로 번진(藩
   鎭) 세력들을 토벌하는 데 치중했다.

5) 학빈(郝玭). 『구당서』(舊唐書)에는 학체(郝玼)로 되어 있다. 당나라 정원(貞元), 원화(元
   和) 연간 린징(臨涇; 지금의 간쑤성 전위안鎭元)의 진수(鎭守) 장군(후에는 자사로 승진)이
   었다. 『구당서』 「학빈전」에는 "빈은 …… 변경에서 30년 동안 장수로 있었는데, 매번 전
   쟁 때마다 번국(蕃國)의 포로를 잡았다. 반드시 발목을 자르고 뼈를 발라 그 시체를 돌
   려보냈기 때문에 번국 사람들이 두려워하여 신과 같이 여겼다. …… 번에서는 어린아
   이들이 울면 빈의 이름을 불러 겁을 주었다"고 기재되어 있다. 번은 당시 청장고원(靑
   藏高原)의 소수민족을 지칭한다.

6) 무종(武宗). 당나라 황제로 이름은 이전(李瀍, 814~846). 840년에 즉위하여 846년에 사
   망했다.

7) 설윤(薛尹). 설원상(薛元賞)을 지칭한다. 당나라 무종(武宗) 회창(會昌) 연간에 경조(京
   兆; 당시의 수도 장안과 그 부근)의 부윤을 역임했다. 『신당서』(新唐書) 「설원상전」(薛元賞
   傳)에는 "원상이 부임한 지 사흘 만에 불량배를 가두고 매를 쳐서 30여 명을 죽여서 저
   잣거리에 전시했다"고 기록되어 있다.

8) 장문원료(張文遠遼). 장료(張遼, 169~222). 자는 문원(文遠), 삼국시대에 안문마읍(雁門馬
   邑; 지금의 산시山西 숴현朔縣) 사람이다. 조조의 부장으로 여러 차례 전쟁에서 공을 세웠
   다. 건안 20년(215) 손권이 허페이(合肥)를 공격할 때, 그는 팔백 명의 용사들을 거느리
   고 손권의 군대를 대파하여 그 명성이 강동(江東)에 떨쳤다.

9) 수이양(睢陽). 지금은 허난(河南) 상추(商丘). 당나라 안록산의 난 시기에 전투가 크게 벌
   어진 곳이다.

10) 창웨이쥔(常維鈞, 1894~1985). 이름은 혜(惠), 자는 유균(維鈞), 허베이 완핑(宛平; 지금
    은 베이징에 속함) 사람. 베이징대학 법학과를 졸업하고 베이징대학 『가요』(歌謠) 주간
    편집을 맡았다.

11) 호문병(胡文炳). 간쑤 쑤저우(肅州; 지금의 주취안酒泉) 사람. 청 도광(道光) 29년(1849)
    공거에 선발되어 후난 샹샹(湘鄕)의 지현을 지냈다.

12) 『백효도』(百孝圖). 즉 『백효도설』(百孝圖說)은 청나라 시기 유보진(俞葆眞)이 편집하고 유태(俞泰)가 그림을 그려 넣은 책으로, 모두 다섯 권이며 부록으로 시 한 권이 있다.

13) 정지(鄭績, 1813~1874). 자는 기상(紀常), 광둥 신후이(新會) 사람. 『화론』(論畵) 2권, 『몽환거화학간명』(夢幻居畵學簡明) 등의 저작이 있다.

14) 삼국시대 오나라(222~280) 이아(李娥)의 이야기이다. 『태평어람』(太平御覽) 권415에 인용된 『기문』(紀聞)에 나와 있다. "이아의 아버지는 오나라 대제(大帝) 시대에 철관(鐵官)의 직으로 대장장이 일을 하면서 군사무기를 주조하고 있었다. 어느 날 저녁 금을 제련하고 있는데 화로가 다 마르도록 금이 나오지 않았다. 당시는 오나라가 건립된 초기라서 법령이 매우 엄하였다. 국가 재산을 십만 이상 손해 끼칠 경우 즉시 참수형을 당하며, 곱절을 배상해야 하고 또 집안은 몰수당했다. 이아의 아버지는 배상액이 수천만을 넘었다. 당시 십오 세였던 이아는 너무도 절통하여 분노를 금치 못하고 스스로 화로 안으로 뛰어들었다. 그러자 금이 끓어오르다가 화로 입구로 넘쳐 나왔다. 이아는 두 발로 딛고서 화로 위로 떠올랐는데 몸은 이미 변해 버렸다."

15) 자하(子夏, B.C. 507~?)는 공자의 제자.

16) 『백미신영』(百美新咏)은 청나라 건륭 시대 광둥의 안희원(顏希源)이 편집하여 출판한 시화집으로, 그 안에는 고대 미녀인 반비(潘妃; 남제南齊 동혼후東昏侯의 비로 미모가 뛰어났다고 알려짐), 요랑(窅娘; 남당南唐 이욱李煜 황제의 비로 무용에 뛰어났다고 알려짐) 등 백 명의 시와 초상화가 수록되어 있다. 「신영」(新咏), 「도전」(圖傳), 「집영」(集咏)의 세 부분으로 나뉘어 있다. 「신영」은 안희원 자신이 제목을 붙인 시가로 매 사람마다 한 수씩이며, 「도전」은 초상화이고, 「집영」은 옛사람들이 반비 등을 읊은 시들을 수집한 것이다.

17) 목란(木蘭)이 아버지를 대신하여 군대에 나간 이야기로, 북조(北朝)시대 민간에서 탄생한 『목란시』(木蘭詩)에 나오지만, '정사'(正史)에는 보이지 않는다.

18) 『수서』(隋書). 수나라 대의 기전체 역사서. 당나라 위징(魏徵) 등이 편찬했는데 모두 85권이다.

19) "오나라 땅에 사는 왕정(王鼎)이 잘못을 무릅쓰고 삼가 아룁니다"라는 뜻이다.

20) 진숙보(陳叔寶, 553~604). 남조 시기 진나라 마지막 임금. 『남사』(南史) 「진본기」(陳本紀)에 다음과 같은 기록이 있다. "(진숙보가) 이미 용서를 받아서, 수 문제(文帝)가 그에게 두텁게 은혜를 베풀었다. 여러 차례 알현을 허락했고, 동삼품(同三品; 재상과 같은 급의 벼슬)에 임명해 주었다. 매번 연회를 베풀기 전에는 상심할까 저어하여 오나라 음악을 연주하지 못하게 했다. 후에 그를 감시하는 이가 '숙보가 말하기를 직위가 없는 바와 마찬가지이니, 조회를 할 때에 관호를 하나 주었으면 합니다'라고 했다는 말을 상주했다. 수 문제가 말하기를 '숙보는 정말 간도 쓸개도 없는 놈이로구나'."

21) "백 가지 행동 가운데 으뜸"(百行之先). 이 말은 『구당서』 「유군양부송홍귀전」(劉君良附

宋興貴傳)에서 인용한 당 고조(高祖)의 조칙으로 "선비는 백 가지 행동이 있는바, 그중에서 효경(孝敬)이 으뜸이다"라는 기록이 있다.

22) 조아(曹娥)에 관한 일은 『후한서』(後漢書) 「효녀조아전」(孝女曹娥傳)에 보인다. "효녀 조아는 후이지(會稽) 상위(上虞) 사람이다. 아버지는 우(盱)로 거문고와 노래에 능해서 무축(巫祝)을 맡았다. 한(漢) 안정(安定) 2년 5월 5일 현에 있는 강의 파도를 거슬러 올라가며 영신(迎神) 춤을 추다가 익사해서 시신을 수습하지 못했다. 조아는 열네 살로 강을 따라가며 호곡(號哭)을 했는데 밤낮으로 울음소리가 끊이질 않았다. 십칠 일 만에 강에 투신하여 죽었다." 삼국 위(魏)의 감단순(邯鄲淳)이 쓴 『조아전』(曹娥傳)의 글 중에는 조아가 "닷새가 지나서 부친의 시신을 껴안고 나왔다"는 말이 있다.

23) 오우여(吳友如, ?~약 1893). 이름은 유(猷) 혹은 가유(嘉猷), 자는 우여, 장쑤 위안허(元和; 지금의 우현吳縣) 사람으로 청나라 말엽의 화가. 그는 처음에는 쑤저우에서 연화(年畵)를 그렸다가 후에 상하이로 가서 『점석재화보』(點石齋畵報)를 주로 그렸다. 또한 많은 소설들의 삽화를 그렸다. 작품집으로 『오우여 화보』(吳友如畵寶)를 출판했다.

24) 오다 가이센(小田海僊, 1785~1862). 일본 에도시대 후반기에 활동한 화가로 산수화, 화조화, 인물화에 뛰어났다.

25) 양(梁)나라 시대 유검류(庾黔類)의 이야기. 『양서』(梁書) 「유검류전」에 보인다. 유검류의 부친 유이(庾易)의 병이 매우 심했을 때, "의사가 말하기를, '병의 상태를 알고 싶다면, 그 대변이 쓴지 단지 맛을 보아야 합니다'고 했는데, 유이가 설사를 하자 아들인 유검류가 번번이 그것을 취하여 맛을 보았다"는 구절이 있다.

26) 하운제(何雲梯, 1851~1908). 청말의 화가, 인물화에 뛰어났다고 알려짐.

27) 동한(東漢)시대 무(武)씨 가족이 묘장된 4개의 석실로 네 면의 벽에 석각의 화상(畵像)이 새겨져 있다. 그중에 무량사(武梁祠)가 가장 오래되었기에 일반적으로 '무량사 화상'이라고 부른다.

28) 『금석췌편』(金石萃編)은 청나라의 왕창(王昶)이 편집한 것으로, 모두 160권이다. 하, 상, 주에서 송나라 말기까지의 금석문자 1천5백여 건이 들어 있다. 『무량사화상』도 여기에 수록되어 있다.

29) 『고사전』(高士傳)은 진(晉)나라 시대 황보밀(皇甫謐)이 지었다. 모두 3권이다. 상고에서 위진시대까지의 선비(高士) 96명을 기록했다. 남송시대 이석(李石)의 『속박물지』(續博物志)에 근거하면 황보의 원서에는 72인이 있었으나, 그 후세 사람들이 초록한 『태평어람』에 인용된 혜강(嵇康)의 『고사전』, 『후한서』 등에는 증가하였다.

30) 유서(類書). 여러 책들을 내용이나 항목별로 분류하여 찾아보거나 인용하도록 엮은 공구서, 일정한 순서에 의해 배열하는데, 글자나 운자(韻字)에 따라 구분하는 방법을 사용하여 배열한다.

31) 여기서는 사람이 죽을 무렵 혼을 빼앗아 가는 귀신을 의미한다.

32) 장마오천(章矛塵, 1855~1939) 이름은 옌첸(延謙), 필명은 추안다오(川島), 저장 상위 사람. 저서로는『루쉰과 함께 보낸 날들』이 있다.

33) 목련회(目連戲). 중국 희극의 한 종류. 명나라 시대 장시(江西) 지방의 민간음악에서 시작되었다. 극 내용은 불경의 '우란'(盂蘭)에서 기원하는바, 당나라 시대에 설창문학으로 '목련이 어머니를 구하다'는 내용으로 변했다.

34) 신맞이 제사놀이(迎神賽會). 사당에서 신상을 꺼내 받들어 거리를 행진하는 제사놀이.

35) 쉬스창(徐世昌, 1855~1939). 자는 국인(菊人), 톈진(天津) 사람. 청 선통 황제 시기에 내각 협리대신을 역임했고, 1918년에서 1922년까지 베이양정부의 총통을 지냈다. 그는 처세술에 능란한 관료로 "될 대로 돼라"는 말은 그가 늘 입에 달고 다니던 처세 방법의 한 구절이다.

36) 이 말은『장자』「소요유」(逍遙遊)에 나온다. 여기서는 사물 그 자체가 중요한 것이지 명칭은 종속된 것이라는 의미이다.

37) 이 말은『논어』「학이」(學而)편에 나온다. "삼 년간 아버지의 도를 고치지 않는다면, 효라고 할 만하다."

38) 창귀(倀鬼). 예전의 미신에서 말하기를, 사람이 범에게 잡아먹힌 후 그 '귀혼'이 범이 사람을 먹도록 도와준다고 해서 '호창'(虎倀), 혹은 '창귀'라고 불렀다. 당나라 배형(裴鉶)의『전기』(傳奇)「마증」(馬拯)에는 "이것은 창귀로서 범이 사람을 먹을 때 범 앞에서 큰소리로 꾸짖는다"고 했다. 고사성어 '호랑이를 위해 창귀가 된다'(爲虎倀鬼)가 여기서 유래한다.

새로 쓴 옛날이야기 故事新編

『새로 쓴 옛날이야기』(故事新編)는 루쉰이 1922년부터 1935년 사이에 쓴 소설 8편을 수록하고 있다. 1936년 1월, 상하이 문화생활출판사에서 바진(巴金)이 주편한 '문학 총간'(文學叢刊)의 하나로 처음 출판되었다. 루쉰 생전에 모두 7쇄 간행되었다.

서언[1]

이 작은 작품집을 쓰기 시작해 책으로 묶기까지는 상당히 긴 시간이 걸렸다. 꼬박 13년이나 걸렸다.

「하늘을 땜질한 이야기」(원제목은 「부저우산」不周山)는 1922년 겨울에 쓴 것이다. 그때 생각으로는 고대에서 현대까지 여러 곳에서 두루 재료를 취해 단편소설을 쓰려 했었다. 「부저우산」은 '여와女媧가 돌을 달구어 하늘을 보수했다'라는 신화에서 소재를 취해 시험 삼아 지어 본 첫 작품이었다. 처음에는 매우 진지하였다. 단순히 프로이트의 학설로 창조──인간과 문학──의 연관관계를 해석하려 한 것에 지나지 않았지만, 어떤 사정이 있어 중도에 그만 붓을 놓았다. 그러던 중 우연히 신문을 보다가 불행하게도 누군가가──이름은 잊었다──쓴 왕징즈 군의 『혜초의 바람』에 대한 비평문을 읽게 되었다. 그는 눈물로 간청하노니 젊은이여 다시는 이런 글을 쓰지 말라고 호소하고 있었다.[2] 이 가련하고 음험한 비평을 보면서 나는 좀 장난을 치고 싶은 생각이 들었다. 그리고 다시 소설을 쓰게 되면서 옛날 의관을 차려입은 작은 사내를 여와의 가랑이 사이에 배치하지 않고는 견딜 수가 없었다. 이것이 바로 내가 처음 이 소설을 쓸 때의 진지함에서 장난기로 빠져들게 된 발단이었다. 장난기는 창작에서 큰 적이다. 나는 나 자신에 대하여 아주 불만스러웠다.

나는 다시는 이런 유의 소설을 쓰지 않으리라 결심했다. 그래서 소설집 『외침』을 출판할 때, 「부저우산」을 그 작품집 끝에 수록하면서 이것이 처음이자 마지막이 될 것이라고 결심하였던 것이다.

그 무렵 우리의 비평가이신 청팡우 선생께서는 창조사 입구에 내건 '영혼의 모험'이라는 깃발 아래서 도끼를 마구 휘두르고 계셨었다.[3] 그는 '통속'이라는 죄명을 씌워 나의 『외침』을 갈가리 토막쳐 버렸다. 그런데 오직 「부저우산」만은 좋은 작품——물론 결점은 좀 있는 모양이었으나——이라고 칭찬했다. 솔직히 말하자면, 바로 그 점 때문에 나는 그 용사에게 승복할 수 없게 되었고 그를 또 경멸하게 되었다. 나는 '통속'을 가볍게 생각하지 않으며 오히려 '통속'을 기꺼워한다. 역사소설이 문헌을 폭넓게 조사해야 하고, 말하는 것에 있어서도 반드시 그 근거를 대야 한다고 하여 '교수소설'敎授小說이라고 비난하는 사람들도 있다. 그러나 사실은 구성이 매우 까다로운 작품인 것이다. 하찮은 소재를 취해 멋대로 윤색을 가해서 한 편 만들어 내는 데는 뭐 대단한 기량이랄 것이 필요한 건 아니다. 하물며 '물을 마시는 물고기가 물의 차고 뜨거움을 잘 아는 것과 같은' 경우임에랴. 속된 말로 하자면 '자기 병은 자기가 안다'고나 할까.

「부저우산」의 후반은 아주 엉성하게 쓴 것이어서 절대로 좋은 작품이랄 수 없다. 만일 독자가 그 모험가의 말을 믿었다고 한다면, 스스로 잘못한 것이며 나 또한 다른 사람을 잘못되게 만든 셈이 된다. 그래서 나는 『외침』 제2판을 찍었을 때[4] 이 소설을 삭제함으로써 그 '영혼' 선생에게 답례로 정수리에 일침을 가했던 것이다. 말하자면 내 단편소설집에 '통속'만을 남겨 제멋대로 설치게 두었다.

　그리고 1926년 가을이 되었다. 나는 혼자 샤먼廈門의 석조 건물에 살았다.[5] 바다를 바라보며 고서를 뒤적이노라면 사방에 인기척이라고는 없고 마음은 텅 빈 듯 허허로웠다. 그때 베이징의 웨이밍사[6]에서 잡지에 실릴 원고 독촉 편지가 계속 날아왔다. 나는 그 당시 현재의 문제에 관심을 갖고 싶지 않았다. 그래서 마음속 저 밑에 침전된 것을 회상하여 『아침 꽃 저녁에 줍다』朝花夕拾 열 편을 썼고, 고대의 전설 같은 데서 소재를 따다가 한번에 이 『새로 쓴 옛날이야기』故事新編 여덟 편을 완성하고자 했다. 그러나 「달나라로 도망친 이야기」奔月와 「검을 벼린 이야기」鑄劍(발표 당시의 제목은 「미간척」眉間尺)만을 쓰고는 광저우로 도망갔기 때문에 이 작업도 완전히 중단되고 말았다. 그 뒤로 이따금씩 소재를 얻으면 급하게 써 보기도 하였으나 계속 정리를 하지 못했었다.

　이제야 겨우 한 권의 책으로 묶을 수 있게 되었다. 이 중에는 급히 쓴 것이 대부분이어서 '문학개론'에서 말하는 이른바 소설이라 하기에는 부족한 것들이 있다. 사건을 기술하면서 어떤 것은 옛날 책에 근거를 둔 것도 있지만, 어떤 것은 마음대로 써 내려간 것도 있다. 더구나 옛날 사람에 대한 나의 태도는 현대인에 대한 것처럼 그렇게 정성스럽거나 공경스러운 것이 못 되어서 수시 장난기가 발동함을 억누를 수 없었다. 13년이 흘렀지만 여전히 별다른 진전은 없다. 정말로 여전히 「부저우산」과 같은 수준을 면치 못하였다"이다. 그래도 옛날 사람을 다시 죽게 쓰지는 않았으니, 잠시 동안은 세상에 존재할 만한 여지가 있을 것이다.

1935년 12월 26일, 루쉰

1) 원제는「序言」이다.

2) 1922년 8월에 시집 『혜초의 바람』(蕙的風)이 출판되었을 때, 당시 난징의 둥난대(東南大) 학생인 후명화(胡夢華)가 글을 발표하여 이런 유의 애정시는 "타락하고 경박한" 작품으로 "부도덕한 혐의"가 있다고 하면서 악평하였다. 루쉰은「'눈물을 머금은' 비평가를 반대한다」(反對'含淚'的批評家;『열풍』熱風)를 발표하여 후명화를 비판했다. 왕징즈(汪靜之, 1902~1996)는 안후이(安徽) 지시(績溪) 사람으로 시인이다.

3) 청팡우(成仿吾, 1897~1984)는 후난(湖南) 신화(新化) 사람으로 문학평론가이다. 5·4 시기 문예운동단체인 창조사(創造社)를 주도한 인물이다. 문학의 '자아표현'을 중시하였고 '순문학'을 주장하였다. 1927년 이후에는 궈모뤄(郭沫若) 등과 함께 혁명문학운동을 발기하였고 대장정에도 참여했다. 루쉰의 『외침』(吶喊) 출판 후 청팡우는 『창조계간』(創造季刊) 2권 2기(1924년 2월)에 『『외침』평론』을 발표하여 『외침』 가운데 「광인일기」, 「쿵이지」, 「약」, 「아Q정전」 등은 모두 '천박'하고 '통속'적인 '자연주의' 작품일 뿐이며 그 가운데 「부저우산」만이 "만족스럽지 않은 곳이 있지만" 그런대로 "좀더 발전한다면 순문학의 궁전에 들어갈" 수 있는 "걸작"이 될 것이라고 평했다. 청팡우는 이 글에서 프랑스 작가 아나톨 프랑스(Anatole France)가 『문학생활』(*La Vie littérature*)에서 했던 말, 문예비평은 "걸작 속에서 이뤄지는 영혼의 모험"이란 말을 인용하여 "만일 비평이 영혼의 모험이라 한다면 이 외침의 웅장한 소리는 영혼이 모험을 시도하고 있는 것이라 할 만하지 않은가?"라고 했다. "영혼의 모험"이라는 본문의 말은 루쉰이 청팡우의 이 부분을 비꼬아 한 말이다. 청팡우와 루쉰 간의 이 설전은 기존 문단세력(루쉰)에 대한 청년비평가(청팡우)의 비판이란 점에서 단순한 문예관의 차이를 넘어서 세대 간의 문화적 긴장과 차이, 권력관계 등의 사적(史的) 컨텍스트를 봐야 하는 부분이다.

4) 1930년에 『외침』의 13쇄를 발행했다. 이때 「부저우산」을 삭제하였기 때문에 새로운 판본이 된 셈이다. 그래서 여기서 "제2판"이라고 한 것이다.

5) 루쉰이 샤먼대학에 임시 교사로 있을 때 거주했던 건물, '집미루'(集美樓)를 말한다.

6) 웨이밍사(未名社). 1925년 베이징에 설립된 문학단체로 루쉰, 웨이쑤위안(韋素園), 차오징화(曹靖華), 리지예(李霽野), 타이징눙(臺靜農), 웨이충우(韋叢蕪) 등이 회원이었다. 주로 러시아문학을 중심으로 한 외국문학을 소개했고 반월간인 『웨이밍』(未名)과 '웨이밍총서'(未名叢書), '웨이밍신집'(未名新集) 등을 발간했다. 1931년에 해산되었다.

하늘을 땜질한 이야기[1]

1.

여와女媧[2]는 갑자기 깨어났다.

그녀는 꿈을 꾸다 놀라 깬 것 같았다. 그러나 무슨 꿈을 꾸었는지는 또렷이 생각나지 않았다. 단지 가슴이 답답하고 무언지 미흡한 듯한, 그리고 무언지 너무 많은 듯한 느낌이 들었다. 산들산들 불어오는 따뜻한 바람이 훈훈하게 그녀의 기[3]를 온 우주에 가득 퍼지게 했다.

그녀는 눈을 비볐다.

분홍빛 하늘에는 석류꽃빛 채운彩雲이 굽이굽이 떠 있었다. 별은 그 뒤편에서 홀연히 나타났다 홀연히 사라지며 깜박거리고 있었다. 하늘 가장자리 핏빛 구름 속에는 사방으로 광선을 쏘아 대는 태양이 있어, 마치 유동하는 황금빛 공이 태고의 용암 속에 휩싸여 있는 듯했다. 저쪽 편은 쇠붙이처럼 차갑고 하얀 달이다. 그러나 그녀는 어느 쪽이 지고 있고, 어느 쪽이 떠오르고 있는지 마음에 두지 않았다.

지상은 온통 신록新綠이다. 잎이 크게 자라지 않는 소나무와 잣나무까지도 유난히 여릿여릿 보드랍다. 복사꽃빛과 연푸른 빛깔의 이름 모를 큰 꽃들이, 가까이에선 분명치 않다가 먼 곳에서는 알록달록 아지랑이가 되었다.

"아아 이렇게 따분한 적이 없었어!"

그녀는 이렇게 생각하며 갑자기 힘차게 일어섰다. 그러고는 통통하게 살이 오른, 정력이 넘치는 팔을 뻗어 하늘을 향해 기지개를 한번 켰다. 그러자 하늘은 갑자기 빛을 잃고 신기한 복삿빛으로 변해 잠시 동안 그녀가 있는 곳도 분간할 수 없게 되었다.

그녀는 이 연분홍빛 천지 사이를 걸어 해변으로 갔다. 그녀 온몸의 곡선이 연한 장밋빛 같은 바닷속으로 녹아들었다. 몸 가운데가 짙은 순백의 빛이 될 때까지 녹아들었다. 파도는 모두 깜짝 놀랐지만 질서 있게 일어났다 가라앉았다 했다. 물보라가 그녀 몸 위로 올라와 흩어졌다. 그 순백의 그림자가 바닷물 속에서 요동치자 마치 그녀의 전신이 사방팔방으로 흩어지며 나가는 듯했다. 그러나 그녀에게는 그것이 보이지 않았다. 그녀는 무심하게 한쪽 무릎을 꿇고 손을 뻗어 물기를 머금고 있는 부드러운 흙을 쥐어 올렸다. 동시에 그것을 몇 번 비벼 댔다. 그러자 곧바로 자기와 거의 비슷하게 생긴 작은 것들이 양손에 생겨났다.

"아, 아니!"

그녀는 그것이 정말 자기가 비벼 만든 것이라고 생각했다. 그런데 그것들이 마치 고구마처럼 원래는 진흙 속에 파묻혀 있었던 것이 아니었나 생각하니 경이로움을 금할 수 없었다.

그 경이로움은 그녀를 기쁘게 했다. 지금까지 없었던 의욕과 기쁨이 생겨났다. 그녀는 헉헉 숨을 내쉬며 땀에 흥건히 젖을 때까지 일을 계속했다.

"Nga! nga!"[4]

그 작은 것들이 소리를 지르기 시작하였다.

"아, 아니!"

그녀는 깜짝 놀랐다. 자기 온몸의 털구멍에서 무언가가 날아가 모두 흩어지고 있다고 생각했다. 그러자 지상에는 뽀얀 젖빛 안개가 가득 덮이게 되었고, 그녀는 겨우 정신을 진정했다. 그 작은 것들도 입을 다물었다.

"Akon, Agon!"

작은 것들 몇 놈이 그녀를 향해 말했다.

"아아, 귀여운 놈들."

그녀는 그것들을 응시하며 흙 묻은 손가락을 뻗어 그 하얗고 포동통한 얼굴들을 살짝 건드렸다.

"Uvu, Ahaha!"

그들이 웃었다. 이것은 그녀가 천지간에서 처음 본 웃음이었다. 그래서 그녀도 처음으로 입이 다물어지지 못할 정도로 웃었다.

그녀는 그것들을 어르는 한편 만들기를 계속했다. 만들어진 것들이 모두 그녀 둘레를 에워쌌다. 그러나 그것들은 점점 멀리 갔고 점점 많은 말을 하게 되었다. 그녀도 점점 알아들을 수 없게 되었다. 단지 귓전 가득 왕왕거리는 소리만 들릴 뿐이었다. 시끄러워 머리가 멍해질 지경이 되었다.

오래 지속되는 희열 속에서 그녀는 일찌감치 피로를 느꼈다. 그녀는 숨을 거의 다 쉬어 버렸고, 땀을 다 흘려 버렸으며, 머리조차 아득해지고, 두 눈은 흐릿해지기 시작했다. 양 볼에도 점점 열이 나기 시작했다. 자기 자신도 무미건조한 느낌이 들어 견딜 수 없게 되었다. 그러나 그녀는 여전히 손을 놀려 무의식적으로 그저 만들기를 계속했다.

마침내, 팔다리가 시큰거리며 아파왔다. 그녀는 일어섰다. 완만하고 평평한 높은 산에 기대어 위를 한번 올려 보았다. 하늘은 온통 고기비늘 같은 하얀 구름 일색이었다. 아래쪽은 무겁고 무거운 검은빛의 진초록이었다. 그녀는 왠지 모르게 몸의 좌우가 마음대로 되지 않음을 느꼈다. 초조한 마음에 손을 뻗어 잡히는 대로 와락 잡아당겼다. 산 위에서부터 하늘 끝까지 뻗어 있던 등나무가 뿌리째 뽑혔다. 그 등나무에는 갓 피어난, 형용할 수 없이 아름다운, 커다란 보라 꽃들이 송이송이 달려 있었다. 그녀가 한번 휘젓자 등나무는 가로로 땅 위에 쓰러지듯 넘어졌고, 보라와 흰빛이 어우러진 꽃잎들이 천지에 가득 흩어졌다.

이어 그녀가 다시 한번 손을 내젓자마자 등나무는 곧바로 흙과 물속에서 몸체를 뒤집었고, 동시에 물과 반죽된 흙이 튀어 올랐다. 그 흙과 물이 땅 위로 떨어지자 조금 전 그녀가 만들었던 것과 같은 작은 것들이 무수히 생겨났다. 그런데 그것들 대부분은 멍청한 머리에다 쥐 눈을 한 밉상스런 것들이었다. 그러나 그녀는 그런 데 신경 쓰고 있을 겨를이 없었다. 단지 재미있고 분주하게, 못된 장난기가 발동한 손놀림으로 뒤집기를 계속하였다. 뒤집고 뒤집으면서 저절로 속도가 빨라졌다. 등나무는 마치 끓는 물을 뒤집어쓴 상처 입은 뱀처럼 물과 흙투성이가 되어 땅 위에서 데굴데굴 굴렀다. 흙방울도 마치 폭우처럼, 등나무 몸체에서 흩어져 날아갔고, 땅 위에 채 떨어지기도 전 공중에서 응애, 응애 울어 대는 작은 것들로 변했다. 그것들은 땅 가득히 흩어져 이리저리 기어오르고 내렸다.

그녀는 거의 넋을 잃을 지경이 되었으나 계속 휘저었다. 이제는 다리와 허리만 아플 뿐 아니라 양팔도 힘이 없어졌다. 그래서 그녀는 자신도 모르게 몸을 비스듬히 기울여 머리는 높은 산에 기대고 칠흑 같은 머리칼은 산봉우리에 뉘었다. 잠시 숨을 헐떡인 후, '푸' 하고 큰 숨을 내쉬더니 두 눈을 감았다. 등나무는 그녀의 손에서 떨어져 나갔다. 그 나무 역시 참을 수 없을 정도로 지친 듯 녹자지근한 모습으로 땅 위에 몸을 뉘었다.

2.

콰앙!!!

천지가 무너지는 소리에 여와는 깜짝 놀라 깼다. 깨어남과 동시에 그녀는 동남쪽으로 그대로 미끄러져 떨어졌다.[5] 발을 뻗어 멈춰 보려 하였으나 아무것도 발에 걸리지 않았다. 다급하게 팔을 뻗어 산봉우리를 붙들었다. 그제서야 겨우 더 이상 아래로 미끄러지지 않는 꼴이 되었다.

그런데 이번에는 물과 모래가 등 뒤에서 그녀의 머리 위와 몸 옆으로 와르르 굴러 내려가는 것을 느꼈다. 잠시 돌아보고자 했으나, 입안 가득 그리고 두 귀로 물이 들어왔다. 그녀는 얼른 머리를 숙였다. 지표면이 끝없이 요동치고 있는 것이 눈에 들어왔다. 다행히 그 요동이 점점 진정되어 가는 것 같았다. 그녀는 뒤로 물러나 일단 안전하게 앉았다. 그러고는 손을 올려 이마 가장자리와 눈가의 물을 좀 훔치고 어떻게 된 형국인지 자세히 살펴보았다.

형세는 분명치 않았다. 사방에 폭포처럼 물이 흐르고 있었다. 아마도 바닷속인가 보다. 몇 군데는 아주 뾰족한 파도가 다시 일어서고 있었다. 그녀는 그저 멍하니 기다리는 수밖에 없었다.

이윽고 아주 조용해졌다. 큰 파도가 조금 전의 산 높이 정도에 불과해 마치 육지 곳곳이 울퉁불퉁 모서리를 드러낸 석골石骨 같았다. 그녀가 막 바다를 향해 눈을 돌리는데, 몇 개의 산이 흘러들어 와, 파도더미 속에서 소용돌이치고 있었다. 그녀는 그러한 산들이 자기 발에 부딪힐까 걱정되어 손을 내밀어 건져 올렸다. 산들의 밑자락을 보니 지금까지 본 적이 없는 것들이 무수히 숨어 있었다.

그녀는 팔을 오므려 산을 가까이 당겨 자세히 보았다. 그것들 옆의 땅 위에는 토해낸 것들이 낭자하게 흩어져 있었다. 마치 금이나 옥의 분말 같았다. 거기에는 씹어서 잘게 부서진 송백松柏의 잎과 어육魚肉 같은 것들이 섞여 있는 듯했다. 그것들도 서서히 하나둘씩 고개를 들기 시작했다. 여와는 눈을 동그랗게 떴다. 그제야 그것들이 아까 자기가 만들어 낸 작은 것들임을 겨우 알 수 있었다. 단지 그것들은 기괴한 꼴을 하고 있었다. 이미 무엇인가로 몸을 감싸고 있는 것이었다. 그중 몇 개는 또 얼굴 하반부에 새하얀 털들이 나 있었다. 바닷물에 엉겨 붙어 끝이 뾰족뾰족한 백양나무 잎 같긴 하였지만.

"아니, 아니!"

그녀는 놀라고 그리고 무서워하며 외쳤다. 마치 송충이라도 만진 듯 피부에는 소름이 돋았다.

"도사님,[6] 살려 주세요……"

얼굴 아래쪽에 흰 털이 난 것이 고개를 들고 구역질을 하면서 숨넘어가는 소리로 말했다.

"살려 주세요…… 신臣들은…… 신선의 술법을 배우고 있습니다. 악운이 닥쳐 천지가 무너질 줄을 누가 알았겠습니까…… 이제 다행히……

도사님을 만났으니……. 부디 이 미천한 목숨을 살려 주시고……. 또한 선, 선약仙藥을…… 베풀어 주시옵기를…….”

그러면서 그는 머리를 한번 들어 올렸다 한번 떨어뜨렸다 하면서 이상한 동작을 반복했다.

“뭐라고?”

그녀는 너무 얼떨떨해 이렇게만 말했다.

그것들 중 다른 많은 것들도 입을 열었다. 한결같이 구역질을 하면서 한편으로는 “도사님, 도사님” 하고 외치고 이어서 다시 이상한 동작을 반복했다. 그녀는 그들 때문에 마음이 어지러워졌다. 번거롭다는 생각도 들었다. 그녀는 후회했다. 쓸데없이 나무를 잡아당겨 영문 모를 재난을 불러들인 것에 대해. 어찌할 바를 몰라 사방을 둘러보니, 커다란 거북이 떼가 바다 위에서 헤엄치며 놀고 있는 것이 보였다. 그녀는 자기도 모르게 너무나 기뻤다. 곧 그 산들을 거북이 등 위에 올려놓으며 부탁했다.[7]

“좀 안전한 곳으로 태우고 가 다오!”

거대한 거북이들은 마치 고개를 끄덕이는 듯하더니, 떼를 지어 그것들을 태우고 멀리 가 버렸다. 그런데 아까 좀 세게 잡아당기는 바람에 얼굴에 흰 털 있는 것 하나가 산에서 내동댕이쳐져 떨어졌다. 지금 그것은 뒤쫓아 가지도 못하고 또 헤엄칠 줄도 몰랐다. 그는 해변에 엎드려 자기 뺨을 때리고 있었다. 이는 여와로 하여금 가엾다는 생각이 들게 했으나 역시 모른 척하기로 했다. 사실 그녀는 그런 것까지 신경 쓸 겨를이 없었기 때문이다.

그녀는 한숨을 한번 내쉬었다. 가슴이 다소 가벼워졌다. 다시금 자기 주변으로 눈을 돌려 살펴보았다. 흐르던 물이 이제 상당히 빠져나가 여기저기 널찍한 땅과 돌이 드러나기 시작했다. 돌 틈 사이에도 많은 것들이 끼어 있었다. 쭉 뻗은 것도 있고, 아직 움직이고 있는 것도 있었다. 그녀가 힐끗 보니 그중 하나가 눈동자를 하얗게 하여 그녀를 멀뚱하니 보고 있었다. 그것은 온몸을 수많은 쇳조각으로 싸매고 있었다. 얼굴의 표정은 무척 실망스럽고 두려워 보이는 듯했다.

"무슨 일이냐?"

그녀는 아무렇게 나오는 대로 물어보았다.

"아아, 하늘은 재앙을 내리시도다."

그것은 처량하고 슬픈 듯이 말했다.

"전욱께서 부덕하여 우리 군주에게 거역하였도다. 우리 군주께서 친히 천벌을 행하고자 벌판에서 싸우셨으나, 하늘은 덕 있는 자를 돕지 않으시어 우리 군사가 도리어 패하였고……."[8]

"뭐라고?"

그녀는 이제까지 이런 말을 들어 본 적이 없었으므로 매우 기이하게 생각했다.

"우리 군사가 도리어 패하였고 우리 군주께서 그 목을 부저우산에 부딪히셨도다. 이로 인해 하늘 기둥이 부러지고, 이로 인해 땅이 갈라졌으며, 우리 군주 또한 붕어하셨도다. 오호라 진실로……."

"됐어, 됐어. 난 네 말 뜻을 모르겠어."

그녀는 얼굴을 돌려 버렸다. 그런데 또 즐거워 보이기도 하고 거만해 보이기도 한 얼굴의 한 놈이 눈에 띄었다. 그것도 숱한 쇳조각으로 온몸을 감싸고 있었다.

"무슨 일인가?"

그녀는 그때서야 비로소 그 작은 것들이 여러 가지 다른 모습의 얼굴로 변할 수 있다는 걸 알았다. 그래서 그녀는 아까와는 달리 알아들을 수 있는 대답을 들어 볼 생각으로 다시 물었다.

"인심人心이 옛날 같지 않아, 강회康回가 참으로 짐승 같은 마음으로 천위天位를 넘보도다. 우리 군주께서 친히 천벌을 행사하사 교외에서 싸우셨으니, 하늘은 진실로 덕 있는 자를 도왔도다. 우리 군사가 공격하매 대적할 자 없으니 강회를 부저우산에서 패망시켰도다."[9]

"뭐라고?"

그녀는 여전히 이해하지 못한 듯했다.

"인심이 옛날과 같지 않아……."

"됐어, 됐어. 또 그 타령!"

그녀는 화가 나 양 볼이 귀밑까지 금방 빨개졌다. 등과 머리를 급히 돌려 그녀는 다른 곳을 살폈다. 이번에서야 비로소 쇳조각으로 몸을 싸지 않은 것이 눈에 띄었다. 그것은 벌거벗은 몸에 상처가 나 아직도 피가 흐르고 있었다. 허리에만 누더기를 두르고 있었다. 그는 방금 쭉 뻗어 버린 자의 허리에서 그 누더기를 풀어내 제 허리에 황급히 둘렀다. 그런데도 용모는 아주 단정해 보였다.

그녀는 그자가 쇳조각으로 몸을 싼 자들과는 다른 종류니 반드시 어떤 단서를 찾아낼 수 있으리라 생각하여 물었다.

"무슨 일인가?"

"무슨 일이겠지요."

그자는 약간 고개를 쳐들고 말했다.

"좀전의 그 소동은……?"

"좀전의 그 소동 말씀입니까?"

"전쟁이겠지?"

하는 수 없이 그녀 스스로 추측해 보았다.

"전쟁일까요?"

그런데 그도 되물었다.

여와는 한숨을 쉬었다. 얼굴을 들어 하늘을 쳐다봤다. 하늘에는 굉장히 깊고 큰 균열이 가 있었다. 그녀는 일어나 손톱으로 한번 살짝 튕겨보았다. 맑고 깨끗한 소리가 나지 않고 깨진 그릇 같은 소리가 났다. 그녀는 미간을 찌푸린 채 사방을 살펴보고는 잠시 생각을 하더니, 머리칼의 물을 털어내고, 머리칼을 어깨 위 좌우로 갈라 놓았다. 정신을 수습한 뒤 여러 곳에서 땔감으로 쓸 갈대를 뽑았다. 그녀는 이미 '먼저 수리부터 하자'[10]고 작정을 한 것이다.

그때부터 그녀는 밤이나 낮이나 갈대를 쌓아 올렸다. 장작더미가 높이 쌓여 올라감에 따라 그녀도 그만큼 야위어 갔다. 형편이 그 전과 비교할 수 없이 달랐기 때문이다. 올려다보면 기우뚱 균열이 생긴 하늘이요, 내려다보면 뒤죽박죽 엉망이 된 땅이어서 눈과 마음을 즐겁게 해줄 수 있는 것이 하나도 없게 된 것이다.

땔감으로 쓸 갈대가 그 갈라진 하늘 구멍에까지 다다르자, 그녀는 푸른 돌을 찾아 나섰다. 처음에는 하늘과 같은 색으로 순수하게 새파란 색의 돌만 쓸 생각이었다. 그러나 그런 돌이 지상에 그렇게 많지 않았으며 또 큰 산은 쓰기가 아까웠다. 때로는 시끌벅적한 곳으로 자잘한 돌을 찾으러 가기도 했다. 이를 본 사람들은 냉소를 하거나 욕지거리를 하고 혹은 주운 돌을 도로 빼앗거나 심지어 그녀의 손을 물어뜯기도 하였다. 그래서 그녀는 할 수 없이 흰 돌도 조금 섞었다. 그래도 모자랐으므로 불그레한 것이나 희끄무레한 것까지 주워 모았다. 그리하여 마침내는 찢어진 구멍을 거의 모두 메웠다. 불을 붙여 한번에 녹이기만 하면 일은 끝나는 것이다. 그러나 그녀는 눈앞이 어지럽고 귀가 울릴 정도로 지쳐 서 있을 수가 없게 되었다.

"아아, 이렇게 재미없어 본 적이 없는데."

그녀는 산꼭대기에 앉아 양손으로 머리를 받쳐 들고 숨을 헉헉거리며 말했다.

이때 쿤룬산 위 고대 삼림에서 일어난 거대한 불은 아직 꺼지지 않고 있었으며[11] 서쪽 하늘가는 온통 새빨간 빛으로 물들어 있었다. 그녀는 서쪽을 한번 힐끗 노려보더니, 불타고 있는 큰 나무를 거기에서 가져다 갈대 장작더미에 불을 붙여야지 하고 생각했다. 그런데 그녀가 막 손을 뻗치려 했을 때 무엇인가가 발가락을 찌르고 있는 걸 느꼈다.

그녀가 아래로 내려다보니 예상했던 대로 아까 만든 작은 것이었다. 그런데 그것은 더욱 이상한 꼴이 되어 있었다. 무슨 천 같은 것을 온몸에 주렁주렁 걸치고 있고, 허리에는 십여 겹의 천을 유별나게 걸고 있었다. 머리도 무언지 모르는 것으로 싸매고 있었고, 머리 맨 위에는 까맣고 자그마한 장방형의 널빤지[12]가 있었다. 손에는 작은 조각의 무슨 물건을 들고 있었다. 그녀의 발가락을 찌른 것이 바로 그것이었다.

그 장방형의 널빤지를 머리에 쓰고 있는 것은 바로 여와의 가랑이 사이에 서서 위를 쳐다보고 있었다. 그녀가 눈길을 돌리는 것을 보자마자 그는 황급히 손에 있는 작은 조각을 들어올렸다. 그녀가 받아서 들어보니 윤이 반짝반짝 나는 청죽靑竹으로 된 조각이었다. 그 위에는 떡갈나무 이파리의 검은 반점보다 훨씬 작은 검은 점들이 두 줄로 이어 있었다. 그녀는 그 섬세한 손재주에 탄복했다.

"이게 뭐지?"

호기심을 누르지 못해 그녀는 묻지 않을 수 없었다.

네모난 널빤지를 머리에 인 것은 죽편竹片을 가리키며 청산유수처럼 암송했다.

"벌거벗고 음탕함에 빠지는 것은 덕德을 잃고 예禮를 무시하는 것이며, 정도正道를 저버리는 것이니 금수의 짓이라. 나라에 형벌이 엄하노니, 이를 금하노라!"

여와는 그 네모난 널빤지를 향해 눈을 흘겼다. 멍청하게 물어보았다는 생각에 혼자 쓴웃음을 지었다. 그녀는 이제 이런 것에게 말을 걸어 보았자 통하지 않을 게 분명하다는 것을 알게 되었다. 그래서 그녀는 더 이상 입을 열지 않고 손을 내려 죽편을 그것의 머리 위 네모난 널빤지 위에 놓았다. 그녀는 손을 돌려 숲 속에서 불타고 있는 큰 나무 하나를 뽑아 갈대 장작더미에 불을 붙이려 했다.

그런데 갑자기 "흑흑" 하는 소리가 들렸다. 이것도 아직까지 들어 본 적이 없는 소리였다. 그녀는 짐짓 아래쪽을 향해 다시 눈길을 꽂았다. 네모난 널빤지 아래 있는 작은 눈 속에 겨자씨보다 더 작은 눈물이 두 방울 맺혀 있었다. 그것은 그녀가 이전에 익히 들었던 "nga nga" 하는 울음소리와 전혀 달랐기 때문에, 그것도 일종의 울음소리라는 것을 알지 못했다.

그녀는 불을 붙였다. 한곳에만 붙인 것이 아니다.

불길은 세차지 않았다. 갈대 장작이 잘 마르지 않았기 때문이다. 그래도 '우지직' 소리가 났다. 한참이 지나자 마침내 무수한 불꽃의 혓바닥들이 날름대며 위로 위로 핥아 나갔다. 또 한참이 지나자 불꽃은 하나로 합쳐져 겹꽃이 되었고, 다시 거대한 불기둥을 만들며 쿤룬산 위 붉은 빛을 향해 붉디붉게 육박해 들어갔다. 갑자기 큰 바람이 일자 불기둥은 둥글게 선회하며 울부짖었다. 파란 돌과 가지각색의 돌도 모두 하나같이 새빨간 빛이 되어 엿처럼 녹아들어 갈라진 틈을 메웠다. 흡사 꺼지지 않는 번갯불 같았다.

바람과 불의 기세에 말려 올라간 그녀의 머리칼은 사방으로 흩어져 소용돌이쳤다. 땀이 폭포처럼 흘렀다. 커다란 불길이 그녀의 몸을 도드라지게 비추었다. 그리하여 우주로 하여금 그녀의 마지막 살빛을 천지간에 드러내게 했다.

불기둥이 점점 위로 올라가자 장작 잿더미만 남았다. 하늘이 새파란 색이 되고 나서야 그녀는 손을 뻗어 쓰다듬었다. 아직도 꽤 우둘투둘한 감촉이 손끝에 느껴졌다.

'기력을 회복하고 다시 하리라……'

그녀는 속으로 생각했다.

그래서 그녀는 허리를 굽혀 나뭇재를 움켜쥐었다. 한 움큼씩 집어 땅 위의 큰 물 속을 메웠다. 아직 다 식지 않은 재는 물에 떨어지자마자 피식 피식 끓어오르며 그녀 주위를 잿물로 가득 튀겼다. 큰 바람이 멎을 기미를 보이지 않더니, 바람 가득 재를 싣고 그녀를 향해 덮쳐 왔다. 그리고 그녀를 잿빛으로 완전히 삼켜 버렸다.

"으윽……!"

그녀는 마지막 숨을 내쉬었다.

하늘 끝 핏빛 구름 속에는 사방으로 빛을 발하는 태양이 있었다. 그것은 마치 태곳적의 용암에 휩싸여 유동하고 있는 황금 공 같았다. 저쪽 편에는 쇠처럼 차갑고 하얀 달이 걸려 있었다. 그러나 어느 쪽이 지고 있고 어느 쪽이 솟아오르고 있는지는 알 수 없었다. 이때 그녀는 자신의 모든 것을 다 써 버린 몸이 되어 해와 달 사이에 쓰러져 누웠다. 그리고 다시는 숨을 쉬지 않았다.

천지사방에는 죽음보다 깊은 정적이 감돌았다.

3.

어느 매우 추운 날, 소란스러운 소리가 들려왔다. 금위군禁衛軍이 한꺼번에 몰려온 것이었다. 그들은 쿤룬산의 불빛이나 연기가 보이지 않게 될 때까지를 기다렸다. 그래서 늦게 도착했다. 그들의 왼편에는 노란 도끼가 하나, 오른편에는 검은 도끼가 하나, 후미에는 어마어마하게 크고도 아주 고풍스런 군기가 하나 있었다. 그들은 벌벌 떨면서 여와의 시신 가까이 쳐들어갔다. 그러나 아무런 동정도 발견하지 못했다. 그들은 시신의 배 위에 진을 쳤다. 그곳이 지방질이 제일 두터웠기 때문이다. 그들의 이런 검증과 선택은 정말 영리한 것이었다. 그런데 그들은 갑자기 말투를 바꾸었다. 오로지 자신들만이 여와의 직계라고 주장했다. 동시에 큰 깃발 위에 썼던 과두문자도 바꾸어 '여와씨의 창자'女媧氏之腸라고 썼다.[13]

해변가에 떨어졌던 늙은 도사도 자손이 무수하게 대를 이어 나갔다. 그는 임종 때, 신선이 살았던 산이 커다란 거북의 등에 업혀 바다로 나갔다고 하는 중대한 뉴스를 제자들에게 전수했다. 제자는 다시 그 제자에게 전하였다. 나중에 한 방사方士가 진시황제의 총애를 얻고자 하여 그 일을

아뢰었다. 진시황제는 방사에게 명하여 찾아보게 하였다.[14]

　방사가 신선산을 찾아내기 전에 진시황은 죽어 버렸다. 한무제가 다시 찾게 하였으나 역시 그 그림자도 없었다.[15]

　아마도 그때 그 큰 거북들은 여와의 말을 잘 알아듣지 못하였으리라. 우연히 신통하게도 알아차린 듯 고개를 끄덕인 것에 불과할 뿐이리라. 아무렇게나 대충 등에 싣고 가다가 모두 뿔뿔이 흩어져 잠이 들어 버린 것이리라. 신선의 산도 같이 물속에 가라앉은 것이리라. 그래서 지금까지 그 산의 반 토막조차 본 사람이 없고 고작해야 그저 야생의 섬 몇 개를 발견한 것에 불과하리라.

1922년 11월

주)_____

1) 원제는「補天」이다. 1922년 12월 베이징『천바오 4주기 기념 특대호』(晨報四周紀念增刊)에「부저우산」(不周山)이란 제목으로 처음 발표되고 소설집『외침』(吶喊)에 수록되었다. 1930년 1월『외침』13차 인쇄 시 작가가 이를 소설집에서 삭제했고 제목도「하늘을 땜질한 이야기」로 수정하여『새로 쓴 옛날이야기』에 수록했다.

2) 황토를 주물러 인류를 창조했다고 전해지는 중국 고대 신화 속의 시조(始祖) 여신.『태평어람』(太平御覽) 78권에 한대 응소(應劭)의『풍속통』(風俗通)을 인용해 이렇게 말하고 있다. "속설에 천지가 개벽하여 하늘과 땅이 열렸으나 사람이 없었다. 이에 여와가 황토를 굴려 사람을 만들었다. 열심히 일하다 힘이 다했지만 쉴 여가가 없게 되었다. 그러자 밧줄을 진흙에 담갔다가 들어 올려 사람을 만들었다. 부유하고 귀한 사람은 황토로 만들었으며, 가난하고 천박하고 평범한 사람은 줄로 만들었다." 본문에 나오는 여와가 진흙으로 사람을 빚는 얘기는 이런 전적에 근거하고 있다.

3) 원문은 '氣力'. 기운과 힘 혹은 정신과 힘으로 번역이 가능하다.

4) "응아! 응아!"와 다음에 나오는 "아콩, 아공!", "우, 아하하!"는 모두 원문에 라틴 자모로

표시되어 있다.

5) 『회남자』(淮南子) 「천문훈」(天文訓)에 다음과 같은 애기가 나온다. "옛날 공공(共工)이 임금 자리를 두고 전욱(顓頊)과 싸우다 화가 나 부저우산에 부딪혔다. 그러자 하늘을 떠받치고 있는 기둥이 부러지고 땅이 갈라졌다. 하늘은 서남쪽으로 기울어 해, 달, 별 들이 그쪽으로 이동하고 땅은 동남쪽이 비어 있어 물과 하천, 쓰레기가 그곳으로 모였다." 공공과 전욱은 중국의 신화전설 속 인물이다.

6) 원문은 '上眞'. 수련하여 득도한 사람을 도교에서 진인(眞人)이라고 했다. 상진은 진인에 대한 존칭이다.

7) 『열자』(列子) 「탕문」(湯問)에 나오는 얘기다. "보하이(渤海) 동쪽은 몇억만 리(里)인지 알 수가 없다.……그 가운데 다섯 개의 산이 있는데……그곳에 사는 사람은 모두 신선이나 성인 같은 부류다.……그런데 다섯 산의 뿌리가 연결되어 있지 않아서 늘 조수와 파도를 따라 위아래로 움직여 잠시도 우뚝 서 있질 못했다. 신선이 이를 싫어해 상제에게 아뢰었다. 상제는 물이 서쪽으로 흘러들까, 또 뭇 성현들의 거처가 사라질까를 걱정하여 우강(禺彊)에게 명해 큰 거북이 열다섯 마리로 하여금 산을 싣고 가게 했다. 3교대로 6만 년에 한 번 교대하여 옮겼다. 그러자 다섯 산이 비로소 우뚝 섰다." 우강은 『산해경』(山海經) 「대황북경」(大荒北經)에 나오는 중국 신화 속 반인반수로 베이하이(北海) 물가에 살고 있는 신이다. 사람 머리에 새의 몸, 푸른 뱀의 귀에 붉은 뱀의 다리를 하고 있다고 한다.

8) 공공과 전욱의 싸움에서 공공이 한 말이다. 여기서의 군주란 공공을 말한다. 이 말과 뒤에 나오는 말들은 모두 『상서』(尙書) 같은 고문의 어투를 모방한 것이다.

9) 이 말은 전욱이 한 말이다. 강회(康回)는 공공의 이름이다. 여기서의 군주는 전욱을 말한다.

10) 『회남자』 「남명훈」(覽冥訓)편에 여와가 '돌을 녹여 하늘을 수리'(煉石補天)한 것에 대한 신화가 나온다.

11) 쿤룬산(崑崙山)은 중국 서쪽에 있는 신화 속의 산으로 갖가지 신화와 전설이 전해진다. 부저우산은 이 쿤룬산의 서북쪽에 있다고 한다. 쿤룬산의 고대 삼림에서 일어난 불에 대한 기록은 다음과 같다. 『산해경』 「대황서경」(大荒西經), '쿤룬산이라고 부르는 큰 산이 있었는데,……그 바깥에 옌휘산(炎火山)이 있어 물건을 던지면 곧바로 타 버렸다."

12) 중국 고대의 제왕과 제후들이 사용했던 예관(禮冠)의 머리 위에 얹혀 있는 장식 판으로, 옛 명칭은 '연'(延) 혹은 '면판'(冕板)이다. 머리에 장방형의 널빤지를 쓰고 있는 작은 것들이란 이 책 『서언』에서 루쉰이 언급한, 작가가 고의로 여와의 가랑이 아래 배치한 "옛날 의관을 차려입은 작은 사내"를 말한다.

13) 과두문자(蝌蚪文字)는 중국 고대의 문자로, 글자 모양이 머리는 크고 꼬리부분이 가늘

어 마치 올챙이(과두) 같다고 하여 붙여진 이름이다. 여와의 창자가 열 명의 신으로 변했다는 신화가 있다. 『산해경』「대황서경」의 기록이다. "열 명의 신(神)이 있었다. 이들은 여와의 창자라고 불리는 것들이 변해 신이 된 것으로 율광(栗廣)의 들판에 살았다." 이에 대해 곽박(郭璞)이 주를 달아 설명했다. "여와는 고대의 여신이며 제왕으로 사람 얼굴에 뱀의 몸을 하고 있다. 하루에도 일흔 번을 변신하며 그 창자는 신으로 변했다."

14) 진시황이 신선의 산을 찾은 이야기는 『사기』(史記) 「진시황본기」(秦始皇本紀)에 나온다. "제(齊)나라 사람 서불(徐市)이 상서를 올려 바다 한가운데 펑라이(蓬萊), 팡장(方丈), 잉저우(瀛州) 등 세 개의 신선산이 있고 그곳에 신선이 살고 있다고 했다. 재계를 올리고 어린 남녀와 함께 가서 이를 찾아보고자 청원했다. 이에 진시황은 서불과 아동 수천 명을 선발, 파견하여 바다로 들어가 신선을 찾게 했다.……오랜 세월이 흘렀으나 돌아오지 않았다."

15) 한무제(漢武帝)가 신선의 산을 찾은 이야기는 『사기』「봉선서」(封禪書)에 다음과 같이 나온다. 방사인 "이소군(李少君)이 (한무제에게) 상소하여 말하길, '신이 바다에서 놀다가 안기생(安期生)을 만났는데, 그는 오이만 한 크기의 대추를 먹었습니다. 안기생은 신선으로 펑라이산(蓬萊山)을 오고가다가 마음에 들면 사람을 만나고 그렇지 않으면 숨어 버립니다.' 이에 천자는 친히 사직에 제례를 올리고 방사를 바다로 파견해 펑라이의 안기생 등을 찾도록 했다. 이 일은 나중에, 붉은 주사(硃砂)를 여러 약재에 섞어서 황금을 제조하는 일로 변했다.……그런데 방사가 신인(神人)을 찾아 바다로 들어가 펑라이를 찾는 일은 끝내 효험이 없었다."

달나라로 도망친 이야기[1]

1.

영리한 짐승은 사람의 마음을 잘 헤아린다. 말은 멀리서 집의 대문이 보이자 걸음을 늦추고 등에 탄 주인과 동시에 머리를 끄덕거렸다. 한 번 걸을 때마다 한 번 끄덕, 마치 쌀 찧는 절굿공이 같았다.

저녁노을이 대저택을 뒤덮었다. 이웃집 지붕 위로는 밥 짓는 연기가 하얗게 날아올랐다. 벌써 저녁 식사 때가 된 것이다. 말발굽 소리를 듣고 식솔들이 부지런히 대문 밖으로 마중 나와 두 손을 모으고 꼿꼿하게 서 있었다. 예羿[2]는 쓰레기더미 옆에서 기운 없는 모습으로 말에서 내렸다. 식솔들이 얼른 다가가 말고삐와 채찍을 받아 쥐었다. 대문을 막 넘어서던 예는 머리를 숙여 허리춤 화살통에 가득 있는, 새 화살촉의 화살과 망태 안에 들어 있는 까마귀 세 마리와 화살 맞아 살이 찢긴 작은 참새를 내려다봤다. 몹시 망설여지는 마음이었다. 그러나 얼굴에 철판을 깔고는 성큼성큼 안으로 걸어 들어갔다. 화살이 통 안에서 짤랑짤랑 울렸다.

안뜰에 들어서자마자 예는 둥근 창문 너머로 머리를 기웃거리며 밖을 살피는 상아嫦娥를 보았다.[3] 눈치 빠른 상아가 벌써 자기가 잡아 온 까마귀 몇 마리를 보았으리라고 생각하자 예는 저도 모르게 움찔하였고 옮기려던 걸음도 멈추었다. 그러나 안으로 들어가는 수밖에 없었다. 하녀들이 달려 나와 화살을 벗기고 그물 망태를 풀어 주었다. 그는 하녀들이 비웃고 있는 것 같은 생각이 들었다.

"부인……."

예는 손과 얼굴을 문지르고 안방으로 들어서면서 아내를 불렀다.

둥근 창문 밖으로 저녁 하늘을 내다보고 있던 상아는 천천히 머리를 돌리더니 듣는 둥 마는 둥 그를 힐끗 쳐다보고는 아무 대답도 하지 않았다.

예가 이런 상황에 익숙해진 지는 벌써 한 해가 넘는다. 늘 하던 대로 예는 가까이 걸어가 털 빠진 낡은 표범 가죽이 앞에 깔린 나무 평상에 걸터앉아 머리를 긁었다. 그리고 떠듬떠듬 말했다.

"오늘도 여전히 운이 좋질 않았소. 또 까마귀밖에……."

"흥!"

상아는 버들잎 같은 눈썹을 치켜세우며 발딱 일어섰다. 그러고는 바람처럼 휑하니 밖으로 나가며 투덜거렸다.

"또 까마귀 자장면, 또 까마귀 자장면! 뉘 집에서 일 년 내내 까마귀 고기 자장면만 먹는지 좀 물어봐요. 내 정말 무슨 팔자를 타고났는지 모르겠어. 이리 시집와 일 년 내 까마귀 자장면만 먹었으니!"

"부인."

예도 급히 일어나 따라 나가며 낮은 소리로 말했다.

"그래도 오늘은 괜찮은 셈이오. 참새를 한 마리 잡았거든. 당신에게 반찬은 해줄 수 있게 되었소. 여신아!"[4]

그는 큰소리로 하녀를 불렀다.

"너, 그 참새를 가져다 마님께 보여 드려라!"

잡아 온 날짐승들은 벌써 주방에 가져다 놓았다. 여신은 급히 뛰어가 참새를 두 손에 받쳐 들고 상아 면전에 대령하였다.

"흥!"

상아는 참새를 힐끗 보고 천천히 손을 뻗어 들춰 보더니 새침해졌다.

"망태가 됐군! 다 부서진 거잖아? 살이 어디 있어?"

"그래요."

예는 매우 당황하였다.

"화살에 맞아 부서졌소. 내 활은 너무 세고 활촉은 너무 크단 말이오."

"왜 좀 작은 살로는 쏠 수 없어요?"

"작은 게 없소. 커다란 멧돼지나 구렁이 같은 것을 사냥하면서부터……."[5]

"이게 멧돼지나 구렁이란 말이에요?"

상아는 방으로 도로 들어가며 고개를 돌려 여신에게 명했다.

"국이나 한 그릇 끓여!"

객실에 멍청하니 혼자 남게 된 예는 벽에 기대앉아 부엌에서 나무가 타면서 내는 '탁탁' 튀는 소리를 듣고 있었다. 그는 회상에 젖었다. 그 해에 멧돼지는 얼마나 컸던가! 멀리서 바라보면 마치 작은 산처럼 보였지. 그 때 쏴 죽이지 않고 지금까지 놔두었더라면 반년은 잘 먹을 수 있었을 텐데, 그랬더라면 어찌 날마다 반찬거리 때문에 이 걱정을 하랴. 또 구렁이로는 국을 끓일 수 있었을 것인데…….

여을이 등잔에 불을 켜러 들어왔다. 맞은편 벽에 걸려 있는 붉은 활과 화살, 검은 활과 화살, 쇠뇌,[6] 장검, 단검들이 모두 희미한 불빛 아래 드러났다. 예는 그것들을 바라보자 고개를 숙이고 한숨을 쉬었다. 이때 여신이 저녁을 가지고 들어와 방 한가운데 있는 상 위에 올려놓는 것이 보였다. 왼쪽에 밀가루 국수가 다섯 그릇, 오른쪽에 밀가루 국수 두 그릇과 국 한 사발이, 가운데는 까마귀 고기로 만든 자장 한 사발이 놓였다.

예는 자장면을 먹으면서 그 자신도 맛이 없다고 생각했다. 상아를 몰래 곁눈질해 보았다. 상아는 자장으로 눈길 한번 주지 않았다. 국에다 국수를 말아 반 사발쯤 먹고는 도로 내려놓았다. 예는 그녀의 얼굴이 전보다 좀 누렇게 수척해진 것을 보고 그녀가 병날까 두렵다는 생각이 들었다.

저녁 아홉 시쯤 되자 상아는 기분이 좀 나아진 듯 침대 가에 걸터앉아 말없이 물을 마셨다. 예는 옆에 놓인 나무 평상에 앉아 털이 빠진 낡은 표범 가죽을 손으로 쓰다듬고 있었다.

"여보."

예는 부드럽게 말했다.

"이 서산의 표범은 우리가 결혼하기 전에 잡은 거지. 그때는 얼마나 예뻤는지. 전체가 황금빛이었지."

그는 그때 먹었던 것들을 회상하였다. 곰을 잡아서는 네 발바닥만 먹었고, 낙타를 잡아서는 등의 혹만 남기고 나머지는 하녀와 식솔들에게 나눠 주었다. 나중에 큰짐승들을 다 잡아 버리게 되자, 이젠 멧돼지와 산토끼, 들오리를 잡아먹기 시작했다. 궁술에 뛰어난 그는 원하는 대로 다 잡았다.

"아……."

그는 저도 모르게 탄식했다.

"내 궁술이 너무 뛰어난 탓이야. 결국 땅에 사는 짐승이란 짐승은 남김없이 다 쏴 버렸으니. 이젠 까마귀만 남았어. 그걸로만 반찬을 만들게될 줄 그때 어찌 짐작이나 했겠소……."

"흥."

상아는 엷디엷게 웃었다.

"그래도 오늘은 재수가 좋은 셈이오."

예도 기분이 좋아졌다.

"예상 밖의 참새를 한 마리 잡았으니 말이오. 30리나 멀리 돌아가 겨우 잡은 거요."

"왜 좀더 멀리 갈 순 없었어요?"

"그렇소. 여보, 나도 그렇게 생각하오. 내일은 좀더 일찍 일어날 생각이오. 당신이 일찍 일어나거든 날 좀 깨워 주오. 50리쯤 더 멀리 나가볼 작정이오. 노루, 토끼 같은 것이 있을지도 모르겠소. 하지만 그리 쉽진 않을 거요. 내가 멧돼지와 구렁이를 잡을 때만 해도 짐승들이 얼마나 많았소. 당신도 아직 기억하고 있을 거요. 당신의 친정집 문 앞으로 항상 곰이 지나다니곤 했는데. 내가 꽤 여러 차례 쏴 죽이질 않았소……."

"그랬나요?"

상아는 기억이 잘 나지 않는 모양이었다.

"그런데 그것들을 모조리 잡아 없앨 줄이야 누가 알았겠소. 생각하면 앞으로 살아갈 일이 그저 막막하기만 하오. 나야 그 도사님이 주신 금단만 먹으면 언제라도 하늘로 올라갈 수 있으니 별문제가 없소만. 그러나 나에겐 당신이 제일 먼저요……. 그래서 내일은 좀더 멀리 나가 볼 작정이오."

"흥."

상아는 벌써 물을 다 마시고 천천히 자리에 눕더니 눈을 감았다.

기름이 다 된 등잔 불빛이 화장이 지워진 상아를 비추었다. 분가루는 지워졌고 눈 가장자리도 누리끼리했다. 눈썹을 칠한 색도 양쪽이 서로 다른 것 같았다. 그러나 입술만은 불타는 듯 여전히 붉었다. 웃지는 않았지만 양 볼에는 살짝 볼우물이 패여 있었다.

"아아, 이런 사람에게 난 일 년 내내 까마귀 자장면만 먹이다니……."

예는 수치스런 생각에 두 볼이 귀까지 화끈거렸다.

2.

밤이 지나고 이튿날이 되었다.

눈을 번쩍 뜬 예는 햇빛이 서쪽 벽에 든 것을 보고 늦었다는 걸 알았다. 상아를 보니 아직 네 활개를 펴고 깊이 잠들어 있었다. 예는 조심스레 옷을 걸치며 표범 가죽을 깐 침대에서 기어 내려와 절룩거리며 밖으로 나갔다. 그는 세수를 하면서 여경을 불러 왕승에게 가 말을 준비시키라고 일렀다.

예는 일이 바빠 오래전부터 아침 식사를 걸렀다.[7] 여을은 구운 떡 다섯 개와 파 다섯 뿌리, 고추장 한 봉지를 망태에 넣어 화살과 함께 그의 허리에 매 주었다. 예는 허리띠를 꼭 졸라매고 살그머니 문을 나서며 마주 오는 여경에게 일렀다.

"내 오늘은 먹이를 구하러 좀 멀리 갈 예정이라 돌아오는 것도 좀 늦을 것 같다. 마님께서 일어나 아침을 드신 후 기분이 좀 좋아졌을 때를 살펴, 미안하지만 저녁 식사를 좀 기다려 달라고 여쭈어라. 알겠느냐? 아주 미안해하더란 말을 꼭 전하거라."

그는 빠른 걸음으로 대문을 나서 말에 올랐다. 문지기들을 뒤에 남기고 그는 금세 마을을 벗어났다. 앞에는 날마다 다녀 익숙해진 수수밭이 펼쳐 있었다. 여기에는 이제 아무것도 없다는 걸 알고 있다. 그는 조금도 곁눈을 팔지 않았다. 채찍질 두 번에 나는 듯 줄달음을 쳐 한숨에 60여 리를 지났다. 앞으로 멀리 무성한 숲이 보였다. 말도 숨을 헐떡거리며 온몸에 땀을 흘렸다. 저절로 속도가 느려졌다. 10여 리를 더 가서야 숲에 이르렀다. 그러나 눈에 뜨이는 건 말벌, 분홍나비, 개미, 메뚜기뿐 짐승의 흔적이라곤 조금도 찾아볼 수 없었다.

예가 이 새로운 곳을 멀리서 바라봤을 때는 적어도 여우나 토끼 같은 것이 한두 마리 정도는 있을 줄 알았다. 그제야 그것이 꿈인 것을 알았다. 그는 하는 수 없이 숲을 빠져나갔다. 숲 뒤편은 새파란 수수밭이었다. 멀리 작고 작은 토옥土屋들이 몇 채 흩어져 있었다. 바람과 날씨는 따뜻했고 개나 닭 소리도 들리지 않았다.

"운이 없군!"

예는 있는 힘을 다해 큰소리를 질러 갑갑한 마음을 해소했다.

그런데 앞으로 열 걸음 남짓 걸어가던 예는 기뻐 어쩔 줄을 몰랐다. 웬 집 앞뜰에 큰 비둘기 같은 날짐승 한 마리가 걸어 다니며 모이를 쪼고 있는 것이 멀리서도 분명 보였던 것이다. 그는 얼른 활을 벗겨 살을 먹이고 시위를 힘껏 당겼다 놓았다. 화살은 마치 유성처럼 날아갔다.

지체할 까닭이 없었다. 지금까지 백발백중이었다. 화살이 날아간 쪽으로 말을 몰아 달리기만 하면 어김없이 사냥감을 주울 수 있었다. 그런데 누가 알았으랴. 가까이 다가가 보니 어떤 할머니가 화살 맞은 큰 비둘기 같은 것을 들고는 고래고래 소리를 지르며 그의 말머리를 향해 달려오고 있는 것이 아닌가.

"당신 대체 뉘시오? 어쩌자고 우리 집 가장 좋은 씨암탉을 쏴 죽인단 말이오? 어찌 이리도 경우가 없단 말이오⋯⋯?"

예의 심장이 저도 모르게 펄떡펄떡 뛰었다. 급히 말을 세웠다.

"아니! 닭이었다구요? 전 비둘기인 줄 알았는데."

그는 당혹스러워하며 말했다.

"눈이 멀었군! 보아하니 마흔 살은 넘었을 사람이."

"그렇습니다. 노부인. 지난해 마흔다섯이었습지요."

"정말 나이를 헛먹었군! 씨암탉도 못 알아보고 비둘기로 보다니! 도대체 당신 뉘시오?"

"전 이예올시다."

그는 말하면서 자기가 쏜 화살이 암탉의 심장 쪽을 관통한 것을 보았다. 물론 닭은 죽었다. 그는 중간의 두 글자, 자기의 이름을 크지 않은 소리로 말하면서 말에서 내렸다.

"이예⋯⋯? 누구라고? 난 모르겠는데."

할머니가 그의 얼굴을 쳐다보며 말했다.

"제 이름을 듣자마자 아는 사람도 있습니다. 일찍이 요堯 나리가 계실 때, 전 멧돼지 몇 마리와 구렁이 몇 마리를 잡은 적이⋯⋯."

"호호호, 사기꾼이로군! 그건 봉몽 나리가 다른 사람과 함께 쏴 죽인 거라구.[8] 혹 당신이 그 일에 동참했다 하더라도 어찌 제 혼자 쏴 죽였다고 말할 수 있누. 원, 낯가죽이 두껍기는!"

"아, 노부인. 봉몽이란 사람이 요 몇 년 사이 몇 차례 저 있는 데를 오가긴 했으나, 전 그와 한패였던 적이 없습니다. 전혀 상관이 없습니다."

"미친 소리. 요즘 와 늘 그렇게 말하는 사람이 있더군. 내 한 달 새에 네댓 번은 그런 말을 들었어."

"그건 그렇고, 저희 이 일을 이야기하시죠. 이 닭을 어떻게 했으면 좋겠는지요?"

"물어내시오. 이건 우리 집에서 제일 좋은 씨암탉이우. 날마다 달걀을 낳지. 호미 두 자루와 방추 세 개로 보상해야 하우."

"노부인, 제 꼴을 좀 보십시오. 농사도 짓지 않고 천도 짜지 않는데 호미와 방추가 어디서 나오겠습니까? 제겐 돈도 없고 구운 떡 다섯 개밖에 없습니다. 밀가루로 만든 것이지요. 그것으로 당신 닭을 보상해 드리겠습니다. 그리고 파 다섯 뿌리와 매콤달콤한 고추장 한 봉지를 보태 드리겠습니다. 어떻습니까?"

그는 한 손으로 그물 망태 속의 떡을 꺼내고 다른 손으로는 닭을 쥐었다.

할머니는 하얀 밀가루떡을 보자 마음이 좀 동했다. 그러나 그런 떡이라면 열다섯 개를 내야 한다고 생각했다. 한참 동안 옥신각신한 결과, 마침내 밀가루떡 열 개로 정했다. 예는 늦어도 내일 정오까지 나머지 떡 다섯 개를 보내 주기로 약속하고 닭을 쏜 화살을 저당으로 잡혀 두었다. 예는 그제야 마음이 놓였다. 죽은 닭을 그물 망태 속에 쑤셔 넣은 다음 안장에 뛰어올라 말머리를 돌렸다. 배가 고팠지만 그의 마음은 아주 유쾌했다. 그들이 닭고깃국을 먹어 본 지도 벌써 한 해가 넘었다.

숲을 돌아 나왔을 때는 아직 오후였다. 예는 급히 말을 몰아 집으로 향했다. 그러나 말이 지쳐 있었다. 낯익은 수수밭 언저리에 이르렀을 때는 이미 황혼 무렵이었다. 이때 멀리 앞에서 사람 그림자가 얼씬하더니 곧이어 화살 하나가 갑자기 그를 향해 날아왔다.[9]

그런데도 예는 말고삐를 늦추지 않고 말이 달리는 대로 몸을 맡겼다. 달리면서 그는 활을 벗겨 살을 먹인 후 시위를 한 번 당겼다 놓았다. '챙' 하는 소리와 함께 공중에서 화살촉의 끝과 끝이 부딪쳐 불꽃이 일었다. 두 개의 화살은 하늘로 치솟았다. 그러고는 '人'자가 되어 다시 땅으로 떨어졌다. 조금 전 첫번째 화살이 부딪쳤는데 금방 또 양쪽에서 두번째 화살이 날아올랐다. '챙' 하는 소리와 함께 공중에서 서로 부딪쳤다. 이렇게 하여 아홉 번을 쏘고 나자 예의 화살은 다 떨어졌다. 그런데 이때 맞은편에서 화살 하나를 또 시위에 먹이며 득의만연하게 자기의 목구멍을 노리고 있는 봉몽의 모습이 또렷이 눈에 들어왔다.

'허허, 저놈이. 오래전 바닷가에 나가 고기잡이나 하며 사는 줄 알았는데, 아직도 여기서 이런 못된 짓거리를 하고 있다니. 노파가 그런 말을 한 것도 일리가 있군······.'

예는 생각했다.

바로 이때, 상대방의 활은 둥근 달처럼 당겨졌고 화살은 유성처럼 날아왔다. '쌔앵' 하는 소리와 함께 화살은 예의 목을 향하여 곧추 날아왔다. 그런데 겨냥이 좀 잘못되었던지 그의 입에 와 꽂혔다. 변변치 못하게 예는 화살을 문 채 말에서 나가떨어졌다. 말도 멈추어 섰다.

봉몽은 예가 죽었다고 생각했다. 어기적어기적 걸어오더니 빙그레 웃으며 마치 승리의 축배라도 들 양으로 죽은 예의 얼굴을 내려 보았다.

시선을 막 고정시키려는 순간 예가 눈을 번쩍 뜨더니 후다닥 일어나

앉았다.

"자넨 백 번 넘게 날 찾아와 배우곤 정말 헛배웠네."[10]

그는 화살을 뱉어 내고 웃으며 말했다.

"설마 내가 '화살 받아 무는 법'[11]도 모를 줄 아는가? 이게 무슨 짓거리인가? 자네 이런 식으로 장난치고 소란을 피워선 안 되네. 훔친 권법으로는 본인을 죽일 수 없지. 수련이나 더 해두는 게 좋을 걸세."

"말하자면 그 사람의 방법으로 그 사람에게 돌려주도다니……."

승자[12]는 낮은 소리로 중얼거렸다.

"하하하!"

예는 너털웃음을 치며 일어섰다.

"또 그놈의 경전 타령이로군. 그 따위 소리론 마누라나 달랠 수 있겠지. 내 앞에서 무슨 수작이란 말인가! 난 지금까지 사냥만 해왔지. 자네처럼 그런 날강도 짓거리는 해본 적이 없다네."

예는 말하면서도 그물 망태 속의 암탉이 눌려서 상하지나 않을까 살피고 또 살폈다. 그러고는 곧바로 말 위에 뛰어올라 그대로 달렸다.

"……넌 조종弔鐘을 쳤어……."

멀리서 욕하는 소리가 들려왔다.

'저렇게 싹수없는 놈인지 정말 몰랐어. 젊디젊은 놈이 저주하는 것을 배우다니. 그러기에 그 노파가 놈을 그리 믿었지.'

예는 말 위에서 저도 모르게 절망적으로 머리를 절레절레 흔들었다.

3.

아직 수수밭을 다 지나지도 않아 날은 벌써 저물었다. 검푸른 하늘에 별들이 나타나기 시작했다. 금성은 서쪽 하늘에서 유난히 반짝거렸다. 말은 그저 희끄무레한 밭두렁을 찾아 걸어갈 뿐이었다. 게다가 일찌감치 지쳐 버려 걸음도 느려졌다. 다행히 달이 은백색의 맑은 빛을 토하며 저 먼 하늘가에서 천천히 떠오르고 있었다.

"젠장!"

예는 자기 뱃속에서 꼬륵꼬륵 소리 나는 것을 듣자 초조해지기 시작했다.

"먹고살기도 바쁜 판에 이런 시시한 일까지 만나 공연히 시간만 허비했어!"

그는 두 발로 말의 옆구리를 힘껏 차 빨리 가자고 재촉했다. 그러나 말은 엉덩이만 한번 뒤틀 뿐 여전히 터벅터벅 걸었다.

"오늘도 이렇게 저물었으니 상아는 틀림없이 성이 잔뜩 났을 거야. 어떤 얼굴로 나를 볼지 모르지. 그래도 다행히 씨암탉 한 마리 얻었으니 그녀를 기쁘게 해줄 수 있을 거야. '여보, 이건 내가 2백여 리나 뛰어다녀 찾아온 거요.'라고 말해야지. 아니, 그렇게 말해선 안 돼. 그렇게 말하면 좀 뻐기는 것 같잖아."

그는 생각했다.

멀리 인가에서 흘러나오는 불빛을 보자 그는 기쁜 나머지 더 이상 생각하지 않았다. 말도 채찍질을 하기도 전에 나는 듯이 달렸다. 휘영청 밝은 달이 앞길을 비춰 주었고 시원한 바람이 얼굴에 불어왔다. 정말 큰 짐승을 잡아 가지고 돌아올 때보다 더 기분이 좋았다. 말은 쓰레기더미 옆에 이르자 알아서 멈추었다. 예는 도착하자마자 좀 이상한 느낌이 들었다. 어쩐지 집안이 부산해진 것 같았다. 마중 나온 사람도 조부趙富 혼자뿐이었다.

"무슨 일이 있느냐? 왕승은 어딜 갔느냐?"

그는 이상해서 물었다.

"왕승은 요씨댁으로 마님을 찾으러 갔습니다."

"뭐라구? 마님께서 요씨댁엘 가셨다구?"

예는 아직 멍청하게 말에 앉은 채 물었다.

"예에……."

그는 대답하며 다가오더니 말고삐와 채찍을 받았다.

그제야 예는 말에서 내려 대문으로 들어섰다. 잠깐 무엇인가를 생각하던 그는 돌아보며 조부에게 물었다.

"마님께서 기다리다 못해 혼자 식당으로 가시진 않았느냐?"

"예. 소인이 식당 세 곳에 다 물어보았으나 어디에도 계시지 않았습니다."

예는 머리를 숙이고 생각에 잠긴 채 안으로 들어갔다. 하녀 셋이 당혹스런 기색으로 대청 앞에 모여 있었다. 그는 의아한 생각이 들어 큰소리로 물었다.

"너희들은 다 집에 있었느냐? 요씨댁은, 지금까지 마님 혼자 간 적이 없질 않느냐?"

하녀들은 대답도 못 하고 그의 얼굴만 쳐다보다가 활주머니와 화살통, 씨암탉이 들어 있는 그물 망태를 벗겼다. 예는 상아가 홧김에 자살이나 하지 않았나 하는 생각이 퍼뜩 들었다. 갑자기 가슴이 뛰고 몸이 떨렸다. 그는 여경에게 조부를 찾아오라고 했다. 조부를 뒤뜰로 보내 연못이나 나무를 죽 살펴보라고 할 참이었다. 그러나 방 안에 들어서자마자 그는 그러한 추측이 틀렸다는 것을 대뜸 알았다. 방 안은 뒤죽박죽이었다. 옷상자들은 활짝 열려 있었다. 침대를 보자 예는 맨 먼저 상아의 머리 장신구 상자가 없어진 것을 알았다. 그는 머리에 찬물을 한 대야 뒤집어쓴 것 같았다. 금은보석 같은 것은 물론 대수롭지 않은 것이다. 문제는 그 도사가 예에게 준 선약仙藥이 바로 그 상자 안에 들어 있었던 것이다.

예는 두어 바퀴 돌고 나서야 왕승이 문밖에 서 있는 것을 알았다.

"아뢰옵니다. 마님께서는 요씨댁에 가시지 않았나이다. 그분들이 오늘은 마작도 하지 않았다 하옵니다."

왕승이 말했다.

예는 그를 힐끗 보고 입을 열지 않았다. 왕승은 곧 물러 나갔다.

"나으리……?"

조부가 들어와 물었다.

예는 머리를 옆으로 저으며 손을 흔들어 조부를 물러가라 하였다.

다시 방 안에서 몇 차례 맴돌던 예는 객실로 나와 주저앉았다. 맞은편 벽에 걸려 있는 붉은 활과 화살, 검은 활과 화살, 돌 쏘는 활, 장검, 단검들을 쳐다보았다. 잠깐 생각에 잠겨 있던 그는 아래쪽에 우두커니 서 있는 하녀들에게 물었다.

"마님이 언제쯤부터 보이지 않더냐?"

"등불 켤 때쯤부터 보이지 않았나이다."

여을이 아뢰었다.

"하오나 마님께서 나가시는 건 누구도 보지 못했나이다."

"너희들은 마님께서 저 상자 안에서 약을 꺼내 드시는 걸 보지 못했느냐?"

"그건 보지 못했습니다. 오후에 저보고 마실 물을 따라 오라고 하신 적은 있나이다."

예는 초조해서 일어섰다. 그는 자기 혼자만 이 땅 위에 남게 되었구나 하는 생각이 드는 것 같았다.

"너희들은 무엇인가가 하늘로 날아오르는 걸 보지 못했느냐?"

예가 물었다.

"아!"

생각에 잠겨 있던 여신이 크게 깨달은 것처럼 말했다.

"제가 불을 켜 놓고 밖으로 나갔을 때 분명 검은 그림자 하나가 이쪽으로 날아가는 것을 똑똑히 보았나이다. 하지만 전 그땐 그것이 마님일 줄은 전혀 생각 못했……."

여신의 낯빛이 하얗게 질렸다.

"틀림없구나!"

무릎을 탁 치고 벌떡 일어난 예는 방 밖으로 나가면서 여신을 돌아보며 물었다.

"어느 쪽이냐?"

예는 여신이 손으로 가리키는 곳을 바라보았다. 그곳에는 은백색의 둥근 달만이 허공에 걸려 있었다. 달 속의 누각과 나무들이 어렴풋이 보이는 듯했다. 예의 머릿속에는 어려서 할머니에게서 들은 달나라의 아름다운 경치가 희미하게 떠오르기 시작했다. 푸른 바다 위에 두둥실 떠 있는 듯한 달을 쳐다보며 예는 자기의 몸이 너무나 무겁다는 것을 느꼈다.

그는 갑자기 분노하였다. 그 분노 속에서 살기殺氣가 흘렀다. 그는 눈을 둥그렇게 부릅뜨고 커다란 소리로 하녀들을 질타했다.

"사일궁[13]을 가져오거라! 화살 세 대도!"

여을과 여경이 대청 한가운데 걸려 있던 거대한 활을 벗겨 내렸고 먼지를 털어 긴 화살 세 개와 같이 그의 손에 넘겼다.

그는 한 손으로 활을 당기고 한 손으로는 세 개의 화살을 집어 한꺼번에 먹였다. 달을 향해 겨누는가 했더니 시위를 힘껏 잡아당겼다. 그의 몸은 바위처럼 탱탱하게 버티어 우뚝 섰고, 눈빛은 형형하기가 마치 바위를 내려치는 번개와 같았다.[14] 머리와 수염은 바람에 날려 흡사 검은 불길 같았다. 사람들은 순간, 젊어서 해를 쏘던 예의 그 웅장한 자태를 다시 보는 듯했다.[15]

'쌩―' 하는 소리가 났다. 소리는 한 번밖에 나지 않았으나 화살은 벌써 세 개나 연거푸 시위를 벗어 날아갔다. 쏘고는 먹이고 먹이고는 또 쏘았는데, 쏘고 먹이는 솜씨가 어찌나 날랜지 눈으로 미처 따라갈 수 없었다. 귀로도 그 소리를 따라가 분간해 낼 수 없었다. 화살이 조금의 오차도 없이 꼬리에 꼬리를 물고 날아갔기 때문에 비록 화살을 세 개 맞았을지라도, 모두 한 곳에 박혀야만 했다. 그런데 그의 마음속에 잡념이 들어 있었기 때문에 활을 당길 때 손이 약간 떨렸다. 화살은 달 표면에 세 곳으로 나뉘어 박혔으며 세 곳에 모두 상처가 났다.

하녀들은 일제히 함성을 질렀다. 달이 잠깐 부르르 떠는 것을 보고 달이 금방 떨어질 거라고 생각했다. 그러나 달은 여전히 더 부드럽고 밝은 빛을 내며 아무런 상처도 입지 않은 듯 태연자약하게 걸려 있었다.

"에잇!"

예는 하늘을 쳐다보며 큰소리를 지르고 한동안 달을 바라보았다. 그러나 달은 그를 아는 척도 하지 않았다. 그가 세 걸음 앞으로 나서면 달은 세 걸음 뒤로 물러났다. 그가 세 걸음 물러서면 달은 또 그만큼 앞으로 나왔다.

그들 모두 말없이 서로의 얼굴을 바라보았다.

예는 나른해진 몸짓으로 사일궁을 바깥방 문 앞에 세워놓고 집 안으로 들어갔다. 하녀들도 일제히 그를 따랐다.

"푸우!"

예는 자리에 앉으면서 긴 한숨을 쉬었다.

"그러니까 너희들 마나님은 영원히 혼자 낙을 즐기게 되었단 말이지. 모질게 날 버리고 혼자 날아갔단 말이지? 내가 늙기 시작해서? 그러나 마님은 지난 달에도 내가 그리 늙은 건 아니라고, 늙은 체하는 것은 정신이 타락해서라고 말하지 않았던가."

"그건 분명 아닙니다. 어떤 이들은 나으리께서 아직도 전사戰士시라고 말합니다."

여을이 말했다.

"어떤 때 보면 정말 예술가 같으십니다."

여신이 말했다.

"그만둬라! …… 까마귀 자장면이 맛이 없긴 없었지. 참을 수 없었던 게야……."

"표범 요 털 빠진 곳을, 벽에 걸어 놓은 다리 가죽을 오려 좀 깁겠나이다. 보기 흉하나이다."

여신이 말하고 방으로 들어갔다.

"가만,"

예는 잠깐 생각을 하더니 말을 이었다.

"그건 그리 급하지 않아. 배가 너무 고프구나. 얼른 가 닭고기 고추볶음 한 접시와 구운 떡 다섯 근을 만들어 오거라. 먹고 푹 자야겠다. 내일은 그 도사를 다시 찾아가 선약을 달래 봐야겠다. 선약을 먹고 뒤쫓아 가야겠다. 여경아, 어서 가 왕승에게 흰 콩 넉 되를 가져다 말에게 먹이라고 이르거라."

1926년 12월

주)_____

1) 원제는 「奔月」, 1927년 1월 25일 반월간인 베이징 『망위안』(莽原) 제2권 제2기에 처음 발표했다.

2) 중국 고대의 전설에 나오는 활쏘기의 명수로 이예(夷羿)라고도 부른다. 제곡(帝嚳)시대에도 예가 있었다고 전해지고, 요(堯)임금 혹은 하(夏)나라 태강(太康) 때도 예가 있었다고 전해진다. 모두 명사수라는 공통점이 있다. 예컨대, 갑자기 하늘에 열 개의 해가 나타나 곡식과 초목이 말라죽게 되자 예가 아홉 개의 해를 쏘아 없앴다는 것이다. 『상서』 「오자지가」(五子之歌)에 공영달(孔穎達)이 다른 사람의 말을 인용하여 해설하기를, 예는 사람의 이름이 아니라 활을 잘 쏘는 사람을 일컫는 말이라고 했다.

3) 예의 아내로 원래 이름은 항아(姮娥)라고 한다. 한대 사람들이 문제(文帝)의 이름인 유항(劉恒)을 휘(諱)하기 위하여 상아(嫦娥)로 바꾸어 불렀다. 『회남자』 「남명훈」(覽冥訓)의 기록에 의하면, 항아는 예가 서왕모에게 받은 불사약을 훔쳐 먹고 달로 달아났다고 한다. 중국에서 상아는 달의 이칭(異稱)이기도 하다.

4) 여신(女辛)이란 이름과 뒤에 나오는 여을(女乙), 여경(女庚)은 작가가 천간(天干)에 따라 이름을 지은 것임.

5) 『회남자』 「본경훈」(本經訓)에 나오는 기록이다. "요임금 때, …… 멧돼지와 구렁이가 나타나 백성들에게 해가 되었다. 이에 요임금이 예에게 명하여 …… 둥팅호(洞庭湖)에서

구렁이를 없애 버렸고, 쌍린(桑林) 숲에서 멧돼지를 잡아 버렸다."

6) 여러 개의 화살을 한꺼번에 쏘는 활의 한 가지.

7) 20세기 초 중국에 건강과 장수를 위해 절식(節食)을 주장한 사람이 있다. 장웨이차오(蔣維喬)란 사람이 일본인이 지은 책을 저본으로 하여 1915년 6월 상하이 상우인서관(商務印書館)에서 『조식 폐지론』(廢止朝食論)을 출판했다. "아침 식사를 걸렀다"의 원문 "廢止了朝食"은 이 책의 제목을 연상케 한다.

8) 봉몽(逢蒙)은 전설 속 인물로 예의 제자다. 궁술에서 스승의 경지에 도달하자 스승을 죽여 일인자가 되고자 했으나 실패했다고 전해진다. 『오월춘추』(吳越春秋) 「구천음모외전」(句踐陰謀外傳)에 있는 기록이다. "황제 이후 초나라에 호부(弧父)가 살았다. …… 늘 활쏘기 연습을 하여 맞추지 못하는 것이 없었다. 그 도가 예에게 전해졌고 예는 봉몽에게 전했다."

9) 봉몽이 예에게 활을 쏜 기록은 『맹자』(孟子) 「이루하」(離婁下)편에 나온다. "봉몽은 예에게 궁술을 배웠다. 예의 기술을 다 배우자 천하에 자신을 이길 자는 오로지 예뿐이라 생각하여 예를 죽였다." 『열자』(列子) 「탕문」(湯問)편에는 이런 기록도 있다. "기창(紀昌)이란 사람이 비위(飛衛)에게 궁술을 배웠다. 기창은 비위의 궁술을 다 배웠다. 천하에 자신을 대적할 사람이 오직 비위 한 사람이라고 여겨 비위를 죽이고자 하였다. 들판에서 우연히 만나자, 두 사람은 동시에 활을 쏘았다. 중간에서 두 개의 화살 끝이 서로 부딪혀 땅에 떨어졌다. 그러나 먼지가 일지 않았다. 비위의 화살이 먼저 떨어지고 기창은 하나가 남았다. 기창이 쏘자 비위는 가시나무의 가시 끝으로 이를 막았다. 조금의 오차도 없었다."

10) 앞에 나온 "지난해 마흔다섯이었습지요"와 여기의 "자넨 백 번 넘게 날 찾아와 배우곤 정말 헛배웠네" 등은 모두 당시의 가오창훙(高長虹, 1898~약 1956)이 루쉰을 공격하면서 썼던 말들과 연관된다. 가오창훙은 광풍사(狂飆社)의 주요 멤버였다. 1924년 12월 루쉰을 알게 된 후 루쉰의 많은 지도와 도움을 받았다. 산문과 시를 같이 편집한 그의 첫 책인 『마음의 탐험』(心之探險)은 루쉰이 편집한 '오합총서'(烏合叢書)에 수록되었다. 루쉰이 1925년 『망위안』 주간을 편집할 때, 가오창훙은 이 간행물의 단골 필자 중 하나였다. 그런데 1926년 하반기, 가오창훙이 『망위안』 반월간의 — 당시 루쉰은 베이징을 피해 샤먼대학에서 교편을 잡고 있었기에 이 잡지는 1926년부터 주간에서 반월간으로 개편됐다 — 편집자인 웨이쑤위안(韋素園)이 상페이량(向培良)의 원고를 무시했다는 이유로 웨이쑤위안을 비난하면서 루쉰에게도 불만을 드러냈다. 같은 시기 또 루쉰의 이름을 사칭해 자신을 선전하기도 했다. 이를테면 그 해 8월 『신여성』 월간에 광풍사 광고를 내면서 그들이 일찍이 루쉰과 함께 『망위안』을 함께 운영한 바 있고, 함께 '오합총서'를 편찬해 출판한 것처럼 말해, 독자들에게 루쉰도 마치 그들이 하는 '폭풍우운동'(狂飆運動)에 동참하는 듯한 암시를 했다. 루쉰은 당

시 「소위 '사상계의 선구자' 루쉰이 알립니다」(所謂'思想先驅者'魯迅啓事; 나중에 『화개집속편』에 실림)를 발표하여 사실을 분명히 밝히고 폭로했다. 가오창홍은 「출판계로 나서며」(走到出版界)에서 루쉰을 연신 비방했다. 이 소설에 나오는 봉몽 형상에는 가오창홍의 모습이 겹쳐 있다. 루쉰은 1927년 1월 11일 쉬광핑(許廣平)에게 보낸 편지에서 이 소설 「달나라로 도망친 이야기」를 언급하며 이렇게 말하고 있다. "그 당시 소설을 한 편 써 그(가오창홍)와 자질구레한 농담을 좀 했지요."(『먼 곳에서 온 편지』兩地書, 「112」) 소설의 몇몇 대화 역시 가오창홍이 쓴 「출판계로 나서며」에서 따와 일부 고쳐서 쓴 것이다. "지난해 마흔다섯이었습지요"와 "늙은 체하는 것은 정신이 타락해서라고 말하지 않았던가" 등은 모두 가오창홍의 글 「1925년 베이징출판계 형세 지도」(1925年北京出版界形勢指掌圖; 이하 「형세 지도」)에서 따온 것이다. 가오창홍은 이 글에서 "나이를 가지고 존경하고 하대하는 것은 할아버지나 아버지에게서 물려받은 인습적인 사상으로 새 시대의 가장 큰 장애물이란 것을 알아야 한다. 루쉰은 지난해 겨우 마흔다섯이었다. …… 만일 스스로 늙은이라고 한다면 그것은 정신적으로 타락한 것이다"라고 했다. 다음에 나오는 "자넨 백 번 넘게 날 찾아와 배우곤 정말 헛배웠네" 역시 가오창홍의 위의 글 「형세 지도」에서 따온 것이다. "그 사람의 방법으로 그 사람에게 돌려주도다"는 가오창홍의 글 「공리와 정의의 담화」(公理與正義的談話)에서 인용한 것이다. 가오창홍은 이 글에서 "정의 ── 나는 자네들이 각성하길 갈망하지만 아마 쉽진 않겠지! 공리 ── 나는 말하자면 그 사람의 방법으로 그 사람을 다스리네"라고 했다.

또 본문 중에 나오는 "넌 조종을 쳤어"라는 표현은 가오창홍의 글 「시대의 운명」(時代的運命)에 있는 "루쉰 선생은 이미 말없이 낡은 시대의 소종을 쳤다"에서 가져온 것이다. 그 뒤에 나오는 "어떤 이들은 나으리께서 아직도 전사시라고 말합니다"와 "어떤 때 보면 정말 예술가 같으십니다"라는 말도 모두 위 「형세 지도」에서 인용한 것이다. 가오창홍은 이 글에서 "그(루쉰)가 나에게 준 인상은 사실 그 짧은 시기(1924년 말)가 제일 확실했다. 그때는 정말 진정한 예술가의 면모를 가지고 있었다. 그러나 그 이후에는, 훌륭하지는 못하면서 용감하게 싸우는 전사의 모습만 있는 것으로 점차 전락해 갔다"고 했다. 「출판계로 나서며」는 가오창홍이 1926년 주간지 『광풍』의 주필을 맡으면서 거기에 소소한 비평글을 발표했는데 그것들의 연재 제목이다. 이후 그는 그것들을 모아 단행본으로 출판했다.

11) 원문은 '嚙鏃法'이다. 즉 날아오는 화살을 이로 받아 무는 법이다. 봉몽이 예로부터 이것을 배우지 못해 예를 죽이는 데 실패했다고 전해진다. 『태평어람』 350권에는 『열자』에 나오는 다음 기록을 인용하고 있다. "비위(飛衛)가 감승(甘蠅)에게 궁술을 배웠다. 모든 궁술을 다 잘하였으나 화살 무는 법은 가르쳐 주지 않았다. 비위가 몰래 화살을 감승에게 쏘았다. 감승은 날아오는 화살촉을 이로 받아 물고 활로 비위를 쐈다. 비

위는 나무를 돌아 도망쳤다. 그러자 화살이 나무를 돌아가 비위를 쏘았다." 그러나 지금 전해지는 『열자』 판본에는 이 기록이 없다.

12) 봉몽을 가리킨다.

13) 해를 쏘았다고 전해지는 활을 가리킴. 원문은 '射日弓'.

14) 『세설신어』(世說新語) 「용지」(容止)편에 왕연(王衍)이란 사람이 배해(裴楷)를 설명하면서 "눈빛은 형형하기가 마치 바위를 치는 번개와 같았다"고 했다.

15) 『회남자』 「본경훈」에 나온다. "요임금 때, 열 개의 해가 동시에 나타나 벼를 태우고 초목을 죽였다. 백성들이 먹을 것이 없어졌다.…… 요가 예에게 명하여,…… 해 아홉 개를 쏘았다."

홍수를 막은 이야기[1]

1.

때는 바야흐로 "도도한 홍수의 물결이 갈라져 넘실넘실 산을 에워싸고 구릉을 삼키는"[2] 시절이다. 그렇다고 순임금[3]의 백성들이 모두 물 위로 드러난 산꼭대기에 모여 북적거린 것은 아니었다. 어떤 사람들은 나무꼭대기에 매달려 있기도 하고, 어떤 사람들은 뗏목 위에 앉아 있기도 했다. 몇몇 뗏목 위에는 작고 작은 오두막까지 지어, 기슭에서 바라보노라면 매우 시적인 정취마저 들었다.

먼 곳의 소식들은 뗏목을 통해 전해졌다. 사람들은 마침내 곤鯀 나으리가 꼬박 9년 동안이나 물을 다스렸으나 아무런 성과도 올리지 못하였기 때문에 위에 계신 천자께서 진노하여 그를 군인으로 강등, 위산 땅에 유배하였다는 것을 알게 되었다.[4] 그리고 그 후임으로는 그의 아들 문명 도련님이 임명된 것 같은데 그 도련님의 아명兒名이 아우阿禹라고 한다는 것도 알게 되었다.[5]

재해가 오랫동안 계속되자 대학은 해산된 지 오래였고, 유치원마저 운영하는 곳이 없게 되었다. 그래서 백성들은 모두 무지몽매해져 갔다. 단지 문화산[6] 위에만 여전히 많은 학자들이 남아 있었다. 그들의 식량은 모두 기굉국에서 비행 수레로 실어 날랐다.[7] 그래서 그들은 식량이 떨어질까 봐 걱정하지 않아도 되었다. 따라서 학문도 충분히 연구할 수 있었다. 그러나 그들 가운데 대다수는 우禹를 반대하거나 또는 그런 사람이 이 세상에 존재한다는 것을 믿지 않았다.

매달 한 차례씩, 관례대로 하늘에서는 '투두두두' 소리가 났고, 그 소리가 시끄러워짐에 따라 비행 수레도 점점 똑똑히 보였다. 비행 수레에는 깃발이 하나 꽂혀 있었다. 깃발에는 누런 동그라미 하나가 그려져 있어 흐릿하게 빛을 발하고 있다. 수레는 땅에서 다섯 자가량 떨어진 공중에서 광주리 몇 개를 아래로 내려뜨렸다. 다른 사람들은 그 안에 무엇이 담겨 있는지 모른다. 그저 위아래로 주고받는 말소리만 들릴 뿐이었다.

"구모링!"[8]

"하우뚜유투!"[9]

"구루지리⋯⋯."[10]

"OK!"

비행 수레가 기굉국으로 쏜살같이 날아가 버리고 하늘에 더 이상 아무 소리도 남지 않게 되면 학자들도 잠잠해진다. 그것은 모두가 밥을 먹고 있기 때문이다. 산허리를 에워싼 물결만이 바위에 부딪히면서 철썩철썩 끊임없이 소리를 내고 있다. 식사 후 낮잠에서 깨어나면 학자들은 원기가 백 배 솟았다. 그래서 그들이 주장하는 학술 역시 파도 소리를 압도하게 된다.

"우가 물을 다스리러 온다면 성공하지 못할 건 뻔한 일이오. 그가 만일 곤의 아들이라면 말이오."

단장을 든 한 학자가 말했다.

"나는 수많은 왕족 대신들과 부호들의 족보를 수집하여 열심히 연구한 적이 있소. 그 결과 하나의 결론을 얻었소. 즉, 부자의 자손들은 다 부자가 되고 나쁜 사람의 자손들은 다 나쁜 사람이 된다는 것이오. 이것을 '유전'이라 하오. 그러므로 곤이 성공하지 못했다면 그의 아들 우도 분명히 성공하지 못할 것이오. 왜냐하면 바보는 총명한 사람을 낳을 수 없기 때문이오!"

"OK!"

단장을 들지 않은 학자가 말했다.

"그래도 선생께선 우리의 태상황제님을 좀 생각해 보셔야 합니다."

단장을 들지 않은 다른 한 학자가 말했다.

"그분은 이전에 좀 '아둔'했지만 지금은 바뀌었습니다. 만약 바보였다면 영원히 바뀌지 않았을 텐데……."[11]

"OK!"

"이, 이, 이런 건 다 쓸데없는 말이오."

다른 한 학자가 더듬거리며 말했는데, 갑자기 그의 코끝이 온통 새빨개졌다.

"당신들은 유언비어에 속은 거요. 사실 우라고 불리는 사람은 없소. '우'란 벌레인데 버, 버, 벌레가 어떻게 물을 다스린단 말이오? 내 보기엔 곤이란 사람도 없었소. '곤'이란 물고기인데 무, 무, 물고기가 어떻게 무, 무, 물을 다스린단 말이오?"[12]

그는 여기까지 말하고 나서 두 다리를 턱 버티며 서 있는데 있는 힘을 다하는 게 보였다.

"그러나 곤이란 사람은 분명 있어요. 칠 년 전, 그가 쿤룬산 기슭으로 매화 구경 가는 걸 내 눈으로 직접 봤어요."

"그럼, 그의 이름이 틀렸겠지. 그는 아마 '곤'이라고 불리지 않았을 게요. 그의 이름은 '인'ㅅ이라고 불러야 할 것이오! '우'라고 하면 그것은 틀림없이 벌레일 것이오. 나는 그의 부재를 증명할 만한 많은 증거를 가지고 있소. 여러분이 공정하게 비판해 주실……."

그러고 나서 그는 용맹스럽게 일어섰다. 작은 칼을 더듬어 꺼내더니 다섯 그루의 큰 소나무 껍질을 벗겨 버렸다. 먹다 남은 빵부스러기를 물에 풀어 풀을 만들고 거기에 숯가루를 섞었다. 그것으로 소나무 껍질을 벗긴 자리에 깨알 같은 과두문자[13]로 우를 부정하는 증거를 하나하나 써 내려갔다. 꼬박 삼구 이십칠, 스무이레나 걸렸다. 그런데 그것을 구경하고자 하는 사람은 느릅나무의 여린 잎을 열 개 가져와야 했다. 뗏목 위에 사는 사람이라면 싱싱한 물이끼를 조개껍데기 하나 가득 담아 내야 했다.

상하좌우 도처가 물 천지여서 사냥도 할 수 없었고, 땅에서 농사도 지을 수 없었다. 그저 아직 살아만 있다면, 있는 거라곤 한가한 시간뿐이어서 구경하러 오는 사람이 의외로 적지 않았다. 소나무 아래는 사흘 동안 구경하는 사람들로 북적거렸고 도처에서 한숨 소리가 들려왔다. 어떤 것은 감탄의 한숨이고 어떤 것은 피로에 지친 한숨이었다. 그런데 나흘째 되는 날 정오에, 한 시골 사람이 드디어 말을 했다. 이때 그 학자란 사람은 볶은 국수를 먹고 있는 중이었다.

"사람들 중에는 아우라고 부르는 사람이 있습니다." 시골 사람이 말했다. "또 '우'란 것도 벌레가 아닙니다. 이건 우리 시골 사람들이 쓰는 약자랍니다. 나으리들도 모두 '우'라고, 긴꼬리원숭이라고 쓰시잖아요……."[14]

"사람에게 꼬, 꼬, 꼬리 긴 원숭이라고 부를 수 있단 말이오?"

학자는 팔딱 일어나더니 채 씹지도 않은 국수 한입을 급히 꿀꺽 삼켰다. 빨간 콧등이 자줏빛으로 변하더니 꽥 소릴 질렀다.

"있고말고. 아구阿狗, 아묘阿猫라고 부르는 사람도 있는걸."[15]

"조두鳥頭 선생, 그 사람과 입씨름하지 마십시오."

단장을 든 학자가 빵을 내려놓으며 두 사람 사이에 끼어들었다.

"시골 사람들이란 모조리 바보들입니다. 당신의 족보를 가져오시오."

그는 또 시골 사람을 향해 돌아서더니 큰소리로 말했다.

"나는 너희들 조상들이 모두 바보였다는 것을 반드시 밝혀낼 것이야……."

"난 지금까지 족보라곤 있어 본 적이 없어요……."

"퉤! 내 연구가 잘 천착되지 않는 건 다 너희들 같은 고얀 놈들 때문이야!"

"하지만여, 여기엔 족보가 필요 없지. 내 학설은 틀릴 리 없으니까."

조두 선생은 더더욱 분개하며 말했다.

"전에, 수많은 학자들이 편지를 보내 내 학설에 찬성을 했소. 그 편지들을 나는 다 여기 가져왔소……."

"아, 아, 아니오. 그래도 족보를 캐 봐야만 하오……."

"그렇지만 내겐 족보가 없대도요."

그 '바보'가 말했다.

"지금 이 같은 물 난리판에 교통까지 불편한데 당신 친구들이 찬성하는 편지를 보내오기를 기다렸다가 그걸 증거로 삼는다는 건 정말 소라껍데기 속에다 도장道場을 차리는 것보다 더 어려울 거요. 증거는 바로 눈앞에 있어요. 당신을 조두 선생이라고 부르는데 그렇다면 당신이야말로 새대가리이지 사람이 아니지 않습니까?"

"흥!"

조두 선생은 분이 치밀어 귓불까지 검붉게 돼 버렸다.

"네놈이 결국 날 이렇게까지 모욕하다니! 뭐 내가 사람이 아니라구! 내 네놈과 같이 고요 나으리에게 가서 법적으로 해결을 보리라! 만일 내가 정말 사람이 아니라면 내 기꺼이 사형을 청하리라. 말하자면 목이 잘리는 것 말이다, 네놈 알겠느냐? 그렇지 않으면 네놈이 죗값을 받아 마땅하렷다. 내가 국수를 다 먹을 때까지 꼼짝 말고 게 기다리렷다."16)

"선생님."

시골 사람은 뻣뻣하게 굳어 버렸으나 조용하게 대답했다.

"당신은 학자이십니다. 지금 벌써 오후가 되었으니 다른 사람도 배가 고파지려 한다는 걸 아셔야만 하지요. 유감스럽게 바보도 총명한 사람과 마찬가지로 배가 고파지려 하거든요. 정말 아주 죄송하지만, 난 물이끼를 건지러 가야겠소. 당신이 고소장을 올린 후에, 나도 다시 출두하리다."

그리고 그는 뗏목 위로 뛰어올라 그물 망태를 들고 물이끼를 건지면서 멀리멀리 떠나 버렸다. 구경꾼들도 차츰 흩어졌다. 조두 선생은 귓바퀴와 콧등을 벌겋게 해 가지고 다시 볶은 국수를 먹어 댔다. 단장을 든 학자는 머리를 좌우로 갸우뚱거리고 있었다.

그러나 '우'가 도대체 벌레인지 사람인지는 여전히 큰 의문이었다.

2.

우는 정말 벌레인 것 같기도 했다.

반년이 훨씬 지나자 기괴국의 비행 수레는 여덟 번이나 다녀갔고, 소나무 몸에 쓴 글을 읽었던 뗏목 주민들은 열에 아홉이 각기병에 걸렸다. 그러나 물을 다스리러 온다는 새 관리는 아직 소식이 감감했다. 그러다가 열번째 비행 수레가 다녀간 후, 비로소 새 소식이 전해졌다. 우라고 하는, 정말 그런 사람이 있는데 그가 바로 곤의 아들이며 수리水利 대신으로 분명히 임명되었다는 것, 삼 년 전에 이미 지저우冀州를 떠났으니[17] 머지않아 이곳에 도착할 것이라는 것이었다.

사람들은 약간 흥분했으나 곧 담담해졌다. 크게 믿어지지가 않았다. 이런 믿을 수 없는 소문은 누구나 할 것 없이 귀에 못이 박히도록 들어 왔기 때문이다.

그러나 이번만은 퍽 믿을 만한 소식인 것 같기도 했다. 십여 일 후에는 거의 모든 이가 내신이 반드시 도착하게 될 것이라고 말했다. 그것은 물 위에 뜬 풀을 건지러 갔던 사람이 직접 눈으로 관청 배를 본 적이 있다고 했기 때문이다. 그는 머리 위의 시퍼런 혹을 가리키면서 관청 배를 좀 늦게 피하다가 관군의 돌화살을 얻어맞았다고 했다. 이것이 바로 대신이 꼭 온다는 증거였다. 그 목격자는 이때부터 아주 유명해졌고 또 매우 바빠졌다. 모두들 앞다투어 그의 머리에 난 혹을 보러 오는 바람에 하마터면 뗏목이 가라앉을 뻔하기도 했다. 그후, 학자들이 그를 불러다가 세심한 연구를 거친 결과 그의 혹이 진짜 혹이라는 결정도 내렸다. 그러다 보니 조두 선생도 더 이상 자기주장을 고집할 수 없게 되었다. 하는 수 없이 고증학을 남에게 넘겨주고 자신은 따로 민간의 가요들을 수집하러 떠났다.

　대형 통나무배 일진이 도착한 것은 머리에 혹이 난 지 거의 스무날 남짓이 지난 후였다. 배 한 척마다 노 젓는 관군이 스무 명, 창을 든 관군이 서른 명씩 있었다. 앞뒤는 온통 깃발이었다. 배가 막 산마루에 닿자, 신사들과 학자들은 기슭에 줄지어 서서 공손히 영접했다. 반나절이 지나서야 제일 큰 배에서 뚱뚱한 중년 대관 두 사람이 나타났다. 그들은 호랑이 가죽을 입은 스무 명가량의 무사들에게 둘러싸여 마중 나온 사람들과 함께 가장 높은 산꼭대기의 돌집으로 들어갔다.

　사람들은 바다와 육지 곳곳에서 몰래몰래 재량껏 수소문해 보았다. 그러고 나서야 그 두 사람은 단지 조사 전문 요원일 뿐 우가 아니라는 것을 알게 되었다.

　대관들은 돌집 한가운데 앉아서 빵을 먹고 나더니 조사를 시작했다.

　"재해 상태는 심각하지 않은 편이며, 식량도 아직은 지낼 만합니다."

　학자들의 대표인 묘족 언어학 전문가가 말했다.

　"빵은 매달 공중에서 떨어뜨리기로 했고, 생선도 모자라지 않습니다. 어쩔 수 없이 흙내가 좀 나긴 해도 무척 살찐 것이죠, 어르신. 저 아랫것들에 대해 말씀드리자면, 그들에게는 느릅나무 잎과 김이 얼마든지 있습니다. 그들은 '종일 배불리 먹고 있어 달리 마음 쓸 곳이 없습니다'. 마음고생을 하지 않기 때문에 원래 그런 것만 먹어도 충분합니다. 우리가 시식도 좀 해보았지만 맛이 그다지 나쁘진 않았어요. 특히 아주……."

　"게다가……."

　『신농본초』[18]를 연구하는 다른 한 학자가 말을 가로챘다.

　"느릅나무 잎 속에는 비타민 W가 함유되어 있고 김에는 요오드가 있어 임파선 결핵을 고칠 수 있습니다. 두 가지 모두 위생에 기막히게 좋습니다."[19]

"OK!"

또 다른 학자가 말했다. 대관들은 눈을 크게 뜨고 그를 쳐다보았다.

"음료수는,"

그『신농본초』학자가 말을 이었다.

"그들이 원하는 대로 얼마든지 있습니다. 만대에 걸쳐 마셔도 다 못 마시죠. 유감스런 것은 흙이 좀 섞여 있어 먹기 전에 반드시 끓여 걸러야 한다는 겁니다. 소인이 여러 차례 가르쳐 주었습니다만 어찌나 고집이 세고 어리석은지 절대 시키는 대로 하질 않습니다. 그래서 수없이 많은 병자들이 생겨나……"

"그래요. 홍수도, 그들이 불러온 게 아닙니까?"

다섯 오라기의 긴 턱수염에 간장색 두루마기를 걸친 신사가 또 말허리를 잘랐다.

"홍수가 나기 전에는 게을러서 막으려 하지 않더니, 홍수가 난 다음에는 또 게을러서 물을 퍼내려 하지 않습니다……"

"그런 것을 일러 본래의 성정을 잃었다 하지요."

뒷줄에 앉아 있던 팔자수염의 복희 시대 소품 문학가가 웃으며 말했다.

"나는 일찍이 파미르 고원에 올라가 본 일이 있소이다. 천상의 바람이 시원하게 불어오고 매화꽃이 피었으며 흰 구름이 날아가고 금값은 폭등하고 쥐는 잠들었습니다. 한 소년을 만났는데 입에는 시가를 물고 있고, 얼굴에는 치우씨의 안개가…… 하하하! 방법이 없었습니다……"[20]

"OK!"

이렇게 반나절을 이야기했다. 대관들은 그들의 이야기를 아주 열심히 듣고 있더니 마지막에 그들에게 함께 의논해 공문 하나를 작성토록 했다. 역시 조목조목 진술하되 선후의 대책까지 자세히 쓰는 것이 가장 좋겠다고 일렀다.

그리고 대관들은 배로 내려갔다. 이튿날 그들은 여행길이 피곤했다면서 공무도 보지 않고 손님도 만나질 않았다. 사흘째 되는 날, 그들은 학자들의 공식 초청으로 산봉우리 가장 높은 곳에 누운 듯 덮여 있는 늙은 소나무들을 감상했고, 오후에는 산 뒤로 동행하여 드렁허리[21]를 낚으면서 해질 무렵까지 한나절을 놀았다. 나흘째 되는 날에는 조사하느라 피곤하다면서 공무도 보지 않고 손님도 만나지 않았다. 닷새째 되는 날 오후, 백성들의 대표를 만난다는 전갈이 왔다.

백성 대표는 나흘 전부터 추대하기 시작했으나, 누구도 이제껏 관리를 만나 본 일이 없다고 하며 가려 하지 않았다. 그리하여 대다수 사람들은 머리에 혹이 난 그 사람이 관리를 만나 본 경험이 있다고 생각해 그를 추천했다. 그 사람은 자신이 대표로 추대되자 가라앉았던 혹이 갑자기 바늘로 쑤시는 듯 아프기 시작했다. 그는 울면서 한마디로 딱 잡아뗐다. "대표가 되느니 차라리 죽겠다!"라고.

사람들은 그를 둘러싸고 연일 낮과 밤을 이어가며 대의大義를 가지고 꾸짖었다. 공공의 이익을 돌보지 않는 것은 이기적인 개인주의자로 장차 화하[22]에서는 용납될 수 없다고 했다. 좀 과격한 사람은 주먹을 쥐고 그의 코밑까지 갖다 대면서 이번 수재의 책임을 그가 져야 한다고까지 하였다. 그는 목이 타고 졸음이 와서 죽을 지경이었다. 그는 마음속으로, 뗏목에서 이렇게 닦달을 받다가 죽느니 차라리 공공의 이익을 위해 희생하는 모험을 감수하는 것이 낫다고 생각했다. 그는 대단한 결심을 내려 나흘째 되는 날 응낙했다.

사람들은 모두 그를 칭찬했다. 그러나 몇몇 용사들 가운데 그를 질투하는 사람도 있었다.

닷새째 되는 날 이른 아침, 사람들은 일어나자마자 그를 끌어내 기슭에 세워 놓고 하명을 기다리게 했다. 아니나 다를까, 대관들이 그를 호출했다. 그의 두 다리는 금방 후들후들 떨렸다. 그러나 곧 마음을 다잡아 먹었다. 마음을 다잡아 먹고 난 후, 커다란 하품이 두 번 터졌다. 눈언저리가 퉁퉁 부은 그는 발이 땅에 닿지 않고 공중에 붕붕 뜬 것 같은 것을 느끼면서 관청의 배 위로 올라갔다.

그런데 아주 이상했다. 창을 든 관군들과 호랑이 가죽을 입은 무사들은 그를 때리지도 욕하지도 않았으며 곧장 그를 중앙 선실로 들여보내 주는 것이었다. 선실 안에는 곰 가죽과 표범 가죽이 깔려 있었고 몇 개의 활과 화살들이 걸려 있었으며 수많은 병과 통조림통들이 널려 있어 눈을 정신없게 만들었다. 정신을 차리고 보니 위쪽에, 즉 그의 맞은편에는 뚱뚱한 대관 두 명이 앉아 있었다. 어떻게 생겼는지 그는 감히 똑바로 쳐다보질 못했다.

"네가 백성 대표냐?"

대관 중 하나가 물었다.

"그들이 저를 보냈습죠."

그는 선창 바닥에 깔린 표범 가죽의 쑥 이파리 같은 무늬를 내려다보며 대답했다.

"너희들은 어떠하냐?"

"……."

그는 무슨 뜻인지 몰라 대답하질 못했다.

"너희들 지내기는 그저 그만한 게냐?"

"나랏님의 크나크신 덕분에 그런대로 괜찮게……."

그는 다시 좀 생각해 보더니 낮고 낮은 목소리로 말했다.

"그럭저럭…… 되는 대로……."

"먹는 것은?"

"있습니다. 나뭇잎이랑 물이끼랑……."

"다 먹을 수 있더냐?"

"먹을 수 있습죠. 우리는 무엇이나 습관이 되어서 먹을 수 있습죠. 단지 어린 새끼들이 좀 칭얼대긴 합지요. 인심도 나빠지고 있습죠, 니에미, 우린 그놈들을 때려 주었습죠."

대관들은 웃기 시작했다. 한 사람이 다른 사람에게 말하였다.

"이 작자는 그래도 솔직하군요."

그는 칭찬을 듣자마자 너무 기뻤고 갑자기 담도 커졌다. 그는 물이 흐르듯 도도하게 말했다.

"우린 언제나 방법을 생각해 내지요. 예를 들면 물이끼로는 미끌미끌 비취탕을 만들면 최고 좋지요. 느릅나무 잎으로는 아침죽을 끓이면 최고입죠. 나무껍질은 완전히 벗기지 말고 한쪽 면을 남겨 두어야 합지요. 그래야 다음 해 봄 나뭇가지 끝에서 또 잎이 자라나 수확을 거둘 수 있습지요. 만일 나으리 덕택으로 드렁허리나 낚을 수 있다면……."

그런데 나으리들은 별로 듣고 싶어 하지 않는 것 같았다. 그 가운데

한 사람이 연거푸 하품을 두 번 하더니 그의 신나는 강연을 중간에 잘랐다.

"너희들도 다같이 잘 갖추어 공문으로 올리거라. 선후책까지 조목조목 적어 올리면 가장 좋겠지."

"그런데 우리들 누구도 글을 쓸 줄 모릅니다……."

그는 불안스럽게 말했다.

"글을 모른다구? 정말 진취심이 없는 것들이군! 하는 수 없지. 그럼 너희들이 먹고 있는 것을 좀 추려서 가져오면 돼!"

그는 한편으로는 두려워하며 또 한편으로는 기뻐하며 물러 나왔다. 머리의 혹을 쓰다듬으면서. 그는 곧바로 나으리의 분부를, 기슭과 나무 위와 뗏목 위에 살고 있는 주민들에게 전달하고 큰소리로 신신당부했다.

"이건 윗전에 올려 보내는 것입니다. 그러니까 깨끗하고 꼼꼼하게, 모양새 있게 만들어야 합니다!"

모든 주민들이 동시에 바빠지기 시작했다. 나뭇잎을 씻으랴, 나무껍질을 자르랴, 김을 따랴, 한바탕 난리법석을 떨었다. 그는 판자떼기를 톱질하여 진상품을 담는 함을 만들었다. 널 두 조각은 유난히 광택 나게 문질러서 그날 밤으로 산꼭대기에 가지고 가 학자에게 글을 써 달라고 부탁했다. 하나는 함 뚜껑으로 쓸 것으로, 거기에는 '수산복해'壽山福海자를, 다른 하나는 자기의 뗏목 위에 걸 편액으로, 영광을 기념하는 뜻에서 '온순당'溫順堂이라고 써 달라 청했다. 그런데 학자는 '수산복해' 한 조각만 써 주고자 했다.

3.

두 대관이 경성으로 돌아왔을 때 다른 조사관들도 대부분 속속 돌아왔다. 단지 우^禹 한 사람만 아직 외지에 남아 있었다. 그들은 집에서 며칠 쉬었다. 수리국의 동료들은 관청에서 성대한 연회를 차려 멀리서 돌아온 그들을 환영해 주었다. 분담 비용은 복^福·록^祿·수^壽 세 종류로 나누었는데 최소한 큰 조개껍데기[23] 오십 개는 내야 했다. 이날은 정말 마차 행렬이 끊이지 않았다. 해가 지기 전 주객이 모두 도착했다. 마당에는 벌써 횃불이 타오르고 솥에는 쇠고기 삶는 구수한 냄새가 대문 밖에 서 있는 위병들의 코밑까지 풍겼다. 위병들은 일제히 침을 삼켰다. 술잔이 세 차례 돌자 대관들은 수해지역 길가의 풍경에 대해 이야기했다. 갈대꽃은 백설 같고 흙탕물은 황금 같다는 둥, 드렁허리는 오동통하고 김은 윤이 반지르르하다는 둥의……등등.

술이 좀 거나해지자 모두들 거두어 온 백성들의 음식을 내놓았다. 음식들은 모두 정교하게 짠 나무함에 들어 있었는데 뚜껑 위에는 글자가 쓰여 있었다. 어떤 것은 복희의 팔괘체[24]이고, 어떤 것은 창힐의 귀곡체[25]였다. 그들은 먼저 이 글자들을 감상하였고 거의 싸울 정도로 논쟁을 했다. 그런 후에야 비로소 '국태민안'이라고 쓴 것이 제일 잘 쓴 것이라는 결정을 내렸다. 왜냐하면 글자가 소박하면서도 알아보기 힘들며, 상고시대의 순박한 풍이 있을 뿐만 아니라, 주장도 아주 격식을 갖추었기에 왕명으로 국사관에 보낼 만하기 때문이라는 것이었다.

중국 특유의 예술에 대한 평가와 결정이 끝나자 문화 문제는 그것으로 일단락된 셈이었다. 그래서 함 속의 내용물을 조사하기로 했다. 그들은 떡 모양이 정교한 것에 대해 한결같이 칭찬을 했다. 그런데 술을 너무 많이 마신 탓인지 의논이 분분했다. 어떤 사람은 송기떡[26]을 한 입 베어 물더니 그것의 깨끗한 향기를 극구 칭찬하면서 내일부터 자기도 퇴직, 은퇴하여 이러한 맑은 복을 누리고 싶다고 했다. 잣나뭇잎 떡을 씹은 사람은 촉감이 거칠고 맛이 써서 혀끝을 상했다고 하며, 이렇게 백성들과 고난을 함께하고자 하면 임금 노릇도 어렵거니와 신하 노릇 하기 역시 쉽지 않을 것이라고 했다. 몇몇 사람은 또 달려들어 그들이 베어 먹은 떡을 빼앗으려 했다. 머지않아 전람회를 열고 기부금을 모집할 것인데 이것들은 모두 다 거기에 전시해야 한다는 것이다. 너무 많이 베어 먹으면 볼썽사납게 된다는 것이다.

관아 밖에서 갑자기 소란스런 소리가 일었다. 얼굴이 거무틱틱하고 의복은 남루했지만 기골이 장대한 거지 같은 사내들이 교통 차단선을 돌파하며 관청 안으로 덮치듯 들어왔다. 위병들이 큰소리를 질렀고 황급하게 번쩍거리는 창을 좌우에서 교차시켜 그들을 가로막았다.

"뭐냐? 똑똑히 봐라!"

선두에 서 있던 손발이 투박하고 바싹 말랐으며 키 큰 사내가 잠시 주춤하는 듯하더니 큰소리로 말했다.

어스름 속에서 위병들이 그를 찬찬히 살펴보고, 곧바로 아주 공손하게 바른 자세로 고치더니 창을 거두어들이고 그들을 들여보냈다. 그러나 숨을 헐떡이며 뒤에서 쫓아온 여인은 막았다. 그녀는 짙은 쪽빛의 무명옷을 걸치고 있었고 어린아이를 안고 있었다.

"왜? 너희들 날 몰라보느냐?"

그 여인은 주먹으로 이마 위의 땀을 훔치며 이상하다는 듯 물었다.

"우 마나님, 저희들이 어찌 마님을 알아보지 못하겠습니까?"

"그럼 왜 날 들여보내지 않냐?"

"마님, 요즘 세월이 너무 좋지 않아 금년부터 풍속을 단정하게 하고 인심을 바로잡기 위해 남녀의 유별을 지키기로 했습니다. 지금은 어느 관청에서도 여자를 들여보내지 않습니다. 그것은 여기뿐만이 아닙니다. 마님뿐만이 아닙니다. 이것은 상부의 명령입니다. 우리를 탓하진 마십시오."

우 부인은 잠깐 멍하더니 양 눈썹을 곤두세우고 홱 돌아서면서 큰소리로 외쳤다.

"이 천번 만번 죽일 놈! 무슨 장사 지낼 일 있다고 그렇게 뛰어다닌담! 제 집 문앞을 지나면서도 코빼기도 보여 주질 않다니! 네 장사나 치러라! 벼슬, 벼슬, 벼슬이 뭐 대단한 거라고. 하는 꼬라질 보면 제 애비처럼 변방에 유배돼 못에 빠져 자라나 되라지! 이 양심이라곤 없는 천번 만번 뒈질 놈!"[27]

이때 관청 안의 대청에서도 벌써 소동이 났다. 한 떼거리 거친 사내들이 달려 들어오는 것을 보자 연회에 참가한 사람들은 모두 정신없이 숨을 생각만 했다. 그런데 눈부시게 번쩍이는 무기가 보이지 않자, 체면을 무릅쓰고 억지로 버티며 자세히 살폈다. 뛰어든 사람들도 가까이 다가왔다. 맨 앞장에 선 사람은 얼굴이 검고 여위긴 했어도 그 표정으로 보아 우가 틀림없었다. 나머지 사람들은 당연히 그의 수행원들이었다.

깜짝 놀라는 순간 모두들 술기운이 싹 가셨다. 사각사각 옷자락 끌리는 소리가 나며 급히 아래로 물러났다. 우는 곧바로 성큼성큼 연회자리를 넘어가 윗좌석에 앉았다. 점잖고 의젓한 자세여서 그런지 아니면 학슬풍[28]이 생겨서 그런지 무릎을 굽히지 않고 그대로 앉았다. 두 다리를 쭉 폈기 때문에 커다란 발바닥이 대관들과 마주했다. 버선을 신지 않았는데 발바닥에는 온통 밤톨같이 생긴 오래된 굳은살이 박혀 있었다. 수행원들은 그의 좌우에 갈라 앉았다.

"나으리께선 오늘 상경하셨습니까?"

담이 큰 한 관원이 무릎걸음으로 나서며 공손하게 물었다.

"다들 좀 가까이 와 앉으시게!"

우는 그의 질문에 대답도 하지 않고 여러 사람들에게 말했다.

"조사는 어찌 되었소?"

대관들은 한편으로는 무릎걸음으로 나가면서 다른 한편으로는 서로 얼굴을 쳐다보며 먹다만 술상 아래 나란히 앉았다. 베어 먹은 송기떡과 말끔히 뜯어먹은 소뼈다귀가 눈에 띄었다. 몹시 민망했다. 그렇다고 감히 주방장을 불러 상을 치우라고 할 수도 없는 노릇이었다.

"나으리께 아룁니다."

한 대관이 마침내 입을 열었다.

"생각보다는 지낼 만한 듯했습니다. 인상이 매우 좋았습니다. 소나무 껍질과 수초의 생산량도 적지 않았고, 마실 것도 아주 넉넉하다고 할 수 있었습니다. 백성들은 모두 온순했고, 익숙해 있었습니다. 나으리께 아뢰자면, 그들은 모두 고생을 잘 참는다는 점에서 세계의 인민들에게 이름을 날리고 있습니다."

"소인은 벌써 기부금 모집 계획을 세워 두었습니다."

또 한 대관이 말했다.

"특이한 식품 전람회 개최를 준비하고 있으며 별도로 여외[29] 아가씨들을 청해 유행복 패션쇼를 하려고 합니다. 표만 팔고 전람회 안에서는 더 이상 모금 운동을 하지 않는다고 하면 구경 오는 사람들이 더 많아질 것입니다."

"거 좋은 일이오!"

우는 이렇게 말하면서 그를 향해 허리를 좀 굽혔다.

"그러나 제일 중요한 일은 지체 없이 큰 뗏목을 보내 학자들을 고원高原에서 모셔 오는 것입니다."

세번째 대관이 말했다.

"그러면서 한편으로는 기굉국에 사람을 파견해 우리가 문화를 존중한다는 것과 구호물자도 매달 이곳으로 보내는 게 좋겠다는 걸 알려야 합니다. 학자들이 올린 공문이 여기 있는데 그 내용도 아주 흥미롭습니다. 그들은, 문화는 한 나라의 명줄이며 학자들은 문화의 영혼이기 때문에 단지 문화만 잘 보존하면 화하도 잘 보존될 것이라고 생각하고 있습니다. 다른 모든 것은 이차적인 것이라고 생각하고 있습니다……."

"그들은 화하의 인구가 너무 많아서……."

첫번째 대관이 말했다.

"얼마간 줄이는 것도 태평의 도를 이루는 것이라 생각하고 있습니다. 하물며 그들은 우매한 백성에 불과할 뿐입니다. 그들의 희로애락은 결코 지식인들이 미루어 생각하는 것처럼 그렇게 세련되지도 못합니다. 사람을 알고 나서 일을 논해야 함으로, 첫째로는 주관에 의거해야 합니다. 이를테면 셰익스피어는……."[30]

'방귀 뀌는 소리로고!'

우는 속으로 생각했다. 그러나 입으로는 큰소리로 다른 말을 했다.

"나는 조사와 분석을 통해 이전의 방법, 즉 '물을 막는' 방법이 분명 잘못되었다는 것을 알았소. 앞으로는 '물을 소통'시키는 방법을 써야 하오! 여러분들 의견은 어떠하시오?"[31]

마치 무덤 속같이 조용해졌다. 대관들의 얼굴에도 사색이 돌았다. 많은 사람들은 자기가 병이 난 게 아닌가, 어쩌면 내일 병가를 내야 할지도 모른다는 생각을 했다.

"그것은 치우蚩尤가 쓴 방법입니다!"

한 용감한 젊은 관리가 나직한 소리로 격분했다.

"비천한 소관의 어리석은 소견으로는, 나으리께선 내리신 명령을 거두어들이셔야만 된다고 생각합니다."

이때, 하얀 수염에 백발을 한 대관이 천하의 흥망성쇠가 지금 자신의 입에 달려 있다고 생각했다. 그는 마음을 단단히 먹고 생사를 돌보지 않는 듯 단호한 자세로 항의했다.

"막는 것은 춘부장 어른께서 정한 법이올시다. '삼 년 동안 아버지의 도를 고치지 않아야 효자라 할 수 있다'[32]고 했습니다. 춘부장 어른께서 승하하신 지 아직 삼 년도 안 지났습니다."

우는 아무 말도 하지 않았다.

"하물며 춘부장 어른께선 얼마나 많은 열정과 애정을 쏟으셨습니까. 하느님의 식양[33]을 빌려다 홍수를 막았는데, 비록 하느님의 노여움을 사긴 했으나 홍수를 좀 줄어들게 하셨던 것입니다. 그러하오니 역시 이전의 방법대로 물을 다스리는 것이 좋을 듯하옵니다."

백발이 희끗희끗한 다른 대관이 말했다. 그는 우 외삼촌의 수양아들이었다.

우는 아무 말도 하지 않았다.

"제 생각에 나으리께선 그래도 '아버지의 잘못을 덮는 것'[34]이 나을 것입니다."

한 뚱뚱한 대관이 우가 아무 말도 하지 않는 걸 보고 그가 승복하려는 가 보다라고 생각해 좀 경박한 투의 큰소리로 말했다. 그러나 얼굴에는 아 직도 한 겹의 진땀이 흐르고 있었다.

"가문의 법도에 따라 가문의 명성을 회복해야 합니다. 나으리께선 아 마 춘부장 어른에 대해 사람들이 어떻게 말하는지 모르실 겁니다……."

"요약해 말씀드리면, '막는 것'은 이미 세상에 정평이 나 있는 훌륭한 방법입니다."

백발이 성성한 늙은 관리는 뚱뚱보가 시끄럽게 사단을 일으킬까 걱 정되어 그의 말을 가로챘다.

"갖가지의 다른 방법, 이른바 '모던'이라는 것 말이죠,[35] 옛날 치우씨 가 실패한 것도 바로 그것 때문이었죠."

우가 잠시 빙그레 웃었다.

"나는 알고 있소. 어떤 사람은 내 아버지가 누런 곰이 되었다 하기도 하고, 어떤 사람은 세 발 달린 자라[36]로 변했다 하기도 하오. 어떤 사람은 내가 명예를 추구하고 이익을 도모한다고 하오. 어떻게 말해도 괜찮소. 내 가 말하고 싶은 것은, 내가 산과 호수의 상태를 조사하고 백성들의 의견을 수집하여 이미 그 실상을 다 꿰뚫어 보고 난 후에 결심을 했다는 것이오. 어찌 되었든 '물을 소통'시키지 않고는 아니 되오. 여기 이 동료들도 모두 나와 같은 의견이오."

그는 손을 들어 양쪽을 가리켰다. 머리와 수염이 하얀 관리, 머리와 수염이 희끗희끗한 관리, 작고 해쓱한 얼굴의 관리, 진땀을 흘리고 있는 뚱뚱한 관리, 뚱뚱하나 진땀을 흘리진 않고 있는 관리들, 모두가 우의 손가락을 따라 가리키고 있는 곳을 바라보았다. 거기에는 시커멓고 여윈, 거지 같은 놈들이, 움직이지 않고 말도 없이, 웃지도 않으며 마치 무쇠로 만든 사람들처럼 한 줄로 늘어서 있는 것이 보였다.

4.

우 나으리가 떠난 후 세월은 정말 빨리도 흘러갔다. 어느새 경성은 날로 번창해 갔다. 우선 부자들 중 몇몇은 명주 두루마기를 입고 다녔다. 다음엔 큰 과일 가게에서 귤과 유자를 파는 것이 보였으며, 대형 비단 상점에서는 화려한 겹비단을 내걸었다. 부잣집의 잔칫상에는 좋은 간장과 생선 지느러미로 만든 맑은 국, 해삼 냉채무침들이 오르게 되었다. 다시 얼마 후 그들은 마침내 곰 가죽으로 만든 요와 여우 가죽으로 만든 마고자를 갖게 되었고, 그들의 부인들도 황금 귀고리를 걸고 은팔찌를 차게 되었다.

대문 어귀에 서 있기만 해도 언제나 새로운 것들을 볼 수 있었다. 오늘은 참대 화살을 실은 수레가 오는가 하면, 내일은 송판松板을 실은 수레가 왔다. 때로는 인공 산을 만들 기암괴석들을 메고 지나갔으며, 때로는 회를 칠 신선한 생선을 들고 지나갔다. 어떤 때는 한 자 두 치나 되는 큰 자라들이 머리를 움츠린 채 대나무 광주리에 담겨 수레에 실려 궁성 저편으로 끌려가기도 했다.

"엄마, 저것 봐, 굉장히 큰 자라다!"

아이들은 그것을 보자마자 시끄럽게 떠들며 몰려가 수레를 에워쌌다.

"이 조무래기들, 냉큼 물렀거라! 만세 임금님의 보물이시다. 목 달아

나잖게 조심해!"

진귀한 보물들이 경성으로 들어오는 것과 함께 우임금님에 대한 소문도 많아지기 시작했다. 여염집의 처마 밑, 길가의 나무 아래에서는, 가는 곳마다 모두 그에 대한 이야기를 하고 있었다. 그가 어떻게 하여 밤에 노란 곰으로 둔갑,[37] 입과 발톱으로 흙을 하나하나 파헤쳐 아홉 개의 하천을 소통시켰는지와, 어떻게 하여 하늘의 사병과 장수들에게 청해, 바람과 파도를 일으키는 요귀 무지기를 잡아다 귀산 기슭 아래서 진압했는가에 대한 이야기가 제일 많았다.[38] 황제 순임금에 대한 일은 누구도 더 이상 거론하지 않게 되었다. 기껏해야 단주 태자의 무능에 대해서만 좀 얘기했을 뿐이다.[39]

우가 경성으로 돌아올 것이란 소문이 퍼진 지는 아주 오래되었다. 날마다 한 무리의 사람들이 분명히 있을 그의 의장대가 도착하는 것을 볼 수 있을까 하여 성 밖 어귀에 서 있곤 했다. 그러나 의장대는 나타나질 않았다. 그런데 소문은 전해지면 전해질수록 점점 더 그럴싸해져 정말 진짜처럼 되어 갔다. 반쯤은 흐리고 반쯤은 개인 어느 날 오전, 그는 마침내 수천만 백성들이 바글바글 모여 있는 사이를 통과해 지저우의 궁성으로 들어왔다. 대열 앞에는 의장대가 없었다. 단지 거지 같은 수행원들의 거대한 무리뿐이었다. 맨 뒤에는 투박하고 거친 손발을 가진, 시커먼 얼굴에 누런 수염, 휘어져 약간 굽은 다리의, 기골이 장대한 사나이가 있었다. 그는 새까맣고 끝이 뾰족한 큰 돌, 즉 순임금님이 하사한 '현규'[40]를 양손으로 받쳐 들고 "미안합니다, 미안합니다, 길 좀, 길 좀……"을 연발하면서 군중 속을 비집으며 황궁을 향해 들어갔다.

백성들은 궁문 밖에서 환호하거나 우의 공적에 대해 갑론을박했다.

그 환호 소리는 마치 저수이浙水[41]의 파도 소리만큼 컸다.

순임금은 용상 위에 앉아 있었다. 나이가 많다 보니 쉽게 피로해짐은 어쩔 수 없었다. 그러나 이때는 다소 놀란 것 같았다. 우가 들어오자마자 얼른 공손하게 일어나더니 인사를 했다. 고요皐陶 선생이 우를 향해 먼저 몇 마디 응대를 한 다음, 비로소 순임금이 말했다.

"그대 역시 내게 좀 좋은 말을 들려주게나."

"흠, 제게 무슨 말이 있겠습니까?"

우가 간단히 잘라 말했다.

"제가 생각하는 것은, 날마다 자자[42]하는 것이지요."

"무엇을 '자자'라고 부릅니까?"

고요가 물었다.

"홍수가 하늘로 치솟고,"

우가 말했다.

"넘실넘실 산을 에워싸고 언덕을 삼켰으며 아래 백성들은 모두 물속에 빠져 있었습니다. 저는 마른 길에서는 수레를 타고, 수로에서는 배를 타고, 진창길에서는 썰매를 탔으며, 산길에서는 가마를 탔습니다. 산에 가서는 나무를 통째 베어 익益과 둘이 사람들에게 먹을 밥과 고기를 마련해 주었습니다. 논밭의 물은 강으로 유도하고 강물은 바다로 들어가게 유도하여 직稷과 둘이 사람들에게 구하기 힘든 먹을 것을 마련해 주었습니다. 먹을 것이 모자라면 여유 있는 곳에서 변통하여 부족한 곳에 보태 주었습니다. 이사도 시켰습니다. 그러고 나서야 사람들은 겨우 안정을 찾기 시작했고 여러 고장도 모양새를 갖추게 되었습니다."

"옳소, 옳소. 참 훌륭한 말이오!"

고요가 칭찬하며 말했다.

"아 아!"

우가 말했다.

"황제된 사람은 조심하고 신중해야 합니다. 하늘에 대해 진실한 마음을 가지고 있어야 하늘도 비로소 이제까지와 마찬가지로 당신께 은혜를 내리실 것입니다."

순임금은 한숨을 한번 쉬고 나서 그에게 국가 대사의 관리를 위탁했다. 그리고 의견이 있으면 면전에서 말할 것이며 뒤에서 험담해서는 안 된다고 했다. 우가 응낙하는 것을 보고 순임금은 또 한숨을 지으며 말했다.

"단주처럼은 되지 마시오. 말 안 듣고, 그저 놀러 다니기만 좋아하고, 육지에서 배를 저으려 하고, 집에서 난동을 부리고, 정말 편하게 지낼 수가 없었다오. 그런 꼴을 난 차마 눈 뜨고 볼 수가 없었다오!"

"전 아내를 얻은 지 나흘 만에 집을 떠났습니다."

우가 대답하여 말했다.

"아계阿啓를 낳고서도 저는 제 자식처럼 보살펴 주지 못했습니다. 그래서 물을 다스릴 수 있었습니다. 바닷가에 이르기까지 모두 열두 개 주의 무려 오천 리나 되는 땅을 다섯 권역으로 나누고 다섯 명의 수령을 세웠습니다. 모두들 훌륭합니다. 오직 유묘有苗만은 안 되겠습니다. 폐하께서는 유념하셔야 합니다!"

"나의 천하는, 오로지 그대의 공로 덕분에 좋아졌소!"

순임금도 칭찬했다.

이리하여 고요도 순임금과 더불어 숙연히 머리를 숙여 경의를 표했다. 조정에서 물러 나온 고요는 즉시 특별 명령을 하달했다. 백성들은 모름지기 우의 행동을 따라 배울 것이며, 만일 그렇지 않을 때는, 즉각 죄 지은 것으로 취급한다는 것이었다.

그 바람에 제일 먼저 상업계에 큰 공황恐慌이 닥쳤다. 그러나 다행히 우 나으리가 경성으로 돌아온 후부터 태도가 좀 달라졌다. 먹고 마시는 것은 가리지 않았으나 제사와 불사佛事를 치르는 것은 풍족하고 화려하게 했다. 옷은 아무것이나 입어도 되었으나 조정에 나가거나 손님을 만나러 갈 때 입는 것은 예뻐야 했다. 그래서 시장의 형편은 별로 큰 영향을 받지 않게 돼 예전과 같아졌다. 얼마 가지 않아 상인들은 우 어른의 행동거지는 참으로 배워야 하며 고요 영감의 새 법령도 아주 훌륭하다고 했다.

이리하여 마침내 태평의 시대가 도래했다. 온갖 짐승들이 모여들어 춤을 추었으며 봉황새도 날아와 함께 장관을 이루었다.[43]

1935년 11월

주)_____

1) 원제는 「理水」, 물을 다스리다라는 뜻. 이 소설은 『새로 쓴 옛날이야기』에 싣기 전에 다른 간행물에 발표된 적이 없었다.
2) "도도한 홍수의 물결이 갈라져 넘실넘실 산을 에워싸고 구릉을 삼키는"이라는 표현은 『상서』「요전」(堯典)에 나온다.
3) 순(舜)임금. 중국 고대 전설 속에 나오는 제왕으로 우씨(虞氏)라는 다른 이름도 있어 통칭 우순(虞舜)이라고도 부른다. 요(堯)임금 때 홍수가 났고 치수에 실패했다. 순임금이 왕위를 이어받은 후, 우(禹)에게 치수를 명하여 비로소 홍수를 다스렸다고 한다.
4) 곤(鯀)의 치수에 대한 기록은 『사기』「하본기」(夏本紀)에 나온다. "요임금 때 홍수가 나 물이 넘실넘실 하늘에 닿았고 산을 에워싸고 구릉을 삼키는 바람에 아래 백성이 근심했다. 요임금이 치수를 잘할 수 있는 사람을 구하자 모든 신하와 사악(四岳 ; 네 명의 대

신)이 모두 곤을 추천했다. …… 그러자 요는 사악의 말을 들어 곤에게 치수를 하도록 명했다. 그런데 9년이 지나도 물은 줄어들지 않았고 공을 들여도 일은 성공하지 못했다. 그러자 요임금은 사람을 구했고, 순을 얻었다. 그는 순을 등용하여 천자의 정사를 섭정케 했다. 순은 곳곳을 순행하다가, 곤의 치수가 별 효험이 없는 것을 보고 그를 위산(羽山)으로 유배를 보냈다. 곤은 그곳에서 죽었다. 천하가 모두 순이 곤을 죽인 것은 옳다고 했다."

5) 『사기』「하본기」에 의하면, 우의 "이름은 문명(文命)이다". 그의 부친 곤이 유배를 간 후 명을 받아 치수를 했다. "요임금이 죽은 후 순임금이 사악에게 물어 말하되 '요임금의 일(즉 치수사업)을 성사시킬 수 있는 자는 관적에 올리겠다'고 했다. 모두 말하길 '백우(伯禹 ; 우를 지칭)를 사공(司空)으로 등용하면 요임금의 사업을 성사시킬 수 있습니다'라고 했다. 순이 '오, 그러한가!' 말하고, 우에게 명했다. '너는 오로지 물과 땅을 다스리는 일에 힘쓰도록 하거라!' 우는 머리를 조아려 절하며 설(契), 후직(后稷), 고요(皐陶)에게 그 일을 사양했다. 순은 '네가 가서 직접 보고 너의 일을 행하라!'고 했다. 우의 치수에 관한 기록은 『상서』, 『맹자』 등 선진시대 고적에 많이 나온다. 이 이야기는 루쉰이 중국의 전설을 근거로 하고 있지만, 1935년 일어난 남북에 걸친 대대적인 홍수와 그것을 바라보는 작가 루쉰의 역사 인식이 창작 동기가 된 듯하다.

6) 1930년대 초 일본의 중국 동북 침략이 가속화되고 베이핑(北平 ; 베이징의 옛 이름)도 그 위협을 받게 되자, 1932년 10월 베이핑 문화 교육계의 학자와 지성인 30여 명은 국민당에게 건의하기를, 베이핑을 '문화성'(文化城)으로 지정해 베이핑에서 군대를 철수하고 비무장 지대로 지정해 달라고 했다. 루쉰은 학자와 지식인들의 비현실적인 문화 논리와 공허한 겉치레 주장들을 풍자하고자 이 '문화산'(文化山)을 설정한 것으로 보인다. 일본군이 동북을 강점하고 화북까지 쳐들어온 상황에서 당시 국민당은 무저항정책으로 일관, 동북을 포기하였고 화북에서도 철군을 하려 했다. 그래서 귀한 문화재들을 베이핑으로부터 난징으로 옮겨 갈 준비를 했다. 이에 장한(江瀚), 류푸(劉復) 등 베이핑 문화계 인사들이 그것을 저지하려 했다. 그런데 그들은 베이핑이 정치나 군사 면에서 중요성이 없으니 베이핑에서 군사시설을 철거하고 방어시설이 없는 문화구역으로 정해 달라는 황당한 논리를 폈다. 그들은 건의문에서 베이핑에는 진귀한 문화재가 많다, 그것들은 모두 "국가의 명맥(命脈)이며 국민정신의 의지처이므로 …… 절대 희생시킬 수 없는 것이다", "베이핑에 여러 가지 문화시설이 있기 때문에 갖가지 학문을 하는 전국 학자들이 대부분 베이핑에 운집하였다. …… 일단 베이핑의 문화시설을 모두 옮겨 가는 날이면 학자들도 당연히 흩어지게 될 것이다", 그러므로 "정부는 베이핑을 문화성으로 지정하고, 일체의 군사시설을 바오딩(保定)으로 철수시킬 것을" 요구했다(베이핑 『세계일보』, 1932년 10월 6일). 이런 주장은 현실적으로 일본의 침략을 정당화하고 국민당의 무저항정책에 순응하는 것과 다름없었다. 당시 국민당 정부가 공식적으로 베이핑

을 문화성으로 지정하진 않았으나 나중에 베이핑을 일본에게 넘겨주었으며 1933년 초 문화재의 대부분은 난징으로 옮겼다. 루쉰은 여러 잡문에서 국민당의 투항주의를 폭로했고 '문화성'과 관련해서도 잡문으로 풍자한 바 있다(『거짓자유서』, 「사실을 숭상하자」崇實).

본문에 나오는 몇몇 학자들은 당시 문화계를 대표하는 인물을 모델로 한 것이다. "단장을 든 한 학자"는 우생학자인 판광단(潘光旦)을 암시한다. 그는 강남의 명문세가 족보 자료를 가지고 유전자를 연구하여 『명청대 자싱의 명문세가』(明淸兩代嘉興的望族)를 썼다. 조두(鳥頭; 새대가리란 뜻) 선생은 고증학자인 구제강(顧頡剛)을 암시한다. 그는 그의 저서 『고사변』(古史辨; 제1책 63권)에서 『설문해자』(說文解字)에 나오는 '곤'(鯀)자와 '우'(禹)자 해석을 근거로 하여, 곤은 물고기이며 우는 도마뱀류에 속하는 뱀이라고 주장했다. 조두라는 명명은 구제강의 '顧'자가 『설문해자』에 고(雇; 새란 뜻)자와 혈(頁; 머리라는 뜻)자로 이뤄진 것이라는 설명에서 착안한 것이다. 구제강은 베이징대학연구소의 가요연구회에서 일했으며 쑤저우(蘇州) 지방 가요를 수집해 『오가갑집』(吳歌甲集)을 출판한 적이 있다. 그래서 다음 장에서 조두 선생은 "고증학을 남에게 넘겨주고 자신은 따로 민간의 가요들을 수집하러 갔다"고 했다.

7) 기굉국(奇肱國)은 북쪽에 있다고 전해지는 전설 속의 나라 이름이다. 『산해경』「해외서경」(海外西經)의 기록에, 팔 하나에 눈이 셋 달린, 한 몸에 음과 양을 모두 갖춘 주민들이 살고 있고 무늬가 있는 말을 타고 다녔다고 한다. 진대(晋代) 곽박(郭璞)의 주석에 의하면, 그들은 재주가 많아 새들을 본 따 하늘을 나는 비행 수레를 만들었고 그것을 타고 구름을 따라 멀리 날아다녔다고 한다.

8) 영어 Good morning의 잘못된 음역.

9) 영어 How do you do의 잘못된 음역.

10) 영어 culture의 잘못된 음역.

11) 태상황제는 순임금의 아버지 고수(瞽叟)를 말하는데 처음에는 우매하였으나 아들 순의 감화를 받아서 변했다고 한다. 『사기』「오제본기」(五帝本紀)에 "우순의 이름은 중화(重華)이고 중화의 부친은 고수다. …… 순의 부친 고수는 우둔하였다"고 했다. 『상서』「대우모」(大禹謨)에 공안국(孔安局)이 주석을 달기를 순은 "지성으로 우둔한 부친을 감화시켜" 그를 "믿고 따르게 했다"고 했다.

12) '우'(禹)가 벌레 충(虫)과 통하고, '곤'(鯀)자가 물고기 어(魚)자와 같은 뜻이 있기 때문에 이런 말을 하고 있는 것이다.

13) 과두문자(蝌蚪文字)는 전설에 나오는 고대문자의 하나. 공안국의 『상서』「서문」에 보면, 노나라의 공왕이 공자의 옛집을 헐었는데 "벽에서 이전 사람들이 소장했던 고문자로 된 우, 하, 상, 주나라의 책이 나왔다. 『논어』(論語)와 『효경』(孝經)이 모두 과두문자로 되어 있었다." 이에 대한 공영달(孔穎達)의 주석을 보면 "과두서체란 고문이다.

…… 모양이 대부분 머리쪽이 굵고 꼬리쪽이 가늘며 배가 둥글어서 올챙이 모양이기 때문에 과두(올챙이)문자라고 한다"고 했다.

14) 『설문해자』에 의하면 '禹' 자는 '禹' 자와 같은 자로 필획만 다른 자라고 되어 있다. 『산해경』에 의하면 '禹'는 붉은 눈에 긴꼬리원숭이같이 생긴 동물이라고 한다.

15) 아구(阿狗)는 개란 뜻이고 아묘(阿猫)는 고양이란 뜻이다.

16) 고요는 전설 속의 순임금 부하다. 『상서』 「순전」(舜典)에 이런 기록이 있다. "임금이 이르되, '고요여, 오랑캐가 나라를 침범하고 왜적이 간악한 짓을 하니 그대가 사(士)를 관장하시오.'" '사'는 소송을 맡아보는 벼슬이다. 1927년 루쉰이 광저우에 있을 때, 그해 7월 항저우에서 구제강이 루쉰에게 편지를 보내어, 루쉰이 글로 자신을 침해했으므로 "광저우를 떠나지 말고 재판이 열릴 때까지 기다리라"고 했다. 루쉰은 회신에서 "가까운 시일 안에 저장성(浙江省)에서 소송을 하면 소인이 제때에 항저우로 가서 책임질 바를 책임지겠나이다"라고 했다. 여기서 "고요 나으리에게 가서 법적으로 해결을 보리라"는 그 일을 암시하고 있다. 『삼한집』 「재판을 기다리라고 한 구제강 교수에게 답함」(答顧詰剛敎授令'候審') 참조.

17) 『상서』 「우공」(禹貢)편에서 우가 치수를 시작하며 주저우(九州)로 떠난 것을 기록할 때, 지저우(冀州)부터 들른 것으로 되어 있다. 공영달의 주석에 의하면 "지저우는 요임금의 도읍지이다. 여러 주들 가운데 지저우가 맨 처음이며, 치수는 지저우를 시작으로 했다"고 했다. 『사기』 「제왕본기」에도 "우의 행렬은 지저우에서 시작했다"고 했다. 지저우는 지금의 허베이성(河北省)·산시성(山西省) 두 성과, 허난성(河南省)·산둥성(山東省)의 황허(黃河) 이북 지역을 가리킨다. 요의 도읍지인 핑양(平陽; 지금의 산시성 린펀臨汾)은 지저우 권내였기 때문에 지저우를 요임금의 수도라고 한 것이다.

18) 『신농본초』(神農本草)는 약재료를 기록한 중국의 가장 오래된 의학서다. 책이 만들어진 연대는 고증이 불가능하나, 진나라와 한나라 사이의 어떤 사람이 신농씨의 이름을 빌려 쓴 것으로 보인다.

19) 당시 비타민 W는 아직 발견되지 않았으며, 요오드 결핍으로 생기는 병은 임파선 결핵이 아니라 갑상선 비대증이다. 당시 학자들의 무지몽매함을 풍자한 것이다.

20) 복희(伏羲) 시대의 소품 문학가란 린위탕(林語堂)을 말하며 이 부분은 그를 풍자한 것이다. 어투도 린위탕 등이 주장한 '어록체'의 소품문(小品文)을 모방했다. '어록체'란 린위탕의 주장에 의하면 "문언문을 쓰되 속어를 피하지 않으며 백화문을 쓰되 문언의 어미투를 많이 섞어 쓰는 것"(린위탕이 주편한 『논어』 30호에 실린 「어록체 글쓰기를 논한 저우사오에게 답함」答周劭論語錄體寫法)으로, 기본적으로 문언문이다. 이 단락에서 말한 "한 소년을 만났는데 입에는 시가를 물고 있고, 얼굴에는 치우씨의 안개가" 하는 부분은 진보적인 청년들을 비방한 린위탕의 글 「항저우를 다시 기행하며」(游杭再記)에서 "두 청년을 만났는데, 입에는 소련 담배를 물고 있고, 손에는 무슨 스키인가 하는 사람

의 번역본을 들고 있었다"라는 부분을 겨냥한 것이다. 치우씨는 전설 속에 나오는 구려족(九黎族) 수령이다. 그는 황제(黃帝)와 싸웠을 때 어마어마한 안개를 뿜었으며 나중에 황제에게 잡혀 죽었다고 한다. 옛날 역사서들은 치우를 항상 흉악한 괴물로 묘사하곤 했고, 과거 통치자들에 의해 치우는 '흉악한 인간'으로 묘사되었다. 1926년 베이양군벌인 우페이푸(吳佩孚)는 얼토당토않게 '빨갱이 토벌'을 한다면서 치우를 '적화'에 비유했다. "야만의 초기 시대인 부족시대에 치우는 사람을 제멋대로 학대했다. 이 시기는 소위 법제나 윤리, 기율 같은 것이 없었다. 거의 적화와 다를 바 없었다."(베이징『천바오』晨報, 1926년 7월 11일) 그는 또 치우가 '적화'의 시조임을 조사했고, '치'(蚩)와 '적'(赤)이 동음(중국어 발음으로는 모두 '츠'다)이기 때문에 '치우'는 '적화의 우환'이라고 엉터리 주장을 했다(『화개집속편』, 「즉흥일기」馬上支日記의 관련 주석 참조). 린위탕은 잡지『인간세』(人間世)를 주관했다. 그는 자유로운 정신을 거침없이 표현하고자 했던 명대 공안파(公安派)의 원중랑(袁中郎)을 문학의 모범으로 따르며, 그들의 시학(詩學) 용어인 성령(性靈)을 중요시했다.

21) 논, 도랑, 호수에 서식하는 뱀장어 모양의 민물고기.

22) 화하(華夏)는 중국의 다른 이름.

23) 옛날에 조개껍데기를 화폐로 사용했다는 기록이 있다(『상서』, 「반경·중」盤庚·中).

24) 복희(伏羲)는 고대 중국 전설 속의 제왕으로 팔괘(八卦)를 그렸다고 전해진다. 『주역』(周易) 「계사전」(繫辭傳)에 기록이 있다. "옛날 포희(包犧; 즉 복희)씨가 천하의 왕이 되었다. 그는 하늘을 우러러 천기를 살피고, 머리를 숙여 땅의 이치를 관찰했다. 날짐승과 길짐승의 무늬와 땅의 마땅함을 살피고, 가까이로는 몸에서 취하고 멀리로는 만물에서 취해 처음 팔괘를 만들었다."

25) 창힐(倉詰)은 황제의 사관으로 처음 문자를 만든 것으로 전해진다. 『회남자』「본경훈」에 "옛날 창힐이 책을 쓰자 하늘에서 낟알비가 쏟아지고 귀신이 곡을 하였다"는 기록이 있다.

26) 송기떡, 소나무 속껍질을 넣어 만든 떡.

27) 전설에 의하면 우의 아버지 곤은 죽어서 다리가 셋 달린 자라로 변했다고 한다. 우는 또 치수하느라 바빠서 집 앞을 지나가면서도 집에 들르지 못했다고 한다. "우는 8년간이나 외지에 있었다. 자기 집 문을 세 번 지나가면서도 들르지 못했다."(『맹자』, 「등문공상」騰文公上) "우는 외지에서 13년간 노심초사 고생을 했다. 집 문앞을 지나면서도 감히 들르지 못했다."(『사기』, 「하본기」)

28) 학슬풍(鶴膝風)은 결핵성 관절염의 일종으로 무릎이 굽어지지 않는 병이다. 전국시대 초나라 사람 시교(尸佼)가 지은 『시자』(尸子)라는 책에 우가 반신불수가 되었다는 다음과 같은 기록이 있다. "(우는) 강물을 소통시키느라 십 년 동안 집에 들르지 못했다. 손에는 손톱이 나질 않았고 발에는 털이 나질 않았다. 반신불수가 되어 걸음을 잘 못

걸었다."

29) 『좌전』(左傳)에 의하면 흉노족 여자들은 여외(女隈), 숙외(淑隈), 계외(季隈) 등 외(隈)가 들어간 성이 많았다. 여기서는 작가가 임의로 만든 가공의 인명이다.

30) 셰익스피어(William Shakespeare, 1564~1616)는 유럽 문예부흥시기 영국의 극작가이며 시인이다. 작품으로 『한여름 밤의 꿈』(A Midsummer Night's Dream), 『로미오와 줄리엣』(Romeo and Juliet), 『햄릿』(Hamlet) 등이 있다. 현대평론파의 천시잉(陳西瀅), 쉬즈모(徐志摩) 등은 늘 셰익스피어를 가지고 자랑했다. 이를테면 천시잉은 1925년 10월 21일자 『천바오 부간』(晨報副刊)에 발표한 글에서 "셰익스피어를 사랑하지 않는 자는 바보다"라고 했으며 쉬즈모는 같은 달 26일자 『천바오 부간』에 발표한 「햄릿과 유학생」에서 "대영제국에 갔던" 유학생들이나 "셰익스피어를 이야기할 수 있지" 다른 사람들은 거론할 자격도 없다고 했다. 얼마 후 '제3종인' 두헝(杜衡)은 1934년 6월 『문예풍경』 창간호에 발표한 「셰익스피어극 『시저전』에 표현된 군중」이란 글에서 셰익스피어의 작품에 빗대어 인민 군중들은 "이성이 없고", "분명한 이해관(利害觀)이 결핍돼 있으며," 타인에 의해 "감정"을 통제를 받는다고 비하했다. 루쉰은 『꽃테문학』의 「또 '셰익스피어'다」(又是'莎士比亞')에서 이런 태도를 비판한 바 있다. 위 소설에서 우매한 백성 이야기를 하다가 갑자기 셰익스피어로 화제를 바꾼 것은, 작가 루쉰이 위와 같은 당시의 문인 지식인들을 풍자하고자 하여 의도적으로 쓴 것이다.

31) 『상서』 「홍범」(洪範)에 "내가 옛날에 듣건대, 곤은 홍수를 막았다고 한다"는 기록이 있다. 또 『국어』(國語) 「주어」(周語)에는, "백우는 이전의 잘못된 측량을 바로잡고, 물이 높은 곳에서 낮은 곳으로 흐르도록 하여, 하천을 소통시키고 막힌 것을 뚫었다"는 기록이 있다. 물을 막는 방법은 우의 아버지인 곤이 쓴 치수의 방법이고, 물길을 유도하여 소통하게 한 방법은 우가 쓴 치수의 방법이다. 백우는 우를 말한다.

32) 『논어』 「학이」(學而), "삼 년 동안 아버지의 도를 고치지 않아야 효자라 할 수 있다."

33) 『산해경』 「해내경」(海內經)에 나오는 기록이다. "홍수가 하늘에 이르자 곤은 몰래 제왕의 식양(息壤)을 훔쳐다 홍수를 막았다. 제왕은 축융(祝融)에게 명을 내려 곤을 위산(羽山)의 근교에서 죽이도록 명했다." 여기에 곽박이 이렇게 주를 달았다. "식양은 저절로 끝없이 자라나는 흙이다. 그러므로 홍수를 막을 수 있다."

34) 『주역』 「고괘」(蠱卦) '초육'(初六)에 "아들이 아버지의 잘못을 덮어 주어 아버지의 죄를 없애 주었다"는 말이 있다.

35) 영어의 modern. 여기서는 유행의 의미로 쓰였다.

36) 『좌전』 '소공'(昭公) 7년'에 이런 기록이 있다. "옛날 요임금이 곤을 위산에서 유배해 죽였다. 그는 세 발 달린 자라로 변해 위위안(雨淵) 못으로 들어갔다."

37) 우가 곰으로 둔갑했다는 기록은 청대 마숙(馬驌)이 지은 『역사』(繹史) 권12에서 『수소자』(隨巢子)를 인용한 곳에 나온다. "(우는) 홍수를 다스린 후, 환위안산(嬛轅山)으로 들

어가 곰이 되었다." 수소자는 전국시대 묵자의 제자로 『수소자』 6권을 썼다. 그 집문(輯文) 1권이 청대 마국한(馬國翰)의 『옥함산방집일서』(玉函山房輯佚書)에 있다.

38) 우가 무지기(無支祁)를 잡은 전설은 당대 이공좌(李公佐)의 『고악독경』(古岳瀆經)에 나온다. "우가 물을 다스리러 세 번이나 퉁바이산(桐柏山)에 갔는데 바람이 매섭게 불고 우뢰가 치며 돌과 나무들이 울부짖고 오백이 강을 옹위하고 있어 하늘의 군사가 일어날 수 없었다. 노한 우가 백령(百靈)을 불러오고 기(夔; 외발짐승)와 용(龍)에게 명했다. 퉁바이의 수천 군장들도 머리를 조아리고 명에 응했다. …… 그리하여 화이수이(淮水)와 워허(渦河)의 신을 잡았다. 그 이름은 무지기라고 하는데 말 응대를 잘하며 창장과 화이수이의 물깊이와 물줄기의 길이를 잘 알았다. 모양은 원숭이같이 생겼으나 코는 쑥 들어가고 이마는 불룩 나왔으며, 푸른 몸통에 머리는 희고, 금빛 눈알에 눈같이 흰 이빨을 가졌다. 목을 빼면 길이가 백 자나 되고 힘은 코끼리 아홉 마리보다 더 세며, 치고 뛰어넘고 날아오르기를 아주 날래게 했다. 여기 번쩍 저기 번쩍 하여 잠시라도 길게 보거나 들을 수 없었다. …… (무지기의) 목에 굵은 올가미를 씌우고 코에 금방울을 꿰어서 화이수이 북쪽에 있는 구이산(龜山) 기슭으로 몰아갔다. 이리하여 화이수이는 영원히 안정되게 바다로 흘러들어 가게 되었다."(루쉰이 수집한 『당송전기집』唐宋傳奇集 권3에 나온다)

39) 『사기』 「오제본기」에 나오는 기록이다. "요의 아들 단주(丹朱) 태자는 어리석어 천하를 물려주기에 부족했다. 요는 왕권을 순에게 전수했다."

40) 『사기』 「하본기」에 나온다. "임금은 우에게 현규(玄圭)를 내려 우의 치수가 성공하였음을 천하에 알렸다." 현규란 검은 빛의 옥으로, 옛날 제후나 대부들이 조회 때나 제사 때 손에 들었던 길고 뾰족한 패다.

41) 첸탕강(錢塘江)을 말한다. 밀물 때 파도 소리가 높은 것으로 유명하다.

42) 자자(孳孳), 근면하고 부지런하다는 뜻.

43) 우와 순임금, 그리고 고요가 나눈 이 대화들은 모두 『사기』 「하본기」에 나온다.

고사리를 캔 이야기[1]

1.

요 반 년 동안 어찌된 영문인지 양로원도 그다지 평온치 못했다. 어떤 노인들은 머리를 맞대고 귓속말을 하기도 하고 힘 좋게 이러저리 들락거렸다. 오로지 백이[2] 혼자만 쓸데없는 일에는 개의치 않았다. 게다가 가을이 되어 서늘해지자 그는 늙기도 했고 추위도 더 탔다. 그는 온종일 돌계단에 앉아 햇볕을 쬤다. 요란스런 발소리가 들려도 고개조차 들지 않았다.

"형님!"

목소리만 들어도 숙제란 것을 알 수 있었다. 백이는 원래 예의와 겸양을 가장 중시하는 사람이라, 머리를 들기 전에 몸을 먼저 일으켜 세웠고 손을 펼쳤다. 아우에게 계단에 앉으세요 하는 뜻이었다.

"형님, 시국이 별로 좋지 않은 거 같아요!"

숙제는 나란히 앉으면서 가쁜 숨을 몰아쉬며 말했다. 목소리가 약간 떨렸다.

"무슨 일인가?"

그제야 백이는 얼굴을 숙제 쪽으로 돌렸다. 본래 창백한 숙제의 얼굴은 더욱더 창백해진 듯해 보였다.

"형님께선 상왕[3]에게서 도망쳐 온 두 장님 이야길 들어 보셨겠지요."

"아, 며칠 전 산의생[4]이 뭐라 한 것 같군. 별로 새겨듣지는 않았다만."

"제가 오늘 방문을 갔었습니다. 한 사람은 태사인 자라는 이고, 다른 한 사람은 소사인 강이라는 자였습니다. 악기도 많이 가져왔더군요.[5] 얼마 전 전람회를 열었는데, 참관인들 사이에 '칭찬이 자자'했다 하더군요······. 그나저나 이쪽에선 지금 당장이라도 출병할 듯한 기색입니다."

"악기 때문에 군사를 일으키는 것은 선왕의 도에 어긋나는 짓이야."

백이는 느릿느릿 말했다.

"단지 악기 때문만도 아닙니다. 형님께선 상왕의 잔인무도함에 대해 들어본 적이 없으신지요. 새벽 강을 건너면서도 물이 찬 것을 겁내지 않는 사람이 있다니까 그 사람의 다리뼈를 잘라 그 골수를 보았다느니, 비간 왕자의 심장을 도려내 정말 일곱 구멍이 있었는지 확인했다질 않습니까.[6] 전에는 그래도 소문으로 떠돌았는데, 장님이 도망쳐 나온 뒤론 사실로 밝혀졌다는군요. 게다가 상왕이 옛 법을 멋대로 바꾼 것이 또 명명백백하게 증명되었습니다. 옛 법을 바꾸는 자, 마땅히 토벌해야 합니다. 그러나 제 생각에, 아랫사람이 윗사람을 거역하는 것 역시 결국 선왕의 도에 어긋나는 것이라 생각됩니다만······."

"요즈음 구운 전병이 매일매일 작아지는 걸 보면 분명 무슨 일이 일어날 것 같기는 해."

백이는 잠시 생각하더니 말했다.

"그래서 내 생각에, 될 수 있는 한 너도 외출을 삼가고, 말도 좀 적게 하게나. 그전처럼 매일 태극권 연습이나 하는 게 좋을 듯해!"

"네……."

숙제는 형에게 아주 순종적인 사람이라 네 하고만 대답했다.

"생각해 보렴."

백이는 아우가 마음속으로 받아들이지 않고 있음을 알아차리고 계속 말했다.

"우리들은 식객의 몸이다. 서백西伯이 늙은이를 봉양하라 했기에 우리가 여기 할 일 없이도 있을 수 있는 거지.[7] 그러니 전병이 작아진다고 해서 뭐라 말해서는 안 될뿐더러 무슨 일이 벌어진다 해도 아무 말 해서는 안 된다."

"그럼 이제 우리는 여생이나 신경 쓰는 늙은이가 되어 버린 거군요."

"가장 좋은 건 말을 안 하는 거야. 난 이제 그런 얘기 들을 힘도 없다."

백이는 기침을 하기 시작했다. 숙제도 더 이상 입을 열지 않았다. 기침이 멎자 천지가 고요해졌다. 늦가을의 저녁 해가 두 사람의 흰 수염을 비추고 있다. 수염은 반짝반짝 빛을 발하고 있었다.

2.

그러나 이런 불안 상태는 갈수록 더 심해지기 마련이다. 구운 전병은 크기만 작아질 뿐 아니라 밀가루까지 거칠어지기 시작했다. 양로원 사람들의 귓속말은 더욱 잦아졌고, 바깥에는 오로지 수레나 말 지나다니는 소리만 들렸다. 숙제는 외출이 더 잦아졌다. 돌아와서는 아무 말도 하지 않았다.

그런데 그의 불안한 안색 때문에 백이도 한가로이 있기는 힘들게 되었다. 그의 생각에 이렇게 평화로이 밥을 먹을 수 있는 날도 얼마 남지 않은 듯했다.

11월 하순, 숙제는 여느 때와 같이 아침 일찍 일어나 태극권 연습을 하려 했다. 그런데 뜰로 들어섰을 때 무슨 소리인지를 듣더니 문을 열고 밖으로 뛰쳐나갔다. 전병을 한 열 개 정도 구울 수 있는 시간이 흐른 후 그는 몹시 허둥거리며 돌아왔다. 코는 얼어 온통 빨갛게 되고 입에서는 하얀 김을 내뿜고 있었다.

"형님! 일어나시지요! 출병했습니다!"

그는 공손히 손을 아래로 내린 채 백이의 침대 옆에 서서 큰소리로 말했다. 목소리가 평소보다 약간 거칠었다.

백이는 추위를 타는 체질이어서 일찍 일어나고 싶지 않았다. 그러나 그는 우애 있는 사람이라 아우가 조급해하는 걸 보고 그냥 있을 수 없었다. 하는 수 없이 이를 악물고 일어나 앉아 가죽 창파오長袍를 걸쳤고, 이불 속에서 꿈지럭거리며 바지를 입었다.

"제가 막 태극권 연습을 하려는데,"

숙제는 형이 옷 입는 걸 기다리며 말했다.

"바깥에서 사람과 말 달리는 소리가 시끌하기에 서둘러 한길로 나가 봤지요. 아니나 다를까 왔더군요. 선두는 하얀 빛의 커다란 가마였는데, 아마 여든한 명이 지고 있었지요. 안에는 위패가 모셔 있었는데, 거기엔 '대주문왕지영위'大周文王之靈位('주나라 문왕의 영혼을 모심'이란 뜻)라고 쓰여 있더군요. 뒤에 따르는 자는 모두 병사들이었습니다. 제 생각에 이건 분명, 주왕紂王을 토벌하러 가는 것입니다. 지금의 주왕周王(무왕을 가리킴)이 효자니까 큰일을 도모하면서 아버지 문왕을 앞에 내세운 것이 틀림없습니다. 잠시 구경하다 곧장 돌아왔는데 우리 양로원 담벼락에 웬 공고가 나붙었지 뭡니까……."

백이가 옷을 입고 아우와 함께 방을 나서는데 차가운 한기를 느꼈다. 백이는 얼른 몸을 움츠렸다. 이제까지 백이는 좀처럼 밖에 나간 일이 없었다. 대문을 나서니 모든 게 신선해 보였다. 몇 걸음 가지 않아 숙제가 손을 뻗어 담벽 위를 가리켰다. 정말 커다란 공고가 한 장 붙어 있었다.[8]

지금 은殷나라 왕 주를 살필진대, 그 부인의 말만 듣고 하늘을 거역하였으며, 삼정三正(하늘天, 땅地, 사람人의 세 가지 바른 이치)을 파괴하고 자신의 조상들과 형제들을 내쳤도다. 조상들의 악樂을 버리고 음탕한 소리를 만들어 바른 소리를 어지럽히며 그 부인을 기쁘게 했도다. 고로 이제 나 발發(무왕의 이름)은 삼가 하늘의 벌을 받들어 이를 집행하고자 하노라. 힘쓸지어다, 제군들이여. 재삼 말하지 않겠노라! 이에 고하노라.

두 사람은 다 읽은 후 말없이 한길 쪽으로 걸어갔다. 길가엔 온통 민중들로 가득 붐벼 물 샐 틈 없이 빼곡 서 있었다. 두 사람은 뒤에서 말했다.

"실례합니다."

민중들이 돌아보니 흰 수염을 기른 두 노인이었다. 노인을 공경하라는 문왕의 유시에 따라 서둘러 길을 비켜 주어 그들을 앞으로 나가게 했다. 이땐 이미 선두의 위패는 사라져 보이지 않게 되었고, 나란히 걸어가고 있는 갑옷 입은 병사의 대열만 지나가고 있었다. 삼백쉰두 개 정도의 전병을 구울 만한 시간이 흐른 뒤, 수많은 다른 병정의 무리가 지나갔다.

어깨에 구류운한기[9]를 메고 있어 마치 오색찬란한 구름떼 같았다. 이어서 또 갑옷 입은 무사가, 그 뒤로는 큰 말에 올라탄 문무관원 대부대가, 불그스레한 얼굴에 턱수염을 기르고 왼손에는 누런 도끼를, 오른손에는 흰 쇠꼬리를 든 위풍당당한 왕을 옹위하고 있었다. 이 사람이 바로 '삼가 하늘의 벌을 받들어 집행한다'는 무왕 발이었다.[10]

한길 양편에 늘어선 민중들은 모두 숙연히 절을 했다. 움직이는 사람 하나 없고 숨소리 하나 내지 않았다. 사방이 고요한 가운데, 갑자기 숙제가 백이를 이끌고 곧장 앞으로 돌진, 몇 개의 말 머리를 뚫고 나가더니 무왕의 말고삐를 당기는 사태가 발생했다. 아무도 그걸 제지하지 못했다. 그는 목을 치켜세우고 소리쳐 말했다.

"아비가 죽어 장사를 치르기도 전에 거병擧兵을 한다면 이를 '효'孝라 할 수 있사옵니까? 신하된 자로서 임금을 시해하려 한다면 이를 '인'仁이라 할 수 있사옵니까……?"

처음에는 길가의 민중들이나 앞서 수레를 몰던 무장들 모두 놀라서 잠시 넋을 잃고 있었다. 무왕의 손에 들린 흰 쇠꼬리조차 비스듬히 기우는 듯했다. 그러나 숙제가 두 마디 말을 마치자마자 '챙' 하는 소리가 나며 꽤 여러 자루의 칼들이 동시에 그들 머리를 내리치려 했다.

"잠깐!"

강태공의 목소리라는 것을 누구나 알았다.[11] 누구의 명이라고 듣지 않겠는가. 황급하게 칼들이 멈췄다. 그 역시 머리와 수염이 성성한, 그러나 동그스름하게 살찐 얼굴이었다.

"의사義士로다. 두 사람 다 풀어 주어라!"

무장들은 곧 칼을 거두어 허리에 찼다. 갑옷을 입은 네 사람의 무사가 다가와 백이와 숙제를 향해 공손하게 차렷 자세로 거수를 했다. 그런 다음, 두 사람이 한 명씩을 끼고 발걸음을 맞추어 길가로 데려갔다. 민중들도 황급히 길을 열어 줘 그들을 자신들의 뒤편으로 가게 했다.

뒤편에 이르자 무사들은 다시 공손하게 차렷 자세를 하며 손을 놓았다. 그리곤 그들 두 사람의 등 뒤를 힘껏 밀었다. 두 사람은 그저 '어이쿠' 외마디를 지르고는 주척周尺으로 한 장丈 정도의 거리를[12] 비틀비틀 거리더니 급기야 '꽈당' 하고 땅에 꼬꾸라졌다. 숙제는 그래도 손을 짚은 덕분에 얼굴에 흙이 좀 묻은 정도였으나, 백이는 나이도 좀 많은 데다 공교롭게 머리통을 돌에 박는 바람에 그대로 혼절해 버렸다.

3.

군대가 통과한 뒤 아무것도 보이지 않자 사람들은 방향을 바꿔 쓰러져 있는 백이와 앉아 있는 숙제를 빙 에워싸기 시작했다. 그들을 알고 있던 몇 사람이 그 자리 모인 사람들에게, 이들은 원래 요서遼西 땅 고죽孤竹 군주의 세자였는데 왕위를 서로 양보하다 둘 다 이곳으로 도망쳐 왔고,[13] 선왕이 세우신 양로원에 들어갔다는 것을 알렸다. 이 이야기는 군중들에게 감탄을 연발하게 만들었다. 몇 명은 몸을 구부리고 머릴 꼬아 가며 숙제의 얼굴을 구경했고, 몇 명은 생강탕을 끓인다고 집으로 돌아갔고, 몇 명은 빨리 문짝을 가져와 이들을 모셔 가게 양로원에 알리러 갔다.

대략 백서너 개 정도의 전병을 구울 만한 시간이 흘렀지만 그 상황에 아무런 변화도 없었다. 그러자 구경꾼들도 차츰 흩어지기 시작했다. 다시 한참 지난 뒤에서야 두 노인이 문짝 하나를 메고 뒤뚱뒤뚱 걸어왔다. 문짝 위에는 볏짚도 한 겹 깔려 있었다. 이 역시 문왕이 정한 오래된 경로의 규칙이었다. 문짝을 땅에다 내려놓자 '쿵' 하는 소리가 났다. 백이가 놀라서 갑자기 눈을 떴다. 그가 소생한 것이다. 숙제는 너무 기뻐 함성을 질렀다. 그는 두 사람이 백이를 문짝 위에 살살 올려 양로원으로 짊어지고 가려 하는 것을 도왔다. 도움이라야 문짝에 걸려 있는 새끼줄을 잡은 채 옆에서 따라가는 정도였다.

예닐곱 걸음쯤 걸었을 때 멀리서 외치는 소리가 들려왔다.

"어르신들! 잠깐만요! 생강탕 가져왔어요!"

젊은 부인이 탕기를 받쳐 들고 이쪽으로 달려오는 것이 멀리 보였다. 생강탕이 엎질러질까 봐서인지 그리 빨리 뛰진 못했다.

사람들은 하는 수 없이 그녀가 오기를 기다려 멈추어 섰다. 숙제는 여인의 호의에 감사했다. 그녀는 백이가 이미 깨어난 것을 보고 무척 실망한 눈치였으나 잠시 생각해 보더니, 그래도 위장을 따뜻하게 해줄 수 있으니 한번 마셔 보라고 권했다. 그러나 백이는 매운 것을 싫어해 한사코 마시려 들지 않았다.

"이걸 워쩌면 좋아유? 팔 년이나 묵혀 둔 생강으로 끓인 건데유. 이런 건 구할래야 구할 수가 없지유. 우리 집에도 매운 걸 좋아하는 사람은 없구만유……."

그녀는 다소 기분이 안 좋은 듯했다.

할 수 없이 숙제는 단지를 받아 백이를 어르고 달래 억지로 한 모금 반 정도 마시게 했다. 그러고 나서 아직도 많이 남아 있는 생강탕은, 자기도 지금 위에 통증이 온다고 하면서 전부 마셔 버렸다. 눈자위가 빨갛게 물든 채 공손하게 생강탕의 효능을 칭찬했다. 아낙의 호의에 감사의 마음을 표하고 나서야 한바탕의 대소동은 종결되었다.

그들이 양로원으로 돌아간 후 다른 증세는 없었다. 사흘째가 되자 백이도 일어날 수가 있었다. 이마에 큰 혹이 생겼을 뿐……. 하지만 식욕은 좋지 않았다.

관원이든 주민이든 할 것 없이 모두 그들이 초연하게 있게 내버려 두질 않았다. 끊임없이 관보官報니 신문新聞이니 하면서 그들의 마음을 들쑤셔 놓는 소식들을 가져왔다. 12월 말에는 대군이 이미 멍진을 건넜으며 참전하지 않은 제후들이 하나도 없다는 소식이 들려왔다.[14] 얼마 후에는 무왕의 「태서」 사본도 가져왔다.[15] 이는 특별히 양로원용으로 만든 사본으로 침침한 노인들의 눈을 배려해 베껴 쓴 것이다. 글자 한 자 한 자가 모두 호두만 한 크기로 써 있었다. 그러나 백이는 보는 것도 귀찮아 숙제가 죽 한 번 낭독한 것을 듣고 말 뿐이었다. 다른 부분은 상관없었으나, "제멋대로 그 조상들을 배반해 제사를 올리지 않고, 나라가 어지럽도록 내버려 두었으며……"[16]라는 구절을 잘라서 생각해 보니, 자신의 심장이 찢어지는 듯 아팠다.

소문도 적지 않았다. 어떤 사람은 말하기를 주나라의 군사가 무예牧野에서 주왕의 병사와 큰 접전을 벌인 끝에, 은나라 군사를 그 시체가 들판을 가득 메우도록 죽였으며, 피가 강을 이루어 그 위에 나무막대기도 뜨게 했으며, 그 막대기는 마치 물 위에 뜬 지푸라기처럼 작아 보였다는 것이다.[17] 또 다른 이야기로는, 주왕의 군사가 무려 70만이나 되었으나 싸움 한번 못 하고, 강태공이 대군을 이끌고 오는 것을 멀리서 보자마자 방향을 돌려 오히려 무왕을 위해 길을 열어 주었다는 것이다.[18]

이 두 가지 소문은 확실히 조금 다르기는 했다. 그러나 무왕이 싸워서 이겼다는 것만은 확실한 듯했다. 그 뒤 다시 녹대의 보물을 실어 왔다느니, 거교의 쌀을 실어 왔다느니[19] 하는 소문이 수시 흘러들어 와, 승리가 확실하다는 것을 더욱 증명해 주었다. 부상병도 계속 돌아오는 걸 보면 확실히 큰 접전이 있었던 것도 같았다. 간신히 걸을 수 있는 부상병들이라면 누구나 찻집이나 술집, 이발소 또는 여염집 처마 밑이나 문간에 모여 앉아 전쟁 이야기를 들려주었다. 장소를 불문하고 많은 사람들은 눈썹을 치켜세우며 흥미진진한 표정으로 그들의 얘기를 듣고 있었다. 봄이 오자 바깥도 그다지 춥지 않게 되었다. 때로는 밤이 늦도록 신바람 나게 얘기꽃을 피웠다.

백이와 숙제는 둘 다 소화불량 때문에 끼니마다 배급되는 전병을 다 먹지 못했다. 잠자는 것은 늘 그랬듯 어두워지자마자 침대에 들었다. 그러나 좀처럼 잠들지 못했다. 백이는 이리저리 몸만 뒤척이고 있었다. 숙제는 그 기척을 듣고 자신도 초조하고 심란해졌다. 그럴 때면 언제나 다시 일어나 옷을 입고 뜰로 나가 거닐거나 아니면 태극권을 연습하거나 했다.

어느 날 밤, 별만 있고 달은 없는 밤이었다. 모두들 고요히 잠든 시간에 대문간에서는 아직도 두런두런 이야기 소리가 들렸다. 숙제는 이제껏 남의 이야기를 엿들은 적이 없는 사람이지만, 이때만은 웬일인지 그 이야기가 듣고 싶어져 걸음을 멈추고 귀를 기울였다.

"주왕이란 놈이 패한 뒤 녹대로 도망쳐선 말이지."

이야기하고 있는 사람은 아마 돌아온 부상병 같았다.

"제기랄, 보물을 쌓아 올리고는 제 놈이 그 한가운데 앉아 불을 지르는 거야."

"아이고, 아까워서 어쩌나!"

이는 분명히 문지기의 목소리였다.

"가만 있어 봐! 놈만 타 죽었지 보물은 안 탔대. 우리 대왕께서 제후를 거느리고 상나라로 진군하셨지. 상나라 백성들이 모두 교외까지 마중을 나왔어. 대왕께서 대인大人들에게 명해 백성들에게 '복 받으십시오' 하고 인사하라고 했지. 그랬더니 모두들 머릴 땅에 조아리더군. 그러고 나서 곧장 들어갔지. 그런데 집집마다 문에는 '순민'[20]이라는 두 글자가 크게 쓰여 있지 뭔가. 대왕의 수레는 곧장 녹대로 달려가 주왕이 자살한 곳을 찾아내 화살 셋을 쏘았지……."

"왜 쏘았지? 아직 안 죽었을까 봐?"

다른 한 사람이 물었다.

"누가 알겠나. 아무튼 화살을 세 개 쏘고는 또 칼을 뽑아 내리친 다음, 이번엔 노란 도끼를 가지고 탁! 하고 내리친 거야. 그놈의 머리통을 자른 거지. 그걸 커다란 백기白旗 끝에 걸었어."

숙제는 너무나 놀랐다.

"그 다음에는 주왕의 두 후궁을 찾으러 갔지. 흥, 벌써 모두 목을 매달아 죽었지 뭔가. 대왕은 또 화살 세 개를 쏘고, 칼을 뽑아 내리친 다음, 이번엔 검은 도끼를 가지고 머리통을 잘라 내 작은 백기 끝에 걸었어.[21] 이렇게 되니……."

"그 두 후궁마마들은 정말 예쁘던가?"

문지기가 말허리를 잘랐다.

"잘 모르겠어. 깃대는 높지 구경꾼은 또 얼마나 많던지. 나는 그때 쇠붙이에 찔린 데가 아파 사람들을 비집고 가까이 접근할 수가 없었다네."

"듣자 하니 그 달기[22]라고 하는 계집은 여우가 둔갑한 것이라던데,

다리 두 개가 사람 다리로 변하지 못해 천으로 감싸고 있다던데, 정말이던가?"

"누가 알겠나. 나도 그 계집의 다리를 본 적은 없으니. 하지만 그 나라 여자들은 정말이지 다리를 마치 돼지발처럼 싸매고 있더군."

숙제는 엄숙한 사람이었다. 그들의 이야기가 황제의 머리에서 여자의 다리로 옮아 가자 양미간을 찌푸리며, 황급히 귀를 막고 몸을 돌려 방으로 뛰어 들어갔다. 백이는 아직도 잠이 들지 못하고 있었다. 조용히 물었다.

"너 또 권법 연습하러 갔더냐?"

숙제는 그 말에 대답하지 않고 천천히 걸어가 백이의 침대 맡에 앉았다. 그러고는 허리를 구부리고 그에게 방금 들은 이야길 해주었다. 그 뒤 둘 다 한동안 말이 없었다. 마침내 숙제가 매우 곤란하다는 듯 한숨을 내쉬고는 낮은 목소리로 말했다.

"생각지도 않게 문왕의 법도를 전부 다 바꿔 버렸으니……. 형님 보세요, 불효일 뿐만 아니라 불인(不仁)이기도 합니다……. 이렇게 되면 이제 이곳의 밥도 먹을 수 없게 되었습니다."

"그럼, 어찌 하면 좋겠느냐?"

백이가 물었다.

"제가 보기엔 그래도 떠나는 것이……."

그리하여 두 사람은 몇 마디 상의 끝에, 내일 아침 일찍 이 양로원을 떠나되 더 이상 주나라의 전병은 먹지도 말고 주나라의 물건은 아무것도 가져 가지 말자고 결정을 내렸다. 두 형제는 함께 화산으로 가 야생 열매와 나뭇잎을 먹으며 자신들의 남은 생을 보내리라 결심했다. 하물며 "하늘의 이치는 사사로이 친한 것이 없어, 언제나 선한 사람과 함께한다"[23] 했으니 혹시 창출이나 복령 같은 것이 눈에 띌지도 모를 일이었다.[24]

생각을 정하고 나자 마음이 한결 가벼워졌다. 숙제는 다시 옷을 벗고 자리에 누웠다. 잠시 후 백이의 잠꼬대하는 소리가 들려왔다. 자신도 기분이 아주 좋아졌다. 마치 복령의 맑은 향기가 나는 것 같더니 이내 그 복령의 맑은 향내 속에서 깊이깊이 잠에 빠져들었다.

4.

이튿날, 두 사람은 평소보다 일찍 잠에서 깼다. 세수하고 머리를 빗고 나서 아무것도 몸에 지니지 않았다. 사실 가져갈 만한 물건은 하나도 없었다. 다만 오래된 양가죽 창파오만은 버리기 아까워 예전처럼 몸에 걸쳤다. 지팡이와 먹다 남은 전병을 들고 산책 간다며 둘러대고는 그 길로 양로원 문을 나섰다. 이것으로 마지막 이별이라 생각하자 새삼스레 미련이 남는 듯하기도 했다. 고개를 돌려 몇 번 돌아보았다.

거리에는 행인이 아직 많지 않았다. 만난 사람이라곤 잠에서 덜 깬 눈으로 우물가에서 물을 긷고 있는 여인이 고작이었다. 교외에 다다랐을 즈음, 해는 벌써 높이 솟아올랐고 행인들도 많아지기 시작했다. 거의 모두가 고개를 쳐들고 의기양양해하는 모습이었으나, 그 두 사람을 만나면 언제나처럼 길을 비켜 주었다. 나무도 많아지기 시작했다. 이름도 알 수 없는 낙엽수들이 벌써 새싹을 토해 내 얼핏 바라봐선 마치 잿빛 녹색의 아지랑이가 피어오른 듯했다. 그 사이사이로 송백松柏이 섞여 있어서 몽롱한 분위기 속에서도 여전히 푸르름을 드러내고 있었다.

눈앞이 환히 트이자 시원하고도 아름다웠다. 백이와 숙제는 마치 젊음이 되살아난 듯 발걸음도 가벼워지고 마음도 상쾌해졌다.

이튿날 오후가 되자 앞에 몇 갈래의 갈림길이 나타났다. 그들은 어느 길이 더 가까운 길인지 알 수가 없었다. 맞은편에서 걸어오고 있는 한 노인장을 붙들고 부드럽게 물어보았다.

"저런, 애석하군요."

노인은 말했다.

"선생께서 좀 일찍 왔더라면, 좀 전에 지나간 그 말떼를 따라갔으면 좋았을 텐데요. 지금은 우선 이쪽 길로 갈 수밖에 없겠군요. 앞으로 가다 보면 갈림길이 또 많이 나오니, 그때 또 물어보시지요."

숙제는 정오 무렵에 분명 부상병 몇 명을 지나쳤던 게 생각났다. 그들은 늙은 말, 야윈 말, 절뚝거리는 말, 비루먹은 말들을 따라왔다. 뒤에서 마구 몰려오는 바람에 하마터면 그들에게 밟혀 죽을 뻔했다. 그는 만난 김에 노인에게 물어보았다. 그런 말들을 몰고 가 무얼 하려는 것인지.

"아직도 모르시오?"

그는 대답했다.

"우리 대왕께서 '삼가 하늘의 벌을 집행하'셨으니, 더는 군사를 일으키고 민중을 동원할 필요가 없게 되었소. 그래서 말들을 화산 기슭에 푸신 것이지요. 이게 바로 '말을 화산 남쪽으로 돌려보낸다'는 것이외다. 아시겠소? 우리는 또 '소들을 도림의 들판에 풀어' 주었소.[25] 허허! 아, 이번에야말로 정말 모두가 태평세월의 밥을 먹게 되려나 봅니다."

그런데 그 말은 그들 머리에 찬물을 끼얹은 것과 같았다. 두 사람은 동시에 몸을 떨었다. 그러나 그런 내색은 비치지 않고, 노인에게 사례를 하고 그가 일러준 길을 향해 걸어갔다. 어찌되었든 "말을 화산 남쪽으로 돌려보낸다"는 말은 그들의 꿈을 여지없이 짓밟아 놓았다. 두 사람의 마음은 이때부터 갈팡질팡해지기 시작했다.

마음이 어수선한 채 아무 말 없이 그저 걷기만 했다. 저녁이 되어 그다지 높지 않은 황토 언덕에 가까이 이르렀다. 언덕 위로 자그마한 숲과 토담집 몇 채가 있었다. 그들은 여기서 하루 묵어가기로 걷는 도중 결정했다.

언덕 기슭까지 열 걸음 남짓한 거리가 남았는데, 갑자기 숲 속에서 우락부락한 사내 다섯이 튀어나왔다. 머리에는 흰 수건을 동여매고 몸에는 누더기를 걸치고 있었다. 두목은 큰 칼을 들었고 나머지 네 사람은 모두 나무 몽둥이를 들었다. 언덕 아래로 내려오자마자 일자로 늘어서더니 길을 막아섰다. 일제히 공손하게 머리로 꾸벅 인사를 한 다음, 큰소리로 고함을 치며 말했다.

"어르신, 안녕하십니까!"

두 사람은 깜짝 놀라 두어 걸음 물러섰다. 백이는 마침내 벌벌 떨기 시작했다. 그래도 숙제는 용기가 있었다. 그는 거침없이 앞으로 나서며 그들에게, 뭐하는 사람이며 무슨 일이냐고 물었다.

"소인은 화산대왕 소궁기라 하옵니다."[26]

칼은 든 사내가 말했다.

"아우들을 데리고 여기서, 어르신께, 약간의 통행세를 청하고자 합니다!"

"우리가 무슨 돈이 있겠소이까, 대왕."

숙제는 정중히 말했다.

"우리는 양로원에서 나오는 길이라오."

"아니!"

소궁기는 깜짝 놀라며 곧 숙연하게 절을 했다.

"그렇다면 두 분께서는 '천하의 대로'[27]가 틀림없으시군요. 저희들도 선왕의 가르침을 받들어 삼가 노인을 공경하던 터입니다. 그러니 어르신께서 자그마한 기념품이라도 남겨 주심이……."

그는 숙제가 대답을 하지 않자, 큰 칼을 휘두르며 소리 높여 말했다.

"어르신께서 그래도 한사코 사양하신다면, 하는 수 없이 소인들이 삼가 하늘의 수색을 봉행하여, 어르신들 옥체를 살펴볼 수밖에 없겠습니다!"

백이, 숙제는 곧 두 손을 들어올렸다. 몽둥이를 든 한 사내가 그들의 가죽 창파오, 솜저고리, 속옷을 헤집고 샅샅이 검사했다.

"둘 다 빈털터리잖아. 정말 아무것도 없어!"

사내는 얼굴 가득 실망의 빛을 띠고 소궁기 쪽을 돌아보며 말했다.

소궁기는 백이가 떨고 있는 것을 보고 가까이 다가가 공손히 그의 어깨를 두드리며 말했다.

"어르신, 너무 무서워 마십시오. 상하이 패거리 같으면 '돼지가죽을 벗기'[28]겠지만, 저희는 문명인이라 그런 장난은 하지 않습니다. 기념품이 아무것도 없으면 그냥 재수 옴 붙었다 생각하고 말지요. 이제 댁들 내키는 대로 꺼져 주기만 하면 됩니다."

백이는 대답은커녕 옷도 제대로 입지 못한 채 숙제와 함께 큰 걸음으로 땅만 바라보며 앞으로 뛰었다. 이때 다섯 사람은 벌써 옆으로 비켜서서 길을 열어 주고 있었다. 두 사람이 그들 앞으로 지나가자 공손히 두 손을 내리고 똑같은 소리로 말했다.

"가시겠습니까? 차라도 드시지 않으시구요?"

"안 마셔요. 안 마셔⋯⋯."

백이와 숙제는 걸어가며 말하며 연신 고개를 도리질쳤다.

5.

"말을 화산 남쪽으로 돌려보낸다"는 말과 화산대왕 소궁기로 인해 두 의사義士는 화산이 무서워졌다. 그리하여 다시 상의한 끝에 북쪽으로 방향을 돌렸다. 밥을 구걸해 가며 새벽에 길을 떠나 밤에 잠자리에 들면서 걷고 또 걸어 마침내 서우양산에 당도했다.[20]

확실히 좋은 산이었다. 높지도 깊지도 않은 데다 큰 숲이 없어 호랑이나 늑대 걱정도 없고 강도를 방비해야 할 필요도 없었다. 그야말로 이상적인 은둔처였다. 두 사람이 기슭에 다다라 바라보니, 막 돋아난 새잎은 연초록이요, 땅은 황금빛, 들풀 속에는 붉디붉고 희고 흰 작은 꽃들이 피어 있었다. 정말 보기만 해도 마음이 즐거웠다. 그들은 너무나 즐거워 지팡이로 산길을 두드리며 한 걸음 한 걸음 올라갔다. 위쪽으로 불쑥 솟아올라 마치 동굴같이 생긴 돌을 찾아 앉았다. 그들은 땀을 닦으며 가쁜 숨을 내쉬었다.

해는 이미 서산으로 기울었다. 둥우리를 찾아드는 지친 새들이 삐럭 삐럭 울어 대는 바람에 산에 오를 때와 같은 그런 고요함은 없었다. 하지만 그들은 그조차도 신선하고 운치 있게 느껴졌다. 양가죽 창파오를 바닥에 깔고는 잠잘 준비를 하기 전에 숙제는 커다란 주먹밥 두 개를 꺼내 백이와 함께 배불리 먹었다. 그것은 오는 길에 구걸하여 먹고 난 나머지였다. 두 사람은 일찍이 '주나라의 곡식은 먹지 않으리라' 마음먹었기 때문에 서우양산으로 들어온 후부터는 그것을 실행에 옮겨야 했다. 그래서 그날 밤으로 남은 것을 다 먹어 버리고 이튿날부터는 뜻을 굳게 고수하여 절대로 융통을 부리지 않기로 작정했다.

아침 일찍 그들은 시끄러운 까마귀 소리에 깼었다가 다시 잠이 들었다. 일어나 보니 벌써 점심 무렵이었다. 백이는 허리가 아프고 다리가 쑤셔 도저히 일어날 수 없다고 했다. 숙제는 하는 수 없이 먹을 만한 것을 찾으러 혼자 나가 보았다. 잠시 돌아다닌 후, 그는 깨달았다. 이 산이 높지도 깊지도 않아 호랑이나 늑대, 강도가 없는 것은 장점이었지만 그 때문에 단점도 있었던 것이다. 산 아래가 바로 서우양촌首陽村이어서 늘 나무하는 촌부나 아낙네들이 들락거릴 뿐만 아니라 놀러 오는 아이들도 있었다. 먹을 만한 야생 열매 같은 것이 한 알도 눈에 띄지 않는 것은 아마 그들이 벌써 다 따 갔기 때문일 것이다.

물론 그는 복령을 생각했다. 그런데 산에 소나무가 있긴 해도 늙은 소나무가 아니어서 그 뿌리에 복령이 자랄 것 같지 않았다. 설사 있다 해도 호미를 가져오지 않았으니 어찌할 도리가 없었다. 이어서 창출도 떠올렸다. 하지만 창출은 그 뿌리를 본 적 있어도 그 잎 모양이 어떻게 생겼는지는 전혀 알지 못했다. 온 산의 풀을 다 뽑아 볼 수도 없는 노릇이거니와, 설사 창출이 눈앞에 있다 해도 가려낼 도리가 없었다. 생각이 여기에 미치자 가슴속에서 열이 치밀고 얼굴이 온통 달아오르는 걸 느꼈다. 숙제는 거칠게 머리를 쥐어뜯었다.

그러나 그는 곧 냉정을 찾았다. 무슨 생각이 들었던지 소나무 옆으로 다가가 한 주머니 가득 솔잎을 땄다. 그러고는 골짜기 냇가로 내려갔다.

그는 돌 두 개를 주워 솔잎의 푸른 껍질을 짓이겨 냇물에 씻어 낸 다음, 다시 그것을 잘게 빻아서 밀가루떡같이 만들었다. 그러고 나서는 다시 아주 납작한 돌을 주워 들고 동굴로 돌아왔다.

"셋째야, 먹을 만한 것이 좀 있더냐? 배가 반나절을 꼬르륵꼬르륵 거렸단다."

백이는 그의 모습을 보자마자 물었다.

"형님, 아무것도 없어요. 이거라도 좀 드셔 보셔요."

그는 그 근처에서 돌멩이 두 개를 주워 넓적한 돌을 괴고, 그 위에 솔잎 반죽을 얹었다. 그리고 마른 가지를 모아다 그 아래에 불을 붙였다. 한참 지나니 정말 축축한 솔잎떡에서 지글지글하는 소리가 났고 맑고 향긋한 냄새까지 풍겼다. 두 사람이 군침을 삼키게 했다. 숙제는 기뻐서 미소를 지었다. 이것은 강태공이 여든다섯번째 생일을 맞이했을 때, 그를 축하하러 갔다가 그 잔칫자리에서 들은 방법이었다.

냄새를 풍긴 다음에는 보글보글 거품이 일더니 차츰 말라가면서 그야말로 그럴싸한 찐 떡이 되었다. 숙제는 가죽 창파오의 소매로 손을 싸맨 뒤 납작한 돌을 받쳐 들고 빙그레 웃으며 백이 앞으로 가져갔다. 백이는 후후 불면서 손으로 이기면서 한 조각을 떼어 급히 입속으로 집어넣었다.

그는 씹을수록 이마가 찌푸려졌다. 목을 쭉 빼고 몇 번이나 삼켜 보려 했으나 끝내 웩 하고 토해 냈다. 고통을 하소연하는 듯 숙제를 보면서 말했다.

"쓰고……, 껄끄러워……."

이제 숙제는 깊은 수렁에 빠진 채 아무 희망도 없는 듯했다. 허둥대며 그도 한쪽을 떼어 씹기 시작했다. 정말 도저히 먹을 수가 없었다. 쓰고……, 껄끄럽고…….

숙제는 금방 풀이 꺾였다. 힘없이 고개를 떨궜다.

그러나 그는 계속 생각하고 있었다. 몸부림치듯 생각을 했다. 마치 깊은 수렁에서 밖으로 기어 나오고 있는 것 같았다. 그저 앞을 향해 기고 또 기었다. 마침내 그는 자신이 어린애로 변하는 듯했다. 그것도 고죽군의 세자로, 유모의 무릎 위에 앉아 있었다. 그 유모는 시골 사람으로 그에게 옛날이야기를 들려주고 있었다. 황제黃帝가 치우蚩尤를 쳐부수었고, 대우大禹가 무지기無支祁를 사로잡았으며, 그리고 시골 사람들은 흉년이 들면 고사리를 먹는다는 이야기를 했다.

그는 유모에게 고사리가 어떻게 생겼느냐고 물었던 일이 떠올랐다. 그리고 아까 산에서 그것과 비슷한 것을 보았던 생각이 났다. 그는 갑자기 기운이 솟구치는 걸 느꼈다. 그는 벌떡 몸을 일으켜 풀숲으로 달려갔다. 숙제는 정신없이 고사리를 찾아 나섰다.

과연 고사리는 적지 않았다. 십 리도 못 가 반 주머니를 뜯었다.

그는 이번에도 계곡 물에 헹군 다음 가지고 왔다. 그러고는 솔잎떡을 구웠던 넓적한 돌에 고사리를 구웠다. 잎이 암녹색으로 변하자 고사리는 다 익었다. 그러나 이번에는 형에게 먼저 권할 수가 없었다. 자기가 먼저 한 개를 집어 입에 넣고는 눈을 질끈 감은 채 씹어 보았다.

"어떠냐?"

백이가 초조하게 물었다.

"싱싱한데요!"

두 사람은 희희거리며 구운 고사리를 맛보았다. 백이는 두 웅큼을 더 먹었다. 그가 형이기 때문이다.

그날부터 그들은 날마다 고사리를 뜯었다. 처음에는 숙제 혼자 뜯고 백이는 삶았다. 나중에는 백이도 건강이 좀 나아진 느낌이 들자 함께 뜯으러 나섰다. 조리법도 다양해졌다. 고사리탕, 고사리죽, 고사리장, 맑게 삶은 고사리, 고사리 싹탕, 풋고사리 말림…….

그러나 근처의 고사리는 어느새 다 바닥나 버렸다. 뿌리가 남아 있다 해도 금방 자라는 건 아니었기 때문에 날마다 멀리까지 나가야만 했다. 몇 번 이사를 했지만 얼마 지나면 결국 마찬가지였다. 뿐만 아니라 새로운 거처도 점차 구하기 어려워졌다. 거처할 곳은 고사리도 많아야 하고 냇가도 가까운 곳이라야 한데, 사실 그런 마땅한 곳이 서우양산에는 그리 많지 않았기 때문이다.

숙제는 백이의 나이가 많아 조심하지 않으면 중풍이라도 생기지 않을까 늘 걱정이었다. 자기 혼자 고사리를 캐러 다닐 테니 집에 편히 앉아 예전처럼 조리만 담당하십사 하고 강력하게 설득했다.

백이는 겸손하게 한 번 사양하고 나서야 아우의 청을 받아들였다. 이때부터는 그나마 편안하고 한가로웠다. 그러나 서우양산에는 사람들의 왕래가 있었다. 백이는 하는 일도 없고, 성질도 조금씩 변해 갔다. 조용하던 성격이 수다스러워졌다. 놀러온 아이들과는 아무래도 좀 거북했지만 나무꾼과는 잡담을 나누곤 했다. 아마도 일시적인 흥에 겨워서 그랬는지, 아니면 남들한테 늙은 거지라는 소리를 듣고 그랬는지는 모르지만, 마침내 자기들은 본래 요서 고죽군의 아들이며, 자신이 큰아들, 다른 쪽이 셋째아들이라는 사실을 말해 버렸다. 부친은 살아생전에 왕위를 셋째아들에게 넘겨주려 했었는데 부친이 돌아가시자 셋째는 기어이 자기에게 넘기려고 했다. 자신은 부친의 유언을 받들고 싶었고 좀 성가신 일도 피하고 싫고 해서 도망쳐 나왔었다. 그런데 뜻밖에 셋째도 도망쳐 나왔다는 것이다. 둘이 길에서 우연히 만나게 되어 함께 서백, 즉 문왕을 찾아가 양로원에 들게 되었다. 그런데 또 뜻밖에도 지금의 주왕周王이 '신하로서 임금을 시해弑害하는' 행동을 했기 때문에 주나라의 곡식을 차마 먹을 수가 없게 되었고, 그래서 서우양산으로 도망쳐 풀을 뜯어먹으며 연명하고 있다는 등등…….

숙제가 이를 알게 되어 형의 수다를 괴이쩍게 여기고 있을 무렵엔 이미 소문이 쫙 퍼져 만회할 수가 없게 된 상태였다. 그렇다고 감히 형을 나무랄 수는 없었다. 다만 마음속으로, '아버지가 왕위를 형에게 넘겨주려 하지 않았던 것은 확실히 아버지가 사람 보는 눈이 있었기 때문이라 하지 않을 수 없구나' 하고 생각했을 뿐이었다.

숙제의 예상은 틀리지 않았다. 결과는 정말로 나쁘게 나타났다. 마을에는 그들에 대한 이야기가 줄곧 끊이지 않았을뿐더러, 그들을 구경하려고 일부러 산을 오르는 사람들도 있었다. 어떤 사람은 그들을 명사名士로 생각했고, 어떤 사람은 그들을 괴물 취급했으며, 어떤 사람은 그들을 골동품으로 대했다. 심한 경우에는 뒤를 따라와 그들이 고사리 캐는 것을 구경하는가 하면, 빙 에워싸고는 어떻게 먹는지를 구경하기도 했다. 이러쿵저러쿵 별의별 질문을 다 하는 등 넋이 나갈 지경이었다. 더구나 그들을 상대할 때는 겸허한 태도로 일관해야지, 만일 조금이라도 방심하여 눈살이라도 찌푸리게 된다면 사람들로부터 '성깔 더럽다'는 욕을 피할 수 없게 되는 것이다.

그러나 여론은 아무래도 좋은 쪽이 많았다. 나중에는 양가의 규수나 안방 마나님까지 몇 명 다녀갔다. 그녀들은 집으로 돌아가 모두 고개를 저으며 '흉물스런 것들'에게 크게 속았다고 말했다.

소문은 마침내 서우양산에서 제일 높은 사람인 소병군[30]까지 움직이게 하기에 이르렀다. 그는 본시 달기 외숙부 수양딸의 남편으로 좨주[31]를 지내고 있었는데, 천명天命이 돌아섰음을 알고 수레 50대 분의 짐과 8백 명의 노비를 거느리고 어진 임금에게 투항했던 것이다. 그러나 애석하게도 무왕은 멍진에 집결하기 바로 며칠 전이라 군무에 바빴다. 그래서 소병군에게 적당한 부서를 맡길 겨를이 없었다. 무왕은 그로 하여금 수레 40대의 화물과 750명의 노비를 거느리게 하고 따로 서우양산 아래 기름진 전답 2경[32]을 주고는 마을에서 팔패학을 연구하도록 했다.

그는 문학에도 취미가 있었다. 그러나 마을 사람들은 모두 문맹이어서 문학개론도 이해하지 못했다. 숨이 막힐 듯 답답하게 지낸 지가 오래된 터라 곧장 하인들에게 가마를 대령시켜 문학을 논하고자 두 노인을 찾아갔다. 특히 시가에 관해 이야기할 생각이었다. 왜냐하면 그는 시인이기도 했으며 이미 시집을 한 권 냈기 때문이다.

그러나 소병군은 그들과 이야기를 마치고 가마에 오르자마자 고개를 가로저었다. 집으로 돌아와서는 결국 화까지 내는 것이었다. 그의 말을 빌리자면, 저 두 놈은 시가를 논할 수 없는 것들이라는 것이었다. 첫째로 가난뱅이라 하루하루 먹고 사는 데 바쁘니 어찌 좋은 시를 지을 수 있겠는가이며, 둘째로는 '작위적'이기 때문의 시의 '돈후敦厚함'을 잃어버렸으며, 셋째로는 의론議論이 많아 시의 '온유溫柔함'을 잃어버렸다는 것이다.[33] 특히 문제가 되는 것은 그들의 품성인데, 온통 모순투성이라는 것이다. 이리하여 그는 정의롭고도 늠름하게 단도직입적으로 말했다.

"'무릇 하늘 아래에 임금의 땅 아닌 곳이 없다'[34] 했으니, 도대체 자기

네가 먹고 있는 고사리는 우리 성상폐하의 것이 아니란 말이야?"

그 무렵 백이와 숙제는 매일매일 야위어 갔다. 구경꾼도 갈수록 줄어들었으므로, 사람들 접대하느라 바빠서 그런 건 절대 아니었다. 힘든 것은 고사리가 차츰 귀해져서 매일 한 줌을 찾아내는 데도 많은 힘을 들여야 했고 엄청난 길을 걸어야 했던 것이었다.

그런데 재앙은 늘 겹쳐 오는 법이다. 우물에 빠졌는데 다시 위에서 큰 돌덩이가 떨어지는 격이었다.

어느 날, 그들 두 사람은 구운 고사리를 먹고 있었다. 고사리를 쉽게 찾아낼 수 없었으므로 이날의 점심은 오후에 가서야 먹게 되었다. 그런데 갑자기 스무 살가량의 여자가 찾아왔다. 전에 본 적이 없는 여자였다. 외모로 보아 부잣집 하녀인 듯했다.

"어른신들 식사하세요?"

그녀가 물었다.

숙제가 얼굴을 들고 급히 웃는 낯을 하며 고개를 끄덕였다.

"요게 뭔데요?"

"고사리."

백이가 말했다.

"왜 이렇게 변변찮은 걸 드세요?"

"우리는 주나라의 곡식을 먹지 않기 때문에……."

백이가 말을 꺼낸 순간 숙제는 급히 눈짓을 했다. 그러나 그 여자는 매우 영리한 듯 벌써 알아들은 것 같았다. 그녀는 잠시 냉소를 짓더니 이내 정의롭고도 늠름하게 단도직입적으로 말했다.

"'무릇 하늘 아래에 임금의 땅 아닌 곳이 없다' 했으니, 당신들이 먹고 있는 고사리는 우리 성상폐하의 것이 아니란 말인가요?"

백이와 숙제는 똑똑히 들었다. 마지막 말에 가서는 날벼락을 얻어맞은 듯 놀라 정신이 아득해졌다. 이윽고 정신을 차렸을 때 그 계집은 이미 사라진 후였다. 먹다 남은 고사리, 물론 먹지 않았다. 아니 먹을 수가 없었다. 보는 것조차 수치스러웠다. 그걸 버리려 했으나 손도 들어 올릴 수 없었다. 몇백 근은 나가는 것처럼 무겁게 느껴졌다.

6.

백이와 숙제가 한 덩어리로 웅크린 채 산 뒤의 바위 동굴 속에 죽어 있는 것을 나무꾼이 우연히 발견한 것은 그로부터 약 20일 뒤였다. 아직 썩지 않은 것은 너무 야윈 탓이기도 하거니와, 죽은 지 얼마 되지 않아서이기도 했다. 낡은 양피 창파오도 어디로 가 버렸는지 깔려 있지 않았다. 이 소식이 마을에 전해지자 다시 또 큰 소동이 벌어졌다. 구경꾼들이 연이어 밀어닥치는 바람에 밤이 이슥하도록 시끌벅적했다. 결국 일복 많은 몇 사람이 그곳에 황토를 써서 묻어 주었다. 또 의논한 끝에, 돌비석을 세우고 몇 자 새겨 후세에 유적으로 잘 남기기로 했다.

그러나 마을에는 글자를 쓸 줄 아는 사람이 없었다. 하는 수 없이 소병군에게 도움을 청하러 갔다. 그러나 소병군은 쓰지 않으려 했다.

"그들은 내가 비문을 써 줄 정도의 인물이 되질 못해."

소병군이 말했다.

"둘 다 정신 나간 놈들이야. 양로원에서 도망친 것까진 좋다 치자. 하지만 초연하려 하지도 않았잖아. 서우양산으로 도망친 것도 좋다구. 하지만 시까지 쓰려 하다니. 까짓것 시를 짓는 것도 좋다 이거야. 그런데 거기다 불만까지 터뜨리려 하다니. 자기 분수를 알아야지, '예술을 위한 예술'을 하려 하지도 않았단 말이야. 이것 보라구, 이 따위 시에, 무슨 영원불멸함이 있겠어?"

저 서산西山에 올라 고사리를 뜯으리.
도적이 나타나 다른 도적을 대신해도, 사람들은 그 잘못 모른다네.
신농씨와 우, 하[35]의 시대, 순식간에 지나가 버렸으니, 이내 몸 또 어디로 가야 하나?
아아, 죽으면 그만, 타고난 내 어두운 운명이여!

"보라구, 이게 무슨 말이야? 온유돈후해야만 시라 할 수 있지. 그런데 그것들은 '원망'뿐 아니라 '욕'까지 담고 있는 게야. 꽃은 없고 가시만 있는 거, 그것도 안 될 판에 하물며 욕만 하고 있으니. 설사 문학에 관한 것을 논외로 한다 해도 조상의 유업도 내팽개쳐 버렸으니 무슨 효자라고 할 수도 없고. 더구나 여기까지 와서 우리 조정을 비방하다니, 양민이라고는 더더욱 할 수 없지……. 나는 안 써!"

문맹자들은 그의 비판을 잘 알아듣지 못했다. 그러나 그 기세가 험악한 것으로 봐 반대의 뜻이 분명하다 생각하고 물러날 수밖에 없었다. 이리하여 백이와 숙제의 장례는 그럭저럭 일단락을 지었다.

그러나 여름밤 시원해질 무렵이면 여전히 그들의 이야기가 수시 화제에 오르곤 했다. 어떤 사람은 늙어서 죽었다 하고, 어떤 사람은 병들어서 죽은 것이라 하며, 또 어떤 사람은 양피 창파오를 훔쳐간 도둑놈에게 살해된 것이라 했다. 그러나 나중에 또 어떤 이는, 사실은 일부러 굶어 죽은 것일지도 모른다고 말했다. 그 사내는 소병군의 집 계집인 아금^{阿金36)}으로부터 다음과 같은 이야기를 들었다는 것이다. 그들이 죽기 십 며칠 전에 그녀는 산에 올라가 몇 마디 하면서 그들을 놀렸다고 한다. 바보들이 화를 잘 낸다고, 그들은 아마 화가 나서 끼니를 끊고 억지를 부렸을 것이고, 억지를 부리다가 결국은 자살하고 만 것일 거라고.

그러자 많은 사람들이, 아금은 정말 영리한 여자라며 탄복해 마지않았다. 그러나 일부에서는 그녀가 너무 야박하다 비난하는 사람도 있었다.

아금은 백이와 숙제의 죽음이 자신과 상관 있다고는 생각지 않았다. 물론, 그녀가 산에 올라가 그들에게 몇 마디 농담을 한 건 사실이지만 그건 단지 농담일 뿐이었다. 그 두 바보가 화가 나서 고사리를 먹지 않게 된 것 또한 사실이다. 그러나 그렇다고 해서 그들이 결코 바로 죽은 것은 아니었다. 오히려 큰 행운이 찾아왔다는 것이다.

"하느님의 마음은 정말 자비하십니다."

그녀는 말했다.

"하느님은 두 사람이 억지를 부리며 금방 굶어 죽게 생긴 걸 보시고는, 암사슴에게 명하여 그들에게 젖을 먹이도록 하셨지요. 보세요, 이보다 더 큰 복이 어딨겠어요? 농사지을 필요 없죠, 나무할 필요 없죠, 그저 가만히 앉아만 있으면 매일매일 사슴 젖이 저절로 입에 들어오는 거예요. 하지만 비천한 것들은 자비로운 뜻을 받들 줄 모른다구요. 그 셋째라는, 이름이 뭐였더라, 하여튼 당돌해져 가지고서는, 사슴 젖 마시는 것만으로는 성에 차지 않았던 거예요. 그는 사슴 젖을 먹으면서도 마음속으로는 '이 사슴이 이렇게 포동포동하니 잡아먹으면 맛이 그만일 거야'라고 생각한 거죠. 그래 슬그머니 팔을 뻗쳐 돌을 움켜쥐려 했어요. 사슴이 신통력 있는 동물이란 걸 몰랐던 거죠. 사슴은 이미 사람의 속마음을 꿰뚫고 있었기 때문에 곧바로 연기처럼 사라져 버렸어요. 하느님께서도 그 자들의 탐욕이 밉살스러워서, 이제부터는 갈 필요 없다고 암사슴에게 말씀하셨죠.[37] 보시라구요, 그들은 굶어 죽을 수밖에 없지 않았나요? 어디 내 말 때문에 그리 됐겠냐구요. 모든 게 다 그놈들의 탐욕스런 마음과 탐욕스런 주둥이 때문이지요……!"

이야기를 듣던 사람들은 끝에 가서 안도의 한숨을 깊이 내쉬었다. 왠지 자기 어깨도 적잖이 가벼워지는 느낌이 들었다. 설사 이따금씩 백이, 숙제 생각이 떠오를 때도 있었지만, 꿈길처럼 어렴풋이 떠오르는 광경은, 그들이 석벽에 웅크리고 앉아 흰 수염이 드리워진 큰 입을 벌리고 죽어라 사슴고기를 뜯어먹고 있는 것을 보는 듯한, 바로 그것이었다.

1935년 12월

주)_____

1) 원제는 「采薇」, 이 문집에 싣기 전, 어느 간행물에도 발표하지 않았다. '采薇'는 고사리를 캐다라는 뜻.

2) 백이(伯夷)와 숙제(叔齊)는 중국 은(殷)나라 말 주(周)나라 초기의 전설적인 현인들로 주나라 무왕(武王)이 은나라의 폭군 주왕(紂王)을 치려 하자 이를 만류했고, 그것이 받아들여지지 않은 채 주무왕이 천하를 통일하자 서우양산(首陽山)에 들어가 고사리로 연명하다 굶어죽었다고 한다. 이들에 대한 자세한 기록은 『사기』 「백이열전」(伯夷列傳)에 나온다. 루쉰의 이 소설은 그 대강의 골격이 이 열전에 근거하고 있다.

3) 상왕(商王)은 상나라 최후의 임금인 주(紂)를 말한다. 성은 자(子)고 이름은 수(受)다.

4) 산의생(散宜生)은 주나라의 개국 공신이다. 상나라 말년에 서백(西伯; 나중에 주나라 문왕文王으로 추서됨)에게 귀의했고, 서백이 잡혀 구금되었을 때 그를 구해 냈다. 후에 무왕을 도와 주왕을 쳤다.

5) 『사기』「주본기」(周本紀)에 이들에 대한 기록이 있다. "주(紂)가 어리석고 포악함이 심해져 왕자 비간(比干)을 죽이고 기자(箕子)를 가두었다. 태사(太師)인 자(疵)와 소사(少師)인 강(彊)은 악기를 들고 주나라로 달아났다." 태사는 고대의 악(樂)을 관장하던 장관이고 소사는 악관(樂官)을 가리킨다. 은나라 주왕이 포악무도해지자 주나라로 도망온 두 악관의 이야기다. 『주례』(周禮)「춘관」(春官)에 나오는 동한(東漢)의 정현(鄭玄)의 주석에 의하면 옛날 악관은 모두 맹인이 담당했다고 한다.

6) 『상서』「태서」(泰誓)에 다음과 같은 기록이 있다. "상왕인 수(受)는 …… 아침에 강을 건넌 사람의 다리를 자르고, 현인의 심장을 해부했다." 『태평어람』 83권에서는 『제왕세기』(帝王世紀)를 인용하여 "주왕은 아침에 강을 건넌 사람의 다리를 잘라 그 골수를 보았다"고 했다. 또 『사기』「은본기」(殷本紀)에도 비간이 심장을 해부당한 기록이 있다. "주왕은 더욱더 음란해져 그 끝이 없었다. …… 비간이 말하길 '신하된 자로서 죽음을 불사하고 싸우지 않을 수 없다' 했다. 그러고는 주왕에게 강력하게 간언을 했다. 주가 크게 노해 말하길 '내 듣기로 성인의 심장에는 구멍이 일곱 개 있다 하더라' 하고는 비간을 해부해 그 심장을 보았다."

7) 서백은 주나라의 문왕인 희창(姬昌)이다. 상나라 주왕 때는 서백이었고, 죽은 후에 문왕으로 봉해졌다. 『사기』「주본기」와 「백이열전」에 모두 "서백은 노인을 잘 섬겼다"고 했다. 「주본기」에서는 그가 "돈독하고 인자했으며 노인을 공경하고 젊은이를 자애했다"고 했다.

8) 『사기』「주본기」의 기록에, 무왕이 장수들을 이끌고 멍진(盟津)을 건넌 후 장수들에게 포고를 하여 맹세하도록 했는데 이를 「태서」(太誓)라고 한다는 기록이 있다. 이 소설에서의 '공고'는 처음 나오는 '살필진대', 뒤에 나오는 '이에 고하노라' 등 몇 마디만 제외하고는 「태서」의 원문 그대로다.

9) 구류운한기(九旒雲罕旗)에 대한 기록은 『사기』「주본기」에 나온다. 무왕이 주왕을 이긴 후 제전을 거행했는데, "백 명의 사내가 한기(罕旗)를 지고 선두에 섰다." 위진남북조 때, 송나라 배인(裵駰)은 『집해』(集解)에서 말하길 "채옹(蔡邕)「독단」(獨斷)에 이르길 '선두에 구류운한이 있었다'고 했다. 『문선』(文選)「동경부」(東京賦)에서 삼국(三國) 오나라 설종(薛綜)은 주석하기를, "운한과 구류는 모두 깃발의 명칭이다"라고 했다. 배인의 『집해』는 『사기』를 주석한 삼가주(三家註)의 하나다.

10) 무왕 발은 성이 희(姬)이고 이름이 발(發)이다. 문왕의 아들이다. 『사기』「주본기」에 나오는 기록이다. "무왕이 즉위하자 태공 망(望)이 장수가 되고 주공 단(旦)이 보좌했다. …… 9년 무왕이 비(畢)에서 제를 올리는데 동쪽으로 병사들이 멍진에 이르러 문왕을

위패로 모셔 수레에 싣고 군사 한가운데 있는 것을 보았다. 무왕은 스스로 태자 발이라 칭하고 문왕을 받들어 적을 치고자 한다 말하면서도 스스로는 감히 이를 수행하지 못했다. …… 이때, 제후들이 기약을 하지 않고 멍진에 모였는데 팔백이 되었다. 제후들은 모두 말했다. '주를 징벌해야 한다.' 무왕이 말했다. '그대들은 천명을 모르니 칠 수 없다.' 그러고는 장수들을 돌려보냈다. 2년이 지났다. 주왕의 난폭하고 잔악해짐이 극에 달했다는 소식이 들렸다. …… 그래서 무왕은 제후들에게 말했다. '은나라의 죄가 중하니 벌하지 아니할 수 없다.' 곧바로 문왕을 모시고 무장한 수레 삼백 대, 무사 삼천 명, 병사 사만오천 명을 인솔하여 동쪽으로 가서 주(紂)를 쳤다." 이 아래에는 무예(牧野)에서 병사들에게 맹세하는 정경이 기록되어 있고, "무왕이 왼손에는 누런 도끼를, 오른손에는 흰 쇠꼬리를 잡고" 하는 기록도 있다.

11) 강태공(姜太公)은 이름은 강상(姜尙), 자는 자아(子牙)다. 주나라 문왕이 웨이수이(渭水)에서 낚시질하던 강태공을 성인의 예로써 모셔와 주나라의 흥성을 도모하였다. 문왕이 죽은 뒤 강태공은 그의 아들 무왕을 도와 은나라 주왕을 토벌하는 데 공을 세웠다(『사기』, 「제세가」齊世家).

12) 주나라 척도로 1장은 현재 길이로는 대략 7시척(市尺) 정도다. 1m가 3시척이므로 7시척은 약 2m 33cm 정도가 된다.

13) 백이와 숙제는 고죽군의 세 명의 세자 가운데 첫째와 셋째였다. 왕이 왕위를 물려주자 서로 양보하다가 둘째가 왕이 되고 두 형제는 그 나라를 떠나 주로 도망했다.

14) 『사기』 「주본기」에 주의 병사들이 멍진(盟津)을 건넌 이야기가 나온다. "11년 12월 무오(戊午)일에 장수들이 모두 멍진을 건넜다. 제후가 모두 모였다." '盟津'은 '孟津'으로도 쓰인다. 지금의 허난성 멍현(孟縣)의 남쪽이다. 무왕이 주를 치러 산시(陝西)에서 허난으로 들어가 여기에서 황허(黃河)를 건넜다. 차오거(朝歌) 근교의 무야(牧野)에 이르러 주의 병사들을 공격하고, 주의 도읍지인 차오거(지금의 허난성 탕인현湯陰縣에 차오거의 고성 유적이 있다)를 점령했다.

15) 황허 도하 지점인 멍진에서 무왕의 군대가 다른 제후들의 군대와 합류하였는데 이때 무왕이 선전포고한 글을 「태서」(太誓)라 하고, 진군하여 은나라의 수도 근처인 무예 전투에서 승리한 후 재선서한 글을 「목서」(牧誓)라 한다. 여기의 「태서」는 「목서」를 말한다.

16) 이 부분은 『사기』 「주본기」에 나온다. "2월 갑자(甲子)일 동틀 무렵에 무왕이 상나라 근교 무예에 이르러 선서를 했다. …… 왕이 이르길, '옛사람이 말하길, 암탉은 아침이 없다, 암탉이 새벽을 알리면 집안이 망한다 했다. 지금 은나라 주왕은 오로지 부인의 말만 듣고 있으며 제멋대로 그 조상들을 배반, 제사를 올리지 않고 있으며, 나라를 어지럽게 하였으며, 자신의 조상들과 형제들을 내쳤도다'라고 했다."

17) 무예의 전투에 대해서는 『상서』 「무성」(武成)에 다음과 같은 기록이 있다. "갑자일 동

틀 무렵 수(受)는 그 부대를 인솔하여 갔다. 마치 숲이 움직이는 듯했다. 무예에 모였다. 아군의 병사와 싸우려는 자가 없었다. 앞의 병사들은 창을 버리고 주왕을 배반했다. 그래서 뒤에서 공격하여 북까지 갔다. 전사자의 흘린 피에 절굿공이가 둥둥 뜰 지경이었다."

18) 주왕의 병사들이 배반한 것에 대해서는 『사기』 「주본기」에 이런 기록이 있다. "주왕은 무왕이 쳐들어온다는 소문을 듣고, 병사 칠십만을 동원하여 무왕을 막았다. 무왕이 강태공에게 백 명의 병사를 보내 주왕의 병사를 쫓게 하였다. 주의 병사가 많았으나 모두 싸울 마음이 없었고 무왕에게 투항할 마음뿐이었다. 주의 병사들은 모두 주왕을 배반하여 무왕에게 길을 열어 주었다."

19) 녹대(鹿臺)는 주왕이 비단과 보석 등을 두었던 창고이고, 거교(鉅橋)는 주왕의 곡물을 저장했던 창고를 말한다. 녹대의 유적지는 지금의 허난성 탕인현 차오거 진의 남쪽에 있고, 거교의 유적은 지금의 허베이성 취저우현(曲周縣) 동북의 구헝장수이(古衡章水)의 동쪽 물가에 있다. 『사기』 「은본기」에 의하면 "황제 주는 …… 세금을 많이 부과하여 녹대의 재정을 해결했고 거교에 곡식을 가득 채웠다"고 했다.

20) 순민(順民)은 천명에 순종하는 백성이란 뜻이다.

21) 주왕이 분신자살하고 무왕이 상나라에 입성한 당시의 정황에 대해서 『사기』 「주본기」에 다음과 같은 기록이 있다. "주는 도망을 가다가 돌아와 녹대 위로 올라갔다. 보석들을 옷으로 뒤집어 씌운 후 스스로 불을 질러 자살했다. 무왕이 커다란 백기를 들고 제후들을 지휘하니 제후들이 모두 무왕에게 절을 하고 예를 표했다. 무왕이 제후들에게 공경을 표하고 읍을 하니 제후들이 모두 그를 따랐다. 무왕이 상나라에 도착하자 상나라 사람들은 모두 근교에 나와 기다렸다. 그러자 무왕은 군신들에게 명하여 상나라 백성에게 '하늘의 강령하심이 내리시길 빕니다!'라고 말하게 하였고, 상나라 사람들은 하나같이 재배하고 머리를 숙였다. 무왕 역시 답으로 절을 했다. 입성하여 주왕이 죽은 곳에 이르자 무왕은 세 발의 활을 쏜 연후에 수레에서 내렸다. 가벼운 칼로 그를 친 다음 누런 도끼로 주왕의 목을 베어 큰 백기에 걸었다. 주왕의 두 처첩 역시 이미 목을 매 자살했다. 무왕은 다시 세 발의 활을 쏜 후 검으로 치고 나서 검은 도끼로 목을 베어 그 머리를 작은 백기에 달았다."

22) 달기(妲己)는 주왕의 왕비였다. 『사기』 「은본기」에 있는 기록이다. "주왕은 …… 술을 좋아하고 쾌락에 탐닉하였으며 여자를 좋아했다. 달기를 사랑하여 그녀의 말을 모두 따랐다." 무왕이 상을 이기고 "달기를 죽였다." 명대 왕삼빙(王三聘)의 『고금사물고』(古今事物考) 6권에는 이런 기록도 있다. "상의 달기는 여우의 정령이었다. 꿩의 정령이라고도 했다. 다리가 사람 다리로 변하지 않아 비단으로 감싸고 지냈다." 장편소설 『봉신연의』(封神演義)에도 이와 비슷한 전설이 있다.

23) "하늘의 이치는 사사로이 친한 것이 없어, 언제나 선한 사람과 함께한다"는 『노자』79

장에 나오는 말이다. 친한 것이 없다는 것은 친소(親疏)가 없다는 뜻이다. 또 『사기』 「백이열전」에는 이런 기록이 있다. "혹자는 말하길 '하늘의 이치는 사사로이 친한 것이 없어, 언제나 선한 사람과 함께한다'고 했는데 그렇다면 백이와 숙제는 선한 사람이라고 할 수 있는가 없는가? 인(仁)을 실천하고 고결하게 행동했는데 굶어 죽다니! …… 하늘이 선인에게 보답함이 어찌 이러하단 말인가?"

24) 화산(華山)은 중국 5대 명산 가운데 하나로 산시성 동남부에 있다. 창출(蒼朮)이나 복령(茯苓)은 희귀한 식용 약초의 이름이다.

25) 『상서』 「무성」편에 다음과 같은 기록이 있다. 무왕은 상을 멸망시킨 후 "곧바로 무기를 없애고 문(文)을 숭상했다. 말은 화산 남쪽으로 돌려보내고, 소들은 도림 들판에 풀어 주어 더 이상 전쟁을 하지 않을 것임을 천하에 알렸다." 무왕은 전쟁이 끝나고 평화가 왔다는 것을 알리기 위해 소와 말을 자연 속으로 돌려보냈다.

26) 화산대왕(華山大王) 소궁기(小窮奇). 궁기는 옛날 중국의 '사흉(四凶)' 중 하나다. 사흉은 혼돈(混沌), 궁기(窮奇), 도올(檮杌), 도철(饕餮)을 말한다. 『좌전』 '문공(文公) 18년'에 "소호씨(小暤氏)에게 재주 없는 아들이 있었다. …… 천하의 백성이 그를 궁기라고 불렀다"는 기록이 있다. 소궁기는 루쉰이 여기서 착안하여 허구로 지은 이름일 것이다.

27) '천하의 대로(大老)'는 원래 맹자가 백이와 강태공을 예찬하여 부른 말이다. 『맹자』 「이루상」(離婁上)편에 "두 어른은 천하의 대로이다"라는 표현이 있다.

28) 옛날 상하이의 도적들이 행인을 약탈할 때 옷을 벗기곤 하였다. 이를 일러 "돼지가죽을 벗긴다"라는 의미의 저장성(浙江省) 사투리로 표현하곤 했다.

29) 서우양산(首陽山)은 남조 송나라 배인이 한 『사기』의 주석서 『집해』의 「백이열전」에서 후한(後漢) 마융(馬融)의 말을 인용하여 이렇게 말하고 있다. "서우양산은 황허의 동쪽 푸반(蒲坂)과 화산의 북쪽, 황허 물굽이의 중간에 있다." 푸반의 옛 성터는 지금의 산시성 융지현(永濟縣) 부근이다.

30) 소병군(小丙君)은 가공의 인물이다.

31) 옛날 향연 시에 가장 후덕하고 나이든 연장자가 먼저 술을 가지고 땅과 귀신에게 제사를 지냈다. 후에 덕이 있고 나이가 든 연장자를 존칭으로 좨주(祭酒)라고 불렀다. 한위(漢魏) 이후로는 박사(博士) 좨주, 국자(國子) 좨주 같은 관직명으로 사용되었다.

32) 1경(頃)은 100무(畝)이고, 1무는 약 30평(99.74㎡)에 해당한다. 그러므로 2경은 약 6천 평 정도의 넓이다.

33) '온유'와 '돈후'는 중국의 전통적인 유가(儒家) 시학의 미학적 기준이다. 『예기』(禮記) 「경해」(經解)에 "공자가 말하길, 온유돈후는 시(詩)의 가르침이다"라고 했다. 당(唐) 공영달(孔穎達)의 소(疏; 2차 주석)에서 말하길, 이른바 "온유돈후"란 "에둘러서 넌지시 비판하는 것으로, 어떤 일을 직접적으로 꼬집어 말하는 것이 아님"을 의미한다고 했다. 이것은 그대로 중국 전통 문예창작과 문예비평의 기준이 되었다.

34) 이 말은 『시경』(詩經) 「소아」(小雅)의 「북산」(北山)에 나오는 말이다.

35) 신농씨(神農氏), 우(虞), 하(夏)의 시대는 고대 중국의 신화 시대에 나오는 이상적인 사회 이름들이다.

36) 백이와 숙제가 한 여자의 말을 듣고 굶어 죽었다는 이야기는 촉한(蜀漢) 초주(譙周)의 『고사고』(古史考)에 나오는 다음 같은 전설로 전해진다. "백이와 숙제는 은나라 말 고죽군의 두 아들이다. 서우양산에 은거하여 고사리를 뜯어 먹으며 살았다. 들판의 한 여자가 말하길 '저들이 주나라 곡식을 먹지 않는 것을 의로움으로 여기고 있지만, 고사리 역시 주나라의 초목이다'라고 했다. 이에 그 둘은 굶어 죽었다." 지금 『고사고』는 전해지지 않는다. 이 소설은 청대 장종원(章宗源)의 집본(輯本)에 근거하고 있다. 이 집본은 청대 손성연(孫星衍)이 편한 '평진관총서'(平津館叢書)에 들어 있다.

37) 암사슴의 젖에 대한 전설은 한대 유향(劉向)이 지은 『열녀전』(烈女傳)에 기록이 있다. "백이는 은나라 때 랴오둥(遼東) 고죽군의 아들이다. 숙제와 함께 왕위를 양보하다가 나라를 떠났다. 무왕이 주왕을 치는 걸 보고 의롭지 않다고 생각해 서우양산에 은거했다. 주나라의 곡식을 먹지 않고 고사리를 양식으로 삼았다. 이때 왕미자(王麋子)가 지나가다가 괴히 여겨 말했다. '우리 주나라의 곡식을 먹지 않는다 하나 우리 주나라의 초목을 먹고 있는 것은 어이된 일인가?' 백이 형제가 이내 절식을 했다. 7일째 되는 날, 하늘이 흰 사슴을 보내어 젖을 먹이게 했다. 이로부터 수일이 지난 후, 숙제는 속으로 생각하길 '사슴을 다 먹을 수 있으면 얼마나 좋을까!' 했다. 사슴이 그 속마음을 알아차리고 다시는 내려오지 않았다. 백이 형제는 마침내 굶어 죽었다." 지금 『열녀전』은 전해지지 않는다. 위 기록은 『조옥집』(琱玉集) 권12에서 옮겨 기록한 것이다. 『조옥집』은 편집한 사람이 누군지 모른다. 송대 정초(鄭樵)의 『통지』(通志) 「예문략」(藝文略)에 저서 목록 20권이 전해지지만 현존하는 것은 파손된 2권뿐이다. 청대의 여서창(黎庶昌)이 편한 '고일총서'(古逸叢書)에 들어 있다.

검을 버린 이야기[1]

1.

미간척[2]이 막 어머니와 잠자리에 눕자 쥐 한 마리가 나와 솥뚜껑을 갉아 먹기 시작했다. 시끄러워 골치가 아팠다. 그는 나직하게 몇 번 쫓아 보았다. 처음에는 좀 효과가 있더니 나중에는 쥐가 들은 체도 하지 않았다. 사각사각 계속해 갉았다. 낮에 일하느라 지쳐서 저녁이면 눕자마자 잠드시는 어머니를 깨울까 걱정되어 그는 큰소리로 쥐를 쫓을 수도 없었다.

한참 지난 뒤 잠잠해졌다. 미간척도 잠을 청할 생각이었다. 그런데 갑자기 '풍덩' 하는 소리가 났다. 그는 깜짝 놀라 눈을 떴다. 사그락대는 소리가 들려왔다. 그것은 분명 발톱으로 질그릇을 긁는 소리였다.

"좋아! 죽여 버릴 테다!"

그는 죽일 생각을 하며 기분이 좋아졌다. 살그머니 일어나 앉았다.

침대에서 내려와 달빛에 의지해 문 뒤로 갔다. 더듬더듬 부싯돌을 찾아 관솔불을 켜고 물독 안을 비춰 보았다. 예상대로 큰 쥐 한 마리가 속에 빠져 있었다. 그러나 물이 많지 않아 쥐는 기어 나올 수가 없었다. 그저 물독 안벽을 따라 항아리를 긁으며 뱅글뱅글 돌고 있었다.

"죽여 버릴 테다!"

밤마다 시끄럽게 가구를 갉아먹어 그를 편하게 자지 못하게 한 것이 바로 이놈이었구나 하는 생각이 들자 그는 가슴이 후련해졌다. 미간척은 흙벽 작은 구멍에 관솔불을 꽂아 놓고 쥐를 구경했다. 그런데 동그랗게 부릅뜬 작은 쥐 눈은 미간척을 화나게 만들었다. 장작 하나를 뽑아 그놈을 물 밑으로 눌러 버렸다. 한참 있다가 손을 놓으니 쥐도 따라 떠올랐다. 또 항아리 벽을 긁으면서 뱅글뱅글 돌았다. 단지 긁는 기세가 아까처럼 이악스럽지 못했다. 눈도 물속에 잠긴 채 뾰족하고 새빨간 코만 물 위에 드러내 놓고 할딱거리며 숨을 몰아쉬고 있었다.

그는 요즘 코가 빨간 사람을 그렇게 좋아하지 않았다. 그런데 지금 이 작고 뾰족한 빨간 코를 보자 느닷없이 측은하다는 생각이 들었다. 장작을 쥐의 배 밑에 밀어 넣었다. 쥐는 긁어 대면서 한참 숨을 돌리더니 장작을 따라 기어오르기 시작했다. 흠뻑 젖은 검은 털, 커다란 배, 지렁이 같은 긴 꼬리, 쥐의 몸통 전체가 눈에 보이자 그는 또 괘씸하고 얄미운 생각이 들었다. 얼른 장작을 한 번 흔들었다. '풍덩' 하면서 쥐는 다시 물속으로 떨어졌다. 그는 쥐가 빨리 가라앉게 장작으로 쥐의 머리를 몇 차례 계속해 눌러 버렸다.

관솔불을 여섯 번 갈았을 때, 쥐는 더 이상 움직이지 못했고 그저 물 한가운데 떠 있었다. 이따금 힘없이 물 위로 솟구치곤 했다. 미간척은 또다시 측은한 생각이 들었다. 그래서 장작을 분질러 겨우겨우 쥐를 집어올려 땅바닥에 내려놓았다. 쥐는 처음에 꼼짝달싹을 않더니 좀 지나자 겨우 숨을 쉬기 시작하였다. 또 한참을 지나자 쥐는 네 발을 옴지락거렸고 몸을 뒤집었다. 당장이라도 일어나서 내뺄 것만 같았다. 미간척은 너무 놀란 나머지 엉겁결에 왼발을 들어 한번에 밟아 버렸다. '찍' 하는 소리만 들렸다. 쪼그리고 앉아 자세히 살펴보니, 쥐의 입가에 약간의 선혈이 보였다. 아마도 죽어 버린 것 같았다.

그는 또다시 측은한 생각이 들었다. 자신이 무슨 큰 죄라도 지은 것 같아 괴로웠다. 그는 쪼그리고 앉아 멍하니 죽은 쥐를 들여다보고 있었다. 일어날 수가 없었다.

"척아, 너 뭘 하고 있니?"

잠에서 깬 그의 어머니가 침대에서 물었다.

그는 황급히 일어나 몸을 돌렸다.

"쥐가……."

한마디밖에 말하지 못했다.

"그래, 쥐. 그건 나도 알아. 그런데 너 뭘 하고 있냐? 쥐를 죽인 게냐, 아니면 살리고 있는 게냐?"

그는 대답하지 않았다. 관솔불이 다 탔다. 그는 어둠 속에 묵묵히 서 있었다. 교교한 달빛이 서서히 보이기 시작했다.

"후!"

그의 어머니가 한숨을 지으며 말을 이었다.

"자시가 지나면 넌 이제 열여섯 살이 된다.[3] 성격이 아직도 그 모양으로 뜨뜻미지근한 게, 조금도 변하질 않으니, 아무리 봐도 네 아비의 원수 갚을 사람은 없는가 보다."

희끄무레한 달빛 속에 앉아 있는 어머니는 몸을 부르르 떠는 듯했다.

한없는 슬픔에 젖은 어머니의 나직한 목소리에 그는 모골이 송연할 정도로 서늘해졌다. 그러나 삽시간에 더운 피가 전신에 끓어오름을 느꼈다.

"아버지 원수? 아버지에게 무슨 원수가 있었어요?"

그는 몇 걸음 앞으로 다가서며 놀라고 다급한 어조로 물었다.

"있다. 네가 갚아야 할 원수다. 내 진작 너에게 말하려 했으나 네가 너무 어려 말하질 못했다. 이제 넌 어른이 다 되었다. 그런데도 아직 성미가 그 모양이니, 어떻게 한단 말이냐? 너 같은 맘으로 어디 큰일을 해낼 수 있겠느냐?"

"할 수 있어요. 말해 주세요. 저 고칠게요……."

"물론 그래야지. 이젠 말할 도리밖에 없다. 너 반드시 그 유약한 성격을 고쳐야……. 그럼 이리 와 앉아 보거라."

그는 어머니 곁으로 갔다. 어머니는 침대에 단정히 앉아 있었다. 어슴푸레한 달빛 속에서 어머니의 두 눈은 반짝 빛나고 있었다.

"들거라!"

그녀는 엄숙하게 말을 했다.

"네 아버지는 원래 검을 만드는 명인으로 천하 제일이셨다. 아버지가 쓰시던 공구들을 가난 때문에 죄다 팔아 치워서 넌 그 흔적을 찾아볼 수 없게 되었지. 그러나 아버지는 세상에서 둘도 없는 검을 벼리는 장인匠人이셨다. 20년 전, 한 후궁이 잉태하여 아이를 낳았는데, 낳고 보니 아이가 아니라 무쇳덩어리였단다.[4] 전해지는 말로는 무쇠 기둥을 한 번 끌어안은 후에 잉태한 것이라 하더구나. 그것은 시퍼렇고 투명한 쇳덩어리였단다. 왕은 그것을 기이한 보물로 여겼단다. 그래서 그것으로 검을 만들어, 나라도 지키고, 원수도 죽이고, 자기도 지키고 싶어 했단다. 불행히도 네 아버지가 그때 그 일에 뽑히게 되었단다. 그래 그 쇳덩이를 안고 집으로 돌아오셨지. 아버지는 밤낮으로 그 무쇠를 단련하셨단다. 꼬박 3년 동안 심혈을 기울인 끝에 검 두 자루를 벼리셨지."

"마지막으로 가마의 문을 열던 그날은 얼마나 놀라운 광경이었는지! 한 줄기 하얀 기운이 '쏴아' 하고 날아올랐을 때는 땅도 마치 흔들리는 것 같았단다. 그 하얀 기운은 하늘 중간쯤에 올라가 흰 구름으로 변하더니 이곳을 자욱하게 덮었단다. 그러더니 차츰 진분홍빛으로 변해 모든 것을 복숭앗빛으로 물들였단다. 칠흑 같은 가마 속에는 시뻘건 검 두 자루가 놓여 있었단다. 네 아버지가 정화수⁵⁾를 천천히 떨구었지. 그러자 '지지직' 하고 커다란 소리를 내면서 차츰차츰 파란빛으로 변해 갔단다. 이렇게 하여 여드레 밤낮을 보내고 나니 검이 보이지 않게 되었단다. 자세히 살펴보니 검은 아직 가마 속에 있었단다. 그런데 너무 티 없이 푸르스름하고 투명해 두 개의 긴 얼음덩이 같았단다."

"네 아버지의 눈에서는 형용할 수 없는 기쁨의 광채가 사방으로 비추었지. 아버지는 검을 꺼내 닦으시고 또 닦으셨단다. 그러나 슬프고 참담한 표정이 아버지의 미간과 입가에 어렸지. 아버지는 두 자루의 검을 두 개의 함 속에 나누어 넣고 나서 내게 조용히 말씀하셨단다. '요 며칠간의 내 상황을 살펴본 사람이라면 누구나 이제 내가 검을 다 만들었다는 것을 알게 되었을 거요. 내일 나는 검을 바치러 왕에게 가야만 하오. 그러나 검을 바치는 그날이 바로 내 목숨이 다하는 날이 될 것이오. 우린 이제 영 이별이 될 것 같소.'

'여보……' 나는 너무 놀라 네 아버지의 뜻을 알아듣지 못했단다. 무어라고 말해야 좋을지 몰라 그저 '당신이 이번에 이렇게 큰 공을 세우셨잖아요……'라고만 말하였지.

'아! 당신이 어찌 알겠소!' 아버지가 말했지. '왕은 본래 의심하길 좋아하고 아주 잔인한 사람이오. 이번에 내가 세상에 둘도 없는 검을 벼려주었으니 그는 틀림없이 나를 죽일 것이오. 내가 다시 누군가에게 검을 만들어 주어 그 누군가가 왕에 필적하거나 왕을 능가하지 못하게 말이오.'

난 울었단다.

'여보, 슬퍼하지 말아요. 이것은 피할 수 없는 일이오. 눈물은 결코 운명을 씻어 버릴 수 없다오. 난 벌써부터 여기 이렇게 준비를 해두었소!'

아버지의 눈에서는 갑자기 번갯불 같은 섬광이 발하였지. 아버지는 칼상자를 내 무릎 위에 놓으셨단다.

'이건 수놈 검이오. 잘 간수해 두시오. 난 내일 이 암검만 왕에게 바치겠소. 내가 만일 돌아오지 않으면 나는 분명 이 세상에 없는 사람이 될 것이오. 당신 임신한 지 이미 대여섯 달 되었으니 너무 서러워하지 마오. 아이를 낳으면 잘 기르시오. 그 애가 자라 어른이 되면 이 검을 그 아이에게 주시오. 왕의 목을 베어 내 원수를 갚으라 하시오' 하고 말씀하셨단다."

"그날 아버님이 돌아오셨나요?"

미간척이 다급히 물었다.

"돌아오지 않으셨다!"

어머니가 차갑게 말했다.

"사방으로 수소문했으나 소식이 묘연했다. 나중에 사람들의 말을 들으니, 네 아버지가 손수 벼린 그 칼에 제일 먼저 피를 먹인 사람이 바로 그 사람, 네 아버지라고 하더라. 그러고는 죽은 네 아비의 혼백이 원혼으로 나타날까 두려워한 왕은 아버지의 몸과 머리를 나누어 앞문과 후원에 따로따로 묻었다 하더라!"

미간척은 온몸이 맹렬한 불길에 휩싸이는 듯했다. 머리카락 한올한 올마다 불꽃이 튀어나오는 것 같은 느낌이 들었다. 어둠 속에서 꽉 쥔 그의 두 주먹은 '뿌드득' 하는 소리를 냈다.

그의 어머니는 일어나더니 침대 머리맡의 나무널빤지를 뜯어냈다. 어머니는 침대에서 내려와 관솔불을 밝히고는 문 뒤로 가 곡괭이를 가져왔다. 미간척에게 주며 말했다.

"여길 파라!"

미간척은 심장이 뛰었으나 침착하게 한 괭이 한 괭이씩 조용조용 파 내려갔다. 파낸 흙은 모두 누런 흙이었다. 다섯 자가량 깊이 파 내려가니 흙빛이 약간 달라지면서 썩은 나무 같은 것이 보였다.

"잘 봐라! 조심조심!"

어머니가 말했다.

미간척은 파낸 구덩이 옆에 엎드려 두 손을 뻗어 아주 조심스럽게 썩은 나무를 헤쳐 나갔다. 잠시 후 마치 손끝이 얼음에 닿았을 때처럼 선뜩하더니 티 없이 파랗고 투명한 검이 나타났다. 그는 칼자루를 또렷하게 알아보고 잘 집어 조심스럽게 꺼냈다.

창밖의 별과 달, 방 안의 관솔불이 마치 삽시간에 그 빛을 잃어버리는 듯했다. 푸른빛만이 온 집안을 가득 채웠다. 검은 푸른빛 속에 용해되어 아무것도 없는 것처럼 보였다. 미간척은 정신을 가다듬어 자세히 살폈다. 그제서야 다섯 자 남짓 길이의 검이 보이는 듯했다. 그런데 검은 그렇게 예리해 보이지 않았다. 칼날도 무디어진 듯 부춧잎처럼 두툼했다.

"넌 이제부터 네 그 유약한 성격을 고치고, 이 검으로 아비의 원수를 갚으러 가거라!"

어머니가 말했다.

"전 벌써 제 유약한 성격을 고쳤어요. 검으로 원수를 꼭 갚고야 말겠어요!"

"제발 그렇게 하길 빈다. 푸른 옷을 입고 검을 메면 옷과 검의 색이 같아 누구도 알아보지 못할 거다. 옷은 내가 벌써 지어 놨으니 내 걱정은 말고 내일 곧장 네 길을 떠나거라!"

어머니는 침대 뒤에 놓여 있는 낡은 옷상자를 가리키며 말했다.

미간척이 새 옷을 꺼내 입어 보니 크기가 몸에 딱 맞았다. 그는 옷을 벗어 다시 잘 개어 놓았다. 검도 헝겊에 잘 싸 베개맡에 놓고는 조용히 누웠다. 그는 자신의 유약한 성격이 벌써 고쳐진 것 같은 생각이 들었다. 그는 결심했다. 마치 아무 일도 없었던 듯 잠을 푹 자고 아침 일찍 일어나리라. 그리고 여느 때와 조금도 다름 없이 조용히 그 불구대천의 원수를 찾아가리라.

그러나 그는 줄곧 깨어 있었다. 이리 뒤척 저리 뒤척 하였다. 자꾸 일어나 앉고 싶었다. 그는 실망에 찬 어머니의 가벼운 한숨소리를 들었다. 첫닭이 우는 소리를 들은 그는 이미 자정이 지났으니 자신이 열여섯 살이 되었다는 것을 알았다.

2.

미간척은 눈두덩이 부어올라 부석부석했다. 그는 뒤도 돌아보지 않고 대문을 나섰다. 푸른 옷을 입고 푸른 검을 멘 그가 성큼성큼 발걸음을 내딛으며 성을 향해 가고 있을 때, 동쪽은 아직 어두운 빛에 싸여 있었다. 삼나무의 뾰족한 잎들은 잎 끝마다 이슬방울을 달고 있고 그 속에는 아직 밤기운이 들어 있었다. 그러나 그가 숲 어귀까지 걸어갔을 때는 이슬들이 온갖 광채를 발산하고 있었고 차츰차츰 아침노을로 물들어 가고 있었다. 거무스름한 성벽과 성벽 위 치성[6]이 멀리 희미하게 보이기 시작했다.

미간척은 야채를 팔러 온 사람들과 섞여 성안으로 들어갔다. 거리는 벌써 활기가 넘쳐나 들끓고 있었다. 남자들은 우두커니 여기저기 서 있고 여자들은 간간이 문을 열고 목을 빼 밖을 내다보고 있었다. 대부분은 눈두덩이 부어 부석부석하고 머리가 헝클어져 있었다. 누리끼리한 얼굴들이 화장도 하지 않은 채였다.

미간척은 어떤 큰 변이 닥쳐오고 있음을 예감했다. 사람들은 모두 초조하지만 참을성 있게 그 거대한 변화를 기다리고 있는 것이라고 그는 생각했다.

미간척은 곧장 앞을 향해 걸어갔다. 한 아이가 갑자기 뛰어왔다. 그의 등에 있는 칼끝에 하마터면 다칠 뻔했다. 미간척은 놀라 온몸에 식은땀이 났다. 그는 북쪽으로 꺾어 들어 왕궁에서 멀지 않은 곳에 이르렀다. 거기에는 사람들이 빼곡히 모여 서서 모두 목을 길게 빼고 있었다. 무리들 속에 아낙들과 아이들의 울고 떠드는 시끄런 소리가 들려왔다. 그는 보이지 않는 수검이 사람들을 다치게 할까 봐 감히 안으로 비집고 들어가지 못했다. 그러나 사람들이 그의 등 뒤로 밀려들었다. 미간척은 이리저리 사람들을 피하는 수밖에 없었다. 눈앞에는 사람들의 잔등과 길게 빼든 목만 보일 뿐이었다.

갑자기 앞에 섰던 사람들이 모두 차례로 꿇어앉았다. 멀리서 말 두 필이 나란히 오고 있었다. 그 뒤로는 곤봉, 창, 칼, 활, 깃발을 든 무사들이 누런 황토먼지를 뿌옇게 일으키며 길 가득히 걸어왔다. 또, 네 필의 말이 끄는 큰 수레가 오고 있었다. 그 위에는 한 무리의 사람들이 앉아 있었다. 어떤 사람은 종을 치고 어떤 사람은 북을 두드리며 어떤 사람은 이름 모를 이상한 악기 나부랭이[7]를 불고 있었다. 그 뒤로 또 수레가 따르고 있었다. 그 속에 앉아 있는 사람들은 모두 다 꽃무늬 옷을 입었다. 늙은이가 아니면 키 작은 뚱보였다. 얼굴들이 모두 땀과 기름으로 번지르르했다. 이어서 또 여러 종류의 칼과 창을 든 기사들이 따랐다. 꿇어앉았던 사람들은 모두 엎드렸다.

이때 미간척은 누런 덮개를 씌운 큰 수레가 다가오는 것을 보았다. 수레 한가운데는 꽃무늬 옷을 입은 뚱보가 앉아 있었다. 희끗희끗한 수염에 작은 머리통이었다. 미간척은 자기가 메고 있는 것과 똑같은 푸른 검이 그의 허리에도 있는 걸 어슴푸레 보았다.

그는 자신도 모르게 온몸이 오싹했다. 그러나 곧바로 활활 타오르는 맹렬한 불길이 타오르듯 몸이 달아올랐다. 그는 손을 뻗어 어깨 너머 칼자루를 부여잡고, 한편으로는 엎드려 있는 사람들의 목과 목 사이 빈틈으로 발을 디디며 넘어갔다.

그러나 겨우 대여섯 걸음 못 가, 어떤 사람이 갑자기 그의 한쪽 발을 거는 바람에 그만 거꾸로 넘어지고 말았다. 넘어지면서 그는 파리하고 깡마른 얼굴을 한 소년의 몸을 누르게 되었다. 칼끝에 소년이 다칠세라 놀라며 일어나 소년을 보는 순간 아주 힘센 두 주먹에 의해 옆구리 아래를 얻어맞았다. 그는 생각할 겨를이 없었다. 다시 길 위를 바라보았다. 누런 덮개를 씌운 수레가 이미 지나갔을 뿐만 아니라 호위하는 기사들도 지나간지 한참이 되었다.

길가의 모든 사람들도 기어 일어났다. 깡마른 얼굴의 소년은 아직도 미간척의 멱살을 거머쥐고 있었다. 그는 손을 놓으려 하지 않았다. 소년은 미간척이 자기의 귀중한 아랫배 단전[8])을 눌렀기 때문에 책임을 져야 한다는 것이다. 만일 그가 여든 살까지 살지 못하고 죽는다면 목숨을 물어내야 한다는 것이다. 한가한 사람들이 금방 둘러 싸 멍청하니 구경했다. 그러나 누구도 입을 열지 않았다. 나중에 누군가가 옆에 서서 비웃으며 몇마디 욕지거리를 했는데 그것은 모두 그 말라깽이 소년 편을 드는 말이었다. 이러한 적을 만났으니 미간척은 정말 성을 낼 수도 웃을 수도 없었다. 그저 답답한 생각이 들었으나 몸을 뺄 수도 없었다. 이렇게 실랑이를 하며밥이 익을 만한 시간이 흘렀다. 미간척은 초조한 나머지 온몸에 불이 났고, 구경하는 사람들은 줄어들지 않았다. 그런대로 꽤나 흥미진진한 모양이었다.

그때 앞쪽 사람들이 만든 둥근 원이 술렁이더니 검은색의 사람이 비집고 들어왔다. 검은 수염, 검은 눈동자에 쇠꼬챙이처럼 깡마른 사람이었다. 그는 아무 말 없이 미간척을 향해 차디차게 한번 웃더니, 손으로 말라깽이 소년의 턱을 가볍게 받쳐 들고 그의 얼굴을 지그시 보았다. 그 소년도 그를 잠시 보더니 미간척의 멱살 잡았던 손을 저도 모르게 슬그머니 놓고는 그냥 빠져나갔다. 그 사람도 슬그머니 사라지고 말았다. 구경꾼들도 멋쩍은 듯 흩어졌다. 몇몇 사람들만 남아 미간척에게 나이가 몇 살이냐, 집은 어디냐, 집에는 누이가 있느냐 하고 이것저것 물었다. 미간척은 그들 모두를 상대하지 않았다.

미간척은 남쪽을 향해 걸으면서 생각했다. '성안이 이렇게 붐비니 자칫하면 사람들을 다치게 하기 쉽다. 남문 밖에서 그가 돌아오길 기다렸다가 아버지의 원수를 갚자. 거기는 넓고 인적이 드무니 힘을 발휘하기 쉬울 것이다.'

이때 온 성안 사람들은 국왕의 산 나들이며 의장이며 위엄을 두고 왈가왈부하고 있었다. 자기가 국왕을 뵙게 된 것은 영광이라는 둥, 땅에 얼마나 낮게 엎드렸다는 둥, 국민으로서 모범을 갖춰야 한다는 둥, 마치 벌떼의 행렬 같았다. 남문 가까이에 이르러서야 겨우 조금 조용해졌다.

성 밖으로 나온 그는 큰 뽕나무 아래 앉아 만두 두 개를 꺼내 요기를 했다. 만두를 먹을 때 갑자기 어머니 생각이 나 콧등이 시큰했다. 그러나 금방 아무렇지도 않았다. 자신의 숨소리를 또렷이 들을 수 있을 정도로 주위는 차츰차츰 더 고요해져 갔다.

날이 점점 어두워질수록 그도 점점 더 불안했다. 시선을 집중하여 아무리 앞을 바라봐도 국왕이 돌아오는 모습은 그림자도 보이지 않았다. 성안으로 채소를 팔러 갔던 사람들도 빈 광주리를 지고 성문을 나와 하나씩 집으로 돌아가고 있었다.

인적이 끊긴 지도 오래되었다. 그런데 이때 갑자기 성안에서 아까 그 검은 빛의 사나이가 번쩍하며 나타났다.

"가자, 미간척! 국왕이 너를 잡으려 하고 있다!"

그가 말했다. 목소리가 마치 올빼미 소리 같았다.

미간척은 온몸을 부르르 떨고는 마치 귀신에 홀린 듯 곧바로 그를 따라 걸었다. 나중에는 나는 듯이 달렸다. 걸음을 멈추고 서서 한참 동안 숨을 돌리고 났을 때, 그는 비로소 자신이 삼나무 숲 언저리에 이른 것을 알았다. 은백색의 줄무늬가 있는 숲 뒤편 먼 곳에서는 이미 달이 떠오르고 있었다. 미간척 앞에는 그 검은 사람의 도깨비불 같은 두 점의 눈빛만 보였다.

"아저씬 어떻게 저를 아세요……?"

미간척은 몹시 놀라 허둥거리며 물었다.

"하하! 난 옛날부터 널 알고 있지."

그 사람의 목소리가 말했다.

"난 네가 수검을 등에 지고 네 아버지의 원수를 갚으려 한다는 것도 알고 있지. 또 네가 원수를 갚지 못하리라는 것도 알고 있지. 원수를 갚지 못할 뿐만 아니라, 오늘 벌써 왕에게 밀고한 사람이 있어서 네 원수는 일찌감치 동쪽 문으로 환궁했고 너를 체포하라는 명령까지 내렸단 말이다."

미간척은 저도 모르게 상심했다.

"아아, 어머니가 탄식하실 만도 하시구나."

미간척이 낮은 소리로 말했다.

"그러나 네 어머니는 반만 알고 계시지. 내가 네 원수를 갚아 주려 한다는 것은 모르고 계시지."

"아저씨가요? 아저씨가 내 원수를 갚아 주신다고요, 의사義士?"

"아, 그렇게 부르면 내 좀 거북하지."

"그럼 아저씨는 우리 같은 고아나 과부들을 동정하나요……?"

"오호, 얘야, 다시는 그런 수치스러운 호칭을 거론하지 말아라."

그는 엄숙하고 냉랭하게 말했다.

"의협심이니 동정심이니 하는 그런 것들, 이전에는 깨끗했었지. 그러나 지금은 모두 너절한 적선의 밑천으로 변해 버렸어.[9] 내 마음엔 네가 말하는 그런 것들이 조금도 없다. 난 그저 네 원수를 갚아 주려는 것뿐이다!"

"좋아요. 그런데 아저씬 어떻게 내 원수를 갚아 줄 수 있죠?"

"네가 나한테 두 가지만 주면 돼."

두 점의 도깨비불 아래서 흘러나오는 목소리가 말했다.

"그 두 가지 말이지? 얘야 잘 듣거라, 하나는 네 검이고 다른 하나는 네 머리다!"

미간척은 이상스럽고 약간의 의심이 들기도 했으나 별로 놀라지 않았다. 그는 잠시 입을 열 수가 없었다.

"내가 너의 목숨과 보물을 노려 거짓말하는 거라고 의심하지 마라."

어둠 속의 목소리가 다시 엄숙하고도 냉랭하게 말했다.

"이 일은 완전히 네게 달려 있다. 네가 나를 믿으면 나는 원수를 갚으러 간다. 네가 믿지 않으면 난 그만둔다."

"그런데 아저씬 왜 내 원수를 갚아 주려 하시는 거죠? 나의 아버님을 아시나요?"

"난 이전부터 네 아버지를 알고 있단다. 내가 너를 죽 알고 있었던 것처럼 말이다. 그러나 내가 원수를 갚아 주겠다고 하는 것은 그 때문만이 아니다. 총명한 아이야, 잘 들으렴. 내가 얼마나 원수를 잘 갚는지 너는 아직 모르겠지. 너의 원수가 바로 내 원수이고, 다른 사람이 곧 나이기도 하단다. 내 영혼에는, 다른 사람과 내가 만든 숱한 상처가 있단다. 나는 벌써부터 내 자신을 증오하고 있단다!"

어둠 속에서 말소리가 끝나자마자, 미간척은 손을 어깨 위로 들어 올리더니 등에 진 푸른 검을 뽑으면서 그대로 뒤에서 앞으로 자신의 목 뒷덜미를 한칼에 내리쳤다. 두개골이 땅바닥 푸른 이끼 위에 떨어지는 그 순간, 그는 검은 사람에게 검을 넘겼다.

"아아!"

그 사람은 한 손으로는 검을 받고 다른 한손으로는 머리칼을 거머쥐어 미간척의 머리를 들어 올렸다. 그는 이미 죽은, 그러나 아직은 뜨거운 입술에 두 번 입을 맞추고는 냉랭하고 날카롭게 웃었다.

그 웃음소리는 삽시간에 삼나무 숲 속으로 퍼져 나갔다. 깊은 숲 속에서 도깨비불 같은 눈빛들이 번쩍거리며 움직이더니 갑자기 가까이 다가왔다. "쉭쉭" 주린 이리 떼들의 숨소리가 들려왔다. 그들은 한입에 미간척의 푸른 옷을 갈기갈기 찢어 버렸고, 두 입에 그 몸뚱이가 보이지 않게 되었으며, 핏자국마저 순식간에 말끔히 핥아먹었다. 단지 뼈를 씹는 소리만 희미하게 들려왔다.

제일 앞에 섰던 큰 이리가 검은 사람을 향해 달려들었다.

그가 푸른 검을 한번 휘두르자마자 이리의 대가리가 땅의 푸른 이끼 위에 떨어졌다. 다른 이리들이 달려들어 한입에 죽은 이리의 가죽을 물어 찢어 버리고, 두 입에 그 몸뚱이는 보이지 않게 되었으며, 핏자국마저 순식간에 말끔히 핥아먹었다. 단지 뼈 씹는 소리만 희미하게 들려왔다.

그는 땅 위의 푸른 옷을 주워 미간척의 머리를 싸맸다. 그러고는 그것을 푸른 검과 함께 등에 지고 돌아서더니 왕궁을 향해 어둠 속으로 성큼성큼 걸어갔다.

이리 떼들은 꼼짝 않고 서 있었다. 어깨를 쏭긋 추켜올린 채 혀를 죽 빼고는 "쉭쉭" 가쁜 숨을 몰아쉬며 성큼성큼 걸어가는 그 사람을 시퍼런 녹색 눈으로 바라보았다.

검은 사람은 왕궁을 향해 어둠 속으로 성큼성큼 걸어가며 날카로운 소리로 노래를 불렀다.

아아 사랑이여, 사랑이여 사랑이여!

푸른 검을 사랑했네

복수에 불탄 한 사내 목숨을 버렸도다.

훨훨 날고 나는

대장부는 많고 많아.

푸른 검을 사랑한 사내

오호, 외롭지 않다네.

머리로 머리를 바꾸었으니

복수에 불탄 두 사내 목숨을 버리리라.

대장부는 사라지리 사랑이여 오호라!

사랑이여 오호라 오호라 아하,

아하 오호라 오호라 오호라![10]

3.

산놀이는 국왕을 재미있게 하지 못했다. 더구나 길에 자객이 있다는 비밀 보고에 흥이 깨져 곧바로 돌아왔다. 그날 밤 왕은 몹시 성이 나 아홉째 후궁의 머리카락조차 어제처럼 예쁘고 검지 못하다고 트집을 잡았다. 그나마 다행히 그녀가 왕의 무릎에 앉아 애교를 떨어 댔고 특별히 일흔 번이 넘게 몸을 비비 꼬았기 때문에, 왕 미간의 주름살이 조금 펴졌다.

오후에 왕은 자리에서 일어나자 또 기분이 좋지 않았다. 점심 수라를 들고 나서는 아예 성난 얼굴을 드러냈다.

"아아! 무료하다!"

그는 하품을 길게 하고 나서 큰소리로 말했다.

위로는 왕후로부터 아래로는 신하 노릇 하는 이에 이르기까지, 이 광경을 보고 모두 몸 둘 바를 몰라 쩔쩔맸다. 백발 성성한 늙은 대신이 도道에 대해 말하는 것도, 뚱뚱한 난쟁이 광대[11]가 코미디를 하는 것도 왕은 벌써 지겨워졌다. 요즘 와서는 줄타기, 장대 오르기, 투환, 거꾸로 서기, 칼 삼키기, 입에서 불 뿜기 등등 기기묘묘한 요술조차도 아무 재미가 없었다. 그는 툭하면 화를 냈다. 화가 나기만 하면 푸른 검을 빼들고 자그마한 트집이라도 찾아내 사람들을 죽이고 싶어 하곤 했다.

몰래 틈을 타 궁 밖에서 한가로이 놀던 두 젊은 환관이 막 환궁했다. 궁 안의 모든 사람이 수심에 잠긴 것을 보자 또 늘 있는 화가 임박했다는 것을 알았다. 한 사람은 무서워 얼굴이 흙빛이 되었다. 그러나 다른 한 사람은 대단한 자신감이라도 있는 듯 당황하지 않았다. 그는 국왕 앞에 나아가 엎드린 채 말했다.

"소인이 방금 이상한 사람을 방문했는데 괴상한 재주가 있사와 상감마마의 무료하심을 풀어 드릴 수 있을 것으로 사료됩니다. 그래서 이렇게 특별히 아뢰옵나이다."

"뭔데?!"

왕이 말했다. 왕의 말은 늘 짤막했다.

"그는 거지 같은 행색을 한 검고 마른 사내였습니다. 온몸에 푸른 옷을 두르고 있고 등에는 동글동글한 푸른 보따리를 짊어졌으며 입으로는 이상하게 만든 노랠 부르고 있습니다. 사람들이 물어보면 그는, 자기는 사람들이 여태까지 본 적이 없는, 세상에 둘도 없는 재주를 부릴 줄 안다고 합니다. 그것은 보기만 해도 번민이 가시고 천하가 태평해진다고 하옵니다. 그러나 사람들이 그보고 재주를 부려 보라 하면 오히려 싫다고 합니다. 말인즉 첫째로는 금룡이 있어야 하고, 둘째로는 금솥이 있어야 한다 하옵니다……."

"금룡? 그것은 나잖아. 금솥이라고? 나에게 있잖아."

"소인도 바로 그리 생각하고 있었습니다……."

"불러들이라 해라!"

말이 채 떨어지기도 전 네 명의 무사가 그 환관을 따라 나는 듯이 달려 나갔다. 위로는 왕후로부터 아래로는 신하에 이르기까지 모두가 얼굴에 희색이 돌았다. 그들은 모두 그 놀음이 잘돼 왕의 번민도 풀리고 천하도 태평해지기를 바랐다. 설사 그 놀음이 잘못된다 하더라도 이번에는 그 거지 같은 행색을 하고 있다는 검은 사내가 화를 입을 것이니, 그들은 그저 그가 들어올 때까지 기다리기만 하면 되는 것이었다.

얼마 지나지 않아 여섯 명이 왕이 있는 계단을 향해 걸어 들어오는 것이 멀리 보였다. 맨 앞에는 환관이 섰고 뒤에는 네 명의 무사들이 따르고 가운데에 한 검은 사내가 끼어 있었다. 가까이 왔을 때 보니 그는 온통 푸른 옷을 입고 있었으며 수염이며 눈썹이며 머리칼이 모두 새까맸다. 광대뼈와 눈가장자리 뼈, 눈썹뼈가 높이 도드라질 만큼 여위었다. 그가 공손하게 무릎을 꿇어 엎드렸을 때 과연 그의 등 뒤에는 둥그런 작은 보따리가 있었다. 푸른 보자기 위에 검붉은 꽃무늬가 그려져 있었다.

"고하거라!"

왕이 조급하고 난폭하게 말했다. 왕은 그놈의 행색이 초라한 것을 보고 무슨 대단한 재주를 부릴 것 같지 않다고 생각했다.

"신은 이름을 연지오자라 부르며 원원상에서 자랐습니다.[12] 젊어서는 직업이 없었으나 늘그막에 훌륭한 스승을 만나 어린아이의 머릴 가지고 노는 재주를 배웠나이다. 이 재주는 혼자서는 할 수 없습니다. 반드시 금룡 앞에 금솥을 설치하고, 그곳에 맑은 물을 가득 부은 다음, 수탄으로 물을 끓여야 합니다.[13] 그러고 나서 아이의 머리를 솥에다 집어넣습니다. 물이 끓어오르자마자 아이의 머리는 바로 끓는 물을 따라 올라왔다 내려갔다 하면서 여러 가지 춤을 출 뿐만 아니라 기묘한 목소리로 즐겁게 노래를 부릅니다. 이 춤과 노래는 혼자서 보면 번민을 쫓을 수 있고 만백성이 같이 보면 천하가 태평해집니다."

"놀아 보거라!"

왕이 큰소리로 명령했다.

얼마 지나지 않아 소를 삶는 커다란 금솥이 대전 밖에 설치되었다. 물을 가득 부은 다음 솥 밑에 목탄을 쌓고 불을 지폈다. 옆에 서 있던 검은 사람은 목탄불이 벌겋게 피어오르는 것을 보자 보자기를 풀어헤치고 두 손으로 아이의 머리를 꺼내어 높이높이 받쳐 들었다. 그 머리는 이목이 수려하고 하얀 이에 붉은 입술을 지니고 있었다. 얼굴은 웃음을 띠고 있었으며 머리털은 마치 푸른 연기처럼 헝클어져 날리고 있었다. 검은 사람은 아이의 머리를 받쳐 들고 사방을 한 바퀴 빙 돌았다. 그러고 나서 솥 위로 손을 죽 뻗어 올렸다. 그는 입술을 움직이며 무슨 말인지 알 수 없는 몇 마디의 말을 중얼거리더니 이내 두 손을 놓았다. '풍덩' 하는 소리가 들리면서 아이의 머리가 물속으로 떨어졌다. 물보라가 동시에 튀어 올랐다. 족히 다섯 자 이상 높이 올랐다. 잠시 후에는 모든 것이 조용해졌다.

시간이 흘렀으나 아무런 기미가 없었다. 국왕이 먼저 조급해지기 시작했다. 이어 왕후와 후궁, 대신과 환관들도 모두 초조해졌다. 뚱뚱한 난쟁이 배우들은 벌써 비웃기 시작했다. 왕은 광대들이 비웃는 것을 보자 자기가 우롱당하고 있다고 느꼈다. 무사들을 돌아보며, 임금을 기만하는 저 나쁜 놈을 당장 솥에 처넣어 삶아 죽이라고 명령하려는 참이었다.

그런데 이때 물이 끓어오르는 소리가 들렸다. 숯불도 막 활활 타올라 그 검은 사람의 얼굴은 마치 달궈진 쇠가 연분홍빛으로 변하는 것처럼 검붉게 변했다. 왕이 다시 얼굴을 돌렸을 때 그는 벌써 하늘을 향해 두 손을 펼쳐들고 눈은 허공을 향한 채 춤을 추다 갑자기 날카로운 목소리로 노래하기 시작했다.

아아 사랑이여, 사랑이로구나, 사랑이로구나!

사랑이여, 피여, 허, 누구라서 홀로인가.

민초의 저승길이여, 한 사내 미친 듯 큰소리로 웃는다.

그는 백 개의 머리, 천 개의 머리를 가지고 논다네.

만 개의 머릴 쓴다네!

나 한 개의 머릴 쓰리니,

여러 사람 필요 없도다.

한 개의 머릴 사랑함이여, 피로다 오호라!

피로다 오호라, 오호라 아하,

아하 오호라, 오호라 오호라![14]

노랫소리를 따라 솥 아가리에서 물이 솟구쳐 올랐다. 물기둥은 위가 뾰족하고 아래가 넓어서 마치 작은 산 같았다. 그런데 물은 뾰족한 위에서 부터 솥 밑바닥까지 쉴 사이 없이 왕복 선회 운동을 했다. 그 아이의 머리도 물을 따라 오르락내리락 하며 원을 그리며 돌다가 데굴데굴 스스로 곤두박질도 치곤 했다. 사람들은 그 머리가 재미있게 놀면서 웃는 얼굴 하는 것을 어렴풋 볼 수 있었다. 얼마 지나자 아이의 머리는 갑자기 물결을 거슬러 헤엄을 쳤다. 베틀북처럼 물기둥을 들며나며 빙글빙글 선회했고 물방울을 사방으로 튀겨 날아오르게 해 마당 가득히 뜨거운 비를 한 차례 뿌렸다. 한 난쟁이 배우가 별안간 소리를 지르며 손으로 자기의 코를 문질렀다. 불행하게도 뜨거운 물에 덴 것이었다. 참을 수 없는 아픔 때문에 비명을 지르지 않을 수 없었던 것이다.

검은 사람의 노랫소리가 멎자 그 머리도 물 중앙에 멈추어 섰고 머리를 왕좌로 향했다. 그 낯빛은 단정하고도 장엄하게 변했다. 이렇게 하여 여남은 정도의 숨 쉴 시간이 지나자, 아이의 머리는 다시 천천히 위아래로 움직이며 전율했다. 전율하며 움직임에 속도가 빨라지더니 솟구쳤다 숨었다 헤엄을 쳤다. 그러나 그 속도는 그렇게 빠르지 않았으며 태도는 점잖고도 늠름했다. 아이의 머리는 물가를 따라 높았다 낮았다를 반복하며 세 바퀴 헤엄을 쳤다. 그러더니 갑자기 커다란 두 눈을 부릅뜨고는, 칠흑 같은 눈망울을 유난히 반짝이는 것과 동시에 입을 벌려 노래를 부르기 시작했다.

왕의 은혜여, 호호탕탕 흐르고 흘러

원수를 이기고 이겼도다 원수를.

혁혁하다, 강대함이여!

우주는 유한하나 임금 세상 무궁토다.

다행히 나 여기 왔네, 푸르른 그 빛!

푸르른 그 빛, 서로 잊지 못하네.

다른 곳에 있었네, 다른 곳에 있었네.

당당하고 훌륭하도다!

당당하고 훌륭하다, 어허 허 얼씨구.

아하 돌아왔네, 아하 사죄하리, 푸르른 그 빛!¹⁵⁾

머리가 갑자기 물마루 끝에 올라가 멈추더니 몇 번 곤두박질을 한 후 위아래로 오르내리기 시작했다. 눈동자가 좌우를 잠시 바라보는데 그 눈매가 너무나 아름다웠다. 입으로는 여전히 노래를 부르면서.

아하 오호라, 오호 오호.

사랑이여 오호라, 오호라 아호.

하나의 머리를 피로 물들인다.

사랑이여 오호라.

나 한 개의 머릴 쓰리니,

그리하여 뭇사람 필요 없도다!

그는 백 개의 머리, 천 개의 머릴 쓰지만……¹⁶⁾

여기까지 노랠 하더니 머리는 가라앉았다. 그러고는 다시 떠오르지 않았다. 가사도 알아들을 수 없었다. 솟구쳐 오르던 물도 노랫소리가 작아짐에 따라 점점 낮아지더니 마치 썰물처럼 솥단지 밑으로 잦아들었다. 먼 곳에서는 아무것도 보이지 않게 되었다.

"어찌 된 거냐?"

잠시 후 왕은 참지 못하고 물었다.

"대왕,"

검은 사람이 엉거주춤 꿇어앉아 말을 했다.

"지금 그는 솥 밑에서, 신기하기 그지없는 원무를 추고 있는 중입니다. 가까이 오지 않으시면 보이질 않습니다. 원무는 반드시 솥 밑에서 추어야 하기 때문에 신도 그를 올라오게 할 묘술이 없습니다." 왕은 몸을 일으켜 계단을 내려왔다. 그는 뜨거운 열기를 무릅쓴 채 솥 옆에 서서 머리를 빼내 들여다보았다. 거울처럼 잔잔한 물만 보였다. 그 소년의 머리는 물 한가운데서 얼굴을 위로 향한 채 누워 있었고 두 눈은 왕의 얼굴을 보고 있는 중이었다. 왕의 눈빛이 그의 얼굴을 쏘아보자 아이의 머리가 금방 빙긋 웃었다. 그 웃음은 왕에게 일찍 어디서 본 듯한 느낌이 들게 했다. 그러나 누구인지는 단번에 생각나지 않았다. 놀라움과 의아한 생각이 든 바로 그때, 검은 사람이 등에 진 푸른 검을 뽑아 한 번 휘둘렀다. 번개처럼 왕의 뒷덜미를 뒤에서 그대로 내리친 것이다. '첨벙' 하는 소리와 함께 왕의 머리는 솥 안으로 떨어졌다.

원수끼리 만나면 본래 눈이 유난히 밝아지는 법, 하물며 외나무다리에서 만났음에랴. 왕의 머리가 물에 떨어지자마자 미간척의 머리가 맞받아 올라와 왕의 귀를 한입 이악스럽게 물었다. 순간 솥 안의 물이 끓기 시작하더니 부글부글 소리를 냈다. 두 머리는 물속에서 결사적으로 싸웠다. 스무 번가량 붙어 싸우더니 왕의 머리는 다섯 군데의 상처를 입었고 미간척의 머리는 일곱 군데의 상처를 입었다. 왕은 여전히 교활했다. 언제나 적의 뒤쪽으로 돌아갈 궁리만 했다. 잠깐 실수한 미간척은 왕에게 뒷덜미를 물려 머리를 빼낼 방법이 없게 되었다. 이번에는 왕의 머리가 미간척의 머릴 꽉 물고 놓아주지 않았다. 왕은 그저 야금야금 조금씩 먹어 들어갔다. 아파서 절규하는 아이의 울음소리가 솥 밖에서도 들리는 듯했다.

위로는 왕후로부터 아래로는 신하에 이르기까지 겁에 질려 옴짝달싹 못하던 분위기가 울음소리에 술렁거리기 시작했다. 마치 햇빛 없는 어둠의 비애를 느끼기라도 한 듯 그들의 피부에는 도톨도톨 소름이 돋았다. 그러나 그들은 또 신비로운 환희에 휩싸여 눈을 부릅뜨고는 마치 무엇인가를 기다리고 있는 것 같기도 했다.

검은 사람도 좀 놀라고 당황해하는 것 같았다. 그러나 낯빛은 변하지 않았다. 그는 보이지 않는 푸른 검을 쥐고 있는, 마른 나뭇가지 같은 자신의 팔을 아주 조용하게 위로 쭉 뻗고는, 솥 밑을 자세히 보기라도 하려는 듯 목을 길게 뺐다. 그런데 갑자기 팔이 굽어지면서 푸른 검이 날렵하게 그 자신의 뒷덜미를 내리쳤다. 검이 닿자 그의 머리가 잘려 솥 안으로 떨어졌다. '풍덩' 소리와 함께 하얀 물보라가 허공을 향해 사방으로 튀었다.

그의 머리는 물에 떨어지자마자 그대로 왕의 머리에 달려들어 왕의 코를 한 입에 물었다. 거의 빼낼 것 같은 기세였다. 왕은 참지 못해 "아이고" 비명을 지르며 입을 벌렸다. 미간척의 머리는 이 틈을 타 빠져나왔고 얼굴 방향을 바꿔 왕의 아래턱을 죽을힘을 다해 물어 버렸다. 그들은 왕을 놓아주지 않았을 뿐 아니라 온 힘을 다해 아래위로 찢어 놓았다. 왕의 머리는 다시는 입을 다물지 못하게 되었다. 그들은 마치 주린 닭들이 모이를 쪼아 먹듯이 왕의 머리를 마구 물어뜯었다. 왕의 머리는 물려서 눈이 찌그러지고 코가 납작해졌으며 온 얼굴이 상처로 비늘처럼 너덜거렸다. 처음에는 그래도 솥 밑에서 이리저리 마구 뒹굴었으나 나중에는 누워서 신음 소리만 냈다. 그리고 끝내는 아무 소리도 못 내고 숨도 단지 내쉬기만 할 뿐 들이쉬지 못하게 되었다.

검은 사람과 미간척의 머리도 천천히 입을 다물었다. 그들은 왕의 머리에서 멀어지더니 솥 안벽을 따라 한 바퀴 돌았다. 그러면서 왕이 정말 죽은 것인지 죽은 체하는 것인지를 살폈다. 왕의 머리가 확실하게 숨이 끊어진 것을 알게 되자 네 개의 눈은 서로 마주보며 씽긋 한번 웃었다. 그리고 곧바로 눈을 감고는 얼굴을 하늘로 향한 채 물속으로 가라앉았다.

4.

연기는 사라지고 불은 꺼졌다. 물결도 일지 않았다. 이상한 고요함이 어전 위아래에 있던 사람들을 정신 차리게 했다. 그들 가운데서 누군가가 먼저 소리를 지르자 모두들 즉시 겁에 질려 연이어 소리치기 시작했다. 한 사람이 금솥을 향해 씩씩하게 걸어가자 모두들 앞 다투어 몰려갔다. 뒤에 밀린 사람들은 겨우 앞사람들의 목 사이 틈새로 안을 볼 수 있었다.

솥 안의 열기가 아직도 뜨거워 사람들 얼굴로 열을 뿜었다. 그러나 솥 안의 물은 거울처럼 잔잔했다. 물 위에 기름이 한 겹 떠 있어 수많은 사람들의 얼굴이 비쳤다. 왕후, 후궁, 무사, 늙은 신하, 난쟁이 배우, 환관……

"아이고, 하느님! 우리 상감마마의 머리가 아직도 여기 안에 계시는구나, 아이고, 아이고!"

여섯번째 후궁이 별안간 미친 사람처럼 울부짖었다.

위로는 왕후로부터 아래로는 어릿광대 신하에 이르기까지 모두들 홀연히 제정신이 들었다. 그들은 황망하게 흩어지더니 어찌할 바를 몰라 허둥거렸다. 각각 네다섯 바퀴씩 빙빙 돌았다. 제일 지략이 있다는 늙은 신하하나가 혼자 나서더니 손을 뻗어 솥 가를 만져 보았다. 그러나 온몸을 부르르 떨며 제꺽 물러섰다. 그는 두 손가락을 입에 대고 연신 후후 불었다.

사람들은 정신을 좀 가다듬고 나서 어전 문밖에 모여 상감의 머릴 건져 낼 방법을 상의했다. 거의 세 솥가량의 조밥이 익을 만한 시간이 흐르고 나서야 겨우 결론을 얻게 되었다. 그것은, 큰 주방에 가서 철사로 된 국자를 가져다가 무사들을 시켜 힘을 합해 머리를 건져 내자는 것이었다.

오래지 않아 도구들이 갖추어졌다. 철사국자며 조리며 금쟁반이며 행주들이 솥단지 옆에 놓여졌다. 무사들은 옷소매를 걷어붙이고 어떤 이는 철사국자로, 어떤 이는 조리로 일제히 정중하게 머리를 건지기 시작했다. 국자가 서로 부딪치는 소리, 조리가 솥을 긁는 소리가 들려왔다. 물은 국자가 휘젓는 대로 빙글빙글 돌고 있었다. 한참 후, 한 무사의 얼굴이 갑자기 엄숙해지더니 아주 조심스럽게 두 손으로 국자를 천천히 들어올렸다. 물방울이 국자 구멍으로 구슬처럼 흘러내리자 국자 안에는 새하얀 두 개골이 나타났다. 모두들 놀라서 소리를 질렀다. 무사는 그것을 금쟁반 위에 놓았다.

"아이고! 우리 상감마마님!"

왕후, 후궁, 늙은 신하에서 환관에 이르기까지 모두 목 놓아 울기 시작했다. 그러나 얼마 지나지 않아 울음소리는 연달아 가며 그쳤다. 무사가 똑같은 머리뼈를 또 건져냈기 때문이다.

그들은 눈물로 흐려진 눈으로 사방을 둘러보았다. 무사들이 온 얼굴에 비지땀을 흘리면서 아직도 건져내고 있는 것이 보였다. 그후에 건진 것은 뒤범벅이 된 흰 머리칼과 검은 머리칼 뭉치였다. 그 밖에 흰 수염과 검은 수염인 듯한 짧은 것들도 몇 국자 건져냈다. 그후에 또 머리뼈 하나를 건져냈고 그후에는 비녀 세 개를 건져냈다.

솥 안에 물만 남았을 때에야 비로소 손을 멈추었다. 건져낸 물건들을 금쟁반 셋에 나누어 담았다. 한 쟁반에는 두개골, 한 쟁반에는 머리칼과 수염, 한 쟁반에는 비녀를 담았다.

"우리 상감마마는 머리가 하나뿐인데 어느 것이 우리 상감마마의 것이오?"

아홉번째 후궁이 초조해하며 물었다.

"그렇습죠……."

늙은 신하들은 서로 얼굴만 쳐다보았다.

"가죽과 살이 떨어지지 않았다면 쉽게 알아볼 수 있었을 것입니다."

한 난쟁이 배우가 꿇어앉아 말했다.

사람들은 하는 수 없이 마음을 조용히 가라앉히고 머리뼈를 자세히 살펴보았다. 그러나 그 머리뼈들은 색깔과 크기가 비슷하여 어린아이의 머리조차 가려낼 수가 없었다. 왕후는 왕이 태자였을 적에 넘어져서 다친 상처 자리가 오른쪽 이마에 있는데 어쩌면 뼈에도 그 흔적이 남아 있을지 모른다고 말했다. 과연 난쟁이 배우가 한 두개골에서 그것을 발견했다. 모두들 기뻐하고 있을 때 다른 한 난쟁이가 약간 누런빛의 다른 두개골 오른쪽 이마에서도 비슷한 흔적을 발견했다.

"좋은 수가 있어요. 우리 상감마마의 코는 매우 높으셨어요."

세번째 후궁이 자신 있게 말했다.

환관들은 지체 없이 코뼈 연구에 착수했다. 그 가운데 하나가 확실히 좀 높은 것 같았다. 그러나 결국에는 다른 것과 별로 큰 차이가 없음을 알았다. 제일 야속한 것은 오른쪽 이마에 넘어져 다친 흔적이 없다는 것이다.

"게다가."

늙은 신하들이 환관에게 말했다.

"상감마마의 후두부가 이렇게 뾰족했었느냐?"

"소인들은 지금까지 상감마마의 뒷골을 유심히 뵌 일이 없어서……."

왕후와 후궁들도 제각기 생각을 더듬었다. 뾰족하다는 사람도 있었고 평평하다는 사람도 있었다. 빗질해 주던 환관을 불러다가 물어보았으나 한마디도 하지 못했다.

그날 밤 대신 회의를 열어 어느 것이 왕의 머리인지 결정하고자 했다. 그러나 결과는 여전히 낮과 마찬가지였다. 뿐만 아니라 수염과 머리칼에도 문제가 생겼다. 흰 것은 물론 왕의 것이다. 그러나 조금 희끗희끗한 검은 것도 있어 처리하기가 매우 곤란했다. 밤늦게까지 토의하여 겨우 불그스레한 수염을 몇 가닥 가려냈을 뿐이었다. 그런데 아홉번째 후궁이 항의를 했다. 그녀는 왕에게 샛노란 수염 몇 가닥 있는 걸 분명 본 적이 있는데 지금 어떻게 그런 수염이 한 올도 없을 수 있느냐는 것이었다. 그래서 그것 역시 원상태로 다시 돌아가 미해결 안건으로 둘 수밖에 없었다.

한밤중이 지났으나 아무런 결과도 보지 못했다. 그래도 사람들은 하품을 해가며 계속 토론했다. 닭이 두 회째 울 때가 되어서야 비로소 가장 신중하고 타당한 방법을 결정했다. 그것은 세 개의 두개골을 왕의 몸뚱이와 함께 금관에 넣어 매장할 수밖에 없다는 것이었다.

이레가 지나 장사 지내는 날이 되었다. 온 성안이 시끄러웠다. 성안의 백성들과 먼 곳의 백성들이 모두 국왕의 '대출상'을 구경하러 모여들었다. 날이 밝자 길에는 이미 남녀노소들로 가득 붐볐다. 그 사이사이에는 많은 제사상들이 차려 있었다. 아침나절이 되자 길을 정리하는 기사들이 말고삐를 느슨하게 쥐고 천천히 나타났다. 또 한참을 지나서야 깃발과 곤봉, 창과 활, 도끼 같은 것을 든 의장대가 나타났다. 그 뒤로는 북 치고 나팔 부는 네 대의 수레가 따랐다. 또 그 뒤로는 노란 천개天蓋가 울퉁불퉁한 길을 따라 흔들흔들 오르락내리락하면서 다가왔다. 그리고 영구차가 나타났다. 그 위에는 금관이 실려 있었는데 그 관 속에는 머리 세 개와 몸뚱이 하나가 누워 있었다.

백성들이 모두 꿇어앉자 제사상들이 한줄한줄씩 사람들 속에서 나타났다. 충성스런 몇몇 백성들은 그 대역무도한 두 역적의 혼백이 왕과 함께 제사를 받지 않을까 하는 마음에 한편으로는 분노하면서 한편으로는 눈물을 흘렸다. 그래도 어쩔 도리가 없었다.

그 뒤로는 왕후와 수많은 후궁들의 수레가 따랐다. 백성들이 그들을 보았으며 그들도 백성을 보았다. 그저 울고 있었다. 그 뒤로는 대신, 환관, 난쟁이 배우들의 무리가 따랐는데 모두 슬픈 체하는 표정을 짓고 있었다. 백성들은 더 이상 그들을 구경하지 않았다. 나중에는 행렬도 뒤죽박죽 붐벼서 그 꼴이 말이 아니었다.

1926년 10월[17]

주)_____

1) 원제는 「鑄劍」, 검을 벼리다라는 뜻. 처음에는 제목을 주인공의 이름을 따 「미간척」(眉間尺)이라고 하여 1927년 4월 25일, 5월 10일 반월간인 『망위안』(莽原) 제2권 제8, 9기에 처음 발표했다. 1932년 『자선집』을 출판하였을 때 현재의 제목으로 고쳤다.
2) 미간척의 복수에 대한 전설은 위진대 위(魏)나라의 조비(曹丕)가 지었다고 전해지는

『열이전』(列異傳)에 다음과 같은 기록이 있다. "간장과 막야는 초(楚)나라 임금에게 검을 벼려 주는 데 3년이 걸렸다. 자웅(雌雄)으로 벼려 낸 한 쌍의 검은 천하의 명물이 되었다. 그(간장)는 암검만 바치고 수검을 숨겼다. 그가 아내(막야)에게 말하길 '내가 검을 남산의 북쪽, 북산의 남쪽, 소나무가 자란 바위 밑에 감추어 두었소. 임금이 눈치를 채고 나를 죽일 것이오. 이제 당신이 아들을 낳거든 이 일을 알려 주시오'라고 했다. 검을 가지고 임금에게 가니 임금이 눈치를 채고 간장을 죽여 버렸다. 아내가 후에 아들을 낳으니 이름을 적비(赤鼻)라 짓고 그 일을 알려 주었다. 적비는 남산의 소나무를 베었으나 검을 찾지 못했다. 그러다가 우연히 집의 기둥 아래서 그 검을 발견했다. 초나라 왕이 꿈에 한 사람을 만났는데 미간이 세 치나 넓은 사람이 복수를 하겠다고 말했다. 왕은 급히 상금을 걸고 그 자를 잡으라고 명했다. 이에 적비는 주싱산(朱興山) 속으로 도망을 쳤다. 적비는 우연히 나그네를 만났는데 그가 복수를 대신 해주겠다고 했다. 그래서 적비는 자신의 목을 베어 초나라 임금에게 바치라고 했다. 나그네가 그 머리를 솥에 넣고 삶으라고 명했으나 머리는 삼일 낮과 삼일 밤이 되어도 춤을 추지 않았으며 익지도 않았다. 왕이 그 말을 듣고 구경을 가자, 나그네가 수검으로 왕의 머리를 베었다. 왕의 머리가 솥으로 떨어지자 나그네 역시 자신의 목을 베었다. 세 개의 머리가 모두 익은 다음에는 분별을 할 수가 없었다. 따로 나누어 장례를 지냈는데 그것을 일러 삼왕총(三王冢)이라고 부른다."(루쉰이 편집한 『고소설구침』古小說鉤沈에 근거) 또 진대의 간보(干寶)가 지은 『수신기』(搜神記) 권11에도 대체로 비슷한 내용의 기록이 있는데 비교적 상세하게 서술되어 있다. 예를 들면 미간척이 산속에서 나그네를 만난 부분 같은 것이 그렇다. "초나라 임금이 꿈에 미간이 넓은 소년을 만났는데 복수를 하겠다고 했다. 왕은 즉시 천금을 내걸고 그를 잡게 했다. 소년은 그 소문을 듣고 산속으로 도망을 가 울었다. 한 나그네가 그를 보고 어린 소년이 무슨 일로 그리 슬피 우는가 하고 물었다. 소년은 '저는 간장과 막야의 아들입니다. 초나라 임금이 저의 아버지를 죽였습니다. 저는 그 원수를 갚으려 합니다' 하고 대답했다. 나그네가 '듣자 하니 임금이 천금을 내걸고 너의 머리를 베어 오라 했다고 한다. 네가 네 머리와 검을 내게 주면 내가 대신 원수를 갚아 줄 수 있다'고 했다. 소년은 '대단히 고맙습니다'라고 하고는 제 스스로 머리를 베어 검과 함께 나그네에게 바치고 꼿꼿하게 서 있었다. 나그네가 '너를 저버리지 않겠노라'고 말하자 소년의 시체가 쓰러졌다." 이 밖에도 후한의 조엽(趙曄)이 지은 『초왕주검기』(楚王鑄劍記)에서도 『수신기』와 완전히 같은 내용이 전해진다.

3) 12간지에 의하면 밤 11시에서 새벽 1시까지를 자시(子時)라고 한다.

4) 청대 진원룡(陳元龍)이 편찬한 『격치경원』(格致鏡原) 권34에 『열사전』(列士傳)의 일문(佚文; 사라진 문장)을 인용하여 이렇게 말하고 있다. "초나라 왕의 부인이 여름에 피서를 하던 중 쇠기둥을 끌어안았는데, 마음에 어떤 느낌 같은 것을 받았다. 마침내 임신을 하게 되었고 한 개의 쇳덩이를 낳았다. 초왕은 막야에게 쇳덩이를 벼려 쌍검을 만들도

록 명했다."

5) 정화수(井華水)는 이른 아침 가장 처음 길어 올린 우물물을 말한다. 명대 이시진(李時珍)이 지은 『본초강목』(本草綱目) 5권의 정천수(井泉水) 「집해」(集解)에 의하면, "왕영(汪穎)이 말하길, 동틀 무렵 제일 처음 길어 올린 물을 정화수라고 한다"고 하였다.

6) 치성(齒城)은 성곽 위 성벽의 배열이 마치 이빨처럼 들쑥날쑥하게 만든 성을 말한다.

7) 원문은 '勞什子'로 경멸이나 혐오의 뜻이 담긴, '물건'이란 의미의 북방 방언이다.

8) 단전은 사람의 배꼽 바로 아랫부분을 가리키는 명칭이다. 도교에서는 이 부분에 상처를 입으면 치명적이라고 한다. 특히 중국인들은 이 부분을 남이 만지는 것에 대해 무척 민감하다.

9) 루쉰은 이 글을 쓰고 몇 개월 후에 『이이집』「새로운 시대에 빚을 놓는 법」(新時代的放債法)에서 비슷한 논조로 말을 하고 있다. 즉 중국의 구사회는 "일종의 정신적 자본가가 있어서", 훌륭한 언변 같은 것으로 "빚을 놓아" 그것을 "자본"으로 삼고 이에 대한 "보답"을 구하는, 이른바 "동정" 같은 일을 관행처럼 운용했다는 것이다.

10) 이 노래와 이후에 나오는 노래들은 모두 이해할 수 있는 부분과 이해할 수 없는 부분으로 이루어져 있다. 루쉰은 1936년 3월 28일, 일본 마쓰다 쇼(增田涉)에게 보낸 편지에서 이렇게 말하고 있다. 「검을 벼린 이야기」에서 특별히 이해하기 어려운 부분이 있다고 생각하진 않습니다. 그러나 주의해야 할 것은 그 속에 나오는 노래가 뜻이 분명하지 않다는 것이지요. 왜냐하면 이상한 사람과 잘려진 머리가 부르는 노래이기 때문에 우리같이 이런 보통 사람들은 이해하기가 어려운 것이지요." 위 노래는 초사(楚辭)체에 나오는 '혜'(兮; 중국어 발음 xi)를 매 구절의 중간에 사용하고 있으며 hu(乎), tu(屠), fu(夫), gu(孤), hu(呼)로 압운하고 있다.

11) 난쟁이 광대란, 옛날 군왕의 오락과 소일을 위해 온갖 재주를 부리고 익살스런 역을 전문적으로 담당했던, 체구가 왜소한 배우를 말한다.

12) 연지오자(宴之敖者)는 작가 루쉰이 만든 인명이다. 1924년 9월 루쉰이 편집한 『쓰탕전문잡집』(俟堂磚文雜集)이란 책의 서문(題記)에 연지오자라는 필명을 사용했다. 그러나 그후에는 다시 사용하지 않았다. 원원상(汶汶鄉)이란 루쉰이 만든 허구적인 지명이다. 원원(汶汶)이란 어둡고 밝지 않다는 의미이다.

13) 수탄(獸炭)이란, 짐승 형상을 한 목탄을 말한다. 옛날 중국의 부유한 집에서는 목탄가루로 각종 동물 모습을 한 연료를 만들어 썼다. 동진(東晋) 배계(裵啓)의 『어림』(語林)에 다음과 같은 기록이 있다. '뤄수이(洛水)의 아래는 나무가 적었다. 목탄은 그저 밤톨 모양 정도에 그쳤다. 사치스런 부자들은 그 작은 목탄을 캐 가루를 만들어 다른 물질과 섞어 동물형상을 만들었다. 나중에 하소(何召)의 무리들이 모두 모여 그것으로 술을 데웠다. 화기가 셀 뿐만 아니라 짐승들이 모두 입을 벌리고 있어 사람들을 위협했다. 뭇 사치한 자들이 이를 심히 좋아하여 모두 그것을 흉내 냈다."

14) 루쉰의 의도적인 압운이 계속된다. 이 노래에서는 hu(乎), wu(無), lu(盧), lu(顱), fu(夫), hu(呼)로 압운하였다.

15) 이 노래의 압운은 yang(洋), qiang(强), jiang(彊), guang(光), mang(忘), huang(皇) 이다.

16) 이 노래의 압운은 hu(呼), fu(夫), lu(顱)이다.

17) 이 작품을 처음 발표하였을 때는 탈고 날짜를 기록하지 않았다. 지금 기록되어 있는 날짜는 『루쉰전집』에 수록될 때 보완, 기록된 것이다. 루쉰의 일기에 의하면 이 소설을 완성한 시기는 1927년 4월 3일이다.

관문을 떠난 이야기[1]

노자[2]는 마치 시든 나무토막처럼 멍하게 미동도 하지 않고 앉아 있었다.[3]

"선생님, 공구[4]가 또 왔습니다!"

그의 제자 경상초[5]가 귀찮은 듯 걸어 들어와 가만히 말했다.

"모시게……."

"선생님, 안녕하십니까?"

공자는 매우 공손하게 절을 하며 말했다.

"나야 늘 이러하네만."

노자가 대답했다.

"자네는 어떤가? 여기 있는 장서는 모두 읽어 보았겠지?"

"전부 읽었습니다. 그러나……."

공자는 매우 초조한 모습이었다. 그것은 이제까지 없었던 일이었다.

"저는 『시경』, 『서경』, 『예기』, 『악기』, 『역경』, 『춘추』 등 육경을 연구했습니다. 저로서는 상당히 오랫동안 연구하여 완전히 익혔다고 생각합니다. 일흔두 명의 군주를 찾아가 알현하였지만 아무도 채용해 주질 않았습니다. 정말, 사람이란 알 수 없습니다. 아니면 '도道'란 것이 알 수 없는 것일까요?"

"자네는 그래도 운이 좋은 셈이지."

노자가 말했다.

"유능한 군주를 만나지 않은 것 말일세. 육경 따위 같은 것은 단순히 선왕들의 발자취일 뿐이야. 그 발자취를 만들어 낸 자들 지금 다 어디에 있는가? 자네의 말도 이 발자취와 같은 것이지. 발자취야 신발로 밟아서 생긴 것이지만, 그렇다고 해서 발자취를 그대로 신발이라고 할 수야 없지 않겠나?"

그는 잠시 멈추었다가 다시 말을 계속했다.

"눈동자를 전혀 움직이지 않고 그저 마주보기만 해도 거위들은 저절로 새끼를 배고, 수컷이 위에서 바람으로 부르고 암컷이 아래서 바람으로 대답만 해도 벌레들은 새끼를 배지. 유類는 원래 한 몸에 암수를 갖추고 있기 때문에 저절로 새끼를 배는 것이지. 성性은 고칠 수 없고, 명命은 바꿀 수 없는 것이네. 시時는 멈추게 할 수 없고, 도道는 막을 수 없는 거라네. 도를 얻기만 하면 무슨 일이라도 할 수 있으나, 만일 그것을 잃으면 아무 일도 할 수 없는 것이네."[6]

공자는 머리를 한 대 얻어맞은 듯, 마치 시든 나무토막처럼 멍하게 넋을 놓고 앉아 있었다.

팔 분쯤 지난 뒤 그는 깊은 한숨을 내쉬더니 몸을 일으켜 작별 인사를 했다. 그는 늘 하던 것처럼 아주 정중히 노자의 가르침에 감사를 표했다.

노자는 결코 그를 붙잡지 않았다. 일어서서 지팡일 짚고 그를 도서관[7] 대문 밖까지 전송했다. 공자가 수레에 오르려 하자 그는 그제야 비로소 축음기 돌아가는 것처럼 말했다.

"선생 가시겠소? 차라도 좀 들지 않고 가겠소……?"

"예, 예."

공자는 대답하며 수레에 올랐다. 양손을 모으고 매우 공손하게 가로 장[8]에 기대었다. 염유[9]가 허공에 채찍을 한번 휘두르며 "이랴!" 하고 외치자 수레는 움직이기 시작했다. 수레가 대문에서 십여 걸음 멀어지는 것을 보고서야 노자는 자기 방으로 돌아왔다.

"선생님, 오늘은 기분이 좋으신 것 같습니다."

경상초는 노자가 좌정하는 것을 보고 곁에 가 섰다. 그는 손을 아래로 내리고 공손하게 말했다.

"말씀도 적잖이 하시고……."

"자네 말이 맞아."

노자는 가볍게 한숨을 쉬고 좀 풀이 죽은 듯 대답했다.

"내가 정말 너무 많이 말했어."

그는 갑자기 무언가 생각난 듯 말했다.

"아, 그 공구가 내게 보낸 거위[10] 한 마리, 식초에 절여 말린 거겠지? 자네가 가져가 쪄 먹게나. 나야 어차피 이빨이 없어 씹을 수가 없다네."

경상초는 나갔다. 노자는 다시 조용해졌고, 눈을 감았다. 도서관 안은 아주 고요했다. 단지 대나무 장대가 처마에 부딪히는 소리만 들렸다. 경상초가 처마 밑에 걸어둔 거위고기를 내리는 소리였다.

석 달이 지났다. 노자는 여전히 미동도 하지 않고 고요하게 앉아 있었다. 마치 시든 나무토막처럼 멍하게.

"선생님, 공구가 왔는데요!"

그의 학생인 경상초가 이상하다는 듯이 들어와 가만히 말했다.

"그는 오랫동안 안 오지 않았습니까? 이번엔 또 무슨 생각으로……?"

"모시게……."

노자는 예전처럼 이 한마디만 했다.

"선생님, 안녕하십니까?"

공자는 매우 공손하게 절을 하며 말했다.

"나야 늘 이렇네만."

노자가 대답했다.

"오랫동안 못 만났는데, 방에만 들어앉아 공부만 했겠군?"

"별말씀을요."

공자는 겸손하게 말했다.

"외출을 하지 않고 생각해 보았습니다. 조금 깨달았습니다. 까마귀와 까치가 입을 맞추고, 물고기가 침을 바르며, 허리가 가는 벌이 다른 걸로 변합니다. 아우를 임신하니 형 된 자가 웁니다. 저는 오랫동안 변화 속에 몸을 던지지 않았습니다. 이래 가지고 어떻게 다른 사람을 변화시킬 수 있겠습니까……!"

"맞아, 맞아!"

노자가 말했다.

"선생은 깨달았구려!"

그리고 두 사람은 말이 없었다. 마치 두 토막의 나무처럼 멍하게.

약 팔 분쯤 지난 뒤 공자가 비로소 깊고 깊은 한숨을 쉬더니 몸을 일으켜 작별인사를 했다. 그는 늘 하던 것처럼 아주 정중하게 노자의 가르침에 감사를 표했다.

노자는 결코 그를 붙잡지 않았다. 일어서서 지팡이를 짚고, 그를 도서 관 대문 밖까지 전송했다. 공자가 수레에 오르려 하자 그제야 비로소 축음 기처럼 말했다.

"선생 가시겠소? 차라도 좀 들지 않고 가겠소……?"

"예, 예."

공자는 대답하면서 수레에 올랐다. 양손을 모으고 매우 공손하게 가 로장에 기대었다. 염유가 허공에 채찍을 한번 휘두르며 "이랴!" 하고 외치 자 수레는 움직이기 시작했다. 수레가 대문에서 십여 걸음 멀어지는 것을 보고서야 노자는 자기 방으로 돌아왔다.

"선생님, 오늘은 기분이 별로 좋지 않으신 것 같습니다."

경상초는 노자가 좌정하는 것을 보고 그 옆에 가 섰다. 그는 팔을 내 리고 공손하게 말했다.

"말씀도 적으시고……."

"자네 말이 맞아."

노자는 가볍게 한숨을 쉬고 좀 풀이 죽은 듯 대답했다.

"그런데 자넨 모르고 있군. 내 생각에 나는 떠나야 할 것 같아."[11]

"왜요, 선생님?"

경상초는 깜짝 놀랐다. 마치 청천벽력을 맞은 듯했다.

"공구는 내 말 뜻을 이해한 거야. 그의 속을 훤하게 알 수 있는 사람이 나뿐이라는 걸 알았으니 분명 마음을 놓을 수 없었을 게야. 내가 떠나지 않으면 아주 불편해지는 것이지……."

"그럼, 그거야말로 같은 길이 아닙니까? 그런데 어찌하여 떠나시려 하십니까?"

"아니야."

노자는 손을 흔들었다.

"우리는 역시 길이 같지 않아. 말하자면 같은 한 켤레의 신발이라 할지라도 나의 것은 모래땅을 밟는 것이고,[12] 그의 것은 조정朝廷에 오르는 것이지."

"그렇더라도, 선생님은 결국 그의 스승이십니다!"

"너는 내 밑에서 여러 해 공부를 하고서도 아직도 그렇게 고지식하구나."

노자는 웃었다.

"이것이 바로 타고난 성은 고칠 수 없고, 정해진 명은 바꿀 수 없다고 하는 것이다. 공구와 네가 다르다는 것을 넌 알아야 해. 그는 앞으로 다시 오지 않을 것이며, 다시는 나를 선생이라 부르지도 않을 것이다. 나를 늙은이라고 부를 게다. 뒤에서는 또 잔재주를 피울 테지."

"전 정말 생각지도 못했습니다. 그러나 선생님께선 사람 보는 눈이 틀림없으시니……."

"아니다. 처음에는 종종 잘못 보기도 하지."

"그러시다면."

경상초는 좀 생각을 하더니,

"우리가 그와 함께 좀……" 했다.

노자는 다시 웃더니 경상초를 향해 입을 벌렸다.

"봐라. 내 이빨이 아직 있느냐?"

노자가 물었다.

"없습니다."

경상초가 대답했다.

"혀는 아직 있느냐?"

"있습니다."

"알겠느냐?"

"선생님의 말씀은, 단단한 것은 빨리 없어지지만, 부드러운 것은 남는다는 뜻입니까?"[13]

"그렇다. 너도 짐을 싸 집으로 돌아가 마누라를 만나는 것이 좋을 게다. 다만 그전에 내 푸른 소[14]에 솔질을 좀 해두렴. 안장은 햇볕에 좀 말려주고. 난 내일 아침 일찍 그걸 타고 떠나야겠다."

노자는 한구관[15]에 당도했으나 곧장 관문으로 통하는 큰길로 들지 않았다. 푸른 소의 고삐를 당겨 갈림길로 들어서 성벽 아래를 천천히 돌아나갔다. 그는 성벽을 타고 넘을 생각이었다. 성벽은 그다지 높지 않았다. 소의 등에 올라서서 몸을 솟구치기만 하면 그런대로 기어오를 수 있는 높이였다. 그러나 그렇게 되면 푸른 소는 성벽 안쪽에 남게 되어 성 밖으로 끌어낼 방법이 없었다. 소를 끌어내리려면 기중기를 사용해야 하니 어쩔 수 없었다. 그 당시는 아직 노반이나 묵자는 태어나지 않았고,[16] 노자 자신도 그런 재미있는 물건이 생기게 될 거라는 것은 상상도 못 했었다. 아무튼 그는 온갖 철학적 두뇌를 다 써 보았지만 방법이 없었다.

그러나 그가 더욱 예상하지 못했던 것은 그가 갈림길로 돌아 들어갔을 때 벌써 보초에게 발각되어 관문 관리에게 보고됐다는 것이다. 그 때문에 노자가 성벽을 일고여덟 장丈[17]도 채 돌지 못했을 때, 한 떼거리의 사람과 말이 뒤에서 쫓아왔다. 노자를 발견했던 보초가 말에 올라 앞장을 섰고, 그 다음에는 관문 관리인 관윤희[18]였다. 그는 네 명의 순경과 두 명의 검사관을 거느리고 있었다.[19]

"멈추어라!"

몇 명이 큰소리를 질렀다.

노자는 허둥지둥 푸른 소의 고삐를 당겼다. 그러나 그 자신은 미동도 하지 않았다. 마치 나무토막처럼 멍하게.

"아이고!"

쫓아오던 관리는 노자의 얼굴을 보자마자 경악의 소리를 지르더니, 곧장 안장에서 구르듯 내려와 손을 마주잡고 공손하게 말했다.

"전 누구신가 하였더니, 노담 관장님이셨군요. 정말 뜻밖이옵니다."

노자도 급히 소 등에서 내려왔다. 눈을 가늘게 뜨고 그 사람을 한번 힐끗 보더니 우물우물 말했다.

"나는 기억력이 나빠서……."

"물론 그러시겠지요. 선생님께선 잊으셨겠지요. 저는 관윤희라고 합니다. 전에 『세수정의』税收精義를 찾기 위해 도서관에 갔다가 선생님을 찾아뵌 일이 있었습니다만……."

그때 검사관은 푸른 소 등에 있는 안장을 훌렁 뒤집어 보기도 하고, 검사봉으로 구멍을 뚫어 그리 손가락을 넣어 후벼도 보더니 아무 소리 없이 입술을 꽉 다문 채 그 자리를 떠났다.

"선생님께서는 성벽 둘레를 산보하시던 중이십니까?"

관윤희가 물었다.

"아니, 나는 나가고 싶소. 신선한 공기를 좀 쐬러……."

"그거 좋지요! 그거 대단히 좋습니다! 요즘은 누구나 위생에 신경을 쓰지요. 위생은 아주 중요한 것이지요. 그러나 이런 기회도 좀처럼 얻기 힘드오니, 부디 선생님께서 저희 관문에 며칠 머무르시며 선생님의 교훈 말씀도 좀 들려주시기를……."

노자가 아직 대답도 하기 전, 네 명의 순경이 일제히 몰려와 그를 소 등 위로 안아 올렸다. 검사관이 검사봉으로 소의 엉덩이를 한 번 치자 소는 꼬리를 감아올리고 걸음을 떼기 시작했다. 모두들 관문 입구를 향해 달려갔다.

관문에 당도하자 즉시 대청문을 열고 노자를 맞았다. 이 대청은 성 누각의 한가운데 있는 방이다. 창에서 바라보면 밖은 멀리 지평선이 낮게 깔린 황토빛의 누런 들판뿐이었다. 하늘은 푸르고 푸르렀으며 공기는 정말 좋았다. 이 웅장한 관문은 험준한 산비탈 위에 높이 자리를 틀고 앉아 있었다. 문 밖은 좌우가 모두 흙언덕이고 그 가운데 한 줄기 수레 다니는 길이 마치 양쪽 절벽 사이에 좁게 끼어 있는 듯했다. 정말 한 줌의 진흙 덩어리만으로도 봉쇄할 수 있을 것 같았다.[20]

모두 끓인 물을 마시고 이어 만두를 먹었다. 노자에게 잠시 휴식을 준 다음 관윤희는 그에게 강연을 해 달라고 제안했다. 노자는 이미 피할 수 없는 일임을 알고 있었다. 기꺼이 승낙했다. 한바탕 웅성거리더니, 방 안에는 강연을 들으러 모여 앉은 사람들로 점점 가득 찼다. 같이 온 여덟 사람 외에도 순경이 네 명, 검사관이 두 명, 보초가 다섯 명, 서기가 한 명, 그리고 회계와 주방장이 있었다. 몇몇은 붓과 칼, 목간[21]을 가지고 와 필기를 준비했다.

노자는 마치 나무토막처럼 멍청하게 한가운데 앉아 있었다. 잠시 침묵이 흘렀다. 이윽고 몇 차례 기침을 하더니, 흰 수염에 싸인 입술을 움직이기 시작했다. 사람들은 모두 숨을 죽이고 귀를 기울였다. 그의 느리고 느린 말소리만 들려왔다.

"말할 수 있는 도道는 영원불멸의 도가 아니요, 이름 붙일 수 있는 명名은 영원불멸의 명이 아니다. 무명無名은 천지의 시작이요, 유명有名은 만물의 어머니이니라……."[22]

사람들은 서로 곁눈질해 보면서 필기는 하지 않았다.

"고로 항상 무욕無欲으로써 도의 오묘함을 보며."[23]

노자는 계속해 말했다.

"항상 유욕有欲으로써 그 현상을 본다. 이 두 가지는 같은 데서 나왔으되 이름은 다르다. 같은 것, 이것을 일러 오묘하다 말한다. 오묘하고 오묘하도다. 모든 오묘함이 모두 그 문에서 나왔으니……."[24]

사람들은 괴로운 얼굴을 하기 시작했다. 어떤 사람은 손발을 어디다 둘지 모르는 것 같았다. 한 검사관은 크게 하품을 했고, 서기 선생은 마침내 끄덕끄덕 졸기 시작했다. 덜그럭 소리와 함께 칼과 붓, 목간이 손에서 바닥으로 굴러 떨어졌다.

노자는 알아차리지 못한 듯, 그러나 또 조금은 알아차린 듯하기도 했다. 왜냐하면 그는 이때부터 좀더 상세하게 말하기 시작했기 때문이다. 그러나 그는 이빨이 없었기 때문에 발음이 또렷치 않았고, 산시陝西 지방 방언에 후난湖南음이 섞여 있어, '리'와 '니'가 분명하게 구분되지 않았으며, 게다가 무슨무슨 '이'라는 말을 쓰기 좋아해 사람들은 잘 알아들을 수 없었다. 그런 데다 예정된 것보다 시간이 더 늘어나자 강연을 들으러 온 사람들은 더더욱 고통스러웠다.

체면 때문에 사람들은 참을 수밖에 없었다. 그러나 나중에는 이리저리 비따닥하게 기대거나 눕지 않을 수 없게 되었다. 사람들은 각기 딴 생각을 하고 있었다. "성인의 도는 행하되 다투지 않는다"[25]라는 대목에 이르러 노자가 입을 다물었다. 그러나 누구 하나 몸 까딱하지 않았다. 노자는 잠시 기다렸다가 다시 한마디 덧붙였다.

"어흠, 끝났습니다!"

그제야 비로소 사람들은 깊은 꿈에서 막 깨어난 듯했다. 너무 오래 앉아 있어서 두 다리가 마비되어 금방 몸을 일으키지 못했다. 그래도 마음속으론 마치 대사면을 받기라도 한 듯 놀랍기도 하고 기쁘기도 했다.

그래서 노자도 사랑채로 안내되었고 휴식을 취하게 되었다. 그는 더운 물을 몇 모금 마신 뒤 미동도 하지 않고 앉아 있었다. 마치 나무토막처럼 멍하게.

사람들은 다시 바깥에서 분분하게 논쟁을 했다. 오래지 않아 네 명의 대표가 노자를 알현하러 들어왔다. 그들은, 노자의 강연이 너무 빨랐고, 게다가 국어가 그다지 정확하지 않아 아무도 필기할 수 없었다고 하는, 대충 그런 말을 했다. 또 기록이 없다는 것은 대단히 유감천만한 일이므로 그에게 강연 내용을 좀 보완하여 써 달라고 했다.

"선상님 예, 무시기 뜻잉교. 지인 한토 모르것쏘."[26]

회계가 말했다.

"고마, 선상님이 직접 써 주잉쏘. 그라문 선상님이 짜다리 헷소리하싱 건 아닐낍니더. 그래 주실랍니꺼?"[27]

서기 선생의 말씀이다.

노자도 그들의 말을 잘 알아듣지 못했다. 그런데 다른 두 사람이 붓과 칼과 목간을 자기 앞에 늘어놓는 것을 보고는, 틀림없이 자기에게 강연 내용을 써 달라는 것이로구나 짐작했다. 그는 이 또한 피할 수 없는 일임을 알았기 때문에 두말없이 승낙했다. 단지 오늘은 너무 늦었으므로 내일부터 착수하기로 했다.

대표자들은 노자의 결정에 만족하고 돌아갔다.

다음 날 아침, 날씨는 좀 어두침침했다. 노자는 마음이 불편했다. 그럼에도 강연 원고는 정리해야만 했다. 왜냐하면 그는 빨리 관문을 나가고 싶었고, 관문을 나가기 위해선 강연 원고를 써서 그들에게 내놓아야만 했다. 그는 자기 앞에 산더미처럼 쌓여 있는 목간을 힐끗 쳐다보았다. 더더욱 편치 않은 느낌이 드는 듯했다.

그러나 그는 역시 안색 하나 바꾸지 않고 묵묵히 앉아 쓰기 시작했다. 어제 한 말을 하나하나 떠올리며, 생각하고 생각하면서, 한구절 한구절 써내려갔다. 그 당시는 아직 안경이 발명되지 않았었다. 그의 노안은 마치 한 줄기 실가닥처럼 가늘게 떠 있어 아주 힘든 듯했다. 더운 물을 마시고 만두를 먹는 시간 외에 그는 꼬박 한나절을 썼다. 그러나 5천 자도 채 못 썼다.

"관문을 나가기 위해서는 이것으로도 어떻게 대충 되겠지."

그는 생각했다.

그리하여 새끼줄을 가져다 목간을 엮어서 두 다발을 만들었다. 지팡이를 짚고 관윤희의 사무소로 가 원고를 넘겨주었다. 그리고 곧 출발하고 싶다는 뜻을 통고했다.

관윤희는 매우 기뻐했고 매우 감사해하였으며 또 매우 애석해했다. 좀더 머물러 주시지 않겠냐고 간곡하게 권했지만 그를 붙들 수 없다는 것을 알고는 곧바로 아주 슬픈 표정으로 그를 허락했다. 순경에게 명해 푸른 소에 안장을 얹게 했다. 그리고 선반에서 소금 한 봉지와 깨 한 봉지, 만두 열다섯 개를 손수 골라내 몰수해 두었던 흰 무명 부대에 넣어 여행 중에 양식이나 하라고 노자에게 주었다. 또한 그는 노자가 연로한 작가이므로 특별대우를 하고 있는 것이며,[28] 만일 나이가 젊었더라면 만두는 열 개뿐이었을 것이라고 밝히기도 했다.

노자는 거듭 사례를 하며 부대를 받아들고 일동과 함께 성루를 내려왔다. 관문 입구로 가서 다시 푸른 소를 끌며 걸어갈 참이었다. 관윤희는 한사코 소를 타라고 권했다. 한 차례 사양하다 노자는 마침내 올라탔다. 작별 인사를 하고 노자는 소머리를 돌려 험준한 산비탈의 대로를 향해 천천히 나아갔다.

이윽고 소는 걸음을 빨리했다. 사람들은 관문 어귀에 서서 눈으로 노자를 전송했다. 서너 길이나 멀어져 갔지만 하얀 백발과 누런 도포, 푸른 소와 흰 부대가 잘 보였다. 이윽고 먼지가 조금씩 일더니 사람과 소를 뒤덮어 모두 회색으로 만들어 버렸다. 다시 조금 지나자 뭉게뭉게 누런 먼지만이 시야에 들어올 뿐 아무것도 보이지 않게 되었다.

남은 사람들은 모두 관소로 돌아왔다. 마치 무거운 짐을 내려놓은 듯 어깨를 쭉 펴기도 하고 또는 무슨 진기한 물품을 얻기라도 한 듯 혀를 허허 내두르기도 했다. 꽤 여러 사람들이 관윤희를 따라 사무실로 들어갔다.

"이것이 원고인가?"

회계 선생이 목간 한 다발을 들어 올려 뒤집어 보며 말했다.

"글자는 그래도 깨끗이 썼구먼. 저잣거리에 가지고 가 팔면 틀림없이 살 사람은 있겠군."

서기 선생이 다가와 제1편을 소리 내 읽었다.

"'도를 도라 할 수 있는 것은 상의 도가 아니요'……흥, 여전히 그 타령이로군. 정말 듣기만 해도 골치가 아파, 지겨워……."

"골치 아픈 데는 조는 게 최고지요."

회계가 목간을 내려놓으며 말했다.

"하하하……! 정말 조는 수밖에 없더라고. 정말이지, 나는 그가 자기 연애담이라도 하는가 해서 들으러 갔던 거지. 처음부터 그런 엉터리 얘긴 줄 알았다면 난 절대 그렇게 한나절 동안 벌을 받으며 앉아 있진 않았을 거야……."

"그야 사람을 잘못 본 당신 탓이지."

관윤희가 웃으며 말했다.

"그 사람 어디에 연애담 같은 게 있겠나? 아예 연애라곤 해본 적이 없었을 텐데."

"나으린 어떻게 알아요?"

서기가 의아해하며 물었다.

"그것 보라구. 꾸벅꾸벅 조느라 '함도 없고 하지 않음도 없도다' 한 그의 말을 듣지 못한 자네 탓이야. 그 양반은 정말 '마음이 하늘보다 높고, 목숨이 종이같이 얇은' 그런 사람이야. '하지 않음이 없도다'를 하려면 '함이 없도다'가 되어야만 해. 사랑함이 있으면 사랑하지 않음이 없도다일 수 없을 텐데, 그래서야 어디 연애를, 감히 연애를 할 수 있겠냐구? 자네 자신을 좀 돌아보시라구. 지금이라도 처녀를 보기만 하면, 그저 잘생기고 못생기고 간에 눈을 게슴츠레 해가지고 마치 자기 마누라라도 본 것같이 굴겠지.

마누라를 얻으면 우리 회계 선생처럼 좀 단정해지려나."

창밖에 한줄기 바람이 일었다. 모두 좀 춥다고 생각했다.

"그 늙은이는 도대체 어디로 무얼 하러 가는 걸까?"

서기 선생은 기회를 노렸다가 관윤희의 말꼬리를 돌렸다.

"자기 말로는 사막으로 간다던데."

관윤희가 냉랭하게 말했다.

"갈 수야 있겠지. 그러나 바깥에는 소금도 없고 빵도 없고, 물조차도 구할 수 없을 텐데. 내 생각에 배가 고프면 나중에 다시 우리 여기로 돌아올 거야."

"그러면 또다시 책을 쓰라고 합시다."

회계 선생은 유쾌해졌다.

"그런데, 만두가 너무 많이 들겠군. 그때는 우리들이 신진 작가를 발탁하기로 생각을 바꾸었다고 말하면 돼. 원고 두 다발에 만두 다섯 개만 주어도 충분하겠군."

"그렇게는 안 될걸. 불평하며 화를 낼걸."

"배가 고픈데도 화를 내요?"

"이런 건 아무도 읽을 사람이 있을 것 같지 않아요."

서기가 손을 휘저으며 말했다.

"만두 다섯 개의 본전도 못 건져요. 가령 말이지요, 그의 말이 옳다고 한다면, 그럼, 우리 나리께선 관문 관리를 그만두셔야 비로소 하지 않는 것이 없게 되고 대단한 대인이 되시는 거겠지요⋯⋯."

"그건 중요하지 않아."

회계 선생이 말했다.

"언젠가는 읽을 사람이 있을 거야. 실직당한 관문 관리와 아직 관문 관리가 되지 않은 은자隱子들이 얼마든지 있지 않은가……?"

창밖에선 한바탕 바람이 일었다. 황사가 말려 올라가 하늘을 캄캄하게 뒤덮었다. 그때 관윤희가 창밖을 내다보니 많은 순경들과 보초들이 아직도 거기 서서 멍청하니 그들의 한담을 듣고 있었다.

"거기 우두커니 서서 뭣들 해?"

그는 호통을 쳤다.

"해가 졌으니, 밀수꾼들이 성벽을 넘어 들어올 시간 아니야? 순찰을 돌앗!"[29]

문밖의 사람들이 획 하고 흩어졌다. 방 안의 사람들도 더 이상 무슨 말을 하지 않았다. 회계와 서기가 나갔다. 그제야 관윤희는 옷소매로 책상의 먼지를 좀 털어 내고, 노자가 쓴 두 다발의 목간을 들어, 몰수해 온 소금, 깨, 삼베, 콩, 만두 등이 쌓여 있는 선반 위에 올려놓았다.

1935년 12월

주)_____

1) 원제는 「出關」. 1936년 1월 20일 상하이 『바다제비』(海燕) 월간 제1기에 처음 발표했다. 이 소설에 대한 작가의 설명은 『차개정잡문 말편』 「「관문을 떠난 이야기」에서의 '관문'」(「出關」的'關')을 참조.

2) 노자(老子, B.C. 약 571~?)는 춘추시대 초나라 사람으로 도가학파의 창시자다. 『사기』 「노자한비열전」(老子韓非列傳)에 상세한 기록이 전해진다. "노자는 초나라 쿠현(苦縣) 리향(厲鄉) 취런리(曲仁里) 사람이다. 성은 이(李)씨고, 이름은 이(耳), 자는 담(聃)이다. 주나라 장서실(守藏室)의 사관이었다. 공자가 주나라로 가면서 노자를 찾아 인사를 올

렸다. 노자가 말하길 '그대가 말한 그 사람과 그 뼈는 모두 썩어 사라졌는데 오직 그 말만 들리는구려' 했다. …… 노자는 도와 덕을 닦았는데 그 가르침은 스스로를 숨기고 이름을 내지 않는 것에 힘썼다. 주나라에 오랫동안 살다가 주나라가 쇠퇴함을 보고 그곳을 떠났다. 관문에 이르렀을 때, 관문의 수장인 윤희(尹喜)가 '선생께선 장차 은거하고자 하십니다. 저를 위해 글 좀 써 주십시오' 하고 부탁을 했다. 그래서 노자가 상·하권으로 책을 써, 도덕의 의미를 오천여 자로 설명하고 떠났다. 그의 종적은 아무도 알 수 없었다." 현존하는 『노자』는 일명 『도덕경』이라고도 불리며 『도경』(道經)과 『덕경』(德經) 둘로 나뉘어 있다. 전국시대 사람이 편찬했다고 전해지는 노자의 어록모음집이다.

3) 노자가 공자를 만난 것에 대한 기록은 『장자』(莊子) 「전자방」(田子方)편에 다음과 같은 전설로 전해진다. "공자가 노담을 알현하니 노담은 막 머리를 감고, 머리칼을 늘어뜨리고 말리고 있었다. 미동도 않고 있는 그 모습이 마치 사람이 아닌 듯했다. 공자가 그대로 기다리고 있자 젊은이가 와 아뢰었다. '공구시여, 눈이 어두우십니까? 아니면 신념이 그러하십니까? 예전에 선생님의 모습은 몸을 구부리시면 마치 고목과 같으셔서, 만물을 버리고 사람을 떠나 마치 홀로 서 계신 듯하였습니다.'"

4) 공구(孔丘)는 공자의 이름이다.

5) 경상초(庚桑楚)는 노자의 제자다. 『장자』 「경상초」편에 나오는 기록이다. "노담의 문하에 경상초라는 사람이 있었다. 편벽되게 노자의 도(道)만 추구하였고, 외이데(畏壘)의 산 북쪽에 살았다."

6) 공자가 노자를 두 차례 만났다고 하는 전설은 『장자』 「천운」(天運)편에 다음과 같은 기록으로 있다. "공자가 노담에게 말했다. '저는 『시경』(詩經), 『서경』(書經), 『예기』(禮記), 『악기』(樂記), 『역경』(易經), 『춘추』(春秋) 등 육경(六經)을 공부했습니다. 저로서는 상당히 오랫동안 연구하여 완전히 익혔다고 생각합니다. 일흔두 명의 군주를 찾아가 선왕의 도를 논하고, 주남(周南)과 소남(召南)의 행적을 소상히 설명하였으나 채용하는 군주는 한 명도 없었습니다. 정말, 사람이란 알 수 없습니다. 아니면 '도'란 것이 알 수 없는 것일까요?' 노자가 말했다. '치세에 능한 군주를 만나지 않은 것은 다행이군. 육경이란 선왕들의 발자취일 뿐일세. 그 발자취를 만들어 낸 자들은 지금 어디에 있는가? 자네의 말도 이 발자취와 같은 것이지. 발자취야 신발로 밟아서 생긴 것이지만, 발자취를 어찌 신발이라고 할 수 있겠나? 거위들이 서로 바라봄에 눈동자를 움직이지 않고서도 풍화(風化)가 되고, 벌레들은 수컷이 위에서 바람으로 부르고 암컷이 아래서 바람으로 대답만 해도 풍화가 된다네. 유(類)는 원래 한 몸에 암수를 갖추고 있어서 풍화가 되는 것이지. 타고난 성(性)은 고칠 수 없고, 명(命)은 바꿀 수 없는 것이네. 시(時)는 멈추게 할 수 없고, 도(道)는 막을 수 없는 거라네. 도를 얻기만 한다면 못 할 일이 없다네. 그러나 만일 도를 잃으면 아무것도 할 수 없는 것이라네.' 공자가 외출을 하지 않고 석 달이 지난 후 다시 찾아와 말했다. '제가 깨달은 것이 있습니다. 까마귀와 까치가 화락하고,

물고기는 침을 바르며, 허리가 가는 벌은 다른 걸로 변합니다. 아우가 생기니 형 된 자가 웁니다. 저는 오랫동안 사람과 더불어 변화를 도모하지 않았습니다. 이래 가지고 어떻게 다른 사람을 변화시킬 수 있겠습니까……!' 노자가 말했다. '옳소. 그대는 깨달았구려.'" 위에 나오는 유는 『산해경』「남산경」(南山經)에 설명이 있다. "단아이산(亶爰山)에……짐승이 있었다. 그 모습이 마치 살쾡이 같으면서도 짧은 머리털이 있고 이름은 유라고 불렀다. 본래부터 암수가 한 몸에 있어 그것을 먹는 자는 질투를 하지 않았다." 풍화의 옛날 의미는, 암수 짐승들이 서로 유혹하고 새끼를 낳아 기르는 것을 말했다.

7) 『사기』「노자한비열전」에 의하면 노자가 주나라 궁궐의 "장서실의 사(史)"를 했었다고 한다. 장서실은 고대 중국의 제왕을 위해 도서와 문헌을 수장하던 장소다. 여기서의 '사'란 도서, 기록, 기후 등을 관장하던 사관을 말한다.

8) 원문은 횡판(橫板)이다. 고대에는 '식'(軾)이라고 했다. 수레칸의 앞에 설치한 가로막대로 수레에 탄 사람은 이 막대에 의지했고 인사를 할 경우에도 이 막대를 잡고 고개를 숙여 예를 표하곤 했다.

9) 염유(冉有)는 이름이 구(求)이고 춘추시대 노나라 사람이며 공자의 제자다. 『논어』「자로」(子路)편에 "공자가 위(衛)나라로 가자 염유가 수레를 몰았다"는 기록이 있다.

10) 옛날 중국의 사대부들이 상견례를 할 때 거위로 예물을 삼았다고 한다. 『의례』(儀禮)「사상견례」(士相見禮)에 "대부들이 만날 때 거위를 가지고 했다"는 기록이 있다.

11) 노자가 서쪽으로 한구(函谷)관을 나간 이유에 대해서 작가 루쉰은 『차개정잡문 말편』「「관문을 떠난 이야기」에서의 '관문'」에서 말하길, 공자의 몇 마디 말 때문이었다고 했다. 이는 장타이옌의 의견에 근거한 것이다. 장타이옌은 「제자학략설」(諸子學略說)에서 이렇게 말하고 있다. "노자가 자신의 권모술수를 공자에게 전수하였다. 그러나 고서에서 확인하면 역시 모두 공자가 거짓되이 취한 것이다. 공자의 권모술수는 노자를 능가하는 것이 있다. 공자의 학문은 노자에게서 나왔으나 유가의 도는 그 형식을 달리하여 스승의 주장을 잘 받들어 모심을 중시하지 않으려 했다. 또 노자가 주장을 전복할까 걱정했다. 그래서 노자가 '까마귀와 까치가 화락하고, 물고기가 침을 바르며, 허리가 가는 벌이 다른 걸로 변합니다. 아우가 생기니 형 된 자가 웁니다[원주:이미 육경을 지었고, 학술이 모두 노자에게서 나왔으나 자신의 책이 먼저 만들어져 스승의 이름을 놓고 다투니 어쩔 도리가 없었다라는 의미]'라고 했다고 말했다. 노자는 겁을 먹고 하는 수 없이 그 사실을 왜곡하였다. 노자는 봉몽이 스승인 예(羿)를 쏜 일은 평소 슬프게 생각했다. 가슴에 불만이 있으면 그것을 겉으로 표현하고 싶은 법. 그런데 공자의 제자들은 편벽되게 동편 중국땅에 그것을 퍼뜨렸다. 주장이 아침에 나왔는데 수령이 저녁에 그것을 끊어 버릴 수 있었다. 그래서 노자는 서쪽으로 한구관을 나갔다. 진(秦)땅에 유학(儒學)의 무리가 없고 공자가 어쩌지 못할 것이라는 것을 알고는 그곳에서 『도덕경』을 저술하기 시작해 자신의 주장을 번복했다. 영을 발해 그 책이 먼저

세상에 나오게 되자 노자는 기어이 죽음을 면치 못하게 되었다. 마치 소정묘(少正卯)가 공자와 함께하였고 공자의 문하생이었으나 엎치락뒤치락 그 명망을 다투다가 죽음에 이른 것처럼. 하물며 노자의 능가함이 그 윗전임에랴?"(1906년『국수학보』國粹學報 제2권 제4책) 소정묘는 노(魯)나라의 대부로, 공자가 노나라에 있을 때 주살되었다. 그런데 장타이옌의 이 주장은 하나의 추측일 뿐이다. 루쉰은「『관문을 떠난 이야기』에서의 '관문'」에서 "나는 결코 이것이 분명한 사실이라고 믿지 않는다"고 한 바 있다.

12) 중국 서북 지역의 모래사막을 가리킨다. 『사기』「노자한비열전」에 보면, 남조 송나라 배인(裵駰)의『집해』(集解)에서 한대 유향(劉向)의『열선전』(列仙傳)을 인용하여 한 말이 나온다. "노자는 서쪽으로 갔다. …… (관윤희는) 노자와 함께 모래사막의 서쪽으로 갔다."

13) 노자와 경상초의 이 대화는 유향의『설원』(說苑)「경신」(敬愼)편에 나오는 노자와 상종(常樅)의 대화에 근거했다. "상종이 병이 나자 노자가 문병을 갔다. 상종이 입을 벌려 노자에게 보이면서 말하길, '내 혀가 있느냐?' 하자 노자가 대답하길 '그러하옵니다.' 했다. '내 이빨이 있느냐?' 하자 노자가 말하길 '망가졌습니다' 했다. 상종이 다시 말했다. '자네는 그 연유를 아는가?' 노자가 대답하길, '혀가 그대로 있는 것은 그것이 유(柔)하기 때문이 아니겠습니까? 이가 망가진 것은 그것이 강(剛)해서이지 않겠습니까?' 상종이 말하길 '그러하다'고 했다." 전해지는 바에 의하면 상종은 노자의 스승이었다고 한다.

14) 푸른 소에 대한 전설은 사마정(司馬貞)의『색은』(索隱)에서『사기』「노자한비열전」에 대해 주석을 단 부분에『열이전』(列異傳)을 인용한 말이 나온다. "노자가 서쪽으로 가니 관문의 수장인 윤희(尹喜)가 멀리 자주색 기운이 자욱한 관문을 바라보았다. 과연 노자는 푸른 소를 타고 떠났다."

15) 한구관(函谷關)은 지금의 허난성 링바오현(靈寶縣) 동북에 있다. 동쪽으로는 야오산(崤山)에서 시작하여 서쪽으로 퉁진(潼津)에 이르는 지역을 통칭하여 부르는 지명이다. 한구관의 성은 계곡에 있으며 전국시대 진나라가 지은 것이다.

16) 노반(魯般)이나 묵자(墨子)는 모두 춘추전국시대 사람으로 전쟁을 막기 위한 기계나 도구를 잘 만들어 내고 운용할 줄 알았다. 이 책의「전쟁을 막은 이야기」참조.

17) 장(丈)은 길이의 단위로 10척(尺)에 해당하고, 1척은 시대마다 그 길이가 달랐으나 대략 30cm 정도이다.

18) 관윤희(關尹喜)는 한구관의 관윤(關尹)이라고 전해진다. 『사기』「노자한비열전」에는 한구관 관리의 성명을 밝히지 않고 있다. '희'(喜)는 동사에 해당하지만 한나라 사람들은 이를 이름으로 여겨 관윤희라고 불렀다. 『장자』「천하」(天下)편에서는 관윤, 노자 두 사람은 '박학다식한 옛날의 진인(眞人)'이라고 했고, 『여씨춘추』(呂氏春秋)「불이」(不二)편에도 "노담은 유(柔)함을 숭상하였고 …… 관윤은 청빈함을 귀히 여겼다"는

기록이 있다.

19) 검사관은 관문을 통과하는 사람과 화물을 검사하던 말단 관리를 말한다.

20) 한구관의 지세가 좁고 험준한 것을 말한다. 아주 적은 병사로도 막을 수 있다는 뜻이다. "진흙덩어리"(泥丸)는 『후한서』(後漢書) 「외효전」(隗囂傳)에서, 왕원(王元)이 외효에게 한 말 속에 나온다. "저는 대왕을 위해 진흙덩어리로 동쪽 한구관을 봉쇄하길 청하옵니다." 고대 중국에서는 진흙으로 목간(木簡) 편지를 봉하곤 했다. 그래서 왕원이 진흙덩어리로 관문을 봉쇄하겠다는 비유를 쓴 것이다.

21) 아직 종이가 발명되기 전에 글씨를 쓰던 나무판을 목간(木簡)이라고 했다. 붓으로 먹을 찍어 대나무나 나무 막대기에 쓰기도 했다. 잘못 쓰면 칼로 깎아 내고 다시 써야 했으므로 칼, 붓, 목간이 함께 있어야 했다.

22) 원문은 "道可道, 非常道, 名可名, 非常名, 無名天地之始, 有名萬物之母"다. 노자의 저술로 전해지는 『도덕경』의 첫 장이다.

23) 원문은 "常無欲以觀其妙"이다.

24) 원문은 "常有欲以觀其徼, 此兩者, 同出而異名. 同, 謂之玄, 玄之又玄, 衆妙之門"이다.

25) 원문은 "聖人之道, 爲而不爭"이다. 『도덕경』의 81장이다.

26) 이 말의 원문은 당시 중국의 남북방언이 마구 섞인 말로, "선생님이 무슨 말을 하신 것인지 나는 전혀 알아들을 수 없었습니다"라는 의미이다.

27) 이 말의 원문은 쑤저우(蘇州) 방언으로 "아무래도 선생님이 써 주시겠습니까. 써 주신다면 그래도 아주 헛소리하신 것은 아닌 셈이 될 겁니다. 그래 주시겠습니까?"의 의미이다.

28) 노작가에 대한 '특별대우'와 다음에 나오는 '신진 작가 발탁' 운운은, 이 글을 쓸 1930년대 당시, 중국의 출판 상인들이 작가들의 원고료를 제대로 지불하지 않으면서 상투적으로 쓰던 속임수 같은 말투였다. 루쉰은 이러한 세태를 간접적으로 풍자하고 있는 것이다.

29) 과거 밀수꾼들이 관문을 통과하면서 생기는 위험부담과 과세부담을 피하기 위해 순찰을 피해 몰래 성문을 넘어다녔다고 한다.

전쟁을 막은 이야기[1]

1.

자하[2]의 제자 공손고[3]가 묵자[4]를 찾아간 것은 이미 여러 차례 되었다. 그러나 늘 집에 있지 않아 만날 수 없었다. 그러다 아마 네번째인가 아니면 다섯번째였을 것이다. 문 어귀에서 딱 마주치게 되었다. 공손고가 막 도착했을 때, 묵자도 때마침 집으로 돌아왔던 것이다. 그들은 함께 방으로 들어갔다.

공손고가 묵자의 예우에 한참 사양한 후, 눈으로는 돗자리의 떨어진 구멍[5]을 보며 부드럽게 물었다.

"선생님은 싸우지 말 것을 주장하십니까?"

"그렇소!"

묵자가 말했다.

"그럼, 군자는 싸우지 않습니까?"

"그렇소!"

묵자가 말했다.

"개나 돼지도 싸우는데 하물며 사람이……."

"어허, 당신네 유학자들은 말할 때는 요순堯舜을 칭송하다가도 일할 때는 개, 돼지를 본받으려 하다니 정말 딱하군요, 딱해요!"[6]

묵자는 말하면서 일어나 부지런히 주방 쪽으로 뛰어갔다. 그러면서 말했다.

"당신은 내 생각을 이해하지 못하는군요……."

그는 주방을 통과해 뒷문 밖에 있는 우물가로 가더니 도르래를 돌렸다. 반 두레박의 우물물을 길어 받쳐 들고는 여남은 모금 마셨다. 그런 다음 두레박을 내려놓고 입을 훔쳤다. 뜰 한 모퉁이를 바라보다가 그는 갑자기 소리치며 불렀다.

"아렴,[7] 너 왜 돌아왔냐?"

아렴도 벌써 묵자를 보고 달려오고 있었다. 그는 묵자 면전에 이르자 단정하고 법도 있게 멈추어 섰다. 두 손을 모으고 '선생님' 하고 약간 격앙된 듯이 말을 이었다.

"전 하지 않기로 하였습니다. 그들은 언행이 일치하지 않습니다. 저에게 좁쌀 천 됫박을 주겠다고 약속하고선 오백 됫박밖에 주지 않았습니다. 그래서 전 떠날 수밖에 없었습니다."

"만일 천 되 이상 주었다면, 그래도 떠났겠느냐?"

"아닙니다."

아렴이 대답했다.

"그렇다면, 그들의 언행이 일치하지 않기 때문이 아니라 양이 적은 탓이로구나!"

묵자는 이렇게 말하며 주방으로 뛰어 들어가며 소리쳤다.

"경주자![8] 내게 강냉잇가루를 반죽해다오!"

때마침 경주자가 방에서 걸어 나왔다. 아주 생기 넘치는 젊은이였다.

"선생님, 십여 일 비상식량으로 떡을 만드시려는 거죠?"

그가 물었다.

"오냐. 공손고는 갔겠지?"

"갔습니다."

경주자가 웃으며 대답했다.

"그는 몹시 성을 내면서 우리가 주장하는 겸애兼愛가 부모도 모르는 금수와 같은 거라고 했습니다."[9]

묵자도 빙그레 웃었다.

"선생님은 초나라로 가십니까?"

"오냐, 너도 알고 있었느냐?"

묵자는 경주자에게 물로 강냉잇가루를 반죽하게 하고 자신은 부싯돌과 쑥대로 불을 일으켰다. 그것으로 마른 나뭇가지에 불을 붙여 물을 끓였다. 타오르는 불길을 묵묵히 바라보더니 묵자는 천천히 말을 이었다.

"나와 한 고향 사람인 공수반[10] 말이다. 하찮은 자신의 재간을 믿고 늘 풍파를 일으킨단 말이야. 그는 구거[11]를 만들어 초나라 왕에게 월나라 사람들과 싸우게 하더니, 그것도 모자라서 이번에는 또 무슨 운제[12]라는 것을 고안해 가지고선 송나라를 치라고 초나라 왕을 부추기고 있단 말이야. 송나라는 조그만 나라인데 어떻게 그런 공격을 막아낼 수 있겠냐 말이다. 아무래도 내가 가서 그를 좀 말려야겠어."

경주자가 강냉이떡을 이미 시루 위에 올린 것을 보고 그는 자기 방으로 돌아왔다. 벽장에서 소금에 절여 말린 명아주 한 움큼과 낡은 구리칼 한 자루를 더듬어 꺼냈다. 그리고 헌 보자기 하나를 찾아냈다. 경주자가 푹 익힌 강냉이떡을 받쳐 들고 들어오자 그것들을 모두 보따리 하나에 쌌다. 그는 옷도 별로 갖추어 입지 않았고 세숫수건도 챙기지 않았다. 그저 혁대를 좀 졸라매더니 마루에서 내려와 짚신을 신었다. 그리고 보따리를 둘러메고는 뒤도 돌아보지 않고 떠났다. 보따리에서는 아직도 더운 김이 모락모락 피어올랐다.

"선생님, 언제 돌아오세요?"

경주자가 뒤에서 소리쳤다.

"스무 날 정도 걸리겠지."

묵자는 걸어가며 짧게 대답했다.

2.

묵자가 송나라 국경에 들어섰을 때는 짚신 끈이 이미 서너 번 끊어진 뒤였다. 발바닥에 열이 나 걸음을 멈추고 살펴봤다. 신발 바닥은 닳아 큰 구멍이 뚫렸고 발에는 몇 군데 군은살이 박히고 물집이 생겼다.[13] 그는 조금도 개의치 않았다. 그냥 계속 걸었다. 길을 따라가면서 좌우의 동정을 살폈다. 인구는 그래도 적지 않았다. 그러나 가는 곳마다 계속된 수재와 병란의 흔적이 남아 있었다. 사람들이 변하듯 그렇게 빠르게 변하지는 않았다. 사흘 동안 걸었으나 집 한 채, 나무 한 그루 보이질 않았다. 생기 있는 사람 하나 보이지 않았고 기름진 밭 한 뙈기를 볼 수 없었다. 이렇게 하여 묵자는 송나라의 서울에 도착했다.[14]

성벽도 몹시 헐어 있었다. 그러나 몇 군데는 새 돌로 수리를 했다. 성 둘레의 해자垓子 주변에는 진흙더미가 보였다. 누군가가 파낸 것 같았다. 그런데 마치 낚시라도 하고 있는 듯 몇몇 한가로운 사람들이 해자 가에 앉아 있는 모습이 보였다.

'그들도 아마 소문을 들었겠지.'

묵자는 생각했다. 낚시질을 하는 사람들을 눈여겨보았으나 그 속에 자기의 제자는 없었다.

그는 성안을 통과하여 빠져 나가기로 마음먹었다. 그래서 북관 가까이 이르러 중앙의 한 거리를 따라 곧바로 남쪽을 향해 걸어갔다. 성안도 몹시 스산했으나 아주 조용하기도 했다. 상점들은 모두 싸게 판다는 광고지를 내붙이고 있었다. 그러나 사는 사람들은 보이지 않았다. 상점 안에도 버젓한 상품 하나 없었다. 거리에는 가늘고 진득진득한 누런 먼지가 가득 쌓여 있었다.

'이 모양인데도 공격을 하겠다니!'

묵자는 생각했다.

그는 큰길로 걸어갔다. 가난한 모습들 말고는 아무것도 없었다. 아마도 초나라가 쳐들어올 거라는 소문을 들은 것이리라. 그러나 그들 모두는 공격을 받는 데 익숙해져 있었다. 살다 보면 공격은 당연히 받는 것이거니 하고 생각했지 그것을 특별한 일로 느끼지 않았다. 게다가 누구에게나 남은 것이라곤 한 가닥 목숨밖에 없었다. 입을 것도 먹을 것도 없어서 그 누구도 피난 가려 하는 사람이 없었다. 남관의 성루가 바라보이는 곳에 이르렀다. 이때 길 모퉁이에 십여 명이 모여 있는 것이 보였다. 누군가의 이야기를 듣고 있는 모양이었다.

묵자가 가까이 다가갔을 때, 말하고 있는 사람이 손을 허공에 내젓는 것이 보였다.

"우리는 그들에게 송나라 백성들의 기개를 보여 줍시다! 우리는 모두 죽으러 갑시다!"[15]

묵자는 그것이 자기의 제자 조공자曹公子의 목소리라는 것을 알았다.

그러나 그는 비집고 들어가 그를 부르지 않았다. 그저 총총히 남관을 나서 자신의 길을 서둘렀다. 다시 하루 낮을 걷고 한밤중까지 걸은 다음 쉬었다. 한 농가의 처마 밑에서 새벽까지 잠을 잤고, 일어나서는 다시 계속 걸었다. 짚신은 이미 너덜너덜해져서 신을 수가 없게 되었다. 보자기에는 아직 강냉이떡이 남아 있어 보자기를 쓸 수는 없었다. 그는 하는 수 없이 치마를 찢어 발을 싸맸다.

그러나 헝겊 조각이 얇은 데다 우툴두툴한 시골길은 그의 발바닥을 딱딱하게 자극해 걷기가 더 힘들었다. 오후가 되어 그는 작디작은 한 그루 홰나무 밑에 앉아 보자기를 풀어 점심을 먹었다. 다리도 좀 쉴 셈이었다. 그때 저 멀리서 키 큰 사내 한 명이 무겁게 보이는 작은 수레를 밀고 이쪽으로 오고 있는 것이 보였다. 가까이 다가온 그 사람은 수레를 세우고 묵자 앞으로 오더니 "선생님!" 하고 불렀다. 그는 숨을 헐떡이며 옷자락을 걷어 올려 얼굴 땀을 닦았다.

"그건 모래냐?"

묵자는 그가 자기의 학생 관검오管黔敖임을 알아보고 이렇게 물었다.

"그렇습니다. 운제를 막기 위한 것입니다."

"다른 준비는 어떻게 되었느냐?"

"삼麻과 재灰와 무쇠鐵들도 이미 다 모았습니다. 그런데 아주 어려웠습니다. 있는 사람은 내려 하지 않고, 내고 싶어 하는 사람은 가진 게 없었습니다. 또 빈말하는 사람들도 많았고요…….”

“어제 성안을 지나다 조공자가 연설하는 걸 들었는데 여전히 ‘기개’가 어떠니 ‘죽음’이 어떠니 하고 시끄럽게 떠들어 대고 있더군. 허황된 소리 그만하라고 자네가 전해 주게. 죽는 것은 나쁜 일이 아니나 어려운 일이기도 해. 문제는 그 죽음이 백성들에게 이로워야 하네!”

“그와는 말하기 참 어려워요.”

관검오가 쓸쓸하게 대답했다.

“이곳에서 이 년 동안 벼슬을 하더니 우리와 말도 안 하려 해요…….”

“금활리禽滑釐는?”

“그는 너무 바빠요. 방금 전에 연노[16]를 시험하고 있었는데 지금은 아마 서문 밖에서 지형을 살피고 있을 겁니다. 그래서 선생님을 만나지 못했을 겁니다. 선생님은 공수반을 만나러 초나라에 가시는 겁니까?”

“그러하네. 그러나 그가 내 말을 들을는지는 아직 모르겠네. 자네들은 계속 준비를 하고 있게. 입으로 하는 성공을 바라지 말고.”

관검오는 머리를 끄덕였다. 그는 묵자가 길 떠나는 것을 눈으로 한참 동안 전송했다. 그러고는 작은 수레를 밀면서 삐걱거리며 성안으로 들어갔다.

3.

초나라의 잉청[17]은 송나라와 비할 바가 아니었다. 길은 넓고 집들도 즐비하게 늘어서 있었다. 큰 상점들 안에는 눈같이 하얀 삼베, 새빨간 고추, 알록달록한 사슴가죽, 토실토실한 연밥과 같은 좋은 물건들이 가득 진열돼 있었다. 행인들은 북방 사람들보다 몸집은 좀 작았으나 생기 있고 날래 보였으며 옷들도 아주 깨끗했다. 묵자의 행색을 이들과 비교해 보니 다 떨어진 옷에 헝겊으로 동여맨 두 발이 영락없이 말 그대로 거지꼴이었다.

다시 중앙을 향해 걸어가니 커다란 광장이 나타났다. 수많은 노점들이 펼쳐 있고 많은 사람들이 북적대고 있었다. 네거리의 교차로이면서 번화한 장터였다. 묵자는 선비인 듯한 늙은이를 찾아가 공수반이 거처하는 곳을 물어보았다. 그런데 애석하게도 말이 통하지 않아 도무지 알아들을 수가 없었다. 그래서 손바닥 위에 글을 써 그에게 막 보이려는 참이었다.

갑자기 '와' 하는 소리가 들리더니 모두들 노래를 부르기 시작했다. 알고 보니 그 유명한 새상령이 그녀의 노래가 된 '하리파인'[18]을 부르기 시작한 것이었다. 이에 온 나라의 사람들이 일제히 따라 부르는 것이었다. 조금 있자니 그 늙은 선비까지도 입에서 흥얼거리는 소리를 내기 시작했다. 묵자는 그 늙은이가 더 이상 자기 손바닥의 글자를 염두에 두지 않는 것을 보고 공수반의 '공'자를 절반쯤 쓰다가 걸음을 옮겨 다시 더 먼 곳으로 달려갔다. 그러나 어딜 가나 모두 노래를 부르고 있어 물어볼 틈이 없었다. 한참 지나서야 노래를 다 부른 모양인지 저편에서부터 차츰차츰 조용해져 갔다. 그는 한 목공소를 찾아가서 공수반의 주소를 물었다.

"구거를 만드는 그 산둥山東 어른, 공수 선생 말이오?"

누런 얼굴에 검은 수염이 난 뚱뚱한 주인은 잘 알고 있었다.

"멀지 않아요. 오던 길을 되돌아가서, 네거리를 지나 오른편 두번째 골목에서 동쪽으로 가다가 남쪽으로 가십시오. 그리고 다시 북쪽으로 모퉁이를 돌면 거기서 세번째 집이 그분의 댁입니다."

묵자는 손바닥에 받아썼다. 잘못 들은 곳이 있나 없나 주인에게 다시 보인 다음, 마음속에 단단히 기억해 두었다. 주인에게 감사 인사를 하고 그가 가르쳐 준 곳으로 곧바로 성큼성큼 달려갔다. 과연 틀림이 없었다. 세번째 집 대문 위에는, 아주 정교하게 조각한 녹나무 문패가 붙어 있었다. 거기에는 '노국魯國 공수반 집'이란 여섯 글자가 전서체篆書體로 새겨져 있었다.

묵자는 짐승 모양의 구리로 된 붉은 문고리를 잡아 땅땅 몇 차례 두드렸다. 문을 열고 나온 사람은 뜻밖에도 치켜세운 눈썹에 눈이 부리부리한 문지기였다. 그는 묵자를 보자마자 큰소리로 말했다.

"우리 선생님은 손님 안 받아! 구걸하러 오는 당신 같은 고향 사람들이 너무 많거든!"

묵자가 그를 쳐다보는 순간 그는 벌써 문을 닫아 버렸다. 다시 문을 두드렸으나 아무런 기척도 없었다. 그러나 묵자가 쏘아본 한 번의 눈길이 그 문지기를 불안하게 만들었다. 문지기는 어쩐지 마음이 편치 않았다. 안에 들어가 주인에게 아뢸 수밖에 없었다. 공수반은 곱자를 쥐고 운제雲梯의 모형을 재고 있었다.

"선생님, 또 어떤 고향 사람이 동냥을 왔는데요…… 좀 괴상한 데가 있는 사람입니다……."

문지기가 나직이 말했다.

"성이 뭐라든가?"

"그건 아직 묻지 않았습니다만……."

문지기는 당황해하고 있었다.

"어떻게 생겼던고?"

"거지 같았습니다. 서른 살쯤 돼 보이고, 큰 키에 검은 얼굴에……."

"아니! 그럼 틀림없이 묵적墨翟이다!"

공수반은 깜짝 놀라더니 크게 소리쳤다. 운제의 모형과 곱자를 내려놓고 층계를 뛰어 내려갔다. 문지기도 놀라서 급히 그를 앞질러 달려가 문을 열었다. 묵자와 공수반은 뜰에서 만났다.

"역시 선생님이셨군요."

공수반은 기쁘게 말하면서 묵자를 대청으로 안내했다.

"그동안 안녕하셨습니까? 여전히 바쁘시지요?"

"네. 늘 그렇지요……."

"그런데 선생님께서 이렇게 멀리 오시다니, 무슨 가르침이라도 있으신지요?"

"북방에 날 모욕하는 사람이 있소."

묵자는 차분하게 말했다.

"난 당신에게 그 사람을 죽여 달라고 부탁할 생각이오……."

공수반은 불쾌해졌다. 묵자는 계속해서 말했다.

"내가 당신에게 십 원을 드리리다!"

이 말에 주인은 정말로 화가 나 참을 수 없게 되었다. 공수반은 얼굴을 숙이고 냉랭하게 대답했다.

"저는 의를 숭상하기 때문에 사람을 죽이진 않습니다!"

"그렇다면 아주 좋습니다!"

묵자는 너무도 감동한 듯 몸을 똑바로 일으켜 세우더니 공수반에게 큰절을 두 번 했다. 그리고 아주 차분하게 말했다.

"그런데 몇 마디 드릴 말씀이 있습니다. 내가 북쪽에서 듣기로는 당

신께서 운제를 만들어 송나라를 치려고 하신다던데, 송나라에 무슨 죄가
있습니까? 초나라에는 남아도는 것이 땅이고 부족한 것이 백성입니다. 부
족한 것을 죽여 가면서 남아도는 것을 빼앗는 것은 지智라고 할 수 없습니
다. 송나라에 죄가 없는데도 그를 치려고 하는 것은 인仁이라고 할 수 없
습니다. 임금의 잘못을 알면서도 간언하지 않는다면 충忠이라고 할 수 없
으며, 간언을 하고도 일을 이루지 못하면 강彊이라고 할 수 없습니다. 의義
를 위해 한 사람을 죽이지 않는다고 하면서, 많은 사람을 죽이려 하는 것
은 유추類推의 이치를 깨쳤다고 할 수 없습니다. 선생은 어떻게 생각하시
는지요……?"

"그건……."

공수반은 잠시 생각을 하더니 말했다.

"선생님의 말씀이 맞습니다."

"그럼, 그만둘 수 없겠습니까?"

"그건 안 됩니다."

공수반은 근심스럽게 말했다.

"전 벌써 왕에게 말씀을 드렸습니다."

"그럼, 나를 왕에게 데려가 주면 됩니다."

"좋습니다. 그런데 시간도 늦었으니 식사하고 가시지요."

그러나 묵자는 공수반의 말을 들으려 하지 않았다. 몸을 일으키며 일
어설 생각을 했다. 묵자는 본래 가만히 앉아 있지 못하는 성미였다.[19] 그를
만류할 수 없음을 알고 공수반은 그를 데리고 즉시 왕을 만나 뵈러 가겠다
고 승낙했다. 그러면서 그는 자기 방에 들어가 옷 한 벌과 신발을 가지고
나오더니 간곡하게 부탁했다.

"그런데 옷을 좀 갈아입으셔야겠습니다. 여긴 우리 고향과 달라서 뭐든지 사치하고 화려한 것에 신경을 씁니다. 아무래도 좀 갈아입으시는 것이……."

"그렇게 합시다."

묵자도 정중하게 말했다.

"실은 나 역시 떨어진 옷 입는 걸 좋아하는 건 아니외다……. 단지 갈아입을 겨를이 없어서……."

4.

초나라 왕은 묵적이 북방의 성현이라는 것을 일찍부터 알고 있었다. 공수반의 소개가 있자 힘들이지 않고 곧바로 묵자를 만나 주었다.

묵자는 너무 짧은 옷을 입었기 때문에 마치 다리가 긴 해오라기 같았다. 그는 공수반을 따라 어전으로 들어갔다. 초나라 왕에게 인사를 올리고 조용하고 부드럽게 입을 열었다.

"지금, 좋은 가마를 마다하고 이웃집 헌 수레를 훔치려 하며, 수놓은 비단옷을 마다하고 이웃집 짧은 모적삼을 훔치려 하며, 쌀과 고기를 마다하고 이웃집 겨가 든 밥을 훔치려 하는 사람이 있습니다. 이런 사람은 어떤 사람이겠습니까?"

"그건 틀림없이 좀도둑 병에 걸린 사람이겠구려."

초나라 왕은 솔직하게 말했다.

"초나라의 땅은,"

묵자가 말했다.

"사방 5천 리이나 송나라의 땅은 겨우 5백 리밖에 되지 않습니다. 이 것이 바로 가마와 헌 수레 같습니다. 초나라에는 윈멍雲夢 같은 고장이 있어서 코뿔소, 고라니, 사슴 따위의 짐승들이 득실거리고 양쯔강揚子江과 한수이漢水 강에는 물고기, 자라, 악어와 같은 것들이 그 어디에 견줄 바 없이 많습니다. 그러나 송나라에는 이른바 꿩, 토끼, 붕어조차도 없습니다. 이 것이 바로 쌀과 고기, 겨가 든 밥과 같습니다. 초나라에는 소나무, 가래나무, 녹나무, 예장나무 등이 있습니다. 그러나 송나라에는 큰 나무라곤 없습니다. 이것이 바로 수놓은 비단옷과 짧은 모적삼 같습니다. 그러므로 소인이 보기에 폐하의 관리들이 송나라를 치려는 것은 바로 이와 같은 것입니다."

　"정말 그러하구려!"

　초나라 왕은 머리를 끄덕이며 말했다.

　"그러나 공수반이 벌써 나에게 운제를 만들어 주었으니 아무래도 치지 않을 수가 없게 되었소."

　"그렇다고 승패를 단정할 수도 없을 것입니다."

　묵자가 말했다.

　"나뭇조각만 있으면 지금이라도 당장 시험해 볼 수 있습니다."

　초왕은 신기한 것을 좋아하는 사람인지라 매우 기뻐하며 신하에게 빨리 나뭇조각을 대령하라고 분부했다. 묵자는 자기의 혁대를 풀어 공수반을 향해 활모양으로 휘게 해놓고는 그것을 성벽으로 가정했다. 그리고 수십 개의 나뭇조각을 두 몫으로 나누어 한 몫은 자기가 가지고 다른 한 몫은 공수반에게 주었다. 공격과 수비의 무기였다.

　이리하여 두 사람은 각기 나뭇조각을 쥐고 마치 장기를 두듯이 싸우기 시작했다. 공격하는 나뭇조각이 전진하면 수비하는 나뭇조각이 막아서고 이쪽에서 퇴각하면 저쪽에서 달라붙었다. 그러나 초나라 왕과 곁의 신하들은 보아도 이해할 수가 없었다.

이렇게 일진일퇴하는 것만 보였는데 모두 아홉 차례였다. 아마도 공격하고 수비하는 쌍방이 아홉 가지로 전술을 바꾼 것이리라. 그러고 나서 공수반이 손을 놓았다. 그러자 묵자는 혁대의 활모양을 자기 쪽을 향하도록 바꾸어 놓았다. 아마도 이번에는 묵자가 공격하려는 모양이었다. 이번에도 일진일퇴하면서 서로 겨루었다. 그런데 3회차에 이르러 묵자의 나뭇조각이 가죽띠의 활모양 안으로 들어갔다.

초나라 왕과 신하들은 어찌된 영문인지 알 수 없었으나 공수반이 먼저 나뭇조각을 내려놓으면서 얼굴에 흥이 가시는 기색을 보이자, 그가 공격과 수비에서 모두 실패하였다는 것을 알아차렸다.

초나라 왕도 흥이 깨졌다.

"전 어떻게 하면 당신을 이길 수 있는지 알고 있습니다."

잠시 멈추었다 공수반이 계면쩍게 말을 이었다.

"그러나 전 말하지 않겠습니다."

"나도 자네가 어떻게 나를 이길 수 있다는 것인지 알고 있소."

묵자는 침착하게 대꾸했다.

"그러나 나도 말하지 않겠소."

"자네들은 뭘 말하고 있는 것인가?"

초나라 왕이 놀랍고 궁금해하며 물었다.

"공수반의 생각은,"

묵자가 몸을 돌려 왕을 향해 대답했다.

"저를 죽이려는 것일 뿐입니다. 저를 죽여 버리면 송나라에 수비하는 사람이 없게 되니 송나라를 공격할 수 있다고 생각한 것입니다. 그러나 저의 학생 금활리 등 삼백 명은 이미 저의 방어용 기계들을 가지고 송나라의 성안에서 초나라가 쳐들어올 것에 대비하고 있습니다. 그러므로 저를 죽인다 해도 역시 공격할 수 없을 것입니다!"

"정말 대단한 방법이오!"

초나라 왕은 감동하여 말했다.

"그럼, 나도 송나라를 치지 않겠소."

5.

송나라 공격을 말로 멈추게 한 묵자는 원래는 곧바로 노나라로 돌아갈 생각이었다. 그러나 공수반이 빌려 준 옷을 되돌려 주어야 했기 때문에 그의 집으로 다시 가는 수밖에 없었다. 시간은 벌써 오후가 되었다. 주인도 손님도 배가 고팠다. 주인은 당연히 점심식사——아니면 이미 저녁식사일 수도——를 하고 가라고 자꾸 붙들었고, 또 하룻밤 묵어가라고 권했다.

"아무래도 오늘 떠나야만 하겠습니다. 내년에 다시 올 때는 내 책을 가져다 초나라 왕에게 보여 드리겠소."[20]

묵자가 말했다.

"당신은 또 의를 실천하는 것에 대해 설법하려는 것이 아닙니까?"

공수반이 말했다.

"육체적·정신적으로 고생고생하면서 위험에 처한 사람을 도와주고 곤경에 빠진 사람을 구해 주는 일은 비천한 사람들이 할 짓이지 대인들이

할 노릇은 아닙니다. 그분은 군왕이올시다, 고향 친구!"

"그건 그렇지 않소. 비단과 삼베, 쌀과 보리 같은 것들은 모두 비천한 사람들이 생산한 것이지만 대인들도 다 필요로 합니다. 하물며 의를 행함에 있어서이겠습니까?"[21]

"그렇기도 합니다만."

공수반은 기분 좋게 대꾸했다.

"당신을 만나기 전에는 송나라를 쳐서 가질 생각을 했습니다. 그러나 당신을 만나고 나서는 송나라를 저에게 그냥 준다 해도 그것이 의롭지 않은 것이라면 저 역시 가지지 않겠습니다……."

"그럼 나는 정말 당신에게 송나라를 줄 수 있지요."

묵자도 기뻐하며 말했다.

"만일 당신이 한결같이 의를 행한다면 나는 당신에게 천하라도 양보하겠소!"[22]

주인과 손님이 담소하는 사이에 점심도 차려졌다. 생선과 고기와 술이 들어왔다. 묵자는 술도 마시지 않고 생선도 먹지 않았으며 고기만 조금 먹었다. 혼자 술을 마시고 있던 공수반은 손님이 수저를 부지런히 놀리지 않자 불편했다. 하는 수 없이 고추라도 드시라고 권했다.

"드십시오, 드십시오!"

그는 고추장과 떡을 가리키며 공손하게 말했다.

"좀 드셔 보시지요. 맛이 괜찮습니다. 파는 우리 고향의 것만큼 좋지 않지만……."

술을 몇 잔 마시자 공수반은 더욱 유쾌해지기 시작했다.

"저는 배 위에서 싸울 때, 구거鉤拒를 쓰는데, 당신의 의義에도 구거가 있습니까?"

공수반이 물었다.

"내 의의 구거는 당신 수전水戰의 구거보다 낫소."

묵자는 단호하게 대답했다.

"나는 사랑으로 끌어당기고鉤, 공경한 태도로 밀어내지요拒. 사랑으로 끌어당기지 않음은 서로 친하지 않음이요, 공경한 태도로 밀어내지 않는 것은 교활함입니다. 서로 친하지도 않고 교활하면 바로 사람들은 떠나기 마련입니다. 그러므로 서로 사랑하고 서로 공경하는 것이 서로에게 이로 움을 주는 것이지요. 이제 당신이 갈퀴鉤로 사람을 끌어당기면, 다른 사람 도 갈퀴로 당신을 끌어당기려 할 것입니다. 당신이 거역拒으로 밀어내면 다른 사람도 거역으로 당신을 밀어낼 것이니, 이렇게 서로 끌어당기려 하 고 서로 밀어내려 하는 것은 서로를 해치는 것이지요. 그래서 나의 이 의 의 구거가 당신 수전의 구거보다 훌륭하다고 한 것입니다."[23]

"그런데 고향 친구, 당신 식대로 의를 행하다 정말 내 밥줄은 거의 끊 어지게 되었소!"

공수반은 뒤통수를 한 대 얻어맞고는 말투를 바꾸어 말했다. 그러나 아마 술기운이 있었기 때문이기도 하리라. 사실 그는 술을 마실 줄 모르는 사람이었다.

"그러나 송나라의 밥줄을 모두 끊어 버리는 것보다는 낫지요."

"그럼 난 이제부터는 장난감이나 만드는 수밖에 없게 되었구려. 고향 친구, 잠깐만 기다려 주십시오. 당신에게 장난감을 좀 보여 드리겠소."

그는 말하면서 벌떡 일어나더니 뒷방으로 달려갔다. 아마 궤짝을 뒤 지는 모양이었다. 잠시 후 다시 나왔는데, 나무와 대쪽으로 만든 까치를 들고 나와 묵자에게 건네주면서 말했다.

"한번 날기만 하면 사흘 동안이나 날 수 있습니다. 정말 아주 신기한 거라고 할 수 있지요."

"그래도 목수가 만든 수레바퀴보다는 못하겠지요."

묵자는 그것을 보고 나서 자리에 내려놓으며 말했다.

"목수는 세 치의 나무를 깎아서 거기에다 오십 석의 무거운 짐을 실을 수 있게 합니다. 사람들에게 이로운 것이라야 훌륭하고 좋은 것입니다. 사람들에게 이롭지 못한 것은 졸렬하고 또 나쁜 것입니다."[24]

"아, 제가 또 잊었군요."

공수반은 또 한 대 얻어맞았다. 그는 그제야 비로소 정신을 차렸다.

"그것이 바로 선생님의 주장이라는 걸 진작 알았어야 했습니다."

"그러니까 당신이 한결같이 의를 행하기만 하면,"

묵자는 그의 눈을 들여다보면서 간절하게 말했다.

"훌륭할 뿐만 아니라, 천하라도 당신의 것이 될 것입니다. 참, 한나절이나 당신에게 폐를 끼쳤습니다. 내년에 우리 다시 만납시다."

묵자는 이렇게 말하면서 작은 보따리를 집어 들고 주인에게 작별 인사를 했다. 공수반은 그를 붙들어 둘 수 없다는 것을 알았다. 그를 보내는 수밖에 없었다. 묵자를 대문 밖까지 바래다주고 방으로 들어온 그는 잠시좀 생각하더니 운제의 모형과 나무까치를 모두 뒷방의 궤짝 안에 쑤셔 넣어 버렸다.

돌아가는 길에 묵자는 천천히 걸었다. 첫째로는 지쳐 있었고, 둘째로는 발이 아팠고, 셋째로는 양식이 떨어져 배고픔을 면하기 어려웠고, 넷째로는 일이 해결되어 올 때처럼 급하지 않았기 때문이었다. 그러나 올 때보다 더 재수가 없었다. 송나라 국경에 들어서자마자 두 차례 몸수색을 당했고 도성 가까이 와서는 또 의연금을 모집하는 구국대[25]를 만나 헌 보따리조차 기부해야만 했다. 남쪽 관문 밖에 이르러서는 또 큰 비를 만났다. 비를 좀 피할 생각으로 성문 밑에 잠시 서 있다가 창을 든 두 명의 순찰병에게 쫓겨났다. 묵자는 온몸이 흠뻑 젖게 되었고 그 바람에 코가 열흘 이상 막혀 버렸다.

1934년 8월

주)_____

1) 원제는 「非攻」이다. 공격하지 않는다는 뜻이다. 『새로 쓴 옛날이야기』에 수록되기 전에는 발표된 적이 없었다.

2) 자하(子夏, B.C. 507~?)는 성이 복(卜)이고 이름이 상(商)이다. 춘추시대 위(衛)나라 사람으로 공자의 제자다.

3) 공손고(公孫高)는 루쉰이 만든 허구적인 인물이다.

4) 묵자(墨子, B.C. 약 468~376)는 이름이 적(翟)이고 춘추시대 노나라 사람으로 송나라 대부를 지냈다. 묵가학파의 창시자다. 주된 사상은 보편애로서의 '겸애'(兼愛)와 경제적 분배로서의 '교리'(交利)를 주장한 것이며 전쟁을 반대했다. 이는 "온몸이 상하더라도 천하에 이로우면 그것을 행하리라"고 한 맹자의 정신을 구현하고 있다. 그의 저작으로 전해지는 것은 『묵자』 53편이 있다. 그중 대부분은 제자들이 기술한 것으로 전해진다. 이 소설 「전쟁을 막은 이야기」는 『묵자』 「공수」(公輸)편에서 그 소재를 취했다.

5) 묵자는 절용(節用)을 주장하고 사치를 반대했다. 『묵자』의 「사과」(辭過)편과 「절용」편 등에는 궁궐, 의복, 음식, 배와 수레 등의 절약에 대한 그의 주장이 피력되어 있다.

6) 묵자와 자하 제자들과의 대화는 『묵자』의 「경주」(耕柱)에 나온다. "자하의 제자들이 묵자를 보고 물었다. '군자는 싸우지 않습니까?' 묵자는 '군자는 싸우지 않습니다'라고 대답했다. 자하의 제자들이 말하길, '개와 돼지들도 싸우는데 어찌 용사가 싸우지 않을 수 있습니까!' 했다. 묵자가 말하길, '가련하도다. 말로는 탕왕과 문왕을 칭찬하면서도 실

천함에 있어서는 개와 돼지에 비유하니 가련하도다!'라고 했다."

7) 아렴(阿廉)은 루쉰이 지어낸 인물이다. 본문의 이야기는 『묵자』의 「귀의」(貴義)에 나오는 기록이다. "묵자가 (제자 중) 한 사람에게 위나라에서 벼슬을 살게 했다. 그가 갔다가 돌아왔다. 묵자가 말하길 '어찌 돌아왔는가?' 하자 대답하여 말하길 '저와 언약한 것을 지키지 않았나이다. 그들이 저에게 천 됫박을 주겠다고 했는데 저에게 오백 됫박을 주었습니다. 그래서 떠났습니다.' 묵자가 묻기를, '자네에게 천 됫박을 넘게 주어도 자네는 떠나겠는가?' 했다. 대답하되 '떠나지 않겠습니다' 했다. 묵자가 말했다. '그렇다면 약속을 지키지 않아서가 아니라 적게 주었기 때문이로군.'"

8) 경주자(耕柱子)와 다음에 나오는 조공자(曹公子), 관검오(管黔敖), 금활리(禽滑釐)는 모두 묵자의 제자들이다. 『묵자』의 「경주」(耕柱), 「노문」(魯問), 「공수」(公輸) 등에 나온다.

9) 『맹자』 「등문공하」(滕文公下)편에서 맹자가 묵자를 비판한 말이다. "묵씨의 겸애에는 부모가 없다. 부모와 임금이 없는 것은 금수다."(墨氏兼愛, 是無父也. 無父無君, 是禽獸也) 묵자의 겸애사상은 자신을 사랑하듯 다른 사람을 차별 없이 널리 사랑하는, 이른바 보편애를 말한다.

10) 공수반(公輸般)은 춘추시대 노나라 사람이다. 반(般)은 반(班)으로 쓰기도 한다. 『묵자』에서는 반(盤)으로 썼다. 여러 가지 기계를 잘 발명해서 고서에서는 그를 '재주꾼'(巧人)으로 불렀다.

11) 구거(鉤距)는 전쟁용 무기다. 쇠갈퀴같이 생겨서 주로 도망가는 적선을 끌어당기는 도구로 썼다.

12) 운제(雲梯)는 구름사다리다. 성을 공격할 때 사용하는 긴 사다리를 말한다.

13) 묵자가 길을 재촉한 상황에 대해서는 『전국책』(戰國策) 「송책」(宋策)에 다음과 같은 기록이 있다. "공수반이 초나라를 위해 기계를 만들고 그것으로 송나라를 치게 했다. 그 말을 들은 묵자는 발에 굳은살과 물집이 생기는 것을 아랑곳하지 않고 공수반을 만나러 갔다." 또 『회남자』 「수무훈」(修務訓)에도 이런 기록이 있다. "옛날에 초나라가 송나라를 치려 하자 묵자가 이를 듣고 슬퍼하며 노나라에서 초나라로 갔다. 열흘 낮과 밤을 걸어 발에 굳은살과 물집이 생겼지만 쉬지 않았으며 옷을 찢어 발을 싸매고 잉청(郢城)에 도착했다."

14) 송나라의 서울 상추(商丘)를 말한다. 지금의 허난성에 있다.

15) 조공자(曹公子)의 이 연설은 루쉰이 당시 국민당 정부를 은근히 풍자한 것이다. 1931년 일본이 '9·18'사변을 일으켜 중국 동북 지역을 공격하였을 때, 국민당은 무저항주의를 채택하고 있었다. 그러면서도 겉으로는 정략적으로 비분강개한 공론(空論)을 유포하였다.

16) 연노(連弩)는 기계의 힘을 이용해 한꺼번에 여러 개의 화살을 연달아 쏘게 만든 화살을 말한다.

17) 잉청은 초나라의 수도다. 지금의 후베이성(湖北省) 장링(江陵) 경내에 있다.

18) 새상령(賽湘靈)은 루쉰이 전설 속에 나오는 샹수이(湘水)의 여신인 상령에 근거하여 만든 가공 인물이다. 상령은 북과 비파를 잘 다루었다고 한다. 『초사』(楚史) 「원유」(遠游)편에 "상령에게 북과 비파를 다루게 하고 해약(海若)에게 풍이(馮夷)를 추게 했다"는 기록이 있다. '하리파인'(下里巴人)은 초나라에서 유행한 가곡의 이름이다. 『문선』(文選)에 수록된 송옥(宋玉)의 「초왕에게 묻다」(對楚王問)에는 다음과 같은 기록이 있다. "한 나그네가 잉청에서 노래를 불렀는데 그가 처음 '하리파인'을 부르자 온 나라에서 그를 따라 불렀다. 부르는 사람이 수천 명 되었다."

19) 묵자가 한 장소에 오래 앉아 있지 못하는 것에 대해서는 『문자』(文子) 「자연」(自然)편과 『회남자』「수무훈」편에 각각 "묵자가 앉았던 자리는 더워지지 않았다"는 말과 "묵자에게는 화로가 없었다"라는 기록이 있다. 앉았던 자리가 더워지기 전에, 화롯불을 피울 사이도 없이 일어나 길을 떠났다는 이야기이다. 『문자』는 노자의 제자가 지은 것으로 전해지고 있다.

20) 묵자가 초왕에게 책을 헌정한 것에 대해서는 청대 손이양(孫詒讓)이 지은 『묵자한고』(墨子閒詁) 「귀의」(貴義)편에서 당나라 여지고(余知古)의 『저궁구사』(渚宮舊事)를 인용하여 말한 것이 있다. "묵자가 잉청에 이르러 초 혜왕(惠王)에게 책을 올렸다. 왕이 그 책을 받아 읽고는 '좋은 책이다'라고 했다." 『저궁구사』의 기록에 의하면 묵자가 책을 바친 것은 초나라를 설복하여 송나라를 공격하지 못하게 한 이후였다고 한다(손이양의 『묵자전략』墨子傳略 참조).

21) 의(義)의 실천에 대한 묵자와 공수반의 대화는 『묵자』 「귀의」편에 나온다. "묵자가 남으로 초나라를 찾아가 초나라 헌혜왕(獻惠王)을 만나려 했다. 헌혜왕이 나이가 많다고 거절하고 목하(穆賀)를 시켜 묵자를 만나게 했다. 묵자가 목하에게 이야기하자 목하가 크게 기뻐하며 묵자를 보고 '당신의 주장은 참으로 훌륭합니다. 그러나 임금은 천하의 대왕인데 어찌 천한 인간이 만든 것을 받아들이려 하겠습니까?' 했다. 묵자가 말했다. '받아들일 수 있습니다. 예를 들면 약은 풀이지만 천자가 먹으면 병을 고칠 수 있습니다. 어찌 풀이라 하여 먹지 않을 수 있습니까? 지금 농부들이 대인들에게 토지세를 바치고 대인들은 그것으로 술을 빚고 제곡을 차려 하느님과 신에게 제사를 올립니다. 어디 천한 사람이 만든 것이라 하여 받지 않겠습니까?'" 묵자가 목하에게 대답한 이 말의 의미를 소설 속에서는 공수반과의 대화로 고쳤다.

22) 이 대화는 『묵자』 「노문」편에 나온다. "공수반이 묵자에게 말했다. '내가 선생님을 만나기 전에는 송나라를 얻고 싶었습니다. 그런데 선생을 만난 후에는 송나라를 나에게 준다 해도 그것이 불의라면 가지지 않겠습니다'라고 했다. 묵자가 말했다. '저를 만나기 전에 선생이 송나라를 가지고 싶었는데 저를 만난 후 선생이 송나라를 주어도 그것이 불의한 것이라면 가지지 않겠다고 하니 이젠 내가 송나라를 선생에게 주겠으니

다. 선생이 의의 실천에 힘쓴다면 저는 천하라도 양보하겠습니다!'"

23) 이 대화 역시 『묵자』 「노문」편에 나온다. "공수반은 노나라에서 남쪽의 초나라로 건너가 처음 수전에 쓰는 무기로 구강(鉤強)을 만들었다. 퇴각하는 자는 구로 끌어당기고 달려드는 자는 강으로 막아 냈으므로 구강의 우세에 힘입어 적을 압도할 수 있었다. 초나라 군사는 우세하고 월나라 군사는 우세하지 못했다. 초나라는 그것을 가지고 월나라를 여러 차례 패배시켰다. 재주가 좋은 공수반이 묵자에게 이렇게 말했다. '나의 수전에는 구강이 있는데 선생의 의에도 구강이 있는지 모르겠습니다.' 묵자가 대답했다. '내 의의 구강은 선생의 수전의 구강보다 낫습니다. 나의 구강은 이렇습니다. 사랑으로 끌어당기고 공경으로 밀어냅니다. 사랑으로 끌어당기지 않으면 친분이 없고 공경으로 밀어내지 않으면 경멸하게 됩니다. 경멸하면 친분이 없어져 이내 흩어집니다. 서로 사랑하고 서로 공경하면 피차에 모두 이롭습니다. 이제 선생이 남을 걸어 당겨 못 가게 하면 남도 선생을 끌어당겨 못 가게 할 것이며 선생이 남을 밀어내 거리를 유지하면 남도 선생을 밀어내 거리를 유지할 것입니다. 서로 걸어 끌어당기고 서로 밀어내면 피차에 모두 해롭습니다. 그러므로 나의 의의 구강은 선생 수전의 구강보다 낫습니다.'" 손이양의 『묵자한고』에 의하면 '구강'은 '구거'로 써야 한다고 한다. 구거는 무기의 일종으로 구로는 퇴각하는 적선을 끌어당기고 거로는 달려드는 적선을 밀어낼 수 있다.

24) 나무까치와 수레에 대한 대화는 『묵자』 「노문」편에 나온다. "공수반이 참대와 나무를 깎아 까치를 만들었는데 사흘 동안 떨어지지 않고 날았다. 공수반은 그것을 스스로 훌륭하다고 생각했다. 그래서 묵자가 공수반에게 이렇게 말했다. '선생의 까치는 목수가 만든 수레바퀴보다 못합니다. 그것은 그저 세 치 너비의 나무를 깎은 것이지만 50석의 무게를 감당할 수 있습니다. 그러므로 공이 있는 것은, 사람에게 이로워야 훌륭하다고 할 수 있습니다. 사람에게 이롭지 못한 것은 졸렬한 것입니다.'"

25) 구국대 이야기는 1930년대의 국민당의 모금운동을 겨냥하여 비판한 것이다. 국민당은 당시 일본의 침략에 맞서 정면으로 싸우기보다는 무저항주의의 화친정책으로 일관했다. 그러면서 한편으로는 '구국'이라는 이름하에 국민당이 통제하고 있던 각지의 여러 민중단체로 하여금 의연금을 모집하도록 강권을 행사했다.

죽음에서 살아난 이야기[1]

넓은 황야. 군데군데 언덕이 있다. 제일 높은 언덕이라야 고작 예닐곱 자 정도. 나무는 없다. 온 천지에 어지러운 잡초뿐이다. 잡초 사이로 사람과 말이 밟아서 생긴 한 줄기 길이 있다. 길에서 멀지 않은 곳에 물웅덩이가 하나 있고, 멀리 집이 보인다.

장자[2] (검게 야윈 얼굴에 희끗희끗한 구레나룻, 머리에는 도관[3]을 쓰고 무명 두루마기를 입었다. 채찍을 들고 등장) 집을 나선 후 물 한 모금 마시지 못했더니 목이 타는군. 정말 장난 아니게 목이 마르군. 차라리 나비로 변하느니만 못해. 그런데 여긴 꽃도 없잖아……. 아! 여기 못이 있었군. 운이 좋군, 운이 좋아. (그는 물웅덩이 가로 뛰어가 물 위에 뜬 부초를 헤집고 손으로 물을 움켜 십여 모금 마신다.) 어, 시원하다. 그럼 슬슬 떠나 볼까. (걸으면서 사방을 본다.) 아니! 이건 해골이! 어떻게 된 일이지? (채찍으로 잡초를 헤쳐 나가다가 무언가를 두드리며 말한다.)

그대, 생을 탐하고 죽음을 무서워해 무리한 일 억지로 하다 이 지경이 되었는가? (톡톡) 아니면 거처를 잃고 칼을 맞아서 이 꼴이 되었는가? (톡톡) 아니면 한바탕 난리를 피우다 부모처자에게 죄 짓고 이 꼴이 되었는가? (톡톡) 그대는 자살이 약자의 행위⁴⁾임을 몰랐던가? (톡톡톡!) 아니면 그대 먹을 게 없고, 입을 게 없어 이 꼴이 되었는가? (톡톡) 아니면 나이 들어 죽어 마땅하여 이 꼴이 되셨는가? (톡톡) 아니면……. 아니, 이거야말로 내가 멍청하군. 혼자 연극하는 거 같군. 대답할 리 없잖아. 초나라가 여기서 멀지 않으니 서두를 필요는 없어. 사명대신⁵⁾께 그의 형체를 복원하고 그의 살을 돋아나게 해 달라고 청해 봐야지. 그와 좀 잡담을 나눈 뒤 그를 다시 고향으로 돌려보내 혈육들을 만나게 해주자. (그는 채찍을 내려놓고 동녘을 향하더니 하늘을 향해 양손을 모으고 목청을 높여 큰소리로 외치기 시작한다.)

　　지성으로 비나이다, 사명대천존⁶⁾이시여……!

(한바탕 음산한 바람이 일더니 봉두난발을 한 귀신, 대머리 귀신, 마른 귀신, 뚱뚱한 귀신, 남자 귀신, 여자 귀신, 늙은 귀신, 젊은 귀신이 수없이 나타난다.)

귀신　장주,⁷⁾ 네 이 바보 같은 놈! 수염이 하얗게 새어 가지고서 아직도 깨닫질 못했느냐? 죽으면 계절도 없고, 주인공도 없다. 천지가 봄날이니 황제라 해도 이보다 홀가분하진 않을 거다. 쓸데없는 참견 말고 어서 초나라로 가 네 볼일이나 보거라…….

장자　너희들이야말로 바보 귀신들이다. 죽어서도 아직 깨닫지 못하다니. 삶이 곧 죽음이요, 죽음이 곧 삶임을 알아야 하느니. 노예가 주인이고 주인이 노예이기도 하느니. 나는 생명의 근원에 도달한 사람이라, 너희 애송이 귀신들의 짓거리엔 끄떡도 안 한다.

귀신　그렇다면, 한번 망신 좀 당해 봐라…….

장자 초왕의 성지聖旨가 내 머리 위에 있노니, 너희 애송이 귀신들 아무리 들고 일어나도 무섭지 않아! (다시 하늘을 향해 두 손을 모으고 목청을 높여 외치기 시작한다.)

지성으로 비나이다. 사명대천존이시여!
천지현황, 우주홍황. 일월영측, 진숙렬장
조전손리, 주오정왕, 풍진저위, 강심한양[8)]
태상노군급급여율령! 칙! 칙! 칙![9)]

(한바탕 맑은 바람이 불어오고, 사명대신이 등장한다. 도관을 쓰고, 무명 두루 마기에 검게 야윈 얼굴, 희끗희끗한 구레나룻, 손에 채찍을 들고 몽롱한 가운 데 동쪽에서 나타난다. 귀신들은 모두 사라진다.)

사명 장주야, 네가 나를 찾는 것은 또 무슨 장난을 치려 함이냐? 물을 실컷 마시더니 분수를 잊고 설치고 싶어진 게냐?

장자 신은 초왕을 알현하러 가는 길이었습니다. 이곳을 지나다가 쾡한 해 골 하나를 발견했습니다. 그런데 아직 머리 모양은 남아 있습니다. 틀림없 이 부모와 처자가 있을 텐데, 여기서 죽어 있으니, 정말 슬프고 가련하기 그지없습니다. 사명대천께 간절히 청하오니, 그 형체를 돌려주시고 육신 을 소생케 하시와 그를 살려 집으로 돌려보내 주옵소서.

사명 하, 하! 네 본심에서 나온 말이 아니로다. 네 배가 아직도 덜 불러 심 심한 일을 찾고 있는 게로구나. 진지하지도 않고, 장난도 아니고, 넌 네 갈 길이나 가거라. 내 일에 참견하지 말아라. 알겠느냐. '삶과 죽음에는 명命 이 따로 있는' 법.[10)] 나도 내 맘대로 하기 어려우니라.

장자 대천존이시여, 아니옵니다. 사실 어디에도 삶과 죽음은 없습니다. 이 장주는 일찍이 꿈에 나비로 변한 적이 있었습니다.[11] 훨훨 나는 나비 말이옵니다. 깨어났더니 장주가 되었습니다. 아등바등거리는 장주이옵니다. 도대체 장주가 나비로 변했었는지, 아니면 나비가 꿈에 장주로 변했었는지 아직까지 분간할 수가 없습니다. 이렇게 보면, 이 해골은 현재가 살아 있는 것이고, 다시 살아난 후가 오히려 죽게 되는 것인지 어찌 알겠습니까? 부디 대천존이시여, 조금만 융통을 부려 주십시오. 사람이 원만해야 하는 것처럼 신 역시 완고할 필요가 없는 것입니다.

사명 (미소 지으며) 너 역시 주둥이만 살아 있고 실천은 못 하는 놈이로고. 사람이지 신이 아니로고……. 그럼, 좋다. 네 소원대로 해주지.

(사명, 채찍으로 풀숲 속을 향해 잠시 가리키더니 사라진다. 가리켰던 곳에서 한 줄기 불빛이 일더니 한 사내가 벌떡 일어난다.)

사내 (대략 30세 정도, 커다란 체격에 자주빛 얼굴. 시골 사람 같다. 전신을 발가벗어 실오라기 하나 걸치지 않았다. 주먹으로 눈을 한참 비비더니 정신을 좀 차린다. 장자를 유심히 본다.) 너 콰이니?

장자 콰이? (미소를 지으며 다가와 그를 뚫어지게 본다.) 당신은 어쩌다 이렇게?

사내 아아, 잠들었었구나. 당신은 어쩌다 이렇게? (양쪽을 살피더니 외치기 시작한다.) 아니, 내 보따리와 우산은? (자기 몸을 보고는) 아, 아니, 내 옷은? (쭈그리고 앉는다.)

장자 좀 진정하시오. 당황하지 마시오. 당신은 지금 막 살아난 것이오. 당신 물건은, 내 생각에 벌써 썩어 버렸거나 아니면 누가 주워 갔을 거요.

사내 당신 뭐라 했소?

장자 좀 물어봅시다. 당신의 성은 뭐고 이름은 뭐요. 어디 사람이오?

사내 나는 양자장楊家莊의 양대楊大라 하오. 학명學名은 필공必恭이라 하오.

장자 그렇다면 당신은 여기 무얼 하러 왔소?

사내 친척을 찾아가는 길이오. 깜빡하여 그만 잠이 들어 버렸소. (조급해지기 시작한다.) 내 옷은? 내 보따리와 우산은?

장자 좀 진정하시오. 당황해하지 말고……. 내 다시 묻겠는데, 당신은 언제 적 사람이오?

사내 (의아해하며) 뭐요……? '언제 적 사람'이라니 무슨 소리요……? 내 옷은……?

장자 쯧쯧, 당신이란 사람은 죽어 마땅한 어리석은 자 같군. 그저 제 옷 걱정만 하고 있다니. 정말 철저한 이기주의자로고. 당신 '자신'도 잘 모르면서. 어디 옷 타령할 정신이 있는가? 그래 내 먼저 좀 묻겠네만, 언제 적 사람이오? 허허, 이해를 못 하는 모양이로고……. 그렇다면, (좀 생각을 하더니) 내 그대에게 묻겠는데, 당신이 전에 살아 있었을 때 마을에 무슨 사건이라도 있었는가?

사내 무슨 사건? 있었지. 어제 아이阿二 아줌마가 아칠阿七 할머니와 싸웠지.

장자 더 큰 사건은!

사내 더 큰 사건……? 그건, 양소삼이 효자로 표창을 받았지…….

장자 효자 표창이라, 큰 사건이 분명하긴 한데……. 그런데 고증하기가 어렵군……. (좀 생각을 하더니) 무슨 더 큰 사건, 그래, 모두가 큰 소동을 벌였다거나 하는 그런 사건은 없었는가?

사내 소동이라고……? (생각을 하면서) 응, 있다. 있어! 서너 달 전이었지. 아이를 죽여 그 혼을 빼내 녹대[12]의 주춧돌을 다지는 데 넣기로 했다 해서 모두 놀라 혼비백산해 가지고, 서둘러 부적주머닐 만들어 가지고, 애들한테 채워 주고…….

장자 (놀라면서) 녹대? 언제 적 녹대인가?

사내 바로 서너 달 전에 착공한 녹대요.

장자 그렇다면 당신은 주왕紂王 무렵에 죽은 거로군. 이거 정말 대단하군. 당신은 죽은 지 오백여 년이 넘었소.

사내 (약간 화를 낸다.) 선생, 내 당신과 초면인데, 농담하지 마시오. 나는 여기서 잠시 잠을 잤을 뿐이오. 무슨 오백 년간 죽어 있었다느니, 무슨 그런 해괴한 말을. 나는 일이 있어 친척을 찾아가는 길이오. 얼른 내 옷과 보따리, 우산을 돌려주시오. 당신과 농담하고 있을 겨를이 없소이다.

장자 천천히, 천천히. 내게 좀 연구할 시간을 주오. 당신은 어떻게 잠을 자게 된 거요?

사내 어떻게 잠들었냐고? (생각을 하면서) 이른 아침 내가 여길 지나가는데 순간 머리 위에서 꽝하는 소리가 나는 듯하더니 눈앞이 깜깜해지고 그리고 그만 잠들어 버렸소.

장자 아팠는가?

사내 아프지 않았던 것 같소.

장자 음……. (좀 생각을 해보더니) 음……, 이제 알겠다. 당신은 분명 상商나라 주왕 때, 혼자 이곳을 지나가다 길 막는 강도를 만났을 것이고, 그놈이 뒤에서 당신을 때려눕혀 죽게 하고는 모든 걸 다 뺏어 도망간 거요. 지금 우리는 주대周代요. 오백여 년이 지난 거요. 그러니 어디 가 옷을 찾겠소. 알겠소?

사내 (눈을 크게 뜨고 장자를 보면서) 난 전혀 모르겠소. 선생, 터무니없는 소릴랑 집어치우고 내 옷과 보따리, 우산을 돌려주시오. 나는 중요한 일로 친척을 찾아가는 길이오. 당신과 농담하고 있을 시간이 없다질 않았소!

장자 이 사람 정말 은혜를 모르는군…….

사내 누가 은혜를 모른다는 거요? 난 물건을 잃었고, 이곳에서 당신을 잡았으니 당신에게 묻지 않고 누구에게 묻겠소? (일어선다.)

장자 (조급해하며) 자자, 내 말을 다시 들어 보시오. 당신은 원래 해골이었는데, 내가 불쌍히 여겨 사명대신께 청해 당신을 다시 살려낸 거라고. 당신도 좀 생각해 봐. 몇백 년 전에 죽었는데 옷 같은 게 어디 남아 있겠소! 나는 지금 당신더러 내게 감사하라고 이러는 게 아냐. 좀 잠시 앉으라구. 내게 주왕 시절 이야기나 좀…….

사내 허튼 수작! 그런 말은 세 살배기 어린애라도 안 믿겠소. 난 서른세 살이란 말이오! (걸어오면서) 당신…….

장자 내게는 정말 그런 능력이 있다구. 치위안漆園 땅의 장주라고 하면 당신도 알 것이오.

사내 모르겠어. 그런 능력이 있다 한들, 그게 무슨 좆 같은 거요? 당신 날 순전히 발가벗겨 놓고, 살려냈다고? 무슨 소용이야? 어떻게 친척을 찾아가라고? 보따리도 사라졌는데……. (약간 울먹이더니, 달려와 장자의 소매를 움켜쥔다.) 당신의 허튼 수작을 내 믿을 것 같아? 여기 당신밖에 없으니 당신에게 달라는 건 당연해! 내 당신을 잡아 보갑에게 넘겨야겠어!13)

장자 잠깐, 잠깐, 내 옷은 낡았어. 약해, 잡아당기면 안 돼. 내 말 좀 들어봐. 먼저 옷에 대해 생각을 좀 돌려 봐. 옷이란 있든 없든 상관없는 게야. 옷이 있는 게 옳을 수도 있고, 옷이 없는 게 옳을 수도 있지. 새에겐 깃털이 있고, 짐승에겐 털이 있지만 오이나 가지는 벌거숭이잖아. 이것이 이른바

'저것도 하나의 시비是非요, 이것도 하나의 시비'라는 거지. 물론 옷이 없는 것을 옳다고는 말할 수 없겠지만, 그렇다고 옷이 있어야만 옳다고 당신 어떻게 말할 수 있겠어……?

사내 (화를 내며) 니에미 나발 불고 있네! 내 물건 돌려주지 않으면 내 널 때려 죽일 테다! (한 손으로 주먹을 불끈 쥐어 들어올리고, 다른 한 손으로는 장자를 꽉 붙잡는다.)

장자 (궁색한 나머지 다급하게 방어하며) 네 감히 난폭하게 굴다니! 이 손 놔라! 그렇지 않으면 사명대신께 청해 널 다시 죽음으로 돌려보내리라!

사내 (냉소하며 물러선다.) 좋아, 너 날 다시 죽게 해봐. 그렇게 못하면 너 내 옷과 우산, 보따릴 돌려줘야 해. 그 속에 엽전이 쉰두 개, 설탕이 반 근, 대추가 두 근…….

장자 (엄숙하게) 너 후회하지 않지?

사내 네놈이나 후회해라!

장자 (단호하게) 그럼 좋아. 이렇게 멍청한 놈은 원래 꼬락서니대로 돌려 놓아야 해. (얼굴을 동쪽으로 돌리고, 하늘을 향해 양손을 모으더니, 목청을 높여 소리치기 시작한다.)

　　　지성으로 비나이다, 사명대천존이시여!

　　　천지현황, 우주홍황. 일월영측, 진숙렬장.

　　　조전손리, 주오정왕. 풍진저위, 강심한양.

　　　태상노군급급여율령! 칙! 칙! 칙!

　　　(아무런 변화가 없다. 한참이 지났다.)

　　　천지현황! 태상노군! 칙! 칙! 칙! …… 칙!

　　　(아무 변화가 없다. 한참 지난 뒤, 장자는 주위를 둘레둘레 보다가 천천히

손을 내린다.)

사내 나 죽은 거야?

장자 (풀이 죽어서) 어찌된 일인지 모르겠네. 이번에는 효험이 없으니…….

사내 (덤벼든다.) 그렇다면 더 이상 잔소리 늘어놓지 마. 내 옷을 물어내!

장자 (뒷걸음질 친다.) 감히 내게 손을 대려고? 이 철리哲理도 모르는 야만
인 같으니!

사내 (그를 움켜쥐며) 이 뻔뻔한 놈아! 이 날강도 놈아! 내 우선 네놈의 도
포를 벗기고, 네 말을 빼앗아 내 잃어버린 걸 보상받으리라…….

(장자는 한편으로 저항하며 한편으로 다급하게, 도포 소맷자락에서 호루라기
를 꺼내 미친 듯 세 번 불었다. 사내는 깜짝 놀라 동작을 늦춘다. 이윽고 멀리
서 순경 한 사람이 뛰어온다.)

순경 (뛰어오며 소리친다.) 저놈 잡아라! 놓치지 마라! (그가 다가왔다. 덩치
가 큰 노魯나라의 사내다. 큰 몸집에 큰 키, 제복과 제모를 착용하고 손에는 경
찰봉을 들었다. 빨간 얼굴에 수염은 없다.) 이놈 잡아라! 이놈……!

사내 (다시 장자를 바싹 움켜쥐고) 이놈 잡아라! 이놈!

(순경이 달려들어 장자의 멱살을 잡고 한 손으로 경찰봉을 치켜든다. 사내는
손을 놓고 몸을 약간 구부리며 두 손으로는 아랫배를 가린다.)

장자 (경찰봉을 제지하고 머리를 꼬면서) 이거 무슨 짓이냐!

순경 무슨 짓이냐고? 흥! 네가 모르겠다고?

장자 (화를 내며) 어떻게 널 불렀는데, 날 붙잡는단 말이냐?

순경 뭐라고?

장자 내가 호루라기를 불어…….

순경 남의 옷을 빼앗고도 자기가 호루라길 불었다고? 이 미친놈!

장자 나는 길을 가던 사람이다. 저 사내가 여기에 죽어 있기에 그를 살려줬는데, 도리어 내게 시비를 걸어 내가 지 물건을 가져갔다는 거야. 당신 내 모습을 좀 봐라. 내가 남의 물건을 빼앗을 사람 같은가?

순경 (경찰봉을 거두며) '사람을 알고 얼굴은 알아도 그 마음속은 모른다' 했다. 누가 알겠는가. 일단 서^署로 가자.

장자 그건 안 돼. 난 초왕을 알현하러 길을 서둘러야만 해.

순경 (깜짝 놀라 손을 놓으며, 장자의 얼굴을 찬찬히 살핀다.) 그럼 당신은 치위안 땅의 그…….

장자 (기뻐하며) 그렇다! 내가 치위안의 관리, 장주다. 당신 어찌 아는가?

순경 요즘 우리 서장님께서 항상 당신 말씀을 하셨지요. 당신이 돈 벌러 초나라에 갈 것인데, 아마 이곳을 지나가실지 모른다고요. 저희 서장님도 은사^{隱士}이신데, 그저 편의상 잠시 관직을 겸하고 계신 겁니다. 항상 선생님의 문장을 애독하고 계십니다. 「제물론」^{齊物論}을 읽어 보면 뭐였더라 그, "사는 것이 죽는 것이고, 죽는 것이 사는 것이라. 가^可한 것이 불가^{不可}한 것이고, 불가한 것이 가한 것"이었던가요? 정말 상류의 문장이십니다.[14] 정말 좋아요! 선생님, 저희 경찰서로 가셔서 좀 쉬시지요. (사내는 깜짝 놀라 풀숲으로 들어가 웅크려 앉는다.)

장자 오늘은 이미 늦었소. 난 가야 할 길이 있으니, 지체할 수가 없소. 돌아오는 길에 댁의 서장을 꼭 방문하리다.

(장자는 그렇게 말하면서 걸어가 말 위로 기어오른다. 채찍을 막 때리려고 하는데, 그 사내가 갑자기 풀숲에서 뛰어나와 말 재갈을 움켜잡는다. 순경도 덩달아 사내의 팔을 잡는다.)

장자 왜 또 달라붙지?

사내 당신이 가 버리면 난 아무것도 없게 돼. 난 어떻게 하라고? (순경을 보며) 보세요, 순경 나으리…….

순경 (귓등을 긁으면서) 이러시면 정말 난처한데……. 그런데, 선생님……. 제가 보기엔, (장자를 보며) 선생님이 그래도 좀 넉넉하오니, 옷가지 하나만이라도 하사하심이, 그가 앞이라도 좀 가릴 수 있게…….

장자 그야, 물론 어렵지 않지. 옷이란 본래 내 것이랄 것도 없는 법. 하지만 지금 난 초왕을 알현하러 가는 길이라, 두루마길 입지 않고 갈 수도 없고, 그렇다고 속적삼을 벗고 달랑 두루마기만 입고 갈 수도 없는 일…….

순경 맞습니다. 정말 하나도 벗을 수가 없겠군요. (사내를 향해) 손 놔라!

사내 난 친척을 만나러 가야 해…….

순경 시끄러워! 더 이상 귀찮게 하면 내 널 서로 끌고 갈 테다! (경찰봉을 치켜들며) 꺼져!

(사내는 도망치고 순경은 그 뒤를 쫓아 잡초 덤불 속으로 사라진다.)

장자 안녕, 안녕.

순경 안녕히 가십시오, 안녕히. 선생님 편안히 가십시오!

(장자는 말에 채찍을 가하고 이내 출발한다. 순경은 뒷짐 지고 서서 차츰 멀어져 가는 그를 전송한다. 장자가 먼지 속으로 사라지자 그제야 천천히 몸을 돌려 원래의 길 위로 걸어 나온다.)

(사내가 갑자기 풀숲에서 뛰쳐나와 순경의 옷자락을 붙잡는다.)

순경 뭐 하는 짓이야!

사내 난 어떻게 해?

순경 그걸 내가 어떻게 알아.

사내 난 친척을 찾아가야 하거든…….

순경 가면 될 게 아니야?

사내 옷이 없소.

순경 옷이 없으면 친척 집을 방문할 수 없나?

사내 네가 그를 놓아주었지. 이젠 너도 슬그머니 빠져나가려고 해. 난 방법이 없어. 당신을 잡고 방도를 찾는 수밖에. 당신한테 안 묻고 누구한테 물어? 보라구. 이 꼴로 내가 어떻게 살아가겠나!

순경 내 너에게 말하지만, 자살은 약자의 행위야!

사내 그렇다면 나에게 방법을 찾아줘!

순경 (옷자락을 뿌리치며) 생각나는 방법이 없다니까!

사내 (순경의 옷자락에 매달리며) 그렇다면, 날 서로 데려가 줘!

순경 (옷자락을 뿌리치며) 그게 말이 돼? 벌거벗은 채로 어떻게 길을 걷는단 말야? 손 놔!

사내 그럼, 나에게 바지 좀 빌려 줘!

순경 나는 이 바지 하나밖에 없어. 이걸 네게 빌려 주면 내 꼴은 뭐가 돼. (힘껏 뿌리친다.) 떼 쓰지 마! 손 놔!

사내 (순경의 목에 달라붙는다.) 기필코 널 따라가겠어!

순경 (궁색하고 다급하게) 안 돼!

사내 그럼, 놓아주지 않을 거야!

순경 너 어쩔 셈인데?

사내 네가 날 서로 데려가 달란 말이야!

순경 내 정말……. 널 데려간다 해도 별수가 없다니. 떼 쓰지마. 이것 놔! 안 그러면……. (열심히 몸부림친다.)

사내 (더욱더 세차게 달라붙으면서) 안 그럼, 난 친척에게 갈 수가 없어. 사

람 노릇도 할 수가 없어, 대추 두 근에 설탕 반 근……. 네가 그놈을 놓아

줬으니, 내 너와 사생결단을…….

순경 (몸부림치며) 떼 쓰지 마! 손 놔! 안 그럼……. 안 그럼……. (그는 말하

면서 호루라기를 더듬거려 꺼낸다. 그러고는 미친 듯이 불어 댄다.)

1935년 12월

주)_____

1) 원제는 「起死」. 이 문집에 수록되기 전, 다른 간행물에 발표된 적이 없다.

2) 장자(莊子, 약 B.C. 369~286)는 이름이 주(周)이고 전국시대 송나라 사람으로 칠원리(漆園吏)를 지낸 적이 있다. 중국 도가사상의 대표인물이다. 그의 저작으로 지금까지 전해지는 것은 『장자』 33편이다. 이 소설 「죽음에서 살아난 이야기」의 기본 소재는 『장자』 「지락」(至樂)편에 나오는 다음의 우언을 바탕으로 했다. "장자가 초나라로 가다 해골을 보았다. 앙상하게 마른 모양을 하고 있었다. 그는 말채찍으로 치면서 물었다. '너는 인생의 욕망을 탐하고 도를 잃어버려 이 꼴이 되었는가? 나라를 망쳐 도끼형을 당해 이 꼴이 되었는가? 악한 짓을 하다 부모처자에게 죄 지은 게 창피해 이렇게 되었는가? 춥고 배가 고파 이렇게 되었는가? 수명을 다하여 이렇게 되었는가?' 말을 마치고 장자는 해골을 베고 누웠다. 밤중에 해골이 꿈에 나타나 말했다. '당신이 말하는 모습은 마치 변사(辯士)와 같군. 당신 말하는 걸 보면 모두 살아 있는 인간의 걱정거리로군. 죽고 나면 모두 없어지고 마는 것이라네. 당신은 죽음의 이야기를 듣고 싶지 않은가?' 장자가 말했다. '그렇소.' 해골이 말했다. '죽으면 위로는 군주가 없고 아래로는 신하가 없다네. 또 사철의 변화가 없으니 더위나 추위의 고통도 없다네. 비록 남면(南面)하는 천자의 즐거움이 있다 한들 이 즐거움만 못하지.' 장자는 그 말을 믿을 수 없어 물어보았다. '만일 내가 운명을 주재하는 사명(司命)의 신께 부탁하여 네 몸을 다시 살아나게 하고 너의 뼈와 살과 피부를 돋아나게 해 네 부모처자와 마을 친지들에게 돌아가게 해준다면 너는 이를 원하겠는가?' 해골은 얼굴을 찌푸리며 대답했다. '내 어찌 남면한 왕의 즐거움을 버리고 인간의 수고로움을 다시 거듭하겠는가?'"

3) 도관(道冠)은 도사의 모자를 말한다. 노장을 대표로 하는 도가학파는 종교가 아니며 장

자 역시 도사가 아니다. 그러나 도가사상이 후대 도교의 탄생에 깊이 영향을 미쳤기 때문에 도교에서는 노자를 도교의 시조로 받들어 모시게 되었고 그를 '태상노군'(太上老君)이라는 존칭으로 불렀다. 여기서도 장자를 도사의 행장으로 그리고 있다.

4) 이 소설이 쓰인 1930년대 중국 사회는 봉건적인 예교(禮敎)의 속박을 이기지 못해 자살하는 사람들이 계속 늘어나고 있었다. 이들에 대해 일부 문인들이 그러한 자살의 사회적 원인과 억압의 구조에 대해서는 거론하지 않으면서 단순히 "자살은 약자의 행위"라고 말하곤 했다. 이 부분은 루쉰이 이들 문인들을 풍자, 비판하고 있는 것이다.『꽃테문학』「친리자이 부인 일을 논하다」(論秦理齋夫人事),『차개정잡문 2집』「'사람들의 말이 두렵다'를 논함」(論人言可畏) 참조.

5) 사명대신(司命大神)은 인간의 생사를 주관한다고 전해지는 전설 속의 신이다. 사명은 중국 고서에 별(星)의 이름으로 나온다.

6) 사명대천존(司命大天尊)에서 천존은 신선에 대한 존칭이다.

7) 장주(莊周)는 장자의 이름이다.

8) 앞의 원문은 '天地玄黃, 宇宙洪荒, 日月盈昃, 辰宿列張'이다.『천자문』(千字文)의 처음 구절을 나열하여 마치 도사가 외우는 주문인 것처럼 쓴 것이다. 뒤의 원문은 '趙錢孫李, 周吳鄭王, 馮秦褚衛, 姜沈韓楊'이다. 중국의 여러 성씨(姓氏)를 나열하여 마찬가지로 도사가 외우는 주문인 것처럼 썼다. 일반 도사들이 외우는 주문은 아니다.

9) 원문은 '太上老君急急如律令! 敕! 敕! 敕!'이다. '태상노군'은 도교의 시조를 말하고 '급급여율령'은 도사들이 주문을 외울 때 주문의 말미에 사용하던 상투어로서 법률이나 명령처럼 신속하게 집행할 필요가 있다는 의미다. 원래 율령이란 말은 한대의 공문에 자주 쓰던 상용어인데 도사들이 이를 모방하여 주문의 말미에 썼다. '칙'은 원래 황제의 명령을 적은 조서 혹은 칙서를 말하는데 여기선 주문에 쓰이는 명령어로서 사용했다.

10) 공자의 제자인 자하(子夏)의 말이다.『논어』「안연」(顔淵)편에 나온다. "생과 사는 명(命)이 따로 있고 부귀는 하늘에 달려 있다."

11)『장자』「제물론」(齊物論)에 나오는 얘기다. "옛날 장주가 꿈에 나비가 되었다. 훨훨 날아다니는 나비였다. 스스로 즐겁게 느끼면서도 자기가 장주임을 알지 못하였다. 갑자기 꿈에서 깨어나니 자기는 엄연한 장주였다. 장주가 꿈에 나비가 된 것인지, 나비가 꿈에 장주가 된 것인지 알 수 없었다."

12) 옛날 미신에 큰 건물을 지을 때는 아이들을 죽여 그 영혼을 바쳐야만 잘 지어진다고 했다. 녹대(鹿臺)는 은나라 주(紂)임금 때의 각종 보물을 저장하던 창고 이름이다.

13) 보갑제도(保甲制度)는 송대에 시작되었다. 1930년대 초 국민당 정부는 민중통제의 수단으로 각 지역에 보갑제도를 실행했다. 1931년 7월 난창(南昌)의 임시 군영에서 공표한「보갑조례」와, 1932년 8월 허난, 후베이, 안후이에서 공표한「각현편사보갑호구조례」(各縣編査保甲戶口條例)의 규정에 의하면 열 가구를 한 갑(甲)으로 삼아 갑장(甲長)

을 두고, 다시 열 갑을 한 보(保)로 하여 보장(保長)을 두었다. 이는 모든 호구가 서로 감시하는 연좌법제도를 말한다. 이 제도는 1934년 11월 전국적으로 시행되었다. 루쉰이 이 소설을 쓴 것이 1935년 12월이므로 작가가 의식적으로 이 용어를 사용하여 국민당의 보갑제도를 비난한 것으로 보인다.

14) '상류의 문장'이란 표현은 린위탕(林語堂)이 『우주풍』(宇宙風) 제6기(1935년 12월)에 발표한 「담배부스러기」(烟屑)에 나온다. "나는 최상류의 글과 최하류의 글 읽기를 좋아한다. …… 상류의 글이란 부처, 노자, 공자, 맹자, 장자의 글과 같은 것이고, 하류의 글이란 민요, 동요, 민가, 맹인의 노래 같은 것이다."

부록

『들풀』에 대하여

『들풀』에 수록된 작품들을 두고 루쉰은, "자그마한 감촉이 있을 때" 쓴 "짤막한 글"들이라 하였다. "거창하게 말하자면 산문시"라고도 하였다 (「'자선집' 서문」). 『위쓰』에 이것들을 발표할 때에 그는, '가을밤— 들풀 (1)野草之一'이라는 식으로 부제를 달았다. 처음부터 '들풀'이라는 제목 아래, 작심을 하고 작품들을 썼던 것이다.

　『들풀』이 집필된 1925년 9월부터 1926년 4월은 루쉰의 창작이 절정에 이른 시기였다. 1924년 들어 재개한 단편소설 창작이 계속되고 있었고 (『방황』), 대량의 잡문을 발표하였으며(『무덤』의 일부 작품, 『화개집』華蓋集, 『화개집속편』), 회고 산문집 『아침 꽃 저녁에 줍다』 창작도 1926년 초에 시작되었다. 그의 나이 마흔넷에서 마흔다섯에 이르던 때이다. 1926년 8월, 베이징을 떠나 상하이로 갔고, 9월 2일 푸젠성의 샤먼대학 교수로 취임한다. 이후 그의 창작은 소강기에 접어든다.

　루쉰 창작이 잦아든 것은 『들풀』 이전에도 있었다. 1920년에서 1922년 사이에 그는 수감록隨感錄 식의 직접적 사회비평을 거의 쓰지 않았다.

1923년에는 사회비평문장은 물론 소설도 쓰지 않았다. 그 시기 루쉰은 중국소설사 연구에 힘을 쏟는 한편, 니체의 『차라투스트라는 이렇게 말했다』 일부를 번역·발표하였고, 일본·러시아 작가들의 단편소설을 번역하였으며, 『고민의 상징』苦悶の象徵 등 일본 영문학자 구리야가와 하쿠손厨川白村의 저작들에 각별한 관심을 가졌다. 여러 논자들이 니체, 구리야가와 하쿠손, 『들풀』 사이의 연관 관계를 말한다. 베르그손의 생명철학과 프로이트의 심리학을 종합한 구리야가와 하쿠손의 문학관이 루쉰에게 끼친 영향을 지적한다.

『고민의 상징』 역자 서문에서 루쉰은, "생명력이 억압을 받아 생겨나는 고민과 오뇌懊惱가 문예의 근원"이며, 그것을 표현하는 방식을 "광의의 상징주의"라 이름할 수 있다고 하였다. 억눌린 생명력, 광의의 상징주의라는 루쉰의 언술을 두고 중국계 미국 학자 리어우판李歐梵은, 『고민의 상징』에 소개된 프로이트의 예술관이 『들풀』에 깊은 영향을 주었을 것이라고 본다. 문학·예술은 심리적 생채기에서 비롯하며, 바로 이 점에서 예술창작의 기능은 꿈의 기능과 흡사하다. 예술이 되었건 꿈이 되었건 표층적 내용은 잠재의식의 갈망을 왜곡된 형태로 전화轉化시킨 것에 불과하다. 다만, 예술에서는 그것이 상징적 구조물로 될 수 있도록, 어떻게 창조적으로 조정할 수 있느냐가 관건이 된다. 상징적 기교가 필요하게 된다. 리어우판은 『들풀』이, 구리야가와 이론을 창작을 통해 실험한 것으로 봄 직하다는 견해를 폈다(『중국 현대문학과 현대성 10강』中國現代文學與現代性十講, 푸단復旦대학출판사, 2002).

『들풀』 창작을 시작하기 1년 전인 1924년 9월 24일 루쉰은 리빙중李秉中에게 쓴 편지에서 주목할 만한 말을 했다. "나는 늘 내 영혼 속에 독기

毒氣와 귀기鬼氣가 있다고 느낍니다. 나는 그것을 극히 증오하여, 몰아내고 싶어 하지만, 그렇게 되지 않습니다. 그런 사실을 한껏 감추고는 있지만, 남들에게 전염될까 염려합니다. 내가 나와 왕래가 많은 사람들을 두고 때로 마음 아파하는 것도 이 때문입니다." 같은 편지에서 루쉰은 자살하고픈 충동, 살인을 하고픈 충동이 있지만 용기가 없어서 실행하지 못한다고도 하였다.

『들풀』 창작이 일단락된 뒤 여덟 달이 지난 1926년 말, 루쉰은 샤먼에서 잡문집 『무덤』과 『화개집』 편집을 마쳤다. 『무덤』 편집 후기에서 그는, 자기가 속마음을 곧이곧대로 써내는 사람이 아니라 하였다. 물론 글을 통하여 사람들을 속일 생각은 없다. "사정없이 나 자신을 해부"하지만, 글을 쓸 때면 속내를, 이 정도면 되었다 싶을 만큼만 드러낸다. 그런데도 어떤 사람들은 냉혹함을 느끼는데, "나의 피와 살을 전부 드러낸다면 그 말로가 어떻게 되겠는가는 상상할 수도 없다"고 하였다(『무덤』 뒤에 쓰다」).

『들풀』은 루쉰이 "피와 살"을 가장 많이 드러낸 작품집이다. 내면세계를 응시하면서, 삶과 죽음의 존재 의의, 삶의 존재 방식을 따져 묻는 작품이 다수이다. 이 작품들에서 루쉰은 자신의 의식 밑바닥에 자리하는 것으로 상정할 수 있는 것들을, 실존적 측면에서, 집요하게 파헤쳤다. 거기에는 섬뜩하게 느껴지는 파괴적 정념이 엿보인다.

『들풀』은 1927년 7월 작품집으로 묶여 초판이 나왔고, 한 달 만인 8월에 재판이 나왔다. 그런데, 『위쓰』에 게재될 당시부터, 대단한 작품인 건 분명한데 잘 이해가 되지 않는다는 독자가 많았다. 『들풀』 원고를 루쉰에게서 받아 『위쓰』에 전달하는 역할을 한 장이핑章衣萍이 대표적인 경우이다. 그는, 자기가 『들풀』 속 작품들의 "첫번째 독자"이면서도 작품이 무

얼 말하는지 알지 못하겠다는 생각을 여러 번 했다고 하였다. 매번 물어
보기도 거시기해서 의문만 품고 있을 뿐이라 하였다(「고묘 잡담古廟雜談 5」,
1926. 3.).

루쉰은 『들풀』에 대단한 애착을 가졌다. 좌익작가연맹 시기 루쉰과 긴
밀한 관계를 유지한 펑쉐펑馮雪峰에 따르면 루쉰이 1929년에 『들풀』 식
의 작품을 더 이상 쓰지 못하는 데에 대해 좌절감을 토로한 바 있다고 한
다. 1931년 『들풀』 영역본을 위해 쓴 머리말에서 몇몇 수록 작품 집필 계
기를 간략히 언급한 뒤에 붙인 다음 말에서, 루쉰이 느꼈을 아쉬움을 엿
볼 수 있다. "나중에 나는 더 이상 이런 것을 쓰지 않게 되었다. 날로 변화
하는 시대 상황이 이런 글을 허락하지 않으며, 이런 감상이 존재하는 것조
차 허락하지 않는다. 나는 그것이 오히려 잘된 일일지 모른다는 생각을 한
다." 말로는 "잘된 일일지 모른다"고 하였지만 내심 그렇게 생각하지 않
았다는 사실을, 그가 대표작을 선별하여 편집한 『루쉰 자선집』(1932)에서
확인할 수 있다. 거기 수록된 소설·산문·산문시 22편 중 『들풀』 속 작품
이 일곱 편이었다. 「그림자의 고별」, 「아름다운 이야기」, 「길손」, 「잃어버
린 좋은 지옥」, 「이러한 전사」, 「총명한 사람, 바보, 종」, 「빛바랜 핏자국 속
에서」가 그것으로, 작품 수로만 보면 거의 3분의 1을 차지한다. 머리말에
서 그는, "독자에게 중압감을 줄 수 있는 작품은 한껏 덜어내었다"고 하였
다. "나 자신도 괴로워하는 적막을 내가 젊었을 때 그랬던 것처럼 한창 좋
은 꿈을 꾸고 있을 젊은이들에게 전염시키고 싶지 않아서" 그렇게 하였다
는 것이다(『자선집』 서문).

　　『들풀』과 『아침 꽃 저녁에 줍다』를 마무리한 뒤 루쉰의 문학 창작은

내리막길을 걷는다. 문학에 대한 그의 생각이 그 원인 가운데 하나였을 것이다. 그는 상충할 수 있는 두 가지 명제를 마음에 품고 있었다. 하나는 문학이 '천마 행공'天馬行空 식의 거리낌 없는 정신에 바탕해야 한다는 것이다. 기성의 도덕·규범, 이해관계에 얽매이지 않고 자유롭게 사고하여, 개성을 사회적 압박으로부터 철저히 해방되게 할 때 제대로 된 작품이 나온다고 여겼다. 동시에 그는, 문학이 "인생을 개선"하는 데에 적극적인 역할을 할 것을 바랐다. "인생을 위한 문학"이라는 말로 수차 강조한 이런 생각은 "인생을 위한"다는 것을 아주 폭넓게 정의하지 않는 한 '천마 행공' 식의 사유와 충돌하게 마련이다. "날로 변화하는 시대 상황이 이런 글을 허락하지 않으며, 이런 감상이 존재하는 것조차 허락하지 않는다. 나는 그것이 오히려 잘된 일일지 모른다는 생각을 한다"는 루쉰의 말은, 위 두 명제가 상호 충돌하는 가운데 루쉰이 처하게 된 딜레마를 보여 주는 단적인 예이다. 작가로서, 이 말을 할 때에 루쉰은 뼈 속 깊이 파고드는 아픔을 맛보았을 것이다.

옮긴이 한병곤

『아침 꽃 저녁에 줍다』에 대하여
―기억은 정말 아름다운 것일까?

『아침 꽃 저녁에 줍다』는 루쉰이 1926년 한 해 동안에 쓴 옛날을 회고하는 서정산문 10편과 1927년에 쓴 「머리말」과 「후기」를 합해 모두 12편으로 구성되어 있다.

작품의 내용을 중심으로 루쉰의 연대기에 따라 구분해 보면 다음과 같다. 유년기를 소재로 한 「백초원에서 삼미서옥으로」, 「키다리와 『산해경』」, 「『24효도』」, 「오창묘의 제놀이」, 「무상」, 「아버지의 병환」, 청년기 난징의 경험을 바탕으로 한 「사소한 기록」, 일본 유학 시절을 배경으로 한 「후지노 선생」, 일본 유학과 신해혁명 시기를 배경으로 한 「판아이눙」, 베이징의 생활을 토대로 한 「개·고양이·쥐」의 순으로 배열해 볼 수 있다.

고향인 사오싱에서 가족, 친척, 친구들과 보냈던 유년기의 기억은 각별하게 묘사되어 있다. 집과 정원, 마을에 대한 묘사에서부터 친구나 친척, 하인, 주변 사람들과 얽힌 추억은 40대 중반이 넘어선 시점에서도 아름답게 남아 있다. 난징의 청년기를 회상한 작품들도 루쉰의 삶을 이해하는 데 도움이 될 뿐만 아니라 중국 근대의 구체적 일상을 파악하는 데도 중요하다. 일본 유학 시절이나 신해혁명 시기의 구체적 기록과 기억도 생동감 있으면서 루쉰 개인의 고민이나 고투는 물론 당시 중국 청년들의 조국애와 일상의 모습을 정확하게 파악할 수 있다.

흔히 루쉰 하면 '촌철살인'의 문체로 사회와 인간에 대한 비평을 지속해 왔던 '잡문'을 높게 평가한다. 또 잡문이 당시나 오늘이나 시간과 공간을 넘어서 끼친 영향도 대단하다. 그러나 『아침 꽃 저녁에 줍다』에 보이는 서정적 산문도 또한 미문美文으로서 그 가치가 매우 높다.

작품을 창작한 장소를 중심으로 구분해 본다면, 전반부 5편은 베이징北京에서, 후반부 5편은 샤먼厦門에서 창작했고, 「머리말」과 「후기」는 광저우廣州에서 썼다. 이렇게 장소가 세 차례나 바뀐 것은 1926년이 루쉰에게 있어서나 현대 중국에 있어서나 중요한 시점이자, 중요한 사건이 발생했기 때문이다.

1925년에 발생한 '베이징여자사범대학'(이하 여사대) 사건은, 루쉰에게 있어서는 '글'이 아닌 직접적 '행동'을 요구했던 사건이자, 루쉰 자신도 사회문제에 적극적이고 실천적으로 개입한 계기가 되는 사건이다. 1925년 여사대 총장으로 양인위楊蔭榆가 부임한 후, 여사대는 진보적 교육이 말살되고 전통적 '부덕'婦德을 강조하는 교육으로 바뀌었다. 이에 반발한 여사대 학생들은 학생자치위원회를 중심으로 총장사퇴운동을 전개했고, 이로 인해 학생들이 퇴학당하고 학교가 폐쇄되는 상황까지 이르렀다. 학내 문제는 사회문제로 비화되어 베이징의 교육계 및 지식계는 총장을 지지하는 세력과 학생을 지지하는 세력으로 양분되었다. 여사대에 출강하여 강의를 맡고 있었던 루쉰은 학생들을 지지했고, 이로 인해 교육부 첨사僉事(오늘날 말단 공무원에 해당) 직에서 파면되었다. 이 당시 양인위 총장을 지지

하는 보수적 지식인의 대표적 인물이 본문에 자주 등장하는 천시잉陳西瀅과 '현대평론파'의 인물들이었다. 이들은 여사대 사건을 쟁점으로 해서 주로 루쉰을 논적으로 삼아 비판하는 글을 게재했고, 루쉰도 이에 맞서 이들과 논전을 벌였다. 이 논전에 관련된 글들은 주로 『화개집속편』에 수록되어 있는데, 기본적으로는 '여사대' 사건을 둘러싸고 전개되었으나, 그 내면에는 현대 중국에 있어서 진보 대 보수의 사상적 논쟁의 성격을 지니고 있다.

『아침 꽃 저녁에 줍다』가 서정산문이면서도 풍자와 조소가 들어 있는 이유는 바로 이 때문이다. 이를 루쉰은 "문체도 대체로 혼란스러운데, 쓰다 말다 하면서 아홉 달이나 걸렸다"고 했지만, 한편으로는 과거를 회고하면서 현재를 직면하고 이 과정에서 미래를 바꾸어 보자는 루쉰의 사고와 고민이 담겨 있음을 독자들은 쉽게 느낄 수 있으리라 생각한다.

1926년 3월 18일에는 '3·18 참사慘按'라 불리는 사건이 베이징에서 발생했다. 당시 베이징을 장악하고 있던 국민군과 동북 지방을 근거로 한 펑톈파 군벌 사이의 전쟁에서 펑톈파가 불리해지자 펑톈파를 지지하고 있던 일본 군국주의 세력이 톈진天津의 항구를 포격하고 영국, 미국, 프랑스 등 제국주의 세력과 연합하여 베이양정부에게 최후통첩을 고했다. 이에 톈안먼에 모여 항의하는 청년학생들과 일반 시민들의 시위대를 정부가 총칼로 무참하게 학살한 사건이다. 루쉰은 이 소식을 듣고 "민국(중화민국) 이래 가장 어두운 날"이라는 표현을 사용하며(『화개집속편』, 「꽃 없는 장미 2」 참조) 침통한 분노를 표출했다. 루쉰 자신과 관련이 있는 류허전劉和珍, 양더췬楊德群과 같은 여사대 여학생들도 이날 시위에 참가했다가 학살당했다. 루쉰 자신도 이 사건의 배후인물로 지목되어 3월 29일부터 4

월 8일까지는 야마모토병원으로, 4월 15일부터 23일까지는 독일병원으로, 26일부터 5월 2일까지는 프랑스 병원으로 도피했다. 이 과정에서도 붓을 놓지 않고, 「류허전 군을 애도하며」(4월 1일)와 같은 잡문, 『들풀』의 후반부 작품 등을 창작했다. 집으로 돌아온 후에 쓴 「『24효도』」, 「오창묘의 제놀이」, 「무상」과 같은 산문들은 민간의 민속전통에 대한 경험을 토대로 민중의 순박성과 정직성을 지식인의 후안무치와 나약성과 대비하면서 '무엇이 과연 건강한 전통이며 현실을 이끌어 가는 힘인가' 하는 문제를 당시 루쉰이 고민했음을 보여 주고 있다.

8월 하순에 루쉰은 신해혁명 후부터 14년간 생활했던 베이징을 떠나 샤먼으로 이주하여 샤먼대학 교수로 부임했다. 그러나 샤먼대학은 총장이 '존공파'尊孔派여서 대학의 분위기도 극히 보수적이었고, 국문과 교수진들은 대다수 '현대평론파'와 관계가 있는 인물들이었다. 이 기간 루쉰은 거의 칩거하다시피 하며 「백초원에서 삼미서옥으로」, 「아버지의 병환」, 「사소한 기록」, 「후지노 선생」, 「판아이눙」 등 후반부 5편을 창작했다. 그리고 한 학기 만에 샤먼대학을 떠나 광저우의 중산대학으로 옮겼다.

그러나 광저우도 루쉰에게는 가혹한 도시였다. 장제스蔣介石가 이끄는 국민당 세력이 4월 12일 상하이에서 '4·12 정변'을 일으켜 공산당 및 친공산당 세력을 무참히 학살했고, 이 여파가 광저우에는 4월 15일 이른바 '청당'淸黨이라는 형태로 전개되어 루쉰을 따르던 중산대학 학생들이 다수 체포되거나 행방불명되었다. 이후 루쉰은 9월 27일 광저우를 떠나 상하이로 거주지를 옮기고, 여기서 생을 마감한다.

『아침 꽃 저녁에 줍다』를 창작한 일 년 반 정도의 시기는 루쉰에게는 무척 가혹한 시간이었을 것이다. 자신도 도피생활을 했고, 아끼던 제자와 청년들의 죽음을 목도했고, 역사적 사건의 현장에 있기도 했다. 아마 정신적으로나 육체적으로 가장 긴장했고 가장 어려웠던 시기였을 것이다.

그러나 한편으로 이 시기 루쉰은 다양한 장르에서 작품을 창작했다. 『새로 쓴 옛날이야기』에 수록된 소설, 『들풀』에 수록된 산문시, 『화개집속편』·『삼한집』에 수록된 잡문, 그리고 『아침 꽃 저녁에 줍다』에 수록된 산문, 후에 실질적 결혼생활을 영위한 쉬광핑許廣平과 주고받은 편지(『먼 곳에서 온 편지』) 등이 그러하다. 장르의 성격에 비추어 본다면, 둘 사이에 주고받은 편지가 내면의 기록일 것이고, 외부적 사건이나 사상, 인물에 대한 글인 잡문이 가장 외면적 표현일 것이다. 이렇게 본다면 『아침 꽃 저녁에 줍다』는 그 중간 정도라고 할 수 있다. 어린 시절부터 신해혁명까지의 기억을 되살려 내면서 그는 자신을 되돌아보기도 했을 것이고, 각 글에 담겨있는 풍자를 통해 현실의 문제를 직설적·우회적으로 '찌르기도' 했고, 과거와 현재의 얽힘 속에서 미래를 고민했을 것이다. 『아침 꽃 저녁에 줍다』가 회고적 내용이면서 풍자적 문체를 겸하고 있는 이유는 바로 여기에 있다고 보인다. 이 점에서 내면으로 깊이 내려 들어가면서 외면을 확장하는 루쉰 사유방식의 독특성과 풍요성이 바로 『아침 꽃 저녁에 줍다』에도 잘 드러나 있다.

누군들 아침 꽃을 저녁에 줍고 싶겠는가? 그러나 루쉰은 "물론 아침이슬을 함초롬히 머금은 꽃을 꺾는다면 색깔도 향기도 훨씬 더 좋을 터이나, 나는 그렇게 할 수가 없다"고 말하고 있다. 그는 왜 아름답고 예쁜 아침 꽃을 꺾을 수 없다고 고백하고 있을까? 저녁이면 아침은 이미 과거일 것이다. 그러나 그 저녁도 다음 날 아침에는 다시 흘러간 시간에 불과하다. 시간의 연속성과 단절성을 의식한 루쉰은 아침과 저녁에 집착하지 않고, '꽃'을 '줍고자' 하는 것이다. 그 당시나 지금이나 대다수 사람들은 시든 꽃이라면 화단이든지 꽃병이든지 모조리 '뽑거나, 버리지' 않는가? 여기서 꽃을 굳이 무엇이라고 '명사적'으로 제한할 필요는 없을 것이다. 그것이 무엇이든 간에 자신이 이미 황혼녘으로 접어들어 가고 있다는 것을 인지하고 있음에도 불구하고 루쉰은 '줍고자' 하는 것이다. 그래서 상하이 10년, 만년 루쉰의 강력한 의지와 정신, 고투가 여기에서 출발한다.

옮긴이 김하림

『새로 쓴 옛날이야기』에 대하여

이 책은 루쉰의 세번째 소설집으로 1922년부터 1935년 사이에 쓴 역사소설 8편이 수록되어 있다. 1936년 1월, 상하이 문화생활출판사에서 바진^巴金이 주편한 '문학총간'의 하나로 처음 출판되었고, 루쉰 생전에 모두 7쇄나 간행되었다. 루쉰이 이 소설집을 쓰기 시작해 책으로 묶기까지는 13년이라는 다소 긴 시간이 걸렸다. 이 책을 쓰게 된 전후의 루쉰 생각과 그 이후의 과정에 대해서는 이 책의 「서언」에서 저자 자신이 상세히 언급하고 있어 여기서는 논외로 한다.

『새로 쓴 옛날이야기』는 수많은 옛날이야기와 옛날 사람들 속에 루쉰의 사상과 현실비판의 이야기가 숨은 그림처럼 박혀 있는 소설집이다. 특히 루쉰 만년의 무르익은 역사관과 철학, 점점 더 짙어 가던 익살과 해학이 녹아 있는 소설집이다. 보물을 찾듯 숨어 있는 시대의 아이콘들을 찾아가며 읽어야 소설 읽기의 제맛이 난다.

1. 창작 시기

작품들이 창작된 시기를 보는 것이 작품세계를 이해하는 첫걸음이 될 수 있다. 『새로 쓴 옛날이야기』에 수록된 소설들의 창작연대는 세 시기로 나눈다. 첫번째 시기는 「하늘을 땜질한 이야기」를 쓴 1922년, 두번째 시기는 「달나라로 도망친 이야기」와 「검을 벼린 이야기」를 쓴 1926년, 세번째 시기는 나머지 5편 즉 「전쟁을 막은 이야기」, 「홍수를 막은 이야기」, 「관문을 떠난 이야기」, 「고사리를 캔 이야기」, 「죽음에서 살아난 이야기」를 쓴 1934년과 1935년이다. 요약하면 1기 1922년, 2기 1926년, 3기 1934년과 1935년이다. 8편 가운데 5편이 3기에 나온 것이 특이하며 그 가운데서도 4편이 1935년에 몰아서 창작되었다. 루쉰이 1936년 10월에 죽었으니 그는 죽기 1년 전에 마치 묵은 숙제를 해결하듯 이 소설집을 서둘러 완성한 것이다.

「하늘을 땜질한 이야기」를 쓴 1922년은 소설집 『외침』의 마지막 작품을 쓴 시기이고 1919년 고조되었던 5·4 반제·반봉건 운동이 퇴조기에 이른, 이른바 '5·4 신문화운동 퇴조기'에 해당한다. 돤치루이段祺瑞 정부가 군경을 동원하여 시위 진압에 나섰지만 시위 군중에 굴복하여 '21개 조항' 파기를 약속했고 이로 인해 약해진 중앙 정부의 틈을 타 각지에서 군벌 간의 전쟁이 다시 일어났다. 1911년 신해혁명 이후 약화된 국민당 정부를 이끌고 있던 쑨원은 1920년 혁명의 근거지를 광저우로 옮기고 비상대총통에 취임했다. 전국 각지는 천하대권을 장악하고자 하는 군벌들이 남북으로 나뉘어 각축을 벌이는 혼전의 국면으로 접어들었다.

루쉰은 1924년부터는 훗날 소설집 『방황』에 실린 단편소설들을 쓰기 시작했으며 루쉰 정신세계의 내밀한 고백체 기록이라고 할 수 있는『들풀』을 집필하기 시작했다.「달나라로 도망친 이야기」와「검을 벼린 이야기」를 쓴 1926년 하반기 루쉰은, 3·18 참사의 배후 주동자라는 죄목으로 국민당 정부가 내린 체포령을 피해 도피하고 있었다. 1926년 7월 샤먼으로 내려갔고 다시 1927년 1월 광저우로 옮겨 간 시기가 이때다. 도피하는 과정에서 그는, 1926년 회고 형식의 산문이라 할 수 있는『아침 꽃 저녁에 줍다』를 완성했고, 1927년에는 광저우에서 그동안 쓴 산문시들을 모아『들풀』을 출판했다. 그는 왜 이 시기에 회고조의 글들과 고백체의 시들을 썼는가? 이 시기는 1926년 3·18 참사로 죽어 간 제자들에 대한 애통과 비분이, 국민당의 반민중적이고 반민족적인 정치 행태에 대한 분노와 증오가 극에 달해 있었다. "내가 이런 무료한 글이나 쓰고 있을 때 많은 청년들은 총에 맞고 칼에 찔렸다. 아아, 사람과 사람 사이의 영혼은 통하지 아니한단 말인가", "먹으로 쓴 거짓은 결코 피로 쓴 사실을 덮어 가릴 수 없다. 피로 진 빚은 반드시 같은 피로 갚아야 한다"(『화개집속편』,「꽃 없는 장미 2」)고 분노하고 있었다. 그는 "젊은이가 늙은이의 임종기사를 쓰는 것이 아니라, 반대로 늙은이가 젊은이의 사망기사를 써야 하는"(『화개집속편』,「류허전 군을 애도하며」) 시대의 아이러니에 괴로워했고, "눈앞에 비정상적인 상황이 펼쳐져 마음을 들쑤셔 놓은 듯 어지러웠다"고 고백했다. "사람이 해야 할 일 중에 추억만 남아 있다면 그 생애는 무료해졌다고 해야 할 것"(『아침 꽃 저녁에 줍다』,「머리말」)이라고 자조·탄식했다. 수배를 피해 도피하는 중에 정착한 샤먼대학에서의 적막과 고독감, 다시 옮겨 간 혁명의 도시 광저우에서 목도한 중국의 암담한 현실과 불투명한 민족의 미래, 진보적인 청년집단 내부의 폭력과 분열상, 그러한 가운데 처해 있던 무력한 자신에 대해 깊어 가는 좌절감, 그리고 복수심. 이러한 정서는 「달나라로 도망친 이야기」의 예羿와 「검을 벼린 이야기」의 연지오자宴之敖者의 아우라에 그대로 어른거리고 있다. 외부와의 소통이 여의하지 않은 정치 상태에서 그는 회고조로 보이는 작품 속으로 들어가 옛사람과 옛일들을 불러내고 유년의 기억을 불러내 자신과의 소통을 도모한 듯하다. 그는 회고의 공간에서 스스로를 위무했으며 다가올 시간을 위해 전의戰意를 재정비했다. 『새로 쓴 옛날이야기』의 소설 형식이 그러하고 『아침 꽃 저녁에 줍다』의 수필과 『들풀』 산문시의 내용과 형식이 그러하다.

『새로 쓴 옛날이야기』의 세번째 시기인 1934년과 1935년은 루쉰이 상하이에 정착하여 잡문으로 자신의 주장을 편, 이른바 루쉰 생애의 제3기(1927~1936)에 속한다. 그 가운데서도 후반부에 속하며 루쉰이 죽기 1, 2년 전에 해당한다. 중국 본토에 대한 일본 침략이 포문을 연 1931년 9·18 사변, 일본군이 상하이를 침공한 1932년 1·28 사건, 일본 관동군에 의해 벌어진 1933년의 러허熱河 작전 등으로 중국 사회는 전쟁이 상시화되고 있었고 민중의 삶은 피폐할 대로 피폐해진 상태였다. 중국 민중의 민족주의와 애국주의가 한층 고조되어 가는 시기이기도 했다. 그러나 국민당의 굴욕적인 외교정책과 기만적인 화친정책으로 민족문제의 해결은 점점 더 미궁의 회로에 빠져들고 있었다. 1921년 공산당 창건 이후 근근이 명맥을 이어 나가고 있던 공산주의 운동이, 국민당에 의한 공산당 포위토벌 작전에 밀려 징강산井岡山 근거지를 포기하고 대장정에 오른 시기가 1934년 10월이다. 도시에서는 대낮에도 공산당 토벌이란 명목으로 백색테러가 자행되었고 제대로 된 재판 절차도 없이 억울한 생명들이 형장의 이슬로 사라지곤 했다. 국민당의 대일본 정책의 반민중성과 이에 기생한 지식인들의 기회주의적 언론과 행태를 겨냥한 루쉰 필봉의 분노와 날카로움은 나날이 그 예리함을 더해 가고 있었다. 이 시기 루쉰은 수많은 필명을 써 가며 오로지 펜과 잡문에만 의지해 거의 독불장군처럼 싸우고 있었다. 그의 글 속에 담긴 독기毒氣는 점점 더 거세지고 있었고 급기야 그의 몸까지 갉아먹고 있었다. 1935년 루쉰의 폐병은 이미 악화될 대로 악화되어 출국하여 치료할 필요가 있다는 권고를 받는 형편에 이른다. 이 해 루쉰은 『새로 쓴 옛날이야기』에 실린 소설의 반에 해당하는 4편을 일필휘지로 완성하듯 탈고하기에 이른다. 그는 왜 이토록 서둘러 이 역사소설들을 썼던 것일까?

2. 과거와 현재의 자유로운 넘나듦

『새로 쓴 옛날이야기』의 소설들은 후기 루쉰의 사유방식이 얼마나 과거와 현재를 자유롭게 넘나들었는지를 보여 준다. 「달나라로 도망친 이야기」는 샤먼 시기 적막감 속에서 아무런 일을 할 수 없었던 자기 자신을, 일상 속으로 몰락한 활쏘기의 영웅 예의 운명을 통해 조롱하고자 한 것이다. 예를 배반한 봉몽逢蒙과 상아嫦娥를 등장시켜 당시 청년들로부터 받은 상처, 이용당하고 배반당했던 심정을 간접적으로 토로했으며, 궁술의 명인 예에 대해 옛 전사로서의 영웅적 기개와 자태를 아직은 완전히 잃지 않게 묘사함으로써 새로운 적을 찾아 나서고자 한 자신의 갈망과 전의를 은연 중 보여 주고 있다. 작가의 현실 의지를 암묵적으로 은유하고 있는 것이 이 소설 곳곳에 보인다. 「검을 벼린 이야기」의 연지오자 역시 루쉰의 모습과 철학이 그대로 반영된 인물이라 할 수 있다. 타인의 상처로 인해 자신이 상처를 입는 연지오자는 억울한 인민대중의 복수를 대행하는 설화 속 인물이다. 그는 폭군의 학정하에 있는 모든 대중의 고통을 통찰하고 이를 대신 복수하다 죽어 간다. 자기 이익의 목적이 없는 순수한 전사의 형상이다. 이 복수의 결전 묘사에 할애하고 있는 루쉰의 상세하고도 끔찍한 세부 묘사는 당시 작가의 분노와 복수심의 깊이를 반증하고 있는 듯하다. '연지오자'宴之敖者는 1924년부터 루쉰이 종종 사용했던 필명으로 '연'宴자는 '집안'의 일본日 여자女에게서', '오'敖자는 '내쫓긴'出放의 뜻을 지닌 조자造字다. 동생 저우쭤런周作人과 그의 일본인 아내와의 불화로 인해 집을 나온 자신을 조롱하여 만든 필명이다.

또 가장 비현실적인 주제와 분위기를 묘사하고 있는 듯한 「하늘을 땜질한 이야기」는 정치현실로 인해 억눌린 작가 자신의 창작 욕망과 의지를, 어떻게 고대의 신화 속 창조신이란 틀을 빌려 와 그 속에 불어넣고 있는지를 보여 준다. 루쉰이 여와女媧를 새롭게 주조한 것에 대해 한 평론가는 이렇게 말하고 있다. "루쉰도 창조자였기 때문이다. 루쉰은 현대 중국의 여와였다. 그 역시 새로운 우주, 새로운 세계, 새로운 중국을 창조하고자 했으며 중화민족의 영혼을 다시 주조하고자 했다. '자유평등, 민주과학, 개성해방, 잔화발전, 현대문명'이라는 '오색의 돌'을 녹여서 허물어진 지 오래된 '하늘'을 보수하고자"(왕푸런王富仁, 「창조자의 고민의 상징」創造者的苦悶的象徵) 했기 때문이라고. 여와 형상을 통해 루쉰은 우주에 가득한 창조 에너지가 그 힘을 발휘할 수 없게 되었을 때 창조신이 느끼는 무료함과 따분함, 일을 하기 시작하면서 생기는 경이로운 '의욕과 기쁨', 그리고 일하고 난 후의 피로감과 초조감 등을 마치 신의 세계가 아닌 인간세계의 현실인 양 표현하고 있다.

「관문을 떠난 이야기」에서 루쉰은 '함도 없고 하지 않음도 없다'無爲
而無不爲는 논지를 편 노자사상을 과장되게 묘사하고 있다. 현실 속에 그것
이 미치는 부정적인 영향을 풍자하고자 함이다. 1930년대 중국은 내륙 깊
숙이 쳐들어온 일본 공격에 전면전으로 대항해야 하는 풍전등화의 민족
위기에 놓여 있었다. 그럼에도 국민당 관료와 군부, 일부 지식인들은 '유柔
함이 강剛함을 이길 수 있다'느니 '저항하지 않는 것이 바로 저항하는 것'
이라느니 '싸우지 않고 이기는 것이 최상의 승리'라느니 하는 도가의 논
리를 들며 침략자와 화친정책으로 일관했다. 루쉰은 고인들에 대한 자신
의 태도가 그다지 공경스럽지 못하다고 스스로 고백한 바 있다. 한 편지에
서는 '조상들의 나쁜 무덤을 파헤치고' 싶다고도 했다. 이 소설에서 그는
정중하고 겸손하며 공손해 보이는 듯한 노자를 묘사하면서, 시종일관 시
든 나무토막처럼 말없이 멍하게 앉아 있다고 몇 차례 반복하고 있다. 루쉰
의 장난기가 발동하는 부분이다. 노자의 강의를 듣는 민중들의 졸고 있는
광경 묘사는 노자철학이 얼마나 민중과 거리가 먼 것인가를, 얼마나 추상
적이며 관념적인 것인가를 재미있게 보여 주고 있다. 그는 아쉬움 없이 노
자를 관문 밖으로 쫓아 버렸다. 관문 밖은 소금도, 빵도, 물도 없는, 중화문
명권의 바깥세계다. 노자가 남긴 강연록 『도덕경』은 관리들이 몰수해 온
콩, 소금 등과 함께 먼지 가득한 선반 위에 처박히는 것으로 묘사된다. 물
론 루쉰은 다른 글에서 자신이 노장의 영향을 깊이 받았다고 말한 바 있
으며 그들의 사상이 지닌 학술적 가치를 부정하진 않았다. 장자의 문장은
"열고 닫힘이 무변광대하고 위용과 자태가 무궁무진하다"고 극찬한 바도
있다(『한문학사강요』漢文學史綱要). 그러나 그들의 논리가 현실적으로 악용
혹은 오용되는 것에 대해서는 비판과 풍자를 참지 않았다.

「죽음에서 살아난 이야기」 역시 1930년대 지식인 사이에 회자된 장자 사상의 '무시비관'無是非觀을 겨냥한 것이다. 저 역시 옳기도 하고 그르기도 하며 이 역시 옳기도 하고 그르기도 하다는 무시비관은 분명하고 명료한 과학정신과 이성주의에 반하는 것으로 루쉰이 보기에 이런 상대주의는 당시 중국 민중의 각성과 올바른 시비 판단을 방해하는 것들이었다. 옷이란 것은 있어도 좋고 없어도 그만이라고 설교하던 장자가, 딱한 처지에 있는 벌거벗은 사내에게 자신의 옷 한 가지도 벗어 주지 못하는 꾀죄죄한 인격을 보인다. 급기야는 낭패를 당하게 되고 줄행랑을 치게 된다. 장자의 꼴이 말이 아니다. 루쉰은 장자를 그렇게 만듦으로써 도가적 관념론이 현실 속에선 아무 소용이 없음을 과장, 극대화시키고 있다. 모두 현재의 당면문제를 과거의 거울에 비추어 그 허상과 거짓을 도드라지게 만들어 내는 창작방법이다.

신화, 전설, 역사 속 인물을 등장시켜 옛이야기를 서사하고 있는 듯한 『새로 쓴 옛날이야기』의 모든 작품은 이렇듯 가장 현실적인 렌즈를 사용하고 있는 작품이라 할 수 있다. 옛이야기에 작가의 강렬한 애증을 투영함으로써 옛 인물과 옛 사건으로 하여금 현재의 인물과 현재의 사건으로 보이게 만드는 기법이다. 이것은 일종의 몽타주기법이라 할 수 있다. 두 개의 렌즈를 겹치게 하거나 병렬시켜 새로운 상과 의미망을 만들어 내는 것을 몽타주라고 한다면, 『새로 쓴 옛날이야기』는 현재의 사건과 인물들, 현재의 언어들을 고대의 사건들과 겹치게 배치한다. '옛일'舊事을 새로 쓴新編 것이면서 동시에 '새로운 일'新事을 낡은 것에 담아 쓴舊編 것이라 할 수 있다. 여와는 창작의 억압을 받고 있었던 당시 루쉰의 창조적 열정과 반봉건적 비판의지를 대변하고 있는 인물이며, 예와 연지오자는 열악한 정치 상황 속에서 도피생활을 했던 당시 루쉰의 처지와 증오, 비애와 복수심, 전투의지를 반영하고 있는 인물이다. 단순히 신화와 전설 속에 나오는 여와와 예, 연지오자가 아닌 것이다. "역사 이야기의 형식으로 쓰고 있지만 1930년대 처음 그 소설들을 읽었을 때 나는 그 속에 나오는 사람과 사건들이 생생하게 내 주위에 살아 있는 듯한, 내가 있는 이 사회에서 활동하고 있는 듯한 착각이 들었다. …… 하나하나 모두 낯익었고 매일매일 만나는 사람들처럼 그들의 목소리와 얼굴, 웃는 모습들이 눈앞에 완연했다." (탕타오唐弢, 「『새로 쓴 옛날이야기』에 대해」關于『故事新編』) 발표 당시에 『새로 쓴 옛날이야기』를 읽었던 사람의 회고담이다. 발표 당시 중국인들에게 이 소설 속 인물들이 얼마나 리얼하게 와 닿았는지를 보여 주는 예다.

그는 자신의 과거와 민족의 과거를 회고하는 가운데 민족문화의 퇴적층으로부터 창작의 소재를 길어 올려 '새로운 것을 창조하는'創新 수단과 방법을 모색했다. "바로 이런 과거와 현재를 동일한 것으로 파악하는 사고방식은 그로 하여금 예리한 안목을 가지게 했고 그러한 안목으로 과거를 바라보아" 현재의 사건을 재해석하게 만들었다. 1930년대 초반부터 루쉰이 야사류를 다시 읽기 시작한 것과 1930년대 중반 이후의 산문에 보이는, 현재의 작은 사건을 통해 고서의 기록을 끌어내고, 다시 그 기록을 가지고 현재를 해석하는, '과거와 현재의 넘나듦'을 자유자재 구사했던 것은 상호 연관이 있다(왕샤오밍王曉明, 『직면할 수 없었던 인생―루쉰전』無法直面的人生-魯迅傳). 루쉰 만년에 이르러 더욱 성숙의 경지에 이르게 된, 이런 '과거와 현재의 자유로운 넘나듦'이라는 사유 습관과 이를 현실적으로 유효한 실천 내지 창작의 방법과 연결시킨 것은 루쉰이 지닌 새로운 문화창조자로서의 능력을 유감없이 보여 주는 부분이다. 이런 면에서 『새로 쓴 옛날이야기』는 루쉰이 앞서 발표한 두 소설집과 확연하게 그 성격을 달리한다.

3. 기이한 상상력의 세계

이 소설집에는 루쉰의 다른 작품에서 보기 힘든 기이한 상상력의 세계가 펼쳐진다. 일찍이 상상력이 갖는 문화적인 힘과 창조적인 힘에 대해 남다른 주목을 한 루쉰은 리얼리즘 기법으로 일관한 첫번째와 두번째 소설집 『외침』, 『방황』과 달리 여기서는 자신의 상상력을 유감없이 발휘하고 있다. 그 가운데서도 「하늘을 땜질한 이야기」는 압권이라 할 수 있다. 첫 페이지에 등장하는 여와의 눈에 처음 들어온, 해와 달과 별이 뜨고지는 태고시대의 아름다운 우주 공간의 모습, 바닷속으로 걸어 들어가는 여와의 분홍 살빛이 천지간에 퍼져 나가는 광경은 거대하고도 장엄한 판타지 화면을 보고 있는 듯하다. 인류 탄생 이전 천지에 가득 차 있었을 창조신의 에너지를 신비롭고도 황홀하게 상상하여 보여 준다. 이는 루쉰의 분방하고 신화적인 상상력과 회화적이고 미적인 상상력이 만들어 낸 화면이라 할 수 있다. 고서에 기록된, 7편 정도의 연관 없는 단편 기록들에 근거하되 "루쉰은 그것들을 재편, 피와 살이 살아 있는 완성된 이야기를 만들어 냈다. 이는 풍부한 상상력과 높은 수준의 조직적 창조력이 없이는 불가능"한 일이다(리허린李河林, 「작가의 전기소설과 다른 『새로 쓴 옛날이야기』를 가지고 신편 『루쉰전집』의 주석문제를 논함」由『故事新編』'不如作者前期小說'談到新編 『魯迅全集』的注釋問題). 그는 이 소설에서 인류를 창조했고 인류를 위해 무너진 하늘을 보수했으며 그로 인해 소진되어 죽어 가는 위대한 창조 여신에 대해 유감없는 애정과 찬사를 보내고 있다.

「달나라로 도망친 이야기」역시 몇 개의 단편적인 역사 기록에 근거하여 예, 상아, 봉몽의 형상을 만들었다. 생계를 걱정하는 일상 속의 범부로 전락한 영웅 예를 통해서 "이제는 아무 싸울 대상이 없어져 버려 '무대상'無對象의 곤경에 빠지게 된 점, 그리고 자신의 기본적인 생계조차도 유지하기 어렵게 된 점"을 부각하고 있다. "자질구레한 일상생활의 굴레 속에서 그의 정신은 점차 평범해져 갔고 내면의 무료와 권태, 배반과 버림당함으로부터 생긴 고독과 비애에서 그는 벗어나지 못하고 있다. 영웅은 이제 무예가 쓸모없는 처지에 있을 뿐만 아니라, 나아갈 곳도 없고, 돌아갈 곳도 없는, '아무것도 없는 곳'無物之陣에서 방황"(첸리췬錢理群,『『새로 쓴 옛날이야기』해설』故事新編』解說)하고 있다. 아내 상아의 비웃음과 노파의 비웃음, 제자 봉몽의 배반과 비아냥 속에서 예는 과거의 영광을 회고하며 탄식하고 한숨 쉰다. 그는 제자의 습격을 받아 바보처럼 말에서 떨어지기도 하고 식사를 걸러 배가 고프기도 하다. 몰락한 영웅의 비감이 소설 전편에 가득 넘친다. 그러나 예는 사랑하는 아내가 선약仙藥을 훔쳐 먹고 혼자 달로 달아났다는 것을 알고는 불같이 분노하게 되고 옛날의 전의戰意를 회복하게 된다. 달을 향해 활을 당기는 거대한 바위 같은 예의 몸과 번개가 치는 듯한 형형한 눈빛, 날랜 손동작에 대한 작가의 애정 어린 묘사는 루쉰 특유의 섬세한 상상력이 만들어 낸 기이하고도 신비로운, 그리고 강렬한 힘이 느껴지는 명장면이다.

「검을 벼린 이야기」에서의 루쉰 상상력은 특이하다 못해 그로테스크하다. 그의 상상력이 만든 사건 묘사는 소설 서두에서부터 시작한다. 미간척이 복수를 하기에는 아직 나이가 너무 어리고 감성과 성격이 여리고 유순하다는 것을 표현하기 위해 쥐를 잡는 사건을 묘사한다. 그 과정을 징그러울 정도로 적나라하게 묘사하면서 미간척의 심리변화를 추적한다. 검은 숲에서 나타난 굶주린 이리떼들이 미간척의 시신을 몇 입에 먹어 치우고 남은 뼈까지 모조리 씹어 먹어 치우는 모습, 왕의 대전 앞에서 전개되는 기괴한 물놀이와 복수의 장면에 이르면 그 기괴함이 극에 달한다. 20세기 야수파의 그로테스크한 화면 같기도 하고 선혈이 낭자한 전율과 공포의 괴기영화 같기도 하다. 물이 펄펄 끓는 가마솥 안에 목 잘린 세 개의 머리가 서로 물어뜯으며 싸우는 광경. 이는 당시 루쉰 영혼을 지배한 어둠의 깊이와 귀기鬼氣가, 깊어 가던 복수의 염원과 함께 상상의 힘을 빌려 밖으로 표출된 것으로 보인다.

「고사리를 캔 이야기」에서 루쉰은 백이와 숙제의 마지막 삶을 그리고 있다. 그들은 중국인들이 절개와 지조의 성인으로 수천 년 동안 추앙해 온 인물들이다. 루쉰은 1925년 교육장관 장스자오章士釗가 외친 '독경구국'讀經救國을 겨냥하여 중국 역대의 지식인들이 걸핏하면 선왕의 도가 기록된 경전들을 읽어야 한다고 주장하는 것을 비판했다. 경전 속의 대의大義가 어떠니 하면서 그것을 정성껏 받들어 모시는 것을 지상의 과제로 생각하는 것은 수구적인 전통 폐습일 뿐이라고 역설했다(『화개집』, 「민국 14년의 경전 읽기」十四年的讀經). 루쉰은 그러한 연장선에서 주나라 무왕의 개혁과 민중을 위한 새로운 정치를 이해하지 못한 채 시대에 맞지 않는 진부한 언행을 일삼는, 그러면서도 주나라 곡식을 입에 대지 않는 것을 무슨 큰 지조인 양 착각했던 백이와 숙제를 풍자하고 있다. 그들이 살고 있는 양로원의 모습, 전쟁이 진행되면서 달라진 거리의 풍경, 부상병들이 길가에 앉아 들려주는 전장戰場 이야기, 산으로 들어가다 만난 도적떼의 약탈

행위, 고사리를 돌에 찧어 정성스레 익히는 모습 등등에서 소설가로서의 루쉰 상상력은 리얼하게 진행된다. 이렇듯 몇 개의 단편적인 신화와 전설의 기록을 근거로 하여 그 내용은 하나도 바꾸지 않되 거기에 자신의 감정과 생각이 은밀하게 스며들도록 가상의 줄거리를 만들고 생생하게 살아 있는 듯한 인물을 주조해 내는 것. 이러한 루쉰의 서사 능력은 그로 하여금 20세기의 중국이라는 시간과 공간을 넘어 새로운 예술세계를 창작한 문학의 전범으로 자리하게 만들었고 지금도 그의 작품을 읽게 만든다. 그런데 그러한 창작을 통해 루쉰이 이야기하고자 하는 것은 무엇이었을까?

그는 고대의 훌륭한 사람들, 여와, 예, 우임금, 연지오자, 묵자를 찬미하고 있다. 이들 옛날의 훌륭한 사람들을 오늘의 중국인들이 본받기를 희망했다. 소박하게. 그는 또 고대의 나쁜 사람들 그리고 옛날에도 있었을 '오늘의 나쁜 사람들'을 부정하고 비판했다. 옛날을 빌려 오늘을 비유하고 옛날을 풍자하여 오늘을 풍자했다(리허린의 앞의 글). 그는 일찍이 '사실'의 기록이 곧 풍자이며 풍자의 생명은 '진실'에 있다고 말했다(『차개정 잡문 2집』, 「풍자를 논함」論諷刺). 상상의 세계 묘사를 통해 암묵적으로 당시 현실의 '사실'을 기록하는 방법으로 그는 자신의 풍자론을 펼치고 있는 셈이다. 비현실적이면서 사실적이고 신화적이면서 역사적인 공간의 창조이자 그러한 인물의 창조다. 이러한 작업을 통해 루쉰은 심각한 현실 문제를 신화적 시공 속으로 돌려보내 그것의 무가치성을 도드라지게 표현했을 뿐 아니라 세속에서 발생한 사건을 신화 속에 집어넣어 낯설게 하기를 하고 있다. 기이한 상상력을 동원하여 낯설게 하기를 시도한 것이다. 이를 통해 그는, 시대의 문제를 구체적인 역사 풍경 속으로 끌고 들어가 역사 발전에서 진정으로 올바른 답은 무엇인지 그 길을 고민하고자 했다.

4. 두 개의 세계

루쉰은 『새로 쓴 옛날이야기』의 인물 형상을 주조함에 있어 분명한 포폄
褒貶 의식을 갖고 있었다. 그래서 이 소설집 안에는 분명하게 대비되는 두
개의 세계가 공존하고 있다. 하나는 푸르고 검은 빛의 세계다. 새파랗게
벼린 검을 지고 아비의 원수를 갚으러 가는 소년의 세계, 검고 깡마른 복
수의 대리인 연지오자의 세계다. 우禹와 그를 따르는 말없는 일꾼들의 세
계이며 강냉이떡과 짚신에 의지해 전쟁을 막느라 동분서주하는 묵자의
세계다. 그들은 한결같이 검게 타고 마르고 키가 크며 말이 없고 부지런하
다. 솔직담백하고 침착하며 신중하고 강인한 힘이 느껴지는 세계다. 협객
의 세계이며 노동자의 세계다. 루쉰은 이 세계에 자신의 사랑과 희망을 쏟
아부었다. 또 다른 세계는 위선과 희극의 세계다. 이기심과 비겁함, 유치
함과 졸렬함이 난무하는 세계다. 이 세계는 루쉰이 증오한 위선과 가식의
지식인이 출몰하고 교수와 관료, 배반자와 보수논객들이 약진하는 세계
다. 루쉰의 비꼼과 유머, 해학과 풍자가 곳곳에 물결치는 세계다. 약자를
위해 끊임없이 일한, 푸르고 검은 빛의 세계에 속한 사람을 위해선 그 세
부묘사에 있어 한없는 연민과 동정과 긍정을 보이다가도, 이중적이고 위
선적인 인격을 지닌 지식인이나 부패한 관료집단을 만나면 루쉰은 과장
된 해학과 폭로, 풍자의 방법으로 그들을 코믹하고 우스꽝스럽게 처리해
버린다.

「홍수를 막은 이야기」에서도 그는 매우 분명한 계급적 관점에서 두
세계를 대비시키고 있다. 하나는 문화산을 중심으로 한 벼슬아치와 관방
학자들의 세계이고 다른 하나는 우禹와 그의 동료, 일반 민중들로 구성된

검은 살갗의 하층민 세계다. 전자는 루쉰이 증오했던 추악한 현실세계의 인물 집단이며 반민중적이고 허례와 허식에 사로잡힌 이기적인 지식인 집단과 관료 집단이다. 루쉰은 조롱투의 어조로 그들의 노예적 근성과 위선에 대해 혹독한 비판의 필치를 가하고 있다. 반면 후자의 세계는 평민 하층을 위해 사심 없이 일하는 우의 무리들로 홍수를 막기 위해 동분서주 일할 뿐만 아니라 관료들의 온갖 반대에도 불구하고 새로운 방법——물을 막는 것이 아니라 소통시키는 방법——을 사용해 홍수를 막는 데 성공한다. 루쉰은 간결하고 함축적인 필치로 이 두 세계를 대비시키고 있다. 역사 발전의 동력이 누구에게 있는 것인지를 극명하게 드러내고 있는 이야기다.

루쉰은 노동하는 사람에 대해 한없는 애정과 연민을 보냈으며 자신 역시 노동의 주체로서 쉼 없이 일했다. 우는 물론 여와, 예, 연지오자, 묵자에 대한 루쉰의 애정은 그들이 약자를 위해 일하는 역사의 동량棟樑이라고 생각했기 때문이다. 그는 그들을 이상적인 전사이자 이상적인 목민관으로 보았다. 그가 「하늘을 땜질한 이야기」에서 여와의 죽은 모습을 그린 뒤 "천지사방에는 죽음보다 깊은 정적이 감돌았다"고 고즈넉한 표현을 부기하고 있는 것은 창조자에 대한 루쉰의 조사弔辭이며, 「달나라로 도망친 이야기」의 비극적인 영웅 예의 말로에 대해, "어떤 이들은 나으리께서 아직도 전사시라고 말합니다", "어떤 때는 정말 예술가 같으십니다"라고 하는 하인들의 말을 덧붙이고 있는 것은 예에 대한 연민과 위로의 헌사獻辭이기도 하다. 이타정신으로 자신을 희생한 인물에 대한 루쉰의 존경과 애정의 찬사라고 하겠다. 어린 소년을 대신해 복수하다가 죽어 가는 검은 사람 연지오자, 그가 부르는 복수의 노래는 복수와 사랑의 이중변주이면서 연지오자의 복수와 사랑이 보편애普遍愛에 닿아 있음을 보여 주고 있는 부분이다. 미소년으로 대변되는 인민과 약자의 복수를 위해 자신의 죽음을 노래하는 연지오자에게서 작가 루쉰의 '약자'弱者와 '어린이'孺子에 대한 사랑과 그들이 입은 상처에 대한 동정과 연민의 감정을 읽을 수 있다. 루쉰은 자신이 편집한 자선집에 『새로 쓴 옛날이야기』 가운데서 유독 「달나라로 도망친 이야기」와 「검을 벼린 이야기」 두 편을 넣고 있어, 이 두 편에 대해 가졌던 남다른 애정을 보여 주고 있다.

루쉰은 중국 전통윤리의 금욕주의가 인간의 본능과 욕망을 억압한 것은 인간의 창조적 생명을 억압한 것과 다름없다고 생각했다. 「하늘을 땜질한 이야기」에서 "전욱顓頊과 공공共工으로 대표되는 봉건 정객政客, 군벌, 야심가들은 더 이상 창조력을 갖고 있지 않은 사람들이다. 그들은 도시를 공격하고 토지를 빼앗으며 권력을 쟁탈하고 인민을 잔혹하게 학살했다. 여와가 창조한 이 세계를 나누어 갖고 약탈하고 있다. …… 그들은 여와에 의해 창조돼 세상에 나왔으나 오히려 여와를 모독하고 있으며 자연과 본능의 산물이면서 자연과 본능을 하찮은 것으로 무시"(왕푸런의 앞의 글)하고 있는 것이다. 이는 그것이 문화의식이든 사회적 제도이든 혹은 관습이든, 어느 시대를 막론하고 인간의 자연스러운 존재 '근본'의 문제를 호도하는 것이며 인간다운 삶을 왜곡시키는 것들이라고 루쉰은 생각했다. '약자를 해방하는 일', '인생을 개조하는 일', '정신을 각성시키는 일'로 구체화되었던 루쉰의 철학은 이를 방해하는 모든 것과 전면전을 했다. 약자의 해방과 평등, 평화적 공존에 반하는 모든 것을 거부하고 저항하고 싸웠다. 반전통론자였던 루쉰은 전통 속에서도 굴원屈原, 혜강嵇康, 완적阮籍 등 시대에 저항했던 인물들을 즐겨 찾아 읽었다. 그가 좋아한 모든 사상가

들은 중국 문화 속에서 '전통에 저항'한 비주류 인물들이다. 당시의 주류적 사상과 질서를 반대하고 중심의 집단에서 멀리 벗어난 인물들이다.

이러한 저항 주체가 갖게 되는 의식 가운데 중요한 것 중 하나가 평민의식이다. 루쉰이 일생 동안 추구했던 도덕적 인격으로서의 "평민의식에는 '백성을 주인으로 삼는'爲民作主 전통의 민본사상뿐만 아니라 서방 인도주의의 근대사상이 들어 있다"(장푸구이張福貴, 「엘리트의식과 평민의식 : 초기 인문정신이 지닌 당대성의 두 가지 의미」精英意識與平民意識: 早期人文精神當代性的兩種意義). 그것은 약자를 부축하여 고르지 못한 것을 고르게 만들고, 폭력적인 권력집단을 전복시키고자 희망했던 루쉰 특유의 저항과 실천 문제의 근간에 놓여 있던 의식이었다.『새로 쓴 옛날이야기』에서 루쉰이 예찬하고자 한 묵자, 우, 연지오자 등은 저항의 주체였으며 평민을 위해 평생토록 일한 일꾼들이었다. 그러나 이들은 루쉰 소설 속에서 멋있는 영웅으로 그려지지 않았다. 창조의 여신인 여와도, 활쏘기의 영웅인 예도 얼핏 '익살'油滑스러워 보이는 루쉰 필치 아래서 신도 영웅도 아닌 평범한 인물로 변해 있다. 영웅의 세속화이자 평민화라고 할 수 있다(정자젠鄭家建, 「'익살'의 새로운 해석―『새로 쓴 옛날이야기』 신론(1)」油滑'新解-『故事新編』新論之一). 작가 스스로 창작의 폐해가 되는 것을 알면서도『새로 쓴 옛날이야기』 전편에 사용하고 있는 이 '익살'의 기법은 영웅과 숭고미를 거부하고 전통적인 귀족의식과 근대적인 엘리트의식을 혐오한 루쉰식의 평민의식이 만든 또 다른 의미의 새로운 창작방법이라고 할 수 있다.

한편 루쉰은 이 소설집에서 여성의 세계 내지 여성성에 주목하고 있다. 그래서 분명한 의식을 갖고 고의로 여성성의 이미지를 부각시킨 서사를 하고 있다. 루쉰이 「하늘을 땜질한 이야기」에서 그리고 있는 여와의 형상은 노동하고 생산하고 파손된 것을 수선하는 주체로서의 여성성 이미지이기도 하다. 여와를 통해 루쉰이 어떤 여성성을 예찬하고 있다고 본다면 이 소설 말미에서 여와의 두 다리 아래에서 여와의 발가락을 찌르고 있는 봉건 유로遺老의 형상은 루쉰이 그토록 혐오해 마지않았던 당시 사회의 위선적이고도 금욕적인 체하는 거짓 군자들의 모습, '정인군자'正人君子들이다. 그 유로가 여와에게 청산유수처럼 늘어놓는 말의 내용을 보면 그 인물이 상징하고 있는 지점에 보수적인 남성 집단이 있음은 말할 나위 없이 명백하다. "벌거벗고 음탕함에 빠지는 것은 덕德을 잃고 예禮를 무시하는 것이며, 정도正道를 저버리는 것이니 금수의 짓이라. 나라에 형벌이 엄하노니, 이를 금하노라"라고 읊조린다. 이 남자에 대해 여와는 "눈을 흘겼다. …… 그녀는 이제 이런 것에게 말을 걸어 보았자 통하지 않을 게 분명하다는 것을 알"고 있고 그래서 "그녀는 더 이상 입을 열지 않고" 하늘을 보수하는 일에만 전념한다. 루쉰은 이 소설을 개작하면서 자신도 모르게 '익살'(장난기)이 발동하여 이 옛 의관 입은 사내 형상을 여와의 다리 가랑이 아래 첨가해 놓은 것이라고 나중에 회고했다. 그리고 그것이 소설의 전체 서사구조를 훼손할 것임을 잘 알고 있다고 스스로 토로했다(『새로 쓴 옛날이야기』, 「서언」). 그러나 꾀죄죄하고 왜소한 봉건적인 남성상과 무너진 하늘을 보수하느라 땀을 흘리며 수고하는 거대한 여성상을 의도적으로 대립하여 배치해 놓은 이 부분은, 창조하고 수리하고 복구하고 있는 노동 주체로서의 여성성에 대한 루쉰의 애정과 찬사가 암암리에 빛을 발하는 지점이라고 볼 수 있다. 이는 이 소설집에 보이는 대립된 두 세계의 하나이기도 하다.

또, 「고사리를 캔 이야기」에서 백이와 숙제의 위선과 허구성을 가장 적나라하게 폭로하는 클라이맥스 부분에 루쉰은 한 여성을 배치하고 있다. 당당하고 용기 있게 '말하는' 여성에 대한 루쉰의 관심이 작동되는 부분이다. 주나라를 피해 서우양산에 들어간 백이와 숙제가 주나라 곡식을 먹지 않고자 했기 때문에 고사리만 먹다 죽었다고 하는 역사적 이야기는 익히 들어 알고 있는 바와 같다. 소설 속에서 이들을 구경하러 온 마을 사람 가운데, 스무 살가량의 아금阿金이라는 여자가 있다. "그 여자는 매우 영리한 듯 벌써 알아들은 것 같았다. 그녀는 잠시 냉소를 짓더니 이내 정의롭고 늠름하게 단도직입적으로 말했다. '당신들이 먹고 있는 이 고사리는 우리 성상폐하의 것이 아니란 말인가요?'"라고. 그녀의 명쾌한 말 한마디는 '선왕의 도'를 운운하면서 자신을 기만하고 남을 기만하고 있는 인물들, 유교 사회에서 수천 년 동안 성인으로 추앙받아 온 인물들에게 강한 결정타를 날리는 역할을 하고 있다(첸리췬의 앞의 글). 전통의 질곡에서 밝은 세계로 탈출하는 첫걸음은 다른 것이 아니라, 바로 '보고' 바로 '말하는' 용기에 있음을 역설해 온 루쉰 철학이 그대로 반영된 장면이다. 이러한 소설 내용은 역사적 사실의 진위 여부와는 무관하게 루쉰의 작가적 상상력이 창조해 낸 것이라 할 수 있으며 서사하는 인물에 대해 작가가 견지했던 분명한 포폄의식이 만들어 낸 결과물이라 할 수 있다.

5. '이후'의 문제

루쉰은 곳곳에서 '이후'의 문제를 거론하였다. 혁명이 성공한다면 그 성공 '이후'에 일어날 일들, 예수가 민중을 위해 죽었다면 그 죽음 '이후'에 일어날 일, 러시아혁명이 성공한다면 그 이후에 일어날 일 등등.『새로 쓴 옛날이야기』에서도 활쏘기의 영웅인 예가 재해를 물리친 '이후'의 일과 묵자가 전쟁을 막는 데 성공하고 귀국한 '이후'의 일, 우가 치수에 공을 세워 우임금이 되고 난 이후, 세상에 태평성세가 도래한 '이후'의 광경이 묘사된다. 왜 루쉰은 어떤 사건이 일단락되고 한 갈등이 원만하게 해결된 대단원에서 글을 '깔끔하게' 마무리하지 못하고 마치 '사족'蛇足처럼, 그 '이후'의 일들을 더 그리고자 미련을 부린 것인가. 얼핏 보아 없어도 그만인, 없었더라면 소설적 완성도가 더 높았을 것 같아 보이는 이 '이후'에 대한 이야기는 루쉰 특유의 역사인식이 낳은 또 다른 세계다.

「홍수를 막은 이야기」에서 치수에 성공하고 개선하여 돌아온 우를 백성들은 온 나라가 떠나갈 듯 환호하며 환영한다. "만인이 환호작약하는 가운데 우가 물을 다스렸던 진짜 싸움은 하나의 이야기로 변해 간다. 그리고 그 이야기는 다시 신화로 변해 비현실적인 이야깃거리가 되어 간다. 하층 인민을 위한 우의 모든 노력과 희생은 수식되고, 조작되고, 공연되었으며 그러면서 그 진정한 의의와 가치는 점차 소멸되어 간다. 맨 마지막에 이르러, 백성들은 모두 우의 행위를 본받아야 할 것이며, 그렇지 않을 경우에 즉시 죄를 지은 것으로 간주하겠다는 고요의 명령이 발했을 때, 우리는 우가 이미 정치에 이용되는 도구로 변해 버린 것을 볼 수 있다. 독자들은 이 이야기의 마지막 부분인, '이리하여 마침내 태평의 시대가 도래했다. 온갖 짐승들이 모여들어 춤을 추었으며 봉황새도 날아와서 어울려 장관을 이루었다'에 이르게 되면" 갑자기 미묘한 감정, 무언가 설명하기 불편한 감정에 휩싸이게 된다(첸리췬의 앞의 글). 인민을 위한 영웅의 진실한 노력은 시간이 지나면서 사람들에 의해 수식되고 서사되고 역사화된다는 것, 그리고 정치에 이용된다는 것, 시간의 흐름에 따라 변형되고 희석되고 왜곡되어 간다는 것, 그것에 대한 루쉰의 생각이 녹아 있다. 인간 역사에 대한 루쉰 특유의 허무감이 배어 있는 부분이다.

「검을 버린 이야기」에서 이야기의 주제인 복수는 복수가 완성된 이후에 다시 전개된다. 복수를 한 사람과 복수를 당한 사람이 모두 함께 솥 안에서 죽은 '이후', 그들의 시신과 뼈는 분간하기 어려울 정도로 변해 서로 엉겨 있다. 그리고 이러한 대복수의 최후는 대대적인 장례식으로 변하고 있다. 검은 사람과 미간척은 그들의 시신과 머리가 각기 다른 곳에 있을 뿐만 아니라 머리는 적의 머리와 함께 나란히, 살아남은 사람들에 의해 고증의 대상이 된다. 고증의 대상이 될 뿐만 아니라 사람들의 입에 오르내리고 구경거리가 된다. 공연이 되고 있는 것이다. 군중들——루쉰은 그들을 영원한 구경꾼이며 역사의 영원한 승자라고 말했다——은 이 대대적인 장례를 '광란의 축제'로 변화시킨다. 소설의 마지막에서 백성들은 왕후와 후궁들을 구경하고, 왕후와 후궁들은 수레 안에서 백성들을 구경한다. "구경꾼들 스스로가 공연을 하기 시작할 때가 되면, 이미 복수한 사람과 복수를 당한 사람은 동시에 잊혀진다. 복수 그 자체조차도 잊혀지고 버려진다. 복수의 숭고함, 신성함, 시적인 아우라는 소설 마지막에서 완전히 소멸되고 해체된다." 그러므로 이 소설의 주제인 "'복수'는 오히려 복수가 완성된 '이후'에 시작되는 것이다"(첸리췬의 앞의 글).

마찬가지로 「전쟁을 막은 이야기」의 묵자는 송宋나라를 치려는 초楚나라를 제지하는 역사적 과업을 성사시키고 고국으로 돌아온다. 그는 고국으로 돌아오는 길에 국경 수비대에게 몸수색을 당했을 뿐만 아니라 의연금을 모집하는 구국대을 만나 그 가난한 보따리마저 기증해야 했다. 또 비를 피해 들어간 성문 밑에서는 순찰병에게 쫓겨나야 했다. 민중을 위해 큰일을 해냈으나 영웅으로 추앙되기는커녕 그 공조차 사람들은 알아주지 않는다. 그는 민중에게 인정받지 못했을 뿐만 아니라 여기저기서 낭패를 당하게 된다. 이러한 묵자의 마지막 모습은 읽는 사람으로 하여금 슬픔과 어떤 부조리함을 느끼게 한다. 그러나 루쉰은 이런 것을 통해 '민중을 위해 목숨을 던진' 모든 사람들이 필연적으로 짊어지게 될 어떤 운명 같은 것을 암시하고자 한 것은 아닐까. 조지프 캠벨Joseph Campbell은 『천의 얼굴을 가진 영웅』*The Hero with a Thousand Faces*에서, 고향을 떠나 여행을 하고 고난을 극복한 후 고향으로 돌아가는 것이 영웅성의 특징이라고 했다. 그러나 대부분의 영웅은 자신의 고향에서 대접을 받지 못한다는 것이 영웅의 운명이자 영웅서사의 패러다임이기도 하다. 루쉰은 다른 글에서 이렇게 말하고 있다. "예언자, 즉 선각자는 모두 고국에서 용납되지 못하고 동시대 사람들로부터 박해도 받는다. 큰 인물 역시 항상 그러하다. …… 만약 공자나 석가모니, 예수 그리스도가 아직 살아 있다면 그 신도들은 아무래도 두려워할 것이다. …… 위대한 인물이 화석이 되고 사람들 모두 그를 위인이라고 부를 때가 되면 그는 이미 꼭두각시로 변한 것이다. 어떤 부류의 사람들이 말하는 위대하다느니 보잘것없다느니 하는 것은 그가 자기에게 이용할 효과가 크냐 작으냐를 가리키는 것"(『화개집속편』, 「꽃 없는 장미」)일 뿐이다.

알다시피 루쉰 역시 그의 사후 40여 년 동안, 1936년부터 문화대혁명이 종료되는 1970년대 말까지 후손들에 의해 서사되고 공연되었다. 공산당에 의해 그의 인물됨은 본받아야 할 모범으로 추앙되었고 그의 글들은 자유로운 독서가 허락되었다. 문화대혁명 기간 내내 중국인들이 읽을 수 있는 것으로 허락된 책은 마오쩌둥 문집과 루쉰 문집뿐이었다. 그는 한 인

간으로서가 아닌 영웅으로 과장되어 활용되었다. 루쉰은 아마 자신에게
도 죽은 '이후'란 것이 있으리라고는 생각하지 못했을 것이다.

　우리는 앞에서 루쉰이 왜 죽음이 임박한 상황에서 그리 서둘러 다섯
편을 추가 창작하면서까지 이 소설집을 완성했을까를 물었다. 그것은 아
마도, 1840년 아편전쟁으로 인한 서구충격 이후, 백 년 가까이 계속된 중
국인들의 전통 탈피, 근대 개혁, 민족 해방의 대장정에도 불구하고, 여전
히 완강하게 변하지 않고 있는 현실, 여전히 곳곳에 똬리를 틀고 있는 전
통 귀신들과 수구守舊 귀신들, 인간의 보편적 이기심과 정치 모리배들의
패거리문화와 반민중성, 제국주의 침략 앞에 속수무책으로 자리를 내어
주고 있는 노예근성의 관료와 군부, 농민과 홍군이 주축이 된 공산주의 운
동이 국민당 포위를 피해 수천 킬로미터에 달하는 대장정을 마치고 저 멀
리 산시지구에 해방구를 마련했다고는 하지만, 그 미미해 보이는 혁명의
물결이 중화민족의 근대 백 년에 걸쳐 누적된 문제들을 해결해 줄 수 있을
지 없을지 미지수인 현실, 눈앞에 일상으로 벌어지는 상하이 조계지의 절
망적인 현실…… 들과 관계가 있지 않을까. 청년 루쉰을 지배했던 역사적
절망감은 불행히도 만년 루쉰에게서도 사라지지 않고 있었다. 그는 평생
모든 것을 부정하고 모든 것을 의심했다. 회의하고 회의했다. 다만, '우선
내가 할 수 있는 일'에 최선을 다한 사람일 뿐이다. 심해진 병세 속에 그는
자신이 이상으로 생각한 인물들을 역사 속에서 생환시키고자 한 것이다.
또한 자신이 문제적이라고 생각한 인물들도 반면교사로 희화화시켜 현재
에 재등장시키고자 한 것이다. 그런 인물 이야기를 통해 소설을 읽는 독자
들에게 어떻게 살아가야 하는지, 어떤 인물들이 역사발전의 진정한 주인

인지를 전달하기 희망한 것은 아닐까. 좀 거창하게 말한다면 모순과 부조리의 중국 근현대사가 그에게 던진 물음에 대해, 자신의 삶이 그에게 던진 물음들에 대해, 그는 전 생애의 무게를 실어 소설로 답을 하고 있는 것이다. 필명으로 발표되던 1930년대 잡문에서 보이는, 생애의 후기로 가면서 더 짙어진 적에 대한 증오심과 복수심, 적나라한 비꼼과 날선 독설들이 이 소설집 속에서는 사랑과 용서, 여유와 유머, 해학과 풍자의 옷을 입고 때로는 무겁게, 때로는 가볍게 녹아 있다. 루쉰은 1930년대 상하이 조계지의 정치적 압박과 언론의 탄압 속에서 마치 판타지의 세계로 열리는 자신만의 창窓을 가지고 있는 듯, 수시 역사 속으로 들어가 정신적 자유와 '언론의 자유'를 만끽하고 있었으며 이 소설집은 그것의 결과물이다.

소설 제목들을 원문 그대로 직역하면 「하늘을 보수하다」, 「달나라로 달아나다」, 「홍수를 다스리다」, 「고사리를 따다」, 「검을 벼리다」, 「관문을 떠나다」, 「공격을 비난하다」, 「죽음에서 살아나다」가 된다. 여기서는 각 편명 뒤에 모두 '이야기'를 붙여 해석했다. 루쉰은 평생, 인간의 정신에 호소하는 이야기의 힘을 믿었고, 또 말년에도 그 이야기 서사에 전념하고자 한 작가라는 점을 강조하고자 해서이다.

옮긴이 유세종

지은이 루쉰(魯迅, 1881.9.25~1936.10.19)

본명은 저우수런(周樹人), 자는 위차이(豫才)이며, 루쉰은 탕쓰(唐俟), 링페이(令飛), 펑즈위(豊之餘), 허자간(何家幹) 등 수많은 필명 중 하나이다.

저장성(浙江省) 사오싱(紹興)의 명문가에서 태어나 어린 시절 조부의 하옥(下獄), 아버지의 병사(病死) 등 잇따른 불행을 경험했고 청나라의 몰락과 함께 몰락해 가는 집안의 풍경을 목도했다. 1898년부터 난징의 강남수사학당(江南水師學堂)과 광무철로학당(礦務鐵路學堂)에서 서양의 신학문을 공부했고, 1902년 국비유학생 자격으로 일본으로 건너갔다. 고분학원(弘文學院)에서 일본어를 공부하고 센다이 의학전문학교(仙臺醫學專門學校)에서 의학을 공부했으나, 의학으로는 망해 가는 중국을 구할 수 없음을 깨닫고 문학으로 중국의 국민성을 개조하겠다는 뜻을 세우고 의대를 중퇴, 도쿄로 가 잡지 창간, 외국소설 번역 등의 일을 하다가 1909년 귀국했다. 귀국 이후 고향 등지에서 교원 생활을 하던 그는 신해혁명 직후 교육부 장관 차이위안페이(蔡元培)의 요청으로 난징 중화민국 임시정부의 교육부 관리를 지냈다. 그러나 불철저한 혁명과 여전히 낙후된 중국 정치·사회 상황에 절망하여 이후 10년 가까이 침묵의 시간을 보냈다.

1918년「광인일기」를 발표하면서 본격적인 작품 활동을 시작한 그는「아Q정전」,「쿵이지」,「고향」등의 소설과 산문시집『들풀』,『아침 꽃 저녁에 줍다』등의 산문집, 그리고 시평을 비롯한 숱한 잡문(雜文)을 발표했다. 또한 러시아의 예로센코, 네덜란드의 반 에덴 등 수많은 외국 작가들의 작품을 번역하고, 웨이밍사(未名社), 위쓰사(語絲社) 등의 문학단체를 조직, 문학운동과 문학청년 지도에도 앞장섰다. 1926년 3·18 참사 이후 반정부 지식인에게 내린 국민당의 수배령을 피해 도피생활을 시작한 그는 샤먼(廈門), 광저우(廣州)를 거쳐 1927년 상하이에 정착했다. 이곳에서 잡문을 통한 논쟁과 강연 활동, 중국좌익작가연맹 참여와 판화운동 전개 등 왕성한 활동을 펼쳤으며, 55세를 일기로 세상을 등질 때까지 중국의 현실과 필사적인 싸움을 벌였다.

옮긴이 한병곤(『들풀』)

서울대학교 중어중문학과를 졸업하였고 전남대학교에서『노신 잡문 연구』(1995)로 박사학위를 받았다. 국립 순천대학교 교수. 루쉰 관련 논문으로「노신에게 있어서의 문학과 혁명」(1988),「혁명문학논쟁 시기 노신의 번역」(1993),「노신의 번역관」(1993),「노신과 지식인—노신은 무엇에 저항하였는가」(2003),「건국 초기 중화인민공화국 어문 교과서 속의 노신」(2006) 등이 있다.『노신의 문학과 사상』(공저, 1990)을 썼고, 루쉰전집 8권에 수록된『차개정잡문 말련』(2015)을 번역했다.

옮긴이 김하림(『아침 꽃 저녁에 줍다』)

고려대학교 중어중문학과에서『魯迅 문학사상의 형성과 전변 연구』로 박사학위를 받았고, 현재 조선대학교 중국어문화학과에 재직 중이다. 지은 책으로는『루쉰의 문학과 사상』(공저, 1990),『중국문화대혁명시기 학문과 예술』(공저, 2007) 등이 있고, 옮긴 책으로는『중국인도 다시 읽는 중국사람 이야기』(1998),『한자왕국』(공역, 2002),『중국의 차문화』(공역, 2004),『차가운 밤』(2010), 루쉰전집 5권에 수록된『삼한집』(2014) 등이 있다.

옮긴이 유세종(『새로 쓴 옛날이야기』)

한국외국어대학교 중국어과에서 루쉰 산문시집『들풀』의 상징체계 연구로 박사학위를 받았고, 현재는 한신대학교 중국지역학과에 재직 중이다. 지은 책으로는『루쉰식 혁명과 근대중국』(2008),『화엄의 세계와 혁명—동아시아의 루쉰과 한용운』(2009) 등이 있고, 옮긴 책으로는『들풀』(1996),『루쉰전』(공역, 2007), 루쉰전집 7권에 수록된『꽃테문학』(2010) 등이 있다.

루쉰전집번역위원회 명단(가나다 순)

공상철, 김영문, 김하림, 박자영, 서광덕, 유세종, 이보경, 이주노, 조관희, 천진, 한병곤, 홍석표